Emile Zola

Germinal

Roman

Unter Verwendung der Übersetzung
von Armin Schwarz

Mit einem Nachwort herausgegeben
von Wolfgang Koeppen

Reclam

Französischer Originaltitel: Germinal

RECLAMS UNIVERSAL-BIBLIOTHEK Nr. 4928
1974 Philipp Reclam jun. GmbH & Co. KG,
Siemensstraße 32, 71254 Ditzingen
info@reclam.de
Druck und Bindung: Esser printSolutions GmbH,
Untere Sonnenstraße 5, 84030 Ergolding
Printed in Germany 2025
RECLAM, UNIVERSAL-BIBLIOTHEK und
RECLAMS UNIVERSAL-BIBLIOTHEK sind eingetragene Marken
der Philipp Reclam jun. GmbH & Co. KG, Stuttgart
ISBN 978-3-15-004928-0
reclam.de

Erster Teil

I

In sternenloser, finsterer, rabenschwarzer Nacht schritt ein einzelner Mann durch die flache Ebene auf der Landstraße dahin, die von Marchiennes nach Montsou führt, zehn Kilometer lang, geradeaus durch Rübenfelder sich hinziehend. Er vermochte selbst den schwarzen Boden vor sich nicht zu unterscheiden und hatte das Gefühl von dem ungeheuren, flachen Horizont nur durch das Wehen des Märzwindes, der in breiten Strichen dahinfuhr, eisig kalt, nachdem er meilenweite Strecken von Sümpfen und kahlen Feldern bestrichen hatte. Kein Baumschatten hob sich vom Nachthimmel ab; die Straße zog sich mit der Regelmäßigkeit eines Dammes durch die stockfinstere Nacht dahin, in der das Auge wie geblendet war.

Der Mann war gegen zwei Uhr von Marchiennes aufgebrochen. Er machte lange Schritte, denn er fröstelte in seiner Jacke von dünnem Wollzeug und in seiner Hose aus Samtstoff. Sein kleines Päckchen, in ein kariertes Taschentuch gewickelt, belästigte ihn; er drückte es bald mit dem einen, bald mit dem andern Ellbogen an sich, um beide Hände zugleich in die Taschen stecken zu können, seine erstarrten Hände, die der eisige Ostwind wund geblasen hatte. Ein einziger Gedanke beschäftigte den leeren Kopf des arbeits- und obdachlosen Arbeiters: die Hoffnung, daß nach Sonnenaufgang die Kälte weniger empfindlich sein würde. Er mochte eine Stunde so dahingeschritten sein, als er zur Linken, zwei Kilometer von Montsou, rote Feuer wahrnahm, drei Gluthaufen im freien Felde, die in der Luft zu schweben schienen. Zuerst zögerte er, von Furcht ergriffen; dann konnte er dem schmerzlichen Bedürfnis nicht widerstehen, einen Augenblick seine Hände zu wärmen.

Der Mann betrat einen Hohlweg, der dorthin führte. Alles um ihn her verschwand. Zur Rechten befand sich eine Plankenwand, die einen Schienenweg abschloß, während sich links eine grasbestandene Böschung erhob, gekrönt von Häusergiebeln, die in der nächtlichen Finsternis verschwammen; es war das Schattenbild eines Dorfes mit niedrigen, gleichförmigen Hausdächern. Er machte ungefähr zweihundert Schritte. Plötzlich, bei einer Biegung des Weges, tauchten die Feuer ganz nahe wieder auf, und er begriff jetzt sowenig wie früher, wie es kam, daß sie so hoch unter dem toten Himmel brannten, gleich rauchenden Monden. Doch am Boden gab es einen anderen Anblick, der seine Aufmerksamkeit auf sich zog. Es war eine schwerfällige Masse, eine Gruppe niedriger Gebäude, aus deren Mitte der Schattenriß eines Fabrikschlotes aufstieg; ein Lichtschein drang aus den wenigen schmutzigen Fenstern hervor; außen hingen fünf oder sechs trübselige Laternen, an Balken befestigt, deren geschwärzte Hölzer sich zu riesigen Gerüsten aneinanderreihten; und von dieser phantastischen, in Nacht und Rauch getauchten Erscheinung stieg eine einzige Stimme auf: der laute und lange Atem ausgestoßenen Dampfes, den man nicht sah.
Da erkannte der Mann, daß er sich bei einem Bergwerk befand. Abermals wurde er von Scham ergriffen. Was nützte es? Er würde ja doch keine Arbeit bekommen. Anstatt seine Schritte nach den Gebäuden zu lenken, entschloß er sich endlich, den Schutthügel zu ersteigen, auf dem die drei Kohlenfeuer in großen, gußeisernen Körben brannten, um Licht und Wärme zur Arbeit zu liefern. Die bei dem Abbau beschäftigten Arbeiter mußten bis in die späte Nacht am Werk gewesen sein, denn es wurde noch immer Schutt herausgeführt. Er hörte jetzt die Abführer die Züge über die Gerüste schieben und unterschied lebende Schatten, die bei jedem Feuer ihre Hunde leerten.

»Guten Morgen«, sagte er, indem er sich einem der Feuerkörbe näherte.
Der Kärrner stand mit dem Rücken dem Feuer zugewandt. Es war ein alter Mann, bekleidet mit einer Trikotjacke von blauem Wollzeug und einer Mütze von Kaninchenfell; sein Pferd, ein großer, gelber Gaul, wartete unbeweglich, als wäre es von Stein, bis man die sechs Karren, die es heraufgeführt, geleert hatte. Der bei der Ausleerungsvorrichtung angestellte Handlanger, ein roter, magerer Bursche, beeilte sich nicht, drückte mit schläfriger Hand auf den Hebel. Da oben wehte der Wind noch stärker, ein eisiger Nordost, dessen breite regelmäßige Stöße gleich Sensenstrichen vorüberzogen.
»Guten Morgen«, erwiderte der Alte.
Dann trat wieder Stille ein. Der Fremdling, der sich mit mißtrauischen Blicken betrachtet wußte, sagte sogleich seinen Namen.
»Ich heiße Etienne Lantier und bin Maschinist. Gibt es hier keine Arbeit?«
Die Flammen beleuchteten ihn; er mochte einundzwanzig Jahre zählen, war sehr braun, ein hübscher Mann von kräftigem Aussehen trotz seiner kleinen Glieder.
Der Kärrner schüttelte den Kopf; er schien jetzt beruhigt.
»Arbeit für einen Maschinisten?« sagte er. »Nein, nein ... Gestern waren auch zwei da. Es gibt keine Arbeit.«
Ein Windstoß schnitt ihm das Wort ab. Dann fragte Etienne, auf die dunkle Gruppe von Gebäuden am Fuße des Hügels zeigend:
»Das ist ein Bergwerk, nicht wahr?«
Der Alte konnte nicht sogleich antworten. Ein heftiger Hustenanfall drohte ihn zu ersticken. Endlich spie er aus, und sein Speichel bildete einen schwarzen Fleck am roten Erdboden.
»Ja, das Bergwerk Le Voreux ... Die Arbeitersiedlung liegt ganz nahe.«
Und er wies mit ausgestrecktem Arme nach dem im Dunkel der Nacht daliegenden Dorfe, dessen Hausdächer

der junge Mensch mehr erraten als gesehen hatte. Doch die sechs Hunde waren jetzt leer; der Alte folgte ihnen ohne einen Peitschenknall, mit seinen gichtsteifen Beinen; während der große, gelbe Gaul von selbst seinen Gang wieder antrat, zwischen den Schienen mühsam seine Last schleppend, von einem neuen Windstoße gepeitscht, der ihm die Haare sträubte.

Die Grube Le Voreux schien aus dem Nachtschlaf zu erwachen. Etienne, der seine armen, blutenden Hände am Kohlenfeuer wärmte, verlor sich völlig in seinen Betrachtungen und erkannte allmählich sämtliche Teile des Bergwerkes, den geteerten Schuppen des Siebwerkes; den Förderturm des Schachtes, die geräumige Halle der Fördermaschine, den viereckigen Turm der Schöpfpumpe. Dieses Bergwerk, in der Tiefe einer Schlucht gelegen, mit seinen niedrigen Ziegelbauten, seinen Schlot wie ein drohendes Horn in die Höhe streckend, schien ihm etwas von der Bösartigkeit eines gierigen Raubtiers zu haben, das dort kauerte, um die Welt zu verschlingen. Und während er es betrachtete, dachte er an sich selbst, an sein Vagabundenleben, das er seit acht Tagen führte. Er sah sich in seiner Eisenbahnwerkstätte wieder, wo er seinen Vorgesetzten geohrfeigt hatte, dann aus Lille verjagt und von überall verjagt. Am Samstag war er in Marchiennes angekommen, wo er in den Eisenhütten angeblich Arbeit finden sollte; aber es war nichts, weder in den Eisenhütten noch in den Fabriken Sonnevilles; er hatte den Sonntag unter den Hölzern einer Wagnerei verborgen zugebracht, deren Aufseher ihn um zwei Uhr nachts vertrieb. Er besaß nichts mehr, keinen Sou und keinen Bissen Brot; was kann er anfangen, auf den Landstraßen ziellos umherirrend und nicht wissend, wohin er vor den Unbilden des Wetters flüchten soll? Ja, es war ein Bergwerk, die wenigen Laternen beleuchteten das Pflaster des Vorhofes; eine plötzlich geöffnete Tür gestattete ihm, die Feuerung der Dampfkessel in hellem Licht zu sehen. Er erklärte sich jetzt alles, selbst das Dampfen der Pumpe,

diese laute, lange unablässige Respiration, die gleichsam der verschleimte Atem des Ungeheuers war.
Der Handlanger bei der Kippvorrichtung stand mit gekrümmtem Rücken da und warf keinen Blick auf Etienne. Er wollte eben sein kleines Bündel vom Boden wieder aufheben, als ein Husten die Rückkehr des Kärrners ankündete. Man sah ihn langsam aus dem Dunkel auftauchen, gefolgt von dem gelben Gaul, der sechs volle Hunde schleppte.
»Gibt es in Montsou Fabriken?« fragte der junge Mann.
Der Alte spuckte wieder schwarzen Speichel und erwiderte dann, in den Wind sprechend:
»Oh, an Fabriken ist kein Mangel. Man mußte das noch vor drei, vier Jahren sehen! Es summte und brummte ringsumher; man konnte nicht genug Leute finden; nie hatte man einen so guten Erwerb. Jetzt aber sind wieder magere Jahre gekommen. Ein rechtes Elend ist ins Land eingezogen; man entläßt die Leute, die Werkstätten werden geschlossen, eine nach der anderen... Es ist vielleicht nicht die Schuld des Kaisers; aber warum geht er nach Amerika, um sich herumzuschlagen? Dazu kommt noch, daß das Vieh an der Cholera zugrunde geht, geradeso wie die Menschen.«
Und in kurzen Sätzen mit stockendem Atem beklagten sich die beiden weiter. Etienne erzählte, wie er seit einer Woche vergebens Arbeit suchte. Mußte man denn wirklich vor Hunger umkommen? Bald werden die Landstraßen sich mit Bettlern füllen. Ja, ja, meinte der Alte, das mußte bös enden. Gott konnte unmöglich wollen, daß so viele Christenmenschen auf die Straße geworfen werden.
»Man hat nicht alle Tage seinen Bissen Fleisch.«
»Wenn man nur Brot hätte!«
»Das ist wahr; wenn man nur Brot hätte!«
Ihre Stimmen verloren sich; die Windstöße entführten ihre Worte mit melancholischem Geheul.

»Sehen Sie, dort liegt Montsou!« sagte jetzt der Kärrner sehr laut, indem er sich nach Süden wandte.

Und indem er von neuem die Hand ausstreckte, zeigte er im Dunkel unsichtbare Punkte, der Reihe nach, wie er sie nannte. Fauvelles Zuckerfabrik in Montsou halte sich noch aufrecht, Hotons Zuckerfabrik jedoch reduziere ihr Personal; nur Dutilleuls Müllerei und Bleuzes Seilerei halten noch stand. Dann zeigte er mit einer breiten Gebärde den halben Horizont im Norden; die Bauwerkstätten Sonnevilles haben dieses Jahr nicht zwei Drittel ihrer sonstigen Aufträge bekommen; von den drei Hochöfen der Eisenwerke zu Marchiennes seien bloß zwei angeblasen; in der Glasfabrik Gagebois endlich drohe ein Ausstand, weil man von einer Herabsetzung der Arbeitslöhne sprach.

»Ich weiß, ich weiß«, wiederholte der junge Mann bei jeder dieser Auskünfte. »Ich komme ja von dort.«

»Was uns betrifft, so ist es bisher noch erträglich«, fügte der Kärrner hinzu. »Und doch haben die Kohlengruben überall ihren Betrieb eingeschränkt. Da drüben, im Werk La Victoire, brennen auch nur mehr zwei Koksöfen.«

Er spie und ging wieder ab hinter seinem schlummernden Gaul, den er wieder vor die leeren Hunde gespannt hatte.

Jetzt konnte Etienne mit seinem Blick die ganze Gegend umfassen. Es herrschte noch immer tiefe Finsternis; aber die Hand des Alten hatte sie gleichsam mit einem großen Elend angefüllt, das der junge Mann jetzt unwillkürlich fühlte, überall ringsumher, in der ganzen unermeßlichen Ausdehnung. War's nicht ein Schrei des Hungers, den der Märzwind durch diese kahle Landschaft trug? Die Windstöße waren wütender geworden; sie schienen den Tod der Arbeit mit sich zu führen, eine Hungersnot, die viele Menschen zu töten drohte. Seine irrenden Augen strengten sich an, die Finsternis zu durchdringen, gepeinigt von dem Verlangen und von der Furcht zu sehen. Alles verlor sich in der Tiefe der nächtlichen

Finsternis; er sah nichts als in weiter Ferne die Hochöfen und die Koksöfen. Die Kokereien, Batterien von hundert schiefsitzenden Schloten, dehnten ihre Fahnen von roten Flammen dahin; während die beiden Hochöfen, mehr nach links gelegen, unter freiem Himmel mit blauen Flammen brannten, gleich Riesenfackeln. Es war traurig wie auf einer Brandstätte; es gab keine anderen Lichter an diesem drohenden Horizont als diese nächtlichen Feuer der Eisen und Kohle erzeugenden Länder.

»Sind Sie vielleicht aus Belgien?« fragte jetzt hinter Etienne der Kärrner, der wieder zurückgekehrt war.

Diesmal brachte er nur drei Hunde; man konnte diese immerhin ausleeren. Am Förderkorb war eine Schraubenmutter gebrochen, und dieser Unfall störte die Arbeit eine gute Viertelstunde. Am Fuße des Hügels war es still geworden. Die Männer an der Winde hatten aufgehört, mit ihrer Arbeit die Gerüste in unaufhörlicher Erschütterung zu halten. Nur aus der Grube tönte das ferne Geräusch eines Hammers herauf, der auf Blech schlug.

»Nein, ich bin aus dem Süden«, antwortete der junge Mann.

Der Handlanger hatte die Hunde ausgeleert und sich dann auf die Erde gesetzt, ganz froh über den Unfall, der ihm eine kurze Ruhe gestattete. Er bewahrte seine stille Scheu und erhob die matten Augen ganz erstaunt zu dem Kärrner, gleichsam verdrossen durch so viele Worte. Der Kärrner hatte in der Tat nicht die Gewohnheit, so viel zu reden. Das Gesicht des Fremden mußte ihm gefallen, und er wurde augenscheinlich von jenem Drang nach Vertraulichkeit erfaßt, die zuweilen bewirkt, daß alte Leute von selbst und ganz laut zu plaudern beginnen.

»Ich bin von Montsou«, sagte er, »und heiße Bonnemort.«

»Das ist wohl ein Spitzname?« fragte Etienne erstaunt.

Der Alte grinste vergnügt und sagte, nach dem Voreux-Schacht zeigend:
»Ja, ja... Man hat mich dreimal in Stücken von dort herausgezogen. Das erstemal hatte ich alles Haar weggesengt, das zweitemal hatte ich Erde bis in den Kropf; das drittemal hatte ich den Bauch von Wasser angeschwollen wie ein Frosch... Da sahen die Leute, daß ich nicht hin werden will, und nannten mich Bonnemort – Guter Tod –, freilich nur so zum Spaß.«
Er begann dabei wieder zu kichern; es klang wie das Knarren eines eingerosteten Brunnenschwengels und artete schließlich in einen furchtbaren Hustenanfall aus. Der Feuerkorb beleuchtete jetzt vollständig seinen dicken Kopf mit den weißen, schütteren Haaren und dem flachen, bleichen, bläulich gefleckten Gesicht. Er war klein von Gestalt, hatte einen furchtbar dicken Hals, die Waden und Fersen nach außen gekehrt, lange Arme, deren vierschrötige Hände auf seinen Knien ruhten. Er schien übrigens von Stein zu sein, wie sein Pferd, das unbeweglich auf den Beinen stand, völlig unbekümmert um den Wind; die Kälte und der Wind, der ihm um die Ohren pfiff, ließen ihn unberührt. Wenn er gehustet hatte – wobei ein tiefes Röcheln seinen Hals zu zerreißen schien –, spie er am Fuße des Feuerkorbes aus, und die Erde färbte sich schwarz.
Etienne betrachtete ihn und betrachtete dann den Boden, auf den der Alte in solcher Weise schwarze Flecke warf.
»Arbeitet Ihr schon lange in der Grube?« begann Etienne wieder.
Bonnemort tat die beiden Arme weit auseinander und erwiderte:
»Lange? Ach, ja... Ich war noch nicht acht Jahre alt, als ich in den Voreux-Schacht einfuhr; jetzt zähle ich achtundfünfzig. Rechnen Sie einmal... Ich habe da drinnen alles gemacht, war zuerst Karrenjunge, dann Schlepper, als ich stark genug dazu war, hernach Häuer achtzehn

Jahre lang. Und später, als die vertrackten Beine schlecht wurden, taten sie mich zum Abbau als Füller und Flicker, bis zu dem Tage, da sie mich heraufholen mußten, weil der Arzt sagte, daß ich sonst nicht mehr lebendig heraufkäme. Und nun bin ich Kärrner, seit fünf Jahren schon... Fünfzig Jahre Bergwerksarbeit, das ist hübsch, wie? Davon fünfundvierzig in der Grube...«

Und während er so sprach, warfen einzelne brennende Kohlenstücke, die aus dem Korb gefallen waren, einen blutroten Schein auf sein fahles Gesicht.

»Sie raten mir, in den Ruhestand zu gehen«, fuhr er fort. »Aber ich will nicht; ich bin nicht so dumm!... Ich werde wohl noch zwei Jahre aushalten, bis die Sechzig voll sind, um meine Pension von hundertachtzig Franken zu bekommen. Wenn ich heut meinen Abschied nehme, würden sie mir sogleich hundertfünfzig bewilligen. Es sind gar pfiffige Kerle!... Ich bin übrigens noch kräftig, von den Beinen abgesehen. Das Wasser ist mir unter die Haut gedrungen, weil ich in den Stollen gar soviel naß wurde. Es gibt Tage, an denen ich kein Glied rühren kann, ohne vor Schmerz aufzuschreien.«

Ein Hustenanfall unterbrach ihn wieder.

»Und Ihr habt auch den Husten davon?« fragte Etienne.

Er schüttelte heftig den Kopf. Dann, als er wieder reden konnte, sagte er:

»Nein, nein; ich habe mich im vorigen Monat erkältet. Niemals habe ich gehustet, jetzt aber kann ich den Husten nicht loswerden. Und das Drollige ist, daß ich speie...«

Ein Röcheln stieg wieder in seiner Kehle auf, und er spie.

»Ist das Blut?« wagte Etienne endlich zu fragen.

Bonnemort wischte sich mit dem Handrücken langsam den Mund ab.

»Das ist Kohle«, sagte er. »Ich habe in meinem Leichnam genug davon, um mich bis an das Ende meiner Tage zu wärmen. Und doch habe ich seit fünf Jahren keinen Fuß mehr in die Gruben gesetzt. Wie es scheint, habe ich die Kohle aufgespeichert, ohne es zu wissen. Bah! Das hält die Knochen zusammen!«

Es trat wieder Stillschweigen ein; der Hammer in der Ferne führte regelmäßige Schläge; der Wind fuhr klagend dahin, wie ein Schrei des Hungers und der Ermüdung, der aus den Tiefen der Nacht kam. Vor dem Kohlenfeuer sitzend, das im Winde aufflackerte, fuhr der Alte mit leiserer Stimme in seinen Erinnerungen fort. Ach ja, gewiß nicht erst seit gestern arbeiteten er und die Seinen in den Minengängen. Die Familie stand im Dienste der Bergwerksgesellschaft von Montsou seit der Gründung des Unternehmens. Und das ist lange her, schon hundertundsechs Jahre. Sein Großvater, Guillaume Maheu, hatte als fünfzehnjähriger Bursche die Steinkohle in Réquillart entdeckt; diese war die erste Grube der Gesellschaft; sie liegt dort unten, in der Nähe der Zuckerfabrik Fauvelle, und ist jetzt längst aufgelassen. Dies wußte das ganze Land; zum Beweise hieß das entdeckte Kohlenlager ›Guillaume-Ader‹, nach dem Vornamen seines Großvaters. Er hatte ihn nicht gekannt; er war, wie man erzählte, ein großer, sehr starker Mensch, der mit sechzig Jahren an Altersschwäche gestorben war. Sein Vater, Nicolas Maheu, genannt der Rote, war mit kaum vierzig Jahren im Voreux-Schacht geblieben, der zu jener Zeit gegraben wurde; es gab einen Einsturz, eine vollständige Verschüttung, die Felsen verschlangen Blut und Knochen. Später hatten zwei seiner Oheime und seine drei Brüder gleichfalls dort ihr Leben eingebüßt. Er selbst, Vincent Maheu, der fast ganz, nur mit geschwächten Beinen, aus der Grube herausgekommen, galt deshalb als ein Schlaumeier. Was war da übrigens zu machen? Man mußte doch arbeiten. Man tat dies vom Vater auf den Sohn, wie man etwas anderes getan hätte. Sein Sohn Toussaint Maheu schund sich jetzt dort ab, und auch seine Enkel, seine ganze Familie, die da drüben im Dorfe wohnte. Hundertsechs Jahre Fron, nach den Alten die Jungen, immer für den nämlichen Herrn: ist das schön? Nicht viele Spießbürger könnten so leicht ihre Geschichte hersagen.

»Wenn man wenigstens zu essen hat«, murmelte Etienne wieder.

»Das sage ich auch; solange man Brot hat, kann man leben.«

Bonnemort schwieg, die Augen nach dem Grubendorfe gewandt, wo jetzt Lichter angezündet wurden, eines nach dem andern. Vom Kirchturm von Montsou schlug es vier Uhr; die Kälte wurde noch empfindlicher.

»Und ist eure Gesellschaft reich?« fragte Etienne weiter.

Der Greis zog die Schultern in die Höhe und ließ sie wieder sinken, gleichsam erdrückt von einem Berg von Talern.

»Oh, ja, oh, ja... Vielleicht nicht so reich wie ihre Nachbarin, die Gesellschaft von Anzin. Aber doch Millionen und Millionen; es ist gar nicht zu zählen... Neunzehn Schächte, davon dreizehn zur Ausbeutung, Le Voreux, La Victoire, Crèvecoeur, Mirou, Saint-Thomas, Madelaine, Feutry-Cantel und noch andere; sechs für die Förderung und die Lüftung, wie Réquillart... Zehntausend Arbeiter; Konzessionen, die sich auf siebenundsechzig Gemeinden erstrecken, eine Förderung von täglich fünftausend Tonnen; eine Eisenbahn, die sämtliche Gruben verbindet; und Werkstätten, und Fabriken ... Oh, ja, Geld ist da!...«

Ein Rollen von Hunden über die Gerüste ließ den großen, gelben Gaul die Ohren spitzen. Der Aufzugskasten unten schien inzwischen ausgebessert worden zu sein; die Männer an der Winde hatten ihre Arbeit wieder aufgenommen. Während der Kärrner seinen Gaul anspannte, um wieder hinabzufahren, sagte er zu dem Tier gewandt in sanftem Tone:

»Vertrackter Faulpelz, du sollst dich nicht ans Schwatzen

gewöhnen! … Wenn Herr Hennebeau wüßte, wie du die Zeit vergeudest!«

Etienne schaute nachdenklich in die Nacht hinaus und fragte:

»Das Bergwerk gehört also Herrn Hennebeau?«

»Nein«, erklärte der Alte; »Herr Hennebeau ist nur der Generaldirektor; er wird ebenso bezahlt wie wir.«

Der junge Mann wies mit einer Handbewegung in die unermeßliche, dunkle Ferne hinaus und fragte weiter:

»Wem gehört also all das hier?«

Doch Bonnemort ward jetzt von einem neuen, dermaßen heftigen Anfall ergriffen, daß er nicht zu Atem kommen konnte. Als er endlich ausgespien und den schwarzen Schaum von seinen Lippen weggewischt hatte, sprach er in den wieder schärfer gewordenen Wind hinaus:

»Wie? Wem das alles gehört? Man weiß es nicht; es gehört Leuten.«

Und er wies in der Dunkelheit nach einem unbestimmten Punkt, nach einem unbekannten und fernen Ort, bevölkert von den Leuten, für die die Maheu seit mehr als einem Jahrhundert in den Bergwerken arbeiteten. Seine Stimme hatte eine andächtige Scheu angenommen; es war, als spräche er von einem unnahbaren Tabernakel, wo der gesättigte Gott im Verborgenen hockte, dem sie Leib und Leben hingaben und den sie noch niemals gesehen hatten.

»Wenn man sich doch wenigstens mit Brot satt essen könnte«, sagte Etienne zum dritten Male, ohne scheinbaren Übergang.

»Ach, ja, wenn man immer Brot zu essen hätte, es wäre zu schön!…«

Das Pferd hatte sich in Gang gesetzt, auch der Kärrner verschwand mit seinem schleppenden Gang eines Invaliden. Der Handlanger bei der Entleerungsvorrichtung hatte sich nicht gerührt; er saß zu einer Kugel zusammengerollt da, das Kinn zwischen den Knien, mit den großen, matten Augen ins Leere starrend.

Etienne hatte sein Bündel wieder an sich genommen, entfernte sich aber noch nicht. Er fühlte, wie ihm der Rücken in dem eisigen Winde erstarrte, während seine Brust vor dem großen Kohlenfeuer briet. Vielleicht würde er doch gut tun, sich an die Bergwerksverwaltung zu wenden; der Alte war vielleicht nicht gut unterrichtet; überdies fügte er sich ja in sein Schicksal und wäre bereit, jegliche Arbeit anzunehmen. Wohin sollte er gehen, und was sollte aus ihm werden in dieser durch den Arbeitsmangel ausgehungerten Gegend? Sollte er hinter einer Mauer verrecken wie ein verlaufener Hund? Doch hielt ein Zögern ihn zurück, eine Angst vor dem Voreux-Schachte, inmitten dieser kahlen, in tiefe Nacht getauchten Ebene. Der Wind schien mit jedem Stoß stärker zu werden, als bliese er von einem immer mehr sich erweiternden Horizont her. An dem nachttoten Himmel wollte noch immer kein Morgendämmer sich zeigen; nur die Hochöfen und die Koksöfen flammten in der Finsternis mit blutrotem Schein, ohne die Ferne zu erhellen. Und der Voreux-Schacht, in seinem Loche hockend wie ein bösartiges Tier, duckte sich noch mehr und atmete tiefer und länger, gleichsam bedrückt durch die mühsame Verdauung von Menschenfleisch.

II

Inmitten der Getreide- und Rübenfelder schlief das Grubendorf der Zweihundertvierzig in der finsteren Nacht. Man unterschied nur undeutlich die vier gewaltigen Wohnblöcke von kleinen, Rücken an Rücken stehenden Häuschen, gleich den Kasernen oder Spitälern geometrisch genau und parallel angelegte Blöcke, durch drei breite Gassen getrennt, die in gleich große Gärtchen abgeteilt waren. Auf der verlassenen Hochebene hörte man nichts als das Heulen des Windes, der in den abgerissenen Drähten der Einfriedungen sich verfing.

Bei der Familie Maheu, die das Häuschen Nr. 16 im zweiten Block bewohnte, rührte sich noch nichts. Die einzige Stube des ersten Stockwerkes lag in tiefe Finsternis gehüllt, die gleichsam mit ihrer Schwere den Schlaf der Wesen niederhielt, die auf einem Haufen, offenen Mundes, von Müdigkeit erdrückt, dalagen. Trotz der schneidenden Kälte, die draußen herrschte, lag hier in der dicken Luft eine lebendige Wärme, jene erstickende Schwüle, die man selbst in den ganz sauberen Stuben antrifft, wenn sie nach Menschenfleisch riechen.

Die Kuckucksuhr der im Erdgeschoß gelegenen Wohnstube schlug die vierte Morgenstunde. Noch rührte sich nichts. Man vernahm zartes Atemholen, begleitet von dem geräuschvolleren Atmen zweier Schnarcher. Plötzlich richtete Catherine sich auf. In ihrer Schlaftrunkenheit hatte sie gewohnheitsmäßig die durch den Fußboden herauftönenden vier Schläge der Uhr gezählt, ohne die Kraft zu finden, vollends zu erwachen. Dann zog sie die Beine unter der Bettdecke hervor, tastete einen Augenblick herum, rieb endlich ein Zündholz an und machte Licht. Doch sie blieb da sitzen; ihr Kopf war so schwer, daß er vornüberfiel in einem unüberwindlichen Bedürfnis, den Schlaf fortzusetzen.

Jetzt beleuchtete die Kerze die viereckige, mit zwei Fenstern versehene Stube, die von den drei Betten fast ganz ausgefüllt war. Es gab da außerdem ein Spind, einen Tisch und zwei Stühle von altem Nußholz, deren dunkler, angerauchter Ton sich scharf von den hellgelb getünchten Mauern abhob. Sonst kein weiteres Einrichtungsstück; die Kleider hingen an Nägeln. Auf den Fliesen stand ein Krug neben einer roten irdenen Schüssel, die als Waschbecken diente. In dem Bette zur Linken schlief Zacharie, der älteste Sohn, ein Bursche von einundzwanzig Jahren, mit seinem Bruder Jeanlin, der eben sein elftes Jahr vollendete. In dem Bette zur Rechten schliefen zwei kleinere Kinder, Lénore und Henri, die erstere sechs, der letztere vier Jahre alt, die einander in den Armen haltend dalagen. Catherine teilte das dritte Bett mit ihrer Schwester Alzire, die für ihre neun Jahre so schwächlich war, daß Catherine sie neben sich kaum gefühlt haben würde, wäre nicht der Höcker der Kleinen gewesen, den diese ihr in die Seiten stieß. Die mit Glasscheiben versehene Tür stand offen; man bemerkte den Gang, eine Art Schlauch, wo Vater und Mutter ein viertes Bett einnahmen, vor dem die Wiege der jüngsten Tochter stand, die Estelle hieß und erst drei Monate zählte.

Catherine machte inzwischen eine verzweifelte Anstrengung. Sie streckte sich und verkrampfte beide Hände in ihren roten Haaren, die struppig auf ihre Stirn und ihren Nacken niederfielen. Schmächtig für ihre fünfzehn Jahre, zeigte sie von ihren Gliedern, außerhalb der engen Hülle, die ihr Hemd bildete, nur bläuliche Füße, die von der Kohle gleichsam tätowiert waren, und zarte Arme, deren Milchweiße sich lebhaft von der bleichen Farbe des Gesichtes abhob, das von dem fortwährenden Waschen mit schwarzer Seife schon verdorben war. Ein letztes Gähnen öffnete ihren etwas groß geratenen Mund mit prächtigen Zähnen, die in einem chlorotisch bleichen Zahnfleisch saßen; während ihre grauen Augen von verhaltenem Schlaf tränten, mit einem Ausdruck des Schmerzes und der Erschöpfung, der ihre ganze nackte Gestalt zu schwellen schien.

Doch jetzt wurde ein Gebrumme aus dem Treppenflur hörbar; Maheu stammelte mit müder Stimme:

»Alle Wetter, es ist Zeit aufzustehen!... Hast du Licht gemacht, Catherine?«

»Ja, Vater; es hat unten vier Uhr geschlagen.«

»Spute dich doch, Faulpelz! Hättest du gestern am Sonntag weniger getanzt, dann hättest du uns früher wecken können. Ist das ein Faulenzerleben!«

Und er fuhr fort zu brummen; doch der Schlaf übermannte auch ihn; seine Vorwürfe verwirrten sich und

verloren sich schließlich in einem neuen Schnarchen.
Im Hemd und mit nackten Füßen ging das Mädchen in der Stube hin und her. Am Bett von Henri und Lénore vorbeikommend, warf sie die herabgeglittene Decke wieder über sie; sie erwachten darüber nicht aus ihrem festen Kinderschlaf. Alzire, die mit offenen Augen dalag, hatte sich wortlos umgewendet, um den noch warmen Platz ihrer älteren Schwester einzunehmen.
»Was ist's, Zacharie! und du, Jeanlin!« rief Catherine, vor ihren Brüdern stehenbleibend, die mit der Nase im Kopfkissen weiter schliefen.
Sie mußte den Großen bei der Schulter fassen und schütteln; dann, als er Flüche vor sich hin brummte, entschloß sie sich, die Decke von ihnen wegzuziehen. Sie fand dies drollig und begann zu lachen, als sie die beiden Jungen mit den nackten Beinen strampeln sah.
»Das ist blöd, laß mich in Frieden!« brummte Zacharie mürrisch, nachdem er sich aufgesetzt hatte. »Ich mag solche Späße nicht ... Herrgott, daß man schon wieder aufstehen soll!«
Er war ein magerer, schlottriger Kerl, mit einem langen Gesicht, in welchem einige schüttere Bartstoppeln saßen, mit den gelben Haaren und der blutleeren Blässe, die der ganzen Familie eigen waren. Sein Hemd hatte sich bis zum Bauch hinaufgeschoben, und er zog es herab, nicht aus Schamhaftigkeit, sondern weil er fror.
»Es hat unten vier Uhr geschlagen«, wiederholte Catherine. »Auf, auf! Der Vater wird bös.«
»Scher dich zum Teufel! Ich will schlafen«, sagte Jeanlin, indem er die Beine einzog und die Augen schloß.
Sie lachte wieder gutmütig. Er war so klein und seine Glieder so schwächlich mit den von den Skrofeln angeschwollenen Gelenken, daß sie ihn mit leichter Mühe in ihre Arme nahm. Allein, er zappelte mit den Beinen;

seine bleiche, faltige Affenfratze, von grünen Augen durchlöchert und durch seine großen Ohren noch breiter gemacht, war ganz bleich in ohnmächtiger Wut. Er sagte nichts, aber er biß sie in die rechte Brust.

»Böser Bube!« brummte sie, einen Schrei unterdrückend und den Jungen auf die Erde setzend.

Alzire war nicht wieder eingeschlafen; die Decke bis zum Kinn hinaufgezogen, lag sie stillschweigend da. Mit den klugen Augen eines Krüppels folgte sie den Bewegungen ihrer Schwester und ihrer Brüder, die sich ankleideten. Doch jetzt brach ein neuer Streit an der Waschschüssel aus; die Jungen stießen das Mädchen weg, weil sie sich zu lange wusch. Die Hemden flogen über die Köpfe, während sie noch schlaftrunken sich wuschen, ohne jede Scham, mit dem ruhigen Behagen, wie ein Wurf junger Hunde, die zusammen aufwachsen. Catherine war übrigens zuerst fertig. Sie schlüpfte in die Bergmannshose, legte die Leinwandjacke an, knüpfte die blaue Kappe um den Haarknoten, und in diesem sauberen Arbeitsgewand glich sie einem kleinen Mann. Nichts war von ihrem Geschlecht übriggeblieben als ein leichtes Wiegen der Hüften.

»Wenn der Alte heimkommt, wird er sich freuen, das Bett so zerworfen anzutreffen«, sagte Zacharie boshaft. »Ich werde ihm erzählen, daß du es getan hast.«

Der Alte war der Großvater, Bonnemort, der bei Nacht arbeitete und bei Tage schlief. Das Bett kühlte denn auch nie aus; es war immer jemand da, der darin schlief.

Ohne zu antworten, hatte sich Catherine daran gemacht, das Bett in Ordnung zu bringen. Doch seit einer Weile wurden hinter der Mauer, aus der Nachbarschaft, Geräusche vernehmbar. Diese Ziegelbauten, von der Gesellschaft auf das sparsamste hergestellt, waren so dünn, daß man jeden Hauch hindurch hörte. Man lebte eng zusammengedrängt, von einem Ende des Ortes bis zum andern; nichts von dem intimen Leben blieb verborgen, selbst nicht vor den Kindern. Ein schwerer Tritt hatte eine

Treppe in Erschütterung gebracht; dann gab es einen weichen Fall, gefolgt von einem Seufzer der Erleichterung.

»Schön«, sagte Catherine. »Levaque geht zur Grube, und Bouteloup geht zur Frau Levaque.«

Jeanlin kicherte, und auch Alzires Augen funkelten lebhafter. Jeden Morgen belustigten sie sich in dieser Weise über die benachbarte Ehe zu dreien; es war ein Häuer, der einem Erdarbeiter Unterkunft gab; in dieser Weise hatte die Frau zwei Männer, den einen bei Nacht, den andern bei Tag.

»Philomène hustet«, fing Catherine wieder an, nachdem sie die Ohren gespitzt hatte.

Sie sprach von der Ältesten der Eheleute Levaque, einem großen Mädchen von neunzehn Jahren, der Geliebten Zacharies, von dem sie schon zwei Kinder hatte. Sie war übrigens so schwach auf der Brust, daß man sie am Siebwerk beschäftigte, weil sie zur Arbeit in der Grube nicht taugte.

»Oh, freilich, Philomène!« antwortete Zacharie. »Die schläft jetzt. Es ist doch eine Schweinerei, bis sechs Uhr zu schlafen.«

Er schlüpfte in seine Hose; da schien ihm ein Einfall zu kommen, und er öffnete ein Fenster. Draußen herrschte noch immer tiefe Dunkelheit, und das Dorf erwachte allmählich; zwischen den Brettchen der Jalousien sah man nacheinander die Lichter aufblitzen. Und nun gab es wieder einen Zank; Zacharie neigte sich hinaus, um zu spähen, ob er nicht aus dem gegenüber gelegenen Hause der Eheleute Pierron den Oberaufseher des Voreux-Schachtes weggehen sähe, den man verdächtigte, daß er mit Frau Pierron schlafe; während Catherine ihm zurief, daß der Gatte gestern Tagesdienst in der Grube gehabt habe und daß folglich Herr Dansaert diese Nacht nicht da geschlafen haben konnte. Die Luft drang eiskalt herein; die beiden ereiferten sich, indem jeder die Richtigkeit seiner Behauptungen vertrat, als plötzlich ein heftiges Weinen losbrach. Es war Estelle, die in ihrer Wiege fror.

Maheu erwachte augenblicklich wieder. Was hatte er denn in den Knochen, daß er wieder eingeschlafen war wie ein Taugenichts? Und er fluchte so wild, daß die Kinder nebenan keinen Laut mehr wagten. Zacharie und Jeanlin beendigten mit müden Händen das Waschen. Alzire schaute noch immer aus weit offenen Augen. Die beiden Kleinen, Lénore und Henri, hatten trotz des Lärms sich nicht gerührt und fuhren fort, eng umschlungen, mit leisem Atem zu schlafen.

»Catherine, gib mir die Kerze!« rief Maheu.

Sie war eben mit dem Zuknöpfen ihrer Jacke fertig geworden und trug die Kerze auf den Flur, während ihre Brüder bei dem wenigen Licht, das durch die Glastüre fiel, ihre Kleider zusammensuchten. Ihr Vater stieg aus dem Bett. Doch sie hielt sich nicht länger auf; mit dicken Wollstrümpfen an den Füßen ging sie tastend hinunter, um den Kaffee zu bereiten. Die Holzschuhe der ganzen Familie standen dort unter dem Eßschrank.

»Wirst du schweigen, elender Wurm?« rief Maheu, erbittert durch das fortwährende Geschrei Estelles.

Er war klein wie der alte Bonnemort und glich ihm, ins Fette übertragen, mit seinem starken Kopfe, seinem platten und fahlen Gesichte unter gelben, kurzgeschnittenen Haaren. Das Kind heulte jetzt noch ärger, erschreckt durch diese großen, knotigen Arme, die über seinem Kopfe fuchtelten.

»Laß sie in Frieden; du weißt, daß sie nicht still sein will«, sagte die Maheu, indem sie sich mitten im Bett ausstreckte.

Auch sie war eben erwacht und beklagte sich; es sei doch zu dumm, daß man niemals die volle Nacht durchschlafen könne. Konnten sie denn nicht mit weniger Geräusch weggehen? In die Bettdecke eingewickelt, zeigte sie nichts als ihr langes Gesicht mit den groben Zügen, von einer etwas schwerfälligen Schönheit, mit neununddreißig Jahren schon verunstaltet durch ihr Leben voll Müh und Not und durch die sieben Kinder, die sie geboren. Die Augen auf die Zimmerdecke gerichtet, sprach sie mit gedehnter Stimme, während ihr Mann sich ankleidete. Weder er noch sie achtete auf die Kleine, die sich schier den Hals ausschrie.

»Ich muß dir sagen, daß ich keinen Sou im Hause habe, und es ist heut erst Montag; sechs Tage dauert es noch bis zum Fünfzehnten des Monats. Ich weiß nicht, wie wir uns da durchschlagen sollen. Ihr bringt alle miteinander neun Franken; wie soll ich damit auskommen? Wir sind unser zehn im Hause.«

»Oho, neun Franken?« wandte Maheu ein. »Ich und Zacharie je drei, das macht sechs; Catherine und der Vater je zwei, das macht vier; sechs und vier sind zehn; Jeanlin bringt einen, macht elf Franken.«

»Ja, elf; aber du rechnest die Sonntage nicht und die Tage, an denen es keine Arbeit gibt. Nie mehr als neun, hörst du?«

Er suchte seinen Ledergurt am Boden und schwieg. Dann richtete er sich auf und sagte:

»Beklage dich nicht, Weib; ich bin noch stark genug. Es gibt mehr als einen, der mit zweiundvierzig Jahren schon aus der Grube herauf muß.«

»Das ist möglich, Alter, aber damit haben wir noch kein Brot. Was werde ich anfangen? Hast du nichts?«

»Ich habe zwei Sous.«

»Behalte sie, um einen Schoppen zu trinken ... Mein Gott, was werde ich anfangen? Sechs Tage, eine Ewigkeit! ... Wir schulden sechzig Franken an Maigrat, und er hat mir vorgestern die Türe gewiesen. Das wird mich nicht hindern, wieder zu ihm zu gehen. Aber wenn er sich weigert, uns zu pumpen ...«

So fuhr die Maheu fort, mit bekümmerter Stimme, unbeweglichem Kopfe, vor dem schwachen Lichte der Kerze von Zeit zu Zeit die Augen schließend. Der Schrank sei leer, sagte sie, und die Kleinen verlangten Brot zum

Kaffee, der auch ausgegangen sei. Das leere Wasser mache nur Bauchzwicken. Dann erzählte sie von den langen Tagen, die man damit zubrachte, mit gekochten Kohlblättern den Hunger zu betäuben. Allmählich hatte sie die Stimme erheben müssen, weil Estelles Geheul ihre Worte übertönte. Das Geschrei der Kleinen war unerträglich. Maheu schien es plötzlich zu hören; außer sich vor Wut nahm er das Kind aus der Wiege und schleuderte es auf das Bett der Mutter mit den Worten:

»Da, nimm sie, denn ich würde sie zertreten ... Donner Gottes über den Balg! Das sauft an der Mutterbrust, dem geht nichts ab, und es grölt ärger als die anderen!«

Estelle hatte in der Tat zu saugen begonnen; sie war unter der Decke verschwunden und in der Bettwärme still geworden; man hörte nichts mehr als das gierige Lutschen ihrer Lippen.

»Haben die Bürgersleute von Piolaine dir nicht gesagt, daß du sie besuchen sollst?« fragte der Mann nach einer Weile.

Die Frau spitzte die Lippen mit einer Miene mutlosen Zweifels.

»Ja, sie sind mir begegnet«, antwortete sie. »Sie bringen den armen Kindern Kleider ... Ich werde heut morgen Lénore und Henri hinführen. Wenn sie mir wenigstens hundert Sous gäben!«

Wieder trat Stillschweigen ein. Maheu war fertig. Er blieb einen Augenblick unbeweglich, dann schloß er mit seiner dumpfen Stimme:

»Was willst du? Das ist nun einmal so, mach, was du kannst, um die Abendsuppe fertigzubringen. Das Schwatzen führt zu nichts; es wird besser sein, wenn ich zur Arbeit gehe.«

»Gewiß«, sagte die Maheu. »Blase das Licht aus; ich kann mir auch im Finstern den Kopf zerbrechen.«

Er blies die Kerze aus. Zacharie und Jeanlin stiegen schon hinunter, er folgte ihnen; die hölzerne Treppe krachte unter seinen schweren, mit wollenen Strümpfen bekleide-

ten Füßen. Die Stube und der Gang hinter ihnen lagen jetzt wieder in Finsternis. Die Kinder schliefen; auch Alzire hatte wieder die Augen geschlossen. Nur die Mutter schaute in die Finsternis, während an der hängenden Brust des erschöpften Weibes Estelle wie ein junges Kätzchen schnurrte.
In der Wohnstube im Erdgeschoß angekommen, beschäftigte sich Catherine zunächst mit dem Feuer. Es war ein Kamin aus Gußeisen da, mit einem Rost in der Mitte und einem Backofen auf jeder Seite. In diesem Kamin brannte unaufhörlich ein Kohlenfeuer. Die Gesellschaft verteilte monatlich acht Hektoliter Abfallkohle an jede Familie. Diese in den Minengängen zusammengelesene Rohkohle entzündete sich nur schwer; darum deckte das Mädchen jeden Abend das Feuer ab und brauchte es am Morgen nur aufzurühren, indem sie einige sorgfältig herausgesuchte Kohlenstückchen zulegte. Dann setzte sie einen Kochtopf auf den Rost und hockte sich vor dem Speiseschrank nieder.
Es war eine ziemlich geräumige Stube, die das ganze Erdgeschoß einnahm, apfelgrün gestrichen, von holländischer Sauberkeit mit seinen blankgescheuerten und mit feinem, weißem Sande bestreuten Fliesen. Außer dem Speiseschrank von gefirnißtem Tannenholz bestand die Einrichtung aus einem Tisch und Stühlen aus demselben Holze. An den Wänden hingen grell gemalte Bilder, von der Gesellschaft geschenkt, den Kaiser und die Kaiserin darstellend, dann Soldaten und Heilige in goldenen Gewändern, die von der hellen Kahlheit des Zimmers abstachen. Und es gab keinen anderen Zierat in der Stube als eine Schachtel von rosafarbenem Kartonpapier auf dem Speiseschrank und die Kuckucksuhr in buntbemaltem Kasten, deren helles Ticktack die Leere der hohen Stube auszufüllen schien. Neben der Tür, die sich auf die Stiege öffnete, gab es noch eine zweite Tür, die in den Keller führte. Trotz der Reinlichkeit verdarb der seit dem Abend eingeschlossene Geruch von verbrannten

Zwiebeln die Luft, diese heiße, schwere, stets von scharfem Kohlgeruch getränkte Luft.

Catherine hockte sinnend vor dem offenen Speiseschrank. Es war nichts geblieben als ein Stück Brot, weißer Käse zur Genüge, aber kaum ein Krümchen Butter; und es galt, vier Butterbrote zurechtzumachen. Endlich entschloß sie sich, schnitt die Brotstücke, bedeckte eines mit Käse, bestrich ein zweites mit Butter und legte die beiden zusammen. Das war der ›Ziegel‹, die Doppelschnitte, die jeden Morgen in die Grube mitgenommen wurde. Bald lagen die vier ›Ziegel‹ nebeneinander auf dem Tisch, mit größter Genauigkeit aufgeteilt, von dem größten, der für den Vater bestimmt war, bis zu dem kleinsten, den Jeanlin bekam.

Catherine, anscheinend ganz bei ihrer Arbeit, dachte über die Geschichten nach, welche Zacharie von dem Oberaufseher und Frau Pierron erzählte. Sie öffnete die Haustür zur Hälfte und warf einen Blick hinaus. Der Wind blies noch immer; an den niedrigen Häuserreihen des Dorfes flammten immer mehr Lichter auf, und das undeutliche Getümmel der erwachenden Bevölkerung machte sich vernehmbar. Türen wurden geöffnet und geschlossen; einzelne dunkle Reihen von Arbeitern zogen durch die Nacht dahin. Sie war doch recht dumm, sich einer Erkältung auszusetzen, da ja der Häuer gewiß zu Hause schlief, bis er um sechs Uhr seine Arbeit aufnehmen mußte. Aber sie verharrte dennoch in ihrer hockenden Stellung und beobachtete das Haus, das auf der anderen Seite, hinter den Gärten lag. Jetzt ging die Türe auf, und ihre Neugierde war wieder rege. Doch das konnte nur Lydie sein, die Tochter der Pierronschen Eheleute, die zur Grube ging.

Ein zischendes Geräusch veranlaßte sie, den Kopf zu wenden. Sie schloß die Tür und eilte zum Herd; das Wasser kochte, floß über und drohte das Feuer zu verlöschen. Es war kein Kaffee mehr da; sie mußte sich begnügen, Wasser auf den Satz von gestern zu schütten. Dann süßte

sie den Inhalt der Kaffeekanne mit Farinzucker. Eben kamen auch ihr Vater und ihre beiden Brüder herunter.
»Alle Wetter!« sagte Zacharie, als er die Nase in den Napf gesteckt hatte, »das ist ein Trank, der uns nicht zu Kopf steigen wird.«
Maheu zuckte resigniert die Achseln.
»Bah!« sagte er; »man hat doch wenigstens etwas Warmes im Leibe, und das tut wohl.«
Jeanlin hatte die Brosamen neben den Schnitten zusammengescharrt und in seinen Napf geworfen. Nachdem sie getrunken, goß Catherine den Rest des Kaffees in die blechernen Feldflaschen. Alle vier standen in dem fahlen Lichte der rauchigen Kerze und stürzten in aller Hast den Trunk hinunter.
»Sind wir endlich fertig?« fragte der Vater. »Man möchte glauben, daß wir von unseren Renten leben.«
Doch jetzt wurde von der Treppe her, deren Tür sie offen gelassen hatten, eine Stimme vernehmbar. Frau Maheu rief:
»Nehmt alles Brot; ich habe noch einen Rest von Nudeln für die Kinder übrig.«
»Ja, ja«, antwortete Catherine.
Sie hatte das Feuer wieder zugedeckt und in einer Ecke des Rostes einen Rest Suppe warmgestellt, welchen der Großvater, der um sechs Uhr kam, vorfinden sollte. Jeder holte unter dem Speiseschrank seine Holzschuhe hervor, hängte die Feldflasche um und schob die Butterschnitte in den Rücken, zwischen Hemd und Jacke. Dann brachen sie auf, die Männer voraus, das Mädchen hinterdrein, nachdem es die Kerze ausgelöscht und den Schlüssel umgedreht hatte. Das Haus verfiel wieder in Stille und Dunkelheit.
»Schau, wir gehen zusammen«, sagte ein Mann, der die Türe des Nachbarhauses schloß.
Es war Levaque mit seinem Sohn Bébert, einem Jungen von zwölf Jahren, der mit Jeanlin eng befreundet war.

Catherine war erstaunt, unterdrückte ein Lächeln und flüsterte Zacharie ins Ohr:

»Wie? Bouteloup wartete nicht einmal, bis der Gatte fort war?«

Die Lichter im Dorfe erloschen jetzt nacheinander. Eine letzte Tür fiel ins Schloß, dann ward wieder alles still; die Frauen und Kinder setzten in den bequemer gewordenen Betten ihren Schlaf fort. Und vom Dorfe bis zu dem pustenden Voreux-Schacht gab es einen langsamen Zug von Schatten, den Aufbruch der Kohlenarbeiter zum Werk, die ihre Schultern dahinschoben und ihre Arme, mit denen sie nichts anzufangen wußten, über die Brust kreuzten, während der Brotvorrat auf dem Rücken eines jeden einen kleinen Höcker bildete. Bloß mit dünner Leinwand bekleidet, zitterten sie in der Kälte, ohne sich deshalb mehr zu beeilen; in unregelmäßiger Reihe zogen sie mit dem Getrappel einer Herde längs des Weges dahin.

III

Etienne war vom Schutthügel endlich herabgestiegen und in den Voreux-Schacht eingetreten. Die Männer, an die er sich mit der Frage wandte, ob es keine Arbeit gäbe, schüttelten den Kopf und sagten ihm alle, er solle den Oberaufseher abwarten. Man ließ ihm freie Bewegung inmitten der schlecht beleuchteten Gebäude, die voll finsterer Löcher waren und beängstigend mit ihrem Labyrinth von Hallen und Stockwerken. Nachdem er eine dunkle, halbzerstörte Treppe emporgestiegen, befand er sich auf einem schwankenden Brückensteg; dann durchschritt er den Schuppen des Siebwerkes, der in so tiefer Finsternis lag, daß er mit den Händen vorausgehen mußte, um nicht anzustoßen. Plötzlich sah er vor sich zwei riesige, gelbe Augen die Nacht durchbrechen. Er befand sich unter dem Förderturm, in der Aufnahmehalle, an der Mündung des Schachtes.

Ein Aufseher, der Vater Richomme, ein Dicker mit dem Gesicht eines gutmütigen Gendarmen, das ein grauer Schnurrbart zierte, wandte sich eben nach dem Büro des Aufnahmebeamten.
»Braucht man hier nicht einen Arbeiter für irgendeine Beschäftigung?« fragte Etienne abermals.
Richomme schickte sich an, nein zu sagen; doch er wurde anderen Sinnes und sagte wie die anderen, während er sich entfernte:
»Erwarten Sie Herrn Dansaert, den Oberaufseher.«
Vier Laternen waren hier angebracht, und die Reflektoren, die das ganze Licht auf den Schacht warfen, beleuchteten hell die eisernen Geländer, die Hebel der Signale und Verschlüsse, die Pfosten der Seile, an denen die beiden Aufzugskästen hinabglitten. Der Rest, die einem Kirchenschiffe gleichende geräumige Halle, lag im Dunkel, war mit großen schwebenden Schatten erfüllt. Bloß die Laternenkammer flammte im Hintergrunde, während das Lämpchen im Büro des Aufnahmebeamten einem erlöschenden Stern glich. Die Kohleförderung war wiederaufgenommen worden, und es gab ein unaufhörliches Dröhnen auf den gußeisernen Platten. Die Kohlekarren rollten unablässig, und man sah die gebeugten Gestalten der an der Winde beschäftigten Männer inmitten des Getümmels all dieser in Bewegung befindlichen dunklen und geräuschvollen Gegenstände.
Einen Augenblick war Etienne unbeweglich, betäubt und geblendet. Er fror; denn der Luftzug kam von allen Seiten. Dann trat er einige Schritte vorwärts, angezogen durch die Maschine, deren stählerne und kupferne Bestandteile er jetzt glänzen sah. Sie stand etwa fünfundzwanzig Meter hinter der Schachtmündung, in einer höher gelegenen Halle, so fest auf ihrem Unterbau gelagert, daß sie mit Volldampf arbeitete, mit ihren vollen vierhundert Pferdekräften, ohne daß die Bewegung ihrer riesigen Treibstange, die gut geölt leicht und glatt auf- und abstieg, die Mauern im geringsten erschüttert hätte.

Der Maschinist, der am Verschlußkolben stand, lauschte dem Geklingel der Signale und wandte kein Auge von der Nachweistafel, auf welcher der Schacht mit seinen verschiedenen Stockwerken durch eine senkrechte Fuge dargestellt war, in der an Schnüren befestigte Bleistücke, die Aufzugskästen darstellend, auf- und niederliefen. Und bei jedem Abstieg, wenn die Maschine sich in Bewegung setzte, drehten sich die Wellen, die beiden Riesenräder von fünf Meter Durchmesser, auf deren Naben die Stahlseile sich in entgegengesetzter Richtung auf- und abrollten, mit solcher Schnelligkeit, daß sie grauem Staube glichen.
»Achtung!« riefen drei Arbeiter, die eine Riesenleiter schleppten.
Es fehlte nicht viel, und Etienne wäre von der Leiter erschlagen worden. Seine Augen gewöhnten sich allmählich an die Dunkelheit; er sah die Seilführung in der Luft, mehr als dreißig Meter stählerner Bänder, die in einem Schwung im Förderturm emporstiegen, dann über Räder gelegt waren, um senkrecht in den Schacht abzufallen, wo sie an den Aufzugskästen befestigt waren. Ein eisernes Gerüst, dem Gebälk eines Glockenturmes gleichend, trug die Räder. Es war wie der Flug eines Vogels, ohne Geräusch, ohne Anstoß; der rasende Lauf, das unaufhörliche Auf und Nieder eines Fadens mit ungeheurem Gewichte, der zwölftausend Kilogramm mit einer Geschwindigkeit von zehn Meter in der Sekunde zu heben vermochte.
»Achtung, Herrgott noch mal!« riefen die Arbeiter schon wieder, die die Leiter nach der anderen Seite schafften, um das linksseitige Rad zu untersuchen.
Etienne kehrte langsam in die Aufnahmehalle zurück. Dieser Riesenflug über seinem Haupte verblüffte ihn völlig. In dem von allen Seiten auf ihn eindringenden Luftzug fröstelnd, betrachtete er die Handhabung der Aufzugskästen, fast betäubt durch das Rollen der

Hunde. Neben dem Schacht arbeitete das Signal, ein Hebelhammer, welchen eine in der Tiefe angezogene Schnur auf einen Block niederfallen ließ. Ein Schlag für das Anhalten, zwei Schläge für den Abstieg, drei Schläge für den Aufstieg. Es war eine unaufhörliche Folge von Keulenschlägen, die den Tumult beherrschten, begleitet von einem hellen Geklingel, während der Arbeiter, der die Vorrichtung leitete, das Getöse noch vergrößerte, indem er dem Maschinisten durch ein Sprachrohr Weisungen zurief. Inmitten all dieses Getümmels tauchten die Kästen auf und versanken wieder, leerten sich und füllten sich, ohne daß Etienne etwas von dieser komplizierten Arbeit begriff.

Er begriff nur eins. Der Schacht verschlang Menschen in Bissen zu zwanzig und dreißig und mit einem so leichten Schlucken, als fühlte er gar nicht deren Durchzug. Um vier Uhr begann der Abstieg der Arbeiter. Sie kamen aus der Baracke, barfüßig, mit der Laterne in der Hand, in kleinen Gruppen wartend, bis sie in genügender Anzahl waren. Geräuschlos, mit dem stillen Auftauchen eines Nachttieres erschien der Eisenkäfig aus der finsteren Tiefe, setzte sich auf die Riegel mit seinen vier Stockwerken, deren jedes zwei mit Kohlen gefüllte Hunde enthielt. Auf den verschiedenen Absätzen holten Arbeiter die Hunde heraus und ersetzten sie durch andere, entweder leere oder mit Grubenholz beladene. Und in den leeren Hunden nahmen die Arbeiter Platz, zu fünf und fünf, bis zu vierzig auf einmal, wenn sie alle Abteilungen einnahmen. Eine Weisung erging durch das Sprachrohr, darauf folgte ein dumpfes, undeutliches Brüllen, während man viermal an dem Seil des unteren Signals zog, um die Ankunft dieser Ladung von menschlichem Fleisch anzukündigen. Dann, nach einem leichten Emporschnellen, sank der Kasten geräuschlos hinab, fiel wie ein Stein, ließ nichts hinter sich zurück als den vibrierenden Lauf des Seiles.

»Ist das tief?« fragte Etienne einen Grubenarbeiter, der

neben ihm stand und mit schläfriger Miene wartete, bis die Reihe an ihn kam.
»Fünfhundertvierundfünfzig Meter«, sagte der Mann. »Aber es gibt vier Absätze, den ersten in einer Tiefe von dreihundertzwanzig Meter.«
Beide schwiegen, die Augen auf das Seil gerichtet, das jetzt emporstieg. Etienne fragte wieder:
»Und wenn das reißt?«
»Oh, wenn das reißt ...«
Der Grubenarbeiter beendete den Satz mit einer Gebärde. Er war an der Reihe, der Aufzugskasten war mit seiner leichten, mühelosen Bewegung wiedererschienen. Er hockte darin nieder in Gesellschaft von Kameraden, und der Kasten versank; dann, nach kaum vier Minuten, tauchte er wieder auf, um eine neue Ladung von Männern zu verschlingen. Eine halbe Stunde lang fraß der Schacht in dieser Weise Menschen, mit einem mehr oder minder gierigen Schlund, je nach der Tiefe des Absatzes, wohin sie abstiegen, aber unaufhörlich, immer hungrig, ein Riesendarm, der ein Volk zu verdauen vermochte. Das füllte sich wieder und immer wieder, und die finstere Tiefe blieb stumm, der Kasten stieg mit der nämlichen gefräßigen Stille aus der Leere auf.
Etienne wurde schließlich von demselben Unbehagen ergriffen, das er schon auf dem Hügel gefühlt hatte. Was nützte seine Hartnäckigkeit? Dieser Oberaufseher wird ihn ebenso verabschieden wie die anderen. Eine unbestimmte Angst brachte ihn plötzlich zu einem Entschluß. Er ging fort und machte draußen erst vor dem Gebäude der Dampfkessel halt. Das weit offene Tor ließ sieben Kessel mit je zwei Herden sehen. Inmitten des weißen Dunstes und des unter lautem Pfeifen entweichenden Dampfes war ein Heizer damit beschäftigt, einen der Feuerherde frisch zu füllen, dessen sengende Glut man bis zur Schwelle fühlte. Dieser Wärme sich freuend trat der junge Mann näher, als er einem neuen Trupp von Kohlenarbeitern begegnete, die eben bei der Grube ein-

trafen. Es waren die Maheu und die Levaque. Als er an der Spitze des Trupps Catherine mit ihrem sanften Knabenantlitz erblickte, kam ihm der abergläubische Gedanke, noch eine letzte Frage zu wagen.
»Sagen Sie, Kamerad, braucht man hier nicht einen Arbeiter für irgendeine Arbeit?«
Sie sah ihn überrascht an, ein wenig erschreckt über diese plötzlich aus dem Dunkel auftauchende Stimme. Doch Maheu, der hinter ihr kam, hatte die Frage gehört und beantwortete sie, indem er sich einen Augenblick zum Plaudern gönnte. Nein, man bedürfe keines Arbeiters, sagte er. Dieser arme Teufel, dieser herumirrende Arbeiter interessierte ihn. Als er ihn verließ, sagte er zu den anderen:
»Schaut, so könnte es auch uns ergehen! . . . Man muß nicht allzuviel klagen. Nicht alle haben Arbeit bis über den Kopf.«
Der Trupp trat ein und begab sich geradewegs zur Baracke, einem weiten Saal mit grobem Kalkbewurf, ringsum mit Schränken angefüllt, die mit Vorlegeschlössern verschlossen waren. In der Mitte stand ein eiserner Kamin, eine Art Ofen ohne Tür, feuerrot, dermaßen vollgestopft mit glühender Kohle, daß einzelne Stücke platzten und auf den gestampften Boden herausfielen. Der Saal war nur durch diesen Ofen erhellt, dessen blutrote Reflexe an dem schmutzigen Gebälk tanzten, bis hinauf zu dem mit schwarzem Staub belegten Plafond.
Als die Maheu ankamen, gab es lautes Gelächter in dem heißen Saale. Etwa dreißig Arbeiter standen da mit dem Rücken zum Feuer gewandt, sich mit der Miene des Behagens röstend. Vor dem Abstieg kamen alle hierher und nahmen in ihrer Haut ein Stück Wärme mit, um der Feuchtigkeit des Schachtes Trotz bieten zu können. An diesem Morgen gab es einen Spaß; man scherzte mit der Mouquette, einer Schlepperin von achtzehn Jahren, einer gutmütigen Dirne, deren riesiger Busen und Hinterteil die Jacke und Hose zu sprengen drohten. Sie wohnte in

Réquillart mit ihrem Vater, dem alten Mouque, der als Stallknecht diente, und ihrem Bruder Mouquet, der bei der Winde beschäftigt war. Da die Arbeitsstunden nicht für alle die gleichen waren, ging sie allein zur Grube. Zur Sommerszeit im Getreide, zur Winterszeit an eine Mauer gelehnt, gab sie sich dem Vergnügen hin in Gesellschaft des für die Woche erkorenen Schatzes. Das ganze Bergwerk kam an die Reihe, sämtliche Kameraden in einem Turnus, ohne daß die Sache weitere Folgen hatte. Eines Tages, als man ihr einen Nagelschmied von Marchiennes zum Vorwurf machte, barst sie vor Zorn und schrie, daß sie zuviel Selbstachtung habe und sich einen Arm abhacken würde, wenn jemand sich schmeicheln könnte, sie mit einem anderen als mit einem Kohlenarbeiter gesehen zu haben.

»Ist's denn nicht mehr der lange Chaval?« fragte ein Arbeiter spöttisch. »Du hast diesen Kleinen genommen? Aber der braucht ja eine Leiter! ... Ich sah euch neulich hinter Réquillart. Er ist auf einen Eckstein gestiegen ...«

»Was weiter?« erwiderte die Mouquette wohlgelaunt. »Was hat es dich zu kümmern? Man hat dich nicht gerufen nachzuhelfen.«

Diese gutmütige Roheit erregte neue Heiterkeitsausbrüche der Männer, die ihre halb angebrannten Schultern rundeten, während sie von Lachen geschüttelt in der Schamlosigkeit ihres Kostüms unter ihnen herumging, mit ihren bis zur Ungesundheit angeschwollenen Fleischklumpen, komisch und beängstigend zugleich.

Doch alsbald wich die Heiterkeit wieder. Die Mouquette erzählte Maheu, daß die lange Fleurance nicht mehr kommen werde; man habe sie gestern tot und starr in ihrem Bette gefunden. Die einen redeten von einem Herzleiden, die anderen von einer allzu hastig geleerten Schnapsflasche. Maheu war verzweifelt über diese Nachricht; dies sei nun wieder ein Unglück, er verlor eine seiner Hilfsarbeiterinnen, ohne sie sogleich ersetzen zu können.

Er arbeitete im Akkord; sie waren vier Häuer in seinem Schlag; er, Zacharie, Levaque und Chaval; wenn sie nur mehr Catherine als Schlepperin hatten, mußte die Arbeit sicherlich dabei leiden. Plötzlich rief er aus:

»Halt! und der Mann, der vorhin Arbeit suchte?«

Eben kam Dansaert an der Baracke vorüber. Maheu erzählte ihm die Geschichte und bat um die Ermächtigung, den Mann anzuwerben; dabei betonte er das Bestreben der Gesellschaft, die Hilfsarbeiterinnen durch Burschen zu ersetzen wie in Anzin. Der Oberaufseher lächelte zuerst; denn der Vorschlag, die Frauen von der Grubenarbeit auszuschließen, mißfiel gewöhnlich den Bergleuten, die um die Anstellung ihrer Töchter besorgt waren, wenig berührt durch die Frage der Sittlichkeit und der Gesundheit. Nach kurzem Zögern gab er endlich seine Einwilligung, mit dem Vorbehalt jedoch, die Genehmigung seiner Entscheidung bei Herrn Négrel, dem Ingenieur, einzuholen.

»Oh, der Mann muß schon weit sein, wenn er seither immer geht«, sagte Zacharie.

»Nein«, sagte Catherine, »ich habe ihn bei den Dampfkesseln stehen sehen.«

»Lauf ihm nach, Maulaffe!« rief Maheu.

Das Mädchen setzte sich in Lauf, während ein Trupp Arbeiter zum Schacht hinaufging und anderen das Feuer überließ. Auch Jeanlin holte seine Laterne, ohne den Vater abzuwarten, mit ihm Bébert, ein dicker, naiver Junge, und Lydie, ein schwächliches Mädchen von zehn Jahren. Die Mouquette, die vor ihnen aufgebrochen war, brach in dem dunklen Treppengang in ein Geschrei aus, nannte sie schmutzige Rangen und drohte ihnen mit Ohrfeigen, wenn sie sie wieder in die Beine kniffen.

Etienne plauderte in der Tat bei den Kesseln mit dem Heizer, der die Öfen frisch füllte. Es überlief ihn eiskalt bei dem Gedanken, daß er wieder in die finstere Nacht hinaustreten sollte. Indes entschloß er sich zum Aufbruch, als er eine Hand auf seiner Schulter fühlte.

»Kommen Sie«, sagte Catherine, »es ist etwas da für Sie.«

Er begriff nicht sogleich; dann wallte die Freude in ihm auf und er drückte dem Mädchen kräftig die Hände.

»Danke, Kamerad ... Sie sind ein guter Junge, wahrhaftig!«

Sie begann zu lachen, während sie ihn im roten Lichte der Feuerherde betrachtete. Es machte ihr Spaß, daß er sie für einen Jungen hielt, weil sie noch so schmächtig und ihr Haarknoten unter der Haube verborgen war. Auch er lachte zufrieden, und sie standen einen Augenblick mit frohen Gesichtern einander gegenüber. Maheu hockte in der Baracke vor seiner Kiste und zog seine Holzschuhe und Wollstrümpfe aus. Als Etienne kam, wurde alles in wenigen Worten geregelt: dreißig Sous Taglohn für eine anstrengende Arbeit, die er bald erlernen würde. Der Häuer riet ihm, seine Schuhe an den Füßen zu behalten, und er lieh ihm einen alten ledernen Hut zum Schutze für seinen Schädel, eine Vorsicht, welche der Vater und seine Kinder verschmähten. Man holte das Arbeitsgerät aus der Kiste, wo sich zufällig auch die Schaufel der Fleurance vorfand. Dann, als Maheu die Holzschuhe und die Strümpfe aller sowie das Bündel Etiennes in der Kiste verschlossen hatte, verlor er plötzlich die Geduld.

»Was macht denn dieser Tölpel von Chaval?« rief er. »Sicherlich hat er wieder eine Dirne auf einen Steinhaufen hingeworfen. Wir haben uns heute um eine halbe Stunde verspätet.«

Zacharie und Levaque brieten sich ruhig die Schultern. Ersterer sagte schließlich:

»Du wartest auf Chaval? Er ist vor uns gekommen und sogleich angefahren.«

»Wie, du weißt das und sagst mir nichts davon? Vorwärts, sputen wir uns!«

Catherine, die ihre Hände wärmte, mußte dem Trupp folgen. Etienne ließ sie vorausgehen und schritt hinter ihr. Wieder kam er durch ein ganzes Labyrinth von Treppen und dunklen Gängen, wo die nackten Füße das weiche Geräusch von altem Schuhwerk hervorbrachten. Schließlich befand man sich vor der hell beleuchteten Lampenkammer. Sie war ein durch eine Glaswand abgesonderter Raum voll mit Gestellen, wo es in übereinandergelegten Fächern Hunderte von Davyschen Sicherheitslampen gab, die, nachdem sie sorgfältig untersucht und nach dem gestrigen Gebrauch gereinigt worden, angezündet wurden und den brennenden Kerzen einer erleuchteten Kapelle glichen. Am Schalter empfing jeder seine Lampe, die mit seiner Nummer gestempelt war; dann prüfte er sie und schloß sie selbst, während ein an einem Tische sitzender Kontrollbeamter in einem Register die Stunde der Anfahrt verzeichnete. Maheu mußte dazwischentreten, um die Laterne für seinen neuen Schlepper zu erhalten. Noch eine Vorsichtsmaßregel wurde beobachtet; die Arbeiter zogen an einem Kontrolleur vorüber, der sich vergewisserte, ob auch alle Laternen wohl verschlossen seien.

»Alle Wetter, hier ist es nicht warm«, murmelte Catherine zähneklappernd.

Etienne begnügte sich, mit dem Kopf zustimmend zu nicken. Er stand wieder vor dem Schacht, in der Mitte der weiten, vom Luftzug durchfegten Halle. Gewiß, er hielt sich für tapfer, und dennoch faßte ihn das unbehagliche Gefühl der Aufregung an der Gurgel inmitten des Dröhnens der rollenden Hunde, der dumpfen Schläge der Signalhämmer, des heiseren Geheuls des Sprachrohrs, angesichts des unablässigen Fluges der Kabel, welche durch die Wellen der Maschine mit voller Dampfkraft auf und abgerollt wurden. Die Aufzugskästen stiegen auf und nieder mit ihrem stillen Gleiten eines nächtlichen Tieres, immer wieder Männer verschlingend, die der Schacht zu trinken schien. Er kam jetzt an die Reihe; ihm war sehr kalt, aber er bewahrte ein nervöses Stillschweigen, über das Zacharie und Levaque sich lustig machten; denn die beiden mißbilligten die Anwerbung des Unbekannten, besonders Levaque, der beleidigt war, weil man ihn nicht zu Rate gezogen hatte. Darum war Catherine ordentlich froh, als sie hörte, wie ihr Vater dem jungen Mann die Dinge erklärte.

»Schauen Sie, oberhalb des Kastens gibt es eine Schutzvorrichtung, eiserne Krampen, die sich in die Falze einhaken, wenn die Leitung reißt. Das funktioniert, aber nicht immer ... Der Schacht ist in drei Abteilungen geteilt, die von oben bis hinunter durch Planken abgeschlossen sind; in der Mitte laufen die Kästen, links ist der Schacht der Leitern ...«

Doch er unterbrach sich, um mürrisch, aber nur halblaut zu sagen:

»Aber was treiben wir da? Ist es erlaubt, uns so gottsjämmerlich frieren zu lassen!«

Der Aufseher Richomme, der sich ebenfalls zur Anfahrt rüstete und dessen Laterne mit frei brennender Flamme an seiner Kappe hing, hörte diese Klage.

»Hab acht, die Wände haben Ohren!« brummte er in väterlichem Ton, als alter Arbeiter, der für seine Kameraden gütig geblieben war. »Die Vorbereitungen müssen doch gemacht werden. Da, wir sind schon dabei; steige mit deinen Leuten ein.«

In der Tat harrte ihrer, fest in den Ankern sitzend, der durch Blechplatten und ein enges Drahtnetz geschützte Aufzugskasten. Maheu, Zacharie, Levaque und Catherine schlüpften in einen rückwärtigen Hund, und weil ihrer fünf dort Platz finden sollten, folgte ihnen Etienne dahin; allein, da die guten Plätze schon besetzt waren, mußte er neben dem Mädchen niederhocken, dessen Ellbogen ihm den Bauch bearbeitete. Seine Lampe war ihm im Wege; man riet ihm, sie in ein Knopfloch seiner Jacke zu hängen. Aber er hörte nicht und behielt sie ungeschickt in der Hand. Das Einsteigen der Arbeiter dauerte fort, über und unter ihnen; es war wie eine verworrene Verladung von Vieh. Was ging denn vor, daß man noch immer nicht anfahren konnte? Sein ungeduldiges Harren schien ihm schon lange, bange Minuten zu währen. Endlich gab es einen Ruck, und alles versank, die Gegenstände um ihn her schienen zu entfliegen; er selbst hatte ein schwindelerregendes, beklemmendes Gefühl des Fallens, welches ihm die Eingeweide zusammenzog. Das währte so lange, als sie über Tage waren und inmitten der rollenden Flucht des Gebälks durch die zwei Stockwerke der Aufnahmehalle fuhren. Dann, als sie in die Finsternis des Schachtes hinabsanken, war er wie betäubt und hatte nicht mehr das klare Bewußtsein seiner Empfindungen.

»Nun sind wir angefahren«, sagte Maheu ruhig.

Alle waren guten Mutes; nur er fragte sich zuweilen, ob er steige oder sinke. Wenn der Kasten gerade niederfiel, ohne die Falze zu berühren, dann schien es, als verharrte er in Unbeweglichkeit; dann kam wieder ein plötzliches Erzittern, eine Art von Hüpfen in den Balken, das ihm die Angst vor einer Katastrophe einjagte. Er konnte übrigens hinter dem Drahtgitter, an das er sein Antlitz drückte, die Wände des Schachtes nicht unterscheiden. Die Laternen beleuchteten nur undeutlich die zusammengepferchten Leiber zu seinen Füßen. Nur die frei brennende Lampe des Aufsehers in dem benachbarten Hund glänzte wie ein Leuchtfeuer.

»Dieser Schacht hat vier Meter im Durchmesser«, fuhr Maheu in seiner Belehrung fort. »Die Verzimmerung müßte schon erneuert werden, denn das Wasser sickert auf allen Seiten durch ... Jetzt kommen wir auf der Zwischenebene an; hören Sie?«

Etienne fragte sich eben, was dieses platzregenartige Geräusch bedeuten möge. Zuerst hatten einige dicke Tropfen auf das Dach der Schale aufgeschlagen, wie bei dem Beginn eines Wolkenbruches; jetzt verdichtete sich der Regen, floß in einem Strom, verwandelte sich zu einer wahren Sintflut. Das Dach war ohne Zweifel durchlöchert, denn ein Wasserfaden floß auf seine Schulter herab und durchnäßte ihn bis auf die Haut. Die Kälte wurde eisig; man versank in feuchter Finsternis, dann fuhr man rasend durch blendende Helle; es war wie die Vision einer Höhle, wo Menschen sich bewegen, im Lichte eines Blitzes. Schon sank man wieder in das Nichts.

Maheu sagte:

»Das ist der erste Absatz. Wir sind jetzt dreihundertzwanzig Meter tief ... Betrachten Sie nur die Schnelligkeit.«

Er hob die Laterne und beleuchtete einen Balken der Leitung, der mit solcher Geschwindigkeit dahineilte wie ein Schienengleis unter einem mit vollem Dampfe dahinrollenden Zuge; und darüber hinaus war noch immer nichts zu sehen. Es folgten noch drei Absätze, deren Helle man im Fluge durchfuhr. Der Regen prasselte mit betäubendem Geräusch durch die Finsternis hernieder.

»Wie tief das ist!« murmelte Etienne.

Ihm war, als währte dieser Fall seit Stunden. Er litt infolge der unbequemen Stellung, die er in dem Hund eingenommen hatte, wagte aber dennoch nicht, sich zu rühren; besonders der Ellbogen Catherines marterte ihn. Sie sprach kein Wort; er fühlte bloß, wie sie so eng an ihn gelehnt dasaß, daß sie ihn erwärmte. Als der Aufzugskasten endlich am Grund des Schachtes, in einer Tiefe von fünfhundertvierundfünfzig Metern, hielt, war er erstaunt zu hören, daß der Abstieg genau eine Minute gedauert hatte. Doch das Geräusch der Anker, die sich einhakten, und das Gefühl der Festigkeit unter seinen Füßen gaben ihm sogleich seine gute Laune wieder, und zum Spaß redete er Catherine mit Du an.

»Was hast du nur unter der Haut, daß du so warm bist? ... Dein Ellbogen ist mir sicherlich in den Bauch eingedrungen.«

Nun brach auch sie in ein Gelächter aus. Wie konnte er so albern sein, sie noch immer für einen Jungen zu halten? Hatte er denn die Augen verstopft?

»In den Augen hast du meinen Ellbogen, nicht im Bauche«, erwiderte sie mit einem neuerlichen Heiterkeitsausbruch, den der überraschte junge Mann sich nicht zu erklären wußte.

Der Kasten leerte sich; die Arbeiter durchschritten die Aufzugshalle. Diese Halle war in den Felsen gehauen, mit gemauertem Gewölbe, durch große Lampen mit frei brennendem Licht erhellt. Die Verlader rollten die vollen Hunde mit dröhnendem Geräusch auf dem mit gußeisernen Platten belegten Boden dahin. Von den nassen Mauern ging ein Kellergeruch aus, eine nach Salpeter riechende Kühle, zuweilen durchweht von einem warmen Odem, der aus dem benachbarten Stalle kam. Vier Stollen öffneten sich hier klaffend.

»Nach dieser Richtung«, sagte Maheu zu Etienne. »Wir sind noch nicht am Ziel; wir haben gute zwei Kilometer zurückzulegen.«

Die Arbeiter trennten sich, verloren sich gruppenweise in der Tiefe dieser schwarzen Höhlen. Ihrer fünfzehn wandten sich nach dem linksseitigen Stollen; Etienne ging als letzter, hinter Maheu, dem Catherine, Zacharie und Levaque vorausschritten. Es war ein schöner Abfuhrstollen, quer durch die Schicht angelegt und von so festem Gestein, daß er nur stellenweise untermauert werden mußte. Einzeln schritten sie dahin, immer fürbaß, ohne ein Wort zu sprechen, in dem schwachen Licht ihrer Laternen. Der junge Mann strauchelte bei jedem Schritt; seine Füße blieben in den Schienen stecken. Seit einer Weile wurde er durch ein dumpfes Getöse geängstigt; es war wie das Grollen eines fernen Gewitters, das an Heftigkeit zuzunehmen und aus dem Innern der Erde zu kommen schien. War es der Donner eines Einsturzes, der die ungeheure Masse, die sie vom Tageslichte trennte, in Trümmer legte? Jetzt durchzuckte eine Helle die Nacht und er fühlte den Fels erzittern. Als er sich gleich seinen Kameraden knapp an die Wand gestellt hatte, sah er vor seinem Antlitz ein großes weißes Pferd vorüberziehen, das vor einen Zug von Hunden gespannt war. Auf dem ersten Hund saß Bébert, die Zügel haltend, während Jeanlin, die Fäuste auf den Rand des letzten Hundes gestemmt, mit nackten Füßen hinterdreinlief.

Sie setzten nun ihren Marsch fort. Weiterhin kam ein Kreuzweg; hier öffneten sich zwei neue Stollen, und der Trupp teilte sich abermals; die Arbeiter verteilten sich nach und nach auf alle Werkplätze der Grube. Der Stollen war hier mit einer Verholzung versehen; Eichensparren stützten die Decke und bildeten um den leicht einfallenden Felsen eine Verkleidung von Gebälk, hinter der man die Schieferplatten mit ihrem Glimmerglanz und die plumpe, glanzlose, ruppige Masse des Sandsteines sah. Züge von vollen oder leeren Hunden kamen unablässig vorüber, kreuzten sich, mit ihrem Dröhnen, das sich im Dunkel verlor, wie fortgezogen durch undeutlich sichtbare Tiere in einem gespensterhaften Trabe. Auf einem Nebengeleis lag, einer langen, schwarzen Schlange gleichend, ein Kohlenzug, dessen Pferd schnaubte, dermaßen in Dunkelheit getaucht, daß das kaum sichtbare Hinterteil des Tieres einem von der Wölbung niedergefallenen Block glich. Lüftungstüren öffneten und schlossen sich langsam. Und je weiter man kam, wurde der Minengang immer enger, immer niedriger, mit ungleichem Dach, das die Arbeiter unaufhörlich zwang, sich zu bücken.

Etienne fuhr mit dem Kopf hart an die Decke. Ohne den Schutz der Lederkappe hätte er sich den Schädel eingerannt. Indes folgte er aufmerksam den geringsten Bewegungen Maheus, dessen dunkler Schatten sich von dem Licht der Laternen abhob. Keiner der Arbeiter stieß sich an, sie mußten jeden Ast an der Verzimmerung, jeden Vorsprung der Bergwand kennen. Der junge Mann litt auch durch den rutschigen Boden, der immer nässer wurde. Zuweilen kam er durch wahre Pfützen, deren Vorhandensein nur durch das klatschende Geräusch der Füße verraten wurde. Doch was ihn hauptsächlich in

Erstaunen setzte, war der plötzliche Temperaturwechsel. Auf dem Grunde des Schachtes war es sehr kühl, und in dem Abfuhrstollen, wo alle Luft der Grube ihren Durchzug hatte, wehte ein eisiger Wind, der zwischen den engen Mauern zur Heftigkeit eines Sturmes anschwoll. Weiterhin, als man die anderen Wege einschlug, die nur spärliche Lüftung hatten, fiel der Wind und stieg die Wärme bis zu einer bleischweren, erstickenden Schwüle.

Maheu hatte den Mund nicht mehr geöffnet. Er bog rechts in einen neuen Stollen ein und sagte zu Etienne, ohne sich umzuwenden:

»Der Wilhelms-Stollen«.

In diesem Stollen war ihr Bau. Gleich nach den ersten Schritten stieß Etienne überall mit dem Kopf und den Ellbogen an. Die abschüssige Decke senkte sich so tief hernieder, daß er in einer Länge von zwanzig bis dreißig Meter auf den Knien fortrutschen mußte. Das Wasser reichte ihm bis zu den Knöcheln. So hatte man einen Weg von etwa zweihundert Meter zurückgelegt, als er plötzlich Zacharie, Levaque und Catherine verschwinden sah, die durch einen schmalen Spalt, den er vor sich sah, entschlüpft zu sein schienen.

»Jetzt gilt's emporzuklettern«, sagte Maheu. »Hängen sie die Lampe in ein Knopfloch und halten Sie sich an der Verzimmerung fest.«

Nun verschwand auch er selbst. Etienne mußte ihm folgen. Dieser Kamin in der Ader war für die Arbeiter freigelassen und diente als Zugang für alle Seitenwege. Er war so breit wie die Kohleschicht, kaum sechzig Zentimeter. Glücklicherweise war der junge Mann von schmächtiger Figur; denn ungeschickt, wie er noch war, rang er sich mit einem überflüssigen Aufwand von Muskelkräften empor, Schultern und Hüften einziehend, an die Hölzer der Verzimmerung sich klammernd, mit Hilfe der aufgestemmten Handknöchel vorwärtsstrebend. Fünfzehn Meter weiter oben fand man den ersten

Seitengang; doch sie mußten weiter, denn der Schlag von Maheu und Genossen befand sich im sechsten Gang, in der ›Hölle‹, wie sie sagten. Und von fünfzehn zu fünfzehn Meter lag ein Gang über dem andern; der Aufstieg wollte kein Ende nehmen, durch diesen Spalt, der Rücken und Brust abschürfte. Etienne keuchte, als hätte das Gewicht der Felsen ihm die Glieder zermalmt; seine Hände waren zerrissen, seine Beine todmüde, und vor allem fehlte es ihm an Luft, so daß er das Gefühl hatte, als wollte das Blut ihm die Haut platzen lassen. In einem Seitenwege sah er undeutlich zwei Geschöpfe hocken, ein kleines und ein dickes, die Hunde schoben; es waren Lydie und die Mouquette, schon bei der Arbeit. Und nun hatte er noch zwei Schläge zu erklettern. Der Schweiß blendete ihn; er verzweifelte daran, die anderen zu erreichen, deren gelenkige Glieder er an dem Felsen lang dahingleiten hörte.

»Mut, wir sind zur Stelle«, hörte er Catherine sagen.

Doch als er tatsächlich an Ort und Stelle war, rief eine andere Stimme aus der Tiefe des Schlages heraus:

»Nun, was ist's denn? Wollt ihr uns etwa zum besten halten? Ich komme von Montsou, habe zwei Kilometer zurückzulegen und bin der erste am Platz!«

Es war Chaval, ein großer, magerer Mensch von fünfundzwanzig Jahren, knochig, mit scharf ausgeprägten Zügen. Er ärgerte sich, weil man ihn hatte warten lassen. Als er Etienne bemerkte, fragte er im Tone der Überraschung und Geringschätzung:

»Wer ist denn das?«

Und als Maheu ihm die Geschichte erzählt hatte, brummte er zwischen den Zähnen:

»So? Die Burschen essen jetzt das Brot der Dirnen?«

Die beiden Männer tauschten einen Blick aus, in welchem der instinktive Haß plötzlich aufflammte. Etienne hatte den Schimpf empfunden, ohne die Bemerkung recht zu verstehen. Es herrschte Stille, und alle gingen an die Arbeit. Die Adern füllten sich allmählich, man war bei allen Schlägen in voller Tätigkeit, in jedem Stockwerk, am Ende eines jeden Minenganges. Der gefräßige Schacht hatte seine tägliche Ration Menschen verschlungen, nahezu siebenhundert Arbeiter, die jetzt in diesem riesigen Ameisenbau arbeiteten, die Erde von allen Seiten durchlöchernd, daß sie aussah wie altes wurmstichiges Holz. Und wenn man inmitten der bedrückenden Stille, die hier unter den tiefen Schichten herrschte, das Ohr an den Felsen legte, konnte man die Arbeit dieser in Bewegung befindlichen Menschenkäfer hören, angefangen von dem Flug des Kabels, welches den Förderkorb auf- und niedersteigen ließ, bis zu den Schlägen der Werkzeuge, die in der Tiefe der Stollen die Kohle aus dem Gestein brachen.

Als Etienne sich umwandte, fand er sich abermals an Catherine gedrängt. Doch diesmal verspürte er die beginnenden Rundungen ihres Busens, und er erklärte sich auch sogleich die Wärme, die ihn durchdrungen hatte.

»Du bist ein Mädchen?« murmelte er betroffen.

Worauf sie in heiterem Tone und ohne zu erröten erwiderte:

»Gewiß … Aber du hast lange gebraucht, um es zu merken.«

IV

Die vier Häuer lagen, einer über dem andern, auf dem sanft ansteigenden Flöz hingestreckt. Durch den Bretterverschlag getrennt, der die abgeschlagene Kohle festhielt, nahm jeder etwa vier Meter Raum in dem Minengange ein. Die Ader war an dieser Stelle so dünn – kaum fünfzig Zentimeter –, daß sie gleichsam zwischen Decke und Mauer eingezwängt lagen, mittels der Knie und Ellbogen sich fortbewegend, bei der geringsten Bewegung mit den

Schultern an die Mauer stoßend. Sie mußten, um die Kohle anzubrechen, auf der Seite liegen, mit zurückgebogenem Halse, und schräg die kurzstielige Spitzhacke schwingen.
Zuunterst lag Zacharie, Levaque und Chaval über ihm und ganz oben Maheu. Jeder bearbeitete zuerst die Schicht mit der Spitzhacke, machte dann zwei vertikale Einschnitte und löste schließlich den Block los, indem er am oberen Teil ein Eisen einstemmte. Die Steinkohle war fett; der Block zerbrach und rollte in Stücken den Bauch und die Schenkel entlang. Wenn diese durch den Verschlag festgehaltenen Stücke sich unter ihnen angesammelt hatten, verschwanden die Häuer, gleichsam eingemauert in dem engen Spalt.
Maheu litt am meisten. Oben stieg die Temperatur bis auf fünfunddreißig Grad; es gab keine Luftbewegung mehr; der Druck wurde auf die Dauer tödlich. Er hatte, um deutlich zu sehen, seine Lampe an einem Nagel neben seinem Kopfe befestigen müssen; und diese neben seinem Schädel brennende Lampe brachte sein Blut vollends zum Sieden. Die schlimmste Marter aber kam von der Nässe. Wenige Zentimeter über seinem Antlitz floß das Wasser aus dem Felsen; dicke Tropfen fielen in unablässiger, rascher Folge und einem gewissen beharrlichen Rhythmus immer auf die nämliche Stelle. Vergebens drehte er den Hals; die Tropfen klatschten ihm unablässig ins Gesicht. Nach einer Viertelstunde war er durchnäßt und überdies von Schweiß bedeckt, so daß ein dichter Dampf von ihm ausging wie von feuchter Wäsche. Heute fiel ihm ein Tropfen so hartnäckig ins Auge, daß er zu fluchen begann. Er wollte die Arbeit nicht aufgeben und führte kräftige Schläge, die ihn zwischen den zwei Felsen erschütterten wie eine Blattlaus zwischen zwei Blättern eines Buches unter der Gefahr, vollständig zerdrückt zu werden.
Kein Wort wurde gewechselt. Alle arbeiteten; man hörte nichts als diese unregelmäßigen, dumpfen, gleichsam

fernen Schläge. Jedes Geräusch klang rauh, ohne Widerhall in dieser toten Luft. Und es schien, als wäre die Finsternis von einer ganz unbekannten Schwärze, verdichtet durch den fliegenden Kohlenstaub, beschwert durch die Gase, die auf die Augen drückten. Die Dochte der Lampen unter ihrem Hütchen von metallischer Leinwand waren in dieser Luft nur rötliche Punkte. Man konnte nichts unterscheiden; gähnend öffnete sich der Schlag und stieg hinan wie ein breiter, platter, schräger Kamin, wo der durch zehn Winter angehäufte Ruß eine tiefe Finsternis verursacht. Gespensterhafte Formen bewegten sich darin; die Irrlichter ließen bald die Rundung einer Hüfte sehen, bald wieder einen knotigen Arm oder ein dräuendes Haupt, eingeschwärzt, wie um ein Verbrechen zu begehen. Zuweilen leuchteten die losgelösten Kohlenblöcke an ihren Ecken und Kanten plötzlich in einem kristallischen Widerschein auf. Dann versank wieder alles in Dunkelheit; die Spitzhacken arbeiteten mit dumpfen Schlägen; man hörte nichts als das Keuchen der Brust und das Murren des Unbehagens und der Ermüdung in der drückenden Luft und dem strömenden Wasser.

Zacharie, dessen Arme von der Ausschweifung am Abend vorher noch ganz schlaff waren, ließ die Arbeit bald im Stich, indem er die Notwendigkeit, die Wand zu verzimmern, vorschützte. Dies gestattete ihm eine kleine Ruhepause, während der er leise vor sich hinpfiff und in die Leere starrte. Hinter den Häuern waren nahezu drei Meter der Ader hohl, ohne daß sie noch die Vorsicht gebraucht hätten, den Felsen zu stützen, unbekümmert um die Gefahr und geizend mit ihrer Zeit.

»He, Aristokrat, reiche mir Holz herauf!« rief der junge Mann Etienne zu.

Etienne, der von Catherine lernte, wie die Schaufel zu gebrauchen sei, mußte Holz nach dem Schlag hinaufschaffen. Es war noch vom gestrigen Tage ein kleiner

Vorrat da. In der Regel wurde jeden Morgen das Holz hinabgeschafft, fertig geschnitten, je nach der Stärke der Schicht.

»Spute dich doch, verdammter Faulpelz«, rief Zacharie, als er sah, wie der neue Schlepper inmitten der Kohlen mühselig emporkletterte, die Arme mit vier Stück Eichenholz beladen.

Er machte mit seiner Spitzhacke einen Einschnitt in der Decke, dann einen zweiten in der Wand; in diese Einschnitte stemmte er die beiden Enden der Hölzer, und so stützte er den Felsen. Nachmittags holten die Erdarbeiter den Schutt, den die Häuer in den Stollen zurückgelassen hatten, und füllten damit die ausgebeuteten Gänge der Ader, wobei sie nur den unteren und den oberen Weg zur Fortschaffung der Kohle frei ließen.

Maheu hatte aufgehört zu stöhnen. Endlich hatte er seinen Block los. Er trocknete sich mit dem Rockärmel das schweißbedeckte Antlitz und schaute nach, was Zacharie, der hinter ihm heraufgeklommen war, anfangen wollte.

»Laß das«, sagte er, »wir werden nach dem Frühstück nachschauen ... Besser im Schlag fortzufahren, wenn wir unsere Anzahl Hunde fertigbringen wollen.«

»Die Decke senkt sich«, bemerkte der junge Mann. »Schau, da gibt es einen Riß. Ich fürchte einen Einsturz.«

Doch der Vater zuckte mit den Achseln. Ach was, Einsturz! Das wäre auch nicht zum erstenmal; man wird dabei nicht gleich die Knochen lassen. Er erzürnte sich schließlich und sandte seinen Sohn zum vorderen Schlag zurück.

Übrigens benützten alle die Pause, um die Glieder zu recken. Levaque, der auf dem Rücken liegen blieb, fluchte, weil ihm ein niederfallender Stein den linken Daumen verletzt hatte. Chaval zog wütend das Hemd aus und entblößte seinen Oberkörper, um weniger durch die Hitze zu leiden. Sie alle waren schon von der

Kohle geschwärzt, dicht überzogen von einem feinen Staub, den der Schweiß in schwarze Bäche und Tümpel an den Leibern verwandelte. Maheu ging zuerst wieder an die Arbeit, diesmal tiefer unten, am Fuße der Felswand. Der Wassertropfen fiel ihm jetzt auf die Stirn mit solcher Beharrlichkeit, daß er glaubte, ihm würde schließlich der Schädel durchbohrt werden.

»Achte nicht darauf«, sagte Catherine zu Etienne; »sie schreien immer so.«

Und als folgsames Mädchen nahm sie ihre Arbeit wieder auf. Jeder beladene Hund kam so zum Tageslicht empor, wie er vom Schlage abgefahren, mit einer besonderen Marke bezeichnet, damit der Aufnahmebeamte die Ladung auf die Rechnung des betreffenden Werkplatzes setzen konnte. Man mußte darauf achten, den Hund ganz voll zu machen und nur reine Kohle zu nehmen, weil sonst die Ladung zurückgewiesen wurde.

Der junge Mann, dessen Augen sich allmählich an die Dunkelheit gewöhnten, sah das Mädchen an; sie war noch weiß, mit ihrem chlorotischen Teint, und er hätte ihr Alter nicht angeben können; er hielt sie höchstens für zwölf Jahre alt, so schwächlich schien sie ihm. Indes fühlte er, daß sie älter sei und mit der Freiheit eines Jungen sich betrage, ja mit einer naiven Unverschämtheit, die ihm ein wenig lästig war. Sie gefiel ihm nicht; er fand sie zu keck, mit ihrem blassen Hanswurstkopf, an dessen Schläfen die Mütze knapp auflag. Doch was ihn in Erstaunen versetzte, war die Stärke dieses Kindes, eine nervöse Kraft, mit großer Behendigkeit gepaart. Sie füllte ihren Karren schneller als er, mit regelmäßigen und flinken Schaufelwürfen; dann schob sie ihn bis zu der schiefen Bahn mit einem einzigen langsamen Stoß, ohne steckenzubleiben, unter den niedrigen Felsen mit Leichtigkeit hinweghuschend. Er hingegen stieß überall an, entgleiste und blieb zurück.

Es war in Wahrheit kein bequemer Weg; die Entfernung von dem Schlag bis zu der schiefen Bahn betrug an die sechzig Meter. Der Weg, welchen die Erdarbeiter noch nicht erweitert hatten, war ein wahrer Schlauch, mit einer Decke von ungleicher Höhe und mit zahllosen Vorsprüngen; an gewissen Stellen war knapp soviel Raum, daß der beladene Karren hindurchkonnte; der Schlepper mußte sich zu Boden werfen, auf den Knien fortbewegen, um sich nicht den Schädel einzurennen. Überdies begannen die Hölzer sich zu biegen und zu brechen; man sah sie geborsten, in langen, weißen Bruchstücken, allzu schwachen Krücken gleichend. Man mußte auf seiner Hut sein, um an diesen Holzstücken sich die Haut nicht wund zu reißen; und unter dem langsamen, allmählichen Druck, der schenkeldicke Eichenprügel knickte, warf man sich platt auf den Bauch, in der dumpfen Angst, plötzlich den Rücken zerschlagen zu bekommen.

»Schon wieder!« rief Catherine lachend.

Etiennes Karren war an der schwierigsten Stelle entgleist. Es wollte ihm nicht gelingen, den Karren geradeaus fortzuschieben auf diesen Schienen, die in dem feuchten Erdreich sich verbogen; und er fluchte und wetterte und plagte sich wütend mit den Rädern ab, die er trotz äußerster Anstrengung nicht wieder an ihre Stelle bringen konnte.

»Geduld«, sagte das Mädchen; »wenn du dich erzürnst, wird das nicht gehen.«

Sie hatte sich hurtig herangeschlichen und rücklings kriechend den Hintern unter den Karren geschoben; mit einem Ruck der Lenden hob sie ihn und brachte ihn wieder an seine Stelle. Es war ein Gewicht von siebenhundert Kilogramm. Überrascht und beschämt stammelte er Worte der Entschuldigung.

Sie mußte ihm zeigen, wie er die Beine zu spreizen und die Füße an die Hölzer zu beiden Seiten des Stollens zu stemmen hatte, um feste Stützpunkte zu gewinnen. Der Körper mußte vorgebeugt, die Arme stramm ausgestreckt werden, damit man mit allen Muskeln, mit den Schultern und mit den Hüften anschieben konnte.

Während einer solchen Fahrt folgte er ihr und sah, wie sie rasch dahinfuhr, mit gespanntem Hinterteil, die Fäuste so tief ansetzend, daß sie auf allen vieren zu laufen schien, wie eines jener Zwergtiere, die man im Zirkus arbeiten sieht. Sie schwitzte und keuchte, ihre Gelenke krachten; aber sie klagte nicht, sie zeigte den Gleichmut der Gewohnheit, als ob es das gemeinsame Elend aller wäre, so gebeugt zu leben. Ihm aber wollte es nicht gelingen; seine Schuhe belästigten ihn, sein Körper versagte den Dienst bei dieser Art und Weise, mit gesenktem Kopf zu gehen. Schon nach wenigen Minuten wurde diese Körperhaltung für ihn eine Marter, eine unerträgliche, dermaßen schmerzliche Pein, daß er sich einen Augenblick auf die Knie warf, um sich aufzurichten und Atem zu schöpfen.
Bei der abschüssigen Fläche gab es eine neue Schwierigkeit. Sie zeigte ihm, wie man flink seinen Karren einhängen müsse. Auf der Höhe und am Fuße dieser schiefen Ebene, deren sich alle Schläge, von einem Absatz bis zum andern, bedienten, gab es je einen Gehilfen, oben den Bremser, unten den Aufnehmer. Diese beiden Taugenichtse von zwölf und fünfzehn Jahren riefen einander abscheuliche Worte zu, und um sie zu benachrichtigen, mußte man ihnen noch rohere zubrüllen. Dann, sobald ein leerer Karren zum Aufziehen da war, gab der Aufnehmer das Signal, die Schlepperin hängte den vollen Karren ein, dessen Gewicht den anderen Karren emporsteigen ließ, wenn der Bremser die Bremse lockerte. Unten, im Stollen am Boden, formierten sich die Züge, welche dann die Pferde bis zum Aufzugsschachte zogen.
»He, ihr verdammten Schlingel!« rief Catherine in die schiefe Ebene hinab, die vollständig verzimmert, etwa hundert Meter lang war und widerhallte wie ein riesiges Sprachrohr.
Die Burschen schienen auszuruhen, denn sie antworteten nicht, weder der eine noch der andere. In allen Stock-

werken ruhte die Abfuhr. Eine dünne Mädchenstimme rief schließlich:
»Gewiß liegt wieder einer auf der Mouquette!«
Ein riesiges Gelächter brach los; die Schlepperinnen der ganzen Ader hielten sich die Bäuche.
»Wer ist das?« fragte Etienne Catherine.
Sie nannte ihm die kleine Lydie, ein Gassenmädchen, dem die Augen schon aufgegangen waren und das trotz seiner Puppenärmchen seinen Karren so stramm schob wie ein erwachsenes Weib. Was die Mouquette betraf, so war sie sehr wohl imstande, sich mit beiden Jungen auf einmal abzugeben.
Doch jetzt hörte man den Aufnehmer rufen, die Karren sollten eingeschaltet werden. Ohne Zweifel ging unten ein Aufseher vorüber. Die Abfuhr wurde in den neun Stockwerken wiederaufgenommen; man hörte nichts als die regelmäßigen Rufe der Gehilfen und das Schnauben der Schlepperinnen, die dampfend gleich allzu stark beladenen Stuten bei der schiefen Ebene ankamen. Der Zug der Bestialität wehte durch die Grube, die plötzlich erwachende Begierde des Mannes, wenn ein Arbeiter einem dieser Mädchen begegnete, die auf allen vieren sich fortbewegten, die Lenden in die Höhe gestreckt, mit ihren Hüften schier die Knappenhose sprengend.
Und sooft er diese Fahrt machte, fand Etienne in der Tiefe des Schlages jedesmal dieselbe drückende Schwüle wieder, die regelmäßig sich wiederholenden dumpfen Schläge der Spitzhacken, die schweren, tiefen Seufzer der Häuer, die hartnäckig bei ihrer Arbeit ausharrten. Alle vier hatten sich entkleidet, lagen unter die Kohle gemengt, bis an die Lederkappe von einer schwarzen Jauche durchnäßt. Einmal hatte man Maheu losmachen müssen, der unter der Last zu röcheln begann, und man hatte die Bretter wegnehmen müssen, um die Kohle auf den Weg hinabgleiten zu lassen. Zacharie und Levaque wetterten gegen die Ader, die – wie sie sagten – ›hart‹ zu werden begann, wodurch die Bedingungen ihres Er-

werbes sich ungünstiger gestalteten. Chaval wandte sich um, blieb einen Augenblick auf dem Rücken liegen und schimpfte über Etienne, dessen Anwesenheit ihn augenscheinlich erbitterte.

»He, Blindschleiche! Der ist nicht so stark wie ein Mädchen! ... Willst du rasch deinen Hund füllen? ... Du möchtest wohl deine Ärmchen schonen? Bei Gott, ich behalte deine zehn Sous zurück, wenn uns deinetwegen ein Hund zurückgewiesen wird.«

Der junge Mann vermied es zu antworten; er war bis jetzt froh, diese Sträflingsarbeit gefunden zu haben, und ließ sich die brutale Stufenleiter gefallen, die vom Handlanger bis zum Werkmeister ging. Aber er konnte nicht mehr; seine Füße bluteten, seine Glieder waren von furchtbaren Krämpfen zusammengezogen, sein Rumpf wie von einem eisernen Ring zusammengepreßt. Glücklicherweise war es zehn Uhr; der Werkplatz beschloß zu frühstücken.

Maheu hatte eine Uhr, aber er schaute sie nicht an. In dieser sternenlosen Nacht irrte er sich nie um fünf Minuten. Alle legten das Hemd und den Kittel wieder an. Dann stiegen sie vom Schlag herunter und hockten nieder, die Ellbogen an die Seiten gedrückt, mit den Hinterbacken auf den Fersen ruhend, in der Haltung, die den Grubenarbeitern so gewohnt war, daß sie sie selbst außerhalb der Grube beibehielten, ohne eines Pflastersteines oder eines Balkens zu bedürfen, um sich darauf zu setzen. Jeder hatte seinen ›Ziegel‹ hervorgeholt und aß mit ernster Miene von der dicken Brotschnitte, nur selten ein Wort über die Morgenarbeit fallenlassend. Catherine, die stehengeblieben war, trat schließlich zu Etienne, der sich ein Stück weiter quer über die Schienen gelagert hatte, mit dem Rücken an die Verholzung gelehnt. Er hatte da ein fast trockenes Plätzchen gefunden.

»Du ißt nicht?« fragte sie mit vollem Munde, ihren ›Ziegel‹ in der Hand.

Dann erinnerte sie sich, wie dieser Junge in der Nacht

herumirrte, ohne einen Sou, vielleicht ohne ein Stück Brot.
»Willst du mit mir teilen?« fragte sie.
Und als er ablehnte, mit der Beteuerung, daß er keinen Hunger habe, wobei aber der Schmerz des leeren Magens seine Stimme zittern ließ, fuhr sie in heiterem Tone fort:
»Oh, wenn es dich vielleicht ekelt!... Doch schau, ich habe nur auf dieser Seite gebissen und will dir die andere Seite geben.«
Schon hatte sie die Brotschnitte entzweigebrochen. Der junge Mann hatte seine Hälfte genommen und mußte sich zurückhalten, um sie nicht auf einmal zu verschlingen; und er legte die Arme auf seine Schenkel, damit sie sein Zittern nicht sehe. Mit der ruhigen Miene eines guten Kameraden hatte sie sich neben ihm platt auf den Bauch hingelegt, das Kinn auf die eine Hand gestützt, während sie mit der anderen langsam aß. Ihre Laternen, die zwischen ihnen standen, beleuchteten sie.
Catherine betrachtete ihn einen Augenblick stillschweigend. Sie mußte ihn hübsch finden mit seinem feinen Gesicht und seinem schwarzen Schnurrbart. Ein vergnügtes Lächeln umspielte ihre Lippen.
»Also, du bist Maschinist, und man hat dich bei deiner Eisenbahn entlassen ... Warum?«
»Weil ich meinen Chef geohrfeigt hatte.«
Sie war verblüfft, völlig verwirrt in ihren ererbten Vorstellungen von Unterwerfung und passivem Gehorsam.
»Ich muß sagen, daß ich getrunken hatte«, fuhr er fort. »Wenn ich trinke, so verliere ich den Kopf und möchte mich selbst und andere fressen... Jawohl; zwei Gläschen genügen, damit ich einen Menschen suche, um ihn niederzuschlagen... Nachher bin ich zwei Tage krank.«
»Du sollst nicht trinken«, sagte sie in ernstem Tone.
»Oh, sei ohne Angst, ich kenne mich!«
Und er schüttelte dabei den Kopf. Er haßte den Branntwein; es war der Haß des letzten Sprößlings eines Säufergeschlechtes, der das Übel der ganzen, vom Alkohol

durchtränkten und verdorbenen Sippe dermaßen im Fleisch hatte, daß ein Tropfen davon für ihn zum Gift wurde.

»Es ärgert mich nur wegen meiner Mutter, daß ich auf die Straße gesetzt wurde«, sagte er, nachdem er einen Bissen hinuntergeschluckt hatte. »Meine Mutter ist nicht glücklich, und ich sandte ihr von Zeit zu Zeit ein Hundertsoustück.«

»Wo ist deine Mutter?«

»Sie ist Wäscherin in Paris, Rue de la Goutte d'Or.«

Es entstand ein kurzes Stillschweigen. Wenn er an diese Dinge dachte, trübte ein Zittern seine schwarzen Augen, gleichsam die vorübergehende Beklemmung des Erbübels, dessen unbekannter Ausgang ihm im Leibe steckte, unter der Hülle seiner jugendlichen Gesundheit. Einen Augenblick saß er da, die Blicke in die Finsternis der Grube getaucht; und in dieser Tiefe, unter der erdrückenden Wucht der Erde sah er seine Kindheit wieder, seine noch schöne und kräftige Mutter, die von seinem Vater verlassen und später, nachdem sie sich mit einem andern verheiratet hatte, wieder in Besitz genommen wurde; die sodann zwischen zwei Männern lebte, die an ihr zehrten und mit welchen sie in den Straßenkot sank, um in Wein und Unflat unterzugehen. Er erinnerte sich sehr wohl der Straße und vieler Einzelheiten: der schmutzigen Wäsche inmitten der Budike des Stiefvaters, der mit seiner Trunkenheit das Haus verpestete, der Maulschellen, die es absetzte, daß die Kinnbacken schier aus den Fugen gingen.

»Von meinen dreißig Sous, die ich nun täglich erwerben soll, werde ich ihr nichts schenken können...«, fing er langsam wieder an. »Sie wird sicherlich in Not und Elend verkommen.«

Er zuckte verzweifelt mit den Achseln und biß wieder in seine Brotschnitte.

»Willst du trinken?« fragte Catherine, indem sie ihre Blechflasche entkorkte. »Oh, es ist Kaffee, der Trunk

kann dir nicht schaden... Man erstickt, wenn man sein Essen so hinunterwürgt.«
Doch er lehnte ab; es sei schon genug, daß er ihr die Hälfte ihres Brotes genommen habe. Doch sie drang gutherzig in ihn und sagte schließlich:
»Also gut, ich werde zuerst trinken, weil du so höflich bist ... Nun darfst du aber die Flasche nicht mehr zurückweisen. Das wäre häßlich.«
Und sie reichte ihm die Flasche. Sie hatte sich auf den Knien aufgerichtet; er sah sie jetzt ganz nahe bei sich, im Lichte der beiden Lampen. Warum hatte er sie denn häßlich gefunden? Jetzt, da sie ganz schwarz war, das Gesicht mit feinem Kohlenstaube bedeckt, fand er einen seltsamen Reiz an ihr. In diesem in Dunkel getauchten Antlitz schimmerten die Zähne glänzend weiß aus dem zu groß geratenen Mund hervor; die Augen erweiterten sich und leuchteten mit einem grünlich schimmernden Widerschein wie Katzenaugen. Ein Büschel ihrer roten Haare war unter ihrer Mütze hervorgeschlüpft und kitzelte sie am Ohr, daß sie lachen mußte. Sie schien ihm jetzt nicht mehr so jung und konnte sehr wohl vierzehn Jahre alt sein.
»Um dir gefällig zu sein«, sagte er, indem er trank und ihr hernach die Flasche zurückgab.
Sie nahm noch einen Schluck und nötigte ihn, gleichfalls noch einen zu nehmen. Sie wolle mit ihm teilen, sagte sie. Und es machte ihnen Spaß, wie dieser dünne Flaschenhals von einem Munde zum anderen wanderte. Er fragte sich plötzlich, ob er sie nicht in seine Arme nehmen und auf den Mund küssen sollte. Sie hatte dicke Lippen von einer blassen, durch die Kohlenschwärze etwas belebten Röte, und diese Lippen erregten eine quälende, immer stärkere Begierde in ihm. Doch ihm fehlte der Mut, und er blieb schüchtern vor ihr. Er hatte in Lille nur Dirnen der niedrigsten Gattung besessen und wußte nicht, wie er sich einer Arbeiterin gegenüber, die noch im Kreise ihrer Familie lebte, benehmen sollte.

»Du magst vierzehn Jahre alt sein, nicht?« fragte er, indem er sich wieder an sein Brot machte.
Sie war erstaunt, fast beleidigt durch die Frage.
»Was, vierzehn Jahre? Ich bin fünfzehn! ... Groß bin ich allerdings nicht ... Die Mädchen wachsen hier langsam.«
Er fuhr fort, sie auszufragen. Sie sagte alles, ohne Frechheit und ohne Scham. Ihr war nichts mehr unbekannt vom Manne und vom Weibe, obgleich er sehr wohl merken konnte, daß sie an ihrem Körper jungfräulich war, ein jungfräuliches Kind, in der Reife seines Geschlechtes zurückgeblieben in dieser Umgebung von schlechter Luft und Mühsal, in der sie lebte. Als er wieder auf die Mouquette zu sprechen kam, um sie in Verlegenheit zu bringen, erzählte sie ruhigen, heiteren Tones geradezu entsetzliche Geschichten. Ach, die trieb es bunt! Und als er zu erfahren wünschte, ob sie selbst nicht schon einen Liebsten habe, antwortete sie scherzend, daß sie ihre Mutter nicht kränken wolle, daß dies aber doch notwendigerweise eines Tages werde geschehen müssen. Sie hatte die Schultern eingezogen, denn sie fror ein wenig in ihren von Schweiß durchtränkten Gewändern. Ihre Miene war sanft und ergeben; sie schien bereit, die Menschen und die Dinge zu ertragen.
»Man findet leicht einen Schatz, wenn man so beisammen lebt, nicht wahr?« fragte er.
»Ganz gewiß.«
»Auch schadet das niemandem ... Dem Pfarrer muß man nichts davon sagen.«
»Oh, ich kümmere mich wenig um den Pfarrer! Aber der schwarze Mann! ...«
Was? Der schwarze Mann?
»Der alte Bergmann, der in die Grube zurückkommt und den schlimmen Mädchen den Hals umdreht.«
»Ach, du glaubst an solche Dummheiten! Weißt du denn nichts?«

»Doch, ich kann schreiben und lesen ... Das ist bei uns von Nutzen; denn zur Zeit von Vater und Mutter lernte man nichts.«

Er fand sie entschieden sehr artig und gedachte, sobald sie ihr Brot gegessen haben würde, sie zu umfassen und ihre dicken, roten Lippen zu küssen. Es war die Entschlossenheit eines Schüchternen, ein gewaltsamer Gedanke, der ihm die Kehle zuschnürte. Die Knabenkleidung, die Jacke und die Hose auf diesem Mädchenleibe erregten und belästigten ihn. Er hatte seinen letzten Bissen hinuntergewürgt, trank aus der Flasche und gab sie ihr zurück, damit sie den letzten Rest trinke. Jetzt war der Augenblick zu handeln gekommen, und er warf einen ängstlichen Blick nach den im Hintergrunde sitzenden Arbeitern, als plötzlich ein Schatten den Stollen verdunkelte.

Chaval stand seit einer Weile da und betrachtete sie von der Ferne. Jetzt kam er näher, versicherte sich durch einen Blick, daß Maheu ihn nicht sehen könne; und da Catherine noch immer auf der Erde saß, packte er sie bei den Schultern, beugte ihren Kopf zurück und preßte einen brutalen Kuß auf ihre Lippen, ganz ruhig, augenscheinlich unbekümmert um die Anwesenheit Etiennes. Dieser Kuß war gewissermaßen eine Besitzergreifung, eine Art eifersüchtigen Entschlusses.

Doch das junge Mädchen hatte sich dagegen gewehrt.

»Laß mich, hörst du?« rief sie.

Er hielt ihren Kopf fest und schaute ihr tief in die Augen. Sein roter Schnurr- und Geißbart flammte in seinem schwarzen Gesicht mit der großen Adlernase. Endlich ließ er sie los und ging wortlos seines Weges.

Ein Frösteln überlief Etienne. Es war dumm von ihm, gewartet zu haben. Nein, gewiß, jetzt wird er sie nicht mehr umarmen; sie konnte sonst glauben, er wolle so tun wie der andere. Er fühlte sich trostlos in seiner verletzten Eitelkeit.

»Warum hast du gelogen?« sagte er mit leiser Stimme. »Das ist dein Liebhaber.«

»Aber nein, ich schwöre es dir!« rief sie. »Es gibt nicht die geringste Gemeinschaft zwischen uns. Manchmal treibt er Spaß mit mir ... Er ist auch gar nicht aus unserer Gegend; vor sechs Monaten ist er aus dem Pas-de-Calais hierhergekommen.«

Beide hatten sich erhoben. Man ging wieder an die Arbeit. Als sie ihn so kühl sah, schien sie darüber verdrossen zu sein. Ohne Zweifel fand sie ihn hübscher als den andern, und sie würde ihn vielleicht vorgezogen haben. Es plagte sie der Gedanke, sich ihm freundlich zu zeigen, gleichsam um ihn zu trösten, und als der junge Mann erstaunt seine Lampe betrachtete, die mit blauer Flamme brannte und einen breiten, blassen Kragen hatte, versuchte sie wenigstens, ihn zu zerstreuen.

»Komm, ich will dir etwas zeigen«, flüsterte sie mit kameradschaftlicher Miene.

Als sie ihn in die Tiefe des Schlages geführt hatte, zeigte sie ihm einen Spalt in dem Kohlenlager. Ein leises Brodeln tönte da hervor, ein schwaches Geräusch, das dem Pfeifen eines Vogels glich.

»Tu deine Hand da her, spürst du den Schwaden? Daraus entstehen schlagende Wetter.«

Er war erstaunt. Die furchtbare Sache, die schlagenden Wetter, die alles in die Luft sprengten: war's nichts weiter als das? Sie erwiderte lachend, es müsse sich davon heute viel angesammelt haben, weil die Lampen mit so blauer Flamme brannten.

»Werdet ihr bald genug geschwätzt haben, Faulenzer!« rief die rauhe Stimme Maheus.

Catherine und Etienne beeilten sich, ihre Karren zu füllen, und schoben sie nach der schiefen Ebene, mit steifem Nacken unter der verzimmerten Decke des Weges dahinkriechend. Schon bei der zweiten Fahrt waren sie von Schweiß bedeckt, und ihre Knochen krachten von neuem.

In dem Schlage hatten die Häuer ihre Arbeit wiederaufgenommen. Oft kürzten sie ihr Frühstück ab, um sich nicht zu erkälten; und ihre ›Ziegel‹, die sie so fern von der Sonne, mit stummer Gier verzehrt hatten, lagen ihnen bleischwer im Magen. Auf der Seite liegend hieben sie jetzt fester darauf los und hatten keinen anderen Gedanken als den, möglichst viele Hunde zu füllen. Alles verschwand in der wilden Gier nach dem Erwerb, der ihnen so schwer gemacht wurde. Schließlich fühlten sie das Wasser nicht mehr, das auf sie herabfloß und ihre Glieder anschwellen ließ, noch die durch die gezwungene Stellungen hervorgerufenen Krämpfe, noch endlich die erstickende Luft der Finsternis, in der sie bleich wurden wie Kellerpflanzen. Doch in dem Maße, wie der Tag vorrückte, verdarb die Luft immer mehr, erhitzte sich durch den Rauch der Lampen, durch die schlechten Ausatmungen der Arbeiter, durch die Stickluft der bösen Gase; sie lag trübe vor den Augen wie Spinngewebe und konnte nur durch die nächtliche Lüftung weggefegt werden. Die Häuer in ihrem Maulwurfsloche, gleichsam von dem ungeheuren Gewichte der Erde erdrückt, hieben immer darauf los, daß sie schließlich keinen Atem mehr in der keuchenden Brust hatten.

V

Ohne auf die Uhr zu schauen, die er in seinem Kittel gelassen, hielt Maheu in der Arbeit inne und sagte:
»Es ist bald ein Uhr … Zacharie, bist du fertig?«
Der junge Mann war seit einer Weile mit der Verholzung beschäftigt. Er war bei dieser Arbeit auf dem Rücken liegengeblieben, schaute mit stieren Augen drein und dachte an die Kugelpartien, die er gestern gespielt hatte. Aus seinem Brüten auffahrend, erwiderte er:

»Ja, es wird schon genügen; morgen werden wir weiter sehen.«
Und er nahm seinen Platz im Schlage wieder ein. Auch Levaque und Chaval hatten die Spitzhaue aus der Hand gelegt. Es trat eine Ruhepause ein. Alle trockneten sich das Gesicht mit ihren nackten Armen und blickten dabei zu dem Dachfelsen empor, dessen glimmerige Masse sich in Blättern spaltete. Sie sprachen nur von der Arbeit.
»Wieder so ein Glücksfall, daß wir auf ein abstürzendes Lager gestoßen sind«, brummte Chaval. »Im Büro haben sie das nicht in Rechnung gezogen.«
»Das sind Gauner«, schimpfte Levaque. »Die denken nur daran, wie sie uns prellen können.«
Zacharie lachte; ihm war die Arbeit und alles andere gleichgültig, aber es machte ihm Spaß, wenn er über die Gesellschaft schimpfen hörte. Maheu erklärte mit seiner ruhigen Miene, daß alle zwanzig Meter die Beschaffenheit des Erdreichs sich verändere. Man müsse gerecht sein; das konnte man nicht vorhersehen. Und als die zwei anderen fortfuhren, über die Vorgesetzten zu lästern, schaute er ängstlich um sich.
»Still! jetzt ist's genug!«
»Du hast recht«, sagte Levaque, die Stimme dämpfend. »Es könnte uns übel ergehen.«
Eine Angst vor Spionen plagte sie selbst in dieser Tiefe, als ob die Kohle der Aktionäre in der Grube Ohren hätte.
»Gleichviel«, fügte Chaval laut und trotzig hinzu, »wenn dieser Dansaert mit mir wieder in dem Ton von neulich spricht, schleudere ich ihm einen Ziegel an den Magen ... Ich hindere ihn nicht, sich blonde Frauen mit feiner Haut zu gönnen.«
Jetzt lachte Zacharie hell auf. Die Liebschaft des Oberaufsehers mit Frau Pierron war der Gegenstand unaufhörlicher Späße in der Grube. Auch Catherine, die auf ihre Schaufel gestützt am Fuße des Schlages stand, hielt

sich die Seiten vor Lachen und klärte mit einigen Worten Etienne auf, während Maheu, von einer Angst ergriffen, die er nicht zu verhehlen suchte, ärgerlich ausrief:
»Wirst du schweigen? ... Warte, bis du allein bist, wenn du ins Unglück kommen willst.«
Noch sprach er, als das Geräusch von Schritten vom oberen Stollen her zu vernehmen war. Fast gleichzeitig erschien auf der Höhe des Schlages der Grubeningenieur, der kleine Négrel, wie die Arbeiter ihn unter sich nannten. In seiner Begleitung befand sich Dansaert, der Oberaufseher.
»Ich sagte es ja«, brummte Maheu. »Es sind immer welche da, die aus der Erde hervorkommen.«
Paul Négrel, Neffe des Herrn Hennebeau, war ein junger Mann von sechsundzwanzig Jahren, schmächtig und hübsch, mit gekräuselten Haaren und braunem Schnurrbart. Seine spitzige Nase, seine lebhaften Augen gaben ihm das Aussehen eines liebenswürdigen Spürhundes; er war mit einem skeptischen Verstand begabt, der sich im Verkehr mit den Arbeitern in eine spröde Autorität verwandelte. Er war so gekleidet wie sie und gleich ihnen von der Kohle geschwärzt. Um sie zum Respekt zu nötigen, zeigte er einen Mut, bei dem er oft seine gesunden Knochen riskierte, kletterte durch die schwierigsten Stellen, war bei Einstürzen und schlagenden Wettern der erste am Platz.
»Hier ist's, nicht wahr, Dansaert?« fragte er.
Der Oberaufseher, ein Belgier mit dickem Gesicht und dicker, sinnlicher Nase, erwiderte mit übertriebener Höflichkeit:
»Ja, Herr Négrel ... Da ist der Mann, den man heute morgen angeworben hat.«
Beide hatten sich in die Mitte des Schlages hinabgleiten lassen. Man ließ Etienne heraufkommen. Der Ingenieur hob seine Lampe in die Höhe und betrachtete ihn, aber ohne eine Frage an ihn zu richten.
»Gut«, sagte er endlich. »Ich mag es nicht, daß man

unbekannte Leute von der Straße aufliest … Tut das nicht wieder!«
Und er wollte die Aufklärungen nicht hören, die man ihm gab; die Anforderung der Arbeit, das Streben, bei der Abfuhr die Weiber durch Männer zu ersetzen. Er begann die Decke zu prüfen, während die Häuer wieder zu ihren Geräten gegriffen hatten. Plötzlich rief er aus:
»Sagen Sie doch, Maheu, sind denn alle Mahnungen fruchtlos? … Ihr werdet alle dabei draufgehen, zum Donnerwetter!«
»Oh, das hält noch«, antwortete der Arbeiter ruhig.
»Wie, es hält noch? Der Felsen senkt sich doch schon und ihr stützt ihn in einer Entfernung von mehr als zwei Metern und auch so nur mit Widerwillen! Oh, ihr seid alle gleich; ihr würdet euch lieber den Schädel zerschmettern lassen, als eine Ader stehenlassen, um der Verzimmerung die nötige Zeit zu widmen! … Ich bitte, hier augenblicklich Stützen anzubringen. Verdoppelt die Hölzer, hört ihr?«
Und angesichts des Widerstrebens der Arbeiter, die mit ihm stritten und erklärten, daß sie selbst über ihre Sicherheit zu wachen wüßten, geriet er in Zorn.
»Warum nicht gar!« rief er. »Werdet ihr etwa die Folgen tragen, wenn euch der Kopf zerschmettert wird? Keineswegs. Die Gesellschaft wird euch oder euren Weibern Ruhegehälter zu zahlen haben. Wie gesagt, man kennt euch. Um zwei Hunde mehr vollzubekommen, würdet ihr euer Leben drangeben.«
Trotz des Zornes, der ihn allmählich ergriff, sagte Maheu mit ruhigem Ernst:
»Würde man uns genügend bezahlen, dann würden wir auch besser verzimmern.«
Der Ingenieur zuckte mit den Achseln, ohne zu antworten. Er stieg in dem Schlage vollends herunter und sagte, als er unten war:
»Ihr habt noch eine Stunde, macht euch alle ans Werk.

Und merkt euch, daß der Werkplatz drei Franken Strafe hat.«
Ein dumpfes Murren der Häuer begleitete diese Worte. Nur die Macht der Hierarchie hielt sie zurück, dieser militärisch organisierten Hierarchie, die vom Schlepperjungen bis zum Oberaufseher immer einen unter die Gewalt des andern beugte. Nur Chaval und Levaque machten wütende Gebärden, während Maheu sie mit einem Blick beschwichtigte und Zacharie höhnisch mit den Achseln zuckte. Etienne war vielleicht am meisten unter allen erregt. Seitdem er sich in der Tiefe dieser Hölle befand, stieg ein immer wachsender Unmut in ihm auf. Er betrachtete Catherine, die demütig, mit gebeugtem Nacken dastand. War es möglich, daß man sich bei so schwerer Arbeit in diesen todbringenden Gruben um Leben und Gesundheit brachte, ohne auch nur die paar Sous für das tägliche Brot zu erwerben?
Indes entfernte sich Négrel in Begleitung von Dansaert, der sich begnügte, immerfort zustimmend zu nicken. Jetzt hörte man von neuem ihre lauten Stimmen; sie waren wieder stehengeblieben und prüften die Verzimmerung des Stollens, welche die Häuer hinter dem Schlage in einer Länge von zehn Meter instand zu halten hatten.
»Ich sage Ihnen ja, daß sie uns zum besten halten!« rief der Ingenieur. »Und Sie, Unglücksmensch, vernachlässigen Sie denn die Aufsicht?«
»Nein, gewiß nicht«, stammelte der Oberaufseher. »Man bekommt es schließlich satt, diesen Leuten immer wieder dasselbe zu sagen.«
Négrel rief mit heftiger Stimme:
»Maheu! Maheu!«
Alle stiegen vom Schlage herab. Der Ingenieur fuhr fort:
»Schaut euch das an! ... Das ist gemacht wie ein Kartenhaus. Dieses Geländer ist dermaßen hastig aufgesetzt, daß die Stützen es kaum tragen ... Ich begreife jetzt, daß

die Ausbesserungen uns so schweres Geld kosten. Es genügt euch, daß es so lang hält, wie eure Verantwortlichkeit währt, nicht wahr? Dann geht alles in die Brüche, und die Gesellschaft ist genötigt, ein Heer von Ausbesserern zu halten ... Schaut nur da hinunter! Da ist ja alles in Splittern.«

Chaval wollte reden, aber er gebot ihm Schweigen.

»Gut, ich weiß schon, was Sie sagen wollen. Man soll euch mehr bezahlen, nicht wahr? Nun denn, ich sage euch, daß ihr in dieser Weise die Direktion zwingen werdet, eine Sache zu tun: jawohl, man wird euch die Verzimmerung besonders bezahlen und den Preis des Karrens im Verhältnis dazu herabsetzen. Wir wollen sehen, ob ihr dabei besser fahrt. Einstweilen verzimmert mir das sogleich von neuem. Morgen komme ich wieder.«

Während des Schreckens, den diese Drohung hervorbrachte, entfernte er sich. Dansaert, in seiner Gegenwart demütig, blieb einige Augenblicke zurück, um den Arbeitern in brutalem Tone zu sagen:

»Euretwegen habe ich Tadel zu hören ... Nehmt euch in acht! Bei mir kommt ihr mit drei Franken Strafe nicht durch!«

Als auch er fort war, brach Maheu endlich los.

»Bei Gott! Unrecht bleibt Unrecht. Ich mag Ruhe haben, weil man nur in Ruhe sich verständigen kann; aber schließlich wird man von diesen Leuten doch in Wut gebracht ... Habt ihr gehört? Der Preis des Karrens soll herabgesetzt und die Verzimmerung besonders bezahlt werden! ... Wieder eine Art, um uns weniger zu bezahlen ... Daß doch Gottes Donner dreinfahre!«

Er suchte jemanden, an dem er seinen Zorn auslassen konnte, und bemerkte Etienne und Catherine, die mit hängenden Armen dastanden.

»Schafft Hölzer herbei!« schrie er sie an. »Was hat euch das zu kümmern? Ich will euch mit Rippenstößen antreiben!«

Etienne ging, um sich mit Hölzern zu beladen; er grollte dem Häuer nicht wegen seiner Rauheit, denn er selbst war dermaßen wütend über die Vorgesetzten, daß er die Grubenarbeiter viel zu gutmütig fand.

Levaque und Chaval hatten in derben Worten ihrem Zorne Luft gemacht. Alle, auch Zacharie, waren jetzt mit wütendem Eifer bei der Verzimmerungsarbeit. Eine halbe Stunde hindurch hörte man nichts als das Krachen der Hölzer, die mit Schlägelhieben festgemacht wurden. Sie sprachen kein Wort mehr und keuchten in ihrer Erbitterung gegen den Stein, den sie mit ihren Schultern zurückgestoßen und gehoben hätten, wenn sie es vermocht hätten.

»Jetzt ist's genug!« sagte Maheu endlich, gebrochen von Zorn und Ermüdung. »Es ist halb zwei Uhr. Ein sauberer Tag; wir werden keine fünfzig Sous verdient haben! ... Ich gehe, es ekelt mich an.«

Obgleich man noch eine halbe Stunde zu arbeiten hatte, kleidete er sich an. Die anderen folgten seinem Beispiel. Der bloße Anblick des Schlages brachte sie außer sich. Da die Schlepperin sich wieder an die Arbeit gemacht hatte, riefen sie sie, verdrossen über ihren Eifer; wenn die Kohle Füße habe, werde sie von selbst hinausgehen, sagten sie. Und die sechs Leute, mit ihren Geräten unter dem Arme, brachen auf; sie hatten zwei Kilometer zurückzulegen, um auf demselben Wege, auf dem sie morgens gekommen, zum Aufzugsschacht zu gelangen.

In dem Kamin verweilten Catherine und Etienne einen Augenblick, während die Häuer hinabglitten. Sie begegneten da der kleinen Lydie, die mitten im Wege anhielt, um sie vorbeigehen zu lassen, und ihnen erzählte, daß die Mouquette verschwunden sei; sie sei von einem solchen Nasenbluten befallen worden, daß sie seit einer Stunde – man wisse nicht wo – sitze, um ihr Gesicht zu baden. Dann, als sie das Kind verließen, schob es seinen Karren weiter. Es war erschöpft, verdreckt, streckte seine Insektenärmchen und Beinchen, einer mageren, schwarzen Ameise gleichend, die sich mit einer allzu schweren Last abmüht. Catherine und Etienne ließen sich jetzt ebenfalls hinunter und zogen die Schultern ein, aus Furcht, sich die Haut zu zerschinden; und sie rutschten so schnell den von den Hintern der Grubenarbeiter glattgescheuerten Felsen hinab, daß sie sich von Zeit zu Zeit an der Verholzung festhalten mußten, damit nicht ihre Hinterbacken Feuer fingen, wie sie scherzweise sagten.

Unten angekommen, befanden sie sich allein. In der Ferne, bei einer Biegung des Stollens, sahen sie rote Lichter verschwinden. Ihre gute Laune war weg; sie gingen mit schweren, müden Schritten dahin, sie voraus, er hinterdrein. Die Lampen kohlten nur. Er sah sie kaum, wie sie, in rauchigen Nebel gehüllt, sich fortbewegte; und der Gedanke, daß sie ein Mädchen war, verursachte ihm Unbehagen; denn er fühlte, daß es einfältig von ihm war, sie nicht zu küssen, weil die Erinnerung an den andern ihn daran hinderte. Sicherlich hatte sie ihn belogen: der andere war ihr Liebhaber, und sie lagen auf jedem Schutthaufen beisammen, denn sie hatte schon den freien, wiegenden Gang der Dirnen. Und er schmollte ganz grundlos mit ihr, als hätte sie ihn betrogen. Sie aber wandte sich jede Minute nach ihm um, machte ihn auf ein Hindernis aufmerksam, schien ihn gleichsam aufzufordern, freundlich zu sein. Man war da so allein und hätte so gemütlich schäkern können. Endlich erreichten sie den Abfuhrstollen; für ihn war dies eine Erleichterung inmitten der Unbestimmtheit, die ihn quälte; während sie ein letztes Mal einen traurigen Blick auf ihn richtete, als trauere sie einem Glück nach, das sie sich hatten entgehen lassen und das sie nicht wiederfinden würden.

Rings um sie her gab es jetzt ein geräuschvolles unterirdisches Leben, mit dem ewigen Kommen und Gehen der Aufseher und der Züge, die von den Pferden im Trabe fortgeschleppt wurden. Man sah unaufhörlich

Lampen in der Grubennacht funkeln. Catherine und ihr Begleiter mußten sich an die Felswand drücken und den Weg frei lassen für die Schatten der Menschen und Tiere, deren Hauch ihr Gesicht streifte. Jeanlin, der mit nackten Füßen hinter seinem Kohlenzug einherlief, schrie ihnen eine Bosheit zu, die sie in dem Lärm der rollenden Räder nicht hörten. Sie gingen immer vorwärts; sie schwieg jetzt still, er aber erkannte die Gassen und Kreuzwege nicht wieder, die er am Morgen gesehen, und bildete sich ein, daß sie ihn hier unter der Erde immer mehr irreführen wollte. Am meisten litt er unter der Kälte, einer immer mehr zunehmenden Kälte, die ihn ergriffen hatte, als er vom Schlage heruntergestiegen war, und die ihn immer heftiger schüttelte, je mehr er sich dem Aufzugsschacht näherte. Zwischen den geraden Wandungen wurde die Luftsäule wieder zum Sturm. Er zweifelte schon, daß sie jemals ans Ziel kommen würden, als sie sich plötzlich in der Aufzugshalle befanden.
Chaval, mit argwöhnisch verzogenem Munde, warf ihnen einen hämischen Blick zu. Auch die anderen standen da, schweißtriefend in dem eisigen Luftzug, stumm wie er, dumpfe Zornesworte hinunterwürgend. Sie kamen zu früh, und man wollte sie erst nach einer halben Stunde hinaufbefördern, besonders, da man allerlei verwickelte Zurüstungen zu machen hatte, um ein Pferd hinabzulassen. Die Verlader stellten noch Kohlenhunde ein, mit einem betäubenden Geräusch von klirrendem Eisen, und die Aufzugskästen flogen empor, verschwanden in dem Platzregen, der aus dem finsteren Loch niederfiel. Aus der zehn Meter tiefen Grube, die dieses Wasser auffing, kam ein schlammigfeuchter Geruch herauf. Männer hatten fortwährend am Aufzugsschacht zu schaffen, zogen an den Signalleinen, drückten die Hebel nieder, inmitten des Wasserstaubes, der ihre Kleider durchnäßte. Die rötliche Helle der drei frei brennenden Lampen, die große, schwankende Schatten warf, verlieh dieser unterirdischen Halle das Aussehen einer Verbrecherhöhle,

einer Banditenschmiede in der unmittelbaren Nähe eines reißenden Wassers.
Maheu wagte einen letzten Versuch und näherte sich Pierron, der seinen Dienst beim Förderschacht um sechs Uhr angetreten hatte.
»Höre, du könntest uns hinauflassen.«
Doch der Verlader, ein hübscher Mann mit kräftigen Gliedern und sanftem Antlitz, weigerte sich und machte eine Bewegung des Schreckens.
»Unmöglich; wende dich an den Aufseher ... Ich würde bestraft werden.«
Wieder brummten die Grubenleute Worte des Unmutes vor sich hin. Catherine neigte sich zum Ohr Etiennes und sagte:
»Komm den Stall besichtigen; dort ist's gut!«
Sie mußten sich unbemerkt davonschleichen, denn es war verboten, in den Stall zu gehen. Er lag links, am Ende eines kurzen Ganges. Der Stall, fünfundzwanzig Meter lang und vier Meter hoch, war in den Felsen gebrochen und mit Ziegeln gewölbt; zwanzig Pferde hatten darin Platz. Es war in der Tat gut drin sein; es herrschte da die Wärme lebender Tiere und der angenehme Geruch einer reinlich gehaltenen, frischen Streu. Die einzige Laterne verbreitete im Raum das gedämpfte Licht einer Nachtlampe. Die zur Rast eingestellten Pferde wandten den Kopf mit ihren großen, harmlosen Augen und machten sich dann wieder an ihren Hafer, ohne Eile, als wohlgenährte, gesunde, von aller Welt geliebte Arbeiter.
Doch als Catherine laut die Namen las, die auf Zinkplatten oberhalb der Raufen angebracht waren, stieß sie einen leisen Schrei aus. Ein Körper hatte sich plötzlich vor ihr aufgerichtet. Es war die Mouquette, die sich betroffen von der Streu erhob, wo sie geschlafen hatte. Am Montag, wenn sie von den Ausschweifungen des Sonntags müde war, versetzte sie sich einen heftigen Faustschlag auf die Nase, verließ ihren Schlag unter dem Vorwande, Wasser zu holen, und kroch in die warme

Streu, zwischen die Tiere. Ihr Vater, der ihr gegenüber sehr schwach war, duldete dies auf die Gefahr hin, Verdruß zu bekommen.
Vater Mouque, der eben in den Stall trat, war ein kurzer, kahlköpfiger Mensch mit stark verwitterten Zügen, aber dick von Gestalt, was bei einem ehemaligen Grubenarbeiter von fünfzig Jahren selten war. Seitdem man ihn zum Stallknecht gemacht, kaute er so leidenschaftlich Tabak, daß das Zahnfleisch in seinem schwarzen Maul blutete. Als er neben seiner Tochter die zwei anderen bemerkte, wurde er zornig.
»Was habt ihr da zu suchen? Fort mit euch Dirnen, die ihr mir einen Mann herführt, um in meinem Stroh eure Schweinereien zu treiben.«
Die Mouquette fand dies drollig und hielt sich den Bauch vor Lachen. Etienne aber ging verlegen von dannen, während Catherine ihm zulächelte. Als alle drei in die Aufzugshalle zurückkehrten, trafen auch Bébert und Jeanlin mit einem Kohlenzug ein. Da es einen kurzen Aufenthalt gab, bis die Förderkörbe instand gesetzt wurden, näherte sich Catherine dem Pferde, tätschelte es mit der Hand und sprach mit dem Kameraden von dem Tiere. Es war Bataille, der Älteste in der Grube, ein Schimmel, der seit zehn Jahren unten arbeitete. Seit zehn Jahren lebte er in diesem Loche, immer in dem selben Winkel des Stalles, immer die selbe Arbeit in diesen schwarzen Stollen verrichtend, ohne jemals das Tageslicht wiedergesehen zu haben. Sehr fett, mit glänzendem Haar und gutmütigem Aussehen schien er da das Leben eines Weisen zu führen, bewahrt vor allem Ungemach der Erde. Der Gaul war übrigens hier in der Finsternis sehr schlau geworden. Der Weg, den er befuhr, war ihm schließlich so vertraut, daß er mit dem Kopf die Lüftungstüren aufstieß und bei den allzu niedrigen Stellen sich bückte, um nicht anzustoßen. Ohne Zweifel wußte er auch, was seine Pflicht war, denn wenn er die vorgeschriebene Anzahl von Fahrten gemacht

hatte, weigerte er sich, noch eine zu machen, und man mußte ihn wieder zur Raufe zurückführen. Jetzt kam das Alter; seine Augen nahmen zuweilen eine melancholische Trübung an. Vielleicht sah er in seinen dunklen Träumen die Mühle wieder, wo er geboren, eine Mühle in der Nähe von Marchiennes, am Ufer der Scarpe, umgeben von breiten Fluren, über die ein frischer Wind dahinfegte. Etwas brannte in der Luft, eine ungeheure Lampe, an die sein Tiergedächtnis sich nicht genau erinnern konnte. Und so stand er mit gesenktem Kopfe da, zitternd auf seinen alten Füßen, vergebliche Anstrengungen machend, um sich der Sonne zu erinnern.

Inzwischen dauerten die Manöver in dem Schacht fort; der Signalhammer hatte vier Schläge getan, das Pferd wurde niedergelassen. Das verursachte immer eine gewisse Aufregung; denn es geschah manchmal, daß das Tier, von Entsetzen ergriffen, unten tot anlangte. Oben wurde es mit einem Netz gefesselt, wogegen es sich verzweifelt wehrte; dann, sobald es keinen Boden mehr unter sich fühlte, war es wie versteinert; so versank es in die Tiefe, ohne ein Beben der Haut, mit erweiterten, starren Augen. Das Pferd, das heute hinabbefördert werden sollte, war zu groß, um zwischen den Leitpfosten hindurchzukönnen; man hatte es unterhalb des Aufzugskastens befestigen und den Kopf zur Seite festbinden müssen. Der Abstieg währte nahezu drei Minuten; aus Vorsicht verlangsamte man den Gang der Maschine. Darum stieg unten die Verwunderung immer höher. Was? Will man etwa das Pferd unterwegs in der Luft hängen lassen? Endlich wurde es sichtbar, unbeweglich, wie versteinert, die starren Augen vor Entsetzen erweitert. Es war ein Brauner, kaum drei Jahre alt, Trompette mit Namen.

»Achtung!« rief Vater Mouque, der das Tier zu übernehmen hatte. »Schafft es her, aber macht es noch nicht los.«

Trompette wurde wie eine tote Masse auf die eisernen

Platten des Fußbodens niedergelegt. Das Tier bewegte sich noch immer nicht; das schier endlose, finstere Loch, durch welches es gekommen, und dieser tiefe, von Lärm widerhallende Raum lasteten wie ein Alpdruck auf ihm. Man war eben damit beschäftigt, es loszubinden, als Bataille, seit einem Augenblick ausgespannt, sich näherte und den Kopf vorstreckte, um an dem Gefährten zu riechen, der so urplötzlich von der Erde daherkam. Die Arbeiter machten ihre Späße über die Szene und stellten sich in einem weiten Kreise auf. Ei, welchen Wohlgeruch fand er denn an ihm? Doch Bataille, unbekümmert um die Späße, wurde immer lebhafter. Er fand an dem Genossen ohne Zweifel den Wohlgeruch der freien Luft, den längst vergessenen Geruch des von der Sonne beschienenen Grases. Und er brach plötzlich in ein lautes Gewieher aus, in einen Freudenruf, in den sich etwas wie ein zärtliches Schluchzen mengte. Das war der Willkommgruß, die Freude ob der alten Dinge, von denen ihm jetzt ein Hauch zukam, zugleich die Schwermut über diesen neuen Gefangenen, der nicht mehr lebend an die Erdoberfläche gelangen sollte.

»Oh, dieser Schlingel Bataille!« riefen jetzt die Arbeiter, erheitert durch das Gehaben ihres Lieblings. »Seht ihn, wie er mit dem Kameraden plaudert.«

Trompette war mittlerweile seiner Fesseln entledigt worden, rührte sich aber noch immer nicht. Das Pferd blieb auf der Seite liegen, als fühlte es sich noch im Netz gefangen; es war gleichsam durch die Furcht gelähmt. Endlich brachte man es mit einem Peitschenhieb auf die Beine; betäubt und an allen Gliedern zitternd stand es jetzt da. Vater Mouque führte die beiden Tiere weg, die sogleich Freundschaft miteinander schlossen.

»Kommen wir endlich an die Reihe?« fragte Maheu.

Man mußte die Aufzugskästen freimachen; überdies fehlten noch zehn Minuten von der zum Aufstieg festgesetzten Stunde. Allmählich leerten sich die Werkplätze; die Grubenarbeiter kamen aus allen Stollen herbei. Es waren schon etwa fünfzig versammelt, durchnäßt, fröstelnd in dem Luftzug, der von allen Seiten kam. Pierron mit dem sanften Gesicht ohrfeigte seine Tochter Lydie, weil sie zu früh den Schlag verlassen hatte. Zacharie kniff insgeheim die Mouquette, um sich ein wenig zu erwärmen. Doch die Unzufriedenheit unter den Arbeitern wurde immer größer; Chaval und Levaque erzählten die Drohung des Ingenieurs, daß der Preis des Karrens herabgesetzt, die Verzimmerung gesondert bezahlt werden sollte. Dieses Vorhaben wurde mit allgemeinen Entrüstungsrufen aufgenommen; ein Aufruhr gärte in diesem engen Winkel, sechshundert Meter unter der Erde. Bald wurden Stimmen laut; diese von der Kohle geschwärzten und vom Warten im Luftzug erstarrten Männer beschuldigten die Gesellschaft, daß sie die eine Hälfte der Arbeiter in den Gruben tötete, während sie die andere Hälfte Hungers sterben ließe. Etienne hörte dies fröstelnd mit an.

»Rasch, sputet euch!« wiederholte der Aufseher Richomme den Verladern.

Er beschleunigte die Vorbereitungen für den Aufzug; er wollte nicht hart sein und tat daher, als hörte er nicht. Indes nahm das Murren dermaßen zu, daß er genötigt war, sich einzumengen. Hinter ihm rief man, daß dies nicht immer so bleiben dürfe und daß eines Tages ›die Bude in die Luft fliegen würde‹.

»Du bist besonnen, heiße sie schweigen«, sagte er zu Maheu. »Wenn man nicht der Stärkere ist, muß man der Klügere sein.«

Doch Maheu, der sich beruhigt hatte und den das Gerede ringsumher zu beängstigen begann, hatte es nicht mehr nötig, sich einzumengen. Plötzlich verstummten alle Stimmen; Négrel und Dansaert, von ihrem Inspektionsgang zurückkehrend, kamen aus einem Stollen, beide mit Schweiß bedeckt. Die Gewohnheit zum Gehorsam nötigte die Leute, sich in Reih und Glied zu stellen, während der Ingenieur schweigend durch die Gruppe schritt. Er setzte sich in einen Karren, der Oberaufseher in einen andern; man zog fünfmal an der Signalleine – um die schwere Ladung hinaufzuschaffen, wie man von den Vorgesetzten sagte – und der Kasten flog inmitten einer dumpfen Stille in die Höhe.

VI

In dem Kasten, der ihn – mit vier anderen zusammengepfercht – in die Höhe führte, beschloß Etienne, seine Hungerwanderung auf den Landstraßen wieder aufzunehmen. Besser sogleich zu verrecken, als wieder in diese Hölle hinabzusteigen, wo man nicht einmal sein Brot erwerben konnte. Catherine war über ihm eingestiegen und saß nicht mehr knapp an seiner Seite, mit der wohltuenden Wärme ihres Körpers. Er hielt es für besser, nicht mehr an Torheiten zu denken und seiner Wege zu gehen. Er hatte mehr gelernt als diese Herde und fühlte nicht ihre Entsagung in sich; er würde schließlich einen Vorgesetzten erdrosseln. Plötzlich war er wie geblendet. Der Aufstieg war so schnell gewesen, daß die Tageshelle, der er sich schon entwöhnt hatte, ihn zwang, die Augen zu schließen. Doch war es ihm eine Erleichterung, als er den Aufzugskasten in seinen Ankern sich festsetzen fühlte. Ein Handlanger öffnete die Tür, die Arbeiter sprangen aus den Karren.

»Sag, Mouquet, gehen wir heut abend zum ›Vulkan‹?« flüsterte Zacharie dem Handlanger ins Ohr.

Der ›Vulkan‹ war ein Tingeltangel in Montsou. Mouquet blinzelte mit dem linken Auge, wobei ein stilles Lachen ihm die Kinnladen trennte. Klein und dick wie sein Vater, hatte er die freche Nase eines Kerls, der alles verpraßt, unbekümmert um den morgigen Tag. Eben stieg die Mouquette aus, und er versetzte ihr einen furcht-

baren Schlag auf den Hintern als Zeichen seiner brüderlichen Zärtlichkeit.
Etienne erkannte das hohe Schiff der Aufnahmehalle wieder, die ihm am Morgen im Dämmerlicht der Laternen so beängstigend geschienen. Der Raum war kahl und schmutzig. Ein fahles Licht fiel durch die staubigen Fenster herein. Nur die Maschine mit ihren Kupferbestandteilen funkelte; die mit Fett beschmierten stählernen Kabel flogen wie in Tinte getauchte Bänder. Die Räder in der Höhe, das ungeheure Gebälk, das sie trug, die Kästen, die Hunde, all das reichlich verwendete Metall verdunkelte den Saal mit dem harten Grau alten Eisens. Das Rollen der Räder erhielt die Eisenplatten des Fußbodens in fortwährender Erschütterung, während von der heraufbeförderten Kohle ein feiner Staub aufflog, der sich wie schwarzes Mehl auf den Fußboden, auf die Mauern, selbst auf die Balken des Aufzugsturmes legte.
Doch Chaval hatte inzwischen einen Blick auf die Markiertafel geworfen, die in dem kleinen Glasverschlag des Aufnahmebeamten hing. Dies machte ihn vollends wütend, denn er hatte konstatiert, daß man ihnen zwei Karren zurückgewiesen hatte, den einen deshalb, weil er nicht das vorgeschriebene Quantum enthielt, den anderen, weil die Kohle nicht rein war.
»Nun, der Tag ist vollständig«, rief er. »Wieder um zwanzig Sous weniger! ... Warum nimmt man auch Taugenichtse, die sich ihrer Arme so bedienen wie ein Schwein seines Schwanzes.«
Und der scheele Blick, den er auf Etienne warf, vervollständigte seinen Gedanken. Etienne fühlte sich versucht, mit Faustschlägen zu antworten. Doch er sagte sich, dies sei unnütz, da er nicht bleiben wollte. Dieser Zwischenfall bestimmte ihn vollends.
»Man trifft das nicht gleich am ersten Tag«, sagte Maheu, um Frieden zu stiften. »Morgen wird er's besser machen.«

Indes waren alle verdrossen, von einem Bedürfnis zu streiten erfüllt. Als sie in die Laternenkammer gingen, um dort ihre Lampen abzugeben, begann Levaque einen Streit mit dem Aufseher, den er beschuldigte, seine Lampe schlecht gereinigt zu haben. Erst in der Baracke, wo das Feuer noch immer brannte, beruhigten sie sich ein wenig. Man hatte den Ofen zu stark mit Kohlen gefüllt, denn er war ganz rot, und der fensterlose Raum schien in Flammen zu stehen, weil der Widerschein des Feuers die Wände blutrot färbte. Die Leute grunzten vor Vergnügen; sie brieten ihren Rücken in entsprechender Entfernung und dampften wie heiße Suppe. Hatten sie sich rückwärts genügend gebraten, dann wandten sie dem Feuer den Bauch zu. Die Mouquette hatte ganz ruhig die Hose heruntergelassen, um ihr Hemd zu trocknen. Die Burschen trieben ihren Ulk mit ihr und lachten laut, weil sie ihnen plötzlich den Hintern zeigte, was bei ihr der höchste Ausdruck der Verachtung war.

»Ich gehe«, sagte Chaval, nachdem er seine Geräte in seinem Kasten verwahrt hatte.

Niemand rührte sich. Bloß die Mouquette beeilte sich, ihm zu folgen, unter dem Vorwand, daß beide nach Montsou gingen. Doch da gab es neue Späße, denn man wußte, daß er sie nicht mehr mochte.

Catherine hatte inzwischen leise mit ihrem Vater gesprochen. Dieser hörte ihr erstaunt zu, dann nickte er zustimmend mit dem Kopf. Er rief Etienne herbei, um ihm sein Paket zurückzugeben.

»Hören Sie«, sagte er ihm leise, »wenn Sie kein Geld haben, können Sie bis zum Halbmonatslohn längst verhungert sein ... Wollen Sie, daß ich Ihnen irgendwo Kredit verschaffe?«

Der junge Mann stand einen Augenblick verlegen da. Er wollte gerade seine dreißig Sous fordern und seiner Wege gehen. Doch angesichts des Mädchens war er von Scham ergriffen. Sie sah ihn scharf an; vielleicht glaubte sie gar, daß er die Arbeit scheue.

»Ich will Ihnen nichts versprechen«, sagte Maheu weiter; »schlimmstenfalls werden wir eine abschlägige Antwort bekommen.«
Etienne sagte nicht nein. Er wird gewiß eine abschlägige Antwort bekommen, dachte er. Übrigens verpflichtete ihn das zu nichts; er wird ja noch immer weggehen können, nachdem er einen Bissen gegessen. Dann wieder verdroß es ihn, daß er nicht nein gesagt hatte, als er die Freude Catherines sah, die ihm freundschaftlich zulächelte, ganz froh darüber, daß sie ihm zu Hilfe gekommen war. Was half ihm aber all dies?
Als sie ihre Holzschuhe an sich genommen und ihre Fächer verschlossen hatten, verließen die Maheu die Baracke, den Kameraden folgend, die einer nach dem andern sich entfernten, nachdem sie sich erwärmt hatten. Etienne schloß sich ihnen an; Levaque und sein Sohn gingen mit demselben Trupp. Doch im Siebwerk wurden sie durch eine heftige Szene zurückgehalten. Dies war in einem geräumigen Schuppen mit einem von Kohlenstaub geschwärzten Gebälk und großen Fensterläden, durch welche ein fortwährender Luftzug strich. Die Kohlenhunde kamen unmittelbar aus der Aufnahmehalle hierher und wurden durch die Auslader auf lange Rutschen aus Eisenblech entleert. Bei den Rutschen standen rechts und links auf erhöhten Stufen die Sichterinnen, mit Schaufel und Rechen ausgerüstet, scharrten die Steine beiseite und stießen die reine Kohle in die Trichter hinab, durch die sie in die Waggons der Eisenbahn fielen, die unter dem Schuppen hinführte.
Hier arbeitete Philomène Levaque, ein mageres, bleiches, schwindsüchtiges Mädchen mit einem Schafsgesicht. Den Kopf mit einem blauen Lappen umwickelt, Hände und Arme schwarz bis zu den Ellbogen, machte sie die Sichtungsarbeit, unter einer alten Hexe, der Mutter der Frau Pierron, genannt Brulé, ein schreckliches Weib mit Eulenaugen und eingekniffenen Lippen, die an den Geldbeutel eines Geizigen erinnerten. Sie lagen in

Streit miteinander; die Junge beschuldigte die Alte, daß sie ihr die Steine wegnehme, so daß sie nicht in zehn Minuten einen Korb voll zusammenbrächte. Man bezahlte sie nämlich nach Körben. Da gab es endlosen Zank und Hader; die Zöpfe flogen, die Hände zeichneten sich in schwarzen Flecken auf dem roten Gesicht der Gegnerin ab.

»Gib ihr doch eins in die Fratze!« rief Zacharie von oben seiner Geliebten zu.

Alle Sichterinnen lachten. Doch die Brulé wandte sich jetzt giftig an den jungen Mann.

»Du Schweinekerl tätest besser, die zwei Bälge anzuerkennen, die du ihr gemacht hast! ... Hat man je so etwas gehört! ... Eine Hopfenstange von achtzehn Jahren, die sich kaum auf den Beinen halten kann!«

Maheu mußte seinen Sohn daran hindern, hinabzugehen, um sich – wie er sagte – die Hautfarbe dieses Gerippes anzusehen. Ein Aufseher eilte herbei, die Rechen senkten sich wieder in die Kohle. Von oben bis hinab zu den Trichtern sah man nichts mehr als die runden Rücken der Weiber, die sich in heftigster Weise die Steine streitig machten.

Draußen hatte sich der Wind plötzlich gelegt; eine feuchte Kälte senkte sich vom grauen Himmel hernieder. Die Grubenarbeiter krümmten die Schultern, kreuzten die Arme und gingen in regellosen Gruppen dahin, mit wiegender Bewegung der Lenden, die ihre derben Knochen unter der dünnen Leinwandhülle ihrer Kleidung hervortreten ließ. Im Tageslicht sahen sie aus wie eine Bande von Negern, die man in Dreck getaucht hatte. Einige hatten ihren ›Ziegel‹ nicht ganz verzehrt, und dieser Brotrest, den sie zwischen Hemd und Jacke zurückbrachten, ließ sie bucklig erscheinen.

»Schau, da ist Bouteloup«, sagte Zacharie grinsend.

Ohne stehenzubleiben, tauschte Levaque zwei Sätze mit seinem Mieter aus, einem kräftigen Burschen von

fünfunddreißig Jahren mit sanftem, rechtschaffenem Antlitz.
»Ist die Suppe fertig, Louis?«
»Ich glaube.«
»So, ist die Frau heute guter Laune?«
»Ja, ich glaube.«
Es kamen andere Grubenarbeiter, die gruppenweise im Schacht verschwanden. Es war die Drei-Uhr-Schicht; neue Männer, welche die Grube verschlang, wo sie an Stelle der anderen die Arbeit aufnahmen. Niemals feierte die Grube; Tag und Nacht waren menschliche Käfer da, die sechshundert Meter unter den Rübenfeldern im Gestein gruben.
Indes gingen die jungen Leute voraus. Jeanlin vertraute Bébert einen verwickelten Plan an, wie man sich für vier Sous Tabak verschaffen könnte. Lydie folgte ihnen in respektvoller Entfernung. Catherine ging mit Zacharie und Etienne. Niemand sprach. Vor der Gastwirtschaft ›Zum wohlfeilen Schoppen‹ wurden sie von Maheu und Levaque eingeholt.
»Da ist's«, sagte Maheu zu Etienne. »Wollen Sie eintreten?«
Man trennte sich. Catherine blieb noch einen Augenblick stehen und betrachtete ein letztes Mal den jungen Mann mit ihren großen Augen, die von der grünlich schimmernden Durchsichtigkeit des Quellwassers waren und deren Kristallreinheit durch das schwarze Gesicht noch gehoben wurde. Sie lächelte und verschwand mit den anderen auf dem ansteigenden Weg, der zum Arbeiterdorf hinanführte.
Das Gasthaus lag zwischen dem Dorf und der Grube, an der Kreuzung der beiden Wege. Es war ein zweistöckiger Ziegelbau, von oben bis unten mit Kalk getüncht, mit einem breiten, himmelblauen Saum um die Fenster. Eine viereckige Tafel über dem Tor trug in gelben Lettern die Inschrift: ›Zum wohlfeilen Schoppen, Rasseneurs Gastwirtschaft‹. Dahinter lag eine

Kegelbahn, von einer lebenden Hecke eingeschlossen. Die Gesellschaft, die alles versucht hatte, um dieses zwischen ihre weiten Ländereien eingekeilte Stück Boden zu erwerben, war verzweifelt über diese Gastwirtschaft, die auf freiem Felde sozusagen am Eingange des Voreux-Schachtes lag.

»Treten Sie ein«, sagte Maheu nochmals zu Etienne.

Die Gaststube war klein, von einer hellen Kahlheit mit den weißen Wänden, drei Tischen, zwölf Stühlen und dem Schanktisch von weißem Holz, der nicht größer war als ein Küchenschrank. Etwa zehn Schoppengläser waren aufgestellt, drei Likörflaschen, eine Wasserflasche, ein kleiner Zinkkasten mit zinnernem Hahn für das Bier. Und nichts weiter. Kein Bild, keine Tafel, kein Spieltisch. In dem blank gefirnißten, gußeisernen Kamin brannte langsam ein Kohlenziegel; die Fliesen waren mit einer dünnen Lage Sand bestreut, der die ewige Feuchtigkeit dieser regennassen Gegend aufsog.

»Einen Schoppen!« bestellte Maheu bei einem starken, blonden Mädchen, der Tochter einer Nachbarin, die zuweilen die Gaststube betreute. »Ist Rasseneur da?«

Das Mädchen drehte den Hahn des Bierfasses und erwiderte, der Patron werde sogleich kommen. Langsam, in einem Zuge, leerte der Grubenarbeiter die Hälfte des Schoppens, um den Staub hinunterzuspülen, der ihm die Gurgel verlegte. Seinem Begleiter bot er nichts an. Ein einziger Gast war noch da, gleichfalls ein Grubenarbeiter, der beschmutzt und durchnäßt an einem Tisch saß und still, nachdenklich sein Bier trank. Jetzt trat ein dritter ein, bestellte mit einer Geste sein Bier, trank es aus, zahlte und ging, ohne ein Wort gesprochen zu haben.

Doch jetzt erschien ein dicker Mann von achtunddreißig Jahren, mit einem gemütlichen Lächeln in dem glattrasierten, runden Gesicht. Es war Rasseneur, ein ehemaliger Häuer, den die Gesellschaft vor drei Jahren nach einem Streik entlassen hatte. Er war ein sehr guter Arbeiter und guter Redner; er stellte sich an die Spitze aller Beschwerden und wurde schließlich das Oberhaupt der Unzufriedenen. Seine Frau hielt einen Getränkeausschank gleich vielen Arbeiterfrauen; als er dann entlassen wurde, blieb er Gastwirt und verstand das nötige Geld zu finden, um eine Wirtschaft zu eröffnen, die er hart vor die Grube hinpflanzte, gleichsam als Herausforderung gegen die Gesellschaft. Jetzt gedieh sein Haus, er wurde zu einem Mittelpunkt und bereicherte sich an all dem Groll, den er seinen ehemaligen Kameraden nach und nach eingeblasen hatte.

»Das ist der Bursche, den ich heute morgen angeworben habe«, erklärte Maheu sogleich. »Hast du eine Stube frei, und willst du ihm auf einen halben Monat Kredit einräumen?«

In Rasseneurs breitem Gesicht drückte sich sogleich ein großes Mißtrauen aus. Er musterte mit einem Blick Etienne und erwiderte, ohne das mindeste Bedauern zu bekunden:

»Unmöglich; meine beiden Stuben sind besetzt.«

Der junge Mann war auf diese Weigerung gefaßt; dennoch schmerzte sie ihn, und er war selbst erstaunt über den Verdruß, den ihm der Gedanke verursachte, sich wieder entfernen zu müssen. Gleichviel, er wird gehen, sobald er seine dreißig Sous hat. Der Bergwerksarbeiter, der einsam an einem Tisch getrunken hatte, war fort; andere kamen einzeln, um sich die Kehle reinzufegen, und gingen dann mit den nämlichen schaukelnden Schritten ihres Weges. Es war eine Art Abspülung, ohne Genuß und Leidenschaft, die stumme Befriedigung eines Bedürfnisses.

»Also, nichts Neues?« fragte der Wirt mit eigentümlicher Betonung Maheu, der in kleinen Schlucken sein Bier austrank.

Dieser wandte den Kopf und sah, daß Etienne allein da war.

»Es hat wieder einen Streit gegeben«, sagte er. »Ja, wegen der Verzimmerung.«
Und er erzählte den Vorfall. Das Gesicht des Gastwirtes hatte sich gerötet; das Blut schoß ihm in die Wangen und schien durch Haut und Augen hervordringen zu wollen. Endlich brach er los.
»Nun also, wenn sie sich einfallen lassen, den Preis herabzusetzen, dann sind sie geliefert.«
Etienne war ihm im Wege. Doch fuhr er in seinen Reden fort, wobei er ihm mißtrauische Blicke zuwarf. Dabei gab es Vorbehalte und Zweideutigkeiten; er sprach vom Direktor, Herrn Hennebeau, von dessen Frau, von dessen Neffen, dem kleinen Négrel, ohne sie zu nennen; und er wiederholte, daß dies nicht so fortdauern könne, daß dies eines Tages in die Brüche gehen müsse. Das Elend sei zu groß; er nannte Fabriken, die den Betrieb einstellten, Arbeiter, die fortzogen. Seit einem Monat verschenke er täglich mehr als sechs Pfund Brot. Gestern habe man ihm erzählt, daß Herr Deneulin, der Eigentümer einer benachbarten Grube, nicht wisse, wie er die Krise aushalten solle. Übrigens habe er aus Lille einen Brief voll beunruhigender Einzelheiten erhalten.
»Der Brief kommt von der Person, die du eines Abends hier gesehen hast«, sagte er in gedämpftem Ton zu Maheu.
Doch er wurde unterbrochen. Seine Frau trat ein, ein großes, mageres, leidenschaftliches Weib mit langer Nase und violett gefleckten Wangen. Sie war in Sachen der Politik weit radikaler als ihr Gatte.
»Der Brief Plucharts!« sagte sie. »Oh, wenn er der Herr wäre, würde bald alles besser gehen.«
Etienne hörte seit einer Weile zu und begriff. Er begeisterte sich für diese Ideen des Elends und der Vergeltung. Bei diesem plötzlich hingeworfenen Namen fuhr er zusammen. Er sagte laut, wie unwillkürlich:
»Ich kenne Pluchart.«
Man schaute ihn an; er mußte hinzufügen:

»Ja, ich bin Maschinist; er war in Lille mein Werkführer ... Ein befähigter Mann; ich habe oft mit ihm gesprochen.«

Rasseneur betrachtete ihn von neuem, und in seinem Antlitz vollzog sich eine rasche Veränderung; ein Ausdruck der Sympathie war darin zu lesen. Endlich sagte er zu seiner Frau:

»Maheu hat mir diesen Herrn, seinen Schlepper, gebracht, um zu fragen, ob es für ihn bei uns nicht eine freie Stube und einen halbmonatigen Kredit gäbe.«

Die Angelegenheit war mit wenigen Worten abgeschlossen. Ein Zimmer war frei, der Mieter war eben diesen Morgen fort. Der Gastwirt aber, nun einmal im Zuge, ließ sich immer mehr gehen und wiederholte, er wolle von den Arbeitgebern nur das Mögliche, ohne – wie so viele andere – Dinge zu fordern, die nur schwer bewilligt werden können. Seine Frau zuckte mit den Achseln, sie forderte das volle Recht.

»Guten Abend denn«, unterbrach Maheu dieses Gespräch. »All dies wird nicht hindern, daß man in den Schacht einfährt, und solange man einfährt, wird es auch Leute geben, die daran zugrunde gehen ... Schau, du bist ein kräftiger Junge geworden seit den drei Jahren, da du nicht mehr unten arbeitest.«

»Ja, ich habe mich gut erholt«, erklärte Rasseneur selbstgefällig.

Etienne ging bis zur Tür und dankte dem Grubenarbeiter; doch dieser schüttelte nur den Kopf, ohne ein Wort mehr hinzuzufügen. Der junge Mann sah ihn mühsam den Weg zum Arbeiterdorf hinansteigen. Frau Rasseneur, mit der Bedienung von Gästen beschäftigt, bat ihn, sich einen Augenblick zu gedulden, bis sie ihn auf seine Stube geleiten würde, wo er sich waschen könnte. Sollte er dableiben? Er wurde wieder von einem Schwanken ergriffen, von einem Unbehagen, das ihn der Freiheit der Landstraßen nachtrauern ließ, dem Hungern im schönen Sonnenschein, das er mit dem freudigen Bewußtsein ertrug, sein eigener Herr zu sein. Ihm war, als hätte er Jahre hier verlebt, seit seiner Ankunft auf dem Schutthügel, umbraust vom Sturmwind, bis zu den Stunden, die er unter der Erde, in den schwarzen Stollen, auf dem Bauche herumkriechend, zugebracht hatte. Und es widerstrebte ihm, dies von vorne zu beginnen; es war ungerecht und zu hart; sein Mannesstolz empörte sich bei dem Gedanken, ein Tier zu sein, das man blendet und vernichtet.

Während Etienne so mit sich selbst kämpfte, irrten seine Augen über die endlose Ebene und fanden sich darin allmählich zurecht. Er war erstaunt; er hatte sich den Horizont nicht so vorgestellt, als der alte Bonnemort ihn ihm, noch in Finsternis gehüllt, mit den Bewegungen seines Armes gezeigt hatte. Vor ihm lag allerdings der Voreux-Schacht in einer Mulde des Bodens, mit seinen Holz- und Ziegelbauten, dem geteerten Siebwerk, dem mit Schiefer gedeckten Schachtturm, dem Maschinenraum und dem mattroten Schornstein, all das zusammengedrückt und von abstoßendem Aussehen. Rings um die Gebäude dehnte sich die Anlage aus, und er hätte sie sich nicht so geräumig gedacht, einem See von Tinte gleichend durch die wellenförmig ansteigenden Massen der Kohlenvorräte, mit hohen Gerüsten, über welche die Schienen liefen, und mit dem Holzvorrat, der einen erheblichen Teil des Raumes einnahm, als hätte man einen gefällten Wald dort abgelagert. Zur Rechten schnitt der Schutthügel den Ausblick ab, mächtig wie eine Riesenbarrikade, auf dem alten Teile schon mit Gras bedeckt, an der anderen Seite durch ein inneres Feuer verzehrt, das seit einem Jahr mit dichtem Rauch brannte, an der Oberfläche, mitten im matten Grau des Schiefers und der Steine lange, rostrote Streifen zurücklassend. Darüber hinaus zogen die Felder sich hin, endlose Getreide- und Gemüsefelder, zu dieser Jahreszeit ganz kahl; Sümpfe mit wuchernder Vegetation, durchschnitten von einigen zwerghaften Weiden, ferne Wiesen, durch kahle Pappelreihen voneinander gesondert. Kleine, weiße Flecke in großer Entfernung zeigten die Lage von Städten an; im Norden Marchiennes, im Süden Montsou; im Osten schloß der Wald von Vandame mit der violetten Linie seiner kahlen Bäume den Horizont ab. Und unter dem fahlen Himmel, im trüben Licht dieses Winternachmittags schien es, als hätte alles Schwarz des Voreux-Schachtes, all der fliegende Kohlenstaub sich auf der Ebene gelagert, die Bäume, die Straßen, den Erdboden überziehend.

Etienne schaute, und was ihn am meisten überraschte, war ein Kanal, der kanalisierte Scarpefluß, den er in der Nacht gar nicht gesehen hatte. Dieser Kanal lief in gerader Linie vom Voreux-Schacht nach Marchiennes wie ein zwei Meilen langes Band von mattsilberner Farbe, eine Wasserstraße, eingesäumt von großen Bäumen, hoch über dem Tiefland dahinfließend und sich in der Endlosigkeit verlierend mit ihren grünen Böschungen und ihrem mattschillernden Wasser, in dem die rot gestrichenen Boote dahinglitten. In der Nähe der Kohlengrube gab es einen Landungsplatz mit verankerten Lastschiffen, welche die auf die Brückenstege geschobenen Karren unmittelbar füllten. Weiterhin machte der Kanal eine Biegung und durchschnitt quer die Sümpfe. Die ganze Seele der flachen Ebene schien in diesem in geometrisch korrekten Linien dahinfließenden Wasser zu sein, das sie wie eine Heerstraße durchzog, auf der Kohle und Eisen verfrachtet wurden.

Die Blicke Etiennes wandten sich von dem Kanal zum Arbeiterdorf, das auf der Hochebene erbaut war und von dem er nur die roten Ziegeldächer sah. Dann wandten sie sich wieder zu dem Voreux-Schacht und blieben am Fuß des lehmigen Abhanges an zwei riesigen Haufen von Ziegeln haften, die an Ort und Stelle geformt und gebrannt wurden. Eine Abzweigung der gesellschaftseigenen Eisenbahn verlief hinter den Planken und diente den Zwecken der Kohlengrube. Die letzten Grubenarbeiter wurden hinabgelassen; ein einziger, von Männern geschobener Waggon rollte mit lautem Kreischen über die Schienen. Zerstoben war die Unsicherheit der nächtlichen Finsternis, das unerklärliche Rollen, das Aufflammen unbekannter Gestirne. Die Hochöfen und Koksöfen in der Ferne waren mit der Morgendämmerung verblichen. Nur der Dampfausstoß der Pumpe ging weiter mit dem lauten, langen Atemzug, dem Atem eines Ungeheuers, dessen grauen Dunst er jetzt zu unterscheiden vermochte und das nie gesättigt werden konnte.

Da entschied sich Etienne mit einem Schlag. Vielleicht hatte er die hellen Augen Catherines da oben am Eingang des Arbeiterdorfes wiederzusehen geglaubt. Vielleicht war es nur ein Zug des Aufruhrs, der ihm vom Voreux-Schacht zugeweht kam. Er wußte es nicht. Er wollte wieder in die Grube hinab, um zu leiden und zu kämpfen; in heftiger Aufwallung gedachte er der Leute, von denen Bonnemort gesprochen, des gesättigt kauernden Gottes, dem zehntausend Hungernde ihr Fleisch gaben, ohne ihn zu kennen.

Zweiter Teil

I

Die Piolaine, die Besitzung der Familie Grégoire, lag zwei Kilometer von Montsou, nach Osten, an der nach Joiselle führenden Straße. Es war ein stilloses, großes, viereckiges Haus, zu Beginn des vorigen Jahrhunderts erbaut. Von dem großen Grundbesitz, der ehemals dazugehört hatte, waren im ganzen dreißig Hektar übriggeblieben, die mit einer Mauer umfriedet und leicht zu bewirtschaften waren. Der Obstgarten und der Gemüsegarten waren besonders berühmt, weil sie die schönsten Früchte und Gemüse der ganzen Gegend lieferten. Es fehlte der Park; ein Wäldchen sollte ihn ersetzen. Die Allee von alten Linden, ein Laubdach von dreihundert Meter Länge, zog sich vom Torgitter bis zur Terrasse des Hauses und war eine Sehenswürdigkeit in dieser kahlen Ebene, wo man von Marchiennes bis Beaugnies nur wenige große Bäume sehen konnte.

Die Familie Grégoire war heute um acht Uhr aufgestanden. Sie waren Langschläfer und erhoben sich gewöhnlich erst eine Stunde später aus den Betten; allein der Sturm, der in der Nacht gewütet, hatte sie erschöpft. Während Herr Grégoire sogleich in den Garten ging, um zu sehen, ob der Sturm keinen Schaden angerichtet hatte, begab sich die Frau des Hauses im Morgenkleid von weißem Flanell und in Pantoffeln in die Küche. Sie war kurz und dick, und obgleich schon achtundfünfzig Jahre alt, hatte ihr dickes Gesicht unter dem schimmernden Weiß ihrer Haare einen kindlich treuherzigen Ausdruck bewahrt.

»Mélanie«, sagte sie der Köchin, »da der Teig fertig ist, könnten Sie den Kuchen jetzt backen. Das Fräulein wird nicht vor einer halben Stunde aufstehen und wird zu ihrer

Schokolade davon essen ... Das wäre eine Überraschung, wie?«
Die Köchin, ein altes, mageres Weib, das seit dreißig Jahren im Hause diente, erwiderte lachend:
»Das ist wahr, es wäre eine schöne Überraschung ... Mein Herdfeuer ist angezündet, die Bratröhre wird schon warm sein. Honorine kann mir übrigens behilflich sein.«
Honorine, ein Mädchen von zwanzig Jahren, von der Familie als verlassenes Kind aufgenommen und erzogen, diente jetzt als Stubenmädchen. Außer diesen beiden Mägden gab es im Haus noch einen Kutscher namens Francis, welcher die groben Arbeiten zu besorgen hatte. Ein Gärtner und eine Gärtnerin hatten den Obstgarten, den Gemüsegarten und den Hühnerhof zu versorgen. Der Dienst im Hause war patriarchalisch, familiär; alle Welt lebte in guter Freundschaft miteinander.
Frau Grégoire, die schon im Bett die Überraschung mit dem Kuchen ausgesonnen hatte, blieb in der Küche, um zu sehen, wie der Teig in den Ofen kam. Die Küche war riesig groß, und man merkte, daß sie eine bedeutsame Rolle im Hause spielte, an der außerordentlichen Reinlichkeit, die da herrschte, an dem Arsenal von Kasserollen, Geräten und Töpfen, die sie füllten. Es roch gut, nach gesunder, guter Kost. Die Gesimse und Schreine waren voll mit Vorräten jeder Art.
»Lassen Sie ihn schön goldgelb werden«, empfahl Frau Grégoire ihrer Köchin, indem sie sich in den Speisesaal begab.
Trotz der Warmluftheizung, die das ganze Haus heizte, brannte in diesem Saal ein lustiges Kohlenfeuer. Übrigens fehlte jeglicher Luxus: ein großer Tisch, die nötigen Sessel und ein Mahagonischrank; bloß zwei tiefe Lehnsessel verrieten die Lust an Behaglichkeit, die langen Stunden zufriedener Verdauung. Man ging niemals in den Salon; man blieb da, im Familienkreise.

Eben kam Herr Grégoire, mit einer dicken Barchentjacke bekleidet, ins Haus zurück. Auch er sah rosig aus für seine sechzig Jahre, mit schneeweißem Haar und gütigen, rechtschaffenen Zügen. Er hatte den Gärtner und den Kutscher gesprochen. Es war kein nennenswerter Schaden entstanden, nur einen Schornstein hatte der Sturm vom Dach gerissen. Es war ihm eine liebe Gewohnheit, sich jeden Morgen ein wenig in seiner Wirtschaft Piolaine umzutun, die nicht groß genug war, um ihm Sorgen zu verursachen und an deren Besitz er seine volle Freude hatte.

»Steht denn Cécile heute nicht auf?« fragte er.

»Ich begreife es nicht«, antwortete seine Frau. »Mir war, ich hörte sie schon sich bewegen.«

Der Frühstückstisch war gedeckt; drei Tassen standen auf der weißen Tischdecke. Man schickte Honorine hinauf, daß sie nach dem Fräulein schaue. Doch sie kam sogleich wieder herunter, unterdrückte ihr Lachen und dämpfte ihre Stimme, als würde sie oben im Zimmer des Fräuleins sprechen.

»Ach, gnädiger Herr und gnädige Frau! ... Wenn Sie das Fräulein sehen könnten! ... Sie schläft! ... Sie schläft wie ein Jesuskind! ... Man hat keine Vorstellung davon ... Es ist ein Vergnügen, sie anzublicken ...«

Der Vater und die Mutter tauschten gerührte Blicke aus.

»Wollen wir schauen?« fragte er.

»Das liebe Kind!« murmelte sie. »Ich gehe schon.«

Und sie gingen zusammen hinauf. Dieses Zimmer war das einzige im Haus, das mit einigem Luxus eingerichtet war, mit blauer Seide überzogen, mit weißen Lackmöbeln ausgestattet. Die Eltern hatten der Laune ihres verhätschelten Kindes nachgegeben. In der verschwimmenden Weiße des Bettes, in dem Zwielicht, das durch den Spalt des Vorhanges auf das Lager fiel, schlief das Mädchen, eine Wange auf den nackten Arm gestützt. Sie war nicht schön, zu frisch, zu gesund und reif mit achtzehn Jahren; aber sie hatte herrliches Fleisch, weiß wie Milch, kastanienbraunes Haar, ein rundes Gesicht mit einem kecken Näschen, das sich zwischen den Wangen verlor. Die Bettdecke war heruntergeglitten und sie atmete so sanft, daß ihr Atem selbst ihren schon kräftig entwickelten Busen nicht bewegte.

»Der häßliche Wind hat sie gewiß gehindert, die Augen zu schließen«, bemerkte die Mutter leise.

Der Vater winkte ihr, daß sie schwiege. Beide neigten sich vor und betrachteten mit zärtlicher Liebe die in jungfräulicher, rosiger Nacktheit daliegende Tochter, die sie so lange ersehnt und die sie spät bekommen hatten, als sie kaum mehr auf ein Kind zu hoffen wagten. Sie fanden sie vollkommen, nicht zu dick, nie genug genährt. Und sie schlief noch immer und ahnte nicht, daß sie da waren, mit ihren Wangen sie fast berührend. Doch jetzt zog ein leichter Schatten über ihr unbewegliches Gesicht. Sie zitterten, daß sie erwachen könnte, und gingen auf Fußspitzen hinaus.

»Still!« sagte Herr Grégoire bei der Türe. »Wenn sie nicht geschlafen hat, muß man sie schlafen lassen.«

»Soviel sie will, das liebe Kind«, erwiderte die Mutter. »Wir werden warten.«

Sie gingen in den Speisesaal hinunter und ließen sich in ihren Lehnsesseln nieder, während die Mägde, über den tiefen Schlaf des Fräuleins lachend, ohne Murren die Schokolade warm hielten. Er hatte eine Zeitung zur Hand genommen, sie strickte eine wollene Fußdecke. Es war sehr warm in dem Gemach; kein Laut kam aus dem stillen Haus.

Das Vermögen der Grégoire, ungefähr vierzigtausend Franken Rente, bestand ganz und gar in einer Aktie der Bergwerke von Montsou. Sie erzählten gern den Ursprung ihres Vermögens, der in die Zeit der Gründung der Gesellschaft fiel.

Zu Beginn des vorigen Jahrhunderts wurden in der ganzen Gegend von Lille bis Valenciennes mit wahrer Wut Kohlenschürfungen vorgenommen. Die Erfolge der

Konzessionäre, die später die Gesellschaft von Anzin bilden sollten, hatten alle Köpfe erhitzt. In der Gemeinde wurde das Erdreich durchforscht; Gesellschaften wurden gegründet, Konzessionen wuchsen über Nacht hervor. Doch unter allen hartnäckigen Kämpfern jener Zeit hatte der Baron Desrumeaux sicherlich das Andenken des scharfsinnigsten und tapfersten zurückgelassen. Vierzig Jahre lang hatte er gekämpft ohne zu ermüden, trotz unaufhörlicher Hindernisse. Die ersten Schürfungen waren vergeblich; neue Gruben wurden angelegt und nach monatelanger Arbeit wieder aufgelassen; Einstürze verschütteten die Gruben, plötzliche Überschwemmungen ließen Arbeiter ertrinken, Hunderttausende von Franken wurden in die Erde gegraben. Dann kamen Schwierigkeiten mit der Verwaltung, Panik der Aktionäre, Kampf mit den Grundeigentümern, die entschlossen waren, die königlichen Konzessionen nicht anzuerkennen, wenn man sich weigern würde, vorher mit ihnen zu unterhandeln. Endlich gründete er die Gesellschaft Desrumeaux, Franquenoix & Cie., um die Konzession von Montsou auszubeuten, und die Gruben begannen mit mäßigem Ertrag zu arbeiten, als zwei benachbarte Konzessionen, die von Cougny, Eigentum des Grafen von Cougny, und die von Joiselle, Eigentum der Gesellschaft Cornille & Jenard die Gruben der Gesellschaft Desrumeaux mit ihrer furchtbaren Konkurrenz zu erdrücken drohten. Glücklicherweise kam am 25. August 1760 ein Vertrag zwischen den drei Konzessionen zustande, der sie zu einer einzigen vereinigte. Die Gesellschaft der Gruben von Montsou war gegründet, so wie sie bis auf den heutigen Tag besteht. Man hatte den ganzen Besitz nach der damaligen Währung in vierundzwanzig (alte) Sous zerlegt; jeder Sou zerfiel in zwölf Denare; das waren zweihundertachtundachtzig Denare. Da jeder Denar gleich zehntausend Franken war, repräsentierte das Kapital eine Summe von nahezu drei Millionen. Desrumeaux, am Ende seiner Kräfte, aber

dennoch Sieger, bekam bei der Teilung sechs Sous und drei Denare.
Zu jener Zeit besaß der Baron das Gut Piolaine, zu dem dreihundert Hektar Boden gehörten. Als Verwalter stand Honoré Grégoire in seinen Diensten, ein aus der Picardie stammender junger Mann. Dieser Grégoire war der Urgroßvater des Léon Grégoire, Vater der Cécile. Als der Vertrag von Montsou zustande kam, hatte Honoré fünfzigtausend Franken Ersparnisse, die er in einem Strumpf verborgen hielt. Der unerschütterlichen Zuversicht seines Gebieters nachgebend, holte er zehntausend Franken aus dem Strumpf und erwarb einen Denar. Er zitterte dabei vor Angst, daß er seine Kinder um diese Summe berauben könnte. Sein Sohn Eugène bezog in der Tat sehr magere Dividenden; und da er sich auf der Grundlage einer spießbürgerlichen Existenz eingerichtet und überdies die Torheit begangen hatte, die anderen vierzigtausend Franken des väterlichen Erbes in einem unglücklichen Geschäftsunternehmen zu verschleudern, führte er ein ziemlich dürftiges Leben. Doch der Zinsenertrag des Denars stieg allmählich; die Wohlhabenheit begann mit Félicien, dem es gelang, einen Traum zu verwirklichen, den sein Großvater, der ehemalige Verwalter, seit seiner Kindheit gehegt hatte. Er konnte die als Nationalgut erklärte und zerstückelte Besitzung Piolaine um einen Pappenstiel an sich bringen. Die nun folgenden Jahre waren jedoch ungünstig; es galt, die Abwicklung der revolutionären Katastrophen und den blutigen Sturz Napoleons zu überdauern. Und so war erst Léon Grégoire der, der in erstaunlicher Steigerung die Vorteile aus der zaghaften Kapitalanlage seines Vorfahren zog. Mit dem Gedeihen der Gesellschaft wuchsen und gediehen auch diese armseligen zehntausend Franken. Seit dem Jahre 1820 trugen sie hundert Prozent, das waren zehntausend Franken; im Jahre 1844 trugen sie zwanzigtausend, im Jahre 1850 vierzigtausend Franken. Vor zwei Jahren endlich war die Dividende auf

fünfzigtausend Franken gestiegen; der Wert eines Denars, auf der Börse zu Lille mit einer Million notiert, war in einem Jahrhundert auf das Hundertfache gestiegen.

Herr Grégoire, dem man bei dem Kurse von einer Million geraten hatte, seinen Anteil zu verkaufen, hatte mit seiner lächelnden und väterlichen Miene diesen Rat abgelehnt. Sechs Monate später brach eine Industriekrise aus, und der Denar sank auf sechshunderttausend Franken. Doch er lächelte noch immer und bedauerte nichts, denn die Grégoire hatten ein beharrliches Vertrauen zu ihrem Bergwerk. Die Aktien werden wieder steigen, das sei sicher wie der Himmel. In diese fromme Zuversicht mischte sich übrigens auch tiefe Dankbarkeit für einen Wert, der seit einem Jahrhundert die Familie so schön ernährte, daß sie die Hände in den Schoß legen konnte. Dieser Wert war gleichsam ihre Gottheit, die ihr Egoismus mit einem Kult umgab; der Wohltäter der Familie, der sie in einem breiten Bett der Trägheit wiegte, an einer leckeren Tafel mästete. Das übertrug sich vom Vater auf den Sohn; warum das Schicksal durch einen Zweifel erzürnen? Und im Grunde genommen war ihre Treue ein abergläubischer Schrecken, die Furcht, daß die Million plötzlich zerfließen könnte, wenn sie ihren Anteil zu Geld machten und in das Spind legten. Sie hielten ihren Schatz für besser gehütet in der Erde, von wo ein Heer von Arbeitern, Generationen von Hungrigen ihn für sie heraufholten, jeden Tag etwas, je nach ihren Bedürfnissen.

Übrigens flossen Glück und Segen reichlich auf dieses Haus hernieder. Herr Grégoire hatte in jugendlichem Alter die Tochter eines Apothekers von Marchiennes geheiratet, ein häßliches Fräulein ohne einen Sou, das er anbetete und die ihm an Glückseligkeit alles ersetzte. Sie hatte sich in ihrer Häuslichkeit eingeschlossen, lebte in ewigem Entzücken an der Seite ihres Gatten, hatte keinen andern Willen als den seinen; niemals hatte eine

Verschiedenheit des Geschmacks sie getrennt; dasselbe Ideal der Wohlfahrt vereinigte ihre Wünsche; so lebten sie seit vierzig Jahren in Zärtlichkeit und Sorgfalt für einander. Es war eine geregelte Existenz; die vierzigtausend Franken wurden in Ruhe verzehrt, die Ersparnisse für Cécile ausgegeben, deren spätes Kommen einen Augenblick das Budget ins Schwanken brachte. Auch heute noch befriedigten sie jede ihrer Launen: ein zweites Pferd, noch zwei Wagen, Toiletten aus Paris. Doch dies war ihnen nur Freude; sie fanden nichts zu schön für ihre Tochter, während sie selbst einen solchen persönlichen Widerwillen gegen jeden Prunk hatten, daß sie die Mode ihrer Jugend beibehielten. Jede Ausgabe, die keinen Nutzen brachte, schien ihnen unsinnig.

Plötzlich ging nun die Türe auf, und eine kräftige Stimme rief:

»Nun, was denn? Man frühstückt ohne mich?«

Es war Cécile, eben aus dem Bette kommend, die Augen noch vom Schlaf geschwellt. Sie hatte in aller Eile ihre Haare aufgesteckt und war in einen Morgenrock von weißem Wollstoff geschlüpft.

»Nein«, sagte die Mutter, »du siehst ja, daß man auf dich wartet ... Der Wind hat wohl deine Nachtruhe gestört, mein armes Kind?«

Das Mädchen schaute sie sehr erstaunt an.

»Wie? Hat es heute nacht Wind gegeben? ... Ich weiß nichts davon; ich habe mich nicht gerührt.«

Dies schien ihnen nun dermaßen drollig, daß alle drei zu lachen begannen; und die Mägde, die das Frühstück brachten, lachten mit, belustigt von dem Gedanken, daß das Fräulein zwölf Stunden in einem Zuge geschlafen habe. Der Anblick des Kuchens erheiterte alle Gesichter vollends.

»Wie? Der Kuchen ist schon fertig?« rief Cécile wiederholt. »Da hat man mir eine Falle gelegt ... Ach, er ist noch ganz warm ... Wie gut wird er zur Schokolade schmecken! ...«

Endlich setzten sie sich zu Tisch; die Schokolade dampfte in den Tassen; man sprach lange nur vom Kuchen. Mélanie und Honorine blieben da und erzählten, wie er sich so schön gebacken habe; sie betrachteten ihre Gebieter, wie sie mit fetten Lippen sich vollstopften, und meinten, es sei ein Vergnügen, einen Kuchen zu backen, wenn man sähe, wie die Herrschaft ihn gar so gern äße.

Doch jetzt begannen die Hunde laut zu bellen; man glaubte, sie kündeten die Ankunft der Klavierlehrerin an, die jeden Montag und Freitag von Marchiennes kam. Es kam auch ein Professor für Literatur. Die ganze Ausbildung des Mädchens ging so in der Piolaine selbst vor sich, in glücklicher Unwissenheit, unter tausend Launen eines Kindes, das das Buch zum Fenster hinauswarf, sobald eine Frage es langweilte.

»Es ist Herr Deneulin«, meldete Honorine.

Deneulin, ein Vetter des Herrn Grégoire, folgte ihr auf den Fersen, ohne Umstände, sehr geräuschvoll, mit den lebhaften Gebärden eines alten Kavallerieoffiziers. Obgleich er die Fünfzig schon hinter sich hatte, waren seine kurzgeschorenen Haare und sein Schnurrbart doch schwarz wie Tinte.

»Ja, ich bin's. Guten Morgen! ... Laßt euch nicht stören!«

Er nahm Platz, während die Familie sich dagegen verwahrte, daß er sie stören könnte. Endlich fuhren sie fort, ihre Schokolade zu trinken.

»Hast du mir vielleicht etwas zu sagen?« fragte Herr Grégoire.

»Nein, nichts«, beeilte sich Herr Deneulin zu antworten. »Ich bin ausgeritten, um mir ein wenig Bewegung zu machen, und wollte nicht an eurer Tür vorbei, ohne euch guten Tag zu sagen.«

Cécile fragte nach seinen Töchtern Jeanne und Lucie. Sie befanden sich vollkommen wohl; die eine saß unablässig bei ihrer Malerei, während die andere, die ältere, vom Morgen bis zum Abend Klavier spielte und ihre Stimme übte. Und während er dies sagte, zitterte seine Stimme leicht und ließ ein Unbehagen durchklingen, das seine geräuschvolle Heiterkeit nur unvollkommen verdeckte.

»Und wie geht's in der Grube?« fragte Herr Grégoire weiter.

»Mein Gott! Diese schmutzige Krise trifft mich geradeso wie die anderen ... Oh, wir büßen jetzt für die guten Jahre! Man hat in der Hoffnung auf eine ungeheure Produktion zu viel Fabriken, zu viel Eisenbahnen gebaut, zu große Kapitalien festgerannt. Und heute verkriecht sich das Geld; man findet nicht mehr genug, um diesen ungeheuren Betrieb aufrechtzuerhalten. Glücklicherweise ist nicht alles verloren, und ich werde mich dennoch durchkämpfen.«

Gleich seinem Vetter hatte auch er einen Anteil der Kohlengruben von Montsou geerbt. Doch er, der unternehmende Ingenieur, von der Gier nach königlichem Reichtum geplagt, hatte sich beeilt zu verkaufen, als der Anteil auf den Wert einer Million gestiegen war. Seit Monaten erwog er einen Plan. Seine Frau hatte von einem Oheim die kleine Grubenkonzession von Vandame geerbt, wo nur zwei Schächte offen waren, Jean-Bart und Gaston-Marie, und diese in einem so verwahrlosten Zustande, so kläglich ausgerüstet, daß der Betrieb kaum die Kosten deckte. Sein Plan war nun, Jean-Bart instand zu setzen, den Zufahrtsschacht zu erweitern, damit mehr Leute anfahren könnten, während der Schacht Gaston-Marie bloß als Schöpfwerk dienen sollte. Das Geld müsse da scheffelweise zu holen sein, meinte er. Der Plan war richtig; allein er hatte die Million verbraucht, und diese unglückselige Industriekrise brach in dem Augenblick aus, da die reichen Erträgnisse der Grube ihm recht geben sollten. Er war überdies ein schlechter Verwalter, hatte plötzliche Anwandlungen von Güte seinen Arbeitern gegenüber und ließ sich ausplündern, seitdem seine Frau tot war. Auch ließ er seinen Töchtern volle Freiheit; die ältere sprach davon, zum Theater zu gehen, die jüngere hatte sich im Salon schon drei Bilder zurückstellen lassen. Übrigens bewahrten beide ihre gute Laune inmitten des Zusammenbruches ihres Hauses, und angesichts der drohenden Armut entpuppten sich beide als sehr gute Haushälterinnen.

»Siehst du, Léon«, fuhr er mit zögernder Stimme fort, »du hattest unrecht, nicht zu verkaufen, als ich es tat. Jetzt sinken alle Aktienwerte, du kannst hinterdreinlaufen ... Und hättest du mir dein Geld anvertraut, dann hättest du gesehen, was wir aus Vandame gemacht haben würden.«

Herr Grégoire trank bedächtig seine Schokolade. Als er damit fertig war, antwortete er ruhig:

»Niemals! ... Du weißt ja, ich mag nicht spekulieren. Ich lebe ruhig, und es wäre zu dumm, mir den Kopf mit Geschäftssorgen zu zerbrechen. Und was Montsou betrifft, so mögen die Aktien noch weiter im Werte sinken; wir werden unsere Bedürfnisse doch immer gedeckt sehen. Man muß es nicht gar zu fein haben wollen, zum Teufel! Und übrigens sage ich dir, du wirst eines Tages in die Finger beißen, denn Montsou wird sich wieder rentieren, und noch Céciles Kindeskinder werden ihr gutes Auskommen haben.«

Deneulin hörte ihm mit verlegenem Lächeln zu.

»Also«, murmelte er, »wenn ich dir vorschlüge, hunderttausend Franken in meinem Unternehmen anzulegen, würdest du ablehnen?«

Doch angesichts der bestürzten Gesichter der Familie Grégoire bedauerte er, seine Sache übereilt zu haben; er verschob diesen Anleiheplan auf ein anderes Mal, wenn die Lage sich noch mehr verschlimmern würde.

»Oh, ich bin noch nicht so weit, es war nur ein Scherz«, sagte er. »Mein Gott! Du hast vielleicht recht: von dem Gelde, das andere für uns erworben haben, wird man am sichersten fett.«

Man sprach jetzt von etwas anderem. Cécile fragte wieder nach ihren Basen, deren künstlerische Neigungen sie interessierten, wenngleich sie ihr mißfielen. Frau Grégoire versprach, an dem nächsten sonnigen Tage mit ihrer Tochter die lieben Kinder zu besuchen. Indes war Herr Grégoire zerstreut und nicht bei der Sache. Er fügte laut hinzu:

»Ich an deiner Stelle würde den eigensinnigen Widerstand aufgeben und in Unterhandlungen mit der Gesellschaft von Montsou eintreten. Sie verlangt gerade danach, und du würdest wieder zu deinem Gelde kommen.«

Er spielte dabei auf die alte Feindschaft an, welche zwischen der Konzession von Montsou und jener von Vandame bestand. Obgleich die letztere wenig Bedeutung hatte, ärgerte sich die mächtige Nachbarin, weil sie zwischen ihre siebenundsechzig Gemeinden diese Geviertmeile eingekeilt sah, die nicht ihr gehörte; und nachdem sie vergeblich den Versuch gemacht hatte, die Konzession Vandame umzubringen, rechnete sie jetzt darauf, sie zu einem niedrigen Preis an sich zu bringen, wenn sie sich in Nöten befinden würde. Es war ein Krieg ohne Waffenruhe; die beiden Betriebe näherten ihre Stollen nicht weiter als bis auf zweihundert Meter. Es war ein Zweikampf bis zur Erschöpfung, wenngleich die beiderseitigen Direktoren und Ingenieure freundschaftlichen Verkehr miteinander pflegten.

Jetzt flammten die Augen Deneulins auf.

»Niemals!« rief er. »Solange ich lebe, soll Montsou Vandame nicht haben ... Ich habe Donnerstag bei Hennebeau gespeist und habe wohl bemerkt, daß er wieder an mich heranwollte. Schon im vorigen Herbst, als die Spitzen der Verwaltung da waren, um die Gruben zu besichtigen, gab es allerhand Köder ... Ja, ja, ich kenne sie, diese Marquis und diese Herzöge, diese Generale und diese Minister! Lauter Räuber, die einem das letzte Hemd nehmen möchten!«

Er wurde nicht müde, auf diese Leute zu schimpfen. Herr Grégoire verteidigte übrigens nicht die Verwaltung von

Montsou, die im Sinne des Vertrages vom Jahre 1760 eingesetzten sechs Geschäftsleiter, die die Gesellschaft mit despotischer Gewalt regierten und von denen fünf, wenn einer starb, das fehlende Mitglied unter den reichen Großaktionären wählten. Der Besitzer von Piolaine mit seinen vernünftigen Ansichten war der Meinung, daß diese Herren in ihrer übertriebenen Geldgier zuweilen jedes Maß verlören.

Inzwischen hatte Mélanie den Tisch abgeräumt. Draußen begannen die Hunde wieder zu bellen, und Honorine wandte sich zur Türe, um nachzusehen; doch Cécile, der es im Zimmer von dem Frühstück zu warm wurde, erhob sich vom Tisch und rief der Magd zu:

»Nein, laß nur; es wird die Lehrerin sein.«

Deneulin hatte sich gleichfalls erhoben. Er blickte dem Mädchen nach, und als sie draußen war, fragte er lachend:

»Wird etwas aus der Heirat mit dem kleinen Négrel?«

»Es ist noch nichts bestimmt ...«, antwortete Frau Grégoire. »Eine Idee, die noch erwogen werden müßte.«

»Gewiß«, rief er mit einem vielsagenden Lachen. »Ich glaube, daß zwischen dem Neffen und der Tante ... Am meisten wundert mich, daß Frau Hennebeau selbst Cécile gegenüber so liebenswürdig tut.«

Doch Herr Grégoire widersprach. Eine so vornehme Dame und vierzehn Jahre älter als der junge Mann! Das sei ungeheuerlich; er liebte es nicht, daß man über solche Dinge Späße machte. Deneulin lachte noch immer und drückte ihm die Hand zum Abschied.

»Es ist wieder nicht die Lehrerin«, sagte Cécile zurückkehrend. »Es ist die Frau mit den zwei Kindern ... Du weißt wohl, Mama, die Grubenarbeitersfrau, die wir neulich getroffen haben ... Sollen wir sie hereinlassen?«

Man zögerte eine Weile. Waren sie sehr schmutzig? Nein, nicht zu sehr; auch ließen sie ihre Holzschuhe

draußen. Vater und Mutter hatten sich schon in ihren großen Lehnsesseln ausgestreckt, um zu verdauen. Die Scheu vor einem Luftwechsel brachte sie zur Entscheidung.
»Honorine, lassen Sie sie eintreten.«
Die Frau Maheu und ihre Kinder traten ein, frierend und hungernd, von ängstlicher Scheu ergriffen in diesem Gemach, wo es so warm war und so gut nach Kuchen roch.

II

In die verschlossen gebliebene Stube drangen allmählich graue Lichtstreifen ein, die sich an der Decke fächerartig entfalteten. Die eingeschlossene Luft wurde immer drückender. Alle setzten ihren nächtlichen Schlaf fort: Léonore und Henri einander in den Armen liegend, Alzire mit zurückgesunkenem Haupt, auf ihren Höcker gestützt, während der Vater Bonnemort, für sich allein das Bett Zacharies und Jeanlins einnehmend, mit offenem Mund schnarchte. Kein Hauch kam aus dem Kabinett, wo Frau Maheu wieder eingeschlafen war, während Estelle, quer auf dem Bauch der Mutter liegend, an dem zur Seite niederfließenden Busen sog, dessen schlaffe Fleischmassen sie fast erstickten.
Auf der Kuckucksuhr in der unteren Stube schlug es sechs Uhr. Längs der Häuserreihen des Arbeiterdorfes hörte man Türen auf- und zugehen, dann das Klappern der Holzschuhe auf dem Pflaster der Fußsteige: die Sichterinnen begaben sich zur Grube. Dann wurde es wieder still bis sieben Uhr. Um diese Stunde wurden die Fensterläden geöffnet, man hörte Gähnen und Husten durch die Mauern, eine Kaffeemühle knirschte lange; in der Stube aber wollte noch immer niemand wach werden.

Doch bei einem Geräusch von Maulschellen und einem Geheul, das aus der Ferne kam, richtete Alzire sich plötzlich in die Höhe. Sie merkte sogleich, wie spät es sei, und eilte mit nackten Füßen zum Lager der Mutter, um sie aufzurütteln.

»Mutter, Mutter, es ist spät und du hast einen Gang zu machen! ... Gib acht, du wirst Estelle erdrücken!«

Und sie nahm das Kind weg, das unter den riesigen Brüsten fast erstickte.

»Verdammt!« brummte die Frau, indem sie sich die Augen rieb; »man ist so matt, daß man den ganzen Tag schlafen möchte ... Ziehe Lénore und Henri an, ich nehme sie mit. Hab acht auf Estelle; ich will sie nicht mitnehmen, sie könnte bei diesem Hundewetter krank werden.«

Sie wusch sich in aller Hast, warf einen alten blauen Rock, ihren besten, über und hüllte sich in ein altes Tuch von grauem Wollstoff, auf das sie erst gestern zwei Flicken gesetzt hatte.

»Und Suppe soll ich kochen! Verdammt, verdammt! ...« brummte sie von neuem.

Während ihre Mutter, alles beiseite schiebend, hinunterging, kehrte Alzire in die Stube zurück und nahm Estelle mit, die wieder zu heulen begonnen hatte. Doch sie war an das Geschrei der Kleinen schon gewöhnt; mit acht Jahren war sie schon so findig wie ein Weib, um das Kind zu beruhigen und zu zerstreuen. Sie legte sie sachte in ihr noch warmes Bett und schläferte sie wieder ein, indem sie ihr einen Finger in den Mund steckte. Es war Zeit, denn neuer Lärm brach los, und sie mußte sogleich Frieden stiften zwischen Lénore und Henri, die endlich erwachten. Diese Kinder vertrugen sich nur und halsten sich nur, wenn sie schliefen. Das sechsjährige Mädchen fiel über das Brüderchen her, sobald es erwachte, und prügelte das zwei Jahre jüngere Knäblein, das die Püffe nicht erwidern konnte. Beide hatten denselben zu groß geratenen aufgedunsenen Kopf mit struppigen, gelben Haaren. Alzire mußte ihre Schwester an den Füßen zerren und drohen, daß sie ihr den Hintern verbleuen würde. Dann gab es Stampfen und Schreien wegen des Waschens und bei jedem Kleidungsstück, das sie ihnen anlegte. Man ließ die Fensterläden geschlossen, um den Schlaf des Vaters Bonnemort nicht zu stören. Doch er schnarchte fort inmitten des wilden Lärmens der Kinder.

»Das Frühstück ist fertig. Kommt ihr endlich herunter?« rief Frau Maheu.

Sie hatte die Fensterläden geöffnet, das Feuer nachgeschürt und Kohle zugelegt. Sie hatte gehofft, daß der Alte nicht alle Suppe verschlingen würde; allein sie fand den Topf leer. So ließ sie eine Handvoll Nudeln aufkochen, die sie seit drei Tagen als Vorrat gehalten hatte. Man wird sie ohne Butter essen, so wie sie aus dem Wasser kommen, dachte sie; von dem Krümchen, das gestern noch da war, ist wohl nichts übriggeblieben. Zu ihrer Überraschung fand sie aber, daß Catherine, nachdem sie die ›Ziegel‹ zurechtgemacht, noch ein nußgroßes Stückchen übriggelassen hatte. Der Speiseschrank jedoch war leer: nichts, nicht das kleinste Krümchen Brot, kein Knochen zum Abnagen. Was werden sie anfangen, wenn der Krämer Maigrat ihnen den Kredit verweigert und wenn die Bürgersleute in der Piolaine ihr keine hundert Sous geben? Wenn die Mannsleute und das Mädchen von der Grube zurückkommen, müssen sie doch essen; denn man hat leider noch kein Mittel erfunden, wie man leben könnte, ohne zu essen.

»Werdet ihr endlich kommen?« rief sie zornig. »Ich hätte schon fort sein sollen.«

Als Alzire und die kleineren Kinder da waren, verteilte sie die Nudeln in drei kleine Teller. Sie selbst hätte keinen Hunger, sagte sie. Obgleich Catherine den Kaffeesatz von gestern schon einmal aufgegossen hatte, goß sie noch einmal Wasser darüber und trank zwei große Gläser voll von diesem Kaffee, der so dünn war, daß er Rostwasser glich. Das würde ihr dennoch Leib und Seele zusammenhalten.

»Höre«, sagte sie wiederholt zu Alzire, »du wirst deinen Großvater schlafen lassen und wirst achtgeben, daß Estelle nicht aus dem Bett fällt; wenn sie erwachen und zu stark schreien sollte, dann hast du da ein Stück Zucker, das du in Wasser löst; davon gibst du ihr einige Löffel voll ... Ich weiß, du bist klug und wirst den Zucker nicht essen.«

»Und die Schule, Mama?«

»Die Schule bleibt auf einen andern Tag ... Ich brauche dich heute.«

»Und soll ich die Suppe machen, wenn du spät kommst?«

»Die Suppe, die Suppe ... Nein, warte damit, bis ich komme.«

Alzire, mit der frühen Verständigkeit eines gebrechlichen Mädchens begabt, konnte sehr gut die Suppe bereiten. Sie schien indes die Mutter zu verstehen und drängte sie nicht weiter. Jetzt war schon das ganze Arbeiterdorf erwacht; die Kinder gingen scharenweise zur Schule, man hörte das schleppende Geklapper ihrer Holzschuhe. Es schlug acht Uhr; bei den Levaque, den linksseitigen Nachbarn, wurde das Geplauder immer lauter. Der Werktag der Frauen begann; sie standen bei ihren Kaffeetöpfen, die Fäuste auf die Hüften gestemmt, die Zungen in ewiger Bewegung wie die Mühlsteine einer Mühle. Ein welker Kopf mit dicken Lippen und platter Nase erschien draußen am Fenster und rief:

»Hör einmal, es gibt was Neues!«

»Nein, nein, später!« erwiderte Frau Maheu. »Ich habe einen Gang zu machen.«

In der Angst, dem Anerbieten, ein Glas heißen Kaffees zu nehmen, nicht widerstehen zu können, trieb sie Lénore und Henri zur Eile an und brach mit ihnen auf. Der Vater Bonnemort oben fuhr fort zu schlafen; sein rhythmisches Schnarchen hallte durch das Haus.

Draußen sah Frau Maheu mit Überraschung, daß der Wind sich gelegt hatte. Plötzliches Tauwetter war eingetreten; der Himmel war erdfahl, auf den Mauern lag eine grünliche, klebrige Feuchtigkeit, die Straßen waren mit Kot bedeckt, mit einem dieser Kohlengegend eigentümlichen Dreck, so schwarz wie flüssiger Ruß, dick und zäh, daß die Schuhe darin steckenblieben. Sie mußte sogleich Lénore ohrfeigen, die sich den Spaß machte, mit ihren Schuhen den Dreck aufzuheben, wie mit der Spitze einer Schaufel. Das Arbeiterdorf verlassend, ging sie längs des Kohlenlagers und des Kanals dahin, und, um den Weg abzukürzen, quer durch aufgelassene Wege, zwischen allerlei wüstem Terrain, das von alten, moosbedeckten Planken eingefriedet war. Es folgten dann Schuppen, langgestreckte Fabrikgebäude, hohe Schlote, welche Ruß spien und dadurch diese ganze wüste Landschaft, diese Fabrikumgebung verschmutzten. Hinter einem Pappeldickicht sah man die Ruinen des alten, aufgelassenen Réquillart-Schachtes mit dem eingestürzten Aufzugsturm, dessen rohgezimmertes Gebälk allein erhaltengeblieben war. Frau Maheu wandte sich jetzt nach rechts und betrat die Landstraße.

»Warte, schmutziges Schwein, ich werde dich lehren, Kugeln zu machen!« rief sie.

Dies galt Henri, der eine Handvoll Dreck aufgehoben hatte, den er knetete. Die beiden Kinder, von der Mutter gleichmäßig gezüchtigt, hielten nun Ordnung und begnügten sich, nach den runden Löchern zu schielen, die sie mit ihren Tritten im Dreck zurückließen. So trotteten sie dahin, schon müde von den Anstrengungen, die sie machen mußten, um ihre Schuhe aus der klebrigen Masse loszukriegen.

In Richtung Marchiennes zog sich die Straße zwischen rötlichen Feldern zwei Meilen lang hin, geradeaus wie ein in Wagenschmiere getränktes Band. In der anderen Richtung schlängelte sie sich durch Montsou, das auf dem Rücken einer breiten Erhöhung in der Ebene lag.

Diese Straßen im Norden, wie mit der Schnur zwischen den Industriestädten gezogen, in sanften Krümmungen und leichten Steigungen sich hinziehend, werden nach und nach errichtet, gleichsam um aus einem Departement eine einzige Arbeiterstadt zu machen. Kleine Häuschen, aus Ziegeln erbaut und zur Aufheiterung der reizlosen Umgebung bemalt – die einen gelb, die anderen blau, wieder andere schwarz, die letzteren ohne Zweifel deshalb, um sogleich bei dem schließlich unvermeidlichen Schwarz anzulangen –, schlängelten sich rechts und links den Abhang hinunter. Einige größere, zweistöckige Pavillons, Wohnungen von Fabrikleitern, unterbrachen die gedrängte Reihe schmaler Häuserfronten. Eine Kirche, gleichfalls aus Ziegeln erbaut, glich einem neuartigen Hochofen mit ihrem viereckigen Turm, welchen der fliegende Kohlenstaub schon schwarz gefärbt hatte. Und was zwischen all den Zuckerfabriken, Seilereien und Mühlen hervorstach, das waren die Tanzböden, Schenken, Bierstuben; auf tausend Häuser kamen fünfhundert Schenken.

Als sie sich dem gesellschaftseigenen Werkhof näherte – einem umfangreichen Komplex von Magazinen und Arbeitsstätten –, entschloß sich Frau Maheu, die Kinder rechts und links bei der Hand zu nehmen. Jenseits des Werkplatzes stand das Haus des Direktors, Herrn Hennebeau; es war eine Art Schweizerhaus, geräumig, nach der Straße hin durch ein Gitter abgeschlossen, mit einem Gärtchen davor, in welchem einige Bäume ein kümmerliches Dasein fristeten. Eben hielt ein Wagen vor dem Tor; ein ordengeschmückter Herr und eine in einen Pelzmantel gehüllte Dame stiegen aus. Sie waren aus Paris zu Besuch gekommen und hatten in Marchiennes die Eisenbahn verlassen. Frau Hennebeau, die im Halbdunkel eines Flurs erschien, stieß einen Ruf der Überraschung und Freude aus.

»Vorwärts, ihr Schlafmützen!« brummte Frau Maheu,

die beiden Kleinen mit sich fortreißend, die sich im Straßenkote vergafften.
Vor dem Laden Maigrats angekommen, war sie in großer Aufregung. Maigrat wohnte neben dem Direktor; bloß eine Mauer trennte das Haus des Direktors von dem Häuschen Maigrats. Maigrat hatte da auch ein Magazin, ein langes Gebäude, das sich in einem Laden ohne Fenster unmittelbar zur Straße hin öffnete. Er hielt hier alles, Gewürze, Würste und Fleisch, Früchte, Brot, Bier, Küchengeräte. Als ehemaliger Aufseher im Voreux-Schacht hatte er mit einer kleinen Kantine den Anfang gemacht; dank dem Schutze seiner Vorgesetzten hatte sein Handel zugenommen, nach und nach alle Kleinkrämer in Montsou erdrückt. Er zentralisierte die Waren; die bedeutende Kundschaft der Arbeiterdörfer gestattete ihm billiger zu verkaufen und größere Kredite zu gewähren. Übrigens war er in der Hand der Gesellschaft geblieben, die ihm sein Häuschen und sein Magazin erbaut hatte.
»Ich bin wieder da, Herr Maigrat«, sagte die Maheu untertänig, als sie ihn auf der Türschwelle erblickte.
Er schaute sie an, ohne zu antworten. Er war dick, von kühler Höflichkeit, und bildete sich etwas darauf ein, seinen einmal gefaßten Entschluß niemals zu ändern.
»Sie können mich unmöglich abweisen wie gestern«, fuhr die Maheu fort. »Wir müssen Brot zu essen haben, von jetzt bis Samstag ... Allerdings schulden wir Ihnen sechzig Franken seit zwei Jahren ...«
Sie erklärte die Sache in kurzen, mühsam vorgebrachten Sätzen. Es war eine alte Schuld, die sie während des letzten Streiks gemacht hatten. Zwanzigmal hatten sie versprochen, die Schuld zu begleichen, aber sie konnten es nicht; sie waren nicht imstande, ihm zwei Franken alle vierzehn Tage zu geben. Überdies sei vorgestern ein Unglück dazwischengekommen: sie habe einem Schuh-

macher, der ihnen mit Pfändung drohte, zwanzig Franken bezahlen müssen. Darum wären sie jetzt ohne einen Sou; wäre dieser Zwischenfall nicht gewesen, sie hätten bis zum Sonnabend ihr Auskommen gefunden wie die anderen.

Maigrat, der die Arme auf dem dicken Bauch gekreuzt hielt, antwortete auf jede neue Bitte mit einem stummen Nein.

»Nur zwei Brote, Herr Maigrat. Ich bin ja vernünftig und verlange keinen Kaffee ... Nur zwei Brote zu drei Pfund täglich ...«

»Nein!« schrie er endlich mit voller Kraft.

Jetzt war sein Weib zum Vorschein gekommen, ein gebrechliches Geschöpf, das seine Tage über das Geschäftsbuch gebeugt zubrachte und nicht aufzublicken wagte. Sie verschwand sogleich wieder, als sie das unglückliche Weib flehende Blicke auf sie werfen sah. Man erzählte, daß sie das eheliche Bett den Schlepperinnen überließ, die zur Kundschaft des Ladens gehörten. Es war eine bekannte Sache: wenn ein Grubenarbeiter eine Verlängerung seines Kredites anstrebte, brauchte er nur seine Tochter oder sein Weib zu senden; ob schön oder häßlich, war gleichgültig, wenn sie sich nur Maigrat gegenüber willfährig zeigten.

Frau Maheu, welche die Augen noch immer bittend zu Maigrat erhob, fühlte sich belästigt durch die Art und Weise, wie er sie mit seinen kalten, klaren Äuglein musterte und gleichsam entkleidete. Sie geriet darüber in Zorn. Sie hätte es noch verstanden, wenn sie jung gewesen wäre, bevor sie sieben Kinder geboren. Und sie ging weiter, Lénore und Henri mit sich zerrend, die aus dem Straßenkot Nußschalen aufgelesen hatten, deren Inneres sie untersuchten.

»Das wird Ihnen kein Glück bringen, Herr Maigrat; merken Sie sich's!«

Jetzt blieben ihr nur die Bürgersleute in der Piolaine. Wenn diese nicht hundert Sous hergaben, konnten sich alle hinlegen und verrecken. Sie wandte sich nach links und schlug den Weg nach Joiselle ein. Hier stand das Haus der Grubenverwaltung – in dem Winkel, welchen die Straße bildete –, ein wahrer Palast, aus Ziegeln erbaut, wo die großen Herren aus Paris, Fürsten, Generale und Minister alljährlich im Herbste große Diners gaben. Unterwegs sann Frau Maheu darüber nach, wie sie die hundert Sous verwenden würde: Sie würde zunächst Brot kaufen, dann Kaffee, nachher ein Viertelpfund Butter, einen Scheffel Kartoffeln für die Frühsuppe und zum Abendbrot, endlich vielleicht ein wenig Fleischkäse, denn der Vater müsse Fleisch bekommen.

Der Pfarrer von Montsou, der Abbé Joire, kam eben vorüber, seine Soutane in die Höhe hebend, um sie im Straßenkot nicht zu beschmutzen. Er war von milder Gemütsart und tat, als würde er sich um nichts kümmern, um weder die Arbeiter noch ihre Patrone gegen sich zu erzürnen.

»Guten Tag, Herr Pfarrer!« grüßte die Maheu.

Er lächelte den Kindern zu und ließ die Maheu mitten in der Straße stehen, ohne sich aufzuhalten. Die Maheu war jeder Religion bar; aber sie hatte sich plötzlich eingebildet, dieser Priester werde ihr etwas geben.

Sie setzte dann ihren Weg fort, in dem schwarzen, teigigen Dreck. Sie hatte noch zwei Kilometer zurückzulegen; die Kinder, erstaunt über diese weite Wanderung, ließen sich immer mehr schleppen. Rechts und links vom Wege gab es noch immer wüste Terrains, von moosbedeckten Planken eingeschlossene und rauchgeschwärzte Fabrikgebäude, von hohen Schloten starrend. Dann, im Freien, dehnten die flachen Felder sich endlos dahin, einem Meer von braunen Schollen gleichend, in welchem kein Baum sein Geäst ausbreitete, bis zur violetten Linie des Waldes von Vandame.

»Mutter, trage mich!«

Sie trug sie abwechselnd. Es gab Pfützen auf der Straße; sie hob ihre Röcke in die Höhe, aus Furcht, allzu schmutzig anzukommen. Dreimal war sie nahe daran, auf dem glitschigen Pflaster zu fallen. Und als sie endlich vor der Terrasse des Hauses anlangten, stürzten sich zwei riesige Hunde mit so wütendem Gebell auf sie, daß die Kleinen entsetzt aufschrien. Der Kutscher mußte eine Peitsche nehmen und die Hunde zurückjagen.

»Laßt eure Holzschuhe draußen und tretet ein«, sagte Honorine.

Die Mutter und die Kinder standen unbeweglich in dem Speisezimmer, betäubt durch die plötzliche Hitze, sehr verlegen unter den Blicken dieses alten Herrn und dieser alten Dame, die in ihren Lehnsesseln ausgestreckt lagen.

»Meine Tochter, walte deines Amtes«, sprach die alte Dame.

Die Grégoire betrauten Cécile damit, ihre Almosen auszuteilen. Dies paßte zu ihren Begriffen von einer guten Erziehung. Man mußte mildtätig sein; sie sagten selbst, ihr Haus sei das Haus des lieben Gottes. Sie schmeichelten sich übrigens, die Wohltätigkeit mit Klugheit zu üben; denn es plagte sie die ewige Angst, betrogen zu werden und das Laster zu unterstützen. Darum schenkten sie niemals Geld, niemals! Nicht zehn Sous, nicht zwei Sous; denn es war bekannt, daß ein armer Mensch, sobald er zwei Sous besitzt, sie vertrinkt. Ihr Almosen bestand stets in Naturalien und besonders in warmen Kleidern, welche zur Winterszeit an die armen Kinder verteilt wurden.

»Oh, die armen Kleinen!« rief Cécile; »wie bleich sie von der Kälte sind! ... Honorine, hol das Bündel aus dem Schrank!«

Auch die Mägde betrachteten die Unglücklichen mit Erbarmen und mit der Ruhe von Mädchen, die wegen ihres Mittagessens keine Sorge haben. Während das Stubenmädchen hinaufging, vergaffte sich die Köchin, stellte den Rest des Kuchens wieder auf den Tisch und stand mit hängenden Armen da.

»Ich habe gerade noch zwei wollene Kleider und zwei Tücher ...«, sagte Cécile, »Sie werden sehen, wie warm wir die armen Kleinen anziehen werden.«
Endlich fand die Maheu die Sprache wieder.
»Vielen Dank, mein Fräulein ...«, stammelte sie, »Sie alle sind sehr gütig ...«
Tränen füllten ihre Augen; sie glaubte sich der hundert Sous sicher und dachte nur an die Art und Weise, wie sie diese verlangen sollte, wenn man sie ihr nicht anbieten würde. Die Kammerfrau kam nicht sogleich zurück; es trat ein Augenblick verlegenen Stillschweigens ein. Die Kleinen hingen an den Röcken der Mutter und machten große Augen auf den Kuchen.
»Sie haben nur diese zwei?« fragte Frau Grégoire, um das Stillschweigen zu brechen.
»Oh, Madame, ich habe sieben.«
Herr Grégoire, der sich wieder in seine Zeitung vertieft hatte, fuhr entrüstet auf.
»Sieben Kinder! Aber warum denn, lieber Gott!«
»Das ist unklug«, murmelte die alte Dame.
Die Maheu machte eine unbestimmte Gebärde der Entschuldigung. Mein Gott, das kommt von selbst, man denkt gar nicht daran. Und dann: wenn die Kinder einmal größer werden, helfen sie mit erwerben und das Haus erhalten. Auch könnten sie sich ganz gut fortbringen, wenn der Großvater nicht wäre, der schon kaum mehr arbeitet, und wenn von den vielen Kindern nicht bloß drei soweit wären, zur Grube anzufahren, zwei Söhne und die älteste Tochter. Man muß aber auch die Kleinen ernähren, die noch nichts leisten können.
»Und arbeiten Sie schon lange in der Grube?« fragte Frau Grégoire weiter.
Ein stummes Lachen erhellte das bleiche Antlitz der Maheu.
»O ja, o ja ... Ich bin bis zu meinem zwanzigsten Jahre angefahren. Als ich mein zweites Kind hatte, sagte der Arzt, ich würde zugrunde gehen, wenn ich noch länger

in der Grube arbeitete. Es scheint, daß mir das die Knochen verdarb. Übrigens heiratete ich damals und hatte in meinem Haushalt genug zu tun … Was aber die Familie meines Mannes betrifft, so arbeitet sie seit einer Ewigkeit in den Gruben; der Großvater des Großvaters war schon dabei; sie taten mit bei dem ersten Spatenstich im Réquillart-Schacht.«

Herr Grégoire betrachtete sinnend diese Frau und ihre bedauernswerten Kinder mit ihrem wachsbleichen Fleisch, ihren farblosen Haaren, die Entartung, in der sie verkümmerten, von Blutarmut verzehrt, von der traurigen Häßlichkeit der Hungerleider. Es war wieder still geworden; man hörte nur die Kohle knistern, von der Qualm aufstieg. In dem warmen Raum herrschte jene gesättigte Atmosphäre von Wohlhabenheit, die die spießbürgerliche Ruhe ausmacht.

»Wo bleibt sie denn so lange?« rief Cécile ungeduldig. »Mélanie, geh hinauf und sage ihr, das Bündel liege im Schrank unten links.«

Herr Grégoire beendete inzwischen laut die Betrachtungen, welche der Anblick dieser Hungerleider in ihm angeregt hatte.

»Es gibt viel Ungemach hienieden, das ist wahr; allein, gute Frau, es muß auch gesagt werden, daß die Arbeiter nicht sehr vernünftig leben … Anstatt einen Spargroschen beiseite zu legen wie unsere Bauern, trinken die Grubenarbeiter, machen Schulden und haben schließlich kein Brot für Weib und Kinder.«

»Der gnädige Herr hat recht«, antwortete Frau Maheu ernst. »Man geht nicht immer den richtigen Weg. Das sage ich immer den Taugenichtsen, wenn sie sich beklagen … Ich habe es noch gut getroffen, mein Mann trinkt nicht. Dennoch geschieht es an lustigen Sonntagen, daß er über den Durst trinkt. Das ist aber auch alles. Und dies ist bei ihm um so löblicher, als er vor unserer Heirat wie ein Schwein soff – mit Respekt sei es gesagt … Und trotz seiner vernünftigen

Lebensführung kommen wir zu nichts. Es gibt Tage – wie heute wieder –, wo Sie alle unsere Schubfächer umkehren können, ohne einen Sou darin zu finden.«

Sie wollte ihnen die Sache mit den hundert Sous beibringen und fuhr fort, mit ihrer weichen Stimme von der verhängnisvollen Schuld zu sprechen, anfänglich schüchtern, dann immer breiter und drängender. Sie bezahlten längere Zeit regelmäßig ihre Halbmonatsraten; aber eines Tages blieb man damit im Rückstande, und dann war's aus, sie konnten den Rückstand nicht mehr nachholen. Das Loch wurde immer größer; die Männer wurden von einer Arbeit angewidert, die ihnen nicht so viel einbrachte, daß sie ihre Schulden bezahlen konnten. Es war alles vergebens, man saß im Dreck bis an sein Lebensende. Man muß übrigens alles begreifen: ein Grubenarbeiter muß einen Schoppen trinken, um den Kohlenstaub hinabzuschwemmen. Damit fängt er an, und wenn dann der Jammer kommt, sitzt er Tag und Nacht im Wirtshaus. Möglich auch – und dies soll gegen niemanden eine Klage sein –, daß die Arbeiter nicht genug verdienen.

»Ich glaube«, sprach Frau Grégoire, »daß die Gesellschaft euch Wohnung und Heizung gibt.«

Frau Maheu schielte nach der Kohle, die im Kamin brannte.

»Ja, ja, man gibt uns Kohle; sie ist nicht sehr gut, aber sie brennt doch … Was die Wohnung betrifft, so haben wir dafür nur sechs Franken monatlich zu zahlen; das scheint sehr wenig, und dennoch fällt es uns schwer, die Miete zu bezahlen … Wenn man mich heute in Stücke schnitte, brächte man nicht zwei Sous aus mir heraus. Wo nichts ist, da ist nichts.«

Der Herr und die Dame schwiegen, behaglich in ihren Lehnsesseln liegend und allmählich gelangweilt und verdrießlich gemacht durch das Auskramen dieser Jammergeschichten. Sie fürchtete, sie verletzt zu haben, und fügte mit der ruhigen Miene einer praktischen Frau hinzu:

»Ach, ich sage das nicht, um mich zu beklagen. Die Lage ist nun einmal so, man muß sich damit abfinden, um so mehr, als wir uns vergebens dagegen wehren würden; es würde uns doch nichts helfen. Es bleibt doch noch das beste, sein Leben ehrlich durchzubringen dort, wohin der liebe Gott uns gestellt hat. Nicht wahr, gnädiger Herr und gnädige Frau?«

Herr Grégoire stimmte ihr lebhaft zu.

»Liebe Frau«, sagte er, »mit solchen Gesinnungen ist man über jedes Unglück erhaben.«

Honorine und Mélanie brachten endlich das Bündel. Cécile öffnete es und holte die zwei Kleider hervor; sie legte noch Tücher dazu, auch Strümpfe und Fäustlinge. All dies werde vorzüglich passen, meinte sie. Sie beeilte sich und ließ die ausgewählten Kleidungsstücke durch die Mägde rasch einpacken. Ihre Klavierlehrerin war angekommen, und darum schob sie die Mutter mit ihren zwei Kindern zur Türe.

»Wir sind ganz mittellos«, stammelte Frau Maheu; »wenn wir wenigstens ein Hundert-Sous-Stück hätten ...«

Sie blieb mitten im Satze stecken, denn die Maheu waren stolz und bettelten nicht. Cécile blickte unruhig auf ihren Vater; doch dieser schlug die Bitte rundweg ab, mit einer Miene, als erfüllte er seine Pflicht.

»Nein, das liegt nicht in unseren Gewohnheiten. Wir können nicht.«

Das Mädchen, von dem verstörten Gesicht der Mutter bewegt, wollte die Kinder vollends erfreuen. Sie schauten noch immer starr auf den Kuchen; sie brach zwei Stücke davon ab und gab sie ihnen.

»Hier, das ist für euch.«

Dann nahm sie die Kuchenstücke wieder zurück und wickelte sie in ein altes Zeitungsblatt, indem sie sagte:

»Teilt das zu Hause mit euren Geschwistern.«
Und unter den zärtlichen Blicken ihrer Eltern schob sie die Kinder zur Tür hinaus. Die armen Kleinen, die kein Brot hatten, gingen von dannen, respektvoll den Kuchen in ihren starrkalten Händchen heimtragend.
Die Maheu zog ihre Kinder auf dem Straßenpflaster fort; sie sah weder die wüsten Felder noch den schwarzen Dreck, noch den fahlen Himmel, der sich um sie zu drehen schien. Als sie wieder durch Montsou kam, trat sie entschlossen bei Maigrat ein, den sie so eindringlich mit ihren Bitten bestürmte, daß sie schließlich zwei Brote, Kaffee, Butter und sogar ein Hundert-Sous-Stück mitnahm; denn der Mann wucherte auch auf den Wochenlohn. Nicht sie wollte er, sondern Catherine; sie begriff dies, als er ihr sagte, sie möge ihre Tochter zum Einkaufen schicken. Man werde schon sehen, sagte sie. Sie fügte im stillen hinzu, Catherine werde ihm Maulschellen versetzen, wenn er ihr zu nahe kommen sollte.

III

Es schlug elf Uhr vom Turm der kleinen Kirche des Arbeiterdorfes der Zweihundertundvierzig. Diese Kirche war eigentlich eine aus Ziegeln erbaute Kapelle, in welcher der Abbé Joire am Sonntag die Messe las. Aus der Schule nebenan, gleichfalls aus Ziegeln erbaut, hörte man die lallenden Stimmen der Kinder, trotzdem die Fenster wegen der Kälte geschlossen waren. Die zwischen den vier Blöcken von gleichartigen Häusern sich hinziehenden breiten Straßen, eingeteilt in kleine, aneinanderstoßende Gärtchen, waren verödet; und diese vom Winter verheerten Gärtchen breiteten sich in der Trübseligkeit des Mergelbodens aus, in dem die letzten Gemüse wie schmutzige Höcker staken. Die Schornsteine rauchten, in den Häusern wurde die Mittagssuppe gekocht; da und dort sah man ein Weib längs der Häuser auftauchen, dann eine Türe öffnen und verschwinden. Vor allen Häusern, von einem Ende der Straße bis zum andern, tröpfelte es aus den Abzugsröhren in die davor stehenden Bottiche; zwar regnete es nicht, aber der graue Himmel hing voll feuchten Dunstes. Und dieses Dorf, in einem Stück mitten in die weite Hochebene hineingebaut, von schwarzen Straßen wie von einem Trauerband eingesäumt, zeigte keinen hellen Punkt als seine roten Ziegeldächer, die vom Platzregen unaufhörlich blankgewaschen wurden.

Als Frau Maheu heimkehrte, machte sie einen Umweg, um Kartoffeln bei dem Weib eines Aufsehers zu kaufen, die noch von der Ernte her einen Vorrat hatte. Hinter einer Reihe verkrüppelter Pappeln – der einzigen Bäume in dieser flachen Gegend – stand eine Gruppe isolierter Gebäude, Häuser zu vier und vier, von Gärten umgeben. Es war dies ein neuer Versuch, den die Gesellschaft machte, um ihren Aufsehern eine Vergünstigung zu gewähren. Dieser Teil der Ansiedlung wurde deshalb von den Arbeitern ›das Dorf der Seidenstrümpfe‹ genannt, während sie in gemütlicher Verhöhnung ihres Elends das eigene Dorf ›Schuldenzahler‹ nannten.

»Uff! endlich sind wir da«, sagte die mit Bündeln beladene Frau Maheu, indem sie die mit Kot bedeckten, todmüden Kinder Lénore und Henri ins Haus schob.

Vor dem Feuer saß Alzire und wiegte die unaufhörlich schreiende Estelle in den Armen. Da sie keinen Zucker mehr hatte und nicht wußte, wie sie das Kind zum Schweigen bringen sollte, tat sie schließlich, als würde sie ihm die Brust reichen. Diese Täuschung hatte schon oft Erfolg gehabt. Allein diesmal hatte sie vergebens ihr Kleid geöffnet und den Mund der Kleinen an die magere Brust eines achtjährigen kranken Kindes ge-

preßt; Estelle nagte wütend an der Haut, ohne etwas zu finden.
»Gib sie her«, sagte die Mutter, als sie ihr Bündel abgelegt hatte. »Wir können sonst in dem Geschrei kein Wort reden.«
Als sie aus dem Mieder eine Brust hervorgeholt hatte, die schwer war wie ein Euter, und der Schreihals – plötzlich verstummend – sich gierig an den Zutzel machte, konnte man endlich sprechen. Übrigens war alles in Ordnung; die kleine Hauswirtin hatte das Feuer unterhalten, die Wohnstube ausgekehrt und aufgeräumt. Und in der Stille hörte man oben den Großvater schnarchen; es war dasselbe gleichmäßige Schnarchen, das nicht einen Augenblick aufgehört hatte.
»Sind das feine Sachen!« sagte Alzire, indem sie die mitgebrachten Vorräte lächelnd musterte. »Wenn du willst, Mutter, mache ich die Suppe.«
Der Tisch war voll; ein Bündel Kleider, zwei Brote, Kartoffeln, Butter, Kaffee, Zichorie und ein halbes Pfund Fleischkäse.
»Oh, die Suppe!« sagte die Maheu mit müder Miene; »da müßte man erst Sauerampfer und Lauch pflücken ... Nein, ich werde nachher für die Mannsleute Suppe kochen ... Setze Kartoffeln ans Feuer; wir werden sie mit ein wenig Butter essen ... Und Kaffee: vergiß den Kaffee nicht!«
Doch plötzlich erinnerte sie sich des Kuchens. Sie schaute auf die leeren Hände Lénores und Henris, die schon wieder wohlgemut waren und sich am Boden wälzten und prügelten. Die naschhaften Rangen hatten unterwegs heimlich den Kuchen gegessen! Die Mutter ohrfeigte sie, während Alzire, indem sie den Kochtopf ans Feuer setzte, die Mutter zu beruhigen suchte.
»Laß sie, Mama. Wenn es meinetwegen ist, so weißt du ja, daß ich Kuchen nicht mag. Sie hatten Hunger, weil sie so weit gegangen waren.«
Draußen wurde die Mittagsglocke geläutet; man hörte

das Geklapper der Überschuhe der heimkehrenden Schulkinder. Die Kartoffeln waren gar; der Kaffee, durch den Zusatz von Zichorie verdichtet, floß in großen Tropfen laut plätschernd durch den Filter. Eine Ecke des Tisches war abgeräumt worden; doch aß die Mutter allein da, die Kinder nahmen ihre Teller auf die Knie; der kleine Junge in seiner stummen Gefräßigkeit schaute sich – ohne etwas zu sagen – immerfort nach dem Fleischkäse um, dessen fette Papierhülle ihm die Ruhe raubte.

Frau Maheu trank ihren Kaffee in kleinen Schlucken, die Hände an das Glas legend, um sie zu erwärmen. Da kam der alte Bonnemort herunter. Sonst stand er später auf; man ließ ihm sein Frühstück am Feuer stehen. Heute begann er zu brummen, weil keine Suppe da war. Dann, als seine Schwiegertochter ihm erklärt hatte, man könne nicht immer so tun, wie man möchte, aß er seine Kartoffeln still für sich hin. Von Zeit zu Zeit erhob er sich und spie in die Asche; er tat dies aus Reinlichkeit, um den Estrich zu schonen; dann hockte er sich wieder auf seinen Sessel hin und fuhr fort, sein Essen zu kauen, mit gesenktem Kopfe und erloschenen Augen.

»Ach, ich vergaß, Mutter«, sagte Alzire; »die Nachbarin war da ...«

Die Mutter unterbrach sie.

»Sie soll mich in Frieden lassen!«

Sie hatte einen dumpfen Groll gegen die Levaque, die gestern über die Not gejammert hatte, um ihr nichts leihen zu müssen; und doch hatte sie Geld, wie die Maheu wohl wußte; der Mieter Bouteloup hatte einen halben Monat vorausgezahlt. In dem Arbeiterdorfe liehen die Haushaltungen einander nichts.

»Sieh, da fällt mir ein«, fuhr die Maheu fort, »nimm eine Mühle voll Kaffee und wickle ihn in ein Papier ... Ich muß ihn der Frau Pierron bringen, der ich ihn seit vorgestern schuldig bin.«

Als ihre Tochter das Päckchen fertighatte, sagte die Maheu, daß sie sogleich zurückkehren werde, um die Suppe für die Mannsleute ans Feuer zu setzen. Dann ging sie fort, mit Estelle auf den Armen, den alten Bonnemort zurücklassend, der langsam seine Kartoffeln kaute, während Lénore und Henri sich um die zu Boden gefallenen Kartoffelschalen prügelten.

Anstatt den Weg über die Straße zu nehmen, schritt Frau Maheu quer durch die Gärten, aus Furcht, daß die Levaque sie rufen könnte. Ihr Garten stieß an den der Familie Pierron, und in dem verfallenen Zaun, der sie trennte, gab es ein Loch, durch welches die Nachbarn miteinander verkehrten. Da war auch der gemeinsame Brunnen, der vier Familien diente. Nebenan, hinter einem verkümmernden Fliederstrauch, war der Schuppen, wo man die alten Geräte aufbewahrte und dann und wann ein Kaninchen züchtete, um an einem Feiertag einen Braten zu haben. Es war ein Uhr, die Kaffeestunde; keine Seele zeigte sich an den Türen und Fenstern. Bloß ein Arbeiter arbeitete, ohne aufzublicken, in seinem Gärtchen, um die Zeit zu nützen, bis seine Stunde kam, zur Grube anzufahren. Als die Maheu auf der Straße gegenüber ankam, sah sie zu ihrer Überraschung vor der Kirche einen Herrn und zwei Damen. Sie blieb einen Augenblick stehen und erkannte die Fremden. Es war Frau Hennebeau mit ihren Gästen, dem dekorierten Herrn und der Dame im Pelzmantel. Sie zeigte ihnen das Arbeiterdorf.

»Ach, wozu die Mühe? Es hatte keine Eile!« rief Frau Pierron, als Frau Maheu ihr den Kaffee zurückerstattete.

Sie war achtundzwanzig Jahre alt und galt als Schönheit im Dorf. Sie hatte eine braune Gesichtsfarbe, große Augen, einen kleinen Mund. Überdies war sie kokett, von der Reinlichkeit einer Katze; ihr Busen war schön erhalten, denn sie hatte kein Kind. Ihre Mutter, die Brulé, Witwe eines Grubenarbeiters, der in der Mine den Tod gefunden, hatte aus ihrer Tochter eine Fabrikarbeiterin gemacht und geschworen, daß sie niemals einen Grubenarbeiter heiraten solle. Sie kam denn auch aus dem Zorn nicht mehr heraus, seitdem ihre Tochter, schon als reifes Mädchen, sich mit Pierron verheiratet hatte, einem Witwer, der eine achtjährige Tochter hatte. Das Ehepaar lebte indes sehr zufrieden, unbekümmert um den Klatsch, der in Umlauf war über die Gefälligkeit des Gatten und die Liebhaber der Frau. Sie hatten keine Schulden, aßen zweimal wöchentlich Fleisch, und ihr Haus war so sauber, daß man sich in den Kasserollen hätte spiegeln können. Um ihr Glück zu vervollständigen, hatte sie, dank ihren Beschützern, von der Gesellschaft die Erlaubnis erhalten, Bonbons und Zwieback zu verkaufen; auf zwei Brettern hinter den Scheiben ihres Fensters waren diese Süßigkeiten in gläsernen Behältern zur Schau gestellt. Sie verdiente dabei sechs bis sieben Sous täglich, an manchem Sonntag sogar zwölf. Diese glückliche Häuslichkeit wurde nur durch das Geschrei der Brulé gestört, die mit der Wut einer alten Aufrührerin immer den Tod ihres Mannes an den Patronen rächen wollte; der zweite Störenfried war die kleine Lydie, die als Sündenbock für die ganze Familie sehr viele Maulschellen einzustecken hatte.

»Wie groß Estelle schon ist!« sagte Frau Pierron, mit dem Kinde spielend.

»Ach, laß gut sein, das macht Mühe genug«, erwiderte die Maheu. »Du magst froh sein, daß du keines hast. Da kann man wenigstens sein Haus sauber halten.«

Obgleich auch bei ihr alles in Ordnung gehalten wurde und sie jeden Sonnabend wusch und scheuerte, betrachtete sie doch mit den Blicken einer neidischen Hausfrau die helle Stube, wo es sogar Zierat gab, vergoldete Vasen auf dem Eßschrank, einen Spiegel und drei eingerahmte Kupferstiche.

Die Pierron trank eben ihren Kaffee allein; alle ihre Leute waren in der Grube.

»Du wirst ein Glas mit mir trinken«, sagte sie.
»Nein, danke, ich habe soeben Kaffee getrunken.«
»Was tut das?«
Freilich, das tat nichts. Und beide tranken nun langsam ihren Kaffee. Zwischen den Zwieback- und Bonbongläsern hindurch waren ihre Blicke auf den gegenüberstehenden Häusern haftengeblieben, wo sich Fenster an Fenster reihten, mit ihren Vorhängen, deren Reinlichkeit ein Gradmesser der häuslichen Tugenden der Hausfrauen war. Die Gardinen der Levaque waren sehr schmutzig, wahre Wischlappen, die aussahen, als hätte man damit die Kochtöpfe gereinigt.
»Ist es möglich, in einem solchen Dreck zu leben?« murmelte Frau Pierron.
Nun legte Frau Maheu unaufhaltsam los. Ach, wenn sie einen Mieter hätte wie diesen Bouteloup, wie ganz anders ginge es in ihrem Hauswesen zu! Ein Mieter ist eine sehr gute Aushilfe, wenn man sie zu nützen versteht. Allerdings dürfe man nicht mit ihm schlafen. Und ihr Mann! Der soff, prügelte sein Weib und lief den Bänkelsängerinnen von Montsou nach.
Die Pierron nahm eine tief angewiderte Miene an. Von diesen Bänkelsängerinnen kämen alle Krankheiten, meinte sie. In Joiselle gebe es eine, die eine ganze Grube verseucht habe.
»Was mich wundert«, fügte sie hinzu, »ist, daß du deinen Sohn mit ihrer Tochter gehen läßt.«
»Ach ja, wer das verhindern könnte! ... Ihr Garten stößt an den unserigen. Im Sommer steckte Zacharie immer bei Philomène hinter den Fliedersträuchen, und sie taten sich auch im Schuppen keinen Zwang an; man konnte nicht mehr zum Brunnen gehen, ohne sie zu überraschen.«
Es war die gewöhnliche Geschichte des Zusammenlebens der Geschlechter im Dorf. Burschen und Mädchen verdarben zusammen, warfen sich rücklings – wie sie sagten – auf das niedrige Dach des Schuppens, sobald der

Abend dunkelte. Alle Schlepperinnen machten da ihr erstes Kind, wenn sie sich nicht die Mühe nahmen, nach Réquillart oder in die Getreidefelder zu gehen, um es dort zu tun. Es hatte nichts weiter zu bedeuten; man wurde später Mann und Frau; nur die Mütter waren wütend, wenn die Burschen zu früh anfingen; denn ein Bursche, der heiratete, brachte der Familie nichts mehr ein.

»An deiner Stelle möchte ich lieber ein Ende machen«, sagte Frau Pierron in vernünftigem Tone. »Dein Zacharie hat ihr nun schon zwei Kinder gemacht; sie werden ihrer Wege gehen und ein Paar werden. Das Geld ist nun einmal weg.«

Die Maheu streckte wütend die Hände aus.

»Höre, ich verfluche sie, wenn sie heiraten … Ist Zacharie uns nicht Respekt schuldig? Er hat uns Geld gekostet, nicht wahr? Nun denn, er soll es uns wiedergeben, ehe er sich ein Weib auf den Hals ladet. Was würde aus uns werden, sprich, wenn unsere Kinder gleich für andere arbeiteten? Da möchte man doch lieber gleich verrecken!«

Doch sie beruhigte sich wieder.

»Ich spreche im allgemeinen«, sagte sie. »Wir werden ja später sehen … Dein Kaffee ist recht stark; du tust das Nötige hinein.«

Nachdem sie noch eine Viertelstunde von allen möglichen Dingen geplaudert hatten, eilte die Maheu fort, indem sie rief, die Suppe für ihre Mannsleute sei noch nicht fertig. Auf der Straße sah man die Kinder wieder zur Schule gehen; einige Weiber zeigten sich an den Türen und betrachteten Frau Hennebeau, die, die Vorderseite eines Hauses abschreitend, ihren Gästen die Einrichtungen des Arbeiterdorfes erklärte. Dieser Besuch machte Aufsehen im Dorfe. Der einsame Mann in seinem Garten unterbrach seine Arbeit; zwei Hühner liefen erschreckt auseinander.

Als die Maheu heimkehrte, stieß sie auf die Levaque, die

auf die Straße gekommen war, um den Arzt der Gesellschaft Dr. Vanderhaghen abzufangen, einen kleinen, allezeit sehr geschäftigen Mann, der durch die Straßen rennend seine ärztlichen Ratschläge erteilte.
»Herr Doktor«, sagte sie, »ich kann nicht schlafen; mir tut alles weh ... Wir sollten doch mal darüber reden.«
Der Arzt, der alle Bewohner des Dorfes duzte, antwortete ihr, ohne stehenzubleiben:
»Laß mich in Frieden! Du säufst zuviel Kaffee.«
»Und mein Mann erst, Herr Doktor!« sagte jetzt die Maheu. »Sie sollten ihn einmal besuchen. Er hat noch immer seine Schmerzen in den Beinen.«
»Du bist es, die ihn so schwach macht, laß mich in Frieden!«
Die zwei Weiber standen verblüfft da und schauten dem davoneilenden Arzt nach.
»Komm herein«, sagte die Levaque, nachdem sie mit ihrer Nachbarin ein trostloses Achselzucken ausgetauscht hatte. »Du weißt wohl, daß es eine Neuigkeit gibt ... Nimm einen Schluck Kaffee, er ist ganz frisch.«
Die Maheu wehrte ab, aber sie konnte nicht widerstehen. Wohl denn, einen Schluck, um die Nachbarin nicht zu kränken. Und sie trat ein.
Die Stube war greulich schmutzig, die Wände voll Fettflecken, Tisch und Eßschrank starrten vor Unsauberkeit; und der Gestank dieser vernachlässigten Haushaltung packte jeden Eintretenden bei der Gurgel. Neben dem Feuer saß Bouteloup, noch jung aussehend für seine fünfundreißig Jahre, beide Ellbogen auf dem Tisch, die Nase in seinem Teller, und verzehrte einen Rest Rindfleisch mit der Behäbigkeit eines wohlgenährten, ruhigen Jungen. Neben ihm stand der kleine Achille, Philomènes Erstgeborener, der jetzt in sein drittes Jahr ging, und sah mit der stumm flehenden Miene eines gefräßigen Tieres dem Essenden zu. Der Mieter, dessen großer, brauner Bart ein feines, weißes Gesicht einrahmte, schob von Zeit zu Zeit dem Kinde ein Stück Fleisch in den Mund.

»Warte, ich werde den Kaffee erst zuckern«, sagte die Levaque, indem sie den Farinzucker zuerst in die Kaffeekanne tat.

Sie war sechs Jahre älter als er, abscheulich welk, die Brust auf dem Bauche, der Bauch auf den Schenkeln, mit einem platten Gesicht und ergrauenden, stets ungekämmten Haaren. Er hatte in ganz natürlicher Weise von ihr Besitz ergriffen, ohne sie näher zu prüfen, geradeso wie seine Suppe, wo er Haare fand, oder sein Bett, dessen Wäsche nur alle drei Monate gewechselt wurde. Sie gehörte mit zur Pension. Der Gatte pflegte oft zu sagen: eine glatte Rechnung macht gute Freunde.

»Also, ich wollte dir nur sagen«, fuhr sie fort, »daß man gestern abend die Frau Pierron im Dorf der ›Seidenstrümpfler‹ sich herumtreiben gesehen hat. Der gewisse Herr erwartete sie hinter Rasseneurs Herberge; dann sind sie zusammen längs des Kanals fortgegangen ... Das ist hübsch von einer verheirateten Frau, wie?«

»Mein Gott!« sagte die Maheu; »Pierron hat, bevor er sie heiratete, dem Aufseher Kaninchen geschenkt; jetzt leiht er ihm seine Frau, das ist billiger.«

Bouteloup brach in ein riesiges Gelächter aus und warf ein Stück in Sauce getunktes Brot dem kleinen Achille ins Maul. Die zwei Frauen ließen sich dann noch weiter über Frau Pierron aus, über diese Kokette, die nicht schöner war als eine andere, aber den ganzen Tag damit zubrachte, die Löcher ihrer Haut zu mustern, sich zu waschen und mit Pomade zu bestreichen. Übrigens sei es Sache ihres Mannes, wenn ihm ein solches Brot schmeckte. Es gab ja so ehrgeizige Menschen, die ihren Vorgesetzten den Hintern reinigen würden, nur um ein Dankeswort von ihnen zu hören. So ging das fort, bis sie durch die Ankunft einer Nachbarin unterbrochen wurden, die ein neun Monate altes Kind brachte, Désirée, Philomènes Jüngste. Philomène ließ sich zur Frühstücksstunde das Kind nach dem Sortierwerk bringen und reichte ihm da, auf einem Kohlenhaufen sitzend, die Brust.

»Meine darf ich nicht einen Augenblick allein lassen, sonst schreit sie sogleich«, sagte die Maheu auf Estelle blickend, die in ihren Armen eingeschlafen war.

Doch es sollte ihr nicht gelingen, der Falle zu entgehen, die sie seit einer Weile der Levaque aus den Augen las.

»Höre einmal, wir sollten doch ein Ende machen«, begann die Levaque.

Die zwei Mütter waren anfänglich stillschweigend übereingekommen, die Heirat nicht zustande kommen zu lassen. Zacharies Mutter wollte so lang als möglich den Lohn ihres Sohnes in die Hand bekommen, und auch Frau Levaque wütete bei dem Gedanken, den Erwerb ihrer Tochter zu verlieren. Man hatte ja keine Eile; Philomènes Mutter hatte sich sogar dazu verstanden, Achille zu behalten, solange dieser allein da war; doch als der Knabe größer wurde und Brot aß, und als ein zweites hinzukam, fand sie keinen Vorteil mehr und drängte wütend zur Hochzeit, weil sie nicht noch zulegen wollte.

»Zacharie hat seine Militärpflicht hinter sich, nichts hält ihn mehr zurück. Wann wollen wir Hochzeit machen?« fragte sie weiter.

»Verschieben wir das auf bessere Tage«, antwortete die Maheu verlegen. »Diese Geschichten sind so ärgerlich! Als ob sie nicht hätten warten können, bis sie verheiratet sind. Bei meiner Ehre! Ich würde Catherine erwürgen, wenn ich erführe, daß sie die gleiche Dummheit gemacht hätte.«

Die Levaque zuckte mit den Achseln.

»Laß gut sein; sie wird nicht besser sein als die anderen«, sagte sie.

Bouteloup ging jetzt zum Eßschrank und suchte da das Brot mit der Ruhe eines Menschen, der zu Hause ist. Auf einer Ecke des Tisches lagen Gemüse, für Levaques

Suppe; Kartoffeln und Lauch, zur Hälfte geschält, inmitten des ewigen Tratsches zehnmal zur Hand genommen und wieder weggelegt. Das Weib hatte sich eben erneut darangemacht, doch legte sie die Arbeit gleich wieder hin, um sich ans Fenster zu stellen.

»Was ist denn das? ... Schau, Frau Hennebeau mit Leuten. Jetzt treten sie bei der Pierron ein.«

Und nun fielen sie wieder über die Pierron her. Ach, das ist immer so: wenn die Gesellschaft Besucher im Arbeiterdorf hat, führt man sie geradewegs zu dieser Frau, weil es da sauber ist. Sicherlich erzählt man ihnen nicht die Geschichten mit dem Oberaufseher. Man kann leicht reinhalten, wenn man Liebhaber hat, die dreitausend Franken verdienen, Wohnung und Heizung haben, die Geschenke ungerechnet. Ach ja! Außen der Glanz, innen der Tanz. In diesem Ton schimpften sie fort, solange die Fremden im Haus der Pierron waren.

»Jetzt kommen sie heraus«, sagte endlich die Levaque. »Schau, meine Liebe, ich glaube gar, sie gehen zu dir.«

Die Maheu wurde von Angst ergriffen. Wer weiß, ob Alzire den Tisch abgewischt hat? Und ihre Suppe war auch noch nicht fertig. Mit einem flüchtigen »Auf Wiedersehen!« eilte sie davon, nach ihrer Wohnung, ohne rechts noch links zu schauen.

Doch zu Hause war alles sauber und in Ordnung. Alzire, als sie sah, daß die Mutter nicht kam, hatte einen Küchenlappen vorgebunden und sich an die Zubereitung der Suppe gemacht. Sie hatte die letzten Lauchstummel und Sauerampfer im Garten gepflückt und war eben mit der Reinigung der Gemüse beschäftigt, während am Feuer in einem großen Kessel das Wasser für das Bad der Mannsleute warmgehalten wurde. Henri und Lénore waren zufällig artig und vertrieben sich die Zeit mit dem Zerreißen eines alten Kalenders. Der Vater Bonnemort rauchte still seine Pfeife.

Die Maheu hatte noch nicht recht verschnauft, als Madame Hennebeau an die Tür klopfte.

»Sie erlauben wohl, liebe Frau?«

Sie war groß und blond, etwas schwerfällig in der schönen Reife einer Vierzigerin. Sie lächelte mit gezwungener Leutseligkeit und ließ nicht allzusehr die Furcht durchblicken, ihr Kleid von bronzefarbener Seide zu beschmutzen, über dem sie einen Mantel aus schwarzem Samt trug.

»Treten Sie ein, treten Sie ein«, wiederholte sie ihren Gästen. »Wir stören niemanden ... Da ist's ebenfalls hübsch sauber, nicht wahr? Und diese wackere Frau hat sieben Kinder! So sind alle unsere Familien ... Wie ich Ihnen schon erklärt habe, vermietet Ihnen die Gesellschaft das Haus für sechs Franken monatlich. Eine große Wohnstube im Erdgeschoß, zwei Stuben oben, ein Keller, ein Garten.«

Der dekorierte Herr und die Dame im Pelzmantel, die am Morgen mit dem Pariser Zuge gekommen waren, rissen die Augen auf; in ihren Mienen war die Verblüffung über diese ihnen neuen, ungewohnten Dinge zu lesen.

»Ein Garten sogar!« wiederholte die Dame. »Man bekommt ordentlich Lust, da zu leben; es ist ja reizend!«

»Wir geben ihnen mehr Kohle, als sie brennen können«, fuhr Madame Hennebeau fort. »Ein Arzt erscheint wöchentlich zweimal bei ihnen; und wenn sie alt sind, bekommen sie Ruhegehälter, obgleich ihnen von ihrem Lohn nichts abgezogen wird.«

»Das ist ja ein Idyll! Ein wahres Schlaraffenland!« murmelte der Herr entzückt.

Die Maheu hatte sich beeilt, Platz anzubieten, doch die Damen lehnten ab. Madame Hennebeau war der Sache schon wieder überdrüssig; es hatte ihr einen Augenblick Vergnügen gemacht, aus der Langeweile ihrer Vereinsamung die Wegweiserin zu spielen, doch war sie sogleich angewidert von dem faden Geruch des Elends trotz der ausgesuchten Reinlichkeit der Häuschen, in die sie einzutreten wagte. Sie wiederholte übrigens nur einzelne abgerissene Phrasen, die sie selbst gehört hatte, und kümmerte sich sonst gar nicht um das Arbeitervolk, das in ihrer Nähe in schwerer Arbeit und Elend dahinlebte.

»Die schönen Kinder!« murmelte die Dame, die sie in Wirklichkeit abscheulich fand mit ihren dicken Köpfen und ihrem struppigen, strohgelben Haar.

Frau Maheu mußte das Alter der Kinder angeben; aus Höflichkeit befragte man sie auch über Estelle. Der Vater Bonnemort hatte respektvoll die Pfeife aus dem Munde genommen. Nichtsdestoweniger blieb er ein Stein des Anstoßes, wie er dasaß, durch vierzig Jahre Grubenarbeit zugrunde gerichtet, mit steifen Beinen, morschen Gliedern, erdfahlem Gesicht. Und als ein heftiger Hustenanfall ihn packte, ging er auf die Gasse speien, weil er dachte, sein schwarzer Auswurf könnte die Gesellschaft ekeln.

Alzire fand am meisten Beifall. Welch nette, kleine Hausfrau mit ihrem Küchenlappen! Man beglückwünschte die Mutter zu diesem für sein zartes Alter so verständigen Mädchen. Und niemand sprach von dem Höcker. Mitleid und Unbehagen zugleich drückten sich in den Blicken aus, die sich immer wieder nach dem armen, gebrechlichen Wesen wandten.

»Und nun«, schloß Madame Hennebeau, »wenn man Sie in Paris über unsere Arbeiterkolonie befragt, werden Sie antworten können ... Es ist da immer so ruhig wie jetzt; es herrschen patriarchalische Sitten; alle sind gesund und zufrieden, wie Sie sehen. Es ist ein Ort, wohin Sie oft kommen sollten, um sich in guter Luft und in Ruhe zu erholen.«

»Es ist wunderbar, wunderbar!« rief der Herr in einem abschließenden Ausbruch von Begeisterung.

Sie traten aus dem Haus mit der entzückten Miene, mit der man eine Schaubude verläßt, wo man Naturwunder gesehen. Frau Maheu, die ihnen das Geleit gab, blieb auf der Schwelle stehen und blickte ihnen nach, wie sie unter lauten Gesprächen sich langsam entfernten. Die Straßen hatten sich bevölkert; sie mußten durch Gruppen von Weibern gehen, die das von Haus zu Haus getragene Gerücht von ihrem Besuch auf die Straße gelockt hatte.

Die Levaque hatte vor ihrer Türe die Pierron angehalten, die neugierig herbeigelaufen war. Beide heuchelten Überraschung. Wie, wollten diese Leute etwa bei der Maheu übernachten? Es war da drinnen doch nicht so angenehm?

»Immer ohne einen Sou bei dem schönen Erwerb, den sie haben. Mein Gott, wenn man Lastern frönt!«

»Man erzählt, daß sie heute vormittag bei den Bürgersleuten in der Piolaine gebettelt hat; und Maigrat, der ihnen kein Brot mehr pumpen wollte, hat ihr doch wieder eines gegeben ... Nun, man weiß ja, wie Maigrat sich bezahlen läßt.«

»Bei ihr nicht, o nein! ... Dazu würde viel Mut gehören! Bei Catherine läßt er sich zahlen.«

»Ach, und da hat die Maheu noch die Stirn, mir zu sagen, daß sie Catherine erwürgen würde, wenn sie es täte! ... Als ob der lange Chaval sie nicht schon längst im Schuppen umgeworfen hätte.«

»Still! da kommen die Leute.«

Mit ruhiger Miene, ohne aufdringliche Neugierde betrachteten die Levaque und die Pierron die aus dem Hause der Maheu kommenden Fremden. Dann winkten sie die Maheu heran, die noch immer Estelle auf den Armen trug. Und alle drei blickten unbeweglich nach, wie die wohlbekleideten Gestalten der Madame Hennebeau und ihrer Gäste sich entfernten. Als diese etwa dreißig Schritte weit waren, ging der Klatsch mit erneuter Heftigkeit los.

»Die haben aber für schweres Geld Stoffe am Leibe; ihre Kleider sind vielleicht mehr wert als sie selbst.«

»Oh, gewiß! ... Die andere kenne ich nicht; aber für diese da würde ich nicht vier Sous geben, so dick sie auch ist. Man erzählt sich Geschichten ...«

»Wie? Was für Geschichten?«

»Nun, sie hält sich Männer! ... Vor allem den Ingenieur ...«

»Den kleinen Magern! ... Aber der verliert sich ja in ihrem Bett.«

»Was tut's, wenn es ihr Vergnügen macht? ... Was mich betrifft, so habe ich kein Vertrauen, wenn ich eine Dame sehe, die immer eine angewiderte Miene macht und der es nirgends zu gefallen scheint ... Schau nur, wie sie mit dem Hintern wackelt, als wollte sie sagen, daß sie uns alle verachtet. Ist das nett?«

Die Spaziergänger setzten mit langsamen Schritten und plaudernd ihren Weg fort, als eine Kalesche auf der Straße vor der Kirche stehenblieb. Ein Herr von ungefähr achtundvierzig Jahren, mit einem schwarzen Gehrock bekleidet, stieg aus dem Wagen; sein dunkelbraunes Gesicht zeigte einen strengen und korrekten Ausdruck.

»Das ist der Gatte!« murmelte die Levaque, indem sie die Stimme dämpfte, als ob er es hätte hören können. Sie war von jener Furcht der Untergebenen ergriffen, die der Direktor seinen sechstausend Arbeitern einflößte. »Der Mann hat wahrhaftig ein Hahnreigesicht!«

Jetzt war das ganze Dorf auf der Straße. Die Neugierde der Weiber stieg immer höher; die Gruppen näherten sich einander, verschmolzen zu einer einzigen Menge, während auf den Trottoirs ganze Scharen schmutziger Kinder Maulaffen feilhielten. Einen Augenblick sah man den blassen Kopf des Schulmeisters, der hinter der Hecke des Schulhauses sich auf die Fußspitzen hob, um besser zu sehen. Der Mann im Garten hielt in der

Arbeit inne, den Fuß auf die Schaufel gestützt, die Augen neugierig aufreißend. Und das murmelnde Geschwätz schwoll allmählich zu lautem Klappern an; es war wie ein Windstoß, der durch dürres Laub fährt.

Vor der Haustür der Levaque gab es eine besonders große Ansammlung von Leuten. Zwei Frauen waren herangekommen, dann zehn, dann zwanzig.

Die Pierron schwieg jetzt vorsichtig: es waren zu viele Ohren da. Die Maheu, eine der Vernünftigsten, begnügte sich ebenfalls zu schauen. Um Estelle zu beruhigen, die erwacht war und zu heulen angefangen hatte, zog sie ihre Brust hervor, die von dem nimmer versiegenden Born der Milch geschwellt lang herabhing. Als Herr Hennebeau die Damen auf den Rücksitzen des Wagens hatte Platz nehmen lassen und die Kalesche in der Richtung nach Marchiennes davonfuhr, gab es einen letzten Ausbruch der geschwätzigen Stimmen; alle Weiber gestikulierten, redeten einander ins Gesicht, inmitten eines Tumultes wie bei einem in Aufruhr geratenen Ameisenhaufen.

Doch jetzt schlug es drei Uhr. Die Erdarbeiter waren fort, Bouteloup und die anderen. Plötzlich tauchten an der Kurve bei der Kirche die ersten Grubenarbeiter auf, die von der Grube zurückkehrten, mit schwarzem Gesicht, durchnäßter Kleidung, gekreuzten Armen und gebeugtem Rücken. Da stoben die Weiber auseinander; alle liefen erschreckt heim; sie hatten zuviel Kaffee getrunken und zuviel geschwätzt und hatten sich dadurch in ihren häuslichen Obliegenheiten verspätet. Und man vernahm jetzt von allen Seiten nur den entsetzten Schrei: »O Gott, meine Suppe! Und meine Suppe ist nicht fertig!«

IV

Als Maheu heimkehrte, nachdem er Etienne bei dem Gastwirt Rasseneur zurückgelassen, fand er Catherine, Zacharie und Jeanlin bei Tisch, ihre Suppe essend. Wenn die Arbeiter aus der Grube kamen, waren sie dermaßen hungrig, daß sie in den durchnäßten Kleidern aßen, noch ehe sie sich gewaschen hatten. Keiner wartete auf den anderen; der Tisch blieb von morgens bis abends gedeckt; immer war einer da, der seine Portion aß, je nach der Arbeitseinteilung.

Kaum eingetreten, sah Maheu die Vorräte. Er sagte nichts, aber sein besorgtes Gesicht heiterte sich auf. Der Gedanke an den leeren Speiseschrank, wo es selbst an Kaffee und Butter mangelte, hatte ihn den ganzen Vormittag gequält, war ihm in schmerzlichen Zuckungen durch den Leib gegangen, während er in der erstickenden Hitze des Schlages die Kohle bearbeitete. Wie wird sich das Weib aus der Not helfen? Und was wird man anfangen, wenn sie mit leeren Händen zurückkehrt? Und nun war alles da. Sie wird ihm das später erzählen; einstweilen lachte er vergnügt.

Catherine und Jeanlin hatten schon den Tisch verlassen und tranken ihren Kaffee stehend, während Zacharie, von der Suppe nicht vollständig gesättigt, sich ein breites Stück Brot abschnitt, das er mit Butter bestrich. Wohl sah er den Fleischkäse auf einem Teller; doch rührte er nicht daran; er wußte, das Fleisch war für den Vater, wenn davon nur für einen da war. Alle schwemmten die Suppe mit einem tüchtigen Trunk frischen Wassers hinab; gegen Ende des Halbmonats mußte man sich damit begnügen.

»Ich habe kein Bier«, sagte die Maheu, als der Vater sich zu Tische gesetzt hatte. »Ich wollte etwas Geld übrigbehalten. Wenn du willst, wird die Kleine dir eine Maß holen.«

Er sah sie vergnügt an. Was? Sie hatte auch Geld?!

»Nein, nein«, sagte er; »ich habe einen Schoppen getrunken, und das genügt.«
Und er begann langsam die Suppe auszulöffeln, einen Brei von Brot, Kartoffeln, Sauerampfer und Lauch; er aß sie aus einem Napf, der ihm als Teller diente. Die Maheu, ohne Estelle von der Hand zu lassen, war Alzire behilflich, damit es ihm an nichts fehlte. Sie schob ihm Butter und Fleischkäse hin, stellte seinen Kaffee zum Feuer, damit er recht heiß bliebe.
Inzwischen begann neben dem Ofen das Waschen; die Hälfte eines Fasses diente ihnen als Waschbottich. Catherine, die den Anfang machte, hatte ihn mit lauwarmem Wasser gefüllt und entkleidete sich ruhig; sie legte Haube, Kittel und Hose ab und zog zuletzt auch das Hemd aus; sie war seit ihrem achten Jahre daran gewöhnt und war so aufgewachsen, ohne etwas Schlimmes dabei zu finden. Sie wandte sich nur um, mit dem Bauch zum Feuer, und rieb sich kräftig mit schwarzer Seife. Niemand schaute hin; selbst Lénore und Henri waren nicht mehr neugierig zu sehen, wie sie geschaffen sei. Als sie sich gereinigt hatte, ging sie ganz nackt die Treppe hinauf und ließ das nasse Hemd und ihre anderen Kleidungsstücke in einem Haufen auf den Fliesen zurück. Doch jetzt brach ein Streit zwischen den beiden Brüdern aus. Jeanlin hatte sich beeilt, in den Bottich zu springen, unter dem Vorwande, daß Zacharie noch esse; dieser stieß ihn nun, forderte, daß er selbst an die Reihe komme und schrie, es sei doch genug, daß er Catherine den Vortritt gelassen habe; er wolle nicht im Schmutze des Jungen baden; nach Jeanlin könne man mit dem Wasser die Tintenfässer in der Schule füllen. Schließlich wuschen sie sich zusammen, gleichfalls zum Feuer gewendet, und waren sogar einander behilflich, rieben sich gegenseitig den Rücken. Dann verschwanden sie gleich ihrer Schwester, indem sie nackt die Treppe hinaufliefen.

»Machen die aber ein Durcheinander!« murmelte Frau Maheu, während sie die Kleider vom Boden auflas, um sie zum Trocknen aufzuhängen. »Alzire, wasche doch ein wenig auf!«

Doch sie wurde durch ein Gepolter unterbrochen, das man plötzlich aus dem Nachbarhause hörte. Es waren die Flüche eines Mannes und das Weinen einer Frau, ein Getümmel und ein Gestampfe, dazwischen dumpfe Hiebe, die hohl klangen wie Stöße an einen leeren Kürbis.

»Die Levaque bekommt ihren Tanz«, konstatierte Maheu ganz ruhig, während er mit dem Löffel den letzten Rest der Suppe aus dem Topfe kratzte. »Das ist drollig; Bouteloup behauptete, daß die Suppe fertig sei.«

»Ach freilich, fertig!« sagte die Maheu. »Ich sah das Gemüse noch ungereinigt auf dem Tisch liegen.«

Es gab ein neues heftiges Geschrei und ein furchtbares Ringen und Stoßen, das die Mauer erschütterte. Dann wurde alles still. Maheu schluckte den letzten Löffel Suppe und schloß mit ruhiger Miene:

»Ja, wenn die Suppe nicht fertig ist, dann ist's begreiflich.«

Er trank ein volles Glas Wasser und machte sich dann an den Fleischkäse. Er schnitt viereckige Stücke ab, die er mit seinem Messer aufspießte und auf seinem Brot aß, ohne eine Gabel zu gebrauchen. Wenn der Vater aß, wurde nicht gesprochen. Er selbst aß schweigend; er erkannte nicht das gewöhnliche Wurstzeug Maigrats, es mußte von anderwärts kommen, doch richtete er an sein Weib keine Frage. Er fragte nur, ob der Alte oben noch immer schlafe. Nein, der Großvater war schon ausgegangen, um seinen gewohnten Spaziergang zu machen. Abermals trat Stille ein.

Doch der Geruch des Fleisches ließ Lénore und Henri aufblicken, die sich am Boden sitzend die Zeit damit vertrieben, aus dem verschütteten Wasser Bäche abzuleiten. Beide Kinder stellten sich zum Vater hin, das kleinere voran. Ihre Blicke folgten jedem Stück, sahen hoffnungsvoll, wie es aus dem Teller geholt wurde, und sahen dann mit bestürzten Mienen, wie es im Munde des Vaters verschwand. Er bemerkte schließlich die Gier, die sie blaß werden ließ und ihnen den Mund wäßrig machte.

»Haben die Kinder davon bekommen?« fragte er.

Und als sein Weib mit der Antwort zögerte, fügte er hinzu:

»Du weißt, ich mag kein Unrecht. Es nimmt mir den Appetit, wenn sie um mich stehen und nach einem Bissen lechzen.«

»Aber ja, sie haben bekommen!« rief sie zornig. »Ei, wenn du ihnen zuhören willst, kannst du ihnen deinen Teil geben und den Teil der anderen, sie werden sich vollstopfen, bis sie platzen. Nicht wahr, Alzire, wir alle haben Fleischkäse gegessen?«

»Gewiß, Mama«, antwortete die kleine Bucklige, die unter Umständen mit der Keckheit einer erwachsenen Person log.

Lénore und Henri waren verblüfft und empört angesichts dieser Lüge; sie selbst wurden geprügelt, wenn sie nicht die Wahrheit sagten. Ihre jungen Herzen waren der Kränkung voll, und es drängte sie zu widersprechen und zu erklären, daß sie nicht da waren, als die anderen Fleisch aßen.

»Geht!« wiederholte die Mutter, indem sie die Kinder in die andere Ecke der Stube jagte. »Ihr solltet euch schämen, immer vor dem Teller des Vaters zu hocken. Und wenn nur er allein hätte, so wäre es recht, denn er arbeitet, während ihr Taugenichtse nur Ausgaben verursacht, mehr, als ihr wert seid!«

Maheu rief sie zurück, setzte Lénore auf seinen linken Schenkel, Henri auf seinen rechten; dann aß er den Rest des Fleischkäses mit ihnen. Er schnitt kleine Stückchen und gab jedem seinen Teil; die Kinder waren entzückt

und verschlangen die Bissen, die der Vater ihnen vorlegte.
Als er gegessen hatte, sagte er zu seiner Frau:
»Gib mir noch nicht den Kaffee; ich will mich vorher waschen ... Und hilf mir, dieses schmutzige Wasser auszuschütten.«
Sie faßten den Bottich an beiden Henkeln und leerten ihn in die Gosse vor der Tür. In diesem Augenblicke kam Jeanlin herunter; er hatte trockene Kleider an, eine Hose und einen Kittel aus Wollstoff, beide Stücke zu groß, von seinem älteren Bruder abgelegt. Als seine Mutter ihn durch die Tür schlüpfen sah, hielt sie ihn an.
»Wohin gehst du?«
»Dorthin.«
»Wo dorthin? ... Höre, du wirst mir für den Abend Löwenzahnsalat pflücken. Du hörst mich? Wenn du ohne Salat heimkommst, sollst du es mit mir zu tun haben.«
»Gut, gut.«
Jeanlin ging, mit den Händen in den Taschen, die Holzschuhe schleppend, die mageren Lenden eines zehnjährigen Knirpses wiegend wie ein alter Grubenarbeiter. Jetzt kam auch Zacharie herunter, sorgfältiger in seinem Äußeren, den Oberkörper bekleidet mit schwarz- und blaugestreiftem Wolltrikot. Sein Vater rief ihm zu, nicht spät heimzukommen; und er ging kopfnickend davon, die Pfeife zwischen den Zähnen, ohne zu antworten.
Der Bottich wurde wieder mit lauwarmem Wasser gefüllt. Maheu zog langsam die Jacke aus. Auf einen Wink führte Alzire Lénore und Henri hinaus. Der Vater liebte es nicht, sich vor der Familie zu waschen, wie dies in vielen anderen Häusern des Arbeiterdorfes vorkam. Er tadelte übrigens niemanden; er sagte bloß, es passe nur für Kinder, zusammen im Wasser zu plätschern.

»Was machst du da oben?« rief die Maheu über die Treppe hinauf.

»Ich bessere mein Kleid aus, das ich gestern zerrissen habe«, antwortete Catherine.

»Gut; komm jetzt nicht herunter, dein Vater wäscht sich.«

Maheu und sein Weib blieben jetzt allein. Sie legte Estelle auf einen Stuhl, die merkwürdigerweise nicht heulte, weil sie sich neben dem Feuer wohl fühlte und von da die leeren Blicke eines gedankenlosen Wesens auf die Eltern richtete. Maheu hockte jetzt nackt vor dem Bottich; er hatte zuerst den Kopf hineingesteckt und ihn mit schwarzer Seife eingerieben, deren jahrhundertelanger Gebrauch die Haare des ganzen Stammes entfärbt und gelb gemacht hatte. Dann stieg er ins Wasser, seifte Brust, Bauch, Arme, Schenkel ein und bearbeitete sie kräftig mit beiden Händen. Sein Weib stand dabei und schaute ihm zu.

»Hör einmal«, begann sie, »ich habe gesehen, was du für Augen machtest, als du heimkamst ... Du hast dir wohl den Tag über Kummer gemacht, und der Anblick der Vorräte hat dich aufgeheitert ... Denke dir, die Bürgersleute in der Piolaine haben mir nicht einen Sou gegeben. Oh, sie waren sehr freundlich, sie haben den Kleinen Kleider gegeben, und ich schämte mich zu bitten, denn es bleibt mir in der Kehle stecken, wenn ich etwas verlangen soll.«

Sie unterbrach sich einen Augenblick, um Estelle auf dem Sessel zurechtzulegen, weil sie einen Sturz befürchtete. Der Vater fuhr fort, sich die Haut abzureiben, ohne durch eine Frage die ihn interessierende Geschichte zu beschleunigen und geduldig wartend, bis er begreifen würde.

»Ich muß dir sagen, daß Maigrat mir den Kredit verweigert hat; ja, rundweg verweigert, wie man einen Hund hinausjagt ... Du kannst dir meine Lage vorstellen. Wollene Kleider mögen ja ganz gut warmhalten,

aber damit hat man noch nichts im Magen. Ist's nicht so?«
Er hob den Kopf, ohne etwas zu sagen. Nichts in der Piolaine, nichts bei Maigrat, was dann? Doch schon hatte sie, wie sie es gewöhnlich tat, die Ärmel aufgeschürzt, um ihm den Rücken und jene Teile des Körpers zu waschen, die er selbst nicht leicht erreichen konnte. Er liebte es übrigens, daß sie ihn einseifte, ihn überall rieb, bis sie die Handknöchel schmerzten. Sie nahm die Seife und bearbeitete ihm die Schultern, während er sich in die Höhe reckte, um stramm auszuhalten.
»Ich bin dann zu Maigrat zurückgegangen und habe ihm die Meinung gesagt, o ja, die Meinung ... Und er hätte wohl kein Herz im Leibe, und es müßte ihm schlimm ergehen, wenn es noch eine Gerechtigkeit gäbe ... Das ging ihm an die Kehle; er wandte den Kopf weg und wäre am liebsten durchgegangen ...«
Vom Rücken ging sie zu den Hinterbacken hinab; und als sie einmal im Zuge war, ging sie weiter, suchte die Falten auf, ließ nicht ein Plätzchen am Körper, ohne es blank zu scheuern, wie ihre Kasserollen bei der großen Samstagsreinigung. Sie geriet in Schweiß bei dem heftigen Auf und Nieder der Arme und kam so außer Atem, daß ihr die Worte fehlten.
»Schließlich hat er mich eine alte Klette geheißen ... Doch wir werden Brot haben bis zum Samstag, und das schönste ist, daß er mir auch hundert Sous geliehen hat ... Ich nahm bei ihm noch Butter, Kaffee und Zichorie; ich wollte auch Wurst und Kartoffeln nehmen, doch da begann er zu brummen ... Für sieben Sous Fleischkäse, für achtzehn Sous Kartoffeln; es blieben mir drei Franken und fünfundsiebzig Centimes für ein Ragout und Suppenfleisch ... Ich glaube, meinen Vormittag ganz gut genutzt zu haben.«
Jetzt trocknete sie ihn ab und tupfte ihn mit einem Lappen an den Stellen, wo er nicht gleich trocken werden

wollte. Er war froh, dachte nicht daran, daß die Schuld auch bezahlt werden müsse, brach in ein helles Lachen aus und schloß sie in seine Arme.
»Laß doch, Narr! Du bist noch ganz naß und wirst mich auch naß machen ... Aber«, fügte sie hinzu, »ich glaube, Maigrat hat gewisse Absichten ...«
Sie wollte von Catherine reden, hielt aber inne. Wozu sollte sie den Vater beunruhigen? Das gäbe wieder Geschichten ohne Ende.
»Welche Absichten?« fragte er.
»Die Absicht, uns zu betrügen. Catherine wird seine Rechnung genau prüfen müssen.«
Er faßte sie abermals und ließ sie nicht mehr los. Das Bad endete immer so. Es erfrischte und kräftigte ihn, wenn sie ihn so stark rieb und überall mit dem Linnen hinkam, das ihm die Haare an Brust und Armen kitzelte. Dies war übrigens auch in den anderen Häusern des Arbeiterdorfes die Stunde der Liebestorheiten, in der Kinder gemacht wurden, mehr als man wollte. In der Nacht hatte man die Familie am Halse. Er drängte sie an den Tisch und trieb seine Possen als wackerer Mann, der sich des einzigen frohen Augenblicks am Tage freut und dies ›seinen Nachtisch nehmen‹ nannte, einen Nachtisch, der nichts kostete. Sie, mit ihrer vollen Gestalt und ihrem üppigen Busen, wehrte sich zum Spaß ein wenig.
»Bist du aber ein Narr ... Estelle sieht uns zu! Wart, ich will ihr doch wenigstens den Kopf wegwenden.«
»Ach, was weiß denn ein Kind von drei Monaten!«
Als Maheu sich wieder erhob, zog er nur eine trockene Hose an. Wenn er sauber war und mit seinem Weibe geschäkert hatte, war es sein Vergnügen, eine Weile mit nacktem Oberkörper zu bleiben. An seiner Haut, die so weiß war wie bei blutarmen Mädchen, gab es Risse und Einschnitte, die von der Kohle herrührten; die Grubenarbeiter nannten dies ›Augen‹. Und er fühlte sich so ganz stolz, zeigte seine dicken Arme, seine breite Brust,

die wie blau geäderter Marmor schimmerten. Zur Sommerszeit konnte man alle Grubenarbeiter so vor ihren Haustüren sehen. Er ging auch jetzt einen Augenblick hinaus, trotz des feuchten Wetters, und rief ein gepfeffertes Wort einem Kameraden hinüber, der jenseits der Gärten, gleichfalls mit nackter Brust, auf der Straße stand. Es kamen noch andere heraus; und die Kinder, die auf dem Trottoir spielten, schauten auf und stimmten lachend mit ein in die Freude ob all des müden Fleisches der Arbeiter, das in die frische Luft gebracht wurde.

Während er seinen Kaffee trank – und ehe er noch sein Hemd übergeworfen hatte –, erzählte Maheu seinem Weib von dem Zorn des Ingenieurs wegen der Verzimmerung. Er war jetzt ruhig und gelassen und hörte mit zustimmendem Kopfnicken die weisen Ratschläge seines Weibes an, das in diesen Dingen sehr viel gesunden Verstand zeigte. Sie wiederholte ihm immer wieder, daß bei den Reibungen mit der Gesellschaft nichts zu gewinnen sei. Dann erzählte sie ihm von dem Besuch der Frau Hennebeau; darüber waren beide stolz, ohne es zu sagen.

»Kann man hinunterkommen?« fragte Catherine von der Treppe.

»Ja, ja; dein Vater trocknet sich ab.«

Das Mädchen hatte ihren Sonntagsstaat angelegt, ein altes Kleid aus blauem Popeline, in den Falten verblaßt und abgenützt. Auf dem Kopf trug sie ein einfaches Häubchen aus schwarzem Tüll.

»Schau, du hast dich angekleidet ... Wohin gehst du denn?«

»Ich gehe nach Montsou, um ein Band für meine Haube zu kaufen. Ich habe das alte weggerissen; es war zu schmutzig.«

»Hast du denn Geld?«

»Nein; die Mouquette hat versprochen, mir zehn Sous zu leihen.«

Die Mutter ließ sie ziehen; doch als Catherine schon bei der Türe war, rief sie ihr nach:
»Höre einmal, kaufe dein Band nicht bei Maigrat ... Er würde dich betrügen und glauben, daß wir im Golde wühlen.«
Der Vater, der sich vor dem Feuer niedergehockt hatte, um Nacken und Achselhöhlen rascher zu trocknen, begnügte sich hinzuzufügen:
»Lauf nachts nicht auf den Straßen herum.«
Am Nachmittag arbeitete Maheu in seinem Garten. Er hatte schon Kartoffeln, Bohnen und Erbsen gesät; auch hatte er gestern Kohl und Lattich zum Setzen bereitgestellt. Dieser Winkel des Gartens versorgte sie mit Gemüse, Kartoffeln ausgenommen, von denen sie nie genug haben konnten. Er war im Gartenbau sehr bewandert und zog selbst Artischocken, was von den Nachbarn als Großtuerei angesehen wurde. Eben als er sich anschickte, die Pflanzen zu versetzen, erschien Levaque, seine Pfeife rauchend, in seinem Gärtchen und betrachtete die Salatpflänzchen, die Bouteloup am Morgen gesetzt hatte; denn hätte nicht der Untermieter in dem Gärtchen etwas gearbeitet, dann wäre es von Brennesseln überwuchert worden. Die beiden begannen ein Gespräch über den Gartenzaun hinweg. Levaque, noch müde und aufgeregt von den Prügeln, die er seiner Frau verabreicht hatte, machte vergebliche Anstrengungen, Maheu in die Schenke Rasseneurs zu locken. Was, erschrickt er vor einem Schoppen? Man wird eine Kegelpartie machen, dann mit den Kameraden eine Weile herumstreichen und schließlich zum Abendessen heimkehren. So lebten die Arbeiter, wenn sie die Grube verlassen hatten. Es war gewiß nichts Übles dabei; aber Maheu weigerte sich; er müsse seine Pflanzen versetzen, sagte er. Im Grunde weigerte er sich aus kluger Vorsicht; er wollte nicht einen Heller von dem verlangen, was seinem Weibe von den hundert Sous noch übriggeblieben war.

Es schlug fünf Uhr, als Frau Pierron kam, um zu fragen, ob ihre Lydie nicht mit Jeanlin fortgegangen wäre. Levaque erwiderte, es müsse ungefähr so sein, da Bébert gleichfalls verschwunden sei und diese drei immer zusammen ihre schlimmen Streiche machten. Nachdem Maheu sie beruhigt hatte, indem er erzählte, daß die Kinder Löwenzahn zum Abendsalat suchten, begannen er und der Nachbar in gutmütiger Laune die Frau Pierron zu necken. Sie erzürnte sich, ging aber nicht weg, im Grunde gekitzelt durch die derben Worte, daß sie in kreischendes Gelächter ausbrach und sich den Bauch hielt. Ihr kam eine magere Frau zu Hilfe, deren stammelnder Zorn dem Glucksen einer Henne glich. Auch andere Hausfrauen erschienen vor der Tür und zeigten gelinde Entrüstung. Jetzt war auch die Schule aus; die Kinder lungerten auf dem Straßenpflaster herum; es war ein Gewimmel von kleinen Wesen, die da zwitschernd sich am Boden wälzten und balgten, während die Väter, die nicht in der Schenke waren, in Gruppen zu drei und vier auf ihren Fersen hockten wie in der Grube und im Schatten einer Mauer ihre Pfeifen rauchten. Endlich entfernte sich Frau Pierron wütend, als Levaque sie betasten wollte, um zu sehen, ob sie feste Schenkel hätte; er selbst entschloß sich, allein zu Rasseneur zu gehen, während Maheu fortfuhr, seinen Salat zu pflanzen.

Das Abenddunkel brach plötzlich herein; Frau Maheu zündete die Lampe an, verdrossen darüber, daß weder die Tochter noch die Jungen heimkehrten. Sie hätte wetten können, daß es nie gelingen würde, zusammen die einzige Mahlzeit einzunehmen, bei der man sich rings um den Tisch hätte versammeln können. Dann wieder war es der Löwenzahnsalat, auf den sie wartete. Was konnte denn der Schlingel in der pechfinsteren Nacht noch pflücken? Ein Salat wäre eine so schöne Zutat zu dem Gemüse, das sie bereitete, eine Mischung aus Kartoffeln, Sauerampfer, Lauch und geschmorten Zwie-

beln. Das ganze Haus war erfüllt von dem Wohlgeruch geschmorter Zwiebeln, einem Geruch, der so schnell ranzig wird und mit seinem schlechten Dunst durch die Ziegelwände der Arbeiterhäuser dringt, daß man schon weit draußen im Freien die armen Küchen des Arbeiterdorfes wahrnehmen kann.
Als Maheu bei Einbruch der Dunkelheit den Garten verließ, schlief er sogleich ein, den Kopf an die Wand gelehnt. Sobald er des Abends sich setzte, schlief er auch ein. Die Kuckucksuhr schlug die siebente Abendstunde; Henri und Lénore zerbrachen einen Teller, weil sie es sich in den Kopf gesetzt hatten, Alzire beim Tischdecken zu helfen. Jetzt kam Vater Bonnemort als erster nach Hause; er wollte rasch essen, um zur Grube zurückzukehren. Frau Maheu weckte ihren Mann.
»Laß uns essen; um so schlimmer für die Rangen! … Sie sind groß genug, um den Weg nach Hause zu finden. Es ist nur schade, daß wir keinen Salat haben.«

V

Etienne war, nachdem er in Rasseneurs Herberge eine Suppe gegessen, in die ihm angewiesene schmale Dachkammer hinaufgegangen und todmüde, völlig angekleidet, auf sein Bett gesunken. In zwei Tagen hatte er nicht vier Stunden geschlafen. Als er in der Abenddämmerung erwachte, war er eine Weile betäubt und erkannte den Ort nicht, wo er sich befand. Er fühlte ein solches Unbehagen, eine solche Schwere des Kopfes, daß er sich mühsam aufrichtete, mit der Absicht, ein wenig frische Luft zu schöpfen, bevor er sein Abendessen einnahm und sein Nachtlager aufsuchte.
Das Wetter draußen heiterte sich immer mehr auf; der tiefschwarze Himmel bedeckte sich mit kupferroten Wol-

ken, die mit einem jener lang andauernden Regen beladen waren, wie sie in Nordfrankreich häufig sind. Der Regen kündete durch die feuchte Wärme der Luft seine Nähe an. Die Nacht brach schnell herein und hüllte die verschwimmenden Fernen der Ebene in tiefe Finsternis. Über diesem unermeßlichen Meer von rötlichen Feldern schien der tief hängende Himmel in schwarzem Staube zu zerfließen, und nicht der leiseste Windhauch belebte die nächtliche Finsternis. Es war die stille, fahle Trübsal eines Kirchhofes.

Etienne ging geradeaus vor sich hin; er hatte keinen anderen Gedanken, als sein Fieber abzuschütteln. Als er am Voreux-Schacht vorbeikam, der dunkel in der Mulde lag und wo noch keine Lampe angezündet war, blieb er einen Augenblick stehen, um den Auszug der Tagarbeiter anzusehen. Ohne Zweifel war sechs Uhr vorüber; Karrenschieber, Verlader, Pferdewärter kamen gruppenweise heraus, dazwischen auch Mädchen vom Siebwerk, deren undeutliche, heitere Gestalten sich im Dunkel entfernten.

Zuerst erschien die Brulé mit ihrem Schwiegersohn Pierron. Sie zankte ihn aus, weil er sie in einem Streit, den sie mit einem Aufseher wegen ihrer Arbeitsleistung gehabt, nicht unterstützt hatte.

»Geh, du bist ein Schwächling! Wie kann ein Mann sich so ducken vor einem dieser Saukerle, die uns das Mark aus den Knochen saugen!«

Pierron folgte ihr ruhig, ohne zu antworten. Schließlich sagte er:

»Hätte ich vielleicht Händel mit ihm anfangen sollen? Ich danke für solchen Verdruß.«

»Ja, halte ihm nur den Hintern hin!« schrie sie. »Herrgott!, wenn meine Tochter mir gehorcht hätte!... Ist es nicht genug, daß sie mir den Mann getötet; soll ich mich bei ihnen etwa noch bedanken? Nein, wahrhaftig, wenn ich ein Mann wäre, ich würde sie schinden!«

Ihre Stimmen verloren sich. Etienne sah die Alte sich

entfernen mit ihrer Adlernase, ihrem fliegenden, weißen Haar, ihren mageren, langen Armen, die wütend herumfuchtelten. Doch jetzt wurde er auf das Gespräch von zwei jungen Leuten aufmerksam, die hinter ihm kamen. Er erkannte Zacharie, der hier auf seinen Freund Mouquet gewartet hatte.

»Bist du da?« fragte Mouquet. »Wir wollen rasch essen und dann zum ›Vulkan‹ gehen.«

»Sogleich; ich habe zu tun.«

»Was denn?«

Er wandte sich um und bemerkte Philomène, die aus dem Siebwerk kam. Er schien zu begreifen.

»Ach, ist es das?... Nun, ich gehe voraus.«

»Ja, ich komme nach.«

Als Mouquet ging, begegnete er seinem Vater, dem alten Mouque, der ebenfalls aus dem Voreux-Schacht kam; die beiden Männer sagten einander gute Nacht, dann ging der Sohn auf der Straße fort, während der Vater längs des Kanals dahineilte.

Zacharie drängte Philomène – trotz ihres Widerstrebens – nach demselben abgelegenen Weg. Sie habe Eile, sagte sie; ein anderes Mal. Und nun zankten sie wie zwei Leute, die seit langer Zeit zusammenlebten. Es sei gar nicht ergötzlich, klagte sie, sich nur außer dem Hause zu treffen, besonders im Winter, wenn die Erde naß sei und man sich nicht in die Getreidefelder legen könne.

»Nein, nicht davon ist die Rede«, brummte er ungeduldig. »Ich habe dir etwas zu sagen.«

Er hielt sie umschlungen und führte sie mit sanfter Gewalt hinweg. Dann, als sie sich hinter dem Schutthügel befanden, wollte er wissen, ob sie Geld habe.

»Wozu denn?« fragte sie.

Er geriet in Verwirrung und redete etwas von einer Schuld von zwei Franken, die seiner Familie schwere Sorgen verursachte.

»Schweig... Ich habe Mouquet gesehen; du gehst wieder in den ›Vulkan‹, wo es diese schmutzigen Chansonetten gibt.«

Er verteidigte sich, schlug sich an die Brust, gab sein Ehrenwort. Dann, als sie zu alldem nur mit den Achseln zuckte, sagte er plötzlich:
»Komm mit uns, wenn es dir Vergnügen macht... Du siehst, daß du mir nicht im Wege bist. Was will ich denn auch mit diesen Chansonetten?... Kommst du?«
»Und der Kleine?« erwiderte sie. »Mit einem Kinde, das ewig heult, kann man sich nicht rühren ... Laß mich nach Hause gehen; ich wette, daß man dort vor Geschrei sein eigenes Wort nicht mehr hört.«
Jedoch er hielt sie zurück und bat sie, sie möge Vernunft annehmen; es sei nur, um nicht vor Mouquet als Tölpel zu erscheinen, dem er mitzutun versprochen hatte. Ein Mann könne nicht jeden Abend mit den Hühnern schlafen gehen. Endlich überredet, schlug sie einen Schoß ihres Leibchens zurück, trennte mit dem Nagel die Naht auf und zog aus dem Saum mehrere Zehn-Sous-Stücke hervor. Aus Furcht, von ihrer Mutter bestohlen zu werden, verbarg sie den Lohn der Überstunden, die sie in der Grube machte.
»Ich habe fünf, wie du siehst, und will dir drei geben...«, sagte sie. »Doch mußt du mir schwören, deine Mutter zu bestimmen, daß wir heiraten können. Ich habe dieses Leben im Freien satt. Überdies wirft mir meine Mutter jeden Bissen vor, den ich esse... Schwöre, schwöre zuerst!«
Sie sprach zu ihm mit der weichen Stimme eines großen, kränklichen, leidenschaftslosen Mädchens, das seines Daseins überdrüssig geworden. Er schwor und beteuerte, die Sache sei gelobt und daher heilig; dann, als er seine drei Geldstücke hatte, küßte er Philomène, kitzelte sie, brachte sie zum Lachen, und er wäre bis zum Ende gegangen, in diesem Winkel des Schutthügels, der ihr Winterzimmer war, wenn sie ihm nicht wiederholt hätte, daß sie nicht wolle, weil es ihr so kein Vergnügen machen würde. Sie kehrte allein nach dem Arbeiterdorfe

zurück, während er querfeldein ging, um seinen Kameraden einzuholen.
Etienne war ihnen mechanisch aus der Ferne gefolgt, ohne zu begreifen, in dem Glauben, es handle sich um ein Stelldichein. Die Mädchen in den Bergwerken waren frühzeitig reif; und er erinnerte sich der Arbeiterinnen von Lille, denen er hinter den Fabriken auflauerte, dieser Schwärme von Mädchen, die in der Verlassenheit ihres Elends schon mit vierzehn Jahren verdorben waren. Aber eine andere Begegnung überraschte ihn noch mehr, und er hielt auf seinem Wege inne.
Am Fuße des Hügels, in einem schluchtartigen Spalt, voll mit Steinen, die aus der Höhe herniedergekollert waren, saß der kleine Jeanlin und zankte sehr heftig mit Lydie und Bébert, die rechts und links von ihm saßen.
»Was sagt ihr?... Ich werde jedem von euch noch eine Ohrfeige geben, wenn ihr nicht zufrieden seid... Von wem ist der Einfall?«
In der Tat hatte Jeanlin den Einfall gehabt. Nachdem er sich mit den beiden anderen eine Stunde lang in den Feldern längs des Kanals herumgetrieben und Löwenzahn gesammelt hatte, kam er angesichts des Salathaufens auf den Gedanken, daß man zu Hause unmöglich so viel Salat essen könnte; und anstatt nach dem Arbeiterdorf zurückzukehren, war er nach Montsou gegangen, hatte Bébert als Aufpasser bei sich behalten und Lydie genötigt, bei den Bürgersleuten zu läuten und Löwenzahnsalat zum Kauf anzubieten. Er war in solchen Dingen erfahren und sagte, die Mädchen könnten alles verkaufen, was sie wollten. Im Eifer dieses Handels wurde der ganze Bund Salat verkauft, die Kleine brachte elf Sous zusammen, und nun wollten sie den Erlös teilen.
»Das ist ungerecht«, erklärte Bébert. »Das Geld muß in drei gleiche Teile geteilt werden... Wenn du sieben Sous für dich behältst, entfallen für uns beide nur je zwei Sous.«

»Warum ist das ungerecht?« entgegnete Jeanlin wütend. »Vor allem habe ich mehr Salat gepflückt.«

Gewöhnlich unterwarf sich der andere mit furchtsamer Bewunderung und einer Leichtgläubigkeit, die ihn stets zum Opfer werden ließ. Obgleich älter und stärker als Jeanlin, ließ er sich von diesem sogar ohrfeigen. Allein das viele Geld reizte ihn diesmal zum Widerstand.

»Nicht wahr, Lydie, er betrügt uns?... Wenn er nicht gleichmäßig teilen will, sagen wir es seiner Mutter.«

Als Jeanlin dies hörte, streckte er dem andern die Faust unter die Nase.

»Sag das noch einmal! Ich werde zu euch gehen und erzählen, daß ihr den Salat, der für die Mutter bestimmt war, verkauft habt... Und dann, du Tölpel, kann man denn elf in drei gleiche Teile aufteilen? Versuche es einmal, wenn du gar so schlau bist... Da hat jeder von euch seine zwei Sous. Nehmt sie rasch, sonst stecke ich sie wieder ein.«

Bébert war besiegt und nahm die zwei Sous. Die zitternde Lydie hatte nichts gesagt; sie fühlte vor Jeanlin die Angst und Zärtlichkeit einer geprügelten kleinen Frau. Als er ihr die zwei Sous reichte, streckte sie mit einem unterwürfigen Lachen die Hand aus. Allein, er überlegte sich plötzlich die Sache.

»Was willst du mit dem vielen Geld anfangen?« fragte er. »Deine Mutter wird es dir sicher abnehmen, wenn du es nicht zu verstecken weißt... Es wird besser sein, ich behalte es bei mir. Wenn du Geld brauchst, kannst du es von mir verlangen.«

Und die neun Sous verschwanden. Um sie stumm zu machen, hatte er sie lachend umfangen und wälzte sich mit ihr am Boden. Sie war sein Frauchen. Sie versuchten in den dunklen Winkeln die Liebe, die sie zu Hause hinter den dünnen Wänden und zwischen den Türritzen sahen und hörten. Sie wußten alles, aber sie konnten noch nicht, denn sie waren zu jung und tasteten daher nur und spielten stundenlang wie lasterhafte junge Hunde. Er nannte dies »Vater und Mutter spielen«, und wenn er sie hinwegführte, lief sie mit ihm, und ließ ihn gewähren, mit dem köstlichen Schauer des Instinktes, oft verletzt, aber immer wieder nachgebend, in Erwartung irgendeiner Sache, die nicht kam.

Da Bébert zu solchen Vergnügungen nicht hinzugezogen wurde, vielmehr Kopfnüsse erhielt, wenn er Lydie betasten wollte, war er verlegen und wütend, wenn die anderen zwei sich herzten, was sie völlig ungezwungen in seiner Gegenwart taten. Darum hatte er nur einen Gedanken, sie zu erschrecken und zu stören, indem er ihnen zurief, daß man sie sähe.

»Aufgepaßt! Ein Mann ist da, der zuschaut!«

Diesmal log er nicht; es war Etienne, der sich entschloß, seinen Weg fortzusetzen. Die Kinder sprangen empor und liefen davon; er selbst ging weiter, um den Hügel herum und dann den Kanal entlang, erheitert durch den Schrecken dieser kleinen Schelme. Gewiß, es war zu früh in ihrem Alter; allein sie sahen und hörten so viele erregende Sachen, daß man sie hätte binden müssen, um sie zurückzuhalten. Im Grunde war Etienne jedoch traurig.

Hundert Schritte weiter stieß er wieder auf Liebespaare. Er hatte Réquillart erreicht, und hier, rings um das alte verfallene Bergwerk, strichen alle Mädchen von Montsou mit ihren Liebhabern herum. Es war das gemeinsame Stelldichein, dieser entlegene und öde Winkel, wo die Schlepperinnen ihr erstes Kind machten, wenn sie nicht den Mut hatten, es in dem Schuppen zu tun. Die zerbrochenen Palisaden öffneten jedem einen Zugang zu dem ehemaligen Werkhof, aus dem jetzt ein wüstes Feld geworden war, voll mit den Trümmern zweier eingestürzter Schuppen und mit dem Gerippe der großen, stehengebliebenen Gerüste. Außer Gebrauch gesetzte Karren standen umher; alte, halbverfaulte Hölzer waren aufgeschichtet, während üppiges Wachstum auf diesem Fleck Erde wucherte, dichtes Gras sich ausbreitete und kräftige, junge Bäume in die Höhe schossen. Jedes Mädchen war hier gleichsam zu Hause; es gab abseits gelegene Winkel für alle; ihre Liebsten brachten sie auf den Balken hinter den Hölzern, in den Karren zu Fall. Man suchte Unterschlupf, wo man konnte, und kümmerte sich nicht um die anderen. Und es schien, als wäre dieses Treiben rings um die erloschene Maschine, neben dem Schacht, der es müde geworden, die Kohle auszuspeien, eine Vergeltung der Schöpfung, die freie Liebe, die, vom Instinkt getrieben, Kinder in die Leiber dieser halbwüchsigen Mädchen pflanzte.

Indes wohnte ein Wächter da, der alte Mouque, dem die Gesellschaft zwei fast unter dem niedergerissenen Schachtturm gelegene Stuben überließ, die der stets zu erwartende Einsturz der letzten Balken zu zermalmen drohte. Er hatte einen Teil der Decke stützen müssen und lebte da sehr behaglich mit seiner Familie, er und Mouquet in der einen Stube, die Mouquette in der anderen. Da es in den Fenstern keine einzige Scheibe mehr gab, hatte er sie mit Brettern vernagelt; dies machte die Stuben dunkel, aber auch recht warm. Im übrigen hatte der Wächter nichts zu bewachen; er versorgte die Pferde im Voreux-Schacht und kümmerte sich nicht um die Ruinen der Réquillart-Grube, deren Einfahrt man nur offen ließ, um sie als Lüftungsschacht für die benachbarte Grube zu benützen.

So verlebte Vater Mouque hier seine alten Tage, umgeben von Liebeshändeln. Schon mit zehn Jahren hatte die Mouquette es in allen Winkeln dieser Trümmer getrieben, nicht als scheues, grünes Gassenmädchen wie Lydie, sondern als eine schon entwickelte Dirne, gut für bärtige Jungen. Der Vater konnte nichts dagegen einwenden, denn sie betrug sich ihm gegenüber mit geziemender Achtung und brachte niemals einen Liebhaber ins Haus. Er war übrigens an diese Dinge gewöhnt. Wenn er nach dem Voreux-Schacht ging oder von dort zurückkehrte, sooft er eben sein Nest verließ, konnte er keinen Schritt tun, ohne auf ein Pärchen zu stoßen, das im Grase lag. Noch schlimmer war es, wenn er am andern Ende des eingefriedeten Raumes Holz sammeln wollte, um seine Suppe zu kochen, oder Kleeblätter für seine Kaninchen; dann sah er alle Mädchen von Montsou nacheinander die lüsternen Nasen heben, und er mußte aufpassen, um nicht über die Beine zu straucheln, die sich bis hart an die Pfade streckten. Allmählich wurde durch solche Begegnungen niemand mehr gestört, weder er, der nur acht hatte, daß er nicht fiel, noch die Dirnen, die er ruhig ihre Sache beenden ließ, indem er sich still davonschlich, als wackerer Mann, den die Dinge der Natur ruhig ließen. Allein, wie sie ihn kannten, hatte auch er sie schließlich kennengelernt, wie man die kecken Elstern kennenlernt, die auf den Obstbäumen des Gartens Unzucht treiben. Ach, wie diese Jugend sich gütlich tat! Zuweilen nickte er mit stillem Bedauern und wandte den Kopf von den Dirnen weg, die in ihren dunklen Winkeln gar zu laut schnauften. Nur eine Sache verdroß ihn: zwei Verliebte hatten die üble Gewohnheit, sich hinter der Wand seiner Stube zu umarmen. Nicht als ob dies ihn am Schlafen hinderte; aber sie stießen so heftig an, daß auf die Dauer die Wand zu stark erschüttert wurde.

Jeden Abend erhielt der alte Mouque den Besuch seines Freundes, des Vaters Bonnemort, der vor dem Abendessen regelmäßig denselben Spaziergang machte. Die beiden Alten redeten nicht viel, tauschten kaum zehn Worte während der halben Stunde, die sie zusammen verbrachten. Aber es freute sie, sich so zusammenzufinden, an die Dinge von einst zu denken, die sie gemeinsam neu durchlebten, ohne davon zu reden. In Réquillart setzten sie sich auf einen Balken, Seite an Seite, von Zeit zu Zeit ein Wort fallenlassend, dann wieder in ihre Träumereien versinkend, die Blicke zu Boden gesenkt. Ohne Zweifel verjüngten sie sich. Rings um sie her schmusten die Burschen mit ihren Schätzen; es gab ein Geräusch von Küssen und Lachen, ein warmer Weibergeruch stieg aus dem zerdrückten, frischen Grase auf. Hinter dieser Grube hatte vor dreiundvierzig Jahren Vater Bonnemort sich sein Weib geholt, eine Schlepperin, die so schwächlich war, daß er sie in einen Karren setzte, um sie bequem umarmen zu können. Ach, das war schon lange her! Und die beiden Alten schüttelten die Köpfe und trennten sich endlich, oft ohne sich auch nur gute Nacht zu sagen.

Diesen Abend jedoch, eben als Etienne ankam, sagte der Vater Bonnemort, während er sich vom Balken erhob, um heimzukehren, zu seinem Kameraden Mouque:

»Gute Nacht, Alter!... Sag, hast du die ›Brenzlige‹ gekannt?«

Mouque blieb einen Augenblick stumm und zuckte nur mit den Achseln; dann sagte er, ins Haus zurückkehrend:

»Gute Nacht! Gute Nacht, Alter!«

Jetzt ließ sich Etienne auf dem Balken nieder. Seine Traurigkeit wuchs, ohne daß er wußte weshalb. Der Greis, dessen Rücken er verschwinden sah, erinnerte ihn an seine Ankunft am Morgen und an die vielen Worte, welche der starke Wind dem stillen Alten erpreßt hatte. Wieviel Elend! Und alle diese Mädchen, die, von der Arbeit erschöpft, noch dumm genug waren, des Abends Kinder zu machen, Geschöpfe in die Welt zu setzen, deren Schicksal harte Arbeit und Elend war! Das würde doch nie ein Ende nehmen, wenn sie sich immer wieder die Leiber mit Hungerleidern anfüllen ließen. Sollten sie sich nicht lieber den Bauch verstopfen und die Schenkel zusammenpressen wie bei der Annäherung eines Unglücks? Vielleicht hing er nur deshalb solchen trüben Gedanken nach, weil es ihn verdroß, allein zu sein, während die anderen jetzt zu zwei und zwei ihres Weges gingen und sich vergnügten. Das milde Wetter drückte auf ihn; einzelne Regentropfen fielen auf seine fiebernden

Hände. Ja, all diese Mädchen fielen der Leidenschaft zum Opfer; sie war stärker als die Vernunft.

Wie Etienne im Dunkel unbeweglich dasaß, kam eben ein Paar von Montsou her an ihm vorbei, ohne ihn zu bemerken und betrat das wüste Feld des Réquillart-Schachtes. Das Mädchen, sicherlich noch eine Jungfrau, wehrte sich und weigerte sich und bat leise um Schonung, während der Bursche sie wortlos nach einem dunklen Schuppen drängte, der noch aufrecht stand und unter dem altes, schimmeliges Tauwerk auf einem Haufen lag. Es war Catherine mit dem langen Chaval. Etienne hatte sie nicht erkannt, als sie vorübergingen, und er folgte ihnen mit den Augen, er lauerte auf das Ende der Geschichte, von einer Sinnlichkeit ergriffen, die seinen Gedanken eine andere Richtung gab. Warum hätte er sich einmengen sollen? Wenn die Mädchen sich weigern, wollen sie genötigt werden.

Das Dorf der Zweihundertvierzig verlassend, war Catherine immer auf der Straße nach Montsou gegangen. Seit ihrem zehnten Jahr, seit sie ihren Lebensunterhalt in der Grube erwarb, streifte sie so in der Gegend umher, in der vollen Freiheit, welche die Grubenarbeiterfamilien genossen; und wenn sie mit fünfzehn Jahren noch kein Mann gehabt, so hatte sie dies dem späten Erwachen ihrer Mannbarkeit zu danken, deren Krise sie noch erwartete. Am Werkhof angekommen, ging sie quer über die Straße und trat bei einer Wäscherin ein, wo sie die Mouquette sicher zu finden hoffte; denn diese lebte da in Gesellschaft von Weibern, die von morgens bis abends herumsaßen und sich gegenseitig den Kaffee zahlten. Allein zu ihrem Verdruß mußte sie erfahren, daß die Mouquette der Gesellschaft Kaffee spendiert hatte und ihr die versprochenen zehn Sous nicht leihen konnte. Vergebens bot man ihr, um sie zu trösten, ein Glas heißen Kaffee an. Sie wollte auch nicht, daß ihre Kameradin von einem anderen Frauenzimmer die zehn Sous entlehne. Eine Regung der Sparsamkeit kam über sie, eine

Art abergläubischer Furcht, die Gewißheit, daß das Band, wenn sie es jetzt kaufte, ihr Unglück bringen würde.
Sie beeilte sich, den Heimweg einzuschlagen und war schon bei den letzten Häusern von Montsou, als ein Mann, der auf der Schwelle der Schenke Piquettes stand, sie anrief:
»He, Catherine, wohin so geschwind?«
Es war der lange Chaval. Sie war verdrossen über diese Begegnung, nicht weil er ihr mißfiel, sondern weil sie nicht zum Spaßen gelaunt war.
»Komm herein, trink etwas... Ein Glas Südwein – willst du?«
Sie lehnte freundlich ab; die Nacht sei da, man erwarte sie zu Hause. Er war nähergekommen, bis mitten auf die Straße und bat sie mit leiser Stimme. Er trug sich schon lange mit der Absicht, sie zu bestimmen, auf sein Zimmer zu kommen, das er im ersten Stockwerk der Schenke Piquettes bewohnte, ein schönes Zimmer mit einem so großen Bett, daß ein Ehepaar darin Platz gefunden hätte. Empfand sie denn Furcht vor ihm, daß sie sich weigerte? fragte er. Sie lachte gutmütig und erwiderte, sie werde in der Woche kommen, in der keine Kinder wachsen. Dann, von einer Sache zur andern kommend, sie wußte nicht wie, sprach sie von dem blauen Band, das sie nicht hatte kaufen können.
»Ich will dir eines kaufen«, rief er.
Sie errötete, weil sie fühlte, daß sie gut daran täte, weiter abzulehnen; im Grunde wurde sie aber von dem Verlangen geplagt, ihr Band zu haben. Sie kam wieder auf den Einfall einer Anleihe und nahm schließlich sein Anerbieten an, unter der Bedingung, daß sie ihm wiedergeben würde, was er für sie ausgeben sollte. Das gab erneut Anlaß zu Scherzen; sie kamen darin überein, daß sie ihm das Geld zurückerstatten würde, wenn sie nicht mit ihm schliefe. Eine neue Schwierigkeit ergab sich, als er davon sprach, daß sie das Band bei Maigrat kaufen sollte.

»Nein, nicht bei Maigrat; die Mutter hat es mir verboten.«

»Laß das; man muß nicht immer erzählen, wohin man geht... Maigrat hat die schönsten Bänder in Montsou.«

Als Maigrat den langen Chaval und Catherine in seinen Laden eintreten sah wie zwei Verliebte, die ihr Hochzeitsgeschenk kaufen, wurde er sehr rot und zeigte seine blauen Bänder mit der Wut eines Menschen, den man verhöhnt. Dann, als er die jungen Leute bedient hatte, stellte er sich auf die Schwelle, um ihnen nachzuschauen, wie sie im Abenddunkel sich entfernten; und als seine Frau kam, um Aufklärung zu verlangen, fiel er mit Schimpfreden über sie her und schrie, daß eines Tages die schmutzige Welt, die ihm den Staub von den Füßen lecken müßte, für ihren Undank büßen sollte.

Der lange Chaval gab auf der Straße Catherine das Geleit. Mit hängenden Armen ging er neben ihr her, aber er stieß sie an die Hüfte und führte sie so, ohne es merken zu lassen. Plötzlich wurde sie gewahr, daß er sie genötigt hatte, die Landstraße zu verlassen und daß sie zusammen den schmalen Weg nach Réquillart einschlugen. Doch sie fand nicht Zeit, darüber zu grollen. Er hatte sie schon um den Leib gefaßt und betäubte sie mit einer Flut von Schmeichelworten. Sie sei doch einfältig, sich zu fürchten; wollte er ihr denn Schlimmes zufügen, der lieben Kleinen, die so fein war wie Seide und zart zum Fressen! Und er blies ihr hinter das Ohr, in den Hals, daß eine Gänsehaut sie überlief. Ihr versagte die Stimme, sie fand keine Worte mehr. Es schien wirklich, als ob er sie liebte. Gerade letzten Sonnabend, nachdem sie ihre Kerze ausgelöscht, hatte sie sich gefragt, was geschehen würde, wenn er sie so ergriffe; dann war sie eingeschlafen und hatte geträumt, daß sie, entwaffnet durch das Vergnügen, nichts mehr dagegen eingewendet habe. Warum empfand sie heute bei demselben Gedanken ein Widerstreben wie ein Bedauern? Während er mit seinem Schnurrbart den

Nacken kitzelte, so lieblich, daß sie dabei die Augen schloß, zog im Dunkel ihrer geschlossenen Augenlider der Schatten eines anderen Mannes vorüber, des jungen Menschen, den sie am Morgen gesehen.

Plötzlich blickte Catherine um sich. Chaval hatte sie unter die Ruinen von Réquillart geführt, und sie schauderte zurück vor der Finsternis des eingestürzten Schuppens.

»O nein, nein!« murmelte sie. »Laß mich los, ich bitte dich!«

Die Furcht vor dem Mann raubte ihr die Stimme, jene Furcht, die in instinktmäßiger Abwehr die Muskeln erstarren läßt, selbst wenn die Mädchen wollen und die überwältigende Annäherung des Mannes fühlen. Ihre Jungfräulichkeit, die doch nichts mehr zu lernen hatte, war entsetzt, als drohte ihr ein Streich, eine Verwundung, deren noch unbekannten Schmerz sie fürchtete.

»Nein, nein, ich will nicht! Ich sage dir, daß ich zu jung bin... Später, gewiß, wenn ich reif bin...«

Darauf entgegnete er brummend:

»Närrchen, dann hast du doch nichts zu fürchten... Was liegt daran?«

Doch er redete nichts mehr. Er hatte sie fest umschlungen und drängte sie unter den Schuppen. Und sie fiel rücklings auf das alte Tauwerk hin, gab den Widerstand auf und erlag dem Manne noch vor dem Alter, mit jener ererbten Unterwerfung, die die Mädchen ihres Stammes schon im Kindesalter unter Gottes freiem Himmel sich hinwerfen ließ. Ihr angstvolles Stammeln erlosch; man hörte nichts mehr als das heiße Keuchen des Mannes.

Etienne hatte gelauscht, ohne sich zu rühren. Wieder eine, die zu Fall kam! Und nun, da er die Komödie gesehen, erhob er sich, erfüllt von Mißbehagen, Eifersucht und Zorn. Er tat sich keinen Zwang mehr an und schritt über die Balken hinweg; denn diese beiden waren jetzt zu sehr beschäftigt, um sich stören zu lassen. Er war jedoch sehr überrascht, als er nach etwa hundert Schritten auf der Straße sich umwendend sah, daß sie schon auf den

Beinen waren und gleich ihm den Weg nach dem Arbeiterdorf einzuschlagen schienen. Der Mann hatte das Mädchen wieder um den Leib gefaßt, drückte sie mit dankbarer Geste an sich und redete eifrig zu ihr; sie aber schien Eile zu haben und wollte rasch heimkehren, hauptsächlich wegen der Verspätung verdrossen.
Da wurde Etienne von dem Verlangen gequält, ihre Gesichter zu sehen. Das war albern, und er beschleunigte seine Schritte, um der Versuchung nicht zu erliegen. Doch seine Füße verlangsamten ihren Gang von selbst; bei der ersten Laterne verbarg er sich im Schatten. Er war starr vor Betroffenheit, als er in den Vorbeikommenden Catherine und den langen Chaval erkannte. Er zweifelte zuerst. War sie es wirklich, dieses Mädchen im blauen Kleid, mit dem Häubchen, war dies der Junge, den er am Morgen mit Hose und Leinwandkappe bekleidet gesehen hatte? Deshalb hatte sie sich an ihn schmiegen können, ohne daß er in ihr das Mädchen erkannte. Doch er zweifelte nicht länger; er hatte ihre Augen wieder gesehen, die grünliche Durchsichtigkeit dieser klaren, tiefen Quelle. Welche Hure! Und er fühlte ein wütendes Bedürfnis, sich an ihr zu rächen, ohne Beweggrund, bloß aus Verachtung. Sie mißfiel ihm übrigens in ihrer Mädchenkleidung; er fand sie abscheulich.
Catherine und Chaval waren langsam vorübergegangen. Sie ahnten nicht, daß sie beobachtet wurden; er hielt sie einen Augenblick zurück, um sie hinter das Ohr zu küssen, während sie stehenblieb, um seine Liebkosungen zu genießen, die sie lachen machten. Etienne war zurückgeblieben, mußte ihnen aber dennoch folgen, ärgerlich darüber, daß sie ihm den Weg verstellten, und dennoch diese Dinge mitansehend, die ihn erbitterten. So war es denn wahr, was sie ihm am Morgen geschworen hatte: sie war noch niemandes Geliebte; und er hatte es nicht geglaubt, hatte sich ihrer beraubt, um nicht so zu tun wie der andere, und hatte sie sich vor der Nase wegfischen lassen und hatte die Albernheit so weit getrieben,

sich in unflätiger Weise an ihrem Anblick zu erheitern. Das raubte ihm fast die Sinne; er ballte die Fäuste, er hätte diesen Mann zerreißen können in einem jener Anfälle von Mordgier, in dem ihm rot vor den Augen wurde.

Der Spaziergang dauerte eine halbe Stunde. Als Chaval und Catherine sich dem Voreux-Schacht näherten, verlangsamten sie ihren Gang noch mehr, blieben zweimal am Kanal, dreimal am Fuße des Schutthügels stehen, in heiterem, zärtlichem Getändel sich vergessend. Auch Etienne mußte jedesmal stehenbleiben, damit sie ihn nicht bemerkten. Er bezwang sich, um nichts mehr als ein brutales Bedauern zu fühlen; das würde ihm eine Lehre sein, wie er künftig aus Anständigkeit die Mädchen schonen sollte. Dann, jenseits des Voreux-Schachtes, wo er endlich unbehindert zu Rasseneur hätte zurückkehren können, um sein Abendessen einzunehmen, folgte er ihnen noch immer, begleitete sie zum Dorf, blieb da eine Viertelstunde im Schatten verborgen stehen und wartete, bis Chaval endlich Catherine heimkehren ließ. Und als er sich vergewissert hatte, daß sie nicht mehr beisammen waren, nahm er seinen Gang wieder auf, wanderte sehr weit auf die Straße nach Marchiennes hinaus, an nichts denkend, zu gedrückt und zu traurig, um sich in seinem Zimmer einzuschließen.

Erst eine Stunde später, gegen neun Uhr, durchschritt Etienne wieder das Arbeiterdorf, da er sich sagte, er müsse zur Nacht essen und schlafen gehen, wenn er am nächsten Morgen um vier Uhr wieder wach sein wolle. Das Dorf schlief schon, ganz schwarz in der nächtlichen Finsternis. Kein Lichtschein sickerte durch die Fensterläden; die langen Häuserreihen waren in den tiefen Schlaf der schnarchenden Kasernen versunken. Nur eine Katze lief durch die leeren Gärten. Der Tag war zu Ende; die Arbeiter sanken vom Tisch ins Bett, erdrückt von Müdigkeit und Sättigung.

In der beleuchteten Wirtsstube Rasseneurs fand er einen

Maschinisten und zwei Tagarbeiter bei ihrem Bierschoppen. Bevor er eintrat, warf Etienne noch einen letzten Blick in die dunkle Nacht hinaus. Er fand dieselbe schwarze Unermeßlichkeit wie am Morgen, als er, vom Sturm gejagt, hier ankam. Vor ihm hockte der Voreux-Schacht, einem bösartigen Tiere gleichend, undeutlich, da und dort das winzige Licht einer Laterne zeigend. Die drei Kohlenfeuer brannten frei auf dem Schutthügel, blutroten Monden gleichend, von denen sich dann und wann die ins Ungemessene vergrößerten Schattenrisse des Vaters Bonnemort und seines gelben Gaules abhoben. Darüber hinaus, in der flachen Ebene, hatte der Schatten alles verschlungen: Montsou, Marchiennes, den Wald von Vandame, das weite Meer der Rüben- und Getreidefelder, wo nur mehr – fernen Leuchtfeuern gleich – die blauen Feuer der Hochöfen und die roten Feuer der Koksöfen glänzten. Immer dichter senkte die nächtliche Finsternis sich herab; jetzt fiel der Regen, langsam und ausdauernd, und hüllte die Nachtlandschaft in seine monotone Flut ein. Nur eine einzige Stimme blieb hörbar: der kräftige, langsame Atemzug der Schöpfpumpe, die Tag und Nacht im Gange blieb.

Dritter Teil

I

Am nächsten Tage und an den folgenden Tagen nahm Etienne seine Arbeit in der Grube wieder auf. Er gewöhnte sich daran; sein Leben regelte sich nach dieser Arbeit und nach den neuen Gebräuchen, welche ihm anfänglich so schwer erschienen. Ein einziges Ereignis unterbrach die Eintönigkeit der ersten zwei Wochen, ein vorübergehendes Fieber, das ihn nötigte, achtundvierzig Stunden hindurch das Bett zu hüten, mit glühendem Kopf und in seinem Delirium träumend, daß er seinen Karren im Bergwerk durch einen allzu engen Gang schob, wo er nicht hindurch konnte. Die Krankheit war ganz einfach die Folge der ersten Lehrtage, eine Übermüdung, von der er sich bald erholte.

Und es folgten Tage auf Tage, es verflossen Wochen und Monate. Gleich seinen Kameraden erhob er sich jetzt um drei Uhr morgens von seinem Lager, trank seinen Kaffee und nahm sein Butterbrot mit, welches Frau Rasseneur ihm schon am Abend vorbereitete. Wenn er sich am Morgen zur Grube begab, traf er regelmäßig den Vater Bonnemort, der schlafen ging, und wenn er am Nachmittag aus der Grube kam, begegnete er Bouteloup, der seine Arbeit aufnahm. Er trug die Kappe, die Hose, den Leinwandkittel; er fror und wärmte sich den Rücken an dem großen Ofen in der Baracke. Dann kam das Warten mit bloßen Füßen in dem Aufnahmesaal, durch den ein schneidender Luftzug strich. Doch die Maschine mit ihren mächtigen stählernen Gliedern und den Kupfersternen daran, die oben im Dunkel leuchtete, interessierte ihn nicht mehr, noch die Kabel, deren Lauf dem Fluge eines schwarzen, stummen Nachtvogels glich, noch die Aufzugskästen, die unablässig auf- und niederstiegen inmitten des Geräusches der Signale, der Befehlsrufe, des Donners der Karren, die über den aus gußeisernen Platten gefügten Fußboden geschoben wurden. Seine Lampe brannte schlecht; der verwünschte Lampenputzer mußte sie schlecht gereinigt haben; er schaute erst wieder auf, als Mouquet sie alle verlud und dabei den Mädchen zum Spaß auf den Hintern klatschte. Der Kasten löste sich aus den Ankern und fiel wie ein Stein in ein Loch, ohne daß Etienne auch nur den Kopf wandte, um zu sehen, wie das Tageslicht verschwand. Niemals dachte er an die Möglichkeit eines Sturzes; er fühlte sich heimisch, wenn er unter dem Sturzregen in die Finsternis hinabstieg. Sobald sie unten angekommen waren und Pierron mit seiner scheinheiligen Sanftmut sie ausgeladen hatte, gab es immer dasselbe Herdengetrappel, die einzelnen Werkgruppen begaben sich schleppenden Ganges zu ihren Schlägen. Er kannte jetzt schon die Stollen des Schachtes besser als die Gassen von Montsou, wußte, daß man da sich wenden, dort sich bücken, anderswo wieder einer Pfütze ausweichen mußte. Er kannte dermaßen den zwei Kilometer langen Weg unter der Erde, daß er sie ohne Lampe, mit den Händen in den Taschen hätte zurücklegen können. Und es gab jedesmal die gleichen Begegnungen. Irgendein Aufseher leuchtete im Vorübergehen den Arbeitern ins Gesicht, Vater Mouque brachte ein Pferd, Bébert führte den stampfenden Gaul Bataille, Jeanlin lief hinter einem Zuge einher, um die Lüftungstüren zu schließen; die dicke Mouquette und die magere Lydie schoben ihren Karren.

Mit der Zeit litt Etienne auch weniger unter der Feuchtigkeit und der drückenden Schwüle, die im Schlage herrschten. Der Kamin schien ihm jetzt sehr leicht zu erklettern, als wäre er geschmolzen und als könnte er durch Ritzen hindurchschlüpfen, wo er früher nicht einmal seine Hand hineinzustecken gewagt hätte. Er atmete ohne Unbehagen den Kohlenstaub ein, er sah klar in der Dunkelheit, er schwitzte ruhig, weil er sich schon daran gewöhnt hatte, von morgens bis abends nasse Kleider am Leibe zu haben. Übrigens vergeudete er nicht mehr in ungeschickter Weise seine Kräfte; er hatte sich so rasch eine Geschicklichkeit zu eigen gemacht, daß der ganze Werkplatz darüber erstaunt war. Nach Ablauf von drei Wochen wurde er zu den guten Schleppern der Grube gerechnet; kein einziger wußte seinen Karren in einem so kräftigen Zuge zur schiefen Ebene zu rollen und so geschickt einzuhängen. Seine kleine Gestalt machte es ihm möglich, überallhin zu schlüpfen; seine Arme, fein und weiß wie die eines Weibes, schienen unter der zarten Haut von Eisen zu sein, so tüchtig waren sie bei der Arbeit. Er beklagte sich niemals – zweifellos aus Stolz –, selbst dann nicht, wenn er vor Müdigkeit stöhnte. Man warf ihm nur vor, daß er keinen Spaß verstehe, daß er sofort böse werde, wenn ihn jemand necken wolle. Im übrigen wurde er als richtiger Bergmann aufgenommen und angesehen unter der Macht der Gewohnheit, die ihn mit jedem Tage mehr zur Funktion einer Maschine herabdrückte.

Besonders Maheu faßte für Etienne Freundschaft, denn er hatte Respekt vor der guten Arbeit. Auch merkte er – gleich den anderen –, daß dieser Bursche mehr gelernt hatte als sie; er sah ihn lesen, schreiben, Pläne zeichnen; er hörte ihn von Dingen reden, von deren Existenz er, Maheu, bisher keine Ahnung gehabt hatte. Dies wunderte ihn nicht, die Grubenarbeiter waren rauhe Kerle mit härteren Köpfen als die Maschinisten; aber was ihn überraschte, war der Mut dieses Kleinen, die Entschlossenheit, mit der er in die Kohle gebissen, um nicht Hungers zu sterben. Es war der erste Zufallsarbeiter, der sich so rasch in diese Verhältnisse fand. Wenn der Kohlenschlag drängte und Maheu nicht einen Häuer entfernen wollte, beauftragte er den jungen Mann mit der Verkästung, weil er sich auf dessen saubere und gründliche Arbeit verlassen konnte. Die Vorgesetzten quälten ihn immer mit dieser verwünschten Verzimmerung;

er fürchtete stündlich, daß der Ingenieur Négrel, gefolgt von Dansaert, erscheinen und schreiend und polternd fordern könnte, daß alles neu gemacht werde; und er hatte bemerkt, daß die Verzimmerung seines jungen Schleppers die Herren mehr befriedigte, trotzdem sie taten, als wären sie niemals zufrieden und immer wieder drohten, die Gesellschaft werde eines Tages eine radikale Maßregel ergreifen. So zogen sich die Dinge hin; dumpfe Unzufriedenheit gärte in der Grube; selbst der sonst so ruhige Maheu ballte schließlich die Fäuste.

Anfänglich gab es eine gewisse Rivalität zwischen Zacharie und Etienne. Eines Abends hatten sie einander mit Ohrfeigen gedroht. Allein Zacharie, ein wackerer Junge, dem außer seinen Vergnügungen alles ›schnuppe‹ war und den das freundschaftliche Anerbieten eines Schoppens rasch besänftigte, hatte sich bald der Überlegenheit des Neuangekommenen beugen müssen. Auch Levaque zeigte jetzt ein freundlicheres Gesicht und politisierte mit dem Schlepper, der – wie er zugab – Ideen hatte. Etienne fand dann auch unter allen Männern des Werkplatzes nur mehr bei dem langen Chaval eine geheime Feindseligkeit; sie schmollten nicht miteinander, waren vielmehr Kameraden geworden; allein sie verzehrten sich gegenseitig mit den Blicken, wenn sie zusammen scherzten. Catherine hatte zwischen diesen beiden das Leben eines müden und unterwürfigen Mädchens wieder aufgenommen, das gebeugten Rückens seinen Karren schob; sie zeigte sich immer sehr freundlich zu ihrem Gefährten, der ihr oft behilflich war; anderseits war sie dem Willen ihres Liebhabers unterworfen, dessen Liebkosungen sie sich offen gefallen ließ. Die Umgebung hatte sich mit der Sache abgefunden; die beiden wurden als ein Paar angesehen, und selbst die Familie ließ sich das Verhältnis stillschweigend gefallen, so daß Chaval die Schlepperin jeden Abend hinter den Schutthügel führte und sie dann bis zu ihrer Haustüre begleitete, wo er ihr angesichts des ganzen Dorfes den Abschiedskuß gab. Etienne, der sich mit der Sache gleichfalls abgefunden zu haben glaubte, neckte sie oft mit diesen Spaziergängen und ließ dabei zum Spaß rohe Worte fallen, wie man sie in den Schlägen zwischen Burschen und Mädchen hörte. Und sie antwortete ihm in dem gleichen Ton und erzählte ihm keck, was ihr Liebhaber ihr getan hatte; nichtsdestoweniger wurde sie verlegen und erbleichte, wenn die Augen des jungen Mannes den ihren begegneten. Beide wandten den Kopf ab und verharrten zuweilen eine Stunde in Schweigsamkeit, mit einer Miene, als würden sie einander hassen wegen längst begrabener Dinge, über die sie sich nicht auseinandersetzten.

Der Frühling war gekommen. Als Etienne eines Tages aus dem Schacht kam, wehte der laue Hauch des Aprils ihm entgegen, ein guter Geruch von junger Erde, zartem Laub, freier Luft. Und seither, wenn er aus der Grube kam, roch der Frühling immer besser und wärmte ihn immer mehr nach den zehn Stunden Arbeit in dem ewigen Winter der Grube, inmitten des feuchten Dunkels, das niemals ein Sommer aufheiterte. Die Tage wurden länger; im Mai fuhr er schon bei Sonnenaufgang ein, wenn der Himmel das Licht des Morgenrots wie Goldstaub über den Voreux-Schacht ausgoß und der weiße Dunst der Pumpe rosenrot emporstieg. Man fröstelte nicht mehr; ein warmer Hauch wehte von den Fernen der Ebene, während die Lerchen hoch in den Lüften ihren Gesang ertönen ließen. Um drei Uhr genoß er das blendende Schauspiel der voll aufgegangenen Sonne, deren Lichtflut das ganze Firmament übergoß und die Ziegel der Häuser unter dem schmutzigen Kohlenstaub rot färbte. Im Juni stand das Getreide schon hoch und war bläulichgrün, von dem schwärzlichen Grün der Rüben abstechend. Es war ein endloses, bei dem leisesten Winde wogendes Meer, das er sich ausbreiten und von Tag zu Tag wachsen sah, zuweilen überrascht, als ob er es abends grüner fände denn am Morgen. Die Pappeln am

Kanal setzten Laubkronen an; der Schutthügel bekleidete sich mit Gras, die Wiesen schmückten sich mit Blumen, neues Leben sprießte überall, schoß aus der Erde hervor, während unter ihr Menschen in Mühsal und Elend seufzten.

Wenn Etienne jetzt des Abends spazierenging, scheuchte er nicht mehr hinter dem Hügel die Liebespärchen auf. Er folgte ihren Spuren in den Getreidefeldern, er erriet ihre Nester an der Bewegung der gelbschimmernden Ähren und des roten Klatschmohns. Zacharie und Philomène kehrten mit der Gewohnheit eines alten Paares dorthin zurück. Die Mutter Brulé, immer auf der Suche nach Lydie, entdeckte sie jeden Augenblick mit Jeanlin, so tief zusammen vergraben, daß man auf sie treten mußte, um sie aufzuscheuchen. Was die Mouquette betraf, so lag sie überall umher; man konnte nicht durch ein Feld gehen, ohne ihren Kopf niedertauchen zu sehen, während ihre Füße allein sichtbar blieben, wenn sie rücklings hingestreckt lag. Doch alle waren sie frei. Der junge Mann fand das Treiben nur dann sträflich, wenn er Catherine und Chaval begegnete. Zweimal verschwanden sie bei seiner Annäherung mitten in einem Feld, dessen Halme nachher unbeweglich blieben. Ein anderes Mal, als er einem schmalen Pfad folgte, sah er am Boden eines Getreidefeldes die klaren Augen Catherines auftauchen und dann in Tränen sich verschleiern. Seither schien ihm die unendliche Ebene zu eng; er verbrachte seine Abende lieber in Rasseneurs Schenke.

»Madame Rasseneur, geben Sie mir einen Schoppen ... Nein, ich gehe heute abend nicht aus, ich bin zu müde.«

Und er wandte sich zu einem Kameraden, der gewöhnlich an einem Tische im Hintergrunde saß, den Kopf an die Wand gelehnt.

»Souvarine, nimmst du nicht auch einen Schoppen?«

»Danke, ich nehme nichts.«

Etienne hatte die Bekanntschaft Souvarines gemacht, weil

sie Seite an Seite lebten. Souvarine war Maschinist im Voreux-Schacht. Er hatte oben ein möbliertes Zimmer und war so der Nachbar Etiennes. Er mochte etwa dreißig Jahre alt sein, schmächtig, blond, mit einem feinen Antlitz, das von langen Haaren und einem spärlichen Bart eingerahmt war. Seine weißen und spitzigen Zähne, sein feiner Mund und seine dünne Nase, seine rosige Gesichtsfarbe gaben ihm das Aussehen eines Mädchens, mit einem Ausdruck eigensinniger Sanftmut, in den der graue Reflex seiner stahlblauen Augen zuweilen einen wilden Zug brachte. In seiner ärmlichen Arbeiterstube gab es nichts als eine mit Büchern und Papieren angefüllte Kiste. Er war Russe, sprach niemals von sich selbst und kümmerte sich nicht um die Märchen, die über ihn in Umlauf waren. Die Grubenarbeiter, die allen Fremden gegenüber sehr mißtrauisch waren und die nach seinen feinen Bürgerhänden vermuteten, daß er einer anderen gesellschaftlichen Klasse angehöre, hatten anfänglich ein Abenteuer ersonnen, irgendeinen Mord, vor dessen Fahndung er die Flucht ergriffen hätte. Dann hatte er sich aber so brüderlich, so ohne jeden Stolz ihnen gegenüber gezeigt, hatte mit soviel Leutseligkeit kleine Geldstücke unter die Kinder des Dorfes verteilt, daß sie ihn nun unter sich aufnahmen, beruhigt durch das Gerücht, daß er ein politischer Flüchtling sei. Dieses Wort war in ihren Augen eine Entschuldigung selbst für ein Verbrechen und bedeutete gleichsam eine Leidensgemeinschaft.
In der ersten Zeit stieß Etienne bei ihm auf scheue Zurückhaltung. Er erfuhr erst später seine Geschichte. Souvarine war der jüngste Sohn einer adeligen Familie in Tula. In Sankt Petersburg, wo er Medizin studierte, hatte die sozialistische Strömung, die damals die ganze russische Jugend fortgerissen hatte, ihn dazu bewogen, ein Handwerk, und zwar das eines Mechanikers zu erlernen, um sich unter das Volk zu mengen, es kennenzulernen und ihm brüderlich beizustehen. Von diesem Handwerk lebte er jetzt, da ein vereitelter Anschlag auf das Leben des

Zaren ihn zur Flucht gezwungen hatte. Um den Anschlag auszuführen, hatte er einen Monat lang im Keller eines Obsthändlers gelebt, eine Mine quer unter der Straße angelegt, Bomben hergestellt, in ständiger Gefahr, mitsamt dem Haus in die Luft zu fliegen. Von seiner Familie verleugnet, aller Geldmittel entblößt, als Fremder von den französischen Fabriken, die in ihm einen Spion witterten, auf die schwarze Liste gesetzt, war er am Verhungern, als die Bergwerksgesellschaft von Montsou zu einem Zeitpunkt, da Not am Mann war, ihn endlich aufnahm. Seit einem Jahr arbeitete er als tüchtiger, nüchterner, ruhiger Arbeiter, die eine Woche im Tagdienst, die andere Woche im Nachtdienst, so pünktlich und verläßlich, daß die Vorgesetzten ihn als ein Muster bezeichneten.

»Hast du denn niemals Durst?« fragte ihn Etienne lachend.

Und er antwortete mit seiner sanften, fast ausdruckslosen Stimme:

»Ich habe Durst, wenn ich esse.«

Sein Gefährte neckte ihn auch wegen der Mädchen und schwor, ihn mit einer Schlepperin in den Getreidefeldern bei dem ›Dorf der Seidenstrümpfe‹ gesehen zu haben. Doch Souvarine zuckte gleichgültig die Achseln. Eine Schlepperin, wozu? Das Weib war für ihn wie ein Junge, ein Kamerad, wenn es die brüderliche Anhänglichkeit und den Mut eines Mannes besaß. Wenn nicht, wozu sich etwas ins Herz pflanzen, was vielleicht zu einer Feigheit führte? Weder Weib noch Freund; er wollte keine Bande; er war frei in seinem Blut und auch frei in dem Blute anderer.

Jeden Abend, wenn die Schenke sich leerte, blieb Etienne im Gespräch mit Souvarine zurück. Er trank in kleinen Schlucken sein Bier. Der Maschinist rauchte unaufhörlich Zigaretten, die mit der Zeit seine dürren Finger braun gefärbt hatten. Seine verschleierten Mystikeraugen folgten dem Rauche wie einem zerflatternden Traum; seine Linke tastete nervös in der Luft herum, um sich zu beschäftigen. Gewöhnlich nahm er ein altes Hauskaninchen auf seinen Schoß, ein dickes, stets trächtiges Weibchen, das im Hause frei herumlief. Dieses Kaninchen, das er ›Pologne‹ nannte, war ihm mit großer Treue zugetan, schnüffelte an seiner Hose herum, richtete sich auf, kratzte ihn mit seinen Pfoten, bis er es auf seinen Schoß genommen hatte wie ein Kind. Dann rollte es sich zusammen und saß da mit hängenden Ohren und geschlossenen Augen, während er mit einer unermüdlichen, fast unbewußten Bewegung der Hand das graue, seidenweiche Haar des Tieres streichelte, gleichsam beruhigt durch die Berührung mit diesem samtweichen, lebenden Wesen.

»Ich habe von Pluchart einen Brief erhalten«, berichtete Etienne eines Abends.

Es war nur noch Rasseneur in der Wirtsstube. Der letzte Gast war fort und hatte sich in das Dorf begeben, das zur Nachtruhe rüstete.

»Ah!« rief der Wirt, vor seinen beiden Mietern stehend. »Wie weit ist Pluchart mit seiner Tätigkeit?«

Etienne stand seit zwei Monaten in lebhaftem Briefwechsel mit dem Mechaniker in Lille, dem er seinen Arbeitseinstand in Montsou angezeigt hatte und der ihm jetzt seine Lehren mitteilte, in der Hoffnung, daß Etienne unter den Bergleuten Propaganda machen würde.

»Es ist so weit, daß die Vereinigung erfreuliche Fortschritte macht; wie es scheint, kommen von allen Seiten Beitrittsanmeldungen.«

»Und was hältst du von ihrer Vereinigung?« wandte sich Rasseneur an Souvarine.

Dieser fuhr fort, Polognes Kopf zärtlich zu streicheln, stieß eine Rauchwolke aus und murmelte endlich mit ruhiger Miene:

»Neue Dummheiten!«

Allein, Etienne begeisterte sich. In der ersten Illusion seiner Unwissenheit wurde er durch sein revolutionäres Wesen in den Kampf der Arbeit mit dem Kapital gerissen. Es handelte sich um die internationale Arbeitervereinigung, um die berühmte ›Internationale‹, die damals in London gegründet worden war. War das nicht eine herrliche Anstrengung, ein Feldzug, in dem die Gerechtigkeit schließlich siegen mußte? Die Grenzen hörten auf; die Arbeiter der ganzen Welt erhoben und vereinigten sich, um dem einzelnen Arbeiter das Brot zu sichern, das er sich erwarb. Welche einfache und doch große Organisation! Zuunterst die Sektion, die die Gemeinde vertritt; dann die Föderation, die die Sektionen einer Provinz bildet; dann die Nation, und darüber endlich die Menschheit, verkörpert in dem Generalrat, wo jede Nation durch einen Sekretär vertreten war. Ehe sechs Monate vergehen, wird man die Erde erobert haben und den Arbeitgebern Gesetze diktieren, wenn sie sich nicht willfährig zeigen sollten.

»Nichts als Dummheiten«, wiederholte Souvarine. »Euer Karl Marx ist erst so weit, daß er die natürlichen Kräfte wirken lassen will. Keine Politik und keine Verschwörung, wie? Alles ganz offen und bloß zum Zwecke der Lohnerhöhungen ... Laßt mich in Frieden mit eurer Revolution! Zündet die Städte an allen vier Enden an, mähet die Völker nieder, vernichtet alles, und wenn nichts mehr übrig sein wird von dieser verfaulten Welt, dann wird vielleicht eine bessere an ihre Stelle kommen.«

Etienne begann zu lachen. Er hörte nicht auf die Worte seines Kameraden. Diese Zerstörungstheorie schien ihm Großsprecherei. Rasseneur, noch praktischer als Etienne, mit dem nüchternen Sinn eines Mannes, der sein Geschäft hat, erzürnte sich nicht einmal. Er wollte nur die Dinge genau feststellen.

»Also, du willst den Versuch machen, in Montsou eine Sektion zu gründen?«

Das war der Wunsch Plucharts, des Sekretärs der Nord-Föderation. Er betonte ganz besonders die Dienste, die der Bund den Bergleuten leisten könnte, wenn sie eines

Tages streiken würden. Etienne war der Meinung, der Arbeiterausstand stehe nahe bevor. Die Verzimmerungsfrage müsse schlimm enden; die nächste Forderung der Gesellschaft würde alle Schächte in Aufruhr versetzen.

»Das Verdrießliche an der Sache sind die Mitgliedsbeiträge«, erklärte Rasseneur in einsichtigem Tone. »Fünfzig Centimes jährlich für den allgemeinen Fond und zwei Franken für die Sektion: das scheint sehr wenig, und dennoch wette ich, daß viele sich weigern werden, sie zu zahlen.«

»Um so mehr«, fügte Etienne hinzu, »als man zunächst eine Aushilfskasse gründen muß, aus der wir bei Gelegenheit eine Widerstandskasse machen ... Kurz und gut, es ist Zeit, an diese Dinge zu denken. Ich bin bereit, wenn die anderen bereit sind.«

Stillschweigen trat ein. Auf dem Schanktisch rauchte die Petroleumlampe. Durch die offene Türe hörte man das Geräusch, das ein Maschinenheizer im Voreux-Schachte mit dem Nachlegen von Kohle machte.

»Alles ist so teuer«, bemerkte Madame Rasseneur, die ebenfalls eingetreten war und mit düsterer Miene zuhörte, gleichsam größer geworden in dem schwarzen Kleid, das sie immer trug. »Denken Sie sich, daß ich die Eier mit zweiundzwanzig Sous bezahlen mußte! ... Das kann nicht so fortgehen; es wird Zeit, daß die Sache platzt!«

Die drei Männer waren derselben Ansicht. Sie sprachen, einer nach dem andern, mit trostloser Stimme, und das Klagen ging von neuem an. Der Arbeiter könne nicht länger bestehen, die Revolution habe sein Elend nur vergrößert, die Bürger mästeten sich seit dem Jahre 89 so gefräßig, daß sie ihn nicht einmal mehr die Schüsseln auskratzen ließen. Man solle doch sagen, ob die Arbeiter entsprechend teilgenommen haben an dem außerordentlichen Wachstum von Reichtum und Wohlstand seit hundert Jahren? Man hat sie nur zum besten gehalten, indem man sie für frei erklärte; ja, sie haben die Freiheit, zu verhungern, und davon machen sie auch Gebrauch. Das gibt ihnen noch kein Brot, daß sie für Kerle stimmen, die sich hinterher den Wanst füllen, ohne an diese Erbärmlichen mehr zu denken als an ihre alten Stiefel. Nein, man muß ein Ende machen auf die eine oder andere Weise, entweder gütlich, durch Gesetze, in freundschaftlichem Einvernehmen, oder gewaltsam, indem man alles niederbrennt und sich gegenseitig zerfleischt. Die Kinder würden dies sicherlich sehen, wenn die Eltern es nicht sähen; denn das Jahrhundert könne nicht zu Ende gehen, ohne daß noch eine Revolution käme, diesmal die Revolution der Arbeiter, ein Umsturz, der die ganze Gesellschaft von oben bis unten hinwegfegen und sie neu aufbauen würde, mit mehr Anständigkeit und mehr Gerechtigkeit.

»Es muß platzen!« wiederholte Madame Rasseneur energisch.

»Ja, ja«, riefen alle drei, »es muß platzen!«

Souvarine liebkoste jetzt die Ohren Polognes, das vergnügt das Näschen rümpfte. Er sagte halblaut, mit geschlossenen Augen, wie zu sich selbst:

»Die Löhne erhöhen, ist das möglich? Sie sind durch ein ehernes Gesetz auf den allergeringsten Betrag festgesetzt, auf genau so viel, als notwendig ist, damit die Arbeiter trockenes Brot essen und Kinder machen ... Wenn die Löhne zu tief sinken, dann verrecken die Arbeiter, und die Nachfrage nach neuen Männern läßt sie wieder in die Höhe gehen. Wenn sie zu hoch gestiegen sind, werden sie durch das stärkere Angebot wieder herabgedrückt ... Das ist das Gleichgewicht der leeren Bäuche, die ewige Verdammnis im Bagno des Hungers.«

Wenn er sich so vergaß und von Dingen sprach, die ihm als unterrichtetem Sozialisten geläufig waren, standen Etienne und Rasseneur unruhig da, in Verwirrung gebracht durch seine niederschmetternden Behauptungen, auf die sie nichts zu antworten wußten.

»Hört ihr«, wiederholte er, indem er sie mit unentwegter Ruhe anschaute, »es muß alles zerstört werden, oder der Hunger wird wiederkommen. Ja, die Anarchie, nichts weiter; die Erde muß durch Blut blank gewaschen, durch Feuer gereinigt werden! ... Nachher werden wir sehen.«

»Der Herr hat sehr recht«, erklärte Madame Rasseneur, die sich trotz ihrer aufrührerischen Heftigkeit sehr höflich benahm.

Etienne wollte die Erörterung nicht fortsetzen, denn er hatte das niederschlagende Gefühl seiner Unwissenheit. Er erhob sich mit den Worten:

»Gehen wir schlafen. All das wird mich nicht hindern, morgen um drei Uhr aufzustehen.«

Souvarine blies auf die Glut seiner Zigarette und faßte das dicke Kaninchen zart um den Bauch, um es auf den Boden zu setzen. Rasseneur schloß das Haus. Sie trennten sich still, mit klingenden Ohren und heißen Köpfen von den ernsten Fragen, über die sie nachdachten.

Jeden Abend gab es ähnliche Gespräche in der kahlen Wirtsstube, bei dem einzigen Schoppen, bei dem Etienne eine Stunde verweilte. Ein Komplex unklarer Ideen, die in ihm geschlummert hatten, bewegten sich in ihm und breiteten sich aus. Von Wißbegierde verzehrt, hatte er lange gezögert, von seinem Nachbarn Bücher zu leihen, der unglücklicherweise nur deutsche und russische Werke besaß. Endlich ließ er sich ein französisches Buch über Kooperativ-Genossenschaften geben – auch solche Dummheiten, wie Souvarine sagte. Auch las Etienne regelmäßig eine Zeitung, die Souvarine erhielt; es war ein in Genf herausgegebenes anarchistisches Blatt unter dem Titel ›Le Combat‹. Trotz ihrer täglichen Beziehungen fand er übrigens den Russen immer verschlossen, mit einer Miene, als wäre er ein fahrender Gast in dieser Welt, an die ihn weder Interessen noch Gefühle, noch irgendwelche Besitztümer knüpften.

In den ersten Tagen des Monats Juli verbesserte sich die Lage Etiennes. Die Eintönigkeit des immer gleichen Grubenlebens wurde durch ein Ereignis unterbrochen. Die Abbauplätze im Guillaume-Schacht waren auf Mischgestein geraten, das die Nähe eines tauben Ganges ankündigte. In der Tat stieß man bald darauf. Die Ingenieure hatten vorher von seinem Vorhandensein keine Ahnung gehabt, trotzdem sie das Erdreich sonst genau kannten. Dieses Ereignis rief in der Grube große Bewegung hervor; man sprach von nichts anderem als von der verschwundenen Kohlenader, die sich ohne Zweifel gesenkt hatte. Die alten Bergleute spürten wie gute Hunde auf der Suche nach der Kohlenader. Aber bis diese gefunden wurde, konnten die Werkplätze nicht feiern, und die Gesellschaft kündigte an, daß sie neue Schläge versteigern würde.

Eines Tages, als sie aus der Grube kamen, machte Maheu Etienne den Vorschlag, als Häuer in seine Gruppe einzutreten, anstelle Levaques, der zu einem andern Werkplatz gegangen war. Die Sache war mit dem Ingenieur und mit dem Oberaufseher schon ins reine gebracht, die mit dem jungen Manne sehr zufrieden waren. Etienne beeilte sich daher auch, diese rasche Beförderung anzunehmen, sehr froh über die wachsende Wertschätzung, die er bei Maheu fand.

Am Abend gingen sie zusammen in den Schacht, um die Ankündigungen zu lesen. Die zur Versteigerung angesetzten Schläge befanden sich in der Filonnière-Ader, im Nordstollen des Voreux. Sie schienen wenig Nutzen zu verheißen. Der Bergmann schüttelte den Kopf, als der junge Mann ihm die Bedingungen vorlas. Als sie am folgenden Tage eingefahren waren und er mit dem jungen Mann die Ader besichtigte, machte er ihn auf die große Entfernung von der Anfahrt aufmerksam, auf das lose, mit Einsturz drohende Erdreich, auf die geringe Dicke der Schicht und auf die Härte der Kohle. Allein es galt zu arbeiten, wenn man essen wollte. Sie erschienen daher

auch am folgenden Sonntag bei der Versteigerung, die in der Baracke stattfand und die der Grubeningenieur – unterstützt vom Oberaufseher – leitete, in Abwesenheit des Abteilungsingenieurs. Es waren fünf- bis sechshundert Grubenarbeiter da, vor einer kleinen Estrade, die man in einem Winkel der Baracke errichtet hatte. Die Versteigerung ging so rasch vonstatten, daß man nur den dumpfen Tumult von Stimmen hörte, ein lautes Schreien von Zahlen, die durch andere Zahlen übertönt wurden.
Einen Augenblick fürchtete Maheu, daß er keinen der vierzig Schläge, die die Gesellschaft versteigerte, erstehen könnte. Alle Mitbewerber gingen mit den Preisen hinunter, beunruhigt durch Krisengerüchte und eine Betriebseinstellung fürchtend. Bei diesem Wettbewerb beeilte sich der Ingenieur Négrel nicht sonderlich, sondern ließ die Angebote bis zu den tiefsten Preisen sinken, während Dansaert, um die Dinge zu beschleunigen, sich in lügnerischen Anpreisungen der Käufe erging. Maheu hatte um seine fünfzig Meter einen heißen Kampf mit einem hartnäckigen Mitbewerber zu bestehen. Sie führten diesen Kampf mit einem abwechselnden Unterbieten von einem Centime für einen Karren, und Maheu blieb nur Sieger, indem er mit dem Lohn so weit heruntерging, daß der hinter ihm stehende Aufseher Richomme zornig wurde, ihn mit den Ellbogen stieß und ihm wütend zuraunte, er könne bei diesem Preise unmöglich sein Auskommen finden.
Als sie gingen, fluchte Etienne. Er brach los, als er Chaval sah, der mit Catherine von den Getreidefeldern kam, herumschlendernd, während der Schwiegervater sich mit ernsten Problemen herumschlug.
»Herrgott!« rief er; »das ist doch Mord! … Man zwingt die Arbeiter, sich untereinander aufzufressen.«
Chaval wurde zornig; niemals hätte er nachgegeben, er nicht! Und Zacharie, der aus Neugierde herbeigekommen war, erklärte, es sei ekelhaft. Doch Etienne brachte sie mit einer heftigen Geste zum Schweigen.

»Es wird ein Ende nehmen! Eines Tages werden wir die Herren sein!«
Maheu, der seit der Versteigerung stumm geblieben war, schien jetzt die Sprache wieder gefunden zu haben.
»Die Herren!« sagte er ... »Ach, verdammt, es wäre schon an der Zeit!«

II

Es war der letzte Sonntag des Monats Juli, der Tag des großen Bergmannsfestes fand statt. Schon Samstag abends scheuerten die guten Hausfrauen des Arbeiterdorfes ihre Wohnstuben. Es gab dabei eine wahre Sintflut, das Wasser wurde in großen Mengen über die Fliesen und die Wände geschüttet. Der Fußboden war noch nicht trokken, trotz des weißen Sandes, mit dem er bestreut worden war. Es war ein kostbarer Luxus für die armen Leute. Der Tag versprach sehr heiß zu werden. Der Himmel war gewitterschwül, die Luft lag drückend, wie häufig zur Sommerszeit, über der flachen, kahlen, unbegrenzten Landschaft Nordfrankreichs.
In der Familie Maheu nahm man sonntags die Stunde des Aufstehens nicht genau. Den Vater litt es schon um fünf Uhr nicht mehr im Bett, und er kleidete sich an. Die Kinder dagegen schliefen bis neun Uhr. Heute ging Maheu in den Garten, seine Pfeife rauchen, und kehrte schließlich heim, um sein Brot allein zu essen, bis die Kinder kommen würden. So verbrachte er den Vormittag, ohne recht zu wissen womit. Er besserte den Bottich aus, der das Wasser durchließ, und klebte ein Bild des Kronprinzen, das man den Kleinen geschenkt hatte, unter die Kuckucksuhr. Mittlerweile kamen auch die anderen einzeln herunter. Der Vater Bonnemort hatte einen Stuhl vor die Tür gestellt, um sich an die Sonne zu setzen; die Mutter und Alzire hatten sich sogleich in der

Küche zu schaffen gemacht. Catherine erschien mit Lénore und Henri, die sie angekleidet hatte. Es schlug schon elf Uhr, und der Geruch des Kaninchens, das mit Kartoffeln gebraten wurde, erfüllte das ganze Haus, als endlich Zacharie und Jeanlin als letzte herunterkamen, gähnend, mit vom Schlafe geschwollenen Augen.

Das ganze Arbeiterdorf war auf den Beinen, erfüllt von der Festesfreude. Das Mittagessen wurde beschleunigt, damit man so bald als möglich nach Montsou kommen könne. Scharen von Kindern trieben sich auf den Straßen herum. Männer in Hemdsärmeln ergingen sich mit der Gemächlichkeit, die man sich an Ruhetagen gönnen durfte. Türen und Fenster standen bei dem schönen Wetter weit offen und gestatteten einen Einblick in die lange Reihe der Wohnstuben, wo die Familien in geräuschvollem Leben sich bewegten. Von einem Ende der Häuserreihe bis zum andern roch es nach Kaninchen, und dieser Duft der wohlbestellten Küche verdrängte heute den eingenisteten Zwiebelgeruch.

Punkt zwölf Uhr aßen die Maheu zu Mittag. Sie machten wenig Lärm im Gegensatz zu den geräuschvollen Nachbarn, wo die Weiber miteinander plauderten, sich Gegenstände des Hausrates liehen und wiedergaben, wo es ein ewiges Fragen und Antworten gab, wo die Kinder gerufen oder mit einem Klaps auf den Hintern fortgejagt wurden. Sie lebten übrigens seit drei Wochen auf gespanntem Fuße mit der Familie Levaque. Die Ursache war die Heirat zwischen Zacharie und Philomène. Die Männer verkehrten wohl miteinander; aber die Frauen taten, als kennten sie einander nicht. Diese Entzweiung hatte die Beziehungen zur Frau Pierron noch enger gestaltet. Heute hatte Frau Pierron die Sorge für ihren Mann und für Lydie ihrer Schwiegermutter überlassen und war am frühen Morgen nach Marchiennes gegangen, um den Tag bei einer Cousine zuzubringen. Darüber wurden viele Späße gemacht, denn man kannte die Cousine: Sie hatte einen Schnurrbart und war Oberaufseher im Voreux-Schacht. Frau Maheu erklärte, es sei nicht anständig, an einem solchen Festtage seine Familie im Stiche zu lassen.

Außer dem Kaninchen, das die Familie Maheu seit einem Monat im Schuppen gemästet hatte, gab es heute noch Fleischbrühe und Rindfleisch. Der Halbmonatslohn war gestern fällig gewesen. Seit Menschengedenken hatte man nicht so herrlich gespeist. Selbst am letzten Barbarafeste, der großen Feier der Bergleute, die immer ein dreitägiges Nichtstun mit sich brachte, war das Kaninchen nicht so fett und zart gewesen. Die zehn Paar Kinnbacken – angefangen bei der kleinen Estelle, deren Zähne erst zum Vorschein kamen, bis zum alten Bonnemort, der seine schon zu verlieren begann – arbeiteten mit einem solchen Eifer, daß selbst die Knochen verschwanden. Das Fleisch war gut, aber sie verdauten es schwer, weil sie nur selten welches aßen. Alles wurde weggeputzt; es blieb nichts übrig als ein Stück Rindfleisch für den Abend; sollte man Hunger haben, würde man Butterbrote dazu essen.

Jeanlin verschwand zuerst. Bébert erwartete ihn hinter der Schule. Sie schlichen lange herum, bis es ihnen gelang, Lydie mitzulocken, die die Brulé zu Hause behalten wollte. Als sie die Flucht des Kindes gewahrte, heulte sie und fuchtelte mit den mageren Armen, während Pierron, dieses Getöses überdrüssig, ruhig spazieren ging, mit der Miene eines Gatten, der sich ohne Gewissensbisse der Unterhaltung hingibt, weil er weiß, daß auch seine Frau ihr Vergnügen hat.

Als zweiter brach Vater Bonnemort auf. Dann entschloß sich auch Maheu, ins Freie zu gehen, nachdem er sein Weib gefragt hatte, ob sie nachkommen würde. Nein, sie konnte nicht; es wäre eine rechte Plage mit den kleinen Kindern; vielleicht würde sie es sich doch noch überlegen, man würde sich schon wiederfinden. Als er draußen war, zögerte er eine Weile, dann trat er bei den Nachbarn ein, um zu sehen, ob Levaque bereit sei. Hier fand er Zacharie, der auf Philomène wartete. Die Levaque begann sogleich ihre ewige Klage wegen der Hochzeit. Man halte sie zum besten, schrie sie, und sie werde sich noch ein letztes Mal mit der Maheu auseinandersetzen. War das ein Leben, die vaterlosen Kinder der Tochter bei sich zu haben, während diese sich mit dem Liebhaber herumwälzt! Inzwischen hatte Philomène ruhig ihre Haube aufgesetzt, und Zacharie führte sie hinweg, indem er erklärte, er sei bereit zu heiraten, wenn seine Mutter einwillige. Levaque war übrigens schon fort. Maheu wies die Nachbarin an seine Frau und beeilte sich gleichfalls fortzukommen. Bouteloup, der, mit beiden Ellbogen auf dem Tisch, ein Stück Käse verzehrte, lehnte hartnäckig einen ihm angebotenen Schoppen Bier ab. Er blieb zu Hause, wie es sich für einen guten Ehemann geziemte.

Allmählich leerte sich das Dorf; die Männer gingen fort, einer nach dem andern. Die Mädchen spähten auf den Türschwellen nach ihren Liebsten aus und schlugen Arm in Arm in einer andern Richtung den Weg nach Montsou ein. Als Catherine ihren Vater um die Ecke der Kirche biegen sah, beeilte sie sich, Chaval einzuholen, der sie gleichfalls nach Montsou führte. Als die Mutter mit ihren Kleinen allein geblieben war, hatte sie nicht die Kraft, sich von ihrem Stuhl zu erheben; sie goß sich ein zweites Glas Kaffee ein, das sie in kleinen Schlucken leerte. Im Dorf waren nur noch die Weiber zu Hause, die sich gegenseitig einluden und den letzten Rest des Kaffees an der noch warmen und fetten Mittagstafel tranken.

Maheu vermutete, daß Levaque bei Rasseneur sein müsse und begab sich langsamen Schrittes dahin. In der Tat fand er Levaque mit mehreren Kameraden bei einer Kegelpartie in dem hinter dem Wirtshause gelegenen schmalen Gärtchen. Vater Bonnemort und der alte Mouque standen dabei und folgten dem Lauf der Kugel, so vertieft, daß sie vergaßen, sich mit den Ellbogen anzustoßen. Die Sonne sandte senkrecht ihre heißen Strahlen nieder. Nur längs der Schenke gab es einen schmalen Streifen Schatten. Auch Etienne war da, an einem Tisch seinen Schoppen trinkend und verdrossen darüber, daß Souvarine ihn eben verlassen hatte, um in seine Stube hinaufzugehen. Fast jeden Sonntag schloß der Maschinist sich ein, um zu schreiben oder zu lesen.

»Spielst du mit?« fragte Levaque Maheu.

Dieser lehnte ab; ihm sei es zu heiß, und er vergehe vor Durst.

»Rasseneur, einen Schoppen!« rief Etienne.

Und zu Maheu gewandt fügte er hinzu:

»Den zahle ich.«

Jetzt duzten sich alle untereinander. Rasseneur beeilte sich nicht, man mußte ihn dreimal rufen. Schließlich war es Frau Rasseneur, die warmes Bier brachte. Der junge Mann hatte die Stimme gedämpft, um sich über das Haus zu beklagen. Es seien brave, wohlgesinnte Leute, aber das Bier sei schlecht und die Suppen abscheulich! Er würde schon zehnmal ausgezogen sein, wenn er den weiten Weg nach Montsou nicht scheute. Er würde früher oder später bei einer Familie im Dorf Unterkunft suchen.

»Gewiß, in einer Familie wirst du besser versorgt sein«, sagte Maheu in seiner bedächtigen Art.

Doch jetzt gab es ein lautes Geschrei. Levaque hatte alle Neun geschoben. Mouque und Bonnemort schauten unverwandt zu Boden. In dem allgemeinen Tumult verharrten sie in ihrem stummen Beifall. Die Freude über den glücklichen Wurf äußerte sich in allerlei Scherzen, besonders als die Spieler das heitere Gesicht der Mouquette jenseits der Hecke erblickten. Seit einer Stunde lungerte sie hier herum; bei dem lauten Gelächter wagte sie sich näher heran.

»Wie, du bist allein?« schrie Levaque. »Und deine Liebhaber?«

»Meine Liebhaber habe ich zum Teufel geschickt; ich suche jetzt einen«, antwortete sie mit frechem Lachen.

Alle boten sich an, redeten ihr in derben Worten zu. Doch sie schüttelte den Kopf, lachte immer stärker und zierte sich. Ihr Vater stand dabei, unbekümmert um die ganze Szene, ohne auch nur die Blicke von den umgeworfenen Kegeln wegzuwenden.

»Geh, geh«, fuhr Levaque fort, mit einem Blick auf Etienne, »man weiß wohl, nach wem du angelst, meine Tochter ... Du wirst ihm Gewalt antun müssen.«

Dies erheiterte Etienne. In der Tat war er es, den die Schlepperin verfolgte. Er weigerte sich; die Sache machte ihm Spaß, aber er hatte kein Verlangen nach ihr. Einige Minuten blieb sie noch hinter der Hecke stehen, ihn mit ihren großen Augen starr anblickend. Dann entfernte sie sich langsam, mit plötzlich verdüstertem Antlitz, niedergedrückt durch die sengende Hitze.

Etienne wandte sich wieder zu Maheu und fuhr fort, ihm halblaut die Notwendigkeit der Gründung einer Hilfskasse für die Bergleute von Montsou auseinanderzusetzen.

»Da die Gesellschaft vorgibt, daß sie uns volle Freiheit läßt, haben wir doch nichts zu fürchten«, wiederholte er. »Wir haben nichts als ihre Pension, und diese bemißt sie nach Belieben, da sie keine Pensionsabzüge macht. Wir sind also von ihrem guten Willen abhängig, und es empfiehlt sich die Vorsicht, einen Verein zu gegenseitiger Unterstützung zu gründen, auf die wir im Falle eines dringenden Bedarfes sicher rechnen können.«

Und er führte Einzelheiten an, erläuterte die Organisation, versprach, alle Mühe auf sich zu nehmen.

»Ich bin dabei«, sagte Maheu endlich überzeugt; »nur, da sind noch die anderen ... Sieh zu, daß du die anderen bestimmst.«

Levaque hatte gewonnen; man ließ das Kegelspiel und trank Bier. Doch Maheu weigerte sich, einen zweiten Schoppen zu trinken. Man werde später sehen, sagte er, der Tag sei noch nicht zu Ende. Er hatte eben an Pierron gedacht. Wo konnte Pierron sein? Vielleicht in Lenfants Schenke. Er überredete Etienne und Levaque, und alle drei brachen nach Montsou auf, gerade in dem Augenblick, als eine neue Partie auf der Kegelbahn begonnen wurde.

Unterwegs wurde in Casimirs Weinstube und später im Wirtshause ›Zum Fortschritt‹ haltgemacht. Kameraden riefen sie durch die offenen Türen. Es war nicht möglich, nein zu sagen. Jedesmal einen Schoppen, und wenn sie aus Höflichkeit ebenfalls einen zahlten, waren es zwei. Sie blieben zehn Minuten, tauschten einige Worte aus, dann gingen sie weiter und kehrten gelegentlich wieder ein, ganz nüchtern. Sie kannten das Bier, mit dem sie sich füllen konnten ohne anderen Nachteil, als daß man es bald wieder auspissen mußte, hell wie Quellwasser. In der Schenke Lenfants fanden sie Pierron, der seinen zweiten Schoppen trank und, um mit ihnen anzustoßen, auch einen dritten nicht zurückwies. Sie waren jetzt zu viert und brachen auf, um zu sehen, ob Zacharie nicht in Tisons Schenke sei. Die Wirtsstube war leer. Sie verlangten einen Schoppen, um eine Weile darauf zu warten. Dann dachten sie an die Schenke Saint-Eloi, nahmen dort von dem Aufseher Richomme eine Runde an, schlenderten dann von Schenke zu Schenke, ohne Vorwand, bloß um sich zu ergehen.

»Auf zum ›Vulkan‹!« rief plötzlich Levaque, der allmählich lustig geworden war.

Die anderen lachten, zögerten eine Weile, dann begleiteten sie den Kameraden inmitten der immer mehr anwachsenden festlichen Menge. Im Hintergrund des schmalen und langen Saales des ›Vulkan‹ war ein Podium errichtet worden, auf dem fünf Chansonetten, der Abschaum der öffentlichen Dirnen von Lille, in schamlosester Weise, fast nackt und mit ungeheuerlichen Gebärden Zoten zum besten gaben. Wenn ein Gast eine wollte, zahlte er zehn Sous und führte sie hinter das Podium. Es waren Schlepper, Handlanger, sogar Karrenjungen von vierzehn Jahren, die ganze Jugend der Kohlengruben, die mehr Wacholderbranntwein als Bier tranken. Auch einige alte Bergleute, die zu Hause ein liederliches Eheleben führten, beteiligten sich an diesem Treiben.

Als die Gesellschaft sich an einem der kleinen Tische

niedergelassen hatte, machte sich Etienne an Levaque, um ihm seinen Plan einer Hilfskasse zu erklären. Er war in seiner Propaganda eifrig wie alle Neubekehrten, die in sich eine Mission fühlten.

»Jedes Mitglied könnte monatlich zwanzig Sous bezahlen«, wiederholte er. »Durch Ansammlung dieser Beiträge würde man in vier, fünf Jahren ein Kapital zusammenbringen, und wenn man Geld hat, ist man stark, was immer kommen mag, nicht wahr? Nun, was sagst du dazu?«

»Ich sage nicht nein«, antwortete Levaque zerstreut. »Wir werden darüber reden.«

Eine dicke Blonde reizte ihn. Er erklärte daher, daß er bleiben wolle, als Maheu und Pierron, die ihren Schoppen getrunken hatten, aufbrachen, ohne diese Romanze abzuwarten.

Etienne, der mit ihnen wegging, traf draußen die Mouquette, die ihnen zu folgen schien. Sie schaute ihn noch immer mit großen, starren Augen an und lachte gutmütig, als wollte sie sagen: »Willst du?« Der junge Mann nahm die Sache spaßig und zuckte mit den Achseln. Da machte sie eine zornige Gebärde und lief fort.

»Wo ist Chaval?« fragte Pierron.

»Ja, wo ist Chaval?« wiederholte Maheu. »Suchen wir ihn bei Piquette.«

Aber als sie alle drei bei der Schenke Piquettes ankamen, wurden sie schon an der Tür durch eine Rauferei aufgehalten. Zacharie schwang drohend die Faust gegen einen wallonischen Nagelschmied, einen phlegmatischen, stämmigen Menschen. Chaval stand mit den Händen in den Taschen dabei und schaute zu.

»Da ist Chaval«, sagte Maheu ruhig. »Er ist mit Catherine.«

Seit fünf geschlagenen Stunden trieb sich die Schlepperin mit ihrem Liebsten im Gewühl der Menge herum. In der Straße von Montsou, einer breiten Straße mit niedrigen, buntgetünchten Häusern, wimmelte das Volk im hellen Sonnenschein wie ein Ameisenvolk auf kahler Erde. Der ewige schwarze Kot war getrocknet, schwarzer Staub flog auf und schwebte in der Luft wie eine Gewitterwolke. Die Schenken zu beiden Seiten der Straße waren mit Menschen überfüllt und mußten ihre Tische bis auf das Straßenpflaster stellen, wo es eine Doppelreihe von Verkaufsbuden gab mit Spiegeln und Halstüchern für die Mädchen, Messern und Mützen für die Burschen, und mit Süßigkeiten und Lebkuchen. Vor der Kirche gab es einen Schießstand, dem Fabrikhof gegenüber ein Kugelspiel. An der Ecke der Rue de Joiselle drängten sich die Leute um einen eingezäunten Platz, wo zwei große, rote Hähne, mit eisernen Sporen bewehrt, einen blutigen Kampf ausfochten. Bei Maigrat wurde auf dem Billard um Schürzen und Hosen gespielt. Von Zeit zu Zeit trat tiefe Stille ein. Die Menge soff und füllte sich den Magen in einem Übermaß von Bier und gebratenen Kartoffeln. Drückende Hitze breitete sich aus, die durch die im Freien aufgestellten Öfen noch gesteigert wurde.

Chaval kaufte Catherine einen Spiegel für neunzehn Sous und ein Halstuch für drei Franken. Bei jedem Rundgang trafen sie Mouque und Bonnemort, die ebenfalls zu dem Feste gekommen waren und schwerfällig und nachdenklich, Seite an Seite, dahinschritten. Ein Vorfall rief ihren Unwillen hervor. Sie sahen Jeanlin, der Lydie und Bébert zuredete, Schnapsflaschen von einer fliegenden Schenke zu stehlen, die am Rande eines Platzes errichtet worden war. Catherine züchtigte ihren Bruder, doch die Kleine lief mit einer Flasche davon. Diese verdammten Rangen würden im Gefängnis enden.

Vor der Schenke ›Zum Geköpften‹ kam Chaval auf den Einfall, seine Geliebte hineinzuführen, um ein Finkenkonzert anzuhören, das seit acht Tagen angekündigt worden war. Fünfzehn Nagelschmiede aus den Fabriken

von Marchiennes waren der Aufforderung gefolgt und waren erschienen; jeder mit einem Dutzend Vogelbauer. Die kleinen, verdunkelten Käfige, in denen die Vögel sich ganz ruhig verhielten, hingen an einem Zaun im Hofe der Schenke. Es handelte sich darum, festzustellen, welcher Fink innerhalb einer Stunde am häufigsten die Passage seines Gesanges wiederholen würde. Jeder Nagelschmied stand mit einer Schiefertafel bei seinen Käfigen und verzeichnete die Rufe seiner Vögel, wobei er seine Nachbarn überwachte und von diesen selbst überwacht wurde. Und die Finken hatten zu singen begonnen, die einen tiefer, die anderen heller, anfänglich schüchtern, nur selten eine Passage wagend, dann einander anregend, den Rhythmus beschleunigend und schließlich von einem so wütenden Wetteifer fortgerissen, daß einige tot umfielen. Die Nagelschmiede feuerten sie lebhaft an, riefen ihnen in wallonischer Sprache zu, noch ein Stückchen und noch ein Stückchen zu singen, während die Zuschauer - ungefähr hundert Personen – in lautloser, leidenschaftlicher Spannung verharrten, in dieser höllischen Musik von hundertachtzig Finken, die in greulichem Durcheinander immer die gleiche Passage wiederholten. Als der Sieg entschieden war, nahm der Sieger glücklich den ersten Preis, eine blecherne Kaffeemaschine, in Empfang.
Catherine und Chaval waren schon da, als Zacharie und Philomène eintraten. Man gab sich die Hände und blieb beisammen. Doch plötzlich geriet Zacharie in Zorn, weil er einen Nagelschmied, der mit den Kameraden aus Neugierde hergekommen war, dabei überraschte, wie er seine Schwester in die Schenkel zwickte. Sie war rot geworden, ließ ihn aber gewähren, weil sie bei dem Gedanken an die Rauferei erbebte, die es geben mußte, wenn alle Nagelschmiede sich auf Chaval stürzen würden, falls dieser seine Liebste verteidigen würde. Wohl hatte sie die unsanfte Berührung des Mannes gefühlt, aber sie schwieg aus Vorsicht. Ihr Liebster lachte übrigens nur

über den Zwischenfall. Alle vier gingen fort, und die Sache schien beigelegt. Doch kaum waren sie bei Piquette eingetreten, um einen Schoppen zu trinken, als der Nagelschmied unbekümmert wieder auftauchte und ihnen herausfordernd ins Gesicht blies. Zacharie, in seinen brüderlichen Gefühlen verletzt, hatte sich auf den Unverschämten geworfen.

»Du Schwein, das ist meine Schwester!« rief er. »Ich werde dir Respekt beibringen!«

Man trennte die beiden Männer, während Chaval ganz ruhig wiederholte:

»Laß ihn laufen; das geht mich an ... Ich sage dir, ich pfeife auf ihn!«

Jetzt traf Maheu mit seiner Gesellschaft ein, und er beruhigte Catherine und Philomène, die in Tränen gebadet waren. Die Leute ringsherum waren wieder lustig, der Nagelschmied war verschwunden. Chaval, der bei Piquette zu Hause war, zahlte Bier, um den Verdruß hinunterzuspülen. Etienne mußte mit Catherine anstoßen. Alle tranken zusammen, der Vater, die Tochter und ihr Liebhaber, der Sohn und seine Geliebte, und sagten höflich: »Auf das Wohl der Gesellschaft!« Dann bestand Pierron darauf, eine Runde zu zahlen. Es herrschte das beste Einvernehmen, als Zacharie beim Anblick seines Kameraden Mouquet sich wieder an den Nagelschmied erinnerte. Er rief Mouquet, damit sie mit dem Wallonen abrechneten.

»Ich will den Kerl verprügeln!« rief er. »Chaval, nimm Philomène und Catherine in deinen Schutz; ich komme gleich wieder.«

Jetzt war Maheu an der Reihe, Bier zu zahlen. Wenn der Junge seine Schwester rächen wolle, so gäbe er damit nur ein gutes Beispiel, meinte der Vater. Philomène ihrerseits war beruhigt, seitdem sie Mouquet gesehen hatte. Die beiden Kerle gehen sicherlich in den ›Vulkan‹, sagte sie.

Auf dem Tanzboden ›Zur Gemütlichkeit‹ beschloß man

den Festtag. Dieser Tanzboden gehörte der Witwe Désir, einer dicken Mutter von fünfzig Jahren, rund wie ein Faß, aber so frisch und wohlerhalten, daß sie noch sechs Liebhaber hatte, einen für jeden Tag der Woche, sagte sie, und alle sechs für den Sonntag. Sie nannte alle Grubenarbeiter ihre Kinder, von Rührung übermannt bei dem Gedanken an das Meer von Bier, das sie seit dreißig Jahren ihnen ausschenkte. Sie rühmte sich auch, daß keine einzige Schlepperin schwanger wurde, ohne vorher bei ihr tanzen gelernt zu haben. Die Wirtschaft ›Zur Gemütlichkeit‹ bestand aus zwei Sälen, aus der Trinkstube, wo der Schanktisch und die Tische standen, und aus dem Tanzsaal, in den man aus der Trinkstube durch eine weite Bogenöffnung gelangte. Der Tanzsaal war ein großer Raum, nur in der Mitte gedielt und ringsherum mit Ziegeln ausgelegt. Er war mit zwei Girlanden von Papierblumen geschmückt, die an der Saaldecke von einem Ende zum andern sich hinzogen und, sich in der Mitte kreuzend, von einem Kranz ebensolcher Blumen zusammengehalten wurden. An den Wänden hingen vergoldete Wappenschilder, die die Namen von Heiligen trugen: den heiligen Eligius, Schutzpatron der Eisenarbeiter; den heiligen Krispin, Schutzpatron der Schuster; die heilige Barbara, Schutzpatronin der Bergleute, kurz, den ganzen Heiligenkalender der Innungen. Die Saaldecke war so niedrig, daß die drei Musiker auf ihrer Tribüne, die nicht größer als eine Predigerkanzel war, mit dem Kopf anstießen. Die Beleuchtung besorgten vier Petroleumlampen, die am Abend in den vier Ecken des Saales aufgehängt wurden.

An diesem Sonntag begann der Tanz schon um fünf Uhr nachmittags, bei hellem Tageslicht. Aber erst gegen sieben Uhr füllte sich der Saal. Draußen hatte sich heftiger Wind erhoben. Schwarze Staubwolken wirbelten auf, die den Leuten die Sicht nahmen und sich knisternd auf die offenen Herde legten. Maheu, Etienne und Pierron kamen, um Chaval aufzusuchen, der mit Catherine tanz-

te, während Philomène, die allein blieb, ihnen zusah. Weder Levaque noch Zacharie war zu sehen. Da es im Saale an Sitzbänken fehlte, setzte sich Catherine nach jedem Tanze an den Tisch ihres Vaters. Man rief auch Philomène, doch sie wollte lieber stehen. Der Tag ging zur Neige; man sah im Saal nur noch Hüften und Brüste, die sich in einem Wirbel von Armen bewegten. Mit hellem Jubel wurde das Anzünden der vier Lampen begrüßt. Plötzlich war alles hell, die roten Gesichter, die an der Haut klebenden wirren Haare, die fliegenden Röcke, die den scharfen Geruch der schwitzenden Paare verbreiteten. Maheu zeigte Etienne die Mouquette, die, dick und fett wie eine Speckseite, am Arme eines langen, mageren Tagelöhners tanzte; sie hatte doch endlich einen Mann gefunden und sich mit ihm getröstet.
Endlich, um acht Uhr, erschien Frau Maheu mit Estelle an der Brust, gefolgt von den Kleinen, von Alzire, Henri und Lénore. Sie suchte ihren Mann und war sicher, daß sie sich nicht täuschte. Man beschloß, später zur Nacht zu essen. Niemand hatte Hunger; alle waren von Kaffee und Bier übersättigt. Es kamen noch andere Frauen, und es gab ein Getuschel, als man hinter der Maheu die Levaque eintreten sah, gefolgt von Bouteloup, der Philomènes Kinder, Achille und Désirée, an der Hand führte. Die beiden Nachbarinnen schienen Frieden gemacht zu haben; die eine drehte sich herum, um mit der anderen zu reden. Unterwegs hatte es eine große Auseinandersetzung zwischen ihnen gegeben. Die Maheu hatte sich endlich damit abgefunden, daß Zacharie heiratete. Allerdings war sie verzweifelt, den Verdienst ihres Ältesten einbüßen zu müssen, doch sah sie ein, daß es ungerecht wäre, ihn noch länger zurückzuhalten. Sie versuchte also eine gute Miene zu machen, obgleich ihr Herz von Sorgen erfüllt war, weil sie sich fragen mußte, wie sie weiter auskommen sollten, da doch ein großer Teil ihres Einkommens wegfallen würde.
»Setz dich dorthin, Nachbarin«, sagte sie und zeigte auf

einen Tisch, neben dem Maheu mit Etienne und Pierron tranken.

»Ist mein Mann nicht bei euch?« fragte die Levaque.

Die Kameraden sagten ihr, daß er wiederkommen würde. Man rückte enger zusammen. Bouteloup mit den Kindern nahm ebenfalls Platz, und man saß so gedrängt, daß die beiden Tische sich wie ein einziger ausnahmen. Man bestellte Bier. Als Philomène ihre Mutter und ihre Kinder sah, kam auch sie näher. Sie nahm einen Stuhl und war froh zu hören, daß sie endlich verheiratet werden sollte. Dann, als man Zacharie suchte, antwortete sie mit ihrer weichen Stimme:

»Ich erwarte ihn; er ist nicht weit.«

Maheu hatte mit seiner Frau einen Blick gewechselt. Wie, sie willigte ein? Er wurde ernst und rauchte schweigsam seine Pfeife. Auch ihn erfaßte die Sorge angesichts der Undankbarkeit der Kinder, die eines nach dem anderen heirateten und ihre Eltern im Elend zurückließen.

Man tanzte noch immer. Der Schluß einer Quadrille hüllte den Saal in rötlichen Staub; die Wände zitterten; eine Piccoloflöte ließ schrille Pfiffe ertönen, wie eine notleidende Lokomotive; wenn die Tänzer ausruhten, rauchten sie wie Schlote.

»Erinnerst du dich«, sagte die Levaque der Maheu ins Ohr, »daß du davon sprachst, Catherine zu erwürgen, wenn sie ›die Dummheit‹ machen würde?«

Chaval führte eben Catherine zum Familientisch zurück; sie stellten sich hinter den Vater und tranken den Rest ihres Bieres.

»Mein Gott, man sagt das nur so …«, entgegnete die Maheu kleinlaut. »Mich beruhigt nur, daß sie kein Kind bekommen wird; oh, das ist sicher. Wenn die auch einen Balg bekäme und ich sie verheiraten müßte, was würden wir dann essen?«

Die Piccoloflöte pfiff jetzt eine Polka, und während der betäubende Lärm des Tanzes wieder anfing, erzählte Maheu seiner Frau mit leiser Stimme seine Idee. Warum sollten sie nicht einen Mieter nehmen, Etienne zum Beispiel, der eine Pension suchte? Sie würden Platz haben, da ja Zacharie bald fortginge. Das Geld, das sie auf der einen Seite verlören, würden sie auf der anderen Seite wenigstens zum Teil wieder hereinbekommen. Das Gesicht der Maheu hellte sich auf. Gewiß, es sei eine gute Idee und man müsse die Sache abmachen, meinte sie. Wieder einmal schien sie vor dem Hunger gerettet; ihre Laune kehrte so rasch wieder, daß sie für die ganze Gesellschaft Bier bestellte.

Mittlerweile bemühte sich Etienne, Pierron zu gewinnen, dem er seinen Plan mit der Unterstützungskasse auseinandersetzte. Er hatte ihn versprechen lassen, mitzumachen, nachdem er so unvorsichtig war, seine wahre Absicht aufzudecken.

»Und wenn wir in Streik treten, verstehst du den Zweck dieser Kasse. Die Gesellschaft kann uns egal sein, wir haben da die ersten Mittel für einen Widerstand ... Nun, bist du dabei?«

Pierron hatte den Blick gesenkt und war bleich geworden.

»Ich will darüber nachdenken«, stammelte er. »Ein gutes Betragen ist die beste Unterstützungskasse.«

Maheu bemächtigte sich jetzt Etiennes und machte ihm rundheraus als rechtschaffener Mann den Vorschlag, ihn als Mieter in sein Haus zu nehmen. Der junge Mann ging auf den Vorschlag sofort ein, denn er wünschte sehr, im Dorf zu wohnen und mehr unter den Kameraden zu leben. Man schloß mit wenigen Worten das Geschäft ab, und die Maheu erklärte, man würde nur die Heirat der Kinder abwarten.

Endlich kam auch Zacharie mit Mouquet und Levaque. Alle drei brachten die Gerüche des ›Vulkan‹ mit, einen Dunst von Wacholderbranntwein und den scharfen Moschusgeruch der schmutzigen Dirnen. Sie waren sehr betrunken, schienen mit sich selbst zufrieden und stießen sich zum Spaß mit den Ellbogen. Als Zacharie hörte, daß er endlich heiraten sollte, lachte er so stark, daß er fast erstickte. Philomène erklärte, sie sähe ihn lieber lachen als weinen. Da kein Stuhl mehr frei war, überließ Bouteloup die Hälfte des seinen dem Levaque; und dieser, von dem Anblick der versammelten Familie plötzlich gerührt, ließ noch einmal Bier auffahren.

»Man ist doch nicht alle Tage vergnügt, was?!« schrie er.

Sie blieben bis zehn Uhr da. Es kamen noch mehr Weiber hinzu, um ihre Männer heimzuführen. Hinter den Weibern folgten Scharen von Kindern; und die Mütter taten sich keinen Zwang an, holten ihre Brüste hervor – Brüste, lang und weiß wie Mehlsäcke – und badeten ihre pausbäckigen Kleinen in Milch. Die Kinder aber, die Bier getrunken hatten, krochen unter den Tischen herum und entleerten sich da ohne Scham. Die Bierflut stieg immer höher. Die Fässer der Witwe Désir wurden leer, und die Bäuche wurden voll; das Bier floß überall, aus der Nase, aus den Augen und von anderwärts. Die Leute schwollen an, wie sie auf einem Haufen zusammen saßen, daß jeder mit der Schulter oder dem Knie an den Nachbar stieß, und alle waren lustig und guter Dinge, weil sie so eng beieinander waren. Die Mäuler standen in unaufhörlichem Gelächter bis zu den Ohren offen. Es war heiß wie in einem Backofen; man wurde fast gebraten, und man machte es sich bequem; die entblößten Glieder erhielten in dem Tabaksqualm einen Goldschimmer; die einzige Unbehaglichkeit war nur, daß man sich zuweilen stören mußte; von Zeit zu Zeit erhob sich ein Mädchen, ging in den Hof, hockte sich neben dem Brunnen nieder, hob die Röcke und kam dann wieder zurück. Die Tänzer unter den Papiergirlanden sahen einander nicht mehr, so schwitzten sie. Das ermutigte die Kohlenburschen, die Schlepperinnen umzuwerfen, wenn sie im Gewühl des Tanzes zufällig zusammenstießen. Wenn ein Mädchen hinfiel und ein Mann auf sie, übertönte die Piccoloflöte den Fall mit ihrem überlauten Quieken, und sie wurden von den stampfenden Füßen fortgewälzt, als wäre der ganze Ballsaal über ihnen zusammengestürzt.

Jemand sagte im Vorübergehen zu Pierron, daß seine Tochter Lydie vor der Türe quer auf dem Straßenpflaster schlafe. Sie hatte ihren Teil aus der gestohlenen Schnapsflasche erhalten und war nun betrunken. Er mußte sie heimtragen, während Jeanlin und Bébert, die noch fester auf den Beinen standen und die Sache sehr drollig fanden, ihm von ferne folgten. Es war das Zeichen zum Aufbruch. Ganze Familien verließen die Schenke ›Zur Gemütlichkeit‹; auch die Familien Maheu und Levaque entschlossen sich heimzukehren. In diesem Augenblick verließen auch Vater Bonnemort und der alte Mouque Montsou, bedächtigen Schrittes, in ihre Erinnerungen still versunken. So kehrten alle zusammen heim; man ging noch einmal durch das Marktgewühl mit den Bratöfen, in denen die Kartoffeln erstarrten, den Schenken, deren letzte Schoppen auf die Straße ausliefen. Noch immer drohte das Gewitter. Die Lustigkeit stieg höher und höher, als man die letzten beleuchteten Häuser des Dorfes hinter sich hatte und sich auf der finsteren Landstraße verlor. Ein heißer Hauch strich über das reife Getreide; in dieser Nacht wurden viele Kinder gemacht. In regellosen Scharen langte man im Arbeiterdorf an. Weder die Levaque noch die Maheu hatten zum Abendessen den richtigen Appetit. Sie schliefen schon, während sie das vom Mittagessen übriggebliebene Rindfleisch aßen.

Etienne war mit Chaval gegangen, um bei Rasseneur noch zu trinken.

»Ich bin dabei«, sagte Chaval, als der junge Mann ihm die Angelegenheit der Unterstützungskasse erklärt hatte. »Schlag ein, du bist ein wackerer Junge.«

Etiennes Augen flammten jetzt in einem beginnenden Rausch auf.

»Ja, wir wollen einig sein«, rief er. »Gerechtigkeit über alles; dafür gebe ich Wein und Weiber hin. Das ist, was mir das Herz warm macht: der Gedanke, daß wir die Spießbürger bald hinwegfegen werden.«

III

Mitte August zog Etienne zu den Maheu, nachdem Zacharie, der inzwischen geheiratet hatte, für Philomène und seine zwei Kinder ein leergewordenes Haus von der Gesellschaft bekommen hatte. In der ersten Zeit war der junge Mann Catherine gegenüber verlegen. Sie lebten ständig beisammen. Der junge Mann war ihr der ältere Bruder. Er teilte das Bett mit Jeanlin, das dem Bett der erwachsenen Schwester gegenüber stand. Er mußte sich vor ihr an- und ausziehen, wie er auch sah, wenn sie sich entkleidete. Wenn sie den letzten Rock ablegte, erblickte er sie in ihrer fahlen Weiße, in dem durchsichtigen Schneeweiß der blutarmen Blonden; und er fühlte eine ständige Erregung, wenn sie nackt dastand, Hände und Gesicht schon verdorben, wie in Milch getaucht von den Füßen bis zum Hals, um den der Hauch der Luft einen braunen Streif gelegt hatte. Obgleich er sich zum Schein abwandte, kannte er sie doch bald vollständig. Zuerst die Füße, die seine zu Boden gesenkten Augen sahen; dann ein Knie, das er erblickte, wenn sie unter die Bettdecke schlüpfte; dann den Busen mit den kleinen, harten Brüsten, wenn sie sich des Morgens über das Waschbecken bückte. Sie schaute ihn nicht an, beeilte sich jedoch und war in zehn Sekunden entkleidet und neben Alzire ausgestreckt. Das geschah mit der Geschmeidigkeit einer Schlange, so daß er kaum seine Schuhe ausgezogen hatte, wenn sie im Bett verschwand, ihm den Rücken kehrte und nichts als ihren dicken Haarknoten zeigte.

Sie hatte übrigens niemals Grund, zornig zu werden. Obgleich er unwillkürlich und wie gebannt auf den Augenblick lauerte, in dem sie zu Bett ging, vermied er doch alle Scherze und gefährlichen Handgreiflichkeiten. Die Eltern waren da, und überdies bewahrte er für sie ein aus Freundschaft und Groll gemischtes Gefühl, das ihn hinderte, sie wie eine Dirne zu behandeln, nach der man Verlangen trägt, trotz der Ungezwungenheit ihres gemeinsamen Lebens, bei der Toilette, bei den Mahlzeiten, während der Arbeit, ohne daß auch ihre geheimsten Bedürfnisse ihnen verborgen geblieben wären. Die Schamhaftigkeit der Familie beschränkte sich auf das tägliche Waschen, das das Mädchen jetzt allein in der oberen Stube vornahm, während die Männer einer nach dem anderen unten badeten.

Nach einem Monat schienen Etienne und Catherine einander nicht zu sehen, wenn sie, bevor die Kerze ausgelöscht wurde, entkleidet im Zimmer umhergingen. Sie beeilte sich jetzt nicht mehr, nahm vielmehr ihre frühere Gewohnheit wieder auf, am Bettrand sitzend ihre Haare aufzustecken, die nackten Arme in der Luft, das Hemd bis zu den Schenkeln zurückgestreift, während er, ohne Hosen, ihr zuweilen behilflich war und die Stecknadeln suchte, die sie verloren hatte. Die Gewohnheit tötete das Schamgefühl vor ihrer Nacktheit. Sie fanden es natürlich, so zu sein, da sie nichts Schlimmes taten und es nicht ihre Schuld war, wenn sie mit so vielen Leuten in einer Stube leben mußten. Doch gerieten sie zuweilen plötzlich in Verlegenheit, in Augenblicken, wo sie an nichts Böses dachten. Wenn er viele Abende nicht mehr die Nacktheit ihres Körpers gesehen hatte, sah er sie plötzlich wieder, so weiß, daß er erschauerte und sich abwenden mußte, weil er fürchtete, daß er der Versuchung erliegen könnte, die Hände auszustrecken und sie zu ergreifen. Sie hingegen wurde an manchen Abenden ohne ersichtliche Ursache von einer Regung der Scham ergriffen und flüchtete unter die Bettdecke, als fühlte sie die Hände des Burschen sie erfassen. Dann, wenn die Kerze ausgelöscht war, merkten sie, daß sie nicht schliefen, daß sie trotz ihrer Ermüdung aneinander dachten. Das machte sie am folgenden Tage unruhig und schweigsam; denn sie zogen die Abende vor, an denen es keine Aufregung gab und sie ruhig und bequem zu Bett gingen.

Etienne beklagte sich nur über Jeanlin, der einen unruhigen Schlaf hatte. Alzire atmete leicht und kaum hörbar, Lénore und Henri fand man morgens eng umschlungen, so wie man sie abends zu Bett gebracht hatte. In der Dunkelheit des Hauses hörte man nur das Schnarchen der Eheleute Maheu in regelmäßigen Abständen, wie einen Blasebalg. Alles in allem gefiel es Etienne besser als bei Rasseneur. Das Bett war nicht schlecht, und die Bettwäsche wurde monatlich einmal gewechselt. Es gab auch eine bessere Suppe, aber nur selten kam Fleisch auf den Tisch. Doch die anderen lebten auch nicht besser, und für fünfundvierzig Franken Pension konnte er nicht verlangen, daß man ihm zu jeder Mahlzeit einen Kaninchenbraten vorsetzte. Diese fünfundvierzig Franken waren für die Familie eine Hilfe. Man konnte leben und machte nicht zu viele Schulden. Die Maheu zeigten sich ihrem Mieter gegenüber dankbar. Seine Wäsche wurde gewaschen und ausgebessert, die Knöpfe festgenäht, die Arbeitskleider in Ordnung gehalten, kurz, er fühlte sich von der Sauberkeit und Sorgfalt einer Frau umgeben.

Das war die Zeit, in der Etienne jene Ideen begriff, die ihn so sehr bewegten. Bis dahin hatte er inmitten der dumpfen Gärung unter seinen Kameraden nur die Empörung des Instinktes gefühlt. Viele verworrene Fragen tauchten in ihm auf. Warum lebten die einen im Elend und die anderen in Reichtum? Warum wurden die einen von den anderen geknechtet, ohne Hoffnung, jemals an ihre Stelle zu gelangen? Zuerst begriff er seine Unwissenheit. Dann quälte ihn eine geheime Scham, ein verborgener Kummer. Er wußte nichts; er wagte nicht von den Dingen zu sprechen, die ihn so leidenschaftlich erregten, von der Gleichheit aller Menschen, von der Gerechtigkeit, die die Aufteilung der irdischen Güter forderte. Er warf sich auf das Studium mit der regellosen und maßlosen Wißbegierde der Unwissenden. Er unterhielt jetzt einen regelmäßigen Briefwechsel mit Pluchart, der besser unterrichtet war und mitten in der sozialistischen Bewegung stand. Er ließ sich Bücher senden, deren unvollständig erfaßter Inhalt ihm vollends den Kopf verwirrte, besonders ein Buch: ›Die Gesundheitslehre des Bergarbeiters‹, in dem ein belgischer Arzt alle Krankheiten aufzählte, an denen die Bergleute zugrunde gehen, dann volkswirtschaftliche Abhandlungen in unverständlicher technischer Trockenheit, anarchistische Flugschriften, die ihn in Aufruhr versetzten, alte Zeitungen, deren Behauptungen er als unanfechtbare Beweise in seinen Diskussionen anführte. Auch Souvarine lieh ihm Bücher. Das Werk über die Kooperativ-Genossenschaften ließ ihn einen vollen Monat über einen allgemeinen Bund zum Austausch der Werte brüten, bei dem das Geld abgeschafft und die Arbeit zur Grundlage des ganzen gesellschaftlichen Lebens gemacht werden sollte. Er verlor die Scham über seine Unwissenheit und wurde stolz, seitdem er sich als Denker fühlte.

In den ersten Monaten kam Etienne über die Begeisterung des Neubekehrten nicht hinaus. Das Herz ging ihm in edler Entrüstung gegen die Bedrücker auf, und er frohlockte in der Hoffnung auf den nahen Sieg der Bedrückten. In dem Wirbel der Gedanken, den diese Bücher in seinem Kopf hervorriefen, gelang es ihm nicht, sich ein System zurechtzulegen. Die praktischen Vorschläge der Gegenseitigkeit Rasseneurs vermengte er mit den Umsturzplänen Souvarines, und wenn er die Schenke ›Zum wohlfeilen Schoppen‹ verließ, wo er fast jeden Tag mit Rasseneur und Souvarine gegen die Bergwerksgesellschaft wetterte, schwebte er wie in einem Traum, sah die endliche Wiedergeburt der Völker, die sich vollzog, ohne daß eine Fensterscheibe zerbrochen oder ein Tropfen Blut vergossen wurde. Die Mittel der Durchführung blieben für ihn in Dunkel gehüllt. Er zog es vor zu glauben, daß alles gut gehen würde. Denn sobald er ein Programm aufstellen wollte, nach dem die Welt neu eingerichtet werden sollte, verloren sich seine Gedanken in unlösbarer Verwirrung. Er zeigte sich sogar gemäßigt und inkonsequent und wiederholte zuweilen, daß man die Politik von den sozialen Fragen trennen müsse, eine Phrase, die er oft gelesen hatte und die in den Ohren der schwerfälligen Bergleute, unter denen er lebte, gut zu klingen schien.

In der Familie Maheu war es jetzt zur Gewohnheit geworden, nach dem Abendessen noch eine halbe Stunde in der Wohnstube zu bleiben, ehe man zum Schlafen hinaufging. Etienne sprach immer über den gleichen Gegenstand. Wie sich sein Gefühl verfeinerte, verletzte ihn jetzt noch mehr das in dem Arbeiterdorf allgemein übliche Zusammenleben der Geschlechter. Waren die Menschen denn Tiere, die in den Feldern zusammengepfercht leben mußten und derart zusammengedrängt, daß man sein Hemd nicht wechseln konnte, ohne dem Nachbarn den Hintern zu zeigen? Wie sollte das der Gesundheit zuträglich sein, und wie mußten die Burschen und Mädchen dabei notgedrungen verkommen!

»Mein Gott!« pflegte Maheu zu bemerken, »wenn man mehr Geld hätte, würde man es sich auch bequemer einrichten können ... Immerhin ist es schlimm genug für alle, daß man derart eng miteinander leben muß. Das Ende von allem sind immer betrunkene Männer und schwangere Mädchen.«

Dies war das Gespräch der Familie. Jeder sagte seinen Teil, während die Petroleumlampe die ohnehin nach gebratenen Zwiebeln riechende Luft noch mehr verdarb. Nein, wahrhaftig, das Leben war nicht mehr schön. Man hatte, wie die Tiere, eine Arbeit zu verrichten, mit der ehemals die Galeerensklaven bestraft wurden, man riskierte immer öfter die Knochen dabei, und all das, um abends nicht einmal Fleisch auf dem Tische zu haben. Man hatte zwar zu essen, aber so wenig, gerade genug, um nicht vor Hunger zu verrecken; man war verschuldet bis über den Kopf und wurde verfolgt, als würde man sein Brot stehlen. Wenn der Sonntag kam, schlief man vor Müdigkeit. Das einzige Vergnügen sei, sich zu betrinken oder seinem Weibe ein Kind zu machen. Und was habe man davon? Das Bier mache nur einen dicken

Wanst und von den Kindern habe man später nur Undank. Nein, nein, das Leben sei nicht schön.

Nun mischte Frau Maheu sich ein:

»Es ist traurig, daß man sich sagen muß, es wird nicht besser werden … Wenn man jung ist, bildet man sich ein, das Glück werde kommen, und man hofft auf allerlei Dinge; dann sieht man, daß das Elend kein Ende nimmt, daß man darin eingeschlossen ist. Ich wünsche niemandem Schlimmes, aber manchmal empört mich diese Ungerechtigkeit.«

Stillschweigen trat ein. Alle atmeten verhalten in einem unbestimmten Unbehagen angesichts der Ausweglosigkeit. Nur wenn Vater Bonnemort da war, riß er erstaunt die Augen auf. Zu seiner Zeit quälte man sich nicht in dieser Weise; man war in der Kohle geboren und klopfte im Gestein, ohne etwas anderes zu verlangen; jetzt wehte ein Wind, der die Bergleute ehrgeizig machte.

»Man soll nichts verschmähen«, brummte er. »Ein guter Schoppen ist ein guter Schoppen … Die Vorgesetzten sind oft Halunken; aber Vorgesetzte wird es immer geben, ist das nicht wahr? Es ist unnütz, sich darüber den Kopf zu zerbrechen.«

Sogleich fuhr Etienne auf. Wie, der Arbeiter sollte nicht nachdenken dürfen? Deshalb würden die Dinge ja nun bald besser werden, weil der Arbeiter heutzutage nachdächte. Früher lebte der Bergmann in der Grube wie ein Tier, wie eine Fördermaschine, immer unter der Erde, taub und blind für die Ereignisse der Außenwelt. Die herrschenden Reichen hatten es daher leicht, sich zu verständigen, ihn zu kaufen und zu verkaufen, um sein Fleisch zu essen; er ahnte es gar nicht. Jetzt erwachte der Bergmann in seiner Grube; er keimte in der Erde wie wirkliches Korn; eines Tages wird er mitten aus den Feldern emporwachsen; jawohl, Männer werden wachsen, eine Armee von Männern, die die Gerechtigkeit wiederherstellen werden. Seien denn seit der Revolution nicht alle Bürger gleich? Da man zusammen seine Stimme ab-

gab, durfte der Arbeiter noch länger der Sklave des Arbeitgebers sein, der ihn bezahlte? Die großen Gesellschaften mit ihren Maschinen erdrückten alles, und man hatte gegen sie nicht einmal mehr den Schutz der alten Zeit, als die Leute des gleichen Handwerks sich zu ihrer Verteidigung zusammentaten. Deswegen, zum Donnerwetter! und wegen anderer Dinge würden, dank der fortgeschrittenen Bildung, eines Tages alles in die Luft fliegen. Man brauche nur einen Blick in das Arbeiterdorf zu tun. Die Großväter konnten nicht einmal ihren Namen schreiben; die Väter konnten ihn schon schreiben, die Söhne aber schrieben und lasen wie Professoren. Es sprießte allmählich eine herrliche Saat von Männern hervor, die in der Sonne reifte. Sobald nicht mehr jeder sein ganzes Leben lang auf einem Fleck klebte und man den Ehrgeiz haben konnte, sich an die Stelle des Nachbarn zu setzen, warum sollte man nicht seine Fäuste gebrauchen und danach trachten, der Stärkere zu sein?
Maheu wurde wankend, blieb aber mißtrauisch.
»Wer sich rührt, dem gibt man sein Arbeitsbuch zurück«, sagte er. »Der Alte hat recht. Der Bergmann wird immer der Geplagte sein, ohne Aussicht, von Zeit zu Zeit einen Hammelbraten essen zu können.«
Die Maheu, die seit einer Weile geschwiegen hatte, sagte jetzt, wie aus einem Traum erwachend:
»Wenn es wenigstens wahr wäre, was die Pfarrer erzählen, daß die Armen in dieser Welt die Reichen in der anderen Welt sein werden.«
Lautes Gelächter unterbrach sie, und auch die Kinder zuckten mit den Achseln. Das Leben außer Hause hatte sie ungläubig gemacht; wohl fürchteten sie noch die Geister der Grube, doch über den leeren Himmel machten sie sich lustig.
»Ja, die Pfarrer!« rief Maheu. »Wenn sie das selbst glaubten, würden sie weniger essen und mehr arbeiten, um sich einen guten Platz da oben zu sichern. Nein, nein; wenn man tot ist, ist man tot.«

Frau Maheu seufzte tief. »Oh, mein Gott! mein Gott!« Und sie ließ in unendlicher Trostlosigkeit die Hände auf die Knie niedersinken:

»Dann ist es also wahr, wir sind eben verloren.«

Alle schauten einander an. Der Vater Bonnemort spie in sein Taschentuch, während Maheu seine kalte Pfeife anzubrennen vergaß. Alzire hörte zu, zwischen Lénore und Henri sitzend, die am Tisch eingeschlafen waren. Catherine, das Kinn auf die Hand gestützt, schaute mit ihren großen Augen unverwandt auf Etienne, wenn er voll Unmut sein Glaubensbekenntnis hersagte und die zauberische Zukunft seines sozialen Traumes erschloß. In den Häusern ringsumher ging man zur Ruhe; man hörte nichts mehr als das ferne Weinen eines Kindes oder das Gezänk eines verspäteten Trunkenboldes. Die Kuckucksuhr in der Stube ließ ihr langsames Ticktack vernehmen, von den mit Sand bestreuten Fliesen stieg trotz der schwülen Luft kühle Feuchtigkeit auf.

»Das sind auch wieder solche Ideen!« sagte der junge Mann. »Braucht ihr einen guten Gott und sein Paradies, um glücklich zu sein? Könnt ihr euch nicht selbst das Glück hienieden verschaffen?«

Endlos floß seine eifrige Rede von den Lippen. Der verschlossene Horizont öffnete sich plötzlich und es wurde mit einem Schlage hell in dem düsteren Dasein dieser armen Leute. Die ewige Wiederkehr des Elends, die tierische Arbeit, das Schicksal des Schafes, das seine Wolle hergibt, um schließlich geschlachtet zu werden, aller Jammer verschwand, wie hinweggescheucht durch einen gewaltigen Sonnenstrahl. Und in blendendem Zauberglanze stieg die Gerechtigkeit vom Himmel herab. Da der gute Gott tot war, mußte die Gerechtigkeit das Glück der Menschen sichern, indem sie Gleichheit und Brüderlichkeit herrschen ließ. Eine neue Gesellschaft wuchs an einem Tage heran, wie in den Träumen, eine neue, ungeheure Stadt von wunderbarem Glanz, in der jeder Bürger von seiner Arbeit lebte und seinen Anteil an den gemeinsamen Freuden hatte. Die alte, vermoderte Welt war in Staub zerfallen; eine Menschheit, geläutert von ihren Sünden, bildete ein einziges Volk von Arbeitern, das die Losung hatte: jedem nach seinem Verdienst und jedem Verdienst nach seinen Werken. Und dieser Traum breitete sich immer mehr aus und wurde immer schöner; und je höher seine Unmöglichkeit stieg, um so verführerischer wurde er.

Von dumpfem Entsetzen ergriffen, wollte Frau Maheu anfänglich nichts hören. Nein, nein, es wäre zu schön, man dürfe sich solchen Ideen nicht hingeben, denn sie würden das Leben dann nur noch abscheulicher erscheinen lassen, und man würde dann alles niedermetzeln, um glücklich zu sein. Als sie Maheus Augen funkeln sah, der verwirrt und so gut wie gewonnen war, unterbrach sie Etienne und rief beunruhigt aus:

»Lieber Mann, höre ihn nicht an! Du verstehst, daß er uns Märchen erzählt ... Werden die Spießbürger jemals so arbeiten wollen wie wir?«

Doch allmählich wirkte der Zauber auch auf sie. Sie lächelte schließlich, als ihre Einbildungskraft erweckt war und sie in das Feenreich der Hoffnung einzog. Es war so lieblich, eine Stunde lang die traurige Wirklichkeit zu vergessen. Wenn man wie die Tiere lebt, bis zur Erde gebeugt, muß man doch wohl einen Lügenwinkel haben, wo man sich Dinge gönnt, die man nie besitzen wird. Und was sie in leidenschaftliche Aufregung und in Übereinstimmung mit dem jungen Mann brachte, das war die Idee der Gerechtigkeit.

»Sie haben recht!« rief sie. »Für eine gerechte Sache könnte ich mich in Stücke hacken lassen ... Und wirklich, es wäre nur gerecht, wenn auch für uns endlich bessere Tage kämen.«

Nun wagte auch Maheu sich zu begeistern.

»Donnerwetter!« rief er; »ich bin nicht reich, aber ich würde hundert Sous dafür geben, wenn ich das noch vor meinem Tode sehen könnte. Was für eine Umwälzung!

Wird das bald sein? Und wie wird man die Sache anfassen?«

Etienne begann wieder zu sprechen. Die alte Gesellschaft krache in allen Fugen und könne sich nur noch einige Monate halten, behauptete er kühn. Über die Mittel der Durchführung äußerte er sich weniger bestimmt, vermengte alles durcheinander, was er in den Büchern gelesen hatte, erging sich vor diesen unwissenden Leuten ohne Scheu in Erklärungen, in denen er sich schließlich selbst verlor. Dabei kamen alle Systeme an die Reihe, gemildert durch die Gewißheit eines leichten Sieges, durch den Friedenskuß, der schließlich die Mißverständnisse der Klassen beseitigen würde, was allerdings nicht ausschlösse, daß man die störrischen Köpfe unter den Arbeitgebern und Spießbürgern zur Vernunft würde bringen müssen. Und die Maheu schienen zu begreifen, stimmten ihm zu, fanden die wunderbaren Lösungen möglich, mit dem blinden Glauben der Neubekehrten, gleich den ersten Christen, die das Erstehen einer vollkommenen Gesellschaft auf den Ruinen der alten Welt erwarteten. Die kleine Alzire fing einzelne Worte auf, dachte sich das Glück in der Gestalt eines stets warmen Hauses, wo die Kinder spielen und essen konnten, soviel sie wollten. Catherine saß stumm da, den Kopf auf die Hand gestützt, und blickte Etienne unverwandt an. Als dieser zu sprechen aufhörte, fuhr sie zusammen und wurde bleich, wie von einem Schauer ergriffen.

Doch jetzt blickte Frau Maheu auf die Kuckucksuhr.

»Schon neun Uhr vorüber!« rief sie. »Ist das möglich? Wir werden morgen nicht aufstehen können.«

Und die Maheu erhob sich vom Tisch, in unbehaglicher, fast verzweifelter Stimmung. Es war ihnen, als wären sie reich geworden und sänken nun mit einem Male wieder ins Elend zurück. Der Vater Bonnemort, der zur Grube ging, brummte, daß solche Geschichten die Suppe nicht besser machten. Die anderen gingen, einer hinter dem andern, hinauf und machten ihre Bemerkungen über die feuchten Mauern und die drückende, schlechte Luft. Als Catherine als letzte zu Bett gegangen war und die Kerze ausgelöscht hatte, hörte Etienne in der tiefen Stille des schlafenden Dorfes, wie das Mädchen sich in fiebernder Erregung lange Zeit auf seinem Lager wälzte, ehe es Ruhe finden konnte.

Bei diesen abendlichen Gesprächen waren oft auch Nachbarn anwesend. Levaque, den die Idee der Teilung begeisterte; Pierron, der vorsichtig war und schlafen ging, sobald die Gesellschaft angegriffen wurde. Dann und wann kam auch Zacharie auf einen Augenblick; doch die Politik langweilte ihn, und er zog es vor, bei Rasseneur einen Schoppen zu trinken. Was Chaval betraf, so überbot er alle und forderte Blut. Fast jeden Abend verbrachte er eine Stunde bei den Maheu, und in dieser Beharrlichkeit lag eine uneingestandene Eifersucht, die Furcht, daß man ihm Catherine nehmen könnte. Er fühlte sich zu dem Mädchen, dessen er schon überdrüssig geworden war, wieder hingezogen, seitdem ein Mann in seiner Nähe schlief und es ihm bei Nacht genommen werden konnte.

Etiennes Einfluß dehnte sich aus. Er brachte allmählich das ganze Bergarbeiterdorf in Aufruhr. Es war eine unmerkliche Propaganda, die um so sicherer war, als Etienne in aller Achtung stieg. Die Maheu, als kluge Hausfrau noch mißtrauisch, behandelte ihn rücksichtsvoll, als einen jungen Mann, der pünktlich zahlte, weder trank noch spielte und sich immer mit seinen Büchern beschäftigte; und sie brachte ihn bei den Nachbarinnen in den Ruf eines gutunterrichteten jungen Mannes, und die Nachbarinnen nutzten es aus, um sich ihre Briefe von ihm schreiben zu lassen. Er war eine Art Vertrauensmann geworden, der von den Familien in allen schwierigen Fällen zu Rate gezogen wurde. Im Monat September gelang es ihm endlich auch, seine Unterstützungskasse zu gründen. Wohl stand sie noch auf schwachen Füßen, weil sie nur die Bewohner des Dorfes zu ihren Mitgliedern zählte. Aber er hoffte auf den Anschluß der Bergleute sämtlicher Gruben, besonders da die Gesellschaft, die sich bisher gleichgültig zeigte, auch weiterhin keine Schwierigkeiten machen würde. Man hatte ihn zum Sekretär des Unterstützungsvereins gewählt, und er bezog sogar ein kleines Gehalt für die Besorgung der schriftlichen Arbeiten. Dadurch wurde er fast wohlhabend. Ein verheirateter Bergmann konnte kaum seinen Lebensunterhalt verdienen, ein lediger jedoch, der keine anderen Laster hatte, konnte einen Spargroschen zurücklegen.

Von da vollzog sich bei Etienne eine langsame Umwandlung. Es erwachte in ihm der Sinn für eine bessere Lebensführung, der in seiner Armut geschlummert hatte. Er kaufte sich Kleider und ein Paar feine Stiefel. Mit einem Schlage wurde er Führer. Das ganze Dorf scharte sich um ihn. Es war eine köstliche Befriedigung der Eigenliebe, und er berauschte sich an den ersten Freuden der Volkstümlichkeit. Daß er, noch so jung, vor kurzem noch Tagelöhner, als Gebieter an der Spitze der anderen stand, erfüllte ihn mit Stolz, nährte seinen Traum von einer nahen Revolution, in der er eine Rolle spielen sollte. Sein Gesicht veränderte sich; er wurde ernst und hörte sich gern reden, während sein wachsender Ehrgeiz seine Theorien fieberhaft durchglühte und ihn zum Kampf drängte.

Indessen kam der Spätherbst. Die Oktoberkälte hatte die kleinen Gärten des Arbeiterdorfes mit Rost überzogen. Die Schlepper und Schlepperinnen suchten nicht mehr Zuflucht hinter den dürren Fliederbüschen. Nur noch Wintergemüse, Kohlköpfe und der mit den Perlen weißen Reifes überzogene Lauch und Spätsalat waren übriggeblieben. Wieder peitschte der Regen die roten Ziegeldächer und ergoß sich geräuschvoll in die Fässer unter den Dachtraufen. Die Öfen in den Häusern wurden nicht mehr kalt und erfüllten die Luft in den Stuben mit Kohlendünsten. Die Jahreszeit des Elends fing wieder an.

In einer der ersten kalten Oktobernächte konnte Etienne nicht einschlafen, weil er nach dem Vortrag, den er unten in der Wohnstube gehalten hatte, noch in großer Erregung war. Er hatte Catherine unter die Bettdecke schlüpfen und dann die Kerze auslöschen sehen. Auch sie schien erregt und von einer jener Keuschheitsregungen gequält zu sein, in der sie zuweilen sich so hastig und ungeschickt entkleidete, daß sie sich nur noch mehr entblößte. Unbeweglich, wie tot lag sie in der Finsternis in ihrem Bett. Aber er merkte dennoch, daß sie nicht schlief. Er fühlte es, daß sie an ihn dachte, wie er an sie. Niemals hatte dieser stumme Austausch ihrer Gedanken sie in solche Verwirrung versetzt. Es vergingen Minuten, weder er noch sie bewegten sich; nur ihr Atem floß zusammen, trotz ihrer Anstrengungen, ihn zurückzuhalten. Zweimal war er auf dem Sprung, sich zu erheben und von ihr Besitz zu ergreifen. Es war doch töricht, ein so großes Verlangen nach einander zu ertragen und es nicht zu befriedigen. Warum der Begierde widerstehen? Die Kinder schliefen; sie war bereit; er war sicher, daß sie mit stockendem Atem, stumm, mit zusammengepreßten Zähnen darauf wartete, daß er die Arme um sie schlingen würde. So verging nahezu eine Stunde. Er ging nicht hin, um von ihr Besitz zu nehmen. Sie wandte sich nicht um, aus Furcht, daß sie ihn rufen könnte. Je mehr sie Seite an Seite lebten, um so mehr erhob sich zwischen ihnen eine Scheidewand von Scham, Widerstreben, freundschaftlicher Zartheit, die sie selbst nicht erklären konnten.

IV

»Höre, Mann«, sagte die Maheu zu ihrem Gatten, »wenn du nach Montsou gehst, um deinen Lohn in Empfang zu nehmen, bringe mir ein Pfund Kaffee und ein Kilo Zukker mit.«

Maheu war damit beschäftigt, einen seiner Schuhe zu flicken, um den Schuster zu sparen.
»Gut«, brummte er, ohne die Arbeit zu unterbrechen.
»Ich möchte auch, daß du zum Fleischer gehst. Ein Stück Kalbfleisch wäre nicht schlecht, wir haben schon lange keins gesehen.«
Jetzt blickte er auf.
»Glaubst du denn, ich habe Tausende zu bekommen? ... Der Halbmonatslohn wird mager ausfallen, da sie fortwährend die Arbeit unterbrechen lassen.«
Jetzt schwiegen beide. Es war nach dem Frühstück an einem Sonnabend gegen Ende Oktober. Unter dem Vorwand der Lohnauszahlung hatte die Gesellschaft heute wieder die Kohlenförderung in allen Schächten eingestellt. Angesichts der immer drückenderen Krise und weil sie die ohnehin großen Vorräte nicht noch mehr vergrößern wollte, war ihr jeder Vorwand recht, um die zehntausend Arbeiter feiern zu lassen.
»Du weißt, daß Etienne dich bei Rasseneur erwartet«, fuhr die Maheu fort. »Er wird schlauer sein als du, um sich zu wehren, wenn man euch die Arbeitsstunden nicht richtig berechnen sollte.«
Maheu nickte zustimmend.
»Und sprich auch mit den Herren wegen deines Vaters. Der Arzt steckt mit der Direktion sicherlich unter einer Decke ... Nicht wahr, Alter, der Doktor irrt sich, du kannst noch arbeiten?«
Seit zehn Tagen saß Vater Bonnemort mit steifen Beinen auf einem Sessel, wie angenagelt. Die Maheu mußte die Frage wiederholen; dann brummte er:
»Gewiß werde ich arbeiten. Weil man schlechte Beine hat, ist man noch nicht fertig. Das sind so Geschichten, die sie nur erfinden, um mir nicht meine Pension von hundertachtzig Franken geben zu müssen.«
Die Maheu dachte an die vierzig Sous Taglohn, die ihr der Alte vielleicht nie wieder bringen werde, und dieser Gedanke erpreßte ihr einen Angstschrei.

»Mein Gott, wir werden bald alle tot sein, wenn das so weitergeht.«
»Wenn man tot ist, hat man keinen Hunger«, sagte Maheu.
Er schlug noch einige Nägel in seine Schuhe und machte sich endlich auf den Weg. Das Dorf der Zweihundertvierzig sollte erst um vier Uhr abgelohnt werden. Die Männer beeilten sich darum auch nicht sehr, verweilten auf der Straße, gingen einer nach dem andern, verfolgt von ihren Weibern, die sie baten, sogleich zurückzukehren. Viele gaben ihren Männern Aufträge, um sie zu hindern, in den Schenken sitzen zu bleiben.
Etienne war bei Rasseneur eingetreten, um Neuigkeiten zu erfahren. Allerlei beunruhigende Gerüchte waren in Umlauf. Man erzählte, die Gesellschaft sei mit den Verholzungen immer unzufriedener. Es regnete Geldstrafen; ein Zerwürfnis schien unausweichlich. Das war übrigens nur der eingestandene Zwist, unter dem sich geheime und ernste Ursachen verbargen.
Als Etienne ankam, erzählte ein Kamerad, der, von Montsou zurückgekehrt, seinen Schoppen trank, daß bei dem Kassierer eine Ankündigung angeschlagen sei; aber er wisse nicht, was sie enthalte. Es kam ein zweiter und ein dritter, und jeder brachte eine andere Geschichte mit. Es schien jedoch sicher, daß die Gesellschaft einen Entschluß gefaßt habe.
»Was sagst du dazu?« fragte Etienne, indem er sich zu Souvarine setzte, der ein Paket Tabak auf dem Tisch vor sich liegen hatte.
Der Maschinist beeilte sich nicht mit der Antwort. Er drehte sich langsam eine Zigarette und entgegnete schließlich:
»Es war leicht vorauszusehen; man wird euch zum Äußersten drängen.«
Er allein war scharfsinnig genug, um die Lage zu erkennen. Er erklärte sie ihnen in seiner ruhigen Art. Von einer Krise betroffen, sei die Gesellschaft genötigt, die

Kosten zu vermindern, wenn sie nicht zusammenbrechen wollte. Natürlich müßten zunächst die Arbeiter Opfer bringen, ihnen würde man unter irgendwelchen Vorwänden die Löhne beschneiden. Seit zwei Monaten lag die Kohle aufgehäuft, fast alle Fabriken feierten. Da sie nicht den Betrieb einstellen wollte, weil die Untätigkeit das wertvolle Material verderben konnte, mußte sie an einen Ausweg denken, vielleicht an einen Streik, aus dem die Bergleute mit verkürzten Löhnen hervorgehen würden. Endlich war sie auch durch die neue Unterstützungskasse beunruhigt. Diese drohte eine Gefahr für die Zukunft zu werden, während ein Streik sie von ihr befreien würde, da sie, noch wenig kapitalkräftig, durch den Arbeitsausstand bald geleert sein würde.

Rasseneur hatte sich zu Etienne gesetzt, und beide hörten mit verstörten Mienen zu. Man konnte laut sprechen; es war niemand da außer Madame Rasseneur, die am Schanktisch saß.

»Welche Idee!« murmelte der Schankwirt. »Wozu alles? Die Gesellschaft hat kein Interesse an dem Streik und die Arbeiter noch weniger. Es ist das beste, sich zu verständigen.«

Das war sehr klug gesprochen. Er war stets für einen vernünftigen Ausgleich. Seit der plötzlichen Popularität seines ehemaligen Mieters übertrieb er noch sein System des gemäßigten Fortschritts, indem er sagte, man erlange gar nichts, wenn man alles auf einmal haben wolle. In die Gemächlichkeit seiner Wohlgenährtheit mengte sich ein geheimer Neid, noch verschärft durch den Rückgang seiner Gastwirtschaft, die jetzt die Bergleute vom Voreux-Schacht seltener besuchten, um zu trinken und ihm zuzuhören. So kam es, daß er manchmal sogar die Gesellschaft verteidigte und dabei seinen Groll des ehemaligen entlassenen Grubenarbeiters vergaß.

»Du bist also gegen den Streik?« rief Frau Rasseneur hinter ihrem Schanktisch.

Und als er ein energisches Ja zur Antwort gab, hieß sie ihn schweigen.

»Du hast keinen Mut; laß die Herren reden!«
Etienne saß nachdenklich hinter dem Schoppen, den sie ihm gebracht hatte. Endlich schaute er auf.
»Was der Kamerad da sagt, ist sehr gut möglich, und wir werden uns zum Streik entschließen müssen, wenn man uns dazu zwingt. Pluchart hat mir darüber in seinem letzten Brief sehr vernünftige Ratschläge gegeben. Auch er ist gegen den Streik, denn der Arbeiter leidet darunter geradeso wie der Arbeitgeber, ohne zu einer Entscheidung zu gelangen. Doch erblickt er darin eine vortreffliche Gelegenheit, um unsere Leute zum Eintritt in seinen Bund zu bestimmen ... Doch hier ist sein Brief.«
Unglücklich über das Mißtrauen, dem die ›Internationale‹ bei den Bergleuten von Montsou begegnete, hoffte Pluchart in der Tat auf einen verstärkten Anschluß von ihrer Seite, in dem Falle, daß ein Konflikt sie nötigen würde, den Kampf mit der Gesellschaft aufzunehmen. Trotz seiner Bemühungen hatte Etienne nicht eine einzige Mitgliedskarte an den Mann bringen können. Er ließ übrigens den Hauptteil seines Einflusses der von ihm gegründeten Unterstützungskasse zugute kommen, die eine weit bessere Aufnahme fand. Doch war diese Kasse noch so arm, daß sie bald erschöpft sein mußte, wie Souvarine sagte, und die Streikenden würden sich dann unabwendbar dem Arbeiterbund in die Arme werfen, damit ihre Brüder aus allen Ländern ihnen zu Hilfe kämen.
»Wieviel haben Sie in der Kasse?« fragte Rasseneur.
»Kaum dreitausend Franken«, erwiderte Etienne. »Vorgestern hat die Direktion mich rufen lassen. Oh, sie sind sehr höflich; sie erklärten mir wiederholt, daß sie die Arbeiter nicht hindern würden, sich einen Reservefonds zu gründen. Aber ich merkte wohl, daß sie die Kontrolle darüber haben möchten ... Auf alle Fälle haben wir von dieser Seite einen Kampf zu gewärtigen.«
Der Schankwirt ging jetzt auf und ab und pfiff mit geringschätziger Miene vor sich hin. Dreitausend Franken! Was wollte man damit anfangen? Das gab nicht für sechs

Tage Brot, und wenn man auf Freunde rechnete, auf Leute, die in England wohnten, da war es gleich besser, sich hinzulegen und zu verrecken. Nein, der Streik wäre eine große Dummheit, meinte er.

Und zum ersten Male wurden scharfe Worte zwischen den beiden Männern gewechselt, die in ihrem gemeinsamen Haß gegen das Kapital sich sonst immer verstanden.

»Und was sagst du dazu?« wiederholte Etienne, zu Souvarine gewandt.

Dieser erwiderte in der gewohnten verächtlichen Weise:

»Die Streiks sind dumm!«

Und inmitten der verdrossenen Stille, die eingetreten war, fügte er sanft hinzu:

»Ich sage nicht nein, wenn es euch Vergnügen macht. Es ruiniert die einen, es tötet die anderen, und es wird immerhin einige hinwegfegen ... Allein, in diesem Tempo kann es tausend Jahre dauern, bis die Welt erneuert wird. Ihr müßt damit beginnen, das Bagno in die Luft zu sprengen, wo ihr alle krepieren müßt!«

Und er zeigte mit seiner feinen Hand nach dem Voreux, dessen Gebäude man durch die offene Türe sehen konnte. Ein unvorhergesehener Zwischenfall unterbrach ihn. Pologne, das dicke Hauskaninchen, das sich hinausgewagt hatte, stürzte mit einem Satze herein, vor den Steinwürfen einer Schar Jungen flüchtend. Mit eingezogenem Schwanze und hängenden Ohren floh das Tier entsetzt zwischen seine Beine und kratzte flehend, damit er es in seinen Schoß nähme. Als er das Tier auf seine Knie gelegt hatte und beide Hände schützend über es breitete, versank er wieder in die Träumerei, in das das Streicheln des seidenweichen, warmen Felles ihn jedesmal versetzte.

In diesem Augenblick kam Maheu; er wollte nichts trinken, trotzdem Madame Rasseneur ihm freundlich zuredete, als würde sie ihr Bier verschenken und nicht verkaufen. Etienne hatte sich erhoben, und beide brachen nach Montsou auf.

An Zahltagen ging es in Montsou lustig zu, wie auf dem Jahrmarkt. Aus allen Grubendörfern kamen die Arbeiter in hellen Scharen herbei. Da das Büro des Kassierers sehr klein war, zogen sie es vor, vor der Türe zu warten. Sie standen in Gruppen auf der Straße, und es kamen immer neue Leute hinzu, so daß sie schließlich den Weg versperrten. Fliegende Händler benutzten die Gelegenheit, schlugen ihre fahrenden Bazare auf und verkauften alles, selbst Kochgeschirr und Wurst. Vor allem aber hatten die Weinschenken und Branntweinhäuser gute Einnahmen, denn die Arbeiter tranken vor und nach der Auszahlung. Die Leichtfertigeren unter ihnen machten dann auch noch im ›Vulkan‹ einen Besuch.
Als Maheu und Etienne durch die Gruppen schritten, merkten sie, daß an diesem Tage eine dumpfe Erbitterung um sich griff. Es herrschte nicht die gewöhnliche Sorglosigkeit, mit der das Geld in Empfang genommen und ein Teil davon gleich in den Schenken ausgegeben wurde. Man ballte die Fäuste und heftige Reden gingen von Mund zu Mund.
»Ist es denn wirklich wahr?« fragte Maheu Chaval, den er vor Piquettes Herberge traf; »haben sie wirklich die Gemeinheit begangen?«
Chaval antwortete mit wütendem Gebrumm, wobei er einen hämischen Blick auf Etienne warf. Seitdem sie einen neuen Schlag erstanden hatten, war er in eine andere Gruppe eingetreten und wurde allmählich von Neid verzehrt gegen den Kameraden, diesen Neuangekommenen, der den Herrn spielte und dem, wie er sich ausdrückte, das ganze Dorf die Stiefel leckte. Die Sache wurde noch durch einen Zwist der Verliebten verwickelter. Chaval konnte Catherine nicht mehr nach Réquillart oder hinter den Hügel führen, ohne sie mit abscheulichen Worten zu beschuldigen, daß sie mit dem Mieter ihrer Mutter schlafe. Dann wieder, von einer wilden Begierde nach ihr ergriffen, tötete er sie fast mit seinen Liebkosungen.

Maheu richtete jetzt eine zweite Frage an ihn.
»Ist der Voreux-Schacht an der Reihe?«
Und als der andere sich umdrehte, nachdem er mit dem Kopfe genickt hatte, entschlossen sich die beiden Männer endlich, den Werkhof zu betreten.
Die Kasse war ein kleiner, rechtwinkeliger Raum, durch ein Gitter abgeteilt. Mehrere Arbeiter warteten auf einer Bank sitzend, während der Kassierer, von einem Beamten unterstützt, einem Arbeiter, der mit seiner Mütze in der Hand vor dem Schalter stand, seinen Lohn auszahlte. Über der Bank war ein gelber Anschlagzettel an die Wand geheftet, der von dem angerauchten Grau der Wand grell abstach. Vor dem Kassenschalter und an dem Anschlagzettel vorbei bewegten sich die Arbeiter seit dem Morgen in ununterbrochener Folge. Sie kamen zu zweien oder dreien, standen eine Weile und gingen dann wortlos weiter, die Achseln zuckend, als hätte man ihnen das Rückgrat gebrochen.
Vor dem Anschlagzettel standen eben zwei Bergleute, ein junger mit einem viereckigen Schädel und ein alter, sehr magerer, der ein recht dummes Gesicht hatte. Weder der eine noch der andere konnte lesen. Der junge buchstabierte, die Lippen bewegend, der alte begnügte sich, blöd dreinzuschauen. Viele kamen herein, nur um zu schauen, ohne die Sache zu verstehen.
»Lies uns das vor«, sagte Maheu seinem Gefährten, weil er im Lesen nicht besonders fest war.
Etienne begann nun den Zettel zu lesen. Es war eine Kundmachung der Gesellschaft an die Arbeiter sämtlicher Gruben. Sie teilte ihnen mit, daß angesichts der geringen Sorgfalt, mit der die Verzimmerung vorgenommen würde und nachdem sie es müde geworden wäre, fruchtlose Geldstrafen zu verhängen, sie den Entschluß gefaßt hätte, für den Kohlenschlag einen neuen Zahlungsmodus anzuwenden. Künftig werde sie die Verzimmerung gesondert bezahlen, nach dem Kubikmeter Holz, das hinabgeschafft und verwendet würde, wobei das zu

einer guten Arbeit erforderliche Mindestquantum zugrunde gelegt werden sollte. Natürlich würde der Preis für den Karren Kohle herabgesetzt werden, und zwar im Verhältnis von fünfzig Centimes auf vierzig, wobei übrigens die Beschaffenheit und Entfernung der Schläge in Betracht kommen sollte. Zugleich wurde der Versuch gemacht, vermittels einer ziemlich unklaren Berechnung festzustellen, daß diese Herabsetzung von zehn Centimes durch den Lohn für die Verzimmerung wettgemacht werden würde. Die Gesellschaft fügte übrigens hinzu, daß sie jedem Zeit lassen wollte, sich von den Vorteilen des neuen Zahlungsmodus zu überzeugen und diesen daher erst am Montag, den 1. Dezember einführen wollte.

»Lest nicht so laut!« rief der Kassierer. »Man hört sein eigenes Wort nicht.«

Etienne las den Zettel zu Ende, ohne sich um diese Bemerkung zu kümmern. Seine Stimme bebte, und als er zu Ende war, fuhren alle fort, starr auf den Zettel zu schauen. Der alte und der junge Bergmann schienen noch auf etwas zu warten, dann gingen auch sie mit eingezogenen Schultern.

»Hergott!« brummte Maheu.

Er und sein Gefährte saßen jetzt auf der Bank und verloren sich gesenkten Hauptes in Berechnungen, während der Zug vor dem gelben Zettel fortdauerte. Wollte man sich über sie lustig machen? Niemals würden sie bei der Verzimmerung die zehn Centimes hereinbringen, die sie bei dem Karren Kohle verlören. Höchstens würden sie acht Centimes verdienen, und so betrog sie die Gesellschaft um zwei Centimes, die Zeit ungerechnet, die durch die sorgfältigere Arbeit ihnen genommen würde. Darauf also zielte sie ab: auf eine versteckte Lohnverminderung! Aus der Tasche der Arbeiter holte sie sich Ersparnisse.

»Herrgott noch einmal!« wiederholte Maheu aufblickend; »wir sind Hundsfötter, wenn wir uns das gefallen lassen.«

Doch jetzt war der Schalter frei, und er trat näher, um seinen Lohn in Empfang zu nehmen. Nur die Vorsteher der Schläge erschienen an der Kasse und teilten dann das Geld unter ihre Leute, wodurch Zeit gespart wurde.

»Maheu und Genossen«, sagte der Beamte; »Filonnière-Ader, Schlag Nummer sieben.«

Und er suchte in den Listen, die man mit Hilfe der Arbeitsbücher zusammenstellte, in denen die Aufseher Tag für Tag die gelieferten Karren verzeichneten. Dann wiederholte er:

»Maheu und Genossen, Filonnière-Ader, Schlag Nummer sieben ... Hundertfünfunddreißig Franken.«

Der Kassierer zahlte.

»Verzeihung, Herr«, stammelte der Häuer betroffen; »sind Sie sicher, daß Sie sich nicht täuschen?«

Er betrachtete das wenige Geld, ohne es vom Tisch zu nehmen. Ein Frösteln überlief ihn und schlich ihm ins Herz. Wohl war er auf einen schlechten Halbmonatslohn gefaßt; aber so wenig konnte es nicht sein, oder er müßte schlecht gerechnet haben. Wenn er Zacharie, Etienne und den andern Kameraden, der an Chavals Stelle gekommen war, befriedigt haben würde, dann verblieben ihm höchstens fünfzig Franken für seinen Teil, für seinen Vater, für Catherine und Jeanlin.

»Nein, nein, ich täusche mich nicht«, sagte der Beamte. »Zwei Sonntage und vier Arbeitsruhetage müssen in Abzug gebracht werden; das macht für euch neun Arbeitstage, nicht?«

Maheu verfolgte diese Berechnung und rechnete im stillen nach. Neun Tage brachten ihm ungefähr dreißig Franken, Catherine achtzehn, Jeanlin neun. Vater Bonnemort hatte nur drei Tage. Gleichviel, wenn er die zweiundachtzig Franken Zacharies und der zwei anderen Kameraden hinzufügte, mußte es mehr ausmachen.

»Und vergeßt die Strafen nicht!« schloß der Beamte. »Zwanzig Franken Strafe für schlechte Verzimmerung.«

Der Häuer machte eine verzweifelte Gebärde. Zwanzig

Franken Strafe, vier Tage Arbeitsruhe! So stimmte die Rechnung. Wenn er bedachte, daß er Halbmonatslöhne bis zu hundertfünfzig Franken heimgebracht hatte, als Vater Bonnemort noch arbeitete und Zacharie noch nicht verheiratet war!

»Nehmt Ihr das Geld endlich?« rief der Kassierer ungeduldig. »Ihr seht doch, daß andere warten ... Wenn Ihr nicht wollt, sagt es!«

Als Maheu sich endlich entschloß, mit seiner plumpen, zitternden Hand das Geld aufzunehmen, hielt der Beamte ihn zurück.

»Halt, ich habe Euch noch was zu sagen. Ihr seid wohl Toussaint Maheu? ... Der Herr Generalsekretär wünscht mit Euch zu reden. Geht hinein, er ist allein.«

Der Arbeiter begab sich ganz betäubt in das mit altem Mahagoni möblierte, mit grünem, verschossenem Rips überzogene Arbeitskabinett des Generalsekretärs. Dieser, ein großer, blasser Herr, sprach über die Papiere seines Schreibtisches hinweg und ohne sich zu erheben fast fünf Minuten lang zu ihm. Maheu hörte ihm zu, aber seine Ohren summten so, daß er ihn nicht verstand. Er begriff nur unvollkommen, daß von seinem Vater die Rede sei, der mit hundertfünfzig Franken pensioniert werden sollte, im Verhältnis zu seinem Lebensalter von fünfzig Jahren und einer Dienstzeit von vierzig Jahren. Dann schien es ihm, als würde der Generalsekretär einen rauheren Ton anschlagen. Es war eine Strafpredigt. Man beschuldigte ihn, daß er sich mit Politik befasse; es erfolgte eine Anspielung auf seinen Mieter und auf die Unterstützungskasse; endlich riet man ihm, daß er, als einer der besten Arbeiter der Grube, sich nicht in solche Torheiten einmischen solle. Er wollte protestieren, konnte aber nur einige zusammenhängende Worte hervorbringen; er drehte seine Mütze zwischen den fieberhaft erregten Fingern und zog sich zurück, wobei er stammelte:

»Gewiß, Herr Sekretär ... Ich versichere, Herr Sekretär

…« Als er draußen Etienne traf, der auf ihn wartete, brach er los.
»Ich bin ein Tölpel! Ich hätte ihm antworten sollen! … Kein Brot zu essen und noch Schmähungen dazu … Ja, auf dich hat man es abgesehen. Er sagte mir, du hättest das ganze Dorf verpestet. Und was soll man tun? Den Nacken beugen und sich schön bedanken. Er hat recht; das ist das Vernünftigste.«
Maheu schwieg, von Zorn und Furcht ergriffen. Etienne stand nachdenklich, mit finsterer Miene da. Abermals durchschritten sie die Gruppen, die den Weg verrammelten. Die Erbitterung wuchs; es war die Erbitterung eines ruhigen Volkes; ein unheilkündendes Murren, ohne heftige Gebärden, das furchtbar über dieser schwerfälligen Masse lag. Die Wut kehrte sich vornehmlich gegen diese verhängnisvolle Lohnzahlung. Es war der Aufruhr des Hungers gegen die Arbeitsruhetage und gegen die Strafen. Man verdiente nicht mehr genug, um zu essen; wie sollte es erst werden, wenn die Löhne noch weiter herabgesetzt würden? In den Schenken machte sich der Groll in lauten Reden Luft und trocknete die Kehlen aus, so daß das wenige Geld, das man bekommen hatte, auf den Schanktischen zurückblieb.
Auf dem Heimweg wechselten Maheu und Etienne kein Wort. Als Maheu in die Stube trat, bemerkte die mit den Kindern allein anwesende Hausmutter sogleich, daß er mit leeren Händen kam.
»Du bist aber fein!« rief sie. »Wo bleibt mein Kaffee, mein Zucker, mein Fleisch? Ein Stück Kalbfleisch würde dich auch nicht zugrunde gerichtet haben.«
Er antwortete nicht. Die Aufregung, die er nur mit Mühe niederhielt, schnürte ihm die Kehle zu. Dann schwellte die Verzweiflung das rauhe Gesicht des durch die Bergarbeit abgehärteten Mannes und schwere Tränen stürzten aus seinen Augen. Er war auf einen Sessel gesunken, weinte wie ein Kind und warf die fünfzig Franken auf den Tisch.

»Da hast du«, stammelte er; »das ist alles, was ich dir bringe ... Das ist unser aller Arbeitslohn.«

Frau Maheu blickte auf Etienne, der in stummer Niedergeschlagenheit verharrte. Nun weinte auch sie. Wie sollten neun Personen zwei Wochen lang von fünfzig Franken leben? Ihr Ältester hatte sie verlassen, der Großvater konnte nicht mehr die Beine bewegen; da sei man nicht mehr weit vom Hungertod. Alzire warf sich der Mutter an den Hals, unglücklich, weil sie sie weinen sah. Estelle heulte, Lénore und Henri schluchzten.

Und im ganzen Dorfe erhob sich alsbald der gleiche Notschrei. Die Männer waren heimgekehrt; jede Familie jammerte angesichts des kärglichen Lohnes. Türen wurden geöffnet, Weiber erschienen auf den Türschwellen und schrien hinaus, als ob ihre Klagen unter den Zimmerdecken der geschlossenen Häuser nicht Platz gehabt hätten. Es fiel ein feiner Regen, aber sie fühlten ihn nicht; sie riefen sich gegenseitig an, von Fußsteig zu Fußsteig, und zeigten einander das Geld auf der flachen Hand.

»Schaut! Das haben sie ihm gegeben. Heißt das nicht die Leute zum besten halten?«

»Und erst ich! Das gibt nicht einmal trockenes Brot für zwei Wochen.«

»Und nun gar ich! Zählt das einmal! Ich werde wieder einmal meine Hemden verpfänden müssen.«

Auch die Maheu war hinausgegangen. Eine Gruppe hatte sich um die Levaque gebildet, die am ärgsten schrie. Ihr Trunkenbold von einem Manne war gar nicht heimgekehrt. Sie vermutete, daß der ganze Lohn, ob viel oder wenig, im ›Vulkan‹ zerfließen werde. Philomène lauerte Maheu auf, damit Zacharie nichts von dem Gelde ausgäbe. Nur Frau Pierron schien ruhig; ihr schlauer Mann wußte es immer so einzurichten, niemand wußte wie, daß er mehr Arbeitsstunden verzeichnet bekam als die anderen. Doch die Brulé fand es feig von ihrem Schwiegersohn; sie gehörte auch zu den schreienden Weibern, mager und aufrecht inmitten der Gruppe, die Faust drohend gegen Montsou gereckt.

»Wenn man bedenkt«, schrie sie, ohne die Familie Hennebeau zu nennen, »daß ich ihre Magd heute morgen in der Kutsche fahren sah! ... Jawohl, die Köchin fuhr in der zweispännigen Kutsche nach Marchiennes, sicherlich um Fische zu kaufen!«

Dies verursachte neues Schreien und Toben. Die Köchin in weißer Schürze, die in der Kutsche ihrer Herrschaft zum Markt fuhr, erregte allgemeine Entrüstung. Während die Arbeiter Hunger litten, mußten die Herren Fische haben! Sie werden vielleicht nicht immer Fische haben, auch die armen Leute werden einmal an die Reihe kommen. Und die von Etienne gesäten Ideen wuchsen empor und breiteten sich in diesem Schrei der Empörung aus. Es war die Ungeduld angesichts des verheißenen goldenen Zeitalters, die Eile, seinen Anteil am Glück zu haben, jenseits dieses Horizonts des Elends, der geschlossen war wie ein Grab. Die Ungerechtigkeit war zu groß; sie würden schließlich ihr Recht fordern, da man ihnen das Brot vom Munde nahm. Besonders die Frauen hätten am liebsten sogleich jene ideale Stadt des Fortschrittes gestürmt, wo es keine Armen und Elenden mehr geben würde. Es war fast ganz dunkel, und der Regen fiel mit verdoppelter Heftigkeit, als sie noch immer das Dorf mit ihrem Jammer erfüllten, inmitten der kreischenden Kinder, die sich in regellosen Scharen herumtrieben.

Am Abend dieses Tages wurde in der Schenke ›Zum wohlfeilen Schoppen‹ der Streik beschlossen. Rasseneur sprach nicht mehr dagegen, und auch Souvarine war einverstanden. Es sei damit wenigstens der erste Schritt getan, meinte er. Etienne faßte die Lage in einem Satz zusammen: wenn die Gesellschaft den Streik wollte, so würde sie ihn haben.

V

Eine Woche verging. Man arbeitete weiter, argwöhnisch und verdrossen, in der Erwartung des Konfliktes.

Bei den Maheu kündigte sich der nächste Halbmonat noch düsterer an. Frau Maheu wurde immer mehr verbittert, trotz ihrer sonstigen Mäßigung und Besonnenheit. Ihre Tochter Catherine hatte es sich einfallen lassen, eine Nacht außer dem Hause zuzubringen. Am nächsten Morgen war sie matt und krank von diesem Abenteuer heimgekehrt, so daß sie nicht zur Grube anfahren konnte. Sie erzählte weinend, daß es nicht ihre Schuld sei. Chaval hätte sie bei sich behalten und ihr mit Prügeln gedroht, wenn sie nicht bliebe. Er war rasend vor Eifersucht und wollte sie hindern, in das Bett Etiennes zurückzukehren, in dem, wie er sagte, die Familie sie schlafen ließ. Die Maheu war wütend, und nachdem sie ihrer Tochter verboten hatte, den Unhold wieder aufzusuchen, sagte sie, daß sie nach Montsou gehen wollte, um ihn zu ohrfeigen. Es war aber immerhin ein verlorener Tag. Und das Mädchen, das nun einmal diesen Liebhaber hatte, zog es vor, ihn nicht gegen einen anderen zu vertauschen.

Zwei Tage später ereignete sich eine andere Geschichte. Jeanlin, den man ruhig bei der Arbeit in der Grube glaubte, war am Montag und Dienstag fortgelaufen und hatte sich mit Bébert und Lydie in den Sümpfen und im Wald von Vandame herumgetrieben. Er hatte sie ganz verdorben. Man erfuhr nie, welchen Streichen und welchen Spielen frühreifer Kinder sie sich hingaben. Jeanlin erhielt eine ausgiebige Tracht Prügel auf den Hintern, die ihm seine Mutter auf der Straße vor den entsetzten Kindern des ganzen Dorfes verabreichte. Hatte man jemals so etwas gesehen? Ihre Kinder, die seit ihrer Geburt so viel Geld kosteten und jetzt mitverdienen sollten! Und dieser Schrei drückte die Erinnerung aus an die eigene mühevolle Jugend, an das ererbte Elend, das aus jedem Kind ein Werkzeug des Erwerbs machte.

Als an diesem Morgen die Männer und Catherine zur Grube aufbrachen, erhob sich Frau Maheu aus dem Bett, um zu Jeanlin zu sagen:
»Höre, böser Junge, wenn du das noch einmal tust, sollst du geschunden werden!«
Auf dem neuen Werkplatz Maheus ging die Arbeit mühselig vor sich. Dieser Teil der Filonnière-Ader wurde immer dünner, so daß die zwischen der Wand und der Decke eingepreßten Häuer sich in dem Schlag die Ellbogen zerstießen. Auch wurde es sehr feucht, und man fürchtete von Stunde zu Stunde das Ersaufen der Ader, einen jener plötzlichen Wasserstürze, die die Felsen sprengen und die Menschen hinwegschwemmen. Schon am vorhergehenden Tage hatte Etienne, als er seine Spitzhacke ansetzte und sie zurückzog, den Wasserstrahl einer Quelle ins Gesicht bekommen. Doch ging das vorüber, aber der Schlag wurde immer nasser und demzufolge auch ungesunder. Er dachte übrigens nicht an die Möglichkeit eines Unfalles und vergaß jede Vorsicht, unbekümmert um die Gefahr. Man arbeitete in schlechter Luft, ohne ihren Druck auf den Augenlidern zu verspüren und ohne zu merken, wie sie sich gleich einem Schleier von Spinngewebe an die Augenwimpern hängte. Zuweilen, wenn die Flammen der Lampen eine bläulichblasse Färbung annahmen, dachte man an die schlagenden Wetter. Ein Bergmann legte das Ohr an die Wand, um dem leisen Geräusch des Gases zu lauschen, ein Geräusch von Luftblasen, die aus jeder Spalte quirlten. Doch die ewig drohende Gefahr waren die Einstürze; denn abgesehen von der Unzulänglichkeit der Verzimmerungen, die immer noch hastig gemacht wurden, hatte auch das feuchte Erdreich keinen Halt.
Dreimal im Laufe des Tages hatte Maheu die Verzimmerung befestigen lassen. Es war halb drei Uhr; die Männer schickten sich zur Ausfahrt an. Auf der Seite liegend beendigte Etienne eben die Lostrennung eines Blockes,

als ein fernes, donnerähnliches Getöse die ganze Grube erschütterte.

»Was ist das?« rief er, die Spitzhacke senkend, um zu lauschen.

Er glaubte, der Stollen stürze hinter seinem Rücken ein. Doch schon ließ sich Maheu in dem abschüssigen Schlag hinabgleiten und rief:

»Ein Einsturz ... Fort! Fort!«

Alle eilten davon, fortgerissen von dem mächtigen Drang besorgter Brüderlichkeit. Die Lampen zitterten in ihren Fäusten, inmitten der Grabesstille, die eingetreten war. Sie eilten auf den Wegen fort, mit gekrümmtem Rücken, als liefen sie auf allen vieren; und ohne ihren Lauf zu verlangsamen, warfen sie einander kurze, hastige Fragen und Antworten zu. Wo denn? Vielleicht in den Schlägen? Nein, es kam von unten, wahrscheinlich bei der Abfuhr. Bei dem Kamin angekommen, drängten sie sich hinab, fielen einer auf den andern, unbekümmert darum, daß sie sich dabei die Haut abschunden.

Jeanlin, der noch von den gestrigen Prügeln den Hintern rot hatte, war an diesem Tage nicht durchgegangen. Er lief mit nackten Füßen hinter seinem Zug, schloß die Lüftungstüren eine nach der anderen, und zuweilen, wenn er nicht die Begegnung eines Aufsehers fürchtete, stieg er auf den letzten Karren, was ihm verboten war, weil man fürchtete, daß er da einschlafen könnte. Doch sein größtes Vergnügen war, jedesmal, wenn der Zug auswich, um einen anderen vorbei zu lassen, zu Bébert zu schleichen, der sich an der Spitze des Zuges befand und die Zügel hielt. Ohne Lampe huschte er herbei, zwickte den Kameraden, ersann allerlei boshafte Streiche, mit seinen gelben Haaren, langen Ohren und dem schmalen, von grünen Äuglein erhellten Gesicht, die im Dunkel leuchteten. Von einer krankhaften Frühreife, schien er den trüben Verstand und die rasche Geschicklichkeit einer menschlichen Mißgeburt zu haben, die auf der

Stufe ursprünglicher Tierheit verblieben war. Am Nachmittag brachte Mouque das Pferd Bataille, weil es an der Reihe war. Als das Tier auf einem Nebengeleise stand und unruhig schnaubte, sagte Jeanlin, der sich wieder herangeschlichen hatte:

»Was hat denn die alte Schindmähre, daß sie plötzlich stehen bleibt? ... Der Rückprall der Karren wird mir noch einmal die Beine brechen.«

Bébert konnte nicht antworten. Er mußte Bataille zurückhalten, der freudig anzog, weil er die Annäherung des andern Zuges hörte. Das Pferd hatte seinen Kameraden Trompette gewittert, zu dem er vom ersten Tag tiefe Zuneigung gefaßt hatte. Es war wie das liebevolle Mitleid eines alten Philosophen, der einen jungen Freund trösten will, indem er ihm von seiner Ergebung und Geduld mitteilt. Denn Trompette wollte sich nicht gewöhnen, zog die Karren mit Unlust, ließ stets den Kopf hängen, war halbblind in dieser ewigen Nacht und sehnte sich nach der Sonne zurück. Und darum streckte Bataille, sooft er Trompette begegnete, schnaubend den Kopf vor und beleckte den Kameraden in einer aufmunternden Liebkosung.

»Die verdammten Schwerenöter schmatzen schon wieder aneinander herum!« wetterte Bébert.

Dann, als Trompette vorüber war, sagte er in bezug auf Bataille:

»Es ist ein schlaues, altes Luder! ... Wenn er so plötzlich stehen bleibt, wittert er gewiß etwas, was ihm nicht recht ist, einen Stein oder ein Loch. Oh, der gibt auf seine Knochen acht und will sich nicht zerschlagen ... Ich weiß nicht, was er heute wieder hat, da unten, neben der Türe. Er stößt sie auf und will nicht weiter ... Hast du etwas gespürt?«

»Nein«, sagte Jeanlin. »Wasser ist da; es reicht mir bis zu den Knien.«

Der Zug setzte sich in Bewegung. Und als Bataille bei der nächsten Fahrt mit dem Kopf die Lüftungstür aufgesto-

ßen hatte, weigerte er sich weiterzugehen, blieb wiehernd und zitternd auf einem Fleck. Endlich nahm er einen Anlauf und rannte in einem Zuge davon.
Jeanlin, der die Türe schloß, war zurückgeblieben. Er bückte sich, um die Pfütze zu betrachten, in der er watete. Dann, als er die Lampe hob, sah er, daß unter der Einwirkung des durchsickernden Wassers einer Quelle die Verholzung nachgegeben hatte. Eben kam ein Häuer hinzu, ein Mann namens Chicot, der heute früher nach Hause wollte, weil sein Weib in den Wochen lag. Auch er blieb stehen und betrachtete die Verholzung. Und plötzlich, in dem Augenblick, als der Kleine sich anschickte, dem Zug nachzulaufen, ließ sich ein furchtbares Krachen vernehmen: der Einsturz hatte den Mann und den Knaben verschlungen.
Tiefe Stille trat ein. Nach dem Einsturz stieg dichter Staub auf allen Wegen auf. Wie geblendet und fast erstickend eilten die Grubenarbeiter von allen Seiten, selbst von den fernsten Schlägen herbei, mit ihren tanzenden Lampen, die nur undeutlich den Galopp dieser aus allen Löchern hervorgekommenen schwarzen Männer beleuchteten. Als die ersten auf den Einsturz stießen, schrien sie auf, riefen die Kameraden herbei. Eine zweite Schar, die aus dem hinteren Schlag gekommen war, stand jenseits des eingestürzten Erdreiches, das den Stollen verrammelte. Man stellte sogleich fest, daß die Decke in einer Ausdehnung von mindestens zehn Meter eingestürzt war. Der Schaden war nicht von großer Bedeutung. Doch alle Herzen krampften sich zusammen, als sich unter dem Schutthaufen ein Todesröcheln vernehmbar machte. Bébert, der seinen Zug im Stich gelassen hatte, eilte mit dem Ruf herbei:
»Jeanlin liegt darunter! Jeanlin liegt darunter!«
In diesem Augenblicke kam Maheu aus dem Kamin zum Vorschein, gefolgt von Zacharie und Etienne. Wut und Verzweiflung erfaßte ihn, und er hörte nicht auf zu fluchen:

»Himmelherrgott! Himmelherrgott!«

Catherine, Lydie und die Mouquette, die ebenfalls herbeigelaufen waren, begannen entsetzt zu schluchzen und zu heulen, inmitten der schrecklichen Verwirrung, die durch die Finsternis noch gesteigert wurde. Man hieß sie schweigen, doch sie heulten bei jedem Röcheln nur noch ärger.

Der Aufseher Richomme war herbeigelaufen, verzweifelt darüber, daß weder der Ingenieur Négrel, noch Dansaert in der Grube war. Das Ohr an das Gestein pressend, lauschte er. Schließlich erklärte er, das Stöhnen käme nicht von einem Kinde, ein Mann müsse da unten liegen. Zwanzigmal schon hatte Maheu Jeanlins Namen gerufen, doch keine Antwort erfolgte. Der Knabe mußte zermalmt sein.

Das Röcheln aber dauerte mit furchtbarer Eintönigkeit fort. Man sprach zu dem Sterbenden, man fragte ihn nach seinem Namen: das Röcheln war die einzige Antwort.

»Rasch an die Arbeit!« rief Richomme, indem er das Rettungswerk anordnete. »Wir werden nachher reden.«

Von beiden Seiten machten sich die Arbeiter mit Spitzhacke und Schaufel an das Wegräumen des Schuttes. Chaval arbeitete wortlos neben Maheu und Etienne, während Zacharie das Fortschaffen des Schuttes leitete. Die Stunde der Ausfahrt war gekommen, noch keiner hatte gegessen. Aber man ging nicht zum Essen, solange Kameraden in Gefahr waren. Doch dachte man daran, daß das Dorf beunruhigt sein würde, wenn niemand heimkehren würde. Man schlug daher vor, die Weiber heimzuschicken. Weder Catherine noch Mouquette, noch Lydie wollte sich entfernen. Sie waren wie gebannt durch das Bedürfnis zu sehen, zu erfahren, und halfen beim Fortschaffen des Schuttes. Da übernahm es Levaque, oben zu melden, daß es einen Einsturz gegeben hatte, einen geringfügigen Schaden, der sogleich ausgebessert werden würde. Es war nahezu vier Uhr; die

Arbeiter hatten in weniger als einer Stunde das Werk eines Tages vollbracht. Die Hälfte des Schuttes war schon fortgeschafft, als neues Gestein herabrollte. Maheu arbeitete mit solcher Wut, daß er sich mit einer furchtbaren Gebärde weigerte, wenn jemand sich näherte, um ihn einen Augenblick abzulösen.

»Sachte«, sagte Richomme endlich; »wir sind bald daran; gebt acht, daß ihr sie nicht vollends erschlagt.«

In der Tat wurde das Röcheln immer deutlicher. Dieses Röcheln leitete die Arbeiter bei ihrem Rettungswerk. Jetzt kam es gleichsam wie unter den Spitzhacken hervor. Plötzlich hörte es auf.

Alle blickten einander mit stillem Frösteln an. Sie hatten den Hauch des Todes im Dunkel verspürt. Schweißtriefend, die Muskeln bis zum Reißen gespannt, arbeiteten sie weiter. Man stieß jetzt auf einen Fuß, und nun wurde die Erde mit den Händen entfernt und so die Glieder allmählich freigelegt. Der Kopf hatte nicht gelitten. Man leuchtete dem Manne ins Gesicht, und der Name Chicot machte die Runde. Er war noch warm; ein abstürzendes Felsstück hatte ihm die Wirbelsäule gebrochen.

»Hüllt ihn in eine Decke und legt ihn auf einen Karren«, gebot der Aufseher. »Und nun laßt uns rasch nach dem Jungen schauen.«

Maheu setzte ein letztes Mal die Spitzhacke an und schlug eine Bresche, so daß die Verbindung mit den Männern, die auf der anderen Seite den Schutt wegräumten, hergestellt war. Sie schrien auf; sie hatten Jeanlin gefunden, bewußtlos, mit gebrochenen Beinen, aber noch atmend. Der Vater selbst trug den Kleinen in seinen Armen; zwischen den zusammengepreßten Lippen stieß er unablässig Flüche hervor, um seinem Schmerze Luft zu machen, während Catherine und die anderen Weiber wieder zu heulen begannen.

Rasch ordnete sich der Zug. Bébert hatte das Pferd Bataille wieder hergeführt, und man spannte es vor die zwei Karren. In dem ersten lag die Leiche Chicots, von

Etienne festgehalten; in dem zweiten saß Maheu, mit Jeanlin auf den Knien. Der Knabe war noch immer bewußtlos, bedeckt mit einem Stück Stoff, das man von einer Lüftungstür weggerissen hatte. Man trat im Schritt den Marsch an. An jedem Karren hing eine Laterne, die wie ein roter Stern leuchtete. Hinter den Karren folgten die Grubenarbeiter, etwa fünfzig Schatten in langem Zuge. Die Ermüdung drückte sie nieder, sie konnten sich kaum auf den Beinen halten und glitten in den Pfützen aus. Auf der ganzen Gruppe lagerte die düstere Trauer wie auf einer von einer Seuche heimgesuchten Herde. Es dauerte eine halbe Stunde, bis sie in die Aufzugshalle kamen. Dieser traurige Zug, der sich durch die bald rechts, bald links einbiegenden Stollen bewegte, wollte kein Ende nehmen.

Richomme, der vorausgegangen war, hatte den Auftrag gegeben, daß ein leerer Aufzugskasten bereitgehalten werde. Pierron hängte sogleich die zwei Karren ein. In dem einen blieb Maheu, mit seinem verwundeten Jungen auf den Knien; in dem andern hatte Etienne Platz genommen, der die Leiche Chicots in seinen Armen hielt, damit sie nicht herausfalle. Als die übrigen Arbeiter in den anderen Etagen untergebracht waren, stieg der Kasten empor. Man brauchte zwei Minuten zur Auffahrt. Das Wasser tropfte eiskalt aus den Verzimmerungen hervor; die Männer schauten ungeduldig empor; es drängte sie, das Tageslicht zu sehen.

Ein Schlepperjunge, den man zum Doktor Vanderhaghen schickte, hatte diesen glücklicherweise zu Hause gefunden und hergeführt. Jeanlin und der Tote wurden in das Aufseherzimmer geschafft, wo jahraus jahrein ein großes Feuer brannte. Man brachte Kübel warmen Wassers herbei, die zum Waschen der Füße bereitstanden; und nachdem man zwei Matratzen auf den Steinplatten ausgebreitet hatte, bettete man den Mann und den Jungen darauf. Nur Maheu und Etienne traten ein. Schlepperinnen, Arbeiter und Gassenjungen, die herbeigeeilt

waren, standen draußen in leisem Gespräch beisammen.
Als der Arzt einen Blick auf Chicot geworfen hatte, murmelte er:
»Fertig ... Ihr könnt ihn waschen.«
Zwei Wächter entkleideten und wuschen die vom Kohlenstaub schwarze, noch vom Arbeitsschweiß beschmutzte Leiche.
»Am Kopfe ist nichts«, fuhr der Arzt fort, der jetzt vor Jeanlins Matratze kniete; »auch an der Brust ist keine Verletzung festzustellen ... Ach, die Beine haben ihren Teil abbekommen.«
Er selbst entkleidete das Kind, machte die Kappe los, entfernte den Kittel, zog die Hose und das Hemd aus mit der Geschicklichkeit einer Amme. Und der arme, kleine Körper wurde sichtbar, mager wie ein Käfer, beschmutzt mit schwarzem Staub und gelber Erde, große, blutige Flecke zeigend. Man konnte nichts unterscheiden, man mußte ihn waschen. Unter dem Schwamm schien er noch magerer zu werden, und das Fleisch war so fahl, so durchsichtig, daß man die Knochen sah. Es war ein Jammer, diese äußerste Entartung einer Rasse von Elenden, dieses zuckende Nichts, halb zermalmt von den abgestürzten Felsen. Als der Körper gereinigt war, sah man die Wunden an den Schenkeln, zwei rote Flecke auf der weißen Haut.
Jeanlin war aus der Bewußtlosigkeit erwacht und stieß eine Klage aus. Mit hängenden Armen am Fuße der Matratze betrachtete ihn Maheu, und schwere Tränen rollten aus seinen Augen.
»Du bist der Vater?« fragte der Doktor aufblickend. »Weine nicht; du siehst, daß er nicht tot ist. Hilf mir lieber.«
Er stellte zwei einfache Brüche fest; doch das rechte Bein machte ihm Sorge; man werde es sicherlich entfernen müssen, meinte er.
In diesem Augenblick kamen der Ingenieur Négrel und der Oberaufseher Dansaert, die man endlich benachrich-

tigt hatte, mit Richomme an. Négrel hörte mit unglücklicher Miene die Erzählung des Aufsehers an. Immer die verwünschten Verzimmerungen! brach er los. Hatte er nicht hundertmal wiederholt, daß die Leute dabei zugrunde gehen würden! Und die Leute redeten noch von einem Streik für den Fall, daß man sie zwingen würde, besser zu verzimmern! Das schlimmste sei, daß die Gesellschaft nun die Schäden zu bezahlen habe. Herr Hennebeau würde sich freuen.

»Wer ist das?« fragte er Dansaert, der still vor dem Leichnam stand, den man in ein Laken gehüllt hatte.

»Chicot, einer unserer guten Arbeiter. Er hat drei Kinder ... Armer Kerl!«

Der Doktor Vanderhaghen forderte, daß Jeanlin sogleich zu seinen Eltern gebracht werde. Es schlug sechs Uhr, der Abend senkte sich herab. Man würde gut tun, auch die Leiche fortzuschaffen. Der Ingenieur erteilte den Befehl, den Wagen anzuspannen und eine Tragbahre herbeizuschaffen. Das verwundete Kind wurde auf die Tragbahre gelegt, die Matratze mit dem Toten auf den Wagen geladen.

Vor der Tür standen noch immer Schlepperinnen, im Gespräch mit Bergleuten, die aus Neugierde dageblieben waren. Als das Aufseherzimmer geöffnet wurde, trat Stille in der Gruppe ein. Und nun bildete sich ein neuer Zug, voran der Wagen, dahinter die Tragbahre, dann das Geleit der Menschen. Man verließ den Vorhof der Grube und stieg langsam den Weg zum Arbeiterdorf hinauf. Die ersten Novemberfröste hatten die endlose Ebene kahl gemacht; die Nacht hüllte sie langsam ein, wie ein Leichentuch, das vom fahlen Himmel gefallen.

Etienne riet im Flüsterton Maheu, er solle Catherine voraussenden, damit sie die Mutter in schonender Weise auf das Unglück vorbereite. Der Vater, der verzweifelt der Tragbahre folgte, nickte zustimmend, und das Mädchen lief voraus, denn man war schon dem Ziele nahe. Doch die Ankunft des Wagens, dieses wohlbekannten finsteren Kastens, war schon angekündigt. Entsetzte Weiber stürzten aus den Häusern, einige rannten, von Angst gefoltert, ohne Haube dem traurigen Zuge entgegen. Ihre Zahl wuchs bald auf dreißig, dann auf fünfzig, alle von dem gleichen Schrecken erfaßt. Gab es einen Toten? Wer war es? Die von Levaque erzählte Geschichte beruhigte sie zuerst und drängte sie dann zu einer alpdruckartigen Übertreibung: nicht ein Mann, zehn Männer waren zugrunde gegangen und wurden einer nach dem andern durch den Wagen hergebracht.

Catherine hatte ihre Mutter von einer bösen Vorahnung erfaßt angetroffen. Bei den ersten Worten, die das Mädchen stammelte, hatte die Mutter ausgerufen:

»Der Vater ist tot!«

Vergebens wehrte sich das Mädchen und sprach von Jeanlin. Ohne weiter zu hören, war die Maheu hinausgestürzt; und als sie den Wagen vor der Kirche auftauchen sah, erbleichte sie und drohte umzusinken. Auf den Türschwellen standen Weiber, stumm vor Schreck, und streckten den Hals vor, während andere mitgingen, zitternd bei dem Gedanken, vor welchem Hause der traurige Zug wohl halten würde.

Der Karren kam vorüber, und hinter ihm sah die Maheu ihren Mann der Tragbahre folgen. Als man diese vor ihrer Tür abgesetzt hatte und sie Jeanlin lebend, mit gebrochenen Beinen sah, vollzog sich in ihr eine so plötzliche Veränderung, daß sie vor Zorn erstickte und tränenlos stammelte:

»Da hat man es! Jetzt verstümmeln sie uns die Kinder! Beide Beine! Mein Gott, was soll ich mit ihm anfangen?«

»Schweig!« sagte der Doktor Vanderhaghen, der mitgekommen war, um Jeanlin zu verbinden. »Wäre es dir lieber, wenn er unten geblieben wäre?«

Doch die Maheu wurde immer zorniger, umgeben von Alzire, Lénore und Henri, die um die Wette weinten. Während sie den Verwundeten hinauftragen half und dem Arzte reichte, was er zum Verband benötigte, fluchte sie dem Schicksal und fragte, wo sie das Geld hernehmen sollte, um Krüppel zu ernähren. Nicht genug an dem Alten, jetzt verlor auch noch der Kleine seine Füße! Und sie hörte nicht auf, während auch im Nachbarhaus herzzerreißendes Geschrei ertönte. Dort jammerten die Frau und die Kinder Chicots über den leblosen Körper. Es war inzwischen finstere Nacht geworden. Die erschöpften Bergleute aßen endlich ihre Suppe. Das Dorf war in düstere Stille versunken, die nur durch den lauten Jammer der Hinterbliebenen des toten Kameraden gestört wurde.

Drei Wochen waren verflossen. Die Amputation konnte vermieden werden; das Gutachten des Arztes lautete, daß Jeanlin seine Beine zwar behalten, jedoch hinken werde. Nach einer eingehenden Untersuchung entschloß sich die Gesellschaft, eine Unterstützung von fünfzig Franken zu bewilligen. Außerdem hatte sie versprochen, den kleinen Krüppel, wenn er hergestellt sein würde, im Tagdienst zu verwenden. Dies bedeutete nichtsdestoweniger eine weitere Verschlimmerung der Notlage der Familie, denn der Vater war dermaßen erschüttert worden, daß er in ein schweres Fieber verfiel.

Seit Donnerstag fuhr Maheu wieder zur Grube, heute war Sonntag. Am Abend sprach Etienne davon, daß der erste Dezember nahe sei; er hätte gern gewußt, ob die Gesellschaft ihre Drohung zur Tat machen würde. Man blieb bis zehn Uhr im Gespräch beisammen und wartete auf Catherine, die bei Chaval zu verweilen schien. Aber sie kam nicht. Die Maheu schloß in stummer Wut die Türe. Etienne konnte lange nicht einschlafen; ihn beunruhigte das leere Bett, in dem Alzire so wenig Platz einnahm.

Am folgenden Tage kam Catherine noch immer nicht heim. Erst nachmittags, bei der Rückkehr aus der Grube, erfuhr das Ehepaar Maheu, daß Chaval Catherine bei sich behielt. Er machte ihr so abscheuliche Szenen, daß sie sich entschloß, zu ihm zu ziehen. Um den Vorwürfen zu entgehen, hatte er plötzlich den Voreux-Schacht verlassen und hatte sich in Jean-Bart, der Grube des Herrn Deneulin, anwerben lassen, wohin sie ihm als Schlepperin folgte. Sie wohnten übrigens bei Piquette in Montsou.

Zuerst sprach Maheu davon, daß er den Mann ohrfeigen, seine Tochter aber mit Fußtritten in den Hintern zurückbringen werde. Aber dann machte er eine Gebärde der Entsagung; was nützte es? Das ging immer so; man konnte die Mädchen nicht hindern, sich einem Manne anzuhängen, wenn sie Lust dazu hatten. Das beste war, ruhig die Hochzeit abzuwarten. Allein, die Maheu nahm die Dinge nicht so leicht.

»Habe ich sie etwa geprügelt, als sie sich Chaval nahm?« rief sie Etienne zu, der sie still und bleich anhörte. »Sie sind ein vernünftiger Mann, antworten Sie! Wir haben ihr ihre Freiheit gelassen, weil, mein Gott, alle darüber hinwegkommen müssen. Ich selbst war schwanger, als der Vater mich zur Frau nahm. Aber ich bin meinen Eltern nicht durchgegangen; niemals hätte ich die Schmutzigkeit begangen, meinen Erwerb einem Manne zuzutragen, der ihn nicht brauchte ... Das ist ekelhaft! Es wird so weit kommen, daß man keine Kinder mehr machen wird.«

Und da Etienne noch immer nur mit Kopfnicken antwortete, fuhr sie fort:

»Ein Mädchen, das jeden Abend gehen konnte, wohin es wollte! Was ist nur in sie gefahren? Nicht warten zu können, bis ich sie verheirate, wenn sie uns aus der Patsche geholfen hätte. Das wäre doch natürlich gewesen. Man hat doch eine Tochter, damit sie arbeitet ... Aber wir waren zu gut; wir hätten ihr nicht erlauben sollen, sich mit einem Mann die Zeit zu vertreiben. Man zeigt ihnen den kleinen Finger, und sie wollen die ganze Hand.«

Alzire nickte mit dem Kopf. Lénore und Henri, erschreckt durch dieses Gewitter, weinten leise, während die Mutter jetzt die Unglücksfälle der Familie aufzählte.

Zacharie, den man hatte verheiraten müssen; der alte Bonnemort saß mit verkrümmten Beinen auf seinem Sessel; Jeanlin, mit seinen kaum wieder eingerichteten Gliedern, konnte vor Ablauf von zehn Tagen die Stube nicht verlassen, und nun der letzte Schlag, Catherine geht mit einem Manne durch. Die ganze Familie ging aus den Fugen; der Vater allein fuhr noch zur Grube an. Wie sollten sieben Personen, Estelle ungerechnet, von den drei Franken des Vaters leben? Da wäre es gleich besser, alle zusammen gingen in den Kanal.

»Es nützt nichts, daß du dich grämst«, sagte Maheu mit dumpfer Stimme. »Wir sind vielleicht noch nicht am Ende unseres Elends angelangt.«

Etienne, der starr auf die Fliesen geschaut hatte, blickte jetzt auf und flüsterte, die Augen gleichsam in einer Zukunftsvision verloren:

»Oh, es ist Zeit! Es ist Zeit!«

Vierter Teil

I

An diesem Montag hatten die Hennebeau Gäste zum Essen geladen: die Grégoire mit ihrer Tochter Cécile. Man hatte einen Ausflug vereinbart. Nach der Tafel sollte Paul Négrel den Damen die Thomas-Grube zeigen, die man mit großem Aufwand neu eingerichtet hatte. Doch war dieser Ausflug nur ein liebenswürdiger Vorwand, von Madame Hennebeau erdacht, um die Heirat Céciles mit Paul zu beschleunigen.

Und nun war plötzlich, an demselben Montag, um vier Uhr morgens der Streik ausgebrochen. Als die Gesellschaft am 1. Dezember ihr neues Löhnungssystem eingeführt hatte, blieben die Arbeiter ganz ruhig. Am Schlusse des Halbmonats, am Zahltage, hatte kein einziger auch nur die geringste Beschwerde erhoben. Das ganze Personal, vom Direktor angefangen bis zum letzten Aufseher glaubte, der Tarif sei angenommen. Es herrschte daher seit dem Morgen große Überraschung angesichts dieser Kriegserklärung, die mit einer Taktik und einer Eintracht geschehen war, die auf eine energische Leitung hinzudeuten schienen.

Um fünf Uhr weckte Dansaert Herrn Hennebeau, um ihm zu melden, daß im Voreux-Schacht kein einziger Mann angefahren war. Das Dorf der Zweihundertundvierzig, durch das er soeben gekommen war, lag hinter geschlossenen Türen und Fenstern in tiefem Schlaf. Und seit dem Augenblick, als der Direktor mit schlaftrunkenen Augen aus dem Bett gesprungen war, verschlimmerte sich die Lage immer mehr. Von Viertelstunde zu Viertelstunde kamen Boten; die Depeschen fielen hageldicht auf sein Schreibpult. Zuerst hoffte er, die Empörung werde sich auf den Voreux-Schacht beschränken; allein die Nachrichten lauteten mit jeder Minute ernster.

In den Gruben Mirou, Crèvecœur und Madelaine waren nur die Pferdewärter angefahren; in La Victoire und Feutry-Cantel, den beiden diszipliniertesten Gruben, war nur ein Drittel der Arbeiter erschienen; der Thomas-Schacht allein war vollbesetzt und schien außerhalb der Bewegung zu stehen. Bis neun Uhr diktierte er Depeschen, telegraphierte nach allen Richtungen, an den Präfekten von Lille, an die Leiter der Gesellschaft, verständigte die Behörden, verlangte Weisungen. Er hatte Négrel losgeschickt, eine Rundfahrt nach den benachbarten Gruben zu machen und genaue Erkundigungen einzuholen.

Plötzlich erinnerte sich Herr Hennebeau an das Essen und wollte gerade den Kutscher zu Grégoire mit der Nachricht schicken, daß der Ausflug verschoben sei, als ein Schwanken seines Willens ihn zurückhielt, ihn, der soeben in wenigen knappen Sätzen das Schlachtfeld militärisch umrissen hatte. Er ging zu seiner Frau hinauf, die sich in ihrem Toilettezimmer befand, wo eine Kammerzofe soeben ihre Herrin frisiert hatte.

»Ach, sie sind im Streik!« sagte sie ruhig, als sie ihn gefragt hatte. »Nun, was geht das uns an? ... Ich denke, wir werden deshalb nicht aufhören zu essen?«

Und sie beharrte auf ihrem Plan. Vergebens sagte er ihr, daß das Frühstück gestört werden würde, daß der Besuch in der Thomas-Grube nicht stattfinden könnte. Sie hatte auf alles eine Antwort. Warum sollte man ein Essen absagen, das schon vorbereitet war? Und was die Besichtigung der Grube betraf, so konnte man ja auch später darauf verzichten, wenn dieser Spaziergang nicht ratsam sein sollte.

»Übrigens«, fügte sie hinzu, als die Kammerfrau hinausgegangen war, »übrigens wissen Sie ja, weshalb ich Wert darauf lege, diese braven Leute zu empfangen. Diese Ehe sollte Sie mehr berühren, als die Dummheiten Ihrer Arbeiter. Mit einem Wort, ich will es; ärgern Sie mich nicht.«

Von leichtem Zittern ergriffen schaute er sie an, und sein hartes, verschlossenes Gesicht eines Mannes, der sich beherrschte, drückte den geheimen Kummer eines gequälten Herzens aus. Sie saß mit entblößten Schultern da, schon überreif, aber schimmernd und noch begehrenswert mit den Schultern einer Ceres, über die der Herbst seinen Goldhauch gebreitet hatte. Einen Augenblick schien ihn das brutale Verlangen anzuwandeln, sie zu ergreifen und seinen Kopf zwischen ihren Brüsten zu vergraben, die sie zur Schau trug in diesem warmen Zimmer, in dem der intime Luxus eines sinnlichen Weibes herrschte und sinnverwirrender Moschusduft die Luft erfüllte. Doch er wich zurück; seit zehn Jahren waren ihre Schlafzimmer getrennt.

»Es ist gut«, sagte er, indem er sie verließ. »Wir wollen nichts abbestellen.«

Herr Hennebeau war in den Ardennen geboren. Der Beginn seiner Laufbahn war hart genug, denn er war als armer Waisenknabe auf das Pariser Pflaster geworfen worden. Nachdem er unter Not und Mühen die Bergwerksschule absolviert hatte, war er mit achtundzwanzig Jahren in die Grande-Combe-Gruben, als Ingenieur des Barbara-Schachtes gekommen. Drei Jahre später wurde er Abteilungsingenieur im Pas-de-Calais, in den Gruben von Marles. Hier heiratete er durch eine jener glücklichen Fügungen, wie sie in der Welt der Bergleute nicht selten sind, die Tochter eines reichen Spinnerei-Inhabers in Arras. Fünfzehn Jahre lang wohnte das Ehepaar in demselben Provinzstädtchen, ohne daß irgendein Ereignis die Eintönigkeit ihres Lebens störte, selbst die Geburt eines Kindes nicht. Eine wachsende Gereiztheit ließ Frau Hennebeau sich von ihrem Gatten abwenden. Sie war im Respekt vor dem Gelde erzogen und verachtete ihren Mann, der in harter Arbeit seine bescheidenen Bezüge erwarb und der ihr keine jener Befriedigungen der Eitelkeit bot, von denen sie im Pensionat geträumt hatte. In seiner strengen Rechtlichkeit spekulierte er nicht, sondern blieb auf seinem Posten wie ein Soldat. Die Uneinigkeit nahm zu, noch verschärft durch das sonderbare Mißverständnis des Fleisches, das selbst die Glühendsten zu Eis erstarren läßt. Er betete seine Frau an, sie aber war von der Sinnlichkeit einer lüsternen Blonden, und schon bald schliefen sie getrennt; unbehaglich und verletzt. Seit dieser Zeit hatte sie einen Liebhaber, was er nicht wußte. Schließlich verließ er den Pas-de-Calais, um in Paris eine Bürostelle anzutreten, mit dem Gedanken, daß sie ihm dafür dankbar sein würde. Allein in Paris wurde ihre Trennung vollkommen – in diesem Paris, nach dem sie sich seit ihrer ersten Puppe gesehnt hatte und wo sie nach acht Tagen ihr provinzielles Wesen abgestreift hatte, um mit einem Schlage eine elegante Modedame zu werden, die sich allen kostspieligen Torheiten der Zeit hingab. Die zehn Jahre, die sie hier verbrachte, waren von einer großen Leidenschaft ausgefüllt, von einem allgemein bekannten Verhältnis mit einem Manne, bei dessen Lösung sie fast dem Tode nahe war. Diesmal konnte der Gatte nicht unwissend bleiben, und nach abscheulichen Szenen zwischen ihnen ergab er sich in sein Schicksal, entwaffnet durch die ruhige Gewissenlosigkeit seiner Frau, die ihr Glück nahm, wo sie es fand. Nach dem Bruch mit ihrem Liebhaber, als sie vor Kummer krank war, hatte er die Stelle eines Bergwerkdirektors in Montsou angenommen, in der Hoffnung, daß sie dort, in dem wüsten, schwarzen Land Besserung finden würde.

Seitdem sie in Montsou wohnten, waren bei den Hennebeau die Gereiztheit und die Langeweile der ersten Zeit ihrer Ehe wiedergekehrt. Anfänglich schien sie beruhigt durch die tiefe Stille, durch die Eintönigkeit der endlosen Ebene. Sie vergrub sich jetzt, als eine Frau, die mit dem Leben abgeschlossen hatte. Sie tat, als wäre ihr Herz tot, und schien losgelöst von der Welt, daß selbst ihre zunehmende Beleibtheit sie nicht betrübte. Dann aber brach unter diesem Gleichmut ein letztes Fieber durch, ein Bedürfnis, noch zu leben, das sie sechs Monate damit beruhigte, daß sie das kleine Haus der Direktion nach ihrem Geschmack einrichtete und möblierte. Sie erklärte, daß das Haus abscheulich sei, und füllte es mit Teppichen, Bibelots und einem Luxus, von dem man weit und breit, sogar in Lille, sprach. Die Gegend brachte sie jetzt zur Verzweiflung, diese dummen, endlos sich dehnenden Felder, diese ewig schwarzen Wege, wo es keinen Baum gab und wo eine abscheuliche Bevölkerung wimmelte, die ihr Schrecken und Abscheu einflößte. Es begannen die Klagen über ihre Verbannung; sie beschuldigte ihren Gatten, sie seinen Bezügen von vierzigtausend Franken geopfert zu haben, einem Bettel, der zur Fortführung des Haushaltes kaum hinreichte. Er hätte es machen müssen wie die anderen, einen Anteil fordern, Aktien erlangen, kurz, zu etwas Rechtem zu kommen. Und sie beharrte darauf mit der Grausamkeit einer Erbin, die das Geld ins Haus gebracht hatte. Trotz seiner stets korrekten Haltung, in der erheuchelten Kälte eines Verwaltungsbeamten, war er von dem Verlangen nach dieser Frau verzehrt, von jener späten und heftigen Begierde, die mit dem Alter nur zunimmt. Niemals hatte er sie als Liebhaber besessen. Ein Bild verfolgte ihn unablässig, sie einmal so für sich zu haben, wie sie sich einem andern hingegeben hatte. Jeden Morgen träumte er davon, sie am Abend zu erobern; dann, wenn sie ihn mit ihren kalten Augen ansah, wenn er fühlte, daß alles in ihr sich weigerte, vermied er es, auch nur ihre Hand zu berühren. Es war ein Leiden, ohne die Möglichkeit einer Heilung, verborgen unter der Starrheit seiner Haltung; das Leiden einer zärtlichen Natur, die im stillen daran zugrunde ging, daß sie in der Ehe nicht das Glück gefunden hatte. Nach Ablauf der sechs Monate, als das Haus vollständig möbliert war und ihr nichts mehr zu tun übrigblieb, verfiel Madame Hennebeau in verzehrende Langeweile, als ein Opfer, das die Verbannung tötete und das sich glücklich pries, da zu sterben.

In dieser Zeit kam Paul Négrel nach Montsou. Seine

Mutter, die Witwe eines Kapitäns aus der Provence, lebte in Avignon von einer mageren Pension und hatte sich die größten Entbehrungen auferlegt, damit ihr Sohn seine technischen Studien absolvieren konnte. Er verließ die Hochschule mit ungünstigen Zeugnissen, und sein Onkel, Herr Hennebeau, bot ihm die Stelle eines Ingenieurs im Voreux-Schacht an. Seither wurde er als ein Kind des Hauses behandelt, hatte sein Zimmer und seine Verpflegung, was ihm gestattete, die Hälfte seiner Bezüge von dreitausend Franken seiner Mutter zu schikken. Um diese Unterstützung zu bemänteln, sprach Herr Hennebeau von der Schwierigkeit, in der ein junger Mann sich befände, der genötigt wäre, sich einen Haushalt einzurichten in einem der Schweizerhäuser, die für die Grubeningenieure bestimmt waren. Frau Hennebeau hatte sofort die Rolle einer guten Tante angenommen, duzte ihren Neffen, wachte über sein Wohlergehen. Besonders in den ersten Monaten bekundete sie eine mütterliche Sorgfalt, die bei dem geringsten Anlaß von guten Ratschlägen überfloß. Doch blieb sie dabei Weib und gelangte allmählich zu persönlichen Vertraulichkeiten. Dieser starke und praktische Bursche von skrupelloser Intelligenz, der über die Liebe philosophische Theorien hatte, amüsierte sie durch die Lebhaftigkeit seines Pessimismus, der seinem schmalen Gesichte mit der spitzigen Nase einen schneidigen Zug verlieh. Es fügte sich in ganz natürlicher Weise, daß er eines Abends in ihren Armen lag; und sie schien aus Gutmütigkeit sich ihm hinzugeben, mit der Versicherung, daß sie kein Herz mehr habe und nur seine Freundin sein wolle. In der Tat war sie nicht eifersüchtig, neckte ihn wegen der Schlepperinnen, die er für ganz abscheulich erklärte, und schmollte fast mit ihm, weil er ihr keinerlei Späße zu erzählen hatte, wie sie im Leben eines jungen Mannes vorkommen. Dann begeisterte sie sich für den Plan, ihn zu verheiraten; sie träumte davon, sich zu opfern, ihn einer reichen Erbin in die Arme zu legen. Ihre Beziehungen dauerten fort; er war ihr ein Spielzeug zur Erholung, ein Gegenstand der letzten Zärtlichkeiten einer müßigen Frau, die nichts mehr zu hoffen hatte.

So waren zwei Jahre verflossen. In einer Nacht schöpfte Herr Hennebeau Verdacht, als er nackte Füße vor seiner Tür vorbeihuschen zu hören glaubte. Doch er lehnte sich gegen den Gedanken an dieses neue Abenteuer auf, hier in seinem Hause, zwischen einer Mutter und diesem Knaben! Überdies erzählte ihm am nächsten Morgen seine Frau, daß sie Cécile Grégoire für ihren Neffen ausersehen hätte. Sie widmete sich diesem Heiratsplan mit einem solchen Eifer, daß er über seine ungeheuerliche Einbildungskraft errötete. Er war dem jungen Manne jedoch dankbar dafür, daß das Haus weniger trübselig war, seitdem er eingezogen war.

Aus dem Toilettezimmer seiner Frau kommend, begegnete Herr Hennebeau auf dem Flur seinem Neffen, der eben zurückkehrte. Paul schien die Streikgeschichte spaßig zu finden.

»Nun?« fragte der Onkel.

»Nun, ich habe eine Rundfahrt durch die Grubendörfer gemacht. Die Leute scheinen ganz vernünftig zu sein; aber ich glaube, sie werden eine Delegation schicken.«

Doch in diesem Augenblick rief die Stimme der Frau Hennebeau aus dem ersten Stock:

»Bist du es, Paul? Komm doch herauf mit deinen Nachrichten. Diese Leute sind ja komisch, die werden aufsässig, wo sie es doch so gut haben!«

Und der Direktor mußte darauf verzichten, mehr zu erfahren, da seine Frau seinen Boten in Beschlag nahm. Er setzte sich wieder an seinen Schreibtisch, auf dem sich neue Depeschen angesammelt hatten.

Als um elf Uhr die Grégoire ankamen, waren sie erstaunt, daß der Kammerdiener Hippolyte, der als Schildwache aufgestellt war, sie hastig ins Haus drängte, nachdem er unruhige Blicke auf beide Seiten der Straße geworfen hatte. Die Vorhänge des Salons waren geschlossen, und man führte sie geradeaus in das Arbeitskabinett, wo Herr Hennebeau sich entschuldigte, daß er sie hier empfing. Die Fenster des Salons gingen auf die Straße, fügte er hinzu, und es sei unnötig, den Schein zu erwekken, als würde man die Leute herausfordern.

»Wie, Sie wissen nichts?« fuhr er fort, als er ihre Überraschung sah.

Als Herr Grégoire erfuhr, daß der Streik endlich ausgebrochen sei, zuckte er mit ruhiger Miene die Achseln. Es wird nichts sein, meinte er; die Bevölkerung sei sehr rechtschaffen. Frau Grégoire bekräftigte mit einem Nikken sein Vertrauen in die hundertjährige Ergebung der Kohlenarbeiter, während Cécile, die an diesem Tage sehr wohlgemut in ihrer Jugendschönheit strahlte, bei dem Worte ›Streik‹ lächelte, weil es sie an die Verteilung von Almosen in den Arbeiterdörfern erinnerte.

Doch jetzt erschien Frau Hennebeau, gefolgt von Négrel. Sie war ganz in schwarze Seide gekleidet.

»Ist das nicht ärgerlich?« rief sie schon an der Türe. »Als ob diese Leute nicht hätten warten können! ... Ich will Ihnen nur gleich sagen, daß Paul sich weigert, uns nach der Thomas-Grube zu begleiten.«

»Wir werden hier bleiben«, sagte Herr Grégoire in verbindlichem Ton. »Es wird uns nur ein Vergnügen sein.«

Paul hatte sich begnügt, Cécile und ihre Mutter zu begrüßen. Unmutig über diesen geringen Eifer lenkte ihn die Tante mit einem Blick zu dem jungen Mädchen; und als sie die beiden zusammen lachen hörte, hüllte sie sie in einem mütterlichen Blick ein.

Inzwischen las Herr Hennebeau die Depeschen zu Ende und setzte einige Antworten auf. Die Gesellschaft plauderte in seiner Nähe. Seine Frau erklärte, daß sie dieses Arbeitskabinett nicht eingerichtet habe; es habe seine verblaßte, rote Papiertapete, seine schwerfälligen Mahagonimöbel, seinen alten Aktenschrank behalten. So verflossen drei Viertelstunden, und man war im Begriff, zu Tische zu gehen, als der Kammerdiener Herrn Deneulin

meldete. Dieser trat mit aufgeregter Miene ein und verneigte sich sodann vor Madame Hennebeau.
»Schau, Sie sind da!« rief er dann, die Grégoire bemerkend.
Dann wandte er sich lebhaft an den Direktor:
»So ist es also doch geschehen? Ich erfuhr es soeben von meinem Ingenieur ... Meine Leute sind heute morgens angefahren. Aber die Sache kann um sich greifen; ich bin besorgt ... Wie ist's mit Ihnen?«
Er war zu Pferde herbeigeeilt; seine Unruhe verriet sich in seiner lauten Sprache und in seinen heftigen Gebärden, die ihm viel Ähnlichkeit mit einem pensionierten Reiteroffizier verliehen.
Herr Hennebeau schickte sich an, ihn über die Lage aufzuklären, als Hippolyte die Türe des Speisesaales öffnete. Da unterbrach er sich, um seinem Gaste zu sagen:
»Essen Sie mit uns; beim Nachtisch will ich Ihnen weitererzählen.«
»Ja, wie es Ihnen beliebt«, antwortete Deneulin, von seiner Sorge so erfüllt, daß er ohne viele Umstände die Einladung annahm.
Indes war er sich seiner Unhöflichkeit bewußt, und er wandte sich an Frau Hennebeau, um seine Entschuldigungen vorzubringen. Sie war übrigens sehr liebenswürdig. Nachdem sie ein siebentes Gedeck hatte auflegen lassen, bestimmte sie die Sitzordnung bei Tische: Frau Grégoire und Cécile zu beiden Seiten ihres Gatten; Herr Grégoire und Deneulin zu ihrer Rechten und Linken; Paul zwischen Cécile und ihrem Vater. Als dann die Vorspeisen herumgereicht wurden, sagte sie lächelnd:
»Sie verzeihen, ich wollte Ihnen Austern vorsetzen. Am Montag gibt es in Marchiennes immer frische Ostende-Austern, und ich hatte die Absicht, die Köchin in unserem Wagen hineinzuschicken ... Aber sie hatte Angst, mit Steinen beworfen zu werden.«
Allgemeines Lachen unterbrach sie. Man fand die Geschichte drollig.

»Still«, sagte Herr Hennebeau gereizt, indem er nach den Fenstern blickte, durch die man die Straße sehen konnte. »Die Leute brauchen nicht zu wissen, daß wir heute Gäste haben.«

»Das ist immerhin eine Scheibe Wurst, die sie nicht bekommen werden«, erklärte Herr Grégoire.

Man lachte von neuem, aber etwas leiser. Die Gäste fühlten sich behaglich in diesem Saal mit flämischen Teppichen und alten Eichenmöbeln. Hinter den Glastüren der Kredenzen schimmerten silberne Tafelgefäße; von der Zimmerdecke hing eine große Kupferlampe, in deren blankpolierten Rundungen eine Palme und eine Aspidistra sich spiegelten, die in Majolikatöpfen die Tafel zierten. Draußen war ein eisigkalter Dezembertag, unwirtlich durch einen scharfen Nordost. Aber kein Hauch drang herein; in dem Saal herrschte eine Treibhauswärme, durchzogen von dem feinen Duft einer Ananas, die in Scheiben geschnitten in einer Kristallschale lag.

»Man sollte die Vorhänge schließen«, meinte Négrel, den die Angst der Grégoires belustigte.

Die Kammerfrau, die dem Diener bei der Tafel behilflich war, nahm den Vorschlag Pauls für einen Befehl und schloß einen der Vorhänge. Von da an gab es endlose Scherze; Gläser und Gabeln wurden behutsam auf den Tisch gesetzt; jede neue Schüssel wurde freudig begrüßt, wie ein Stück, das in einer eroberten Stadt aus der Plünderung gerettet worden war; und hinter dieser gezwungenen Heiterkeit lauerte eine geheime Furcht, die sich durch unwillkürliche Blicke nach der Straße verriet, als hätte eine Bande von Hungerleidern von außen nach der Tafel gespäht.

Nach den getrüffelten Eiern kamen Forellen. Das Gespräch drehte sich jetzt um die Industriekrise, die seit anderthalb Jahren währte und immer ernster wurde.

»Es war unausbleiblich«, sagte Deneulin; »der allzu große Wohlstand der letzten Jahre mußte uns dahin führen. Denken Sie nur an die enormen Kapitalien, die festgelegt wurden, an die Eisenbahnen, Hafen- und Kanalbauten, an all das Geld, das man in die unsinnigsten Spekulationen steckte. In unserer Gegend allein wurden so viele Zuckerfabriken errichtet, als gäbe es jährlich drei Rübenernten ... Und heute wird das Geld knapp; es gilt zu warten, bis die Zinsen der angelegten Millionen hereinkommen; daher die verderbenbringende Stockung aller Geschäfte.«

Herr Hennebeau bekämpfte diese Ansicht, aber er gab zu, daß die guten Jahre den Arbeiter verdorben hätten.

»Wenn ich bedenke«, rief er, »daß diese Kerle in unseren Gruben bis sechs Franken am Tag verdienen konnten, das Doppelte dessen, was sie jetzt erwerben. Und sie lebten gut und hatten sogar eine gewisse Neigung zum Luxus ... Heute kommt es ihnen natürlich hart an, zur früheren, kärglichen Lebensweise zurückzukehren.«

»Herr Grégoire«, unterbrach Frau Hennebeau, »nehmen Sie noch ein wenig von den Forellen; sie sind köstlich, nicht wahr?«

Der Direktor fuhr fort:

»Aufrichtig gesprochen, ist es unsere Schuld? Auch wir sind ja hart betroffen ... Seitdem die Fabriken, eine nach der andern, schließen, haben wir die allergrößte Mühe, uns unserer Kohlenvorräte zu entledigen; und angesichts der immer mehr sich verringernden Nachfrage sind wir gezwungen, die Herstellungskosten zu vermindern ... Die Arbeiter wollen das nicht einsehen.«

Stillschweigen trat ein. Der Diener reichte gebratene Rebhühner, während die Kammerfrau Chambertin eingoß.

»In Indien hat es eine Hungersnot gegeben«, fuhr Deneulin halblaut fort, als spräche er mit sich selbst. »Amerika hat aufgehört, Schmiede- und Gußeisen zu beziehen und dadurch unseren Hochöfen einen harten Schlag versetzt. Ein Stoß aus der Ferne genügt, um die Welt zu erschüttern ... Und das Kaiserreich war so stolz auf die fieberhafte Entwicklung der Industrie!«

Er machte sich an seinen Rebhuhnflügel. Dann setzte er mit lauterer Stimme hinzu:
»Das Schlimmste ist, daß man, um die Herstellungskosten zu vermindern, die Produktion wird vermehren müssen; sonst müßten auch die Arbeitslöhne herabgesetzt werden, und der Arbeiter würde mit seiner Behauptung recht haben, daß er die Suppe auslöffeln müsse.«
Dieses freimütige Geständnis gab Anlaß zu einer lebhaften Erörterung. Die Damen fanden an diesem Gespräch wenig Vergnügen. Übrigens war jeder mit seinem Teller beschäftigt, um den ersten Appetit zu befriedigen. Jetzt kam der Diener zurück. Er schien etwas sagen zu wollen, zögerte jedoch.
»Was gibt es?« fragte Herr Hennebeau. »Sind Depeschen gekommen, so geben Sie sie her. Ich erwarte Antworten.«
»Nein, gnädiger Herr. Herr Dansaert ist im Flur, aber er fürchtet zu stören.«
Der Direktor entschuldigte sich und ließ den Oberaufseher eintreten. Dieser hielt sich einige Schritte vom Tisch, während alle Gäste sich umwandten, um ihn zu betrachten, wie er riesengroß dastand, ganz außer Atem von den Nachrichten, die er brachte. Die Dörfer blieben ruhig, meldete er, aber es sei entschieden, es werde eine Delegation kommen. Sie werde vielleicht schon in wenigen Minuten da sein.
»Es ist gut, ich danke«, sagte Herr Hennebeau. »Ich will jeden Morgen und jeden Abend Bericht haben; hören Sie?«
Als Dansaert fort war, fingen die Scherze wieder an. Man warf sich auf den russischen Salat mit der Bemerkung, es sei keine Sekunde zu verlieren. Die Heiterkeit erreichte ihren Höhepunkt, als Négrel Brot verlangte und die Kammerfrau ihm mit einem so leisen und erschrockenen »Ja, mein Herr!« antwortete, als hätte sie eine Bande hinter sich, bereit zu Mord und Vergewaltigung.

»Sie können ganz frei reden«, sagte Frau Hennebeau; »sie sind noch nicht da.«

Der Direktor, dem man ein ganzes Bündel Briefe und Depeschen brachte, wollte einen der Briefe laut lesen. Es war ein Brief Pierrons, in dem dieser in respektvollen Ausdrücken bekannt gab, daß er genötigt sei, mit den Kameraden zu streiken, wenn er nicht mißhandelt werden wollte. Er fügte hinzu, daß er es nicht ablehnen konnte, an der Abordnung teilzunehmen, obgleich er diesen Schritt mißbilligte.

»Das ist die Freiheit der Arbeit!« rief Herr Hennebeau.

Man kam nun wieder auf den Streik zu sprechen und befragte ihn um seine Meinung.

»Ach«, erwiderte er, »wir haben ganz andere Arbeitsausstände gesehen! ... Man wird ein, zwei Wochen faulenzen, wie das letzte Mal. Sie wollen in den Wirtshäusern herumliegen; dann, wenn sie gar zu großen Hunger haben, werden sie zur Arbeit zurückkehren.«

Deneulin schüttelte den Kopf.

»Ich bin nicht so ruhig, sagte er. Diesmal scheinen sie besser organisiert zu sein. Haben sie nicht eine Unterstützungskasse?«

»Ja, mit kaum dreitausend Franken darin. Was wollen sie damit machen? Ich habe einen gewissen Etienne Lantier im Verdacht, daß er ihr Führer ist. Es ist ein guter Arbeiter, und es wäre mir unangenehm, ihm sein Arbeitsbuch zurückgeben zu müssen, wie seinerzeit dem famosen Rasseneur, der fortfährt, mit seinen Ideen und seinem Bier die Gegend zu verpesten ... Gleichviel, in acht Tagen wird die Hälfte der Leute anfahren, und in fünfzehn Tagen werden alle zehntausend Arbeiter wieder in den Gruben sein.«

Er war überzeugt davon. Seine einzige Sorge kam von der Möglichkeit, daß er in Ungnade fallen könnte, wenn die Gesellschaft ihn für den Streik verantwortlich machen würde. Er fühlte seit einiger Zeit, daß er weniger in

Gunst stehe. Er legte den mit russischem Salat gefüllten Löffel hin, den er genommen hatte, und las noch einmal die aus Paris empfangenen Depeschen, gleichsam um jedes Wort dieser Antworten zu ergründen. Man entschuldigte ihn. Das Mahl glich allmählich einem Soldatenfrühstück, das auf dem Schlachtfeld vor Eröffnung des Feuers eingenommen wird.

Nun mischten sich auch die Damen in die Unterhaltung. Madame Grégoire hatte Mitleid mit den armen Leuten, die jetzt Hunger leiden sollten; Cécile machte im Geiste schon einen Rundgang, um Anweisungen auf Brot und Fleisch auszuteilen. Allein, Frau Hennebeau war erstaunt, als sie von der Not der Bergleute von Montsou reden hörte. Waren sie denn nicht sehr glücklich? Leute, die auf Kosten der Gesellschaft Wohnung, Heizung und ärztliche Pflege hatten? In ihrer Gleichgültigkeit für diese Herde wußte sie von ihr nur die eingelernte Lektion, die sie hersagte, um die Besucher aus Paris in Verwunderung zu setzen; und sie glaubte schließlich daran und war entrüstet über den Undank des Volkes.

Négrel fuhr inzwischen fort, Herrn Grégoire zu erschrecken. Cécile mißfiel ihm nicht, und er war bereit, sie zu heiraten, um seiner Tante gefällig zu sein. Aber er hatte kein Liebesfeuer; er war ein junger Mann von Erfahrung, der sich nicht mehr ›verbrannte‹, wie er sich ausdrückte. Er gab sich für einen Republikaner aus, was ihn nicht hinderte, seine Arbeiter mit äußerster Strenge zu behandeln und in Gesellschaft der Damen sich über sie lustig zu machen.

»Auch ich teile nicht den Optimismus meines Onkels«, fuhr er fort. »Ich befürchte ernste Unruhen ... Darum rate ich Ihnen auch, Herr Grégoire, die Piolaine zu verriegeln. Man könnte sie ausplündern.«

Herr Grégoire, dessen gütiges Antlitz ein Lächeln erhellte, war eben im Zuge, seine Frau an väterlichen Gesinnungen für die Arbeiter zu überbieten.

»Mich ausplündern?« rief er verblüfft. »Warum denn?«

»Sind Sie nicht ein Aktionär von Montsou? Sie tun nichts und leben von der Arbeit der anderen. Kurz, Sie sind das infame Kapital, und das genügt. Seien Sie dessen sicher: wenn die Revolution siegte, würde sie Sie zwingen, Ihr Vermögen, als gestohlenes Geld, wieder herauszugeben!«

Er verlor sogleich die kindliche Ruhe und heitere Sorglosigkeit, in der er lebte.

»Mein Vermögen gestohlenes Geld?« stammelte er. »Hat mein Urahn die Summe, die er ehemals in dem Unternehmen angelegt hat, nicht durch harte Arbeit erworben? Und haben wir nicht alle Wagnisse des Unternehmens geteilt? Und mache ich etwa einen schlechten Gebrauch von den Erträgnissen?«

Frau Hennebeau wurde unruhig, als sie Mutter und Tochter erbleichen sah; sie beeilte sich zu erklären: »Paul scherzt nur, Herr Grégoire.«

Doch Herr Grégoire war außer sich. Da der Diener eben Krebse herumreichte, nahm er drei, ohne recht zu wissen, was er tat, und begann die Krebsbeine mit den Zähnen zu knacken.

»Oh, gewiß, es gibt Aktionäre, die Mißbrauch treiben. So hat man mir beispielsweise erzählt, daß Minister Anteile an den Gruben von Montsou erhalten haben, gleichsam als Trinkgeld für Dienste, die sie der Gesellschaft geleistet hatten. Ebenso wie jener große Herr, den ich nicht nennen will, ein Herzog, unser größter Aktionär, dessen Verschwendung ein wahrer Skandal ist, der für Weiber, Einladungen und unnützen Luxus Millionen hinauswirft ... Aber wir, die wir ein bescheidenes Leben führen als rechtschaffene Leute, die wir sind; wir, die wir nicht spekulieren, die wir uns begnügen, vernünftig von dem zu leben, was wir haben, und den Armen ihren Teil geben ... wirklich, Ihre Arbeiter müßten Räuber sein, wenn sie uns auch nur eine Stecknadel nehmen wollten!«

Négrel selbst mußte ihn beschwichtigen, übrigens sehr belustigt über seinen Zorn. Die Krebse waren noch auf

der Tafel, man hörte das leise Knacken der Scheren, während die Unterhaltung sich der Politik zuwandte. Herr Grégoire erklärte, noch vor Aufregung zitternd, er sei trotz alledem liberal; und er bedauerte Louis Philippe. Deneulin war für eine starke Regierung; er erklärte, der Kaiser gleite die schiefe Bahn gefährlicher Konzessionen hinab.
»Erinnern Sie sich des Jahres 89!« sagte er. »Der Adel war es, der durch seine Mitschuld, durch seine philosophischen Neigungen die Revolution möglich gemacht hat ... Nun denn, heute spielt das Bürgertum das gleiche blöde Spiel, mit seinem wütenden Liberalismus, seiner Zerstörungswut, seinen Schmeicheleien für das Volk. Ja, ja, Sie machen dem Ungeheuer scharfe Zähne, damit es uns zerfleische. Und es wird uns zerfleischen, seien Sie unbesorgt!«
Die Damen hießen ihn schweigen und suchten ein anderes Gespräch anzuknüpfen, indem sie ihn nach seinen Töchtern befragten. Lucie sei in Marchiennes, berichtete er, um mit einer Freundin Gesangsstunden zu nehmen. Jeanne male den Kopf eines alten Bettlers. Doch Herr Deneulin erzählte diese Dinge mit zerstreuter Miene; er ließ kein Auge von dem Direktor, der in seine Depeschen versunken war, so daß er seiner Gäste völlig vergaß. Hinter diesem dünnen Papier ahnte er Paris, die Weisungen der Verwaltungsräte, die über den Streik entscheiden würden. Er konnte seine Unruhe nicht meistern und fragte plötzlich:
»Was werden Sie machen?«
Herr Hennebeau schrak zusammen und antwortete ausweichend:
»Wir werden sehen.«
»Natürlich, Sie stehen fest auf den Beinen, Sie können warten«, sagte Deneulin, gleichsam laut denkend. »Ich aber werde auf der Strecke bleiben, wenn der Streik sich auf Vandame ausdehnt. Was nützt es mir, daß ich die Jean-Bart-Grube neu eingerichtet habe? Mit dieser ein-

zigen Grube kann ich nur bestehen, wenn der Betrieb ununterbrochen fortgeführt wird. Oh, ich sehe schlimme Tage kommen!«

Dieses unwillkürliche Geständnis schien die Aufmerksamkeit des Herrn Hennebeau zu erregen. Er hörte ihm zu, und ein Plan keimte in ihm. Wenn der Streik eine böse Wendung nehmen würde, warum sollte er diesen Umstand nicht ausnützen, den Nachbar dabei zugrunde gehen zu lassen, um dann die Konzession für einen Pappenstiel zu erwerben? Dies wäre das sicherste Mittel, die Gunst der Verwaltungsräte wieder zu gewinnen, die schon seit Jahren nach Vandame Verlangen hatten.

»Wenn Jean-Bart Ihnen eine solche Last ist, treten Sie die Grube uns ab«, sagte er lachend.

Doch Deneulin hatte seine Klagen schon bereut und rief:

»Niemals!«

Seine Heftigkeit belustigte die Gesellschaft; man vergaß den Streik in dem Augenblick, als der Nachtisch erschien. Die Apfelcreme wurde mit Lobsprüchen überhäuft; auch die Ananas fand man köstlich, und die Damen besprachen ein Rezept über die Zubereitung dieser Frucht. Feines Obst, Weintrauben und Birnen vervollständigten die frohe Laune, in der das reiche Mahl beendet wurde. Alle redeten zugleich in gerührter Stimmung, während der Diener Rheinwein einschenkte statt des Champagners, den man gewöhnlich fand.

Das Heiratsprojekt zwischen Paul und Cécile wurde in der sympathischen Stimmung des Nachtisches bedeutend gefördert. Seine Tante hatte ihm so dringende Blicke zugeworfen, daß der junge Mann sich liebenswürdig zeigte und mit seiner zutunlichen Art die Grégoire wieder gewann, die er vorhin mit seinen Geschichten von der Plünderung erschreckt hatte. Angesichts des so engen Einverständnisses zwischen seiner Frau und seinem Neffen fühlte Herr Hennebeau seinen abscheulichen Verdacht wieder erwachen, gleichsam als hätte er in ihren Blicken

eine Berührung entdeckt. Doch der Gedanke an die Heirat, die hier, vor seinen Augen betrieben wurde, beruhigte ihn wieder.
Hippolyte brachte eben den Kaffee, als die Kammerfrau sehr erschreckt hereinlief und meldete:
»Gnädiger Herr, sie sind da!«
Es waren die Delegierten. Man hörte Türen zuschlagen und hatte das Gefühl, daß ein Hauch des Schreckens durch die benachbarten Räume fahre.
»Führen Sie sie in den Salon«, sagte Herr Hennebeau.
Die Gäste an der Tafel hatten einander mit einem Beben der Unruhe angeblickt. Stillschweigen war eingetreten. Dann wollten sie ihre Scherze wiederaufnehmen; man tat, als wollte man den Rest des Zuckers in die Tasche stecken, und sprach davon, die Gedecke zu verbergen. Allein der Direktor blieb ernst, und das Lachen verstummte; die Stimmen wurden zu einem Flüstern gedämpft, während im Salon die schweren Tritte der Delegierten den Teppich drückten.
Frau Hennebeau sagte ihrem Gatten im Flüsterton:
»Ich hoffe, Sie werden Ihren Kaffee trinken.«
»Ohne Zweifel«, antwortete er; »sie sollen warten!«
Er war nervös; er lauschte den von außen kommenden Geräuschen, obgleich es den Anschein hatte, als würde er sich nur mit seinem Kaffee beschäftigen.
Paul und Cécile hatten sich erhoben; er ließ sie durch das Schlüsselloch schauen. Sie lachten und sprachen leise miteinander.
»Sehen Sie sie?«
»Ja ... Einen Großen und zwei Kleine hinter ihm.«
»Sie sehen abscheulich aus, wie?«
»Nein, ganz manierlich.«
Plötzlich stand Herr Hennebeau auf, indem er erklärte, der Kaffee sei zu heiß und er werde ihn später trinken. Als er hinausging, legte er einen Finger an den Mund, wie um der Gesellschaft Vorsicht zu empfehlen. Alle hatten sich wieder gesetzt und saßen stumm an der Tafel,

wagten sich nicht zu rühren, horchten gespannt, unangenehm berührt durch die groben Stimmen der Männer.

II

In einer bei Rasseneur abgehaltenen Versammlung hatten gestern Etienne und einige Kameraden die Delegierten ausgewählt, die am folgenden Tage zur Direktion gesandt werden sollten. Als am Abend Frau Maheu erfuhr, daß ihr Mann dazugehöre, war sie verzweifelt und fragte ihn, ob er wolle, daß man sie auf die Straße werfe. Maheu selbst hatte nur mit Widerstreben die Wahl angenommen. In dem Augenblick, wo es galt zu handeln, verfielen beide, trotzdem sie ihr Elend als ein Unrecht empfanden, in die Ergebung ihres Standes, zitternd vor dem morgigen Tage und doch lieber sich ins Unvermeidliche fügend. In Fragen der Lebensführung überließ er sich sonst seiner Frau, die stets guten Rat wußte. Aber diesmal geriet er in Zorn, um so mehr, als er im stillen ihre Besorgnisse teilte.

»Laß mich in Frieden«, sagte er, indem er zu Bett ging und ihr den Rücken zuwandte. »Wäre es anständig, seine Kameraden im Stich zu lassen? Ich tue meine Pflicht.«

Nun ging auch sie zu Bett. Keiner von beiden sprach. Dann, nach langem Stillschweigen, antwortete sie:

»Du hast recht, gehe hin. Aber, mein armer Alter, wir sind verloren.«

Um zwölf Uhr wurde gegessen. Die Zusammenkunft war für ein Uhr bei Rasseneur bestimmt, von wo man zu Herrn Hennebeau gehen sollte. Es gab Kartoffeln; weil nur ein Stückchen Butter da war, rührte keiner daran. Am Abend wollte man Butterbrot essen.

»Wir rechnen auf dich als Sprecher«, sagte Etienne plötzlich zu Maheu.

Dieser war ganz betroffen, als er das hörte.

»Oh, nein, das ist zu viel!« rief Frau Maheu. »Meinetwegen soll er mitgehen, aber ich verbiete ihm, den Führer zu machen. Warum lieber er als ein anderer?«

Etienne erklärte die Sache mit eifriger Beredsamkeit. Maheu sei der beste Arbeiter der Grube, der beliebteste, geachtetste; derjenige, der als der Vernünftigste angesehen wurde. Die Beschwerden der Grubenarbeiter würden in seinem Mund ein entscheidendes Gewicht haben. Anfänglich hieß es, daß Etienne sprechen sollte, aber er war noch zu kurze Zeit in Montsou. Man würde einem Alten aus der Gegend eher Gehör schenken. Kurz, die Kameraden vertrauten ihre Interessen dem Würdigsten an; er durfte nicht ablehnen, es wäre feig.

Frau Maheu machte eine verzweifelte Gebärde.

»Geh, Mann, laß dich totschlagen für die anderen; mir kann es schließlich auch recht sein.«

»Aber ich werde nicht sprechen können«, stammelte Maheu. »Ich werde Dummheiten reden.«

Etienne, der sehr froh war, ihn endlich bestimmt zu haben, klopfte ihm auf die Schulter und sagte:

»Du wirst sagen, was du fühlst, und es wird gut sein.«

Der Vater Bonnemort, dessen Beine jetzt weniger geschwollen waren, hörte zu, während er aß, und nickte nur mit dem Kopf. Stille trat ein. Wenn man Kartoffeln aß, stopften sich die Kinder voll und waren artig. Dann, nachdem er einen tüchtigen Bissen heruntergeschluckt hatte, murmelte der Alte:

»Mag man reden, soviel man will, es ist geradeso gut, wie wenn man nichts gesagt hätte. Ich habe solche Geschichten schon gesehen! Vor vierzig Jahren warf man uns bei der Direktion hinaus, und es gab noch Säbelhiebe dazu. Heute wird man euch vielleicht empfangen, aber man wird euch so wenig antworten wie diese Mauer ... Mein Gott! Sie haben das Geld, sie lachen sich ins Fäustchen.«

Es wurde wieder still. Etienne und Maheu erhoben sich und ließen die Familie in düsterer Stimmung vor den leeren Tellern zurück. Sie holten Levaque und Pierron und begaben sich mit diesen zu Rasseneur, wo die Delegierten der benachbarten Arbeiterdörfer in kleinen Gruppen eintrafen. Als die zwanzig Mitglieder der Abordnung beisammen waren, stellte man die Bedingungen fest, die der Gesellschaft gegenüber geltend gemacht werden sollten. Dann brach man auf nach Montsou. Ein schneidender Nordost fegte über die Landstraße. Es schlug zwei Uhr, als man ankam.

Zuerst hieß der Diener sie warten und schloß ihnen die Türe vor der Nase. Dann, als er wiederkam, führte er sie in den Salon, dessen Vorhänge er öffnete. Zartes, durch die Spitzen gedämpftes Licht drang durch die Fenster. Und als die Grubenarbeiter allein waren, wagten sie nicht, sich zu setzen. Verlegen standen sie da, sauber mit ihren Tuchröcken bekleidet, frisch rasiert, mit ihren gelben Haaren und Schnurrbärten. Sie drehten ihre Mützen zwischen ihren Fingern und warfen schiefe Blicke auf die Möbel, ein Durcheinander aller Stile, wie es der Geschmack für das Altertümliche in Mode gebracht hatte. Fauteuils im Stil Henri II., Sessel im Geschmack Louis XV., ein italienischer Sekretär aus dem siebzehnten Jahrhundert, ein spanischer Contador aus dem fünfzehnten, eine Altardecke als Lambrequin am Kamin, die Verbrämungen alter Meßgewänder als Aufputz von Türvorhängen. Das Altgold dieser alten Seidenstoffe in den matten Farben, der Prunk einer Kapelle, hatte in ihnen ein Gefühl respektvollen Unbehagens hervorgerufen. Die orientalischen Teppiche schienen sie mit ihrer weichen Wolle an den Boden zu fesseln. Doch was ihnen am meisten den Atem verschlug, war die Wärme, eine gleichmäßige Heizungswärme, die den von der Straße kommenden, durchkälteten Leuten eine wohltuende Überraschung war. So gingen fünf Minuten dahin; ihre Verlegenheit wuchs immer mehr in der Behaglichkeit dieses prächtigen komfortablen Raumes.

Endlich kam Herr Hennebeau in seinem militärisch zu-

geknöpften Rock, mit der Schleife eines Ordens im Knopfloch. Er nahm zuerst das Wort.
»Ah, da seid ihr ja! Ihr lehnt euch auf, wie es scheint ...«
Und er unterbrach sich, um mit einer gewissen steifen Höflichkeit hinzuzufügen:
»Setzt euch; es ist mir gerade recht, daß ich Gelegenheit habe, mit euch zu reden.«
Die Arbeiter drehten sich um und suchten Stühle. Einige wagten es, Platz zu nehmen; andere blieben stehen, eingeschüchtert von den Seidenbezügen.
Eine Stille trat ein. Herr Hennebeau, der einen Lehnsessel zum Kamin gerollt hatte, betrachtete sie mit lebhaftem Interesse und suchte sich an ihre Gesichter zu erinnern. Er hatte Pierron erkannt, der sich in der hintersten Reihe verbarg. Seine Augen waren auf Etienne haften geblieben, der ihm gegenübersaß.
»Was habt ihr mir zu sagen?« fragte er.
Er erwartete, daß der junge Mann das Wort ergreifen würde, und war so überrascht, als er Maheu vortreten sah, daß er nicht umhin konnte hinzuzufügen:
»Wie, Ihr seid es? Ein guter Arbeiter, der sich immer so vernünftig zeigte, einer, der noch aus Montsou stammt, dessen Familie seit dem ersten Spatenstich in der Grube arbeitet. Das ist schlimm; es betrübt mich, Euch an der Spitze der Unzufriedenen zu sehen.«
Maheu hörte mit gesenkten Blicken diese Worte. Dann begann er, mit anfänglich zögernder und dumpfer Stimme:
»Herr Direktor, eben weil ich ein ruhiger Mensch bin, dem man nichts vorzuwerfen hat, haben meine Kameraden mich gewählt. Dies mag Ihnen ein Beweis sein, daß es sich nicht um den Aufruhr von Radaumachern, von unruhigen Köpfen handelt, die nur Unfrieden stiften wollen. Wir wollen nur Gerechtigkeit; wir sind es müde, Hunger zu leiden, und es scheint uns, daß es an der Zeit wäre, eine Einigung zu treffen, damit wir wenigstens unser tägliches Brot haben.«

Seine Stimme gewann an Sicherheit. Er erhob die Augen und fuhr fort, während er den Direktor anblickte:

»Sie wissen genau, daß wir Ihr neues Lohnsystem nicht annehmen können ... Man wirft uns vor, daß wir schlecht verzimmern. Es ist wahr, wir verwenden auf diese Arbeit nicht die notwendige Zeit. Wenn wir es täten, würde unser Tagesverdienst sich noch mehr vermindern; und da dieser schon jetzt nicht hinreicht, um uns zu ernähren, so wäre es für Ihre Leute der Kehraus, das Ende von allem. Zahlen Sie uns besser, und wir werden besser verzimmern, werden auf die Verzimmerung die nötige Zeit verwenden, anstatt unsere ganzen Anstrengungen auf den Kohleschlag zu richten, weil dies die einzig lohnende Arbeit ist. Es gibt keinen anderen Ausweg; wenn die Arbeit gemacht werden soll, muß sie auch bezahlt werden ... Und was haben Sie sich statt dessen ausgedacht? Eine Sache, die uns nicht in den Kopf will. Sie vermindern den Preis des Karrens und behaupten, diese Verminderung dadurch wettzumachen, daß Sie die Verzimmerung gesondert bezahlen. Wäre dies wahr, dann wären wir nicht weniger betrogen; denn die Verzimmerung kostet uns immer mehr Zeit. Aber was uns erbittert, ist eben, daß dies nicht einmal wahr ist; die Gesellschaft ersetzt uns gar nichts, sie steckt einfach zwei Centimes bei jedem Karren in die Tasche.«

»Ja, ja, so ist es«, murmelten die übrigen Delegierten, als sie sahen, daß Herr Hennebeau eine heftige Gebärde machte, um Maheu zu unterbrechen.

Maheu schnitt übrigens dem Direktor das Wort ab. Er war jetzt im Zug, die Worte kamen von selbst. Zuweilen hörte er sich selbst mit Überraschung, als würde ein Fremder in ihm sprechen. Es waren Dinge, die sich in der Tiefe seiner Brust angehäuft hatten; Dinge, von denen er gar nicht wußte, daß sie da seien und die jetzt hervorbrachen, weil sein Herz voll war. Er schilderte ihr Elend, die harte Arbeit, das triste Leben, das Darben von Weib und Kind. Er sprach von den letzten traurigen Lohnzahlungen, von den lächerlichen Halbmonatslöhnen, die, durch die Strafen und Arbeitsruhetage zur Hälfte aufgezehrt, den jammernden Familien heimgebracht wurden. Sei man entschlossen, sie völlig zugrunde zu richten?

»Wir sind also gekommen, Herr Direktor«, schloß er, »um Ihnen zu sagen, daß, wenn schon krepiert werden muß, wir lieber krepieren wollen, ohne zu arbeiten. Das wird weniger ermüdend sein … Wir haben die Gruben verlassen und werden nicht eher anfahren, als bis die Gesellschaft unsere Bedingungen annimmt. Sie will den Preis des Karrens herabsetzen und die Verzimmerung besonders bezahlen. Wir wollen, daß die Dinge bleiben, wie sie waren, und wollen überdies, daß man uns fünf Centimes für den Karren mehr bezahle … Sie müssen nun zusehen, ob Sie für die Gerechtigkeit und die Arbeit eintreten.«

Unter den Arbeitern wurden einige Stimmen laut.

»Ja, ja … Er hat unsere Gedanken ausgesprochen … Wir verlangen nur, was recht ist.«

Andere nickten nur stillschweigend. Das prunkvolle Gemach war verschwunden mit seinen Goldstoffen und Stickereien, mit seiner Anhäufung von Antiquitäten; sie fühlten selbst den Teppich nicht mehr, den sie mit ihren schweren Stiefeln zertraten.

»Laßt mich doch antworten!« rief Herr Hennebeau endlich verdrossen. »Vor allem ist es nicht wahr, daß die Gesellschaft zwei Centimes bei jedem Karren gewinnt … Laßt uns einmal rechnen.«

Es folgte nun ein verworrener Streit. Um sie uneinig zu machen, fragte der Direktor den Pierron, der sich stotternd hinter die anderen versteckte. Levaque hingegen war einer der Kecksten, verwirrte die Dinge und behauptete Tatsachen, von denen er nichts verstand. Das Gemurmel der Stimmen verlor sich zwischen den Vorhängen in der Treibhaushitze dieses Gemaches.

»Wenn ihr alle zugleich redet«, sagte Herr Hennebeau, »werden wir uns niemals verständigen.«

Er hatte seine Ruhe, die stramme, aber nicht schroffe Höflichkeit eines Betriebsleiters wiedergefunden, der seine Weisungen empfangen hat und entschlossen ist, ihnen Geltung zu verschaffen. Seit den ersten Worten ließ er Etienne nicht aus den Augen, und er richtete es so ein, daß der junge Mann das Stillschweigen brechen mußte, in das er sich eingeschlossen hatte. Er brach den Streit über die zwei Centimes plötzlich ab und begann die Frage auf breiterer Grundlage zu erörtern.

»Nein, gesteht es nur, ihr seid aufgehetzt. Es ist eine Pest, die heutzutage alle Arbeiter ergreift und die besten verdirbt ... Oh, es braucht mir keiner zu beichten; ich sehe ja, daß man euch, die ihr früher so ruhige Leute wart, ganz verändert hat. Nicht wahr, man hat euch goldene Berge versprochen, man hat euch gesagt, es sei die Zeit gekommen, daß ihr die Herren werdet ... Kurz, man reiht euch in die vielgerühmte ›Internationale‹ ein, in diese Armee von Räubern, die davon träumen, die Gesellschaft umzustürzen ...«

Da unterbrach ihn Etienne.

»Sie irren sich, Herr Direktor. Kein einziger der Bergarbeiter ist noch beigetreten. Aber wenn man sie dazu treibt, werden sämtliche Gruben beitreten. Es hängt nur von der Gesellschaft ab.«

Seit diesem Augenblick wurde der Kampf zwischen Herrn Hennebeau und ihm weitergeführt, als ob die Kohlenarbeiter nicht da wären.

»Die Gesellschaft läßt sich von dem Wohl für ihre Arbeiter leiten, und Sie haben unrecht, ihr zu drohen. Dieses Jahr hat sie über dreihunderttausend Franken für den Bau von Arbeiterdörfern ausgegeben, die ihr kaum zwei Prozent einbringen; und ich will nicht von den Ruhegehältern sprechen, die sie bezahlt, oder von den Kohlen, von den Arzneimitteln, die sie unentgeltlich verabfolgt ... Sie, der Sie so vernünftig scheinen und in wenigen Monaten einer unserer geschicktesten Arbeiter geworden sind, würden besser tun, diese Wahrheiten zu verbreiten, als in Ihr Verderben zu rennen, indem Sie mit Leuten von schlechtem Ruf verkehren. Ja, ich spreche von Rasseneur, den wir entlassen mußten, um unsere Gruben vor der sozialistischen Fäulnis zu bewahren. Man sieht Sie immer bei ihm; er ist es sicherlich, der Sie dazu gedrängt hat, diese Unterstützungskasse zu gründen, die wir gerne dulden würden, wenn sie nur eine Sparkasse wäre; in der wir aber eine gegen uns gerichtete Waffe vermuten, einen Reservefonds zur Deckung der Kriegskosten. Und ich muß bei dieser Gelegenheit hinzufügen, daß die Gesellschaft eine Kontrolle über diese Kasse auszuüben wünscht.«

Etienne ließ ihn ruhig sprechen, während er seine Leute betrachtete und seine Lippen von einem nervösen Zittern bewegt wurden. Bei dem letzten Satz lächelte er und antwortete einfach:

»Das ist also eine neue Forderung; denn bisher haben Sie, Herr Direktor, diese Kontrolle nicht gefordert ... Unser Wunsch ist unglücklicherweise der, daß die Gesellschaft sich weniger mit uns beschäftige und daß sie, anstatt die Rolle der Vorsehung zu spielen, ganz einfach gerecht sei und uns gebe, was uns gebührt, unsern Gewinn, den sie mit uns teilt. Ist es gerecht, bei jeder Krise die Arbeiter verhungern zu lassen, um die Dividenden der Aktionäre sicherzustellen? ... Was auch immer Sie sagen mögen, Herr Direktor: das neue Lohnsystem bedeutet eine neue Lohnverminderung, und das ist es, was uns empört; denn wenn die Gesellschaft Einsparungen machen muß, tut sie sehr unrecht, nur bei dem Arbeiter zu sparen.«

»Also, da sind wir ja auf dem gewissen Punkt!« rief Herr Hennebeau; »ich erwartete diese Anklage, daß wir das Volk hungern lassen und uns von seinem Schweiß nähren. Wie können Sie solche Torheiten reden, Sie, der Sie wissen sollten, welches große Risiko die Kapitalien in der Industrie, beispielsweise im Bergwerksbetriebe haben? Eine vollständig eingerichtete Grube kostet anderthalb bis zwei Millionen; und wie viele Mühe kostet es, ehe man aus einer solchen Summe eine mäßige Verzinsung herauswirtschaftet! Fast die Hälfte der Bergwerksgesellschaften in Frankreich geht zugrunde ... Es ist übrigens unsinnig, diejenigen, die Erfolg haben, zu beschuldigen. Wenn ihre Arbeiter leiden, leiden auch sie selbst. Glauben Sie, daß die Gesellschaft in der gegenwärtigen Krise nicht ebensoviel zu verlieren hat wie ihr? Sie ist nicht Herrin des Lohnes; sie muß sich dem Wettbewerb fügen, wenn sie nicht zugrunde gehen will. Haltet euch an die Tatsachen und nur an sie ... Aber ihr wollt nicht hören und nicht begreifen!«

»Doch, wir begreifen«, sagte der junge Mann, »daß es für uns keine Besserung gibt, solange die Dinge so gehen, wie sie gehen, und darum werden früher oder später die Arbeiter sich entschließen müssen, einen andern Weg einzuschlagen.«

Dieses Wort, so gemäßigt in der Form, wurde halblaut mit solcher Überzeugung gesprochen, durch die eine Drohung hindurchzitterte, daß tiefe Stille eintrat. Eine Verlegenheit, ein Hauch der Furcht zog durch das stille Gemach. Die anderen Delegierten, die nur unvollkommen begriffen hatten, fühlten doch, daß der Kamerad inmitten dieses Wohlstandes ihren Teil forderte, und sie begannen scheele Blicke zu werfen auf die warmen Vorhänge und Teppiche, auf die bequemen Sessel, auf den Luxus, dessen geringstes Stück hingereicht haben würde, um ihnen einen Monat lang ihr Essen zu bezahlen.

Herr Hennebeau war eine Weile nachdenklich dagesessen und erhob sich dann, um sie zu verabschieden. Alle folgten seinem Beispiel. Etienne hatte Maheu sachte mit dem Ellbogen angestoßen, und dieser sagte schwerfällig und schwankend:

»Ist das alles, mein Herr, was Sie uns antworten? Wir werden also unseren Kameraden sagen, daß Sie unsere Bedingungen ablehnen.«

»Ich lehne gar nichts ab, lieber Mann«, rief der Direktor aus. »Ich bin ein bezahlter Angestellter so wie ihr, und ich habe hier nicht mehr eigenen Willen als der letzte eurer Taglöhner. Man gibt mir Weisungen, und es ist meine Aufgabe, darüber zu wachen, daß sie gebührend durchgeführt werden. Ich sagte euch, was ich euch sagen zu sollen für gut erachtete; aber ich werde mich wohl hüten, eine Entscheidung zu treffen ... Ihr bringt mir eure Forderungen; ich werde sie der Verwaltung vorlegen und euch ihre Antwort übermitteln.«

Er sprach mit der korrekten Miene eines hohen Beamten, vermied es, sich zu ereifern, war von der höflichen Trokkenheit eines einfachen Werkzeuges der Autorität. Die Grubenarbeiter betrachteten ihn jetzt mißtrauisch und fragten sich, woher er käme, welches Interesse er daran haben könne zu lügen und wieviel er wohl profitieren mochte, indem er sich so zwischen sie und die wirklichen Herren stellte. Er war vielleicht ein Ränkeschmied, ein Mann, den man bezahlte wie einen Arbeiter, und der hier so fein lebte?

Etienne wagte nochmals, sich einzumischen.

»Es ist wirklich zu bedauern, Herr Direktor, daß wir unsere Sache nicht hier austragen können. Wir würden viele Dinge erklären, wir würden Gründe finden, die Ihnen notwendigerweise entgehen ... Wenn wir nur wüßten, wohin wir uns wenden sollen!«

Herr Hennebeau wurde nicht heftig; er lächelte sogar.

»Ach, wenn ihr kein Vertrauen zu mir habt, dann wird die Sache schwieriger ... Ihr müßt dorthin gehen ...«

Die Delegierten waren seiner undeutlichen Gebärde gefolgt, seiner Hand, die er nach einem der Fenster ausstreckte. Wo war das: dorthin? Ohne Zweifel Paris. Aber sie wußten es nicht genau; es wich in eine erschreckende Ferne zurück, in eine unnahbare, ehrfurchtgebietende Gegend, wo der unbekannte Gott thronte, in der Tiefe seines Tabernakels hockend. Niemals würden sie ihn zu sehen bekommen; sie fühlten ihn wie eine Macht, die von ferne auf den zehntausend Bergarbeitern von Montsou lastete. Und wenn der Direktor sprach, war es diese verborgene, in Orakeln sprechende Macht, die hinter ihm stand.

Tiefe Niedergeschlagenheit kam über sie. Etienne selbst zuckte mit den Achseln, um ihnen zu sagen, es wäre das beste, daß sie ihrer Wege gingen; während Herr Hennebeau freundschaftlich auf den Arm Maheus klopfte und sich nach dem Befinden Jeanlins erkundigte.

»Das war euch doch eine grausame Lehre, und dennoch verteidigt ihr die schlechte Verzimmerung! ... Ihr werdet euch die Sache überlegen, meine Freunde, und werdet einsehen, daß ein Streik ein Unglück für alle wäre. Ehe eine Woche zu Ende geht, würdet ihr Hungers sterben; was wollt ihr da anfangen? ... Ich rechne übrigens auf eure Klugheit und bin überzeugt, daß ihr spätestens am Montag wieder anfahren werdet.«

Alle gingen; sie verließen den Salon mit dem Getrappel einer Herde, mit gebeugtem Rücken, ohne auf diese Hoffnung auf Unterwerfung auch nur ein Wort zu erwidern. Der Direktor, der ihnen das Geleit gab, sah sich genötigt, die Unterredung zusammenzufassen. Auf der einen Seite die Gesellschaft mit ihrem neuen Tarif, auf der andern Seite die Arbeiter mit ihrem Verlangen nach einer Lohnerhöhung um fünf Centimes für jeden Karren. Um ihnen jeden Wahn zu nehmen, glaubte er ihnen sagen zu müssen, daß ihre Bedingungen von der Verwaltung sicherlich zurückgewiesen werden würden.

»Überlegt euch die Sache, bevor ihr Dummheiten macht«, wiederholte er, beunruhigt durch ihr Schweigen.

Im Hausflur grüßte Pierron sehr untertänig, während Levaque in auffälliger Weise seine Mütze aufsetzte. Maheu wollte zum Abschied noch etwas sagen, als Etienne ihn mit dem Ellbogen anstieß. Dann gingen alle inmitten eines drohenden Schweigens. Die Haustür fiel geräuschvoll ins Schloß.

Als Herr Hennebeau in den Speisesaal zurückkehrte, fand er seine Gäste unbeweglich und stumm vor den Likören. In wenigen Worten unterrichtete er Deneulin, dessen Antlitz sich noch mehr verdüsterte. Während er seinen kalten Kaffee trank, suchte man von anderen Dingen zu sprechen. Allein, die Grégoire kamen wieder auf den Streik zurück, erstaunt darüber, daß es keine Gesetze gäbe, die den Arbeitern verböten, die Arbeit zu verlassen. Paul beruhigte Cécile mit der Versicherung, daß man die Ankunft der Gendarmen erwarte.

Endlich rief Frau Hennebeau den Diener.

»Hippolyte«, befahl sie, »bevor wir in den Salon hinübergehen, öffnen Sie die Fenster, um frische Luft hereinzulassen.«

III

Zwei Wochen vergingen. Am Montag der dritten Woche zeigten die an die Direktion gesandten Anwesenheitslisten eine weitere Verminderung der Anzahl der angefahrenen Arbeiter. An diesem Morgen rechnete man mit der Wiederaufnahme der Arbeit. Doch die Hartnäckigkeit der Verwaltung, die nicht nachgeben wollte, erbitterte die Bergwerksarbeiter. Die Gruben Le Voreux, Crèvecoeur, Mirou, Madelaine waren nicht die einzigen, die feierten; in den Gruben La Victoire und Feutry-Cantel fuhr jetzt kaum der vierte Teil der Arbeiter an; auch der Thomas-Schacht war schon von dem Streik berührt. Der Arbeitsausstand wurde allgemein.

Im Voreux-Schacht lastete tiefe Stille auf dem Grubenhof. Es war die tote Fabrik, die Leere und Verlassenheit der großen Werkstatt, wo die Arbeit ruht. Gegen den grauen Dezemberhimmel standen auf den hohen Gleisbrücken drei oder vier vergessene Karren in ihrer stummen Trübsal. Der zwischen den dünnen Balken der Gerüste aufgehäufte Kohlevorrat erschöpfte sich, so daß die kahle, schwarze Erde sichtbar wurde, während der Holzvorrat unter der Einwirkung der Regengüsse allmählich in Fäulnis überging. Am Landungsplatz des Kanals lag ein halbbeladener Kahn, gleichsam in dem trüben Wasser schlummernd; und auf dem verlassenen Hügel, von dem Schwefeldämpfe trotz des Regens aufstiegen, streckte ein einsamer Handkarren seine Gabeldeichsel traurig gen Himmel. Doch am trostlosesten sahen die Gebäude aus; das Siebwerk mit den geschlossenen Fensterläden, der Förderturm, unter dem das Gedröhn der aufsteigenden Karren verstummt war, die kalt gewordene Anlage der Dampfkessel und der riesige Schornstein, der für den spärlichen Rauch viel zu breit war. Die Fördermaschine wurde nur am Morgen geheizt; die Pferdewärter brachten ihren Tieren das Futter; die Aufseher arbeiteten in den Gruben als gewöhnliche Arbeiter, um Einstürze zu verhüten, die die Gänge verschütteten, wenn man sie nicht instand gehalten hätte. Von neun Uhr an dienten die Leitern zum Auf- und Abstieg. Und über diesen toten Gebäuden, die in ihr Leichentuch von schwarzem Staub gehüllt waren, gab es nur noch den Dampfausstoß der Pumpe, mit ihrem lauten und langen Atem; der letzte Rest von Leben in der Grube, die vom Wasser ersäuft worden wäre, wenn auch dieser Atemzug aufgehört hätte.

Das gegenüber auf der Hochebene gelegene Grubendorf der Zweihundertundvierzig schien tot. Der Präfekt von Lille war herbeigeeilt, Gendarmen streiften auf den Straßen; allein angesichts der ruhigen Haltung der Streikenden hatten Präfekt und Gendarmen sich entschlossen heimzukehren. Niemals hatte das Dorf in der weitgestreckten Ebene sich so musterhaft verhalten. Um nicht in die Schenke zu gehen, schliefen die Männer den ganzen Tag. Die Weiber sparten mit dem Kaffee und wurden vernünftig, weniger geschwätzig, weniger zänkisch; selbst die Kinder schienen die Lage zu begreifen und benahmen sich so artig, daß sie barfuß herumliefen und einander geräuschlos ohrfeigten. Es war die Losung, die von Mund zu Mund ging, man wollte klug sein.

Im Hause Maheus jedoch gab es ein ununterbrochenes Kommen und Gehen von Leuten. In seiner Eigenschaft als Sekretär hatte Etienne die dreitausend Franken der Unterstützungskasse unter die notleidenden Familien verteilt. Dann waren von verschiedenen Seiten einige hundert Franken gekommen, das Ergebnis von freiwilligen Spenden und Sammlungen. Doch nun waren alle Hilfsquellen versiegt, die Grubenarbeiter hatten kein Geld mehr, um den Streik aufrechtzuerhalten, und der drohende Hunger war da. Der Krämer Maigrat hatte anfänglich einen vierzehntägigen Kredit in Aussicht gestellt, sich aber nach acht Tagen plötzlich eines andern besonnen und die Lieferung von Lebensmitteln eingestellt. In der Regel holte er die Weisungen der Gesellschaft ein; vielleicht wünschte diese sogleich ein Ende zu machen, indem sie die Dörfer aushungerte. Er handelte übrigens als launischer Tyrann, bewilligte oder verweigerte das Brot je nach dem Gesicht des Mädchens, das die Eltern schickten, um die Vorräte zu holen; und er verschloß seine Türe vornehmlich der Frau Maheu, der er grollte und die er strafen wollte, weil er Catherine nicht besessen hatte. Um das Maß des Elends vollzumachen, fror es sehr stark. Die Weiber sahen voll Angst ihren Kohlenhaufen kleiner werden, weil sie fürchteten, der Vorrat würde in den Gruben nicht erneuert werden, solange die Männer nicht anfahren würden. Es war nicht genug, vor Hunger zu verrecken, man sollte nun auch erfrieren.

Bei den Maheus fehlte alles. Die Levaques aßen noch. Sie lebten von einem Zwanzig-Franken-Stück, das Bouteloup geliehen hatte. Was die Pierrons betraf, so hatten sie immer Geld; aber um ebenso notleidend zu scheinen wie die anderen, weil sie angeborgt zu werden fürchteten, versorgten sie sich auf Kredit bei Maigrat, der seinen ganzen Laden der Frau Pierron hingeworfen hätte, wenn sie ihren Rock aufgehoben hätte. Schon am Sonnabend waren viele Familien ohne Nachtessen zu Bett gegangen. Doch trotz der schrecklichen Tage, die jetzt begannen, war keine Klage zu vernehmen; alle gehorchten ruhigen Mutes der Losung. Das war immerhin ein absolutes Vertrauen, eine andächtige Zuversicht, die blinde Hingebung eines Volkes von Gläubigen. Da man ihnen das Zeitalter der Gerechtigkeit verheißen hatte, waren sie bereit, für die Erringung des allgemeinen Glücks zu leiden. Der Hunger erhitzte die Köpfe; niemals hatte der geschlossene Horizont ein breiteres Jenseits diesen vom Elend geblendeten Leuten eröffnet. Wenn ihre Augen aus Schwäche sich trübten, sahen sie die ideale Stadt ihrer Träume, aber diesmal ganz nahe, gleichsam verwirklicht mit ihrem Volk von Brüdern, ihrem goldenen Zeitalter der gemeinsamen Arbeit und der gemeinsamen Mahlzeiten. Nichts vermochte ihre Überzeugung zu erschüttern, daß sie endlich diese Stadt betreten würden. Die Kasse war erschöpft, die Gesellschaft schien nicht nachgeben zu wollen, jeder Tag mußte die Lage erschweren, aber sie bewahrten ihre Hoffnung und zeigten eine lächelnde Mißachtung der Tatsachen. Dieser Glaube ersetzte das Brot und hielt den Bauch warm.

Wenn die Maheu und die anderen zu schnell ihre klare Wassersuppe verdaut hatten, stiegen sie wie in einem Taumel zur Ekstase eines schöneren Lebens empor, zur Verzückung der Märtyrer, die den wilden Tieren vorgeworfen wurden.

Seither war Etienne der anerkannte Führer. In den abendlichen Unterhaltungen erging er sich in Prophezeiungen in dem Maße, als das Studium seinen Geist schärfte und sein Verstand sich in allen Dingen erweiterte. Er verbrachte ganze Nächte bei den Büchern und empfing immer mehr Briefe. Er hatte sogar den ›Vengeur‹ abonniert, ein sozialistisches Blatt, das in Belgien erschien. Diese Zeitung, die erste, die in das Dorf kam, hatte ihm von seiten seiner Kameraden ein ganz außerordentliches Ansehen verschafft. Seine wachsende Popularität erregte ihn von Tag zu Tag immer mehr. Der ausgedehnte Briefwechsel, die Verhandlungen mit allen Gegenden der Provinz über das Schicksal der Arbeiter, die Beratung der Bergleute von Le Voreux, überhaupt, der Mittelpunkt zu sein, die Welt um sich kreisen sehen, erregte fortwährend die Eitelkeit des ehemaligen Mechanikers, des Häuers mit den fetten, schwarzen Händen. Er stieg um eine Stufe höher, er trat in dieses verhaßte Bürgertum ein, mit der Befriedigung an geistigen Bedürfnissen und Wohlleben, die er sich nicht einzugestehen wagte. Nur ein Unbehagen war ihm geblieben, das Bewußtsein seiner mangelhaften Bildung, das ihn verlegen und schüchtern machte, sobald er sich vor einem Herrn in einem städtischen Rock befand. Wohl fuhr er mit heißer Wißbegierde fort, sich selbst zu unterrichten, allein bei dem Mangel an Methode konnte er das Gelesene nicht verarbeiten, und es entstand in ihm eine solche Verwirrung, daß er Dinge wußte, die er nicht begriffen hatte. So geschah es, daß er in manchen Stunden der Einsicht eine gewisse Unruhe über seine Berufung empfand, eine gewisse Furcht, nicht der richtige Mann zu sein. Vielleicht hätte er ein Advokat, ein Gelehrter sein müssen, der die Fähigkeit besaß, zu sprechen und zu handeln, ohne die Kameraden zu kompromittieren? Allein eine innere Empörung gab ihm bald seine Kühnheit wieder. Nein, nein, kein Advokat, sie sind alle Halunken, nützen ihr Wissen aus, um sich auf Kosten des Volkes zu mästen. Es mochte kommen, wie es wollte; die Arbeiter mußten ihre Sache unter sich ausfechten. Und abermals wiegte er sich in seinem Traum, ein Volksführer zu werden. Er sah Montsou zu seinen Füßen, Paris in nebelhafter Ferne; konnte man wissen? Vielleicht würde er, eines Tages zum Abgeordneten gewählt, in einem reichgeschmückten Saal die Rednertribüne besteigen, um von da das Spießbürgertum zu vernichten mit der ersten Rede, die ein Arbeiter im Parlament hielte.

Seit einigen Tagen war Etienne in Verwirrung. Pluchart schrieb Brief um Brief und machte sich erbötig, nach

Montsou zu kommen, um den Eifer der Streikenden zu schüren. Es handelte sich darum, eine vertrauliche Besprechung abzuhalten, deren Obmann der Mechaniker werden sollte. Unter diesem Plan verbarg sich die Idee, den Streik auszunützen und die Bergleute, die sich bis jetzt mißtrauisch gezeigt hatten, für die ›Internationale‹ zu gewinnen. Etienne fürchtete den Lärm, aber er hätte dennoch Pluchart kommen lassen, wenn nicht Rasseneur sich heftig gegen diese Einmischung ausgesprochen hätte. Trotz seiner Macht mußte der junge Mann Rücksicht auf den Schankwirt nehmen, dessen Ansprüche älter waren und der unter seinen Kunden treue Anhänger hatte. Er zögerte daher noch und wußte nicht recht, was er Pluchart antworten sollte.

Am Montag gegen neun Uhr kam wieder ein neuer Brief aus Lille, als Etienne mit der Frau Maheu allein in der Wohnstube war. Maheu, den der Müßiggang krank machte, war angeln gegangen. Wenn er das Glück haben sollte, unterhalb der Kanalschleuse einen schönen Fisch zu fangen, würde er ihn verkaufen und Brot dafür kaufen. Der alte Bonnemort und der kleine Jeanlin waren fortgegangen, um ihre frisch eingerichteten Beine zu erproben, während die Kleinen mit Alzire weggegangen waren, die Stunden auf dem Hügel zubrachte, um Kohlenstückchen zu sammeln. Die Maheu saß neben dem dürftigen Feuer, das sie nicht weiter zu unterhalten wagte. Sie hatte aus dem geöffneten Leibchen eine Brust hervorgeholt, die ihr bis auf den Bauch herabfiel, und stillte Estelle.

Als der junge Mann den Brief zusammenfaltete, befragte sie ihn:

»Sind's gute Nachrichten, wird man uns Geld schikken?«

Er schüttelte verneinend den Kopf, worauf sie hinzufügte:

»Ich weiß nicht, was wir diese Woche anfangen sollen. Doch wir wollen uns durchkämpfen. Wenn man das gute

Recht für sich hat, so verleiht es einem Mut. Wir werden schließlich doch die Stärkeren sein.«
Sie war jetzt auch für den Streik, nachdem sie sich die Sache überlegt hatte. Es wäre wohl vernünftiger gewesen, die Gesellschaft zur Gerechtigkeit zu zwingen, ohne die Arbeit zu verlassen. Aber nachdem man sie einmal verlassen hatte, durfte man sie nicht wiederaufnehmen, bevor man sein Recht errungen hatte. Sie zeigte sich dabei von einer unversöhnlichen Energie. Lieber verrecken, als den Schein des Unrechts auf sich nehmen, da man das Recht für sich hatte!
»Möchte doch die Cholera ausbrechen«, rief Etienne, »die uns von allen diesen Ausbeutern befreien würde!«
»Nein, nein«, sagte sie, »man soll niemandem den Tod wünschen. Es wäre uns damit auch wenig geholfen, denn es kämen andere. Ich wünsche nur, daß die Leute von der Gesellschaft vernünftig werden, und ich erwarte dies auch, denn es gibt überall rechtschaffene Leute. Sie wissen, ich bin durchaus nicht für Ihre Politik.«
In der Tat tadelte sie gewöhnlich seine heftigen Worte. Sie fand, daß er ein Kampfhahn sei. Daß man sich seine Arbeit nach Verdienst bezahlen lasse, sei recht, aber was hatte man sich mit einer Menge von Dingen zu beschäftigen, mit den Spießbürgern und der Regierung? Was hatte man sich in die Angelegenheiten anderer einzumengen, wo man nur Hiebe davontragen konnte? Indes bewahrte sie ihm Achtung, weil er sich nicht betrank und regelmäßig seine 45 Franken Pension bezahlte. Wenn ein Mann sich nur anständig betrug, konnte man ihm alles übrige verzeihen.
Da sprach Etienne von der Republik, die jedermann Brot geben würde. Allein Frau Maheu schüttelte den Kopf, sie erinnerte sich an das Jahr 48, ein Schreckensjahr, in dem sie und ihr Mann, jungverheiratet, die schlimmste Not zu leiden hatten.
Und sie verlor sich in eine Schilderung ihres Ungemachs, mit dumpfer Stimme, stieren Augen, die Brust entblößt,

während ihre Tochter Estelle, ohne die Mutterbrust loszulassen, auf ihren Knien eingeschlafen war. Auch seinerseits in Gedanken verloren, betrachtete Etienne diesen riesigen Busen, dessen Weiße von dem verwüsteten, gelben Gesicht grell abstach.

»Nicht einen Pfennig hatten wir«, murmelte sie; »nichts in den Mund zu stecken. In allen Gruben stockte die Arbeit; es war das reine Elend für die armen Leute, zum Hinwerden, ganz so wie jetzt.«

Doch in diesem Augenblick öffnete sich die Tür, und sie blieben stumm vor Überraschung, als sie Catherine eintreten sahen. Seit ihrer Flucht mit Chaval war sie nicht mehr im Arbeiterdorf erschienen. Ihre Verwirrung war so groß, daß sie zitternd und stumm dastand und die Türe zu schließen vergaß. Sie hatte damit gerechnet, ihre Mutter allein zu finden. Der Anblick des jungen Mannes ließ sie die Worte vergessen, die sie sich unterwegs zurechtgelegt hatte.

»Was willst du hier?« rief Frau Maheu, ohne sich von ihrem Stuhl zu erheben. »Ich will von dir nichts wissen, geh!«

Catherine suchte nach Worten.

»Mama, ich bringe Kaffee und Zucker ... Ja, für die Kinder ... Ich habe Überstunden gemacht und habe an die Kinder gedacht ...«

Sie zog ein Pfund Kaffee und ein Pfund Zucker aus der Tasche und fand den Mut, diese Dinge auf den Tisch zu legen. Der Streik in dem Voreux-Schacht schmerzte sie, während sie im Jean-Bart-Schacht arbeitete, und sie hatte kein anderes Mittel gefunden, ihre Eltern ein wenig zu unterstützen, und brachte Kaffee und Zucker unter dem Vorwand, an die Kleinen gedacht zu haben. Allein ihre Gutherzigkeit entwaffnete ihre Mutter nicht, die ihr erwiderte:

»Anstatt uns Süßigkeiten zu bringen, hättest du besser getan, bei uns zu bleiben, um Brot für uns zu verdienen.«

Und die Mutter erleichterte ihr Herz und warf der Tochter alles an den Kopf, was sie seit einem Monat gegen sie wiederholte. Mit einem Mann durchzugehen, mit sechzehn Jahren sich an einen Mann zu hängen, wenn man eine notleidende Familie hat, dazu mußte man die letzte der entarteten Töchter sein. Man konnte eine Torheit verzeihen, aber eine Mutter konnte einen solchen Streich niemals vergessen. Und wenn man sie noch in strenger Zucht gehalten hätte! Aber durchaus nicht; sie war frei wie die Luft; man verlangte nur, daß sie nachts zu Hause sei.

»Was ist nur in dich gefahren, in deinem Alter? Sprich!«

Catherine stand unbeweglich neben dem Tisch und hörte gesenkten Hauptes die Vorwürfe ihrer Mutter an. Ein Zittern bewegte den mageren Körper des in der Entwicklung zurückgebliebenen Mädchens, und sie suchte nach Worten, um zu antworten.

»Ach, mir macht es wenig Spaß ...«, sagte sie. »Er ist schuld an allem. Wenn er will, muß ich wohl auch, nicht? Er ist eben der Stärkere. Weiß man denn jemals, welche Wendung die Dinge nehmen? Nun ist's geschehen, und man kann nichts ändern. Er oder ein anderer, jetzt ist es gleich. Er wird mich wohl heiraten müssen.«

Sie verteidigte sich ohne Trotz, mit der passiven Ergebung der Mädchen, die frühzeitig den Mann erkennen. War dies nicht das allgemein gültige Gesetz? Sie hatte nie etwas anderes erwartet; eine Vergewaltigung hinter dem Hügel, ein Kind mit sechzehn Jahren, dann das Elend im Haushalt, wenn ihr Liebhaber sie zur Frau nehmen würde. Und sie errötete nicht vor Scham; sie zitterte nur, weil sie als Straßendirne behandelt wurde vor diesem jungen Manne, dessen Gegenwart ihr Beklemmung und Verzweiflung verursachte.

Etienne hatte sich inzwischen erhoben und machte sich mit dem erlöschenden Feuer zu schaffen, um die Auseinandersetzung zwischen Mutter und Tochter nicht zu stören; aber ihre Blicke begegneten sich. Er fand sie bleich, erschöpft, aber dennoch hübsch mit ihren hellen Augen in dem gebräunten Gesicht. Er empfand ein seltsames Gefühl, sein Groll war geschwunden, er hätte nur gewünscht, daß sie glücklich sei mit diesem Mann, den sie ihm vorgezogen hatte. Es war ein Bedürfnis, sich noch mit ihr zu beschäftigen, ein Verlangen, nach Montsou zu gehen und den andern zu zwingen, sie rücksichtsvoller zu behandeln. Doch sie sah in dieser Regung der Zärtlichkeit, die sich noch immer anbot, nichts als Mitleid. Er mußte sie sicherlich verachten, daß er sie in solcher Weise ansah. Und ihr Herz zog sich so schmerzhaft zusammen, daß sie kein Wort der Entschuldigung mehr fand.

»Es ist auch besser, daß du schweigst«, sagte die Maheu unversöhnlich. »Wenn du gekommen bist, um dazubleiben, so tritt ein; wenn nicht, geh gleich wieder fort und sei froh, daß ich nicht vom Stuhl aufstehen kann, sonst hätte ich dir schon einen Fußtritt versetzt.«

Als hätte diese Drohung sich plötzlich verwirklicht, bekam Catherine in den Hintern einen Fußtritt, dessen Heftigkeit sie vor Überraschung und Schmerz betäubte. Es war Chaval, der mit einem Satz durch die offene Tür hereingesprungen und wie ein bösartiges Tier über sie hergefallen war. Seit einer Weile hatte er sie von draußen belauscht.

»Da, Dirne, ich bin dir nachgefolgt; ich wußte wohl, daß du hierher gehst, um dich mit ihm gütlich zu tun bis an die Nase! Und du bezahlst ihn noch, wie? Du begießt ihn noch mit Kaffee für mein Geld!«

Frau Maheu und Etienne waren dermaßen betroffen, daß sie sich nicht rühren konnten. Mit wütender Gebärde jagte Chaval Catherine an die Türe.

»Wirst du gehen?« schrie er.

Und da sie in einen Winkel flüchtete, fiel er über die Mutter her.

»Ein sauberes Gewerbe, das Haus zu hüten, während

deine Hurentochter oben die Beine in die Luft streckt!«
Endlich hatte er Catherine bei den Handgelenken gefaßt. Er schüttelte sie und schleppte sie hinaus. An der Türe wandte er sich nach der Maheu um, die wie festgenagelt auf ihrem Stuhl saß. Sie hatte darüber vergessen, ihre Brust zu bedecken. Estelle war eingeschlafen, das Gesichtchen in den Rockfalten der Mutter vergraben; und der riesige Busen fiel nackt und frei herab, wie das Euter einer Kuh.
»Wenn die Tochter nicht da ist, läßt die Mutter sich pfropfen«, schrie Chaval. »Zeige ihm nur dein Fleisch; das Schwein von einem Mieter ist nicht so heikel.«
Etienne wollte den Kameraden ohrfeigen. Nur die Besorgnis, durch eine Rauferei das ganze Dorf in Aufruhr zu bringen, hatte ihn zurückgehalten, Catherine seinen Händen zu entreißen. Doch jetzt hatte ihn die Wut übermannt, und die beiden Männer standen mit blutunterlaufenen Augen einander gegenüber. Ein alter Haß kam zum Ausbruch, eine seit langer Zeit uneingestandene Eifersucht. Jetzt mußte einer den andern umbringen.
»Nimm dich in acht!« stammelte Etienne mit zusammengekniffenen Lippen. »Ich werde dir die Haut vom Leibe ziehen.«
»Versuch's einmal!« erwiderte Chaval.
Sie schauten einige Sekunden einander so nahe ins Gesicht, daß ihr heißer Atem ihr Gesicht streifte. Catherine trat bittend dazwischen, faßte ihren Liebhaber bei der Hand und führte ihn hinweg. Sie zog ihn fort, floh mit ihm aus dem Dorf, ohne auch nur den Kopf zu wenden.
»Was für ein Vieh!« brummte Etienne, heftig die Tür zuwerfend, von einer solchen Wut geschüttelt, daß er sich setzen mußte.
Die Maheu hatte sich nicht von ihrem Platz gerührt. Sie machte eine Handbewegung, dann trat Stille ein, peinlich und drückend durch alle die Dinge, die sie sich nicht sagten. Trotz der Anstrengungen, die er machte, kehrten

seine Augen immer wieder zu ihrer Brust zurück, zu diesem weißen Fleisch, dessen Schimmer ihm jetzt lästig war. Wohl war sie vierzig Jahre alt und unförmig wie ein gutes Weibchen, das zu viel Junge hervorgebracht hat; aber noch trugen viele Verlangen nach ihr; sie war breit und kräftig mit dem langgezogenen Gesicht eines ehemalig hübschen Mädchens. Langsam und ruhig faßte sie mit beiden Händen ihre Brust und schob sie in das Hemd zurück; ein rosiger Zipfel wollte nicht hinein; sie half mit einem Finger nach; dann knöpfte sie ihr Leibchen zu. Ihr aus der Form geratener Körper stak jetzt in dem alten, schwarzen, abgenützten Kleid.

»Das ist ein Schwein«, sagte sie endlich. »Nur ein schmutziges Schwein kann solche ekelhaften Gedanken haben ... Ich mache mir nichts daraus; es war keiner Antwort wert.«

Dann fügte sie freimütig hinzu, ohne den jungen Mann aus den Augen zu lassen:

»Ich habe gewiß meine Fehler, aber diesen nicht ... Nur zwei Männer haben mich berührt, ein Schlepper, als ich erst fünfzehn Jahre alt war, und nachher Maheu. Hätte er mich verlassen wie der andere, ich weiß nicht, was aus mir geworden wäre, und ich bin nicht stolz darauf, daß ich seit unserer Ehe mich gut betragen habe; denn man tut das Schlimme oft nur deshalb nicht, weil die Gelegenheit fehlt ... Ich sage, wie es ist, und ich kenne Nachbarinnen, die nicht das gleiche sagen könnten. Nicht wahr?«

»Ja, das ist wahr«, erwiderte Etienne, sich erhebend.

Und er ging hinaus, während sie sich entschloß, das Feuer wieder anzuzünden, nachdem sie die wieder eingeschlafene Estelle auf zwei Stühle gebettet hatte. Wenn es dem Vater gelänge, einen Fisch zu fangen und zu verkaufen, würde sie dennoch Suppe kochen.

Draußen senkte sich schon die Nacht herab, eine eiskalte Nacht. Etienne schritt gesenkten Hauptes dahin, von dumpfer Traurigkeit erfaßt. Es war nicht mehr der Zorn gegen den Mann, das Mitleid für das arme mißhandelte Mädchen. Die rohe Szene verflüchtigte sich; er versank in das Leid aller, in die Schrecknisse des Elends. Er sah das Arbeiterdorf ohne Brot; er sah, wie die Weiber und Kinder des Abends nichts zu essen hätten; all das Volk, das mit leerem Magen kämpfte. Und der Zweifel, der ihn zuweilen beschlich, erwachte abermals in ihm, inmitten der erschreckenden Melancholie der Abenddämmerung, und quälte ihn heftiger denn je. Welche furchtbare Verantwortung lud er da auf sich! Sollte er sie noch weiter treiben, zu einem hartnäckigen Widerstand anspornen, jetzt, da er weder Geld noch Kredit mehr hatte? Und was wäre das Ende, wenn keine Hilfe käme, wenn der Hunger den Mut aller brechen würde? Plötzlich tauchte vor ihm die Vision des Unglücks auf: sterbende Kinder, schluchzende Mütter, während die Männer, bleich und abgehärmt, wieder zu den Gruben anfuhren. Und er ging immer weiter; seine Füße strauchelten über die Steine; der Gedanke, daß die Gesellschaft siegen und er das Unglück seiner Kameraden verursacht haben würde, erfüllte ihn mit unerträglicher Angst.

Als er den Kopf hob, sah er, daß er sich vor dem Voreux-Schacht befand. Die finstere Masse der Gebäude lag schwerfällig im wachsenden Dämmerdunkel da. Es war inmitten des verödeten, von großen, unbeweglichen Schatten erfüllten Werkhofes gleichsam ein Stück einer aufgelassenen Festung. Wenn die Fördermaschine stillstand, schien die Seele aus diesen Mauern zu entweichen. Zu dieser nächtlichen Stunde war nichts Lebendes mehr da, keine Laterne und keine Stimme. Und selbst der Dampfausstoß der Pumpe klang wie ein entferntes Röcheln, von dem man nicht wußte, woher es kam inmitten der Todesstille des ganzen Schachtes.

Etienne blickte um sich, und alles Blut strömte ihm nach dem Herzen. Die Arbeiter litten Hunger, aber auch die Gesellschaft sah ihre Millionen zusammenschmelzen. Warum sollte sie die Stärkere sein in diesem Kampf der Arbeit gegen das Geld? In jedem Fall wird der Sieg ihr teuer zu stehen kommen. Man wird nachher ihre Toten zählen. Er wurde wieder von einer Kampfwut ergriffen, von einem grausamen Bedürfnis, ein Ende zu machen mit dem Elend – selbst um den Preis des Lebens. Es war besser, das ganze Dorf ging auf einmal zugrunde, als daß man nach und nach vor Hunger und Unrecht verreckte. Er erinnerte sich an die unverstandenen Bücher, die Beispiele von Völkern, die ihre Städte in Brand steckten, um den Feind aufzuhalten, undeutliche Geschichten, in denen Mütter ihre Kinder vor der Sklaverei retteten, indem sie ihnen die Köpfe auf dem Straßenpflaster zerschlugen, in denen Männer lieber Hungers starben, als daß sie das Brot der Tyrannen aßen. Dies begeisterte ihn; eine wilde Freude stieg aus der Krise seiner dumpfen Trauer hervor, eine Freude, die den Zweifel verscheuchte und ihn über seine flüchtige Feigheit erröten ließ. Und in diesem Wiedererwachen seines Glaubens hatte er wieder Regungen des Stolzes, die ihn aufrichteten. Er empfand wieder die Freude, ein Führer zu sein, dem man gehorchte bis zur Aufopferung; er träumte wieder von der großen Macht, die er am Abend des Sieges in der Hand haben würde. Und in seiner Vorstellung sah er eine Szene von großartiger Einfachheit; wie er die Gewalt wieder in die Hände des Volkes legen würde, nachdem er einen Augenblick der Gebieter gewesen.

Doch plötzlich erwachte er, er fuhr zusammen vor der Stimme Maheus, der ihm erzählte, daß er eine Forelle gefangen und für drei Franken verkauft habe. Man werde eine Suppe zur Nacht essen. Er ließ den Kameraden allein in das Dorf zurückkehren und sagte, er werde ihm nachfolgen. Doch er ging zu Rasseneur und wartete, bis der einzige Gast, der da war, die Trinkstube verließ. Dann teilte er Rasseneur mit, er wolle an Pluchart schreiben, daß er sogleich kommen möge. Sein Entschluß war gefaßt; er wollte eine vertrauliche Beratung einberufen; der Sieg schien ihm sicher, wenn die Bergleute von Montsou sich in Massen der ›Internationale‹ anschließen würden.

IV

In der Schenke ›Zur Gemütlichkeit‹, bei der Witwe Désir, fand am Donnerstag nachmittag die vertrauliche Versammlung statt. Entrüstet über den Jammer, den man ihren Kindern, den Bergleuten verursachte, kam die Witwe aus dem Zorn nicht mehr heraus, besonders seitdem ihre Schenke sich leerte. Nie hatte sie einen weniger durstigen Streik gesehen. Die wüstesten Trinker sperrten sich zu Hause ein, aus Furcht, das Gebot der Nüchternheit zu brechen. Die breite Straße von Montsou, wo es sonst an Feiertagen von Leuten wimmelte, lag jetzt still in trostloser Düsterkeit da. Das Bier floß nicht mehr in Strömen von den Schenktischen und aus den Bäuchen. Die Rinnsteine waren trocken. Vor der Weinstube des Casimir und vor dem Wirtshause ›Zum Fortschritt‹ sah man nur die bleichen Gesichter der Wirtinnen, die nach der Straße auslugten. In Montsou selbst zog die lange Straßenzeile sich menschenleer dahin, von der Schenke des Lenfant bis zur Schenke des Tison; vorbei an der Schenke des Piquette und dem Schnapsladen ›Zum Geköpften‹; nur im Gasthause ›Saint-Eloi‹, das von Aufsehern besucht wurde, wurden noch einige Schoppen ausgeschenkt. Die Verödung hatte selbst den ›Vulkan‹ ergriffen, dessen Damen arbeitslos waren, weil es an ›Kunstliebhabern‹ fehlte, obgleich sie wegen der schlechten Zeiten ihren Preis von zehn Sous auf fünf Sous herabgesetzt hatten. Es war eine wahre Trauer, die alle Herzen in der Gegend zu brechen drohte.

»Herrgott«, rief die Witwe Désir, indem sie mit beiden Händen auf ihre Schenkel schlug. »Die Gendarmen sind an allem schuld. Ich muß ihnen einen Schabernack spielen, und wenn ich hinterher ins Loch gesteckt werde.«

Alle Behörden, alle Arbeitgeber waren für sie Gendarmen. Es war dies in ihrem Mund ein Ausdruck allgemeiner Verachtung, in den sie die Feinde des Volkes einschloß. Das Verlangen Etiennes hatte sie mit Begeisterung aufgenommen; ihr ganzes Haus gehörte den Bergleuten; sie würde den Ballsaal unentgeltlich herleihen, sie selbst würde die Einladungen verschicken, da das Gesetz es forderte. Übrigens, wenn das Gesetz nicht zufrieden wäre, um so besser. Es soll den Rachen aufreißen.

Am nächsten Tage brachte ihr der junge Mann fünfzig Briefe zur Unterschrift. Er hatte diese Briefe von schreibkundigen Nachbarn im Arbeiterdorfe vervielfältigen lassen, und man verschickte die Briefe in den Zechen an die Delegierten und an Männer, deren man sicher war. Die angegebene Tagesordnung war die Beratung über die Fortsetzung des Streikes; aber in Wirklichkeit erwartete man Pluchart; man erwartete eine Rede von ihm, um einen Masseneintritt zur ›Internationale‹ herbeizuführen.

Am Donnerstagmorgen wurde Etienne von Unruhe ergriffen, als er seinen ehemaligen Werkmeister nicht ankommen sah, der telegraphisch versprochen hatte, am Mittwochabend da zu sein. Was ging vor? Etienne war verzweifelt, sich nicht vor der Sitzung mit ihm besprechen zu können. Um neun Uhr begab er sich nach Montsou, in der Hoffnung, daß der Mechaniker geradewegs dahin gegangen wäre, ohne bei Voreux anzuhalten.

»Nein, ich habe Ihren Freund nicht gesehen«, antwortete ihm die Witwe Désir. »Aber alles ist bereit; schauen Sie nach.«

Sie führte ihn in den Ballsaal. Die Ausschmückung war geblieben; die Girlanden, die an der Decke von einer Krone aus bunten Papierblumen zusammengehalten wurden, an den Wänden die Wappenschilder aus vergoldetem Karton mit den Namen von männlichen und weiblichen Heiligen. Das Podium der Musiker in einer Ecke des Saales war durch einen Tisch und drei Stühle ersetzt; davor waren Bänke quer aufgestellt.

»Sehr gut«, erklärte Etienne.

»Und um es euch nur zu sagen, ihr seid zu Hause«, fuhr die Witwe fort; »schreit, soviel ihr wollt … Die Gendarmen müssen über meinen Leib, wenn sie kommen.«
Trotz seiner Unruhe konnte er ein Lächeln nicht unterdrücken, als er sie betrachtete, umfangreich wie sie war, mit einem Paar Brüste, die jede einzelne einen ganzen Mann erforderte, um umfangen zu werden. Man erzählte daher auch, daß sie von ihren sechs Verehrern jetzt allabendlich zwei nehme.
Doch jetzt sah Etienne zu seinem Erstaunen Rasseneur und Souvarine eintreten, und als die Witwe die drei Männer in dem großen, leeren Saal allein gelassen hatte, rief er aus:
»Wie, ihr seid schon da?«
Souvarine, der in der Nacht im Voreux-Schacht gearbeitet hatte, weil die Maschinisten sich am Streik nicht beteiligten, war aus bloßer Neugierde gekommen. Was Rasseneur betraf, so schien er seit zwei Tagen in Verlegenheit zu sein; sein dickes, rundes Gesicht hatte sein gemütliches Lächeln verloren.
»Pluchart ist nicht gekommen, ich bin sehr unruhig«, fügte Etienne hinzu.
Der Schankwirt wandte die Augen ab und brummte zwischen den Zähnen:
»Das wundert mich nicht; ich erwarte ihn nicht mehr.«
»Wieso?«
Da entschloß er sich, schaute dem andern ins Gesicht und erwiderte freimütig:
»Um es dir nur zu sagen, auch ich habe ihm geschrieben und ihn gebeten, nicht zu kommen … ja, ich finde, daß wir unsere Angelegenheiten selbst besorgen müssen, ohne uns an Fremde zu wenden.«
Etienne geriet außer sich vor Zorn; dem andern fest in die Augen schauend, rief er ein um das andere Mal:
»Du hast das getan, du hast das getan!«
»Jawohl, ich habe das getan; und doch weißt du, wie sehr ich zu Pluchart Vertrauen habe. Er ist ein feiner Kopf,

dem man sich anvertrauen kann. Aber ich pfeife auf die Ideen. Die Politik, die Regierung sind mir schnuppe. Was ich verlange, ist, daß der Bergmann besser behandelt werde. Ich habe zwanzig Jahre in der Grube gearbeitet und habe selbst so viel Not und Mühsal erlitten, daß ich geschworen habe, Erleichterungen für die armen Teufel zu erringen, die verurteilt sind, noch weiter dort zu arbeiten; und ich habe das Gefühl, daß ihr mit allen euren Geschichten nichts erreichen, vielmehr das Los des Arbeiters noch verschlechtern werdet ... Wenn er durch den Hunger genötigt sein wird, wieder anzufahren, wird man ihn noch mehr schinden, die Gesellschaft wird ihn mit Hieben traktieren wie einen verlaufenen Hund, den man in sein Loch zurückjagt ... Das will ich verhindern, verstehst du?«

Er erhob die Stimme und streckte den Bauch heraus, fest auf seinen dicken Beinen stehend. Und seine Art eines vernünftigen und geduldigen Menschen äußerte sich in klaren Sätzen, die er reichlich und ohne Anstrengung hervorbrachte. War es nicht dumm, zu glauben, daß man mit einem Schlage die Welt ändern, die Arbeiter an Stelle der Arbeitgeber setzen, das Geld teilen könne, wie man einen Apfel teilt? Es brauchte vielleicht Tausende und Abertausende von Jahren, bis das zur Wirklichkeit werden würde. Und darum sollte man ihn mit solchen Wundern zufrieden lassen. Wollte man sich nicht den Kopf einrennen, so war es doch das beste, geradeaus zu gehen, mögliche Forderungen zu stellen, kurz, das Schicksal der Arbeiter bei allen Gelegenheiten zu verbessern. Wenn er sich mit der Sache beschäftigte, bemühte er sich, die Gesellschaft zu besseren Bedingungen zu bewegen; durch den Trotz wird man nur dahin kommen, daß alle verrecken.

Etienne hatte ihn reden lassen; die Entrüstung schnürte ihm die Kehle zu. Endlich rief er aus:

»Hast du denn kein Blut in den Adern?«

Einen Augenblick war er versucht, ihn zu ohrfeigen, und

um der Versuchung zu widerstehen, begann er mit großen Schritten im Saal auf- und abzugehen. Er ließ seine Wut an den Bänken aus, durch die er sich gewaltsam einen Weg bahnte.

»Schließt doch wenigstens die Türe«, bemerkte Souvarine. »Es ist nicht notwendig, daß man euch hört.«

Und nachdem er selbst die Türe geschlossen hatte, setzte er sich ruhig auf einen der vor dem Präsidententische stehenden Stühle. Er hatte sich eine Zigarette gedreht und betrachtete die beiden anderen mit seinem milden, schlauen Blick, auf den Lippen ein feines Lächeln.

»Dein Zorn wird uns nicht weit bringen«, bemerkte Rasseneur ruhig. »Ich habe zuerst geglaubt, du seiest besonnen und vernünftig. Es war sehr gut, den Kameraden zu empfehlen, daß sie sich ruhig verhalten, sie zu zwingen, daß sie sich nicht aus ihren Häusern rühren, und deine Macht zu gebrauchen, um die Ordnung aufrechtzuerhalten. Und nun bist du es selbst, der sie ins Verderben stürzen will.«

Bei jedem Lauf zwischen den Bänken kam Etienne zu dem Schankwirt zurück, packte ihn bei den Schultern, schüttelte ihn und schrie ihm seine Antworten ins Gesicht.

»Donnerwetter, ich will ja ruhig bleiben. Ja, ich habe ihnen Gehorsam auferlegt; ja, ich rate ihnen noch immer, sich nicht zu rühren. Aber man soll uns nicht zum besten halten. Du hast das Glück, kaltes Blut zu bewahren. Ich glaube manchmal, daß mir der Schädel platzen will.«

Es war seinerseits eine Beichte. Er verhöhnte sich selbst wegen seiner Wahnvorstellungen, wegen seines frommen Traumes von einer Stadt, wo unter den Brüder gewordenen Menschen alsbald die Gerechtigkeit herrschen sollte. Fürwahr, ein gutes Mittel, die Arme zu verschränken und zu warten, wenn man sehen wollte, wie die Menschen bis zum Ende aller Tage einander auffressen wie die Wölfe. Nein, man müßte sich einmischen, sonst würde das Unrecht ewig dauern, und stets würden die Rei-

chen das Blut der Armen trinken. Er konnte sich die Dummheit nicht verzeihen, einst gesagt zu haben, daß man die Politik aus der sozialen Frage verbannen müsse. Damals verstand er nichts, seither aber hatte er gelesen und studiert. Jetzt waren seine Ideen gereift und er rühmte sich, ein System zu haben. Aber er konnte es nur schlecht erklären, in verworrenen Phrasen, die ein Gemisch aller Systeme darstellten. Obenauf blieb die Idee von Karl Marx. Das Kapital ist das Ergebnis der Ausbeutung; die Arbeit hat die Pflicht und das Recht, diesen gestohlenen Reichtum zurückzuerobern. In der Praxis hatte er sich anfänglich wie Proudhon durch das Trugbild vom wechselseitigen Kredit fangen lassen, von einer riesigen Austauschbank; dann wieder begeisterte er sich für die staatlich eingerichteten Arbeitsgenossenschaften von Lassalle, die allmählich die ganze Erde in einen einzigen Industriestaat umwandeln sollten. Dies währte bis zu dem Tag, an dem die Schwierigkeit der Kontrolle ihn diesen Plan aufgeben ließ. Seit kurzer Zeit war er bei dem Kollektivismus angelangt. Er forderte, daß alle Produktionsmittel der Kollektivität abgeliefert werden sollen. Allein dieser Plan war noch ganz verschwommen, und er wußte nicht, wie man ihn verwirklichen würde. Die Skrupel seiner Empfindlichkeit und seiner Vernunft behinderten ihn, er wagte nicht, sich bis zu den bestimmten Behauptungen der Sektierer zu versteigen. Er sagte lediglich, es handle sich vor allem darum, sich der Regierung zu bemächtigen; das weitere werde sich finden.
»Aber was willst du? Warum willst du dich mit den Spießbürgern einlassen?« fuhr er mit Heftigkeit fort, indem er sich vor den Schankwirt hinstellte. »Sagtest du nicht selbst, es müsse alles in die Luft fliegen?«
Rasseneur errötete leicht.
»Ja, das habe ich gesagt; und wenn alles in die Luft fliegt, wirst du sehen, daß ich nicht feiger bin als ein anderer. Aber ich bin nicht gesonnen, mit denjenigen zu gehen, die den Wirbel vermehren, um für sich eine Stellung herauszufischen.«

Jetzt war an Etienne die Reihe zu erröten. Die beiden Männer schrien nicht mehr. Von kalter Rivalität ergriffen, wurden sie bitter und boshaft. Diese Rivalität war es im Grunde, was ihre Systeme auf die Spitze trieb, den einen zu revolutionären Übertreibungen, den andern zu einer geheuchelten Vorsicht drängte, sie gegen ihren Willen über ihre wahren Ideen hinaus fortriß, wie es das Verhängnis der Rollen ist, die man nicht selbst gewählt hat. Und Souvarine, der ihnen zuhörte, zeigte in seinem Gesicht, das dem eines blonden Mädchens glich, eine stille Verachtung, die vernichtende Verachtung eines Mannes, der bereit ist, sein Leben zu opfern, im Dunkel und unbekannt, ohne dafür auch nur den Ruhm des Märtyrertums zu erwarten.

»Also meinetwegen sagst du das?« fragte Etienne. »Du bist neidisch?«

»Neidisch? Weshalb?« entgegnete Rasseneur. »Ich spiele mich nicht als den großen Mann auf; ich will nicht eine Sektion in Montsou gründen, um deren Sekretär zu werden.«

Der andere wollte ihn unterbrechen, doch er fügte hinzu:

»Sei doch aufrichtig, du kümmerst dich überhaupt nicht um die ›Internationale‹; du willst nur an unserer Spitze stehen, den Herrn spielen, damit du mit dem famosen Bundesrat des Nordens einen Briefwechsel unterhalten kannst.«

Nach kurzem Stillschweigen nahm Etienne, vor Wut bebend, wieder das Wort.

»Es ist gut ... sagte er. »Ich glaubte, ich hätte mir nichts vorzuwerfen. Stets habe ich dich zu Rate gezogen, denn ich wußte, daß du hier, lange vor mir, gekämpft hast. Doch, da du niemanden an deiner Seite duldest, werde ich künftig ganz allein handeln ... Und ich gebe dir vor allem zu wissen, daß die Sitzung dennoch stattfinden wird, selbst wenn Pluchart nicht kommt, und daß die Kameraden auch gegen deinen Willen beitreten werden.«

»Ah, mit dem Beitritt allein ist's nicht getan«, murmelte der Schankwirt; »man muß sie auch bestimmen, die Mitgliedsbeiträge zu bezahlen.«
»Keineswegs. Die ›Internationale‹ bewilligt den im Streik befindlichen Arbeitern Aufschub. Wir werden später bezahlen, und sie wird uns sogleich zu Hilfe kommen.«
Da geriet Rasseneur plötzlich in Zorn.
»Nun, wir werden sehen! ...« rief er. »Ich werde an deiner Sitzung teilnehmen und werde sprechen. Ja; ich werde es nicht zugeben, daß du den Freunden die Köpfe verdrehst; ich werde sie über ihre wahren Interessen aufklären. Wir werden ja sehen, wem sie folgen; mir, den sie seit dreißig Jahren kennen, oder dir, der du in weniger als einem Jahr alles auf den Kopf gestellt hast. Nein, nein, laß mich zufrieden ... Es gilt jetzt, wer von uns beiden den andern unterkriegt.«
Er ging hinaus und schlug heftig die Türe zu, daß die Blumengewinde unter der Saaldecke erzitterten und die Wappenschilder an den Wänden tanzten. Dann versank der große Saal wieder in tiefe Stille.
Souvarine, der am Tisch saß, rauchte still für sich hin, und seine Miene bewahrte die gewohnte Sanftmut. Etienne ging eine Weile wortlos hin und her, dann erleichterte er sein Herz. War es seine Schuld, daß man diesen dicken Taugenichts stehenließ und lieber zu ihm kam? Und er wehrte sich gegen den Vorwurf, Popularität gesucht zu haben; er wußte nicht einmal, wie das alles gekommen war, die Freundschaft der Bevölkerung des Arbeiterdorfes, das Zutrauen der Bergleute, die Macht, die er zur Stunde über sie hatte. Er war entrüstet über die Anschuldigung, aus Ehrgeiz zum Aufruhr gedrängt zu haben; er schlug sich an die Brust und beteuerte seine brüderlichen Gefühle.
Plötzlich blieb er vor Souvarine stehen und rief:
»Hör einmal, wenn ich wüßte, daß die Sache einen unserer Freunde auch nur einen Tropfen Blut kosten könnte, würde ich lieber sogleich nach Amerika gehen!«

Der Maschinist zuckte mit den Achseln, und wieder spielte ein Lächeln um seine Lippen.
»Ach, Blut«, murmelte er, »was hat das zu bedeuten? Die Erde braucht Blut ...«
Etienne beruhigte sich allmählich, nahm einen Stuhl und ließ sich am andern Ende des Tisches nieder, die Ellbogen aufgestemmt. Dieses blonde Gesicht, dessen träumerischen Augen zuweilen eine helle Röte annahmen, die ihnen einen Ausdruck von Wildheit gab, beunruhigte ihn und übte eine seltsame Wirkung auf seinen Willen aus. Ohne daß der Kamerad sprach, durch das Stillschweigen selbst fühlte er sich allmählich aufgesogen.
»Was würdest du an meiner Stelle tun?« fragte er endlich. »Habe ich nicht recht, daß ich zur Tat dränge? ... Es ist doch das beste, daß wir uns diesem Bund anschließen, nicht?«
Souvarine blies eine Rauchwolke in die Luft, dann antwortete er mit seinem Lieblingswort:
»Ja, das sind Dummheiten; aber vorläufig ist es gut so ... Übrigens wird die ›Internationale‹ sich bald rühren. Er beschäftigt sich damit.«
»Wer?«
»Er!«
Er hatte dieses Wort halblaut ausgesprochen, mit der Miene inbrünstigen Eifers, und dabei seinen Blick nach Osten gerichtet. Er sprach vom Meister, von Bakunin, dem Vertilger.
»Er allein vermag den Keulenschlag zu führen«, setzte er hinzu, »während deine Gelehrten mit ihrer Evolution nichts als Feiglinge sind ... Ehe drei Jahre vergehen, wird die ›Internationale‹ unter seinen Befehlen die alte Welt zertrümmern.«
Etienne spitzte aufmerksam die Ohren. Er brannte vor Wißbegierde, diesen Kultus des Umsturzes zu verstehen, über den der Maschinist nur wenige unklare Worte fallen ließ, als wollte er seine Geheimnisse für sich behalten.
»Aber erkläre mir doch endlich, was ist euer Ziel?«

»Alles zerstören ... Keine Nationen, keine Regierungen, kein Eigentum, keinen Gott und keinen Kultus.«

»Ich verstehe. Aber wohin führt euch das?«

»Zur primitiven, formlosen Kommune, zu einer neuen Welt, zu einem neuen Beginn vor allem.«

»Und die Mittel der Durchführung? Wie wollt ihr die Sache anfassen?«

»Mit dem Feuer, mit dem Gift, mit dem Dolch. Der Räuber ist der wahre Held, der Volksrächer, der Revolutionär der Tat, ohne aus den Büchern geholte Phrasen. Eine Reihe von furchtbaren Attentaten muß die Mächtigen erschrecken und die Völker erwecken.«

Souvarine wurde furchtbar, indem er so sprach. Die Begeisterung erhob ihn von seinem Stuhl, eine mystische Flamme sprühte aus seinen fahlen Augen, und seine feinen Hände preßten den Tischrand, daß er ihn fast zerbrach. Von Furcht ergriffen betrachtete ihn der andere, dachte an die Geschichten, die ihm halb und halb anvertraut worden waren, an die Minen unter dem Palaste des Zaren, an die Polizeichefs, die niedergestochen wurden gleich Wildschweinen; an die Geliebte Souvarines, die einzige Frau, der er zugetan gewesen war und die an einem regnerischen Morgen in Moskau gehängt wurde, während er, in der Menge verloren, sie ein letztes Mal mit den Augen küßte.

»Nein, nein«, murmelte Etienne mit einer Handbewegung, die diese abscheulichen Visionen verscheuchte; »wir hierzulande sind noch nicht soweit. Mord und Brand, niemals! Das ist ungeheuerlich, das ist ungerecht; alle Kameraden würden sich erheben, um den Verbrecher zu erwürgen.«

Übrigens begriff er noch immer nicht; seine Natur lehnte sich auf gegen diesen düsteren Traum von der Ausrottung der Welt, die hingemäht werden sollte wie ein Roggenfeld. Was würde man nachher anfangen, wie würden die Völker dann neu erstehen? Er forderte eine Antwort.

»Sage mir dein Programm. Wir wollen wissen, wohin wir gehen.«

Da schloß Souvarine ruhig, mit seinem traumverlorenen Blick:
»Alle Betrachtungen über die Zukunft sind sträflich, denn sie behindern die vollständige Zerstörung und den Lauf der Revolution.«
Darüber lachte Etienne trotz des kalten Schauers, der ihm bei dieser Antwort über den Rücken lief. Er gestand übrigens gern, daß sie ihr Gutes hatten, diese Ideen, deren erschreckende Einfachheit ihn verlockte. Allein er begriff, daß er sein Spiel vollständig an Rasseneur ausliefern würde, wenn er seinen Kameraden solche Geschichten erzählen wollte. Es galt, praktisch zu sein.
Die Witwe Désir schlug ihnen vor, zu frühstücken. Sie nahmen die Einladung an und gingen in die Gaststube, die an Wochentagen durch eine Schiebewand von dem Tanzsaale getrennt war. Als sie ihre Omelette und ihren Käse gegessen hatten, wollte der Maschinist gehen; und als der andere ihn zurückhielt, sagte er:
»Wozu denn? Um eure unnützen Dummheiten anzuhören? Ich habe genug davon. Gute Nacht.«
Und er ging mit seiner sanften, entschlossenen Miene, eine Zigarette im Mund.
Etienne fühlte seine Unruhe wachsen. Es war ein Uhr, und es schien gewiß, daß Pluchart sein Wort nicht hielt. Gegen halb zwei Uhr begannen die Delegierten zu erscheinen, und er mußte sie empfangen, weil er an der Türe aufpassen wollte, aus Furcht, daß die Gesellschaft ihre gewöhnlichen Kundschafter schicken würde. Er sah sich jede Einladung an und musterte die Leute. Viele durften übrigens ohne Einladungskarte eintreten, es genügte, daß er sie kannte, damit man ihnen die Tür öffnete. Als es zwei Uhr schlug, sah er Rasseneur ankommen, der vor dem Schanktisch seine Pfeife zu Ende rauchte und mit den Leuten plauderte. Die spöttische Ruhe des Gastwirtes versetzte Etienne vollends in gereizte Stimmung, um so mehr, als Spaßvögel gekommen waren, nur um ihren Ulk zu treiben, Zacharie, Mouquet und andere.

Sie machten sich über den Streik lustig; sie fanden es spaßig, nicht zu arbeiten. Sie ließen sich an einem Tisch nieder, gaben ihre letzten zwei Sous für einen Schoppen aus, trieben ihren Spaß und verhöhnten ihre Kameraden, diese Überzeugten, die sich da in allerlei Ungemach stürzten.

Wieder verfloß eine Viertelstunde. Die Leute im Saal wurden ungeduldig. Etienne gab nun alle Hoffnung auf und machte eine entschlossene Gebärde. Eben wollte er in den Saal eintreten, als die Witwe Désir, die den Kopf hinausgesteckt hatte, ausrief:

»Aber da ist ja der Herr, den Sie erwarten!«

Es war in der Tat Pluchart. Er kam in einem Wagen, den ein schwindsüchtiger Klepper zog. Er sprang sogleich auf das Pflaster. Er war ein schmächtiges, geschniegeltes Männchen, das unter dem schwarzen Überrock den Sonntagsstaat eines gutgestellten Arbeiters trug. Seit fünf Jahren hatte er nicht mehr in seinem Beruf gearbeitet, und er pflegte seine Persönlichkeit, kämmte sich mit besonderer Sorgfalt, bildete sich viel auf seine rednerischen Erfolge ein. Doch waren ihm von seinem Handwerk her die Glieder steif geblieben, und die Nägel seiner breiten Hände wuchsen nicht mehr, nachdem das Eisen sie weggefressen hatte. Von sehr tätiger Natur, frönte er seinem Ehrgeiz, indem er unaufhörlich die Provinz bereiste, um seine Ideen zu verbreiten.

»Zürnen Sie mir nicht!« rief er aus, um allen Fragen und Vorwürfen zuvorzukommen. »Gestern früh Konferenz in Preuilly, abends Sitzung in Valençay, heute Frühstück in Marchiennes mit Sauvagnat ... Doch es gelang mir, einen Wagen zu bekommen. Ich bin ausgepumpt, Sie können es an meiner Stimme hören. Aber das tut nichts, ich werde dennoch sprechen.«

Er war schon auf der Schwelle des Hauses, als ihm noch etwas einfiel.

»Verdammt! Fast hätte ich die Karten vergessen. Was wollten wir da anfangen?«

Er kehrte zum Wagen zurück, den der Kutscher eben zum Schuppen führen wollte, und holte unter dem Sitz einen schwarzen Holzkasten hervor, den er unterm Arm hineintrug.

Etienne ging strahlenden Gesichtes hinter ihm her, während der betroffene Rasseneur es nicht wagte, ihm die Hand zu reichen. Doch Pluchart schüttelte die seine und sagte ihm rasch ein Wort über seinen Brief. Was für eine drollige Idee! Warum sollte man diese Versammlung nicht abhalten? Man soll immer eine Versammlung abhalten, wenn man es kann. Die Witwe Désir bot ihm eine Erfrischung an; doch er lehnte ab. Er spreche, ohne zu trinken, sagte er. Aber er habe es eilig, weil er am Abend bis nach Joiselle kommen wollte, um sich dort mit Legoujeux zu verständigen. Nun drängten alle in einem Haufen nach dem Saal. Maheu und Levaque, die spät gekommen waren, folgten den übrigen. Und die Türe wurde mit dem Schlüssel abgeschlossen, damit man unter sich sei. Darüber lachten die Spaßvögel ganz laut; Zacharie rief Mouquet zu, daß sie vielleicht alle miteinander da drinnen ein Kind machen wollten.

Etwa hundert Bergleute saßen harrend auf den Bänken, in der dumpfen Luft des Saales, wo die warmen Gerüche des letzten Balles von den Dielen aufstiegen. Ein Flüstern lief durch die Menge; die Köpfe wandten sich um, während die Neuangekommenen sich auf die leeren Plätze setzten. Man betrachtete den Herrn aus Lille; sein schwarzer Rock verursachte Überraschung und Unbehagen.

Auf Vorschlag Etiennes wurde sogleich der Vorsitz gebildet; er rief die Namen aus, die anderen gaben ihre Zustimmung durch Erheben der Hände. Pluchart wurde zum Präsidenten, Maheu und Etienne wurden zu Beisitzern gewählt. Es gab ein geräuschvolles Stuhlrücken, die Vorsitzenden nahmen ihre Plätze ein. Man suchte einen Augenblick den Präsidenten. Er war hinter dem Tisch verschwunden, unter den er seinen Kasten gestellt hatte, den er nicht aus der Hand lassen wollte. Als er wieder erschien, schlug er leicht mit der Faust auf den Tisch, um Stille zu verlangen. Dann begann er mit heiserer Stimme:

»Mitbürger! ...«

Eine kleine Tür ging auf, er mußte sich unterbrechen. Es war die Witwe Désir, die, einen Umweg durch die Küche nehmend, sechs Schoppen Bier auf einer Platte brachte.

»Lassen Sie sich nicht stören«, flüsterte sie, »wenn man spricht, hat man Durst.«

Maheu nahm ihr die Platte ab und Pluchart konnte fortfahren. Er sei gerührt von der guten Aufnahme seitens der Arbeiter von Montsou, sagte er. Er entschuldigte seine Verspätung mit der vielen Mühe, die er hatte, und mit seinem Halsweh. Dann erteilte er das Wort dem Bürger Rasseneur, der es verlangt hatte.

Rasseneur hatte schon neben dem Tisch, in der Nähe der Bierschoppen Aufstellung genommen. Ein umgedrehter Stuhl diente ihm als Rednertribüne. Er schien sehr erregt und hustete, bevor er mit lauter Stimme ausrief:

»Kameraden!«

Sein Einfluß auf die Grubenarbeiter kam von der Leichtigkeit seiner Rede, von der Gemütlichkeit, mit der er stundenlang sprach, ohne jemals zu ermüden. Er verzichtete auf Gebärden, blieb schwerfällig und lächelnd, hüllte sie in seine Reden ein und betäubte sie, bis alle riefen: »Ja, ja, es ist wahr, du hast recht.« Heute fühlte er jedoch gleich nach den ersten Worten einen dumpfen Widerstand. Er ging daher mit Vorsicht vor. Er sprach zuerst gegen die Fortsetzung des Streiks und erwartete Zustimmung, bevor er auf einen Angriff gegen die ›Internationale‹ übergehen würde. Gewiß, die Ehre gestattete es nicht, auf die Forderungen der Gesellschaft einzugehen; allein, welches Elend! Welche furchtbare Zukunft, wenn man noch lange den Widerstand fortsetzen müßte! Und ohne sich für die Unterwerfung auszusprechen, erweichte er den Mut der Leute. Er sprach von den verhungernden Arbeiterdörfern und fragte, woher die Anhänger des Widerstandes Hilfe erwarteten. Drei oder vier seiner Freunde versuchten, ihm beizustimmen, was die eisige Stille der überwiegenden Mehrheit nur um so mehr hervortreten ließ und nur dazu beitrug, das Mißfallen zu verschärfen, das diese Worte hervorriefen. Und indem Rasseneur daran verzweifelte, sie wieder für sich zu gewinnen, geriet er in Zorn und prophezeite ihnen alles Unglück, wenn sie sich die Köpfe verdrehen lassen würden durch Herausforderungen, die von dem Fremden kämen. Zwei Drittel der Anwesenden erhoben sich verdrossen und wollten ihn am Weitersprechen hindern, da er sie beschimpfe und wie Kinder behandele, die ihr Betragen nicht einzurichten wüßten. Er fuhr aber fort, in dem Tumult zu reden, wobei er von Zeit zu Zeit einen Schluck Bier nahm. Der Kerl sei noch nicht geboren, schrie er, der ihn hindern würde, seine Pflicht zu tun.

Pluchart stand aufrecht hinter dem Tisch; da er keine Glocke hatte, schlug er mit der Faust auf den Tisch und wiederholte immerfort mit heiserer Stimme:

»Mitbürger! Mitbürger!...«

Endlich trat ein wenig Stille ein, und die von dem Vorsitzenden befragte Versammlung entzog Rasseneur das Wort. Die Delegierten, die in der Unterredung mit dem Direktor die einzelnen Zechen vertreten hatten, führten die übrigen; alle waren durch den Hunger erbittert und von neuen Ideen ergriffen. Der Beschluß war sozusagen im voraus vereinbart worden.

»Du hast leicht lachen, denn du hast zu essen«, brüllte Levaque, indem er Rasseneur drohend die Faust zeigte.

Etienne hatte sich hinter dem Rücken des Vorsitzenden zurückgelehnt, um Maheu zu beschwichtigen, der ganz rot und durch die heuchlerischen Reden des Schankwirtes außer sich war.

»Mitbürger!« sagte Pluchart, »gestattet mir ein Wort.«

Tiefe Stille trat ein, und er sprach. Schwer und rauh kamen die Worte aus seiner Kehle hervor, aber er hatte sich

auf seinen Kreuz- und Querfahrten daran gewöhnt. Er führte seine Kehlkopfentzündung wie sein Programm im Lande umher. Allmählich wurde die Stimme stärker, und er wußte pathetische Wirkungen zu erzielen. Seine Arme ausbreitend, seine Sätze mit einem Wiegen der Schultern begleitend, entwickelte er eine Beredsamkeit, die etwas von einer Predigt hatte, eine fromme Art, das Ende der Sätze fallen zu lassen, ein monotones Schnarren, das schließlich die Zuhörer überzeugte.
Er sprach über die Größe und die Wohltaten der ›Internationale‹. Es war die Rede, die er überall anbrachte, wo er zum ersten Male erschien. Er erklärte den Zweck dieses Bundes, die Emanzipation der Arbeiter. Er erläuterte den großartigen Bau; unten die Gemeinde, darüber die Provinz, noch höher die Nation, ganz auf dem Gipfel die Menschheit. Langsam bewegten sich seine Arme, schienen die Stockwerke aufeinanderzustellen, richteten die ungeheure Kathedrale der künftigen Welt auf. Dann folgte die Schilderung der inneren Verwaltung; er las die Statuten vor, sprach von den Kongressen, zeigte die wachsende Bedeutung des Werkes, die Ausbreitung des Programms, das, von der Diskussion der Löhne ausgehend, jetzt die Abrechnung mit der Gesellschaft in Angriff nahm, um mit dem Lohnsystem aufzuräumen. Es würde keine Nationalitäten mehr geben, die Arbeiter der ganzen Welt wären in einem gemeinsamen Bedürfnis nach Gerechtigkeit vereinigt, würden die spießbürgerliche Fäulnis hinwegfegen, endlich die freie Gesellschaft begründen, wo derjenige, der nicht arbeitete, auch nicht ernten würde. Er brüllte jetzt, sein Atem ließ die bunten Papierblumen unter der verräucherten Decke erzittern, von der der Schall seiner Stimme zurückschlug.
Die Köpfe der Anwesenden waren in unruhiges Wogen geraten. Einige riefen:
»Ganz recht; wir sind dabei.«
Und er fuhr fort zu reden. Ehe drei Jahre vergingen,

würde die ganze Welt erobert sein. Und er zählte die eroberten Völker auf; von allen Seiten kamen Beitrittserklärungen. Niemals habe eine neu erstehende Religion so viele Gläubige gefunden. Wenn sie erst einmal die Herren seien, würden sie den Arbeitgebern Gesetze diktieren und allen die Faust an die Gurgel legen.
»Ja, ja, die Herren werden dann zur Grube anfahren«, hieß es unter den Anwesenden.
Mit einer Handbewegung forderte er Stille. Er ging jetzt an die Besprechung der Streikfrage. Im Prinzip war er gegen die Streiks, sie waren ein zu langsam wirkendes Mittel, das die Leiden des Arbeiters nur noch vermehrte. Allein in Ermangelung eines besseren mußte man sich dazu entschließen, wenn sie unvermeidlich wurden, weil sie den Vorteil für sich hatten, das Kapital zu desorganisieren. Und in diesem Falle verwies er auf die ›Internationale‹ wie auf eine Vorsehung für die streikenden Arbeiter. Er führte Beispiele an. Bei dem Streik der Metallarbeiter in Paris hätten die Arbeitgeber sofort alles bewilligt, als sie zu ihrem Schrecken hörten, daß die ›Internationale‹ Hilfsgelder schickte; in London hatte sie die Belegschaft einer ganzen Kohlengrube gerettet, indem sie auf ihre Kosten einen Zug Belgier, die der Eigentümer der Kohlengrube hatte kommen lassen, nach ihrer Heimat zurücksandte. Allein der Beitritt der Arbeiter ließ die Gesellschaften erzittern; die Arbeiter treten in die große Armee der Arbeitenden ein, entschlossen, einer für den andern eher zu sterben, als Sklaven der kapitalistischen Gesellschaft zu bleiben.
Stürmisches Beifallsklatschen unterbrach ihn. Er trocknete sich die Stirn mit dem Taschentuch und lehnte das Glas Bier ab, das Maheu ihm zuschob. Als er fortfahren wollte, wurde er von neuem Applaus unterbrochen.
»Es sitzt«, flüsterte er Etienne zu; »sie haben genug. Jetzt rasch die Karten her!«
Er schlüpfte unter den Tisch und erschien alsbald mit seinem kleinen schwarzen Holzkasten.

»Mitbürger!« rief er, das Getümmel überschreiend, »hier sind die Mitgliedskarten. Eure Delegierten mögen näher treten, ich will ihnen die Karten übergeben, und sie werden sie dann unter euch verteilen. Die Zahlung wird später geregelt werden.«

Rasseneur stürzte herbei und legte nochmals Verwahrung ein. Auch Etienne hatte sich erhoben, wie um eine Rede zu halten. Die höchste Verwirrung trat ein. Levaque fuchtelte mit den Händen wie einer, der bereit ist, zu raufen. Maheu hatte sich gleichfalls erhoben und sprach, ohne daß man ein Wort seiner Rede hätte verstehen können. In diesem wachsenden Tumult stieg Staub von den Dielen auf, der fliegende Staub der ehemaligen Bälle, der die Luft mit dem scharfen Geruch der Schlepper und der Schlepperinnen erfüllte.

Plötzlich ging die kleine Tür auf. Die Witwe Désir füllte sie mit ihrem Bauch und ihrem Busen aus und schrie aus voller Kehle:

»Seid doch still, um Gottes willen! ... Die Gendarmen sind da!«

Der Polizeikommissar des Arrondissements kam an, ein wenig verspätet, um Protokoll aufzunehmen und die Versammlung aufzulösen. Vier Gendarmen begleiteten ihn. Die Witwe hatte sie fünf Minuten lang vor der Türe aufgehalten, indem sie auf ihre Fragen sagte, sie sei hier zu Hause und habe wohl das Recht, Freunde bei sich zu versammeln. Doch man hatte sie beiseite geschoben, und sie war herbeigeeilt, um ihre Kinder zu benachrichtigen.

»Ihr müßt durch diese Türe fort«, sagte sie; »im Hofe steht ein schmutziger Gendarm. Das tut aber nichts; meine kleine Holzkammer geht auf das Seitengäßchen hinaus. Beeilt euch!«

Schon pochte der Kommissar mit den Fäusten an die Tür, und weil man nicht öffnete, drohte er die Tür einzustoßen. Ein Spion mußte geplaudert haben, denn er schrie, daß die Versammlung ungesetzlich sei, daß zahlreiche Arbeiter da seien, die keine Einladung hätten.

Der Lärm im Saale wurde immer größer. Man konnte nicht davonlaufen, man habe noch nicht abgestimmt, weder für den Beitritt, noch für die Fortsetzung des Streiks. Alle redeten auf einmal. Endlich hatte der Vorsitzende den Einfall, daß man durch Zuruf abstimmen sollte. Einzelne streckten die Arme in die Luft, die Delegierten erklärten in aller Eile, daß sie im Namen der abwesenden Kameraden beiträten. In dieser Weise wurden die zehntausend Bergleute von Montsou Mitglieder der ›Internationale‹.

Mittlerweile hatte die Flucht begonnen. Den Rückzug deckend, hatte die Witwe Désir sich gegen die Tür gestemmt, die die Flintenkolben der Gendarmen erschütterten. Die Bergleute sprangen über die Bänke und entflohen einer nach dem andern durch die Küche und die Holzkammer. Rasseneur war als einer der ersten verschwunden, Levaque folgte ihm, seine Verwünschungen vergessend und nur daran denkend, sich ein Glas Bier anbieten zu lassen, um sich zu erfrischen. Etienne hatte sich des kleinen Holzkästchens bemächtigt und wartete mit Pluchart und Maheu, die es als Ehrensache betrachteten, als die letzten fortzugehen. Gerade als sie den Saal verlassen hatten, sprang das Schloß auf, und der Kommissar befand sich der dicken Wirtin gegenüber, deren Bauch und Busen ihm noch immer den Weg versperrten.

»Was soll es nützen, daß ihr bei mir alles zerschlagt?« rief sie. »Ihr seht wohl, daß niemand da ist.«

Der Polizeikommissar, ein bedächtiger Mann, der alle Aufregungen scheute, drohte ihr, sie ins Gefängnis abführen zu lassen. Dann ging er fort, um sein Protokoll aufzusetzen, und nahm seine vier Gendarmen mit, gefolgt von den höhnischen Bemerkungen Zacharies und Mouquets, die, den schlauen Streich ihrer Kameraden bewundernd, sich über die bewaffnete Macht lustig machten.

Im Seitengäßchen angekommen, begann Etienne mit dem Kästchen unter dem Arme zu laufen, gefolgt von den übrigen. Plötzlich erinnerte er sich Pierrons und fragte, weshalb man diesen nicht gesehen habe. Maheu, der neben ihm lief, erwiderte, daß er krank sei. Er leide an der Furcht, sich zu kompromittieren. Man wollte Pluchart noch zurückhalten, doch dieser erklärte, daß er im Augenblick nach Joiselle weiterreise, wo Legoujeux seine Befehle erwarte. Man rief ihm »glückliche Reise« zu, ohne im Lauf einzuhalten. Etienne und Maheu lachten zuversichtlich, sie waren nun ihres Triumphes sicher. Wenn erst die ›Internationale‹ Hilfsgelder schickte, dann würde die Gesellschaft sich aufs Bitten verlegen müssen, damit die Arbeiter wieder zur Grube anführen. Und in dieser Aufwallung der Hoffnung, in diesem Galopp der plumpen Schuhe auf dem Pflaster von Montsou lag noch etwas anderes: ein düsterer, wilder Zug, eine Heftigkeit, deren Atem alle Arbeiterdörfer ringsumher in ein Fieber versetzen sollte.

V

Wieder vergingen zwei Wochen. Man war in den ersten Tagen des Januars; kalte Nebel lagerten auf der unermeßlichen Ebene. Und das Elend war noch schlimmer geworden; in der wachsenden Hungersnot verkümmerten die Arbeiterdörfer immer mehr. Viertausend Franken, die die ›Internationale‹ aus London geschickt hatte, genügten knapp, um für vier Tage Brot zu schaffen. Dann war nichts mehr gekommen. Das lange, leere Hoffen beugte alle Gemüter. Auf wen sollte man noch zählen, da die Brüder selbst sie verließen? Von der Welt abgeschnitten, fühlten sie sich völlig verloren mitten im tiefen Winter.

Im Dorf der Zweihundertvierzig war man am Dienstag mit allen Hilfsmitteln zu Ende. Etienne und die Delegierten hatten sich vervielfacht. Man eröffnete neue

Sammlungen in den benachbarten Städten bis nach Paris; man hielt Vorträge, Beratungen. Doch die Anstrengungen hatten nicht viel Erfolg; die öffentliche Meinung, anfänglich gerührt, wurde gleichgültig, als der Streik sich in die Länge zog und einen ruhigen Verlauf, ohne aufregende Zwischenfälle nahm. Die spärlich fließenden Almosen genügten kaum, um die allerärmsten Familien zu erhalten. Die anderen fristeten ihr Leben, indem sie ihre Schmucksachen verpfändeten, ihren Hausrat Stück um Stück veräußerten. Alles wanderte zu den Trödlern, die Matratzen, die Küchengeräte, selbst die Möbel. Einen Augenblick glaubte man sich gerettet; die kleinen Krämer von Montsou, die Maigrat zu erdrücken drohte, hatten Kredit angeboten, um ihm so die Kundschaft wieder abzunehmen; der Gewürzkrämer Verdonck und die beiden Bäcker Carouble und Smelten hielten eine Woche lang offenen Laden; allein ihre Vorräte erschöpften sich, sie mußten bald wieder aufhören. Nur die Gerichtsvollzieher hatten ihre Freude daran; es blieb nichts übrig als eine Schuldenlast, die die Bergleute lange Zeit bedrücken mußte. Man hatte keinen Kredit mehr; man hatte nicht eine alte Kasserolle mehr zu verkaufen; man konnte sich in einen Winkel hinlegen und verrecken wie ein räudiger Hund.

Etienne hätte seine Haut verkauft. Er hatte auf sein Sekretärsgehalt verzichtet und war nach Marchiennes gegangen, um seinen Überrock und seine Hosen zu verpfänden; er war froh, daß er dadurch der Familie Maheu die Mittel geben konnte, noch einige Tage den Kochtopf aufs Feuer zu setzen. Nur seine Stiefel behielt er, um fest auf den Füßen zu stehen, wie er sagte. Sein großer Kummer war, daß der Arbeitsausstand zu früh gekommen war, als die Unterstützungskasse noch nicht Zeit gehabt hatte, sich zu füllen. Er erblickte darin die einzige Ursache des Unglücks; die Arbeiter würden sicherlich den Sieg über die Arbeitgeber davontragen, wenn sie in der Kasse die nötigen Mittel hätten, um den Streik fortzusetzen. Und er erinnerte sich der Worte Souvarines, der die Gesellschaft beschuldigte, daß sie zum Streik gedrängt habe, um die erste Einlage der Kasse zu zerstören.

Der Anblick des Dorfes, dieser armen Leute ohne Brot und ohne Feuerung raubte ihm seine Ruhe. Er ging lieber fort, um sich in weiten Spaziergängen zu ermüden. Eines Abends, als er bei der Heimkehr in der Nähe von Réquillart vorbeikam, sah er eine alte Frau bewußtlos am Wegrande liegen. Vermutlich starb sie an Entkräftung. Er hob sie auf und rief ein Mädchen herbei, das er jenseits einer Hecke bemerkte.

»Ach, du bist's«, sagte er, die Mouquette erkennend. »Hilf mir doch; man müßte ihr etwas zu trinken geben.«

Zu Tränen gerührt, eilte die Mouquette heim in die wacklige Hütte, die ihr Vater inmitten der Trümmer bewohnte. Sie kam von dort sofort mit einem Brot und einem Fläschchen Wacholderbranntwein zurück. Der Branntwein brachte die Alte wieder zur Besinnung; ohne ein Wort zu sprechen, biß sie gierig in das Brot. Es war die Mutter eines Bergmanns; sie wohnte in einem Arbeiterdorf bei Cougny, und sie war hier zusammengesunken auf der Rückkehr von Joiselle, wo sie vergebens versucht hatte, von einer Schwester zehn Sous zu borgen.

Etienne war allein geblieben auf diesem wüsten Feld von Réquillart, dessen eingestürzte Schuppen unter dem Gestrüpp verschwanden.

»Nun, willst du nicht bei uns eintreten, um ein Gläschen zu trinken?« fragte ihn die Mouquette heiteren Tones.

Und als er zögerte, fügte sie hinzu:

»Hast du denn noch immer Furcht vor mir?«

Er folgte ihr, durch ihr Lachen angelockt. Ihn rührte die Herzlichkeit, mit der sie das Brot hergegeben hatte. Sie wollte ihn nicht in der Stube ihres Vaters empfangen und führte ihn in ihre eigene Kammer, wo sie sogleich zwei Gläschen Branntwein einschenkte. Diese Kammer war sehr sauber; er lobte sie deshalb. Es schien übrigens der

Familie an nichts zu mangeln. Der Vater setzte seinen Dienst als Stallknecht im Voreux-Schacht fort; sie selbst war, um nicht die Hände in den Schoß zu legen, Wäscherin geworden, wobei sie täglich dreißig Sous verdiente. Trieb sie auch gern ihren Spaß mit den Männern, so war sie deswegen doch keine Müßiggängerin.

»Warum willst du mich nicht lieben?« fragte sie ihn plötzlich, indem sie ihn gefällig um den Leib faßte.

Er konnte ein Lachen nicht unterdrücken, so niedlich hatte sie ihre Frage angebracht.

»Ich liebe dich ja«, antwortete er.

»Nein, nicht so wie ich will ... Du weißt, daß ich vor Verlangen sterbe. Es würde mir so großes Vergnügen machen!«

Und dies war wahr. Seit sechs Monaten bat sie ihn darum. Er betrachtete sie noch immer, wie sie sich an ihn schmiegte, ihn mit ihren zitternden Armen umfing und ihm dabei so liebeheischend in die Augen schaute, daß er davon gerührt war. Ihr dickes, rundes Gesicht hatte nichts Schönes; es war gelb, von der Kohle zerstört; aber ihre Augen leuchteten; von ihrer Haut ging ein Reiz, ein Beben aus, das sie rosig und jung erscheinen ließ. Und da sie sich ihm so untertänig, so liebeglühend hingab, fand er nicht mehr den Mut, sie zurückzuweisen.

»Ach, du willst, du willst!« stammelte sie entzückt.

Und sie gab sich ihm hin mit der Ungeschicklichkeit und Willenlosigkeit einer Jungfrau, als wäre es das erste Mal und als hätte sie noch niemals einen Mann gehabt. Dann, als er sie verließ, floß sie vor Dank über und küßte ihm die Hände.

Etienne schämte sich ein wenig über dieses Abenteuer. Man rühmte sich nicht gern, die Mouquette besessen zu haben. Er schwor sich, es nicht wieder zu tun; aber er bewahrte ihr ein freundliches Angedenken; sie war ein braves Mädchen.

Als er nach dem Dorf zurückkehrte, ließen die ernsten Dinge, die er erfuhr, ihn rasch das Abenteuer vergessen.

Es lief das Gerücht um, daß die Gesellschaft vielleicht ein Zugeständnis machen würde, wenn die Delegierten einen neuen Schritt bei dem Direktor versuchen würden. Einzelne Aufseher hatten dieses Gerücht verbreitet. Die Wahrheit war, daß in diesem Kampf das Bergwerk noch mehr litt als die Arbeiter. Von beiden Seiten häufte die Hartnäckigkeit Ruinen auf. Während die Arbeit verhungerte, ging das Kapital zugrunde. Mit jedem Arbeitsruhetag schwanden Hunderttausende von Franken. Jede Maschine, die stillsteht, ist eine tote Maschine. Das Material und die Arbeitsgeräte verdarben; das festgelegte Kapital schmolz zusammen wie Schnee an der Sonne. Seitdem der geringe Kohlevorrat im Werkhofe der Gruben erschöpft war, sprach die Kundschaft davon, sich nach Belgien zu wenden; und darin lag für die Zukunft eine Drohung. Doch was die Gesellschaft hauptsächlich erschreckte und was sie sorgfältig verheimlichte, das waren die wachsenden Schäden in den Stollen und Schlägen. Die Aufseher genügten nicht, um die Ausbesserungen vorzunehmen, die Verzimmerung zerbarst überall, jede Stunde gab es einen Einsturz. Die Unfälle häuften sich derart, daß monatelange Ausbesserungen notwendig waren, ehe man daran denken konnte, die Kohlenförderung wieder aufzunehmen. Schon waren Schreckensnachrichten in Umlauf. In Crèvecoeur war ein Gang von 300 Meter Länge in einem Stück eingestürzt und verrammelte den Zugang zur Cinq-Paumes-Ader; in Madeleine zerbröckelte die Maugrétout-Ader, die sich mit Wasser füllte. Die Direktion wollte dies nicht eingestehen, als zwei Unglücksfälle, die knapp aufeinander folgten, sie nötigten, die Wahrheit zu bekennen. Eines Morgens fand man in der Nähe der Besitzung Piolaine den Boden geborsten über dem Nordstollen von Miron, der am vorhergehenden Tage eingestürzt war; am nächsten Tage gab es im Voreux-Schacht einen Abrutsch, der einen ganzen Teil des Vorortes erschütterte, so daß zwei Häuser zu versinken drohten.

Etienne und die Delegierten zögerten, einen Schritt zu tun, bevor sie die Absichten der Verwaltung kannten. Dansaert, den sie befragten, wich in der Antwort aus; gewiß, man bedauerte das Mißverständnis, man würde alles Mögliche tun, um eine Verständigung herbeizuführen, aber er wußte nichts Bestimmtes zu sagen. Sie beschlossen endlich, sich zu Herrn Hennebeau zu begeben, um dem Recht von ihrer Seite völlig Genüge getan zu haben. Denn sie wollten nicht, daß man ihnen später vorwerfe, sie hätten der Gesellschaft die Gelegenheit genommen, ihr Unrecht zu bekennen. Allein sie schworen, in keinem Punkte nachzugeben und an allen ihren Bedingungen festzuhalten, welche die einzig gerechten seien.

Die Begegnung fand am Dienstagmorgen statt, an dem Tage, an dem im Dorf die äußerste Not eingetreten war. Diese Begegnung war weniger freundschaftlich als die erste. Maheu führte auch diesmal das Wort. Er erklärte, die Kameraden hätten sie geschickt, um zu fragen, ob die Herren ihnen nichts Neues zu sagen hätten. Anfänglich spielte Herr Hennebeau den Überraschten. Er habe keinerlei Weisung empfangen, sagte er, und die Dinge würden sich auch nicht ändern, solange die Grubenarbeiter in ihrer verdammenswerten Empörung verharren würden. Diese herrische Schroffheit rief die unliebsamste Wirkung hervor, in dem Maße, daß, wenn die Bevollmächtigten mit versöhnlichen Absichten gekommen wären, die Art und Weise, wie man sie empfing, genügt haben würde, um sie zu weiterem Widerstand zu reizen. Im weiteren Verlauf der Unterredung suchte der Direktor ein Gebiet gegenseitiger Zugeständnisse. Die Arbeiter sollten sich dazu verstehen, daß die Verzimmerung gesondert gezahlt würde; dagegen würde die Gesellschaft diese Zahlung um jene zwei Centimes erhöhen, die sie angeblich einstecken wollte. Er fügte hinzu, daß er es übernähme, diesen Vorschlag zu machen, daß noch nichts entschieden sei, daß er hoffe, dieses Zugeständnis in Paris durchzusetzen. Doch die Delegierten lehnten ab

und wiederholten ihre Forderungen: die Beibehaltung des alten Systems und eine Erhöhung von 5 Centimes für den Karren. Da gestand er, daß er Vollmacht habe, sogleich zu verhandeln, drang in sie, seinen Vorschlag anzunehmen und sprach von ihren verhungernden Weibern und Kindern. Doch sie sagten nein, immer nein, indem sie zu Boden blickten und die harten Köpfe schüttelten. Man schied in feindseliger Stimmung; Herr Hennebeau schlug heftig die Türen zu. Etienne, Maheu und die anderen gingen fort, mit ihren plumpen Schuhen das Pflaster stampfend, in der stummen Wut von Besiegten, die man zum Äußersten treibt.
Gegen zwei Uhr versuchten die Weiber des Arbeiterdorfes einen Schritt bei Maigrat. Sie hatten nur mehr die eine Hoffnung, diesen Menschen zu erweichen, ihm noch eine Woche Kredit abzuringen. Dies war ein Einfall der Maheu, die oft zuviel auf das gute Herz der Menschen rechnete. Sie überredete die Brulé und die Levaque, sie zu begleiten; die Pierron entschuldigte sich; sie könne ihren Mann nicht verlassen, dessen Krankheit nicht heilen wolle. Andere Frauen schlossen sich der Gruppe an; sie waren etwa zwanzig. Als die Bürger von Montsou sie ankommen sahen, düster und elend, die ganze Breite der Straße einnehmend, schüttelten sie unruhig die Köpfe. Man verschloß die Türen; eine Dame verbarg ihr Silberzeug. Man begegnete ihnen zum ersten Male in dieser Weise; es war ein böses Zeichen. Wenn die Weiber anfingen, sich auf den Landstraßen umherzutreiben, dann ging alles drunter und drüber. Bei Maigrat gab es eine heftige Szene. Er hatte sie zuerst eingelassen, hatte Späße mit ihnen gemacht und sich gestellt, als glaubte er, sie kämen, ihre Schulden zu zahlen. Es sei hübsch, daß sie sich verständigt hätten, ihm alle auf einmal sein Geld zu bringen. Doch als die Maheu das Wort nahm, spielte er den Zornigen. Wollten sie die Leute zum besten halten? Weiteren Kredit verlangten sie? Wollten sie ihn denn zum Bettler machen? Nein; nicht

eine Kartoffel, nicht eine Brotkrume mehr! Und er schickte sie zu dem Gewürzkrämer Verdonck, zu den Bäckern Carouble und Smelten, da sie jetzt dort einkauften. Die Weiber hörten ihm mit demütiger Scheu zu, entschuldigten sich, suchten in seinen Augen zu lesen, ob er sich rühren ließe. Er begann wieder Späße zu treiben, bot der Brulé seinen Laden an, wenn sie ihn zum Liebhaber nehmen wollte. Alle waren von einer solchen Feigheit ergriffen, daß sie über diesen Witz lachten, und die Levaque überbot ihn noch, indem sie sich bereit erklärte. Doch er wurde sogleich wieder grob, drängte sie zur Türe; und als sie fortfuhren ihn zu bitten, wurde er zu einer der Frauen brutal. Die anderen riefen, er sei eine Krämerseele; die Maheu erhob in rächender Entrüstung die Arme und rief den Tod über ihn. Ein solcher Mensch verdiene nicht zu essen, schrie sie.

Die Rückkehr nach dem Dorf war traurig. Als die Männer ihre Frauen mit leeren Händen ankommen sahen, ließen sie die Köpfe hängen. Es war aus; der Tag ging zu Ende, ohne daß sie einen Löffel Suppe bekamen. Und die anderen Tage zogen in eisiger Finsternis dahin, die kein Hoffnungsstrahl erhellte. Sie hatten es gewollt; niemand sprach davon, sich zu ergeben. Diese äußerste Not machte sie noch hartnäckiger; stumm wie gehetzte Tiere, waren sie entschlossen, lieber in ihren Löchern zu sterben, als hervorzukommen. Wer würde gewagt haben, zuerst von Unterwerfung zu reden? Die Kameraden hatten geschworen zusammenzuhalten und sie würden zusammenhalten, wie sie in der Grube zusammenhielten, wenn einer unter den Trümmern eines Einsturzes lag. So mußte es sein; sie hatten da unten eine gute Schule, um Ergebung in ihr Schicksal zu lernen. Wenn man seit seinem zwölften Lebensjahr gewohnt war, Wasser und Feuer zu schlucken, konnte man sich acht Tage lang den Bauch zusammenschnüren. Und in ihre Ergebung mischte sich der Stolz von Soldaten, das Selbstbewußtsein von Männern, die ihren Beruf rühmen und die der tägliche Kampf mit dem Tode zum Opfermut gestählt hat.

Der Abend war für die Familie Maheu fürchterlich. Alle saßen schweigend um das spärliche Feuer, das mit dem letzten Rest von rauchendem Kohlenstaub unterhalten wurde. Nachdem sie von der Wolle der Matratzen eine Handvoll nach der andern verkauft hatten, mußten sie vor zwei Tagen ihre Kuckucksuhr für drei Franken hergeben, und die Stube schien kahl und tot, seitdem das trauliche Ticktack sie nicht mehr erfüllte. Was noch an Zierat übrigblieb, war eine auf dem Eßschrank stehende Schachtel aus rosa Papier, ein ehemaliges Geschenk von Maheu, das seinem Weibe kostbar war wie ein Juwel. Die zwei guten Sessel, die man noch gehabt hatte, waren weg. Der Vater Bonnemort und die Kinder saßen eng auf einer alten, verschimmelten Bank, die man aus dem Garten hereingeschafft hatte. Die fahle Dämmerung schien die Kälte noch zu steigern.

»Was tun?« wiederholte Frau Maheu, die neben dem Ofen kauerte.

Etienne betrachtete die an der Wand hängenden Bilder des Kaisers und der Kaiserin. Er hätte sie längst heruntergerissen, wenn die Familie es ihm nicht verwehrt hätte. Die Maheus wollten die Bilder als Zimmerschmuck behalten. Er murmelte mit zusammengekniffenen Lippen:

»Wenn man bedenkt, daß man nicht zwei Sous von diesen Kerlen haben kann, die ruhig zusehen, wie wir verrecken.«

»Ich sollte vielleicht die Schachtel verkaufen?« sagte die Frau bleich und zögernd.

Maheu, der mit auf die Brust gesenktem Haupte am Tisch saß, richtete sich auf.

»Nein, ich will nicht«, sagte er.

Frau Maheu erhob sich mühsam und machte einen Rundgang im Zimmer. War es möglich, in ein solches Elend zu geraten? Nicht eine Krume mehr im Eßschrank, nichts mehr zu verkaufen; keine Vorstellung mehr, wie man sich Brot verschaffen könnte. Und auch das Feuer drohte zu verlöschen! Sie erzürnte sich gegen Alzire, die sie am Morgen auf den Hügel geschickt hatte, um dort Kohle zu sammeln, und die mit leeren Händen zurückgekommen war, weil, wie sie sagte, die Gesellschaft die Nachlese verboten hätte. Was hatte man sich um die Gesellschaft zu kümmern? Bestahl man denn jemanden, wenn man diese verlorenen Kohlenstückchen auflas? Die Kleine war unglücklich und erzählte, ein Mann habe ihr mit Schlägen gedroht. Dann versprach sie, am folgenden Tage wieder hinzugehen und sich prügeln zu lassen.

»Und wo treibt der Lump Jeanlin sich wieder herum, frage ich euch«, rief die Mutter. »Er hätte Salat bringen sollen; davon könnte man wenigstens fressen wie die Tiere. Ihr werdet sehen, er kommt nicht heim. Er war schon gestern über Nacht ausgeblieben. Ich weiß nicht, was der Kerl treibt, aber mir scheint immer, daß er vollgefressen ist.«

»Vielleicht sammelt er Sous auf der Straße!« bemerkte Etienne.

Da geriet sie außer sich und streckte drohend die Fäuste in die Luft.

»Wenn ich nur wüßte! ... Meine Kinder betteln! Lieber möchte ich sie umbringen und hernach mich selbst!«

Maheu sank wieder auf seinen Stuhl neben dem Tisch. Lénore und Henri, erstaunt darüber, daß man nicht aß, begannen zu winseln, während der alte Bonnemort still da saß und philosophisch die Zunge im Munde wälzte, um seinen Hunger zu täuschen. Niemand sprach. Alle saßen wie niedergedrückt unter der Bürde ihrer Leiden; der Großvater hustend, schwarz speiend, von seiner Gicht wieder gepackt, die in eine Wassersucht zu entarten drohte; der Vater asthmatisch, die Knie vom Wasser angeschwollen; die Mutter und die Kinder von ihren Erbübeln, von den Skrofeln und der Blutarmut geschwächt. Der Beruf forderte das; man klagte darüber nur dann, wenn der Mangel an Nahrung das Maß der Leiden voll machte. Die Leute im Dorf fielen um wie die Fliegen. Man mußte doch etwas finden, um zu Nacht zu essen. Was tun, wohin gehen? Mein Gott!

In dem Dämmerdunkel, das die Stube immer düsterer machte, entschloß sich endlich Etienne, dem das Herz zu brechen drohte.

»Wartet auf mich«, sagte er. »Ich will irgendwo nachsehen.«

Und er ging hinaus. Er dachte an die Mouquette. Sie mußte ein Brot haben und würde es ihm gern geben. Es verdroß ihn, unter einem solchen Zwang in die verfallene Hütte in Réquillart zu gehen. Das Mädchen, mit der Miene einer verliebten Magd, würde ihm die Hände küssen. Doch man durfte seine Freunde in der Not nicht verlassen; wenn nötig, wird er zu ihr wieder freundlich sein.

»Auch ich will schauen«, sagte jetzt Frau Maheu. »Es ist zu dumm!«

Sie öffnete hinter dem jungen Mann wieder die Tür und warf sie heftig zu. Die anderen blieben unbeweglich und stumm zurück, im spärlichen Lichte eines Kerzenstümpfchens, das Alzire angezündet hatte. Draußen blieb sie einen Augenblick nachdenklich stehen; dann trat sie bei der Levaque ein.

»Ich lieh dir neulich ein Brot, vielleicht gibst du es mir heute zurück.«

Doch sie unterbrach sich; was sie sah, war nicht sehr ermutigend. Das Haus verriet noch mehr Elend als das ihrige.

Frau Levaque schaute mit stieren Augen in ihr erloschenes Feuer, während Levaque, der sich mit einigen Nagelschmieden einen Rausch geholt hatte, mit leerem Magen auf dem Tisch schlief. Bouteloup stand an die Wand gelehnt und rieb sich mechanisch die Schultern, mit der Verblüffung eines gutmütigen Jungen, dessen Ersparnisse aufgezehrt waren und der nun erstaunt ist, sich den Bauch zusammenschnüren zu müssen.

»Ein Brot? Ach, meine Gute, ich wollte ein zweites von dir borgen«, antwortete die Levaque.

Als ihr Mann im Schlaf ein schmerzliches Grunzen vernehmen ließ, drückte sie ihm das Gesicht auf den Tisch.

»Still, du Schwein!«, rief sie. »Wenn es dir die Gedärme verbrennt, um so besser! Anstatt dich zu betrinken, hättest du dir besser von einem deiner Freunde zwanzig Sous borgen lassen.«

In diesem Ton fuhr sie fort, fluchte und wetterte inmitten der Unsauberkeit ihres Hauswesens, das sie schon seit so langer Zeit vernachlässigte, daß ein unerträglicher Geruch von den Fliesen ausströmte. Ihretwegen könnte alles aus den Fugen gehen, meinte sie. Ihr Sohn, dieser Halunke Bébert, war gleichfalls seit dem Morgen verschwunden; man wäre einer schönen Last ledig, wenn er nicht wiederkäme. Dann sagte sie, sie gehe schlafen. Im Bett wäre es wenigstens warm. Und sie stieß Bouteloup an.

»Vorwärts, laß uns hinaufgehen! Das Feuer ist aus; wozu sollen wir die Kerze anzünden? Etwa um die leeren Teller besser zu sehen? ... Kommst du endlich, Louis? Ich sage dir, wir gehen schlafen. Man kriecht im Bett zusammen; das ist immerhin eine Erleichterung. Dieser verdammte Trunkenbold mag meinetwegen hier vor Kälte krepieren.«

Als Frau Maheu wieder draußen war, schritt sie quer durch die Gärten, um sich zur Pierron zu begeben. Sie hörte Gelächter. Als sie anklopfte, trat sogleich Stille ein. Es dauerte eine volle Minute, bis man ihr öffnete.

»Schau, du bist es?« rief die Pierron und heuchelte Überraschung. »Ich dachte, es wäre der Arzt.«

Und ohne sie zu Wort kommen zu lassen, zeigte sie auf ihren Mann, der vor einem großen Kohlenfeuer saß.

»Es geht ihm schlecht«, sagte sie. »Es geht ihm noch immer schlecht. Das Gesicht hat Farbe; das Leiden sitzt im Bauch. Er muß immer gut warm haben; was wir noch besitzen, geht für Kohle drauf.«

Pierron sah in der Tat fett und gesund aus und hatte eine blühende Gesichtsfarbe. Vergebens schnaufte er, um sich krank zu stellen. Als die Maheu eintrat, verspürte sie den starken Geruch von Kaninchenbraten. Sicher hatte man die Schüssel beseitigt. Auf dem Tisch lagen Brotkrumen; in der Mitte stand eine Flasche Wein, die man vergessen hatte.

»Die Mutter ist nach Montsou gegangen, um ein Brot zu verschaffen«, setzte die Pierron hinzu. »Wir können ihre Rückkehr kaum mehr erwarten.«

Doch sie unterbrach sich. Sie war den Blicken der Nachbarin gefolgt und bemerkte nun gleichfalls die Flasche. Sie faßte sich sogleich und erzählte eine Geschichte. Ja, das ist Wein; die Besitzer der Piolaine haben die Flasche für ihren Mann gebracht, dem der Arzt Rotwein verordnet hat. Und sie erschöpfte sich in Danksagungen. Es sind so liebe Leute! Besonders das Fräulein; gar nicht stolz, sucht sie die Häuser der Arbeiter auf, um Almosen zu verteilen.

»Ich weiß, ich kenne sie«, sagte die Maheu.

Ihr Herz zog sich zusammen, wenn sie daran dachte, daß das Gute immer zu denjenigen komme, die es weniger benötigten. Das war immer so. Die Besitzer der Piolaine würden Wasser in den Fluß getragen haben. Wie war es möglich, daß sie sie nicht im Dorf gesehen hatte? Vielleicht hätte sie doch etwas von ihnen erhalten.

»Ich bin gekommen«, gestand sie endlich, »um zu sehen, ob es bei euch nicht noch etwas mehr zu essen gibt als bei uns. Hast du nicht vielleicht Nudeln vorrätig, um mir etwas zu leihen?«

Die Pierron tat sehr verzweifelt.

»Nichts, meine Teure, nicht das kleinste Fädchen ... Daß die Mutter nicht kommt, beweist, daß sie nichts erhalten hat. Wir werden ohne Nachtessen schlafen gehen.«

In diesem Augenblick hörte man ein Weinen, das aus dem Keller kam. Die Pierron geriet in Zorn und pochte mit der Faust an die Kellertür. Sie habe diese Straßenläuferin Lydie da einsperren müssen, erzählte sie, um sie dafür zu strafen, daß sie erst um fünf Uhr heimgekommen sei, nachdem sie den ganzen Tag herumgestrichen wäre. Sie sei nicht mehr zu bändigen; sie verschwinde jeden Augenblick.

Die Maheu stand da und konnte sich nicht entschließen wegzugehen. Bei dem großen Feuer empfand sie ein schmerzliches Behagen; der Gedanke, daß man hier zu essen hatte, nagte noch mehr an dem leeren Magen. Augenscheinlich hatten sie die Alte weggeschickt und die Kleine eingesperrt, um ungestört ihren Kaninchenbraten zu essen. Ach, man konnte sagen, was man wollte, eine Frau, die einen lasterhaften Lebenswandel führte, brachte ihrem Hause immer Glück.

»Gute Nacht!« sagte sie plötzlich.

Draußen hatte die Nacht sich herabgesenkt; der Mond war von Wolken verdeckt und warf nur einen fahlen Schein auf die Erde. Anstatt wieder durch die Gärten zu gehen, nahm Frau Maheu ihren Weg über die Straße. Sie war in trauriger Stimmung und hatte nicht den Mut heimzukehren. Die Haustüren längs der Häuserzeile rochen förmlich nach der Hungersnot und klangen hohl. Was nützte es, da anzuklopfen? Not und Elend überall. Seit Wochen, seit man nichts mehr zu essen hatte, war selbst der Zwiebelgeruch verschwunden, dieser scharfe Geruch, der in der Landschaft schon von weitem das Dorf ankündete. Jetzt gab es nur den Geruch von alten Kellern, die Feuchtigkeit der Löcher, in denen es kein Leben gab. Die unbestimmten Geräusche verstummten, die erstickten Tränen, die verhallenden Flüche, und in der tiefen Stille, die sich immer mehr ausbreitete, hörte man den Schlaf des Hungers kommen, die Vernichtung der Leiber, die unter dem Alpdruck der leeren Bäuche quer auf den Betten lagen.

Als sie bei der Kirche vorüberkam, sah sie einen Schatten rasch dahingleiten. Eine Hoffnung ließ sie die Schritte beschleunigen, denn sie hatte den Pfarrer von Montsou erkannt, den Abbé Joire, der am Sonntag in der Kapelle des Arbeiterdorfes die Messe las. Ohne Zweifel kam er aus der Sakristei, wo er etwas zu ordnen haben mochte. In gebückter Haltung eilte er dahin, mit der Miene eines wohlgenährten, sanften Herrn, der mit aller Welt in Frieden leben will. Wenn er seinen Weg zur Nachtzeit gemacht hatte, so geschah es wohl, um sich nicht mit den Grubenarbeitern zu kompromittieren. Man sagte übrigens, daß er eine Beförderung erhalten habe, und man wollte ihn auch schon mit seinem Nachfolger, einem mageren, glutäugigen Abbé gesehen haben.

»Herr Pfarrer! Herr Pfarrer!« stammelte die Maheu.

Aber er blieb nicht stehen.

»Guten Abend, liebe Frau«, sagte er.

Sie stand jetzt vor ihrem Haus, ihre Beine trugen sie nicht länger und sie trat ein.

Niemand hatte sich von seinem Platz gerührt. Maheu saß noch immer in tiefer Niedergeschlagenheit am Rande des Tisches. Der alte Bonnemort und die Kinder rückten auf ihrer Bank enger zusammen, um weniger zu frieren. Niemand hatte ein Wort gesprochen; die Kerze war so tief herabgebrannt, daß sie bald auch kein Licht mehr haben würden. Als die Tür aufging, wandten die Kinder den Kopf; aber als sie sahen, daß die Mutter nichts mitbrachte, schauten sie wieder zur Erde und schluckten ihre Tränen still hinunter, aus Furcht, gescholten zu werden. Die Maheu sank auf ihrem früheren Platz, neben dem erlöschenden Feuer nieder. Man befragte sie nicht. Die Stille dauerte an. Alle hatten begriffen; es war unnötig, sich noch die Mühe des Sprechens zu machen; und sie warteten nun in mutloser Erwartung auf die letzte Hilfe, die Etienne vielleicht irgendwo auftreiben würde. Die Minuten flossen dahin; schließlich rechneten sie nicht mehr auf ihn.

Als Etienne wieder erschien, brachte er in einem Lappen ein halbes Dutzend kalter, gebratener Kartoffeln.

»Das ist alles, was ich aufgetrieben habe«, sagte er.

Auch bei der Mouquette fehlte das Brot; sie hatte ihm ihr eigenes Essen gewaltsam in den Lappen gewickelt und ihn dabei geküßt.
Die Maheu bot ihm einen Teil an. Aber er lehnte ab; er habe schon gegessen, versicherte er.
Er log; mit verdüsterter Miene betrachtete er die Kinder, die sich auf das Essen stürzten. Auch die Eltern verzichteten, um den Kindern mehr zu lassen. Nur der Alte wollte gierig alles verschlingen; man mußte ihm gewaltsam eine Kartoffel für Alzire fortnehmen.
Etienne erzählte, er habe Neuigkeiten erfahren. Erbittert über die Hartnäckigkeit der Streikenden, spräche die Gesellschaft davon, den kompromittierten Arbeitern die Arbeitsbücher zurückzugeben. Sie wollte entschieden den Krieg. Und ein noch ernsteres Gerücht war in Umlauf. Die Gesellschaft rühmte sich, eine große Anzahl Arbeiter dazu gebracht zu haben, wieder anzufahren. Die Schächte La Victoire und Feutry-Cantel würden schon am nächsten Tage ihre volle Belegschaft erhalten; auch im Madeleine-Schacht und in der Mirou-Zeche würde ein Drittel der Arbeiter anfahren. Die Maheu waren außer sich.
»Herrgott!« schrie der Vater, »wenn es Verräter gibt, so werden wir ihnen die Rechnung machen.«
Und fortgerissen von Zorn und Kummer schrie er:
»Morgen abend Zusammenkunft im Walde! Wenn man uns hindert, uns in der ›Gemütlichkeit‹ zu versammeln, werden wir uns im Walde treffen.«
Dieser Schrei hatte den alten Bonnemort erweckt, der, nachdem er die kalten Kartoffeln hinuntergewürgt hatte, eingeschlummert war. Es war der alte Ruf zur Vereinigung, die Solidarität der Grubenarbeiter von ehemals, wenn sie über den Widerstand gegen die Soldaten des Königs berieten.
»Ja, ja, nach Vandame! Ich bin dabei, wenn man hingeht«, brummte er.
Die Maheu machte eine energische Gebärde.

»Wir alle werden gehen. Es muß ein Ende haben mit der Ungerechtigkeit und den Verrätereien.«
Etienne bestimmte, die Versammlung solle in sämtlichen Arbeiterdörfern für morgen abend angesagt werden. Das Feuer war inzwischen erloschen, wie bei der Levaque, und auch die Kerze ging plötzlich aus. Es war weder Kohle noch Petroleum da; man suchte tastend sein Nachtlager auf, in der großen Kälte, die die Haut zwickte. Die Kleinen weinten.

VI

Jeanlin war geheilt und konnte wieder gehen. Doch waren die Knochen so schlecht zusammengewachsen, daß er auf beiden Beinen hinkte. Man mußte ihn sehen, wie er mit seinem wackligen Entengang dahineilte, ebenso schnell wie früher, mit der Geschicklichkeit eines bösartigen, diebischen Tieres.
Am Abend, bei Anbruch der Dämmerung, stand Jeanlin auf der Straße nach Réquillart auf der Lauer, begleitet von seinen unzertrennlichen Genossen Bébert und Lydie. Auf einem wüsten Feld hatte er sich hinter einem Zaun verborgen, einem kleinen Krämerladen gegenüber, der an der Biegung eines Weges stand. Eine alte, fast blinde Frau hatte hier einige Säcke Linsen und Erbsen, die ganz schwarz von Staub waren, zum Verkauf ausgestellt. Jeanlin schielte mit seinen kleinen Äuglein nach einem alten geräucherten Stockfisch, der, über und über mit Fliegenschmutz bedeckt, vor der Türe hing. Zweimal schon hatte er Bébert ausgeschickt, um den Fisch herunterzuholen; aber jedesmal zeigten sich Leute an der Biegung. Es sei doch ärgerlich, meinte er, daß man in seinen Geschäften dermaßen gestört werde.
Jetzt erschien ein Herr zu Pferd an der Wegbiegung, und die Kinder warfen sich neben dem Zaun platt auf den

Boden, als sie Herrn Hennebeau erkannten. Seit dem Streik konnte man ihn oft auf der Straße sehen, einsam durch die aufrührerischen Dörfer streifend, gelassen sich von den in der Gegend herrschenden Zuständen überzeugend. Und niemals flog ein Stein. Er begegnete nur schweigsamen Leuten, die langsam den Hut zogen. Am häufigsten traf er auf Liebespaare, die, unbekümmert um die Politik, sich in den Winkeln gütlich taten. Im Trab ritt er vorüber, mit erhobenem Kopf, um niemanden zu stören, während sich beim Anblick dieser Lüsternheit im Freien sein Herz von einem unbefriedigten Bedürfnis verkrampfte. Er sah die drei Kinder in einem Haufen beisammen, die Jungen auf dem Mädchen liegend. Selbst die Kinder suchten sich dieses elende Leben zu erheitern! Mit Tränen in den Augen verschwand er, steif im Sattel, den Rock militärisch zugeknöpft.

»Verdammt! Wird das heute kein Ende nehmen?« fluchte Jeanlin ... »Geh, Bébert, zerre den Fisch am Schwanze.«

Doch jetzt kamen wieder zwei Männer, und der Kleine unterdrückte einen Fluch, als er die Stimme seines Bruders Zacharie erkannte, der dem Mouquet erzählte, wie er ein Vierzig-Sous-Stück in einem Rock seines Weibes eingenäht gefunden hatte. Beide lachten vor Vergnügen und schlugen sich gegenseitig auf die Schultern. Mouquet schlug für den nächsten Tag ein großes Kolbenspiel vor. Man wollte um zwei Uhr von Rasseneurs Schenke aufbrechen und nach Montoire bei Marchiennes gehen. Zacharie nahm den Vorschlag an. Man solle sie mit dem Streik in Frieden lassen, sagten sie; da man nichts arbeitete, wollte man sich wenigstens ein Vergnügen gönnen. Und sie bogen um die Ecke, als Etienne, der vom Kanal her kam, sie anhielt, um mit ihnen zu sprechen.

»Wollen denn die Kerle hier übernachten?« sagte Jeanlin außer sich; »es wird schon dunkel, und die Alte wird die Bude zusperren.«

Jetzt kam noch ein Grubenarbeiter aus der Richtung von Réquillart. Etienne entfernte sich mit ihm. Als sie an dem

Zaun vorüberkamen, hörte der Knabe sie von der Versammlung im Walde sprechen. Man hatte die Zusammenkunft auf den nächsten Tag verschieben müssen, aus Furcht, an einem Tage nicht alle Arbeiterdörfer verständigen zu können.

»Die Geschichte wird morgen anfangen«, flüsterte Jeanlin seinen Kameraden zu. »Wir müssen dabeisein. Nachmittags wollen wir uns auf die Strümpfe machen.«

Und als die Straße endlich frei war, schickte er Bébert wieder aus.

»Zerre nur keck am Schwanze! ... Und nimm dich in acht, denn die Alte hat einen Besen.«

Glücklicherweise war es schon finstere Nacht. Bébert machte einen Satz in die Höhe und riß den Fisch herunter. Er rannte davon, seine Beute schwingend wie einen fliegenden Drachen; seine Genossen liefen hinterdrein. Die Krämerin kam erstaunt aus ihrer Bude hervor; sie begriff nicht, was geschehen war, und sah die Davoneilenden nicht, die sich im Dunkel der Nacht verloren.

Diese Taugenichtse wurden nachgerade der Schrecken der ganzen Gegend. Sie hatten nach und nach von dem Lande Besitz ergriffen wie eine wilde Horde. Zuerst hatten sie sich mit dem Werkhof des Voreux-Schachtes begnügt und sich im Kohlenlager herumgewälzt, von wo sie schwarz wie die Neger hervorkamen. Dann spielten sie Verstecken zwischen den Holzstößen, wo sie sich verloren wie in einem Urwald. Dann hatten sie von dem Schutthügel Besitz ergriffen; sie glitten auf dem Hintern die kahlen Stellen hinab, die von den Erdbränden noch heiß waren. Sie schlüpften in das Gestrüpp, das die ehemaligen Gruben überwucherte, blieben da ganze Tage verborgen und gaben sich ruhig ihren Spielen hin. Und sie dehnten ihre Eroberungen immer weiter und weiter aus; prügelten sich blutig zwischen den Ziegelhaufen, rannten in den Feldern herum, wo sie allerlei Pflanzen ohne Brot aßen; sie durchsuchten die Uferböschung des Kanals, um Sumpffische zu fangen, die sie roh verschlangen; sie machten kilometerweite Ausflüge und drangen bis zu dem Wald von Vandame vor, wo sie sich im Frühjahr mit Erdbeeren, im Sommer mit Haselnüssen und Heidelbeeren vollstopften. Bald gehörte ihnen die ganze ungeheure Ebene.

Doch was sie unaufhörlich auf den Straßen zwischen Montsou und Marchiennes herumtrieb, das war ein wachsendes Bedürfnis zu stehlen, dem sie mit den gierigen Augen junger Wölfe nachgingen. Jeanlin blieb der Führer dieser Expeditionen, jagte seine Truppe auf jede Beute los, plünderte die Zwiebelfelder, die Weingärten, die Schaufenster der Kaufläden. Für alle diese Missetaten beschuldigte man in der Gegend die streikenden Grubenarbeiter, und man sprach von einer großen, organisierten Räuberbande. Eines Tages zwang er sogar Lydie, ihre Mutter zu bestehlen; er hatte sich von ihr Bonbons bringen lassen, die Frau Pierron in einem gläsernen Behälter auf einem Fensterbrett aufbewahrte; und die Kleine, die dafür halb totgeprügelt wurde, verriet ihn nicht, dermaßen zitterte sie vor seiner Gewalttätigkeit. Das schlimmste war, daß er bei allen diesen Diebstählen den Löwenanteil für sich behielt. Auch Bébert mußte ihm die Beute abliefern und war froh, wenn der Häuptling ihn nicht ohrfeigte, um alles für sich zu behalten.

Seit einiger Zeit trieb Jeanlin Mißbrauch mit seiner Macht; er prügelte Lydie, wie man sein legitimes Weib prügelt, und nützte die Leichtgläubigkeit Béberts dazu aus, ihn in allerlei unangenehme Abenteuer zu verwikkeln, weil es ihm Spaß machte, den dicken Jungen, der stärker war als er und der ihn mit einem Faustschlag hätte zu Boden strecken können, wie einen Packesel herumzujagen. Er verachtete alle beide, behandelte sie wie seine Sklaven, erzählte ihnen, daß er eine Prinzessin zur Geliebten habe, vor der zu erscheinen sie unwürdig wären. In der Tat geschah es seit acht Tagen schon, daß er an irgendeiner Straßenecke, bei irgendeiner Wegbiegung, gleichviel wo er sich eben befand, befohlen hatte, nach dem Dorf zurückzukehren. Vor allem aber steckte er die Beute ein.

So geschah es auch heute.

»Gib her«, sagte er, seinem Kameraden den geräucherten Fisch entreißend, nachdem alle drei in einer Wegbiegung nahe bei Réquillart stehengeblieben waren.

Bébert protestierte.

»Ich will auch etwas haben«, sagte er; »ich habe ihn doch genommen.«

»Wie, was?« schrie Jeanlin. »Du wirst etwas bekommen, wenn ich es dir gebe; heute gewiß nicht, aber morgen, wenn etwas übrigbleibt.«

Er beschimpfte auch Lydie und stellte die beiden nebeneinander wie Soldaten. Dann stellte er sich hinter sie und schrie sie an:

»Jetzt werdet ihr fünf Minuten so stehenbleiben, ohne euch umzuwenden ... Wenn ihr es wagt, euch umzuwenden, werdet ihr von wilden Tieren gefressen ... Nachher werdet ihr geradewegs nach Hause gehen, und wenn Bébert unterwegs Lydie zu berühren wagt, werde ich es erfahren, und dann gibt es Hiebe.«

Und nun verschwand er im Dunkel mit einer solchen Leichtigkeit, daß man das Geräusch seiner nackten Füße nicht hörte. Die beiden Kinder blieben fünf Minuten unbeweglich stehen, ohne sich umzuwenden, aus Furcht, von unbekannter Hand geohrfeigt zu werden. In ihrem gemeinsamen Schrecken war allmählich eine tiefe Zuneigung zwischen ihnen entstanden. Er dachte immer daran, sie in seine Arme zu schließen, wie er es von den anderen sah; sie hätte wohl eingewilligt, denn es hätte sie zu einer anderen gemacht, wenn sie geherzt worden wäre. Aber keiner von beiden wagte es, dem Anführer ungehorsam zu sein. Obgleich die Nacht stockfinster war, schritten sie nebeneinander her, ohne sich zu umarmen, zärtlich und verzweifelt zugleich, in der Überzeugung, daß der Anführer sie von rückwärts ohrfeigen würde, wenn sie sich zu berühren wagten.

Zur gleichen Stunde war Etienne nach Réquillart gekommen. Am vorhergegangenen Tag hatte die Mouquette ihn flehentlich gebeten wiederzukommen, und er kam wieder, sich schämend, daß er an ihr Geschmack fand, den er sich kaum zu gestehen wagte, an dieser Dirne, die ihn anbetete wie einen Gott. Er kam übrigens mit der Absicht, mit ihr zu brechen. Er wollte ihr erklären, daß sie wegen der Kameraden ihn nicht länger verfolgen solle. Man lebe nicht in so froher Zeit, und es sei unanständig, sich dem Vergnügen hinzugeben, wenn alle Welt Hungers stürbe. Und weil er sie nicht zu Hause fand, beschloß er, auf sie zu warten, und spähte nach den vorüberkommenden Schatten.

Unter dem eingestürzten Schachtturm gähnte der alte Schacht, halb verschüttet. Ein aufrechtstehender Balken, der den Rest eines Daches trug, glich einem Galgen über diesem schwarzen Loch. Aus der geborstenen Vermauerung der Randsteine waren zwei Bäume gewachsen, eine Esche und eine Platane, die aus dem Schlunde der Erde hervorzukommen schienen. Es war ein verlassener, wüster Winkel, der Rand eines Abgrundes, von Gras und Gestrüpp überwuchert, mit alten Hölzern verlegt, mit Schlehen- und Weißdorn-Sträuchern bestanden, wo im Frühjahr die Grasmücken ihre Nester bauten. Um die Kosten der Instandhaltung zu ersparen, trug sich die Gesellschaft seit zehn Jahren mit der Absicht, die aufgelassene Grube verschütten zu lassen. Sie wartete nur noch, bis sie im Voreux-Schacht einen Ventilator installiert haben würde; denn das Gebläse der beiden miteinander verbundenen Schächte lag am Fuße des Réquillart-Werkes, dessen ehemaliger Förderschacht als Kamin diente. Man hatte sich begnügt, die Verzimmerung mit Querbalken zu stützen, die den Eingang verrammelten; die oberen Gänge wurden sich selbst überlassen und man überwachte nur den Tiefschacht, wo das Höllenfeuer eines mächtigen Kohlenbrandes wütete, mit einem so gewaltigen Zug, daß man das Brausen in der benachbarten

Grube hörte. Aus Vorsicht, damit man hinauf- und herabsteigen könne, hatte man die Weisung erteilt, den Leiterschacht instand zu halten. Aber niemand kümmerte sich darum; die Leitern verfaulten in der Feuchtigkeit, ganze Absätze waren eingestürzt. Ein großer Brombeerstrauch verlegte oben den Zugang, und da die erste Leiter einige Sprossen verloren hatte, mußte man sich, um sie zu erreichen, an die Wurzel der Eberesche klammern und sich auf gut Glück in den finsteren Schlund hinabfallen lassen.

Hinter einem Busch verborgen, wartete Etienne geduldig, als er zwischen den Zweigen ein anhaltendes Rascheln vernahm. Er glaubte, es sei die scheue Flucht einer Natter. Doch zu seinem Erstaunen sah er ein Zündholz aufflammen, und maßlos war seine Verblüffung, als er Jeanlin erkannte, der eine Kerze anzündete und alsbald unter der Erde verschwand. Von lebhafter Neugierde ergriffen, näherte sich Etienne dem Loch. Das Kind war verschwunden, ein schwacher Lichtschein kam vom zweiten Leiternabsatz herauf. Er zögerte einen Augenblick; dann ließ er sich hinabrollen, an den Wurzeln sich festhaltend; ihm war, als würde er die Tiefe von fünfhundertvierundzwanzig Meter hinabspringen; doch fühlte er endlich eine Leitersprosse unter den Füßen. Und er stieg leise hinab. Jeanlin mußte nichts gehört haben. Etienne sah unter sich das Licht immer tiefer verschwinden, während der Schatten des Kleinen, unheimlich und groß, sich tanzend fortbewegte, dem Wackeln seiner kranken Beine folgend. Er hüpfte mit der Behendigkeit eines Affen, hielt sich mit den Händen, mit den Füßen, mit dem Kinn fest, wenn die Leitersprossen fehlten. Die sieben Meter langen Leitern folgten aufeinander, die einen noch stark, die anderen, schwankend und krachend, drohten zu zerbrechen. Die schmalen Absätze waren grün, von Fäulnis überzogen, daß man wie auf Moos ging; und je tiefer er hinabstieg, um so drückender wurde die Hitze. Es war eine wahre Backofenglut, die aus dem Abzugsschacht kam, wo es glücklicherweise seit dem Streik ruhig war; denn in der Arbeitszeit, wenn der Herd täglich fünftausend Kilogramm Kohle verschlang, hätte man hier keinen Schritt gehen können, ohne daß einem das Haar am Leibe versengt worden wäre.

»Welch eine verdammte Hitze!« fluchte Etienne, dem der Atem ausblieb. »Wo zum Teufel geht er hin?«

Zweimal war er in Gefahr abzustürzen. Seine Füße glitten auf dem feuchten Holz aus. Wenn er wenigstens eine Kerze gehabt hätte wie der Junge; aber er stieß jeden Augenblick an; er war nur von dem fahlen Lichtschein begleitet, der unter ihm forteilte. Es war wohl schon die zwanzigste Leiter, und der Abstieg dauerte noch fort. Nun begann er sie zu zählen; einundzwanzig, zweiundzwanzig, dreiundzwanzig. Und es ging noch immer tiefer hinab. In der erstickenden Hitze summte ihm der Kopf; er glaubte in einen Glutofen hinabzusinken. Endlich gelangte er zu einem Stollen, wo er Jeanlin mit seinem Licht in einem Seitengang verschwinden sah. Dreißig Leitern: Das machte ungefähr zweihundertzehn Meter.

Wird er mich noch lange herumführen? dachte er. Sicherlich versteckt er sich im Stall.

Doch der Gang, der zum Stall führte, war auf der linken Seite durch einen Einsturz verlegt. Die Reise begann von neuem und war jetzt noch schwieriger und gefährlicher als zuvor. Fledermäuse flogen scheu durch die Gänge oder klebten an dem Gewölbe. Er mußte eilen, um das Licht nicht aus den Augen zu verlieren; er betrat also den gleichen Stollen. Doch wo das Kind leicht, mit der Geschmeidigkeit einer Schlange, hindurchkam, rieb er sich die Haut von den Gliedern. Dieser Stollen verengte sich, wie alle alten Gänge, mit jedem Tage mehr unter dem ständigen Druck des Erdreiches. An manchen Stellen gab es nur noch einen Schlauch, der auch bald verschwinden mußte. Bei der Verengung barsten die Hölzer, und Etienne war bei jedem Schritt in Gefahr, aufgespießt zu werden. Mit großer Vorsicht drang er vor, auf den Knien oder auf dem Bauch, immer die tastenden Hände voraus. Plötzlich fühlte er eine Schar Ratten über seinen Körper laufen.

»Donnerwetter! Sind wir endlich da?« brummte er erschöpft und atemlos.

Man war am Ziel angelangt. In einer Entfernung von einem Kilometer erweiterte sich der Schlauch, und man gelangte in einen Abschnitt, wo der Gang gut erhalten war. Es war der hintere Teil des ehemaligen Abfuhrstollens, der, quer in das Gestein gehauen, einer großen, natürlichen Grotte glich. Doch Etienne mußte jetzt haltmachen; er sah aus der Ferne, wie der Junge seine Kerze zwischen zwei Steinen niederstellte und es sich bequem machte, ruhig und erleichtert, wie ein Mensch, der froh ist, zu Hause zu sein. Eine vollständige Einrichtung verwandelte diesen Winkel des Stollens in eine bequeme Behausung. In einem Winkel lag auf der Erde ein Haufen Heu, das ein weiches Lager bildete, aus alten Hölzern war eine Art Tisch zurecht gemacht; darauf lagen Brot, Äpfel und mehrere angebrochene Schnapsflaschen. Es war eine wahre Räuberhöhle, voll mit Beute, die seit Wochen aufgehäuft worden war, darunter sogar unnütze Beute, wie Seife und Stiefelwichse, Dinge, die nur um des Diebstahls willen gestohlen worden waren. Und der Junge, allein mit seiner Beute, genoß sie als egoistischer Räuber.

»Sag einmal, du hältst die Welt zum besten?« rief Etienne, nachdem er einen Augenblick verschnauft hatte. »Du gehst da herunter, um zu schwelgen, während wir oben vor Hunger krepieren?«

Jeanlin zitterte am ganzen Leib und glaubte versinken zu müssen. Doch als er den jungen Mann erkannte, beruhigte er sich bald.

»Willst du mit mir essen?« sagte er schließlich. »Ein Stück gebratenen Schellfisch ... Du sollst gleich sehen.«

Er hatte seinen Fisch nicht aus der Hand gelegt und begann den Fliegenschmutz davon abzukratzen mit Hilfe eines schönen, neuen Messers, eines jener kleinen Dolchmesser mit einem beinernen Griff, auf denen irgendein Losungswort eingelegt ist. Auf diesem war das Wort ›Liebe‹ zu lesen.

»Du hast da ein schönes Messer«, bemerkte Etienne.

»Es ist ein Geschenk von Lydie«, erwiderte Jeanlin, der sich hütete hinzuzufügen, daß Lydie es auf sein Geheiß einem fahrenden Krämer in Montsou gestohlen hatte. Dann, während er fortfuhr, den Fisch abzukratzen, fügte er in stolzem Ton hinzu:

»Man ist bei mir gut aufgehoben, nicht wahr? ... Es ist ein wenig wärmer als da oben, und es riecht viel besser.«

Etienne hatte sich gesetzt und hörte ihm neugierig zu. Sein Zorn war geschwunden; ein Interesse erfaßte ihn für dieses verkommene Kind, das in seinen Lastern so tapfer und so findig war. Und in der Tat fühlte er sich wohl in der Tiefe dieser Höhle; die Hitze war nicht mehr so stark; eine gleichmäßige Temperatur, eine Badewärme herrschte hier zu allen Jahreszeiten, während jetzt oben der Dezemberfrost die Haut der Armen wundriß. Wenn die Stollen alt wurden, reinigten sie sich von den schädlichen Gasen; die schlagenden Wetter waren fort, man verspürte nur noch den Geruch der alten, ausgegorenen Hölzer, einen eigenartigen Äthergeruch, verschärft durch einen Stich von Gewürznelke. Diese Hölzer boten jetzt übrigens einen reizvollen Anblick; sie hatten die blaßgelbe Farbe des Marmors, waren ausgezackt, wie mit weißen Spitzen besetzt, schneeiger, flockiger Pflanzenwuchs schien sie mit einem Besatz von Seide und Perlen zu bekleiden. Andere wieder starrten von Pilzen. Weiße Falter, Fliegen und Spinnen flogen umher, eine farblose Tierwelt, die niemals die Sonne gesehen.

»Hast du denn keine Angst?« fragte Etienne.

Jeanlin blickte ihn erstaunt an.

»Angst? Wovor? Ich bin doch allein.«

Endlich war der Schellfisch abgekratzt. Jeanlin zündete

ein kleines Holzfeuer an, breitete die Glut aus und ließ den Fisch braten. Dann schnitt er ein Brot in zwei Teile. Es war ein furchtbar gesalzenes Essen, aber für gute Mägen köstlich.
Etienne hatte einen Teil angenommen.
»Es wundert mich nicht mehr, daß du fett wirst, während wir abmagern«, sagte er. »Es ist doch unanständig von dir, dich so zu mästen, ohne an die anderen zu denken.«
»Schau! Warum sind die anderen so dumm?«
»Übrigens hast du ganz recht, dich zu verbergen; denn wenn dein Vater erführe, daß du stiehlst, würde er dir das Fell über die Ohren ziehen.«
»Und die Spießbürger bestehlen uns etwa nicht? Du sagst es doch selbst immer. Dieses Brot, das ich bei Maigrat stahl, ist sicherlich ein Brot, das er uns schuldete.«
Der junge Mann sagte nichts; er hatte den Mund voll und war verlegen. Er betrachtete den Jungen mit seinem breiten Maul, seinen grünen Augen, seinen großen Ohren, in der Entartung einer Mißgeburt mit trübem Verstand und der Verschlagenheit eines Wilden, der allmählich wieder vertiert. Die Zeche, die ihn hervorgebracht hatte, machte ihm auch den Garaus, indem sie ihm die Beine zerschlug.
»Und führst du auch Lydie manchmal hierher?« fragte Etienne weiter.
»Die Kleine? Fällt mir nicht ein!« erwiderte Jeanlin mit verächtlichem Lachen. »Die Weiber sind geschwätzig.«
Und er lachte wieder, in unermeßlicher Verachtung gegen Lydie und Bébert. Niemals habe man so alberne Kinder gesehen, meinte er. Wenn er sich erinnerte, wie sie alle seine Lügen ruhig hinnahmen und mit leeren Händen ihrer Wege gingen, während er hier sich mit gebratenem Fisch gütlich tat, mußte er sich vor Lachen die Seiten halten. Er schloß seine Betrachtungen, indem er mit dem Ernste eines kleinen Philosophen bemerkte:
»Es ist besser, allein zu sein; da verträgt man sich immer.«

Etienne hatte sein Brot verzehrt und trank einen Schluck Wacholderbranntwein. Einen Augenblick hatte er sich gefragt, ob es nicht Jeanlins Gastfreundschaft mit Undank lohnen hieße, wenn er den Jungen beim Ohr ans Tageslicht führen und ihm das fernere Stehlen verbieten würde unter der Drohung, seinem Vater alles zu sagen. Doch indem er diesen verborgenen Schlupfwinkel betrachtete, kam er auf einen Einfall: Wer weiß, ob er ihn nicht für seine Kameraden oder für sich selbst brauchen würde, wenn die Dinge da oben eine schlimme Wendung nehmen würden? Er ließ daher den Knaben schwören, nicht mehr über Nacht auszubleiben, wie es manchmal geschah, wenn er zu lange auf seinem Heulager verweilte. Dann nahm er ein Kerzenstümpfchen und ging voraus, während der andere sein Hauswesen in Ordnung brachte.

Die Mouquette erwartete ihn in verzweifelter Stimmung, trotz der Kälte auf einem Balken sitzend. Als sie ihn erblickte, warf sie sich ihm an den Hals; und ihr war, als hätte er ihr ein Messer ins Herz gestoßen, als er ihr seinen Entschluß mitteilte, sie nicht mehr aufzusuchen. Mein Gott, warum denn? Liebte sie ihn nicht genug? Und weil er fürchtete, daß er der Versuchung, bei ihr einzutreten, nachgeben könnte, zog er sie auf die Straße und erklärte ihr in schonender Weise, daß sie ihn in den Augen der Kameraden kompromittiere, daß sie der Sache der Politik schade. Sie war darüber erstaunt. Wie konnte das der Politik schaden? Sie kam schließlich auf den Gedanken, daß er sich vielleicht ihrer schämte; sie war übrigens davon nicht verletzt, fand es vielmehr natürlich; und sie machte ihm den Vorschlag, daß er sie vor den Leuten ohrfeige, damit es den Anschein hätte, als würden sie miteinander brechen. Aber er sollte sie doch von Zeit zu Zeit besuchen, und wäre es auch nur für wenige Augenblicke. Außer sich flehte sie ihn an; sie schwor, sich zu verbergen, ihn nur fünf Minuten bei sich zurückzuhalten. Obgleich sehr gerührt von ihren Bitten, weigerte er sich dennoch. Es müsse sein, sagte er. Doch als er sie verließ, willigte er ein, sie noch einmal zu küssen. Schritt für Schritt waren sie bei den ersten Häusern von Montsou angelangt, und sie lagen im vollen Mondlicht einander in den Armen, als ein Weib an ihnen vorüberging, plötzlich in die Höhe fahrend, als wäre sie über einen Stein gestrauchelt.

»Wer ist das?« fragte Etienne unruhig.

»Es ist Catherine«, sagte die Mouquette. »Sie kommt von der Jean-Bart-Grube nach Hause.«

Das Weib ging jetzt gesenkten Hauptes, mit müden, schlotternden Schritten weiter. Und der junge Mann blickte ihr nach, verzweifelt darüber, daß sie ihn gesehen hatte, von unerklärlichen Gewissensbissen gepeinigt. Lebte sie nicht mit einem Manne? Hatte sie ihm nicht das gleiche Leid verursacht, hier auf dem Weg nach Réquillart, als sie sich jenem Manne hingab? Aber trotz alldem kränkte es ihn, ihr Gleiches mit Gleichem vergolten zu haben.

»Du magst mich nicht, weil du eine andere liebst«, sagte die Mouquette, als sie schieden.

Am folgenden Tage herrschte prächtiges Wetter; es war ein klarer Frosthimmel, einer jener schönen Wintertage, an denen die hartgefrorene Erde unter den Schritten klingt wie Kristall. Jeanlin hatte sich um ein Uhr entfernt; aber er mußte Bébert hinter der Kirche erwarten, und sie mußten ohne Lydie aufbrechen, die ihre Mutter wieder im Keller eingesperrt hatte. Man hatte sie soeben herausgelassen und ihr einen Korb auf den Arm gehängt mit dem Bedeuten, daß sie ihn mit Löwenzahn gefüllt heimbringen müsse, wenn sie nicht wieder eine ganze Nacht mit den Ratten eingesperrt werden wolle. Von Angst erfüllt, wollte sie sogleich fort, um den Salat zu sammeln. Doch Jeanlin brachte sie davon ab; man werde später sehen, meinte er. Auf Pologne, das dicke Kaninchen des Rasseneur, hatte er es schon lange abgesehen. Eben als er an dem ›Wohlfeilen Schoppen‹ vorüberkam,

lief das Kaninchen auf die Straße. Mit einem Satz hatte er es bei den Ohren gefaßt, und sogleich schob er es in den Korb der Kleinen. Dann rannten alle drei davon. Es wird ein schöner Spaß sein, das Tier wie einen Hund bis zum Wald zu jagen.
Doch sie blieben stehen, um Zacharie und Mouquet zuzusehen, die, nachdem sie mit zwei anderen Kameraden einen Schoppen getrunken hatten, ihr großes Kolbenspiel begannen. Der Einsatz, eine neue Mütze und ein rotes Halstuch, war bei Rasseneur hinterlegt worden. Der erste Gang, vom Voreux-Schacht bis zum Pachthof Paillot, eine Strecke von nahezu drei Kilometern, wurde unter den vier Spielern versteigert. Zacharie erstand ihn; er wettete sieben Schläge, während Mouquet acht verlangte. Man setzte die Kugel, ein eiförmiges Stück Buchsholz, mit der Spitze nach oben auf das Pflaster. Alle hielten ihre ›Kolben‹ bereit, Schläger mit schiefgestellter Metallscheibe und einem langen, mit einer Schnur fest umwickelten Stiel. Um zwei Uhr begann das Spiel. Zacharie zeigte sich sehr stark. Mit seinem ersten Zug, der aus drei Schlägen bestand, schleuderte er die Kugel mehr als vierhundert Meter weit über die Rübenfelder; denn es war verboten, in den Dörfern und auf den Straßen, wo es Leute gab, dieses gefährliche Spiel zu spielen. Mouquet, der ebenfalls kräftige Arme hatte, schleuderte den Ball mit einem einzigen Hieb hundertfünfzig Meter zurück. Und das Spiel dauerte fort; das eine Lager trieb den Ball vorwärts, das andere Lager trieb ihn zurück, immer im Laufschritt über die zu Stein gefrorenen Felder.
Jeanlin, Bébert und Lydie waren eine Weile hinter den Spielern einhergelaufen, entzückt von den prächtigen Schlägen. Dann erinnerten sie sich an das Kaninchen, das sie im Korb schüttelten. Sie ließen das Spiel im Stich und holten das Kaninchen hervor, um zu sehen, ob es schnell laufen könne. Es rannte davon, die Kinder hinterdrein. Es war eine Hetze, die eine volle Stunde dauerte;

das Tier wurde gejagt, durch Zurufe erschreckt, und man versuchte es abzufangen, was hundertmal mißlang. Wäre Pologne nicht trächtig gewesen, hätten sie es .nicht eingeholt.

Als sie stillstanden, um ein wenig zu verschnaufen, hörten sie lautes Fluchen. Sie schauten sich um und sahen, daß sie wieder ins Ballspiel geraten waren. Zacharie hatte die Kugel knapp am Kopfe seines Bruders vorbeigeschleudert. Die Spieler waren schon beim vierten Gang. Vom Pachthof Paillot waren sie nach Quatre Chemins gekommen; von dort nach Montoire, und jetzt ging's in sechs Schlägen bis zur Kuhwiese. Dies machte zweieinhalb Meilen in einer Stunde; sie hatten noch einige Schoppen getrunken in Vincents Weinstube und im Ausschank ›Zu den drei Weisen‹. Mouquet war am Spiel; er hatte noch zwei Schläge, sein Sieg war entschieden, als Zacharie mit solcher Geschicklichkeit den Ball zurückschleuderte, daß dieser in einen tiefen Graben rollte. Mouquets Partner konnte ihn nicht hervorholen. Alle vier schrien, regten sich auf; sie standen gleich, das Spiel mußte von vorne beginnen. Von der Kuhwiese bis zum roten Anger waren es kaum zwei Kilometer; diese wollten sie in fünf Schlägen zurücklegen; dort würde man sich dann bei Lerenard ausruhen.

Doch Jeanlin hatte einen Einfall. Als die Spieler weitergezogen waren, holte er eine Schnur aus der Tasche und band sie an die linke Hinterpfote des Kaninchens. Und dies gab viel Spaß; das Tier lief schwerfällig vor den drei Rangen einher, mit einem so erbärmlichen Hinken, daß die Peiniger sich vor Lachen die Seiten hielten. Dann legten sie ihm die Schnur um den Hals, damit es so laufe; und als das Tier müde wurde, zogen sie es auf dem Bauch, auf dem Rücken, wie einen kleinen Karren. Dies währte schon über eine Stunde, und das arme Tier keuchte zum Erbarmen, als sie es hastig wieder in den Korb schoben, weil sie nahe beim Wald von Cruchot wieder unter die Ballspieler gerieten.

Zacharie, Mouquet und die zwei anderen durchmaßen jetzt die Kilometer in toller Eile, sich nur so viel Ruhe gönnend, als nötig war, um unterwegs in den Schenken, die sie sich als Ziel setzten, ihre Schoppen zu trinken. Vom roten Anger waren sie nach Buchy gekommen, dann nach Croix-de-Pierre, dann nach Chamblay. Die Erde erklang unter dem tollen Lauf ihrer Füße, wie sie den Ball jagten, der von dem hartgefrorenen Boden immer wieder in die Höhe sprang. Das Wetter war sehr günstig; ein Versinken im Sumpfboden war jetzt nicht zu fürchten; sie riskierten höchstens, die Beine zu brechen. Die Kolbenschläge klangen laut wie Flintenschüsse durch die trockene Luft. Die muskulösen Hände umklammerten fest die umwickelten Schläger; der ganze Körper holte aus, als gälte es, einen Ochsen umzulegen. Und das währte stundenlang, von einem Ende der Ebene bis zum anderen, über Gräben, Hecken, Straßenböschungen, Gartenzäune hinweg. Man mußte für dieses Spiel gesunde Lungen im Leibe und eisenfeste Knie haben. Die Häuer spielten es leidenschaftlich, um sich nach der Grubenarbeit die Glieder gelenkiger zu machen. Unter den Fünfundzwanzigjährigen gab es welche, die zehn Meilen schafften. Mit vierzig Jahren gab man das Ballspiel auf, man war zu schwerfällig geworden.

Es schlug fünf Uhr; der Abend dämmerte. Es galt noch ein Spiel bis zum Wald von Vandame. Dieses sollte entscheiden, wer die Mütze und das Halstuch gewinnen würde. Zacharie scherzte mit spöttischer Gleichgültigkeit über die Politik; es werde spaßig sein, meinte er, mit dem Spiel mitten unter die im Wald versammelten Kameraden zu geraten. Jeanlin tat, als wollte er sich nur im Freien herumtreiben; doch hatte er seit seinem Aufbruch vom Dorf den Wald als Ziel in Aussicht genommen. Er drohte Lydie mit Schlägen, als diese, von Furcht und Gewissensbissen ergriffen, davon sprach, nach dem Voreux zurückzukehren, um Löwenzahn zu sammeln: Sollten sie etwa die Versammlung versäumen? Er für sein Teil wollte hören, was die Alten reden würden. Er drängte auch Bébert vorwärts und schlug vor, sie sollten sich den kurzen Weg bis zum Wald damit vertreiben, Pologne loszumachen und mit Steinwürfen zu verfolgen. Seine Absicht war, das Tier zu töten. Ihn erfaßte die Gier, es fortzutragen und in seiner Höhle in Réquillart zu verzehren. Das Kaninchen begann mit hängenden Ohren wieder zu laufen; ein Steinwurf schlug ihm am Rücken eine Wunde, ein zweiter Steinwurf riß ihm den Schwanz weg; und trotz der zunehmenden Dunkelheit wäre das Tier schließlich getötet worden, wenn die Rangen nicht Etienne und Maheu, die mitten in einer Lichtung standen, erblickt hätten. Sie stürzten sich mit wilder Hast auf das Tier und schoben es wieder in den Korb. Fast in derselben Minute führten Zacharie, Mouquet und die zwei anderen ihren letzten Kolbenhieb und schleuderten die Kugel in den Wald, wo sie wenige Meter vor der Lichtung niederfiel. Alle waren beim Orte des Treffpunktes angelangt.

Seit Anbruch der Dämmerung gab es in der ganzen Gegend, auf den Straßen, auf den Wegen der kahlen Ebene ein langes Wandern, ein Dahinströmen stiller Schatten, die einzeln und in Gruppen dem violett dunkelnden Wald zustrebten. Jedes Dorf leerte sich; selbst die Frauen und Kinder gingen dahin, als gälte es, einen Spaziergang unter dem weiten, klaren Himmel zu machen. Es war jetzt dunkel auf den Wegen; man sah nicht mehr die sich fortbewegende Masse, die nach dem gleichen Ziel dahinglitt; man fühlte sie, wie sie verworren, von demselben Streben getrieben, marschierte. Es gab zwischen den Hecken und Büschen nur ein leichtes Rascheln, ein undeutliches Geräusch von Stimmen der Nacht.

Herr Hennebeau, der eben zu dieser Stunde heimwärts ritt, horchte auf, als er diese undeutlichen Geräusche hörte. Er war zahlreichen Paaren begegnet, einer langen Reihe von Spaziergängern, die den schönen Winterabend im Freien zubringen wollten. Es waren wieder Verliebte, die Mund auf Mund dahinwandelten, um hinter den Mauern ihrem Vergnügen zu frönen. Es waren die gewöhnlichen Begegnungen, Mädchen, die in jedem Graben hingeworfen wurden, Burschen, die sich die einzige Freude, die nichts kostete, vollauf gönnten. Und diese Schwachköpfe, die das einzige Glück, das Glück der Liebe, im Übermaß genießen konnten, beklagten sich noch über das Leben! Gern hätte er gehungert wie sie, wenn er das Leben von vorne hätte beginnen können mit einer Frau, die sich ihm auf den Kieseln am Wegrande hingegeben hätte mit der Vollkraft ihres Herzens und ihrer Lenden. Für sein Unglück gab es keinen Trost; er beneidete diese Elenden. Gesenkten Hauptes kehrte er heim, im verlangsamten Schritt seines Pferdes, verzweifelt über dieses anhaltende Geräusch, das sich in der finstern Landschaft verlor, wo er nichts als Küsse hörte.

VII

Es war auf dem Plan-des-Dames, einer weiten Lichtung, die ein Holzschlag erschlossen hatte. Sie streckte sich in einem sanften Abhang dahin, eingeschlossen von hohem Gehölz, prächtigen Buchen, deren gerade, regelmäßig gewachsene Stämme sie gleich weißen Säulen, mit grünen Flechten bedeckt, umgaben. Am Boden lagen gefällte Baumriesen im Grase, während links Scheitholz in geometrischen Blöcken aufgeschichtet stand. Mit zunehmender Dunkelheit wurde die Kälte schneidender; das gefrorene Moos krachte unter den Schritten. Schwarze Nacht lagerte auf der Erde; die hohen Äste hoben sich scharf von dem bleichen Nachthimmel ab, an dem der Vollmond heraufzog, um die Sterne zu verdunkeln.

Nahezu dreitausend Bergleute hatten dem Ruf Folge geleistet. Es war eine wimmelnde Masse, Männer, Weiber,

Kinder, die allmählich die Lichtung füllten und weithin unter den Bäumen standen; und es kamen noch immer Nachzügler, die Flut von Köpfen breitete sich, in Schatten getaucht, bis zu den benachbarten Schlägen aus. Aus dieser Flut, inmitten des unbeweglichen, winterstarren Frostes, stieg ein Grollen auf, das einem Sturmwind glich.

Auf der Höhe, den Abhang beherrschend, stand Etienne mit Maheu und Rasseneur. Ein Streit war zwischen ihnen entstanden, man hörte ihre Stimmen in heftigen Ausbrüchen. Neben ihnen standen einige Männer und hörten zu; Levaque, mit geballten Fäusten, Pierron, den übrigen den Rücken kehrend und sehr beunruhigt, weil er nicht noch länger ein Fieber vorgeschützt hatte; dann der Vater Bonnemort und der alte Mouque, die auf einem Baumstumpf tief nachdenklich beisammensaßen. Weiter hinten die Spötter, Zacharie, Mouquet und noch andere, die nur gekommen waren, um ihren Spaß zu haben. Frauen standen in Gruppen beisammen, ernst und gesammelt wie in der Kirche. Frau Maheu nickte stumm zu den Flüchen der Levaque. Philomène hustete; seit Beginn des Winters quälte sie wieder eine Bronchitis. Nur die Mouquette lachte aus vollem Halse, erheitert durch die Art und Weise, wie Mutter Brulé ihre Tochter beschimpfte, eine Entartete, die sie aus dem Haus schickte, um sich inzwischen an Kaninchenbraten gütlich zu tun, eine Krämerseele, die durch die Feigheit ihres Mannes fett geworden sei. Jeanlin hatte auf dem Holzstoß Aufstellung genommen, hatte Lydie heraufgezogen und Bébert genötigt, ihnen zu folgen. Und nun standen alle drei oben, höher als die anderen.

Den Streit hatte Rasseneur angefangen, indem er forderte, daß ein Vorsitz gewählt werde, wie es bei Versammlungen üblich sei. Er hatte die Niederlage noch nicht verwunden, die er in der Versammlung in der ›Gemütlichkeit‹ erlitten hatte; er hatte geschworen, Rache zu nehmen, denn er schmeichelte sich, seine frühere Autorität wiederzugewinnen, wenn er sich nicht mehr den Delegierten, sondern dem Volk der Bergleute gegenüber befinden würde. Etienne war entrüstet; er hatte es unsinnig gefunden, daß man im Wald einen Vorsitz wählen sollte. Da man sie wie Wölfe hetzte, mußten sie als Revolutionäre, als Wilde handeln.

Als er sah, daß der Streit kein Ende nehmen wollte, bemächtigte er sich mit einem Schlage der Menge. Er stieg auf einen Baumstumpf und rief:

»Kameraden! Kameraden!«

Der verworrene Lärm der Menge verlor sich in einem langen Seufzer, während Maheu den Widerspruch Rasseneurs dämpfte. Etienne fuhr mit lauter Stimme fort:

»Kameraden! Da man uns verbietet zu sprechen, da man Gendarmen gegen uns ausschickt, als ob wir Räuber wären, müssen wir uns hier verständigen. Hier sind wir frei, hier sind wir zu Hause; niemand wird uns hier Schweigen gebieten, so wenig wie den Vögeln und Tieren.«

Ein Sturm von Schreien und Ausrufen war der Widerhall dieser Worte.

»Ja, ja, der Wald gehört uns; man hat doch wohl das Recht, hier zu reden. Sprich!«

Etienne stand einen Augenblick unbeweglich auf dem Baumstumpf. Der Mond stand noch zu tief am Horizont und beleuchtete nur die Baumkronen. Die Menge blieb in Dunkel getaucht und wurde allmählich wieder still. Etienne, der, die andern überragend, auf der Höhe des Abhanges stand, glich einem dunklen Stamm.

Langsam hob er einen Arm und begann zu sprechen; aber seine Stimme grollte nicht mehr. Er hatte den kühlen Ton eines Abgesandten des Volkes angenommen, der seinen Rechenschaftsbericht erstattet. Er brachte schließlich jene Rede an, welche der Polizeikommissar in der Schenke ›Zur Gemütlichkeit‹ ihm abgeschnitten hatte; er gab eine kurze geschichtliche Darstellung des Arbeitsausstandes, wobei er sich einer wissenschaftlichen Beredsamkeit bediente. Tatsachen, nichts als Tatsachen. Er sprach zuerst von seinem Widerstreben gegen den Arbeitsausstand; die Bergleute hatten den Ausstand nicht gewollt; die Gesellschaft mit ihrem neuen Lohntarif für die Verzimmerung habe sie herausgefordert. Er erinnerte an den ersten Schritt, den die Delegierten bei dem Direktor getan hatten; an die Böswilligkeit der Gesellschaft bei jener Gelegenheit und an ihr verspätetes Zugeständnis bei dem zweiten Schritt; die zwei Sous, die sie zurückgab, nachdem sie den Versuch gemacht hatte, sie zu stehlen. Nun war man so weit gekommen; er führte Zahlen an, um die Erschöpfung der Unterstützungskasse darzulegen, gab die Verwendung der gesandten Gelder an, entschuldigte in einigen Phrasen die ›Internationale‹, Pluchart und die anderen, daß sie bei ihren Sorgen, die Welt zu erobern, nicht mehr für sie tun könnten. Die Lage würde von Tag zu Tag schwieriger, die Gesellschaft sandte die Arbeitsbücher zurück und drohte belgische Arbeiter anzuwerben; überdies schüchterte sie die Schwachen ein; sie hatte eine gewisse Anzahl von Bergleuten bewogen anzufahren. Er behielt die eintönige Stimme bei, gleichsam um auf diese schlimmen Nachrichten Nachdruck zu legen; er sprach von dem siegreichen Hunger, von der toten Hoffnung, von dem Kampf, der bei dem letzten Aufflackern des Mutes angelangt sei. Dann schloß er plötzlich, ohne die Stimme zu erheben:

»Unter solchen Umständen, Kameraden, habt ihr heute abend einen Entschluß zu fassen. Wollt ihr den Streik fortsetzen? Und wenn ja, was wollt ihr tun, um die Gesellschaft zu besiegen?«

Tiefe Stille senkte sich von dem gestirnten Himmel herab. Die in der Finsternis der Nacht unsichtbare Menge schwieg unter dem Eindruck dieser Worte, die ihr das Herz schwer machten. Man vernahm nur ihren trostlosen Atem, der durch die Bäume strich.

Doch Etienne hatte mit veränderter Stimme wieder das

Wort ergriffen. Es sprach nicht mehr der Sekretär der Vereinigung, sondern der Anführer, der Apostel, der die Wahrheit verkündete. Würden sich wortbrüchige Feiglinge finden? fragte er. Sollte man vergeblich einen Monat gelitten haben? Sollte man gesenkten Hauptes in die Gruben zurückkehren, und sollte das ewige Elend wieder beginnen? Wäre es nicht besser, sogleich zu sterben und den Versuch zu machen, die Tyrannei des Kapitals zu zerstören, das den Arbeiter zu hungern zwingt? Sich immer wieder dem Hunger beugen bis zu dem Augenblick, wo der Hunger abermals selbst die Ruhigsten zur Empörung treibt, war das nicht ein blödes Spiel, das nicht länger fortdauern könnte? Und er schilderte, wie die Arbeiter ausgebeutet würden, wie sie allein das Ungemach der Krisen, die äußersten Entbehrungen zu ertragen hätten, sobald der Wettbewerb zur Verminderung der Herstellungskosten zwinge. Nein, der Preis der Verzimmerung war nicht annehmbar; es war nur eine versteckte Art der Einsparung, man wollte jedem Mann täglich eine Arbeitsstunde stehlen. Es war zuviel diesmal; die Zeit war gekommen, daß die zum Äußersten getriebenen Armen und Elenden sich endlich Gerechtigkeit verschaffen mußten.

Er stand da mit hoch erhobenem Arm. Bei dem Worte ›Gerechtigkeit‹ ging es wie ein Zittern durch die Menge, und sie brach in Händeklatschen aus, das mit dem Geräusche welker Blätter dahinrollte. Einzelne Stimmen riefen:

»Gerechtigkeit!... Die Zeit der Gerechtigkeit ist gekommen!«

Etienne erhitzte sich allmählich. Er besaß nicht die leicht dahinfließende Beredsamkeit Rasseneurs. Oft fehlten ihm die Worte; er mußte seinen Satz drehen und wenden und half sich mit einem Ruck der Schultern. Doch bei diesen fortwährenden Hemmnissen fand er Bilder von vertrauter Aussagekraft, die die Zuhörerschaft packten, während seine Gebärden eines Arbeiters auf dem Arbeitsplatz, die

eingezogenen und wieder ausgestreckten Arme mit den drohenden Fäusten, die vorspringende, gleichsam zum Beißen bereite Kinnlade gleichfalls eine außerordentliche Wirkung auf die Kameraden ausübten. Alle sagten es; er war nicht groß, aber er wußte sich Gehör zu verschaffen.
»Die Lohnarbeit ist eine neue Form von Sklaverei«, fing er mit noch mehr vibrierender Stimme wieder an. »Die Grube muß dem Bergmann gehören, wie das Meer dem Fischer, die Erde dem Bauern gehört... Hört ihr, die Grube gehört euch, euch allen, die ihr seit einem Jahrhundert sie mit so viel Blut und Elend bezahlt habt!«
Und er ging ganz keck an die Erörterung dunkler Rechtsfragen, einer Reihe von Bergwerks-Sondergesetzen, in denen er sich verlor. Die Erde und das Erdreich gehörten der Nation, nur ein abscheuliches Vorrecht sicherte ihre ausschließliche Nutznießung den Gesellschaften; um so mehr, als sich in Montsou die angebliche Gesetzlichkeit der Konzessionen durch die mit den Eigentümern ehemals geschlossenen Lehensverträge komplizierte, wie es im Hennegau alter Brauch wäre. Das Volk der Bergleute brauchte also nur sein Eigentum wiederzuerlangen; und er zeigte mit dem ausgestreckten Arme das ganze Land jenseits des Waldes. In diesem Augenblick stieg der Mond hinter den Zweigen herauf und warf sein volles Licht auf ihn. Als die noch im Schatten stehende Menge ihn so, von weißem Lichte übergossen erblickte, wie er mit offenen Händen den Reichtum verteilte, brach sie von neuem in anhaltendes Händeklatschen aus.
»Ja, ja, er hat recht; bravo!«
Und nun kam er auf seine Lieblingsfrage. Die Übergabe der Produktionsmittel an das Kollektiv, wie er die Sache in einer Phrase wiederholte, deren Barbarei einen köstlichen Kitzel für ihn hatte. Bei ihm war die Entwicklung jetzt vollständig. Nachdem er von der tiefbewegten Brüderlichkeit der Neubekehrten, von dem Bedürfnis, die Lohnverhältnisse zu reformieren, ausgegangen war, gelangte er jetzt zu dem politischen Gedanken, die Lohn-

arbeit überhaupt abzuschaffen. Seit der Versammlung in der Schenke ›Zur Gemütlichkeit‹ hatte sein noch humanitärer und nicht in eine bestimmte Formel gefaßter Kollektivismus sich zu einem komplizierten Programm versteift, dessen einzelne Artikel er wissenschaftlich erörterte. Vor allem stellte er den Satz auf, die Freiheit könne nur durch die Zerstörung des Staates erlangt werden. Dann, wenn erst das Volk sich der Regierung bemächtigt habe, würden die Reformen beginnen; die Rückkehr zur primitiven Kommune, der Ersatz einer Familie der Moral und Unterdrückung durch eine freie Familie, in der alle gleich seien, eine absolute bürgerliche, politische und wirtschaftliche Gleichheit, gewährleistet durch die individuelle Unabhängigkeit, dank dem Besitz und dem vollen Ertrag der Produktionsmittel; endlich unentgeltlicher Fachunterricht, vom Kollektiv bezahlt. All dies erforderte einen vollständigen Umsturz der alten, verfaulten Gesellschaft; er bekämpfte die Ehe, das Vererbungsrecht; er regelte jedermanns Vermögen; das ungerechte Monument der toten Jahrhunderte stürzte er nieder mit einer weitausholenden Geste seines Armes; es war immer die gleiche Geste, die des Mähers, der die reife Saat abschneidet; mit der anderen Hand richtete er wieder auf; er baute die künftige Menschheit auf, ein Gebäude von Wahrheit und Gerechtigkeit, in der Morgendämmerung des zwanzigsten Jahrhunderts emporwachsend. Bei dieser ungeheuren Anspannung seiner Gedanken geriet der Verstand ins Schwanken, und es blieb nichts als die fixe Idee des Sektierers übrig. Die Skrupel seiner Empfindlichkeit und seiner gesunden Vernunft waren geschwunden; nichts schien ihm leichter als die Verwirklichung dieser neuen Welt; er hatte alles vorausgesehen; er sprach davon, wie von einer Maschine, die er in zwei Stunden aufstellen wollte; weder Blut noch Feuer schreckte ihn ab.

»Wir sind an der Reihe!« Mit diesem letzten Ruf schloß er. »Unser ist die Macht, unser ist der Reichtum!«

Die mächtigen Zurufe aus der Tiefe des Waldes wälzten sich bis zu ihm heran. Der Mond erhellte jetzt die ganze Lichtung, zeichnete in lebhaft bewegten Konturen das Wogen der Köpfe ab, bis in die verschwommenen Fernen der Schläge, zwischen den großen, grauen Stämmen. Und es gab in der eisigen Luft dieser Winternacht wütende Gesichter, leuchtende Augen, offene Mäuler, die ganze Brunst eines Volkes, Männer, Weiber und Kinder ausgehungert und losgelassen zur Plünderung allen Gutes, dessen man sie beraubt hatte. Sie fühlten die Kälte nicht mehr; die flammenden Worte hatten sie bis in die Eingeweide erhitzt. Eine religiöse Verzückung erhob sie über die Erde; es war wie das Hoffnungsfieber der ersten Christen, die der nahen Herrschaft der Gerechtigkeit harrten. Viele dunkle Sätze waren ihrem Verständnis entgangen; sie begriffen nichts von diesen technischen und abstrakten Erörterungen; aber gerade die Unklarheit, die Abstraktion erweiterte noch das Gefilde der Verheißungen, riß sie wie in einer Verblendung fort. Welcher Traum! Sie würden die Herren sein, nicht mehr leiden, endlich genießen!

»Jawohl, er hat recht! Zum Donnerwetter, wir sind an der Reihe! Tod den Ausbeutern!«

Die Weiber gerieten in Verzückung; die Maheu hatte ihre Ruhe verloren und war wie vom Fieber ergriffen; die Levaque heulte, die alte Brulé war außer sich und fuchtelte mit ihren Hexenarmen herum; Philomène war von einem Hustenanfall geschüttelt; die Mouquette war in solcher Aufregung, daß sie dem Redner zärtliche Worte zurief. Unter den Männern hatte der für die Sache völlig gewonnene Maheu einen Zornesruf ausgestoßen; Pierron zitterte, während Levaque zuviel schwätzte; die Spötter, Zacharie und Mouquet, versuchten die Sache ins Spaßige zu ziehen; sie fühlten sich im Grunde unbehaglich und waren erstaunt darüber, daß der Kamerad so lange reden konnte, ohne einen Schluck zu trinken. Jeanlin auf dem Holzstoß machte Lärm, ermunterte Lydie und Bébert und schwang den Korb, in dem das Kaninchen lag.

Die Zurufe der Menge hatten sich erneuert. Etienne genoß den Rausch seiner Popularität. Seine Macht war zur Wirklichkeit geworden; er gebot über dreitausend Männer; ein Wort von ihm genügte, um ihre Herzen höher schlagen zu lassen. Hätte Souvarine die Versammlung mit seiner Anwesenheit gewürdigt, so würde er seinen eigenen Ideen zugestimmt haben, da er sie wiedererkannt haben würde, zufrieden mit den anarchistischen Fortschritten seines Jüngers und befriedigt von dem Programm, mit Ausnahme des auf den Unterricht bezüglichen Artikels, der nur ein Rest von Gefühlsduselei war; denn die heilige und gesunde Unwissenheit sollte das Bad sein, in dem die Männer ihre Kraft stählen würden. Was Rasseneur betraf, so zuckte er verächtlich und wütend mit den Achseln.

»Laß mich reden!« rief er Etienne zu.

Dieser sprang von dem Baumstumpf herunter.

»Sprich; wir wollen sehen, ob sie dich anhören.«

Schon war Rasseneur auf den Baumstumpf gestiegen und forderte mit einer Handbewegung Stille. Allein der Lärm dauerte fort; sein Name machte die Runde in der Menge, von den ersten Reihen, die ihn erkannt hatten, bis zu den letzten, die weit hinten unter den Buchen standen; und man weigerte sich, ihn anzuhören. Es war ein gestürzter Götze, dessen bloßer Anblick seine ehemaligen Getreuen in Wut versetzte. Seine leichte Beredsamkeit, seine einschmeichelnden, gemütlichen Worte, die die Leute so lange Zeit entzückt hatten, wurden jetzt als Lauheit bezeichnet, nur gut, um die Feiglinge einzuschläfern. Vergebens sprach er in dem Lärm; vergebens versuchte er jene Beschwichtigungsrede vorzubringen, die er überall vorbrachte; von der Unmöglichkeit, mit Gesetzen die Welt zu ändern; von der Notwendigkeit, daß die gesellschaftliche Entwicklung sich vollziehe; man verhöhnte ihn, man hieß ihn schweigen; seine Niederlage war schlimmer als in der Schenke ›Zur Gemütlichkeit‹, sie war nicht wieder gutzumachen. Man warf schließlich

Hände voll gefrorenen Mooses nach ihm. Ein Weib rief aus:
»Nieder mit dem Verräter!«
Er erklärte ihnen, daß die Grube nicht den Grubenarbeitern gehören könne wie der Webstuhl dem Weber; er sagte, es sei ihm lieber, wenn der Arbeiter an dem Ertrag beteiligt wäre wie ein Angehöriger des Hauses.
»Nieder mit dem Verräter!« wiederholten tausend Stimmen.
Und es flogen einzelne Steine an seinen Ohren vorbei.
Da erbleichte er, und die Verzweiflung füllte seine Augen mit Tränen. Er sah seine Existenz vernichtet; zwanzig Jahre ehrgeiziger Kameradschaft verschwanden unter der Undankbarkeit der Menge. Im Herzen getroffen und unfähig fortzufahren, stieg er von dem Baumstumpf herunter.
»Dies macht dich lachen«, stammelte er, zu dem triumphierenden Etienne gewandt. »Es ist gut... Ich wünsche, daß es dir ebenso ergeht... Und es wird dir einmal so ergehen, verstehst du?«
Und er streckte den Arm weit nach ihm aus, wie um auf die volle Verantwortlichkeit für alles Unglück hinzudeuten, das er voraussah. Dann entfernte er sich allein durch die stumme und weiße Landschaft.
Jetzt ertönte neues Geschrei, und man war erstaunt, den Vater Bonnemort zu sehen, der den Baumstumpf erstiegen hatte und zu der lärmenden Menge sprach. Bisher hatten Mouque und er geschwiegen, versunken in ihren Erinnerungen an die alten Zeiten. Ohne Zweifel gab er jetzt einem jener plötzlichen Anfälle von Geschwätzigkeit nach, die in ihm zuweilen die Vergangenheit so heftig aufrührten, daß Erinnerungen in ihm aufstiegen und stundenlang von seinen Lippen flossen. Tiefe Stille war eingetreten, und man lauschte dem Greis, der weiß wie ein Gespenst im Mondlicht vor ihnen stand. Als er Dinge erzählte, die ohne unmittelbaren Zusammenhang mit dem Gegenstand der Versammlung waren, lange Ge-

schichten, die niemand verstehen konnte, nahm die Betroffenheit noch zu. Er sprach von seiner Jugend, von seinen zwei Oheimen, die in der Voreux-Grube ihren Tod fanden, dann von der Brustkrankheit, die sein Weib hinweggerafft hatte. Doch hielt er seinen Gedanken fest; es war niemals gutgegangen, und es wird niemals gutgehen. So hatten sich einmal Fünfhundert im Wald versammelt, weil der König die Arbeitsstunden nicht vermindern wollte. Da brach der Alte ab und begann die Geschichte eines andern Streiks. Er hatte so viele gesehen! Die Sache endete immer unter den Bäumen, hier auf dem Plan-des-Dames, weiter im Köhlerwald, oder noch weiter beim Wolfssprung. Einmal fror es, ein andermal war es heiß. Eines Abends hatte es so stark geregnet, daß man heimgekehrt sei, ohne ein Wort gesprochen zu haben. Und es kamen die Soldaten des Königs, und es gab schließlich Flintenschüsse.

»Wir erhoben die Hände so wie jetzt; wir schworen, nicht anzufahren; ich habe geschworen, ja, ich habe geschworen!«

Die Menge horchte erstaunt, von einem Unbehagen ergriffen, als Etienne, der diese Szene verfolgt hatte, auf den Baumstumpf sprang und den Greis an seiner Seite festhielt. Er hatte unter den in der ersten Reihe stehenden Freunden Chaval erkannt. Der Gedanke, daß auch Catherine da sein müsse, hatte ihn von neuem angefeuert, das Bedürfnis in ihm erweckt, in ihrer Gegenwart die Beifallskundgebungen der Menge zu empfangen.

»Kameraden, ihr habt gehört; da ist einer unserer Alten. Ihr habt vernommen, was er gelitten hat und was unsere Kinder leiden werden, wenn wir mit den Dieben und Henkern nicht aufräumen.«

Er wurde furchtbar; niemals hatte er mit solcher Heftigkeit gesprochen. Mit einem Arm hielt er den alten Bonnemort fest wie ein Banner des Elends und der Trauer, das zur Rache aufruft. In hastig hervorgestoßenen Sätzen ging er bis zum ersten Maheu zurück; er schilderte die ganze Familie, wie sie vom Bergwerk abgenützt, von der Gesellschaft aufgezehrt wurde und nach hundertjähriger Arbeit hungriger war denn je; und dieser ausgehungerten Arbeiterfamilie stellte er die von Geld überfließenden Bäuche der Verwaltung gegenüber, die ganze Bande von Aktionären, die gleich Dirnen seit einem Jahrhundert ausgehalten wurden, nichts arbeiteten, sich nur ihres Leibes erfreuten. War das nicht furchtbar? Ein ganzes Volk, vom Vater auf den Sohn, ging in den Gruben zugrunde, um Ministern Trinkgelder zu bezahlen, um ganzen Generationen von großen Herren und Spießbürgern die Mittel zu verschaffen, daß sie Feste geben oder hinter dem Ofen sitzend sich mästen! Er hatte die Krankheiten der Grubenarbeiter studiert und zählte sie alle auf, mit greulichen Einzelheiten: die Blutarmut, die Skrofeln, die schwarze Bronchitis, das erstickende Asthma, den lähmenden Rheumatismus. Man warf die Elenden den Maschinen als Futter hin, man pferchte sie wie das Vieh in die Grubendörfer; die großen Gesellschaften verzehrten sie allmählich, regelten die Sklaverei und drohten alle Arbeiter einer Nation in Regimentern zu formieren, die Arbeitskraft von Millionen, um tausend Faulenzer zu bereichern. Doch der Grubenarbeiter war nicht mehr der Unwissende von ehemals, das im Innern des Erdreiches zermalmte Tier. Eine Armee wuchs aus den Tiefen der Gruben hervor, eine Ernte von Bürgern, deren Saat keimte und einst, an einem sonnenhellen Tage, die Erde bersten lassen würde. Und man würde dann sehen, ob man es wagen würde, nach vierzigjährigem Dienst eine Pension von hundertfünfzig Franken einem sechzigjährigen Greise anzubieten, der Kohle spie und dessen Beine vom Wasser der Kohlenschläge angeschwollen waren. Ja, die Arbeit würde das Kapital zur Rechenschaft ziehen, diesen unpersönlichen, dem Arbeiter unbekannten Gott, der irgendwo, im geheimnisvollen Dunkel seines Tabernakels hockte, von wo er den Hungerleidern, die ihn nährten, das Blut aussog. Man wird ihn aufsuchen, man wird ihm ins

Gesicht schauen beim Licht der Feuersbrünste, man wird es im Blut ersäufen, dieses unflätige Schwein, diesen ungeheuerlichen, mit Menschenfleisch gemästeten Götzen.

Er schwieg, aber sein Arm blieb ins Leere ausgestreckt, wie um den Feind zu zeigen, in weiter Ferne, er wußte nicht wo, von einem Ende der Erde zum andern. Das Geschrei der Menge war jetzt so laut, daß die Bürger von Montsou es hörten und nach der Richtung von Vandame blickten, von Unruhe ergriffen bei dem Gedanken an irgendeinen furchtbaren Einsturz. Nachtvögel flatterten in dem Gehölz auf und flogen unter dem unermeßlichen klaren Himmel dahin.

Etienne wollte jetzt zum Ende kommen.

»Kameraden, was ist euer Beschluß?... Stimmt ihr für die Fortsetzung des Ausstandes?«

»Ja, ja!« heulten die Stimmen.

»Und welche Maßregeln beschließt ihr?... Unsere Niederlage ist sicher, wenn sich morgen Feiglinge finden, die anfahren.«

»Tod den Feiglingen!« erbrauste es mit der Gewalt eines Sturmwindes.

»Ihr beschließt also, sie an die Pflicht, an den geschworenen Eid zu mahnen ... Wir können folgendes tun: an den Gruben erscheinen, die Verräter durch unsere Anwesenheit zurückjagen, der Gesellschaft zeigen, daß wir einig sind und daß wir eher sterben als nachgeben werden.«

»Ja, ja, zu den Gruben! Zu den Gruben!«

Etienne hatte, seitdem er sprach, Catherine mit den Augen gesucht, unter den bleichen Gesichtern, die vor ihm grollten. Sie war nicht da. Doch sah er noch immer Chaval, der die Achseln zuckte, um den Spötter zu spielen, von Eifersucht verzehrt und bereit, für sich etwas von dieser Volkstümlichkeit zu erkaufen.

»Und wenn es Spione unter uns gibt, Kameraden«, fuhr Etienne fort, »dann mögen sie sich in acht nehmen; man kennt sie ... Ja, ich sehe Bergleute aus Vandame, die die Grube nicht verlassen haben ...«

»Sagst du das meinetwegen?« fragte Chaval in herausforderndem Tone.
»Deinetwegen oder eines andern wegen ... Aber da du dich gemeldet hast, sollst du begreifen, daß diejenigen, die essen, nichts bei jenen zu tun haben, die hungern. Du arbeitest im Jean-Bart-Schacht ...«
Eine spöttische Stimme unterbrach den Redner:
»Ach, der arbeitet ... Er hat ein Weib, das für ihn arbeitet.« Chaval wurde rot vor Wut.
»Himmelherrgott!« schrie er, »ist es denn verboten zu arbeiten?«
»Ja!« rief Etienne; »wenn die Kameraden für das Wohl aller Not leiden, ist es verboten, sich als Egoist und Heuchler auf die Seite der Arbeitgeber zu stellen. Wäre der Streik allgemein, dann wären wir längst die Herren ... Kein einziger Mann von Vandame hätte anfahren sollen, als Montsou in den Ausstand trat. Es wäre ein Hauptstreich, wenn die Arbeit in der ganzen Umgebung feierte, bei Herrn Deneulin ebenso wie hier ... Hörst du? In den Schlägen von Jean-Bart gibt es nur Verräter; ihr alle seid Verräter!«
Die Menge rings um Chaval nahm eine drohende Haltung an; Fäuste wurden in die Höhe gestreckt; man hörte den Ruf: »Schlagt ihn tot!« Chaval erbleichte; doch in seiner wütenden Begierde, über Etienne zu triumphieren, hatte er einen Einfall, der ihn wieder aufrichtete.
»Hört mich doch!« rief er. »Kommt morgen nach Jean-Bart, und ihr werdet sehen, ob ich arbeite! ... Wir halten mit euch, und man hat mich geschickt, um es euch zu sagen. Man muß die Feuer auslöschen; auch die Maschinisten müssen in den Ausstand treten. Wenn die Pumpen stillstehen, um so besser! Das Wasser wird die Gruben ersäufen, und alles wird zu Ende sein.«
Man klatschte ihm wütend Beifall; Etienne war überflügelt. Die Redner auf dem Baumstumpf lösten einander ab, gestikulierten in dem Lärm, machten unsinnige Vorschläge. Es war der wahnwitzig gewordene Glaube, die

Ungeduld einer religiösen Sekte, die, des Hoffens auf das erwartete Wunder überdrüssig, sich entschloß, es endlich herauszufordern. Durch den Hunger wahnsinnig gemacht, war es allen diesen Köpfen rot vor Augen; sie träumten von Feuer und Blut, in einer Ruhmesapotheose, aus der das allgemeine Glück hervorsproß. Und der stille Mond tauchte diese wogende Menge in seine Lichtflut; der tiefe Wald umhüllte mit seinem Schweigen diesen ungeheuren Mordruf. Das gefrorene Moos allein krachte unter den Füßen, während die Buchen, aufrecht in ihrer Kraft, mit den zarten Verästelungen ihrer Zweige, schwarz unter dem weißen Himmel, die armen Wesen, die sich zu ihren Füßen bewegten, weder sahen noch hörten.

Jetzt entstand ein Gedränge, und die Maheu gelangte in die Nähe ihres Mannes; beide waren um ihren Verstand gebracht; fortgerissen von der allmählichen Erbitterung, die seit Monaten in ihnen arbeitete, stimmten sie Levaque zu, der, die anderen überbietend, die Köpfe der Ingenieure forderte. Pierron war verschwunden; Bonnemort und Mouque redeten zugleich, sagten undeutliche, sehr heftige Dinge, die niemand verstand. Zacharie trieb allerlei Ulk und forderte, daß die Kirchen der Erde gleichgemacht werden sollen. Mouquet schlug mit dem Ballschläger auf die Erde, nur um den Lärm zu vergrößern. Die Weiber wüteten. Die Levaque war, die Fäuste in die Hüften gestemmt, mit Philomène in heftigen Streit geraten, weil diese angeblich gelacht hatte; die Mouquette sagte, man müsse die Gendarmen mit Fußtritten in den Hintern ›fertigmachen‹; die Brulé, die soeben Lydie geohrfeigt, weil sie das Mädchen ohne Korb und ohne Salat gefunden hatte, fuhr fort, Schläge ins Leere zu führen, für alle die Herren, die sie hier bei der Hand hätte haben wollen. Jeanlin war einen Augenblick betroffen, weil Bébert von einem Karrenjungen erfahren hatte, daß Frau Rasseneur sie gesehen habe, wie sie Pologne stahlen; aber nachdem er beschlossen hatte, daß er zurückkehren würde, um vor der Türe zur Schenke ›Zum wohlfeilen Schoppen‹ das Tier unbemerkt wieder loszulassen, heulte er noch stärker, öffnete sein neues Messer und schwang die Klinge, stolz darüber, sie glänzen lassen zu können.

»Kameraden, Kameraden!« wiederholte Etienne erschöpft, sich heiserschreiend, um einen Augenblick Stille zu erlangen, damit man sich endgültig verständigen könne.

Endlich hörte man ihn.

»Kameraden, morgen früh in Jean-Bart! Ist es abgemacht?«

»Ja, ja, in Jean-Bart! Tod den Verrätern!«

Der Sturm dieser dreitausend Stimmen erfüllte den Himmel und erstarb in der klaren Helle des Mondes.

Fünfter Teil

I

Um vier Uhr war der Mond untergegangen, und es herrschte stockfinstere Nacht. Alles schlief noch im Hause Deneulins. Das aus Ziegeln erbaute alte Haus lag stumm und düster, Türen und Fenster geschlossen, am Ende eines großen, verwahrlosten Gartens, der es von der Jean-Bart-Grube trennte. An der andern Seite des Hauses vorbei lief die einsame Straße nach Vandame, einem großen Marktflecken, der in einer Entfernung von etwa drei Kilometer hinter dem Wald verborgen lag.
Deneulin, der einen Teil des vorhergegangenen Tages in der Grube zugebracht hatte, lag der Wand zugewandt und schnarchte, als er träumte, daß man ihn rufe. Er erwachte schließlich, hörte wirklich eine Stimme und eilte zum Fenster, um es zu öffnen. Einer seiner Aufseher stand im Garten.
»Was gibt es?« fragte er.
»Herr, eine Revolte; die Hälfte der Leute will nicht arbeiten und hindert die andere Hälfte anzufahren.«
Deneulin verstand ihn nicht recht; sein schlaftrunkener Kopf summte; die kalte Luft drang wie ein eisiges Sturzbad auf ihn ein.
»Zwingen Sie sie anzufahren!« stammelte er.
»Wir unterhandeln seit einer Stunde vergebens, und so sind wir auf den Gedanken gekommen, Sie aufzusuchen. Sie allein können sie zur Vernunft bringen.«
»Gut, ich komme.«
Er kleidete sich in aller Eile an. Sein Kopf war jetzt klar; er war sehr unruhig geworden. Man hätte das Haus plündern können, weder die Köchin noch der Hausdiener hatte sich gerührt. Doch jetzt vernahm er von der andern Seite des Flurs ein Geflüster ängstlicher Stimmen; und als er hinausging, öffnete sich die Türe seiner Töchter, und

alle beide erschienen in weißen Schlafröcken, die sie in aller Eile umgeworfen hatten.
»Was geht vor, Vater?«
Lucie, die Ältere, war zweiundzwanzig Jahre alt, groß, braun, mit stolzer Miene; Jeanne, die Jüngere, zählte kaum neunzehn Jahre, war klein, mit goldblondem Haar und von einschmeichelnder Anmut.
»Nichts Ernstes«, antwortete der Vater, um sie zu beruhigen. »Es scheint, daß Radaubrüder in der Grube einigen Lärm verursachen. Ich will einmal nachschauen.«
Doch sie widersetzten sich seinem Vorhaben; sie wollten ihn nicht fortlassen, ohne daß er etwas Warmes zu sich genommen hätte. Er würde sonst wieder krank heimkehren, mit krankem Magen, wie immer. Er wehrte sich, gab sein Ehrenwort, daß er Eile habe.
»Höre«, sagte Jeanne, sich an seinen Hals hängend. »Du mußt ein Gläschen Rum trinken und zwei Stück Zwieback essen; sonst bleibe ich an deinem Halse, und du mußt mich mitnehmen.«
Er mußte sich fügen, wenngleich er schwor, daß der Zwieback ihn ersticken würde. Schon stiegen sie vor ihm hinunter, jede mit einem Leuchter. Im Speisezimmer beeilten sie sich, ihn zu bedienen; die eine goß den Rum ein, die andere lief in die Küche, um ein Paket Zwieback zu holen. Sie hatten ihre Mutter früh verloren und sich daher selbst erzogen, allerdings nicht gut erzogen. Vom Vater verhätschelt, war die Ältere von dem Traum geplagt, Opernsängerin zu werden, und die Jüngere von einer Leidenschaft für die Malerei erfaßt, mit kühnem Geschmack, der seinesgleichen suchte. Doch als infolge geschäftlicher Schwierigkeiten der Haushalt eingeschränkt werden mußte, waren aus diesen Mädchen, die so außergewöhnliche Neigungen hatten, plötzlich sehr kluge und berechnende Hausfrauen zum Vorschein gekommen, die den kleinsten Fehler in den Rechnungen entdeckten. Trotz ihrer freien künstlerischen Manieren hielten sie den Geldbeutel fest verschlossen, kargten

selbst um wenige Sous, stritten mit den Lieferanten, besserten unablässig ihre Kleider aus, und so gelang es ihnen, der wachsenden Verarmung des Hauses den Schein eines Wohlstandes zu verleihen.

»Iß, Papa«, wiederholte Lucie.

Dann, als sie bemerkte, daß er wieder in stilles, sorgenvolles Nachdenken versank, wurde sie von Angst ergriffen.

»Die Sache ist also ernst, da du eine solche Miene machst? ... Wir bleiben bei dir. Man muß ohne uns zum Essen fahren.«

Sie sprach von einem Ausflug, der für diesen Morgen geplant war. Frau Hennebeau sollte mit ihrem Wagen zuerst Cécile bei den Grégoires abholen, nachher würde sie Lucie und Jeanne holen, und alle zusammen würden nach Marchiennes fahren, um bei der Gemahlin des Direktors der Eisenwerke zu speisen. Man wollte die Gelegenheit benutzen, um die Werkstätten, die Hochöfen und die Koksöfen zu besichtigen.

»Gewiß, wir bleiben zu Hause«, erklärte Jeanne ihrerseits.

Allein der Vater erzürnte sich.

»Was für ein Einfall! Ich wiederhole euch, es ist nichts ... Erweist mir das Vergnügen, wieder zu Bett zu gehen und euch für neun Uhr anzukleiden, so wie es verabredet wurde.«

Er küßte sie und eilte davon. Man hörte den Schall seiner Schritte, die sich auf dem hartgefrorenen Boden des Gartens allmählich verloren.

Jeanne verkorkte sorgfältig die Rumflasche, während Lucie den Zwieback unter Verschluß tat. Der Raum hatte die kühle Sauberkeit eines Speisezimmers, wo die Tafel kärglich bestellt ist. Da die Schwestern nun schon so früh heruntergekommen waren, schauten sie nach, ob auch gestern abend alles in Ordnung gebracht worden war. Eine Serviette lag noch da; der Diener würde einen Verweis erhalten. Endlich gingen sie wieder hinauf.

Während Deneulin, um seinen Weg abzukürzen, geradewegs durch den Gemüsegarten ging, dachte er an sein gefährdetes Vermögen, an seinen Anteil von Montsou, die Million, die er zu Geld gemacht hatte in der Hoffnung, sie zu verzehnfachen, und die jetzt so stark aufs Spiel gesetzt war. Eine ununterbrochene Reihe von ungünstigen Umständen trafen zusammen, unvorhergesehene große Ausbesserungen, äußerst schlechte Förderungsbedingungen, dann das Unglück der industriellen Krise, gerade in dem Augenblick, wo das Unternehmen einen Ertrag zu liefern begann. Wenn der Streik auch bei ihm ausbrach, lag er am Boden. Er stieß eine kleine Tür auf. In der finstern Nacht erkannte man die Grubenbauten an dem noch tieferen Schatten, durch einige Laternen nur wenig erhellt.

Jean-Bart hatte nicht die Bedeutung des Voreux, doch war es infolge der erneuten Einrichtung eine »ganz schöne Grube« geworden, wie die Ingenieure sich ausdrückten. Man hatte sich nicht damit begnügt, den Schacht um anderthalb Meter zu verbreitern und auf siebenhundertundacht Meter zu vertiefen; man hatte ihn auch neu eingerichtet, mit einer neuen Maschine, neuen Förderkörben, neuem Material versehen, alles nach den neuesten Errungenschaften der Wissenschaft. Die Bauten zeigten sogar eine gewisse Eleganz; das Siebwerk trug ein zierlich geformtes Vordach, der Schachtturm war mit einer Uhr versehen; der Maschinenraum und die Aufnahmehalle hatten ein rundes Haubendach nach Art der im Renaissancestil erbauten Kapellen, und der Schornstein, aus schwarzen und roten Ziegeln, glich einer Mosaikspirale. Die Pumpe war bei dem anderen Schacht des Werkes aufgestellt, bei der alten Gaston-Marie-Grube, die lediglich als Schöpfwerk diente. Jean-Bart hatte rechts und links am Förderschacht nur zwei Nebenschächte; den einen für den Dampfventilator, den anderen für die Steigleitern.

An diesem Morgen war Chaval um drei Uhr als erster an-

gelangt. Er machte sich sogleich daran, die Kameraden zu verführen. Man müsse dem Beispiel von Montsou folgen und eine Preisaufbesserung von fünf Centimes für den Karren fordern. Die vierhundert Arbeiter, die anfahren sollten, strömten aus der Baracke alsbald mit großem Geschrei und heftigen Gestikulationen in die Aufnahmehalle. Diejenigen, die arbeiten wollten, standen barfüßig da, mit Lampe, Schaufel und Spitzhacke unter dem Arm; während die anderen, noch in Holzschuhen, mit dem Überrock auf den Schultern, um sich gegen die Kälte zu schützen, den Zugang zum Schacht verstellten. Die Aufseher schrien sich heiser in dem Bemühen, Ordnung zu schaffen, sie zur Vernunft zu bringen und diejenigen, die anfahren wollten, nicht daran zu hindern.
Doch Chaval geriet in Wut, als er Catherine in Hose und Kittel erblickte, auf dem Kopf die blaue Kappe. Er hatte, als er aufstand, ihr in rauher Weise befohlen, im Bett zu bleiben. Verzweifelt über die Arbeitseinstellung war sie ihm dennoch gefolgt; denn er gab ihr niemals Geld, sie mußte oft für sich und für ihn zahlen. Was sollte aus ihr werden, wenn sie kein Geld mehr verdiente? Angst ergriff sie; die Angst, in einem Freudenhaus zu Marchiennes zu enden, wie alle Schlepperinnen, die kein Brot und kein Obdach hatten.
»Zum Teufel! Was hast du hier zu suchen?«
Sie habe keine Rente und wolle arbeiten, brachte sie stotternd hervor.
»Dirne, du willst dich widersetzen? ... Fort, nach Hause, wenn ich dich nicht mit Fußtritten in den Hintern begleiten soll.«
Sie wich scheu zurück, ging aber nicht; sie wollte sehen, welche Wendung die Dinge nehmen würden.
Deneulin kam über die Treppe des Siebwerkes in die Grube. Trotz des schwachen Lichtes der Laternen erfaßte er mit raschem Blick die ganze Szene, diese in Schatten getauchte Menge, in der er jedes Gesicht kannte, die Häuer, die Verlader, die Tagelöhner, die Schlepperinnen,

selbst die Karrenjungen. In dem neuen, noch sauberen Schiff feierte die Arbeit. Die unter Druck stehende Maschine ließ ein leises Zischen des Dampfes vernehmen; die Aufzugskästen hingen an den unbeweglichen Seilen; die auf halbem Wege im Stich gelassenen Karren standen auf dem aus Eisenplatten gefügten Fußboden herum. Man hatte kaum achtzig Lampen geholt, die anderen brannten in der Lampenkammer. Ein Wort von ihm würde sicherlich genügen, und die Arbeit würde aufgenommen werden, sagte sich Herr Deneulin.

»Nun, was geht denn vor, Kinder?« fragte er mit lauter Stimme. Worüber ärgert ihr euch? Erklärt es mir, wir werden uns verständigen.«

Gewöhnlich zeigte er sich seinen Leuten gegenüber väterlich wohlwollend, wenngleich er viel Arbeit verlangte. Gebieterisch und brüsk in seinem Auftreten, suchte er sie zuerst durch geräuschvolle Gemütlichkeit zu gewinnen; und er machte sich bei ihnen oft beliebt, denn sie respektierten in ihm vornehmlich den Mann von Mut, der immer mit ihnen in den Schlägen war, der erste bei der Gefahr, wenn ein Unglücksfall die Grube in Schrecken versetzte. Zweimal schon hatte man ihn nach Unfällen durch schlagende Wetter an einem unter den Achseln durchgezogenen Seil hinabgelassen, wenn selbst die Kühnsten sich nicht in die Grube wagten.

Jetzt nahm er wieder das Wort.

»Ihr werdet mich doch nicht bereuen lassen, daß ich mich für euch verbürgt habe«, sagte er. »Ihr wißt, daß ich es abgelehnt habe, einen Gendarmerieposten hier aufzunehmen, wie mir angeboten worden war ... Sprecht ruhig, ich höre euch zu.«

Jetzt schwiegen alle verlegen und entfernten sich von ihm; endlich sagte Chaval:

»Herr Deneulin, wir können nicht weiterarbeiten, wir müssen fünf Centimes mehr für den Karren haben.«

Er schien überrascht.

»Was? Fünf Centimes? Aus welchem Anlaß erhebt ihr

diese Forderung? Ich beklage mich nicht über eure Verzimmerungen; ich will euch keinen neuen Tarif auferlegen wie die Verwaltung von Montsou.«
»Das ist möglich; aber die Kameraden von Montsou sind dennoch in ihrem Recht. Sie weisen den Tarif zurück und fordern eine Erhöhung von fünf Centimes, weil man bei den gegenwärtigen Preisen unmöglich sauber arbeiten kann ... Wir wollen fünf Centimes mehr; nicht wahr, ihr Leute?«
Man hörte Zustimmungsrufe, der Lärm hub wieder an und es gab ein heftiges Herumfuchteln mit den Armen. Allmählich kamen alle näher und umstanden ihn in engem Kreis.
Eine Flamme schoß in die Augen Deneulins. Als ein Mann, der mit starker Hand zu regieren liebte, preßte er die Fäuste zusammen, aus Furcht, daß er der Versuchung nachgeben könnte, einen der Arbeiter an der Gurgel zu packen. Doch er zog es vor, mit ihnen zu unterhandeln und sich an ihre Vernunft zu wenden.
»Ihr wollt fünf Centimes, und ich gebe zu, daß die Arbeit es wert wäre. Allein, ich kann sie euch nicht geben. Wenn ich sie euch gebe, bin ich ganz einfach geliefert ... Vor allem muß ich selbst leben können, wenn ihr leben wollt. Und ich bin an der äußersten Grenze angelangt; die geringste Erhöhung der Herstellungskosten hätte meinen Ruin zur Folge. Beim letzten Streik, vor zwei Jahren, habe ich noch nachgegeben, weil ich es konnte. Jetzt hat diese Lohnerhöhung für mich die schlimmsten Folgen; ich habe seitdem zu kämpfen. Heute würde ich lieber die ganze Bude im Stich lassen, denn ich wüßte im nächsten Monat nicht mehr, woher ich euch bezahlen soll.«
Chaval lachte hämisch dem Herrn ins Gesicht, der ihnen so freimütig seine Angelegenheiten darlegte; die anderen schauten zur Erde; sie waren eigensinnig und wollten nicht begreifen, daß ein Arbeitgeber nicht Millionen an seinen Arbeitern gewinne.
Deneulin drang nun weiter in sie. Er erklärte ihnen seinen

Kampf gegen Montsou, das stets auf der Lauer sei und bereit, ihn zu verschlingen, wenn er eines Tages so ungeschickt sein sollte, sich die Beine zu brechen. Es war ein wilder Wettbewerb, der ihn zu Ersparungen zwang, um so mehr, als die große Tiefe der Jean-Bart-Grube die Kosten der Förderung erhöhte, ein ungünstiger Umstand, der durch den größeren Umfang der Kohleschicht kaum wettgemacht wurde. Niemals würde er infolge des letzten Streiks die Löhne erhöht haben, wäre er nicht genötigt gewesen, Montsou nachzuahmen, aus Furcht, daß seine Leute ihn verlassen könnten. Und er drohte ihnen mit der Zukunft; was hätten sie auch davon, wenn sie ihn zwängen, die Grube zu verkaufen? Sie gerieten unter das Joch der Gesellschaft. Er thronte nicht so hoch, in einem unbekannten Tabernakel; er war nicht einer jener Aktionäre, die Direktoren bezahlten, um den Arbeiter zu rupfen, und die der Arbeiter niemals sah. Er war ein Arbeitgeber und wagte noch etwas anderes als sein Geld. Er wagte seine Intelligenz, seine Gesundheit, sein Leben. Die Arbeitseinstellung würde ganz einfach der Tod sein; denn er hatte keinen Vorrat und mußte dennoch die Bestellungen expedieren. Anderseits durfte das in dem Betriebsmaterial angelegte Kapital nicht brachliegen. Wie sollte er seinen Verpflichtungen nachkommen? Wer würde die Summen verzinsen, die seine Freunde ihm anvertraut hatten? Es wäre der Bankrott.

»Ja, so ist es, meine Lieben«, schloß er. »Ich möchte euch überzeugen. Man kann von einem Mann nicht verlangen, daß er sich selbst abschlachte, nicht wahr? Und wenn ich euch die fünf Centimes bewillige oder euch in den Streik gehen lasse, so ist dies geradesoviel, als wenn ich mir den Hals abschnitte.«

Er schwieg. Es gab ein Gemurmel unter den Arbeitern, und ein Teil schien zu schwanken. Mehrere kehrten zur Einfahrt des Schachtes zurück.

»Man soll doch jedem seine Freiheit lassen!« rief ein Aufseher. »Wer will arbeiten?«

Catherine war als eine der ersten hervorgetreten; doch Chaval stieß sie wütend zurück und schrie:

»Wir alle sind einig! ein Schurke, wer seine Kameraden im Stich läßt!«

Nunmehr schien ein Ausgleich unmöglich. Das Geschrei begann von neuem, und man drängte die Leute vom Schacht weg, auf die Gefahr hin, sie an den Wänden zu erdrücken. Einen Augenblick versuchte der verzweifelte Direktor allein den Kampf gegen diese Menge aufzunehmen und sie durch seine Heftigkeit zu bezwingen; allein es war eine nutzlose Torheit, er mußte weichen. Er blieb einige Minuten im Büro des Aufnahmebeamten erschöpft auf einem Stuhl sitzen, einer Ohnmacht nahe, daß er keinen Gedanken fassen konnte. Endlich beruhigte er sich; er befahl einem Aufseher, ihm Chaval zu holen; dann, als dieser sich zu einer Unterredung bereit erklärte, verabschiedete er mit einer Handbewegung die Leute.

»Laßt uns allein!«

Der Plan Deneulins war, zu sehen, was dieser Bursche eigentlich wolle. Nach den ersten Worten war ihm klar, daß er es mit einem eitlen, von Neid verzehrten Burschen zu tun habe. Er versuchte ihm mit Schmeichelworten beizukommen; er stellte sich erstaunt darüber, daß ein so wohlverdienter Arbeiter wie er in solcher Weise seine Zukunft verscherze. Er ließ durchblicken, daß er schon längst seine Augen auf Chaval geworfen habe, um ihn rasch vorrücken zu lassen. Schließlich machte er ihm rundheraus den Vorschlag, ihn später zum Aufseher zu ernennen. Chaval hörte ihn stillschweigend an, mit anfangs geballten, später allmählich sich öffnenden Fäusten. In seinem Schädel gärte es heftig; wenn er hartnäckig auf dem Streik bestand, würde er nichts als der Stellvertreter Etiennes sein. Hier eröffnete sich ihm ein anderer Ehrgeiz; er konnte ein Vorgesetzter werden. Heiß stieg ihm der Stolz ins Gesicht und betäubte ihn. Die Bande der Streikenden, die er seit dem Morgen erwartete, konnte jetzt kaum mehr kommen, irgendein Hindernis mußte sie aufhalten, vielleicht Gendarmen. Man hatte knapp Zeit sich zu unterwerfen. Nichtsdestoweniger schüttelte er den Kopf, spielte den Unbestechlichen, warf sich stolz in die Brust. Ohne dem Direktor etwas von dem Treffen zu sagen, das er mit den Streikenden von Montsou verabredet hatte, versprach er schließlich, die Kameraden zu beschwichtigen und sie zur Anfahrt zu bereden.

Deneulin blieb verborgen; auch die Aufseher hielten sich abseits. Eine Stunde lang hörten sie Chaval in der Aufnahmehalle von einem Karren herab reden und streiten. Ein Teil der Arbeiter beschimpfte ihn; hundertundzwanzig gingen erbittert davon, auf dem Entschluß verharrend, zu dem er sie überredet hatte. Sieben Uhr war vorüber; der Tag war angebrochen, ein klarer, kalter Wintertag. Und plötzlich kam die Grube wieder in Bewegung, die unterbrochene Arbeit begann von neuem. Der Kolben der Maschine senkte sich, rollte die Kabel auf und ab. Und in dem Getöse der Signale begann der Abstieg; die Aufzugskästen füllten sich, versanken, stiegen wieder auf; der Schacht verschlang seine Ration von Häuern, Schlepperinnen, Handlangern, während die Verlader die Karren mit donnerndem Getöse fortschoben.

»Donnerwetter! was treibst du da?« rief Chaval Catherine zu, die wartete, bis sie an die Reihe käme. »Wirst du anfahren und nicht länger Maulaffen feilhalten!«

Als Madame Hennebeau um neun Uhr mit Cécile in ihrem Wagen ankam, fand sie Lucie und Jeanne bereit, sehr elegant trotz ihrer zwanzigmal ausgebesserten Toiletten. Doch Deneulin war erstaunt, als er Négrel erblickte, der den Wagen zu Pferde begleitet hatte. Wie? gehörten denn auch die Herren zur Partie? Da erklärte Madame Hennebeau in ihrer mütterlichen Weise, daß man sie erschreckt habe, daß die Straßen voll von allerlei verdächtigen Gestalten seien und daß sie deshalb einen Beschützer habe mitnehmen wollen. Négrel lachte und beruhigte die Damen; es sei nichts zu befürchten von diesen Schreiern, unter denen kein einziger den Mut hätte, einen Stein nach einem Fenster zu werfen. Noch froh über seinen Erfolg, erzählte Deneulin, wie er in Jean-Bart den Aufstand unterdrückt habe. Jetzt sei er beruhigt. Und während die Damen in den Wagen stiegen, der auf der nach Vandame führenden Straße hielt, freuten sich alle des herrlichen Tages und ahnten nichts von dem immer anwachsenden Erzittern in der fernen Landschaft, nichts von dem heranziehenden Volk, dessen Stampfen sie hätten hören können, wenn sie das Ohr an die Erde gedrückt hätten.

»Also abgemacht«, wiederholte Madame Hennebeau. »Heute abend werden Sie die Damen abholen und werden bei uns essen. Auch Frau Grégoire hat mir versprochen, Cécile abzuholen.«

»Rechnen Sie auf mich«, antwortete Deneulin.

Der Wagen fuhr in der Richtung nach Vandame ab. Jeanne und Lucie hatten sich zum Wagen hinausgeneigt, um noch einmal ihrem Vater zuzulächeln, der am Rande der Straße stehengeblieben war, während Négrel galant hinter dem Wagen trabte.

Man kam durch den Wald und schlug den von Vandame nach Marchiennes führenden Weg ein. Als man sich dem Tartaret näherte, fragte Jeanne Frau Hennebeau, ob sie die ›grüne Halde‹ kenne. Diese mußte bekennen, daß sie, obgleich sie seit fünf Jahren in der Gegend wohnte, niemals in diese Richtung gekommen sei. Nun machte man einen Umweg. Der am Waldessaum gelegene Tartaret war ein unbebauter Landstrich von vulkanischer Unfruchtbarkeit, wo seit Jahrhunderten ein Kohlenbrand im Innern des Erdreiches wütete. Der Ursprung dieses Feuers verlor sich in sagenhaft ferne Zeiten; die Bergleute der Gegend erzählten darüber eine Geschichte. Das Feuer des Himmels war über dieses Sodom im Inneren der Erde gekommen, wo die Schlepperinnen sich abscheulichen Lastern hingaben, so daß sie nicht Zeit gehabt hatten, emporzusteigen, und noch heutigen Tages in der Tiefe dieser Hölle brannten. Die dunkelroten verkalkten Felsen waren mit Alaun bedeckt wie mit einem Aussatz, am Rande der Sprünge bildete sich gelbe Schwefelblüte. Die Verwegenen, die es wagten, nachts einen Blick in diese Schlünde zu werfen, schworen, dort Flammen zu sehen, die unterirdische Glut, in der die sündigen Seelen brieten. Irrlichter huschten am Boden dahin, heiße Dünste brachen unablässig hervor, der Gestank der Teufelsküche. Und wie ein Wunder des ewigen Frühlings erhob sich inmitten dieses verwünschten Landstriches von Tartaret die ›grüne Halde‹ mit ihrem immer grünen Rasen, ihren Buchen, deren Laub sich unaufhörlich erneuerte, ihren Feldern, wo es in einem Jahre drei Ernten gab. Es war ein natürliches Treibhaus, das der Brand der tiefen Schichten heizte. Der Schnee war hier niemals von Dauer. Dieses riesige grüne Beet, neben den kahlen Bäumen des Waldes, entfaltete sich an diesem Dezembertag, ohne daß der Frost auch nur seine Ränder verfärbt hätte.

Bald rollte der Wagen wieder in der Ebene dahin. Négrel scherzte über die Legende und erklärte, wie durch verrottenden Kohlenstaub sehr häufig ein Grubenbrand entstehe, der ohne Ende fortdauere, wenn man ihn nicht zu bewältigen vermag. Und er nannte eine belgische Grube, die man ersäufte, indem man einen Fluß in den Schacht leitete. Doch er schwieg jetzt; seit einer Weile kreuzten vor dem Wagen jeden Augenblick Scharen von Bergleuten auf. Sie zogen schweigend, mit hämischen Blicken vorüber, diesen Luxus musternd, der sie auszuweichen zwang. Die Menge wuchs immer mehr an; die Pferde mußten im Schritt über die kleine Scarpe-Brücke gehen. Was ging denn vor, daß das Volk sich auf den Landstraßen herumtrieb? Die Damen erschraken; Négrel begann irgendeinen Aufruhr in der in Bewegung geratenen Gegend zu wittern. Alle atmeten auf, als sie endlich in Marchiennes ankamen. Unter der Sonne, die sie auszulöschen schien, ließen die Batterien der Koksöfen und die Türme der Hochöfen ihre Rauchwolken aufsteigen, deren ewiger Ruß wie ein schwarzer Regen sich in der Luft niedersenkte.

II

In der Jean-Bart-Grube schob Catherine seit einer Stunde die Karren bis zur Ablösungsstelle; sie war dermaßen von Schweiß durchnäßt, daß sie einen Augenblick innehalten mußte, um sich das Gesicht abzutrocknen.

Chaval, der mit den Kameraden seiner Gruppe im Schlage arbeitete, war erstaunt, als er das Rollen der Karren nicht mehr hörte. Die Lampen brannten schlecht, der Kohlenstaub behinderte die Augen.

»Was gibt es?« schrie er.

Als sie ihm geantwortet hatte, daß sie zerfließe und daß ihr das Herz aus dem Leibe zu fallen drohe, erwiderte er wütend:

»Dummes Vieh, mach es wie wir und zieh dein Hemd aus!«

Es war siebenhundertundacht Meter tief, im Norden, im ersten Gang der Désirée-Ader, drei Kilometer vom Verladeplatz entfernt. Wenn die Bergleute von dieser Region der Grube sprachen, erbleichten sie und dämpften die Stimme, als hätten sie von der Hölle gesprochen; und sie schüttelten zumeist nur die Köpfe und zogen es vor, von diesen glühenden Höllentiefen nicht zu reden. In dem Maße, als die Stollen sich nach Norden ausdehnten, näherten sie sich dem Tartaret und drangen in das Gebiet des unterirdischen Brandes ein, der oben die Felsen verkalkte. An der Stelle, wo man angelangt war, hatten die Schläge eine Durchschnittstemperatur von fünfundvierzig Grad. Man befand sich mitten in der verwünschten Stadt, mitten unter den Flammen, die man durch die Felsspalten sehen konnte, Schwefel und Dämpfe ausspeiend, wenn man durch die Ebene kam.

Catherine, die schon ihre Jacke abgelegt hatte, zögerte einen Augenblick, dann zog sie auch die Hose aus. Mit nackten Armen und nackten Schultern, das Hemd nach Art eines Kittels mit einer Schnur um die Hüften befestigend, machte sie sich wieder an die Arbeit.

»Es wird so doch besser gehen«, sagte sie laut.

In ihre Beklemmung mischte sich eine unbestimmte Angst. Seit den fünf Tagen, da sie hier arbeiteten, dachte sie an die Geschichten, mit denen man sie in ihrer Kindheit erschreckt hatte, an die Schlepperinnen, die unter dem Tartaret brannten, zur Strafe für Dinge, die man nicht zu wiederholen wagte. Sie war jetzt allerdings alt genug, um nicht mehr daran zu glauben; und doch, was hätte sie getan, wenn plötzlich aus der Kohlenwand ein Mädchen hervorgekommen wäre, in Flammen wie ein Ofen und mit zwei glühenden Kohlen an Stelle der Augen? Dieser Gedanke vermehrte noch ihren Schweiß.

Bei der Ablösungsstelle, achtzig Meter vom Schlage, übernahm eine andere Schlepperin den Karren und rollte ihn achtzig Meter weiter, bis zum Fuße der schiefen Ebene, wo ihn der Aufnehmer zusammen mit den von den höheren Gängen ankommenden Karren weiterbeförderte.

»Du machst es dir aber bequem«, sagte das Weib, eine magere Witwe von dreißig Jahren, als sie Catherine im Hemd sah. »Ich kann das nicht tun; die Karrenjungen ärgern mich mit ihren unflätigen Reden.«

»Ach, ich kümmere mich wenig um die Mannsleute; ich leide zu stark unter der Hitze«, antwortete das Mädchen.

Sie nahm einen leeren Karren und kehrte zurück. Das schlimmste war, daß es in diesem tiefen Gang außer der Nähe des Tartaret noch eine andere Ursache gab, die die Hitze unerträglich machte. Man befand sich neben einem ehemaligen Arbeitsstollen, einem aufgelassenen Minengang des Gaston-Marie-Schachtes, wo vor zehn Jahren infolge schlagender Wetter die Ader in Brand geraten war und noch immer hinter der Lehmwand brannte, die man aufgeführt hatte und immer wieder ausbesserte, um dem Feuer eine Grenze zu setzen. Der Luft beraubt, hätte das Feuer erlöschen müssen; aber ohne Zweifel wurde es durch Luftzug unbekannter Herkunft angefacht; es erhitzte den Lehm der Scheidewand, wie man die Ziegel eines Ofens erhitzt, so daß man im Vorbeigehen die Gluthitze spürte. Und längs dieser Mauer, in einer Länge von über hundert Meter, bei einer Temperatur von sechzig Grad, wurden die Karren geschoben.

Nach zwei Fahrten glaubte Catherine von neuem, ersticken zu müssen. Glücklicherweise war der Gang in der Désirée-Ader breit und bequem, einer der geräumigsten in der Region. Das Kohlelager hatte eine Dichte von 1,90 Meter. Die Bergleute konnten aufrechtstehend arbeiten, allein sie hätten lieber mit gebeugtem Rücken gearbeitet, wenn sie nur etwas frische Luft gehabt hätten.

»Schläfst du denn?« rief Chaval heftig, sobald er aufhörte, Catherines Bewegungen zu hören. »Wer hat mir ein solches Faultier an den Hals gehängt? Willst du wohl deinen Karren füllen und schieben?«

Catherine befand sich am Fuß des Schlages, auf ihre Schaufel gestützt. Ein Unbehagen erfaßte sie, während sie mit blöder Miene und ohne zu gehorchen die anderen betrachtete. Sie sah sie nur undeutlich bei dem rötlichen Scheine der Lampen, ganz nackt wie die Tiere, so schwarz, so schmutzig von Schweiß und Kohle, daß ihre Nacktheit ihr nicht anstößig vorkam. Es war ein finsteres Werk, wie von Affen mit gestrecktem Rücken verrichtet; eine höllische Vision von geröteten Gliedern, die sich unter dumpfen Schlägen und Ächzen erschöpften. Die Arbeiter aber sahen Catherine ohne Zweifel deutlicher; sie ließen ihre Spitzhauen einen Augenblick und begannen mit ihr zu scherzen, weil sie ihre Hose abgelegt hatte.

»Gib acht, du wirst dir einen Schnupfen holen!«

»Die hat echte Beine! Sag, Chaval, sie hat genug für zwei!«
»Man müßte sehen. Hebe das Hemd, höher, höher!«
Gleichgültig bei diesen Späßen der Kameraden fiel Chaval wieder über das Mädchen her.
»Wird's endlich werden?« schrie er. »Bei den Schweinereien ist sie gleich dabei; sie möchte bis morgen zuhören.«
Catherine hatte sich mühselig wieder entschlossen, ihren Karren zu füllen und schob ihn fort. Der Stollen war zu breit, als daß sie sich auf beiden Seiten an den Hölzern hätte abstemmen können. Ihre nackten Füße krümmten sich in dem Geleise, wo sie einen Stützpunkt suchten, während sie langsam, die Arme vorgestreckt, den Körper vorgebeugt, sich fortbewegte. Und wenn sie an der Scheidewand vorüberkam, begann die Marter der Hitze wieder; der Schweiß rann von ihrem Körper in großen Tropfen wie ein Gewitterregen. Sie hatte noch nicht den dritten Teil der Strecke zurückgelegt und war schon in Schweiß gebadet, geblendet, mit schwarzem Dreck bedeckt. Das enge Hemd, wie in Tinte getaucht, klebte an ihrer Haut, verschob sich bei der Bewegung der Schenkel bis zu den Lenden; und sie fühlte sich davon so schmerzlich beengt, daß sie ihre Arbeit unterbrechen mußte.
Was hatte sie denn an diesem Tag? Niemals hatte sie sich so matt gefühlt. Es mußte an der schlechten Luft liegen. In diesem abgelegenen Gange gab es keine Lüftung. Man sah hier alle Arten von Dämpfen, die mit dem leisen Brodeln einer Quelle aus der Kohle aufstiegen, manchmal so reichlich, daß die Lampen zu erlöschen drohten; von den schlagenden Wettern nicht zu reden, die jahraus, jahrein den Arbeitern um die Nase wehten. Sie kannte diese schlechte Luft sehr gut, diese tote Luft, wie die Grubenarbeiter sie nennen; unten erstickende, schwere Gase, oben leichte Gase, die sich entzünden und in einem einzigen Donnerschlage alle Werkplätze einer Grube, Hunderte von Menschen vernichten. Seit ihrer Kindheit

hatte sie davon so viel geschluckt, daß sie verwundert war, diese Luft so schwer zu ertragen, daß ihr die Ohren sausten und der Hals brannte.
Da sie nicht weiterkonnte, fühlte sie das Bedürfnis, ihr Hemd abzulegen. Es wurde ihr zur Marter; die kleinsten Falten der Leinwand schnitten sie, brannten sie. Sie widerstand einen Augenblick, wollte noch weiter schieben, war aber genötigt, sich aufzurichten. Und während sie sich vornahm, sich bei der Ablösungsstelle wieder anzukleiden, warf sie alles ab, Hemd und Schnur, mit einer so fieberhaften Gebärde, daß sie sich die Haut weggerissen hätte, wenn sie es hätte tun können. Nunmehr nackt, erbärmlich, zum Tiere erniedrigt, das im Straßenkot trottet, um sein Leben zu fristen, arbeitete sie, die Lenden mit Schweiß bedeckt, dreckig bis zum Bauche, wie ein Droschkengaul. Auf allen vieren kriechend, schob sie ihren Karren fort.
Doch zu ihrer Verzweiflung merkte sie, daß sie, obgleich nackt, sich noch immer nicht erleichtert fühlte. Was sollte sie noch ausziehen? Das Sausen in ihren Ohren betäubte sie; ihr war, als würde ein Schraubstock ihr die Schläfen pressen. Sie fiel auf die Knie. Die auf dem Karren, zwischen den Kohlen stehende Lampe schien erlöschen zu wollen. In dem Wirbel ihrer Gedanken hielt sich nur der Wunsch aufrecht, den Docht der Lampe emporzuschrauben. Zweimal wollte sie die Lampe untersuchen, und beide Male, als sie diese vor sich auf den Boden hinstellte, sah sie sie fast verlöschen, als wäre auch ihr der Atem ausgegangen. Plötzlich erlosch die Lampe. Und nun versank alles in Finsternis, ein Mühlstein kreiste in ihrem Schädel, ihr Herz hörte auf zu schlagen, gelähmt durch die ungeheure Mattigkeit, die ihre Glieder einschläferte. Sie lehnte sich zurück und lag in der erstickenden Luft wie tot am Boden.
»Ich glaube, sie faulenzt wieder«, grollte die Stimme Chavals von neuem.
Er lauschte von der Höhe des Schlages und hörte das Rollen der Räder nicht.

»He, Catherine, verdammte Blindschleiche!«

Seine Stimme verlor sich in der Ferne, in dem finsteren Stollen; kein Hauch antwortete.

»Soll ich dir auf die Beine helfen?« schrie er wieder.

Nichts bewegte sich; die gleiche Totenstille. Er stieg wütend hinunter und lief mit seiner Lampe so heftig, daß er fast über den Körper der Schlepperin strauchelte, die quer auf dem Weg lag. Erstaunt betrachtete er sie. Was hatte sie denn? Das war doch nicht etwa eine Verstellung, um ein Schläfchen zu machen? Doch als er die Lampe senkte, um ihr ins Gesicht zu leuchten, drohte sie zu erlöschen. Er hob sie in die Höhe, senkte sie wieder und begriff endlich. Es mußte die Stickluft sein. Seine Heftigkeit war gewichen, die unbedingte Hilfsbereitschaft des Bergmanns erwachte angesichts der gefährdeten Kameradin. Er schrie, daß man ihm sein Hemd bringe; er hatte das nackte und ohnmächtige Mädchen mit beiden Armen umfangen und hob sie so hoch als er konnte. Als man ihm seine und ihre Kleider über die Schultern geworfen hatte, eilte er davon, mit der einen Hand seine Last stützend, mit der andern die beiden Lampen tragend. Die tiefen Stollen dehnten sich dahin. Er rannte rechts, er rannte links, um das Leben zu suchen in der eisigen Luft der Ebene, die der Ventilator in die Grube strömen ließ. Ein Plätschern, wie von einer Quelle, ließ ihn plötzlich stillstehen; es war eine Wasserader, die den Felsen durchbrochen hatte. Chaval hatte einen Kreuzweg eines großen Abfuhrstollens erreicht, der ehemals dem Gaston-Marie-Schacht gedient hatte. Die Lüftung wehte hier mit der Kraft eines Sturmwindes; es war so kühl, daß er von einem Frösteln geschüttelt wurde, als er seine Geliebte zu Boden setzte, die noch immer bewußtlos und deren Augen noch immer geschlossen waren.

»Catherine, höre!... Keine Dummheiten... Halte dich ein wenig, damit ich das Hemd ins Wasser tauchen kann.«

Er erschrak, als er sie so erschlafft sah; doch konnte er sein Hemd in die Quelle tauchen, und er wusch ihr das Gesicht. Mit dem schmächtigen Körper eines spät reifenden Mädchens, der die Formen der Entwicklung nur zögernd erkennen ließ, war sie wie tot und begraben hier, tief unter der Erde. Dann lief ein Frösteln über ihre kindliche Brust, über ihren Bauch und die Schenkel eines bedauernswerten Kindes, das schon frühzeitig geschändet worden war. Sie schlug die Augen auf und stammelte:

»Mich friert.«

»Ach, das ist mir lieber!« rief Chaval erleichtert.

Er kleidete sie wieder an, warf ihr leicht das Hemd über und fluchte wegen der Mühe, die er hatte, ihr die Hose anzuziehen, weil sie selbst nicht helfen konnte. Sie war noch völlig betäubt, begriff nicht, wo sie sich befand, auch nicht, warum sie nackt war. Als sie sich endlich erinnerte, überkam sie ein Gefühl der Scham. Wie hatte sie es wagen können, alles auszuziehen? Und sie befragte ihn, hatte man sie gesehen, so völlig nackt, ohne wenigstens ein Taschentuch um den Leib zu haben, um ihre Blöße zu verdecken? Er machte jetzt wieder Spaß und erzählte, er habe sie zwischen allen Kameraden, die die Gasse machten, hierher gebracht. Was für ein Einfall war es auch, seinem Rat zu folgen und sich den Hintern zu entblößen! Schließlich gab er sein Wort, mit ihr so rasch davongelaufen zu sein, daß die Kameraden nicht wissen konnten, ob sie einen runden oder viereckigen Hintern habe.

»Aber jetzt erfriere ich«, fügte er hinzu, indem er sich ebenfalls ankleidete.

Niemals hatte sie ihn so freundlich gesehen. Gewöhnlich tauschte sie für ein gutes Wort zwei Grobheiten ein. Es wäre so schön gewesen, in Eintracht zu leben. In ihrer Mattigkeit kam eine Regung der Zärtlichkeit über sie. Sie lächelte ihm zu und flüsterte:

»Küsse mich!«

Er küßte sie und legte sich neben sie hin, um zu warten, bis sie wieder gehen könnte.

»Siehst du«, fuhr sie fort, »es war nicht recht von dir, daß du vorhin schriest. Ich konnte nicht weiter, wahrhaftig nicht! Ihr habt im Schlage weniger unter der Hitze zu leiden; aber wenn du wüßtest, wie man in dem Gang gebraten wird!«

»Gewiß wäre es unter den Bäumen angenehmer«, antwortete er. »Für dich ist's schlimm, auf diesem Platz zu arbeiten, mein armes Mädchen, das merke ich wohl.«

Sie war so gerührt, als sie ihn so einsichtig sah, daß sie sich tapfer hielt.

»Oh, das ist nur heute«, sagte sie; »ich bin so schwach und die Luft so schlecht... Aber du sollst sehen, ob ich eine Blindschleiche bin. Wenn man arbeiten muß, arbeitet man, nicht wahr? Ich würde lieber sterben, als die Arbeit im Stich lassen.«

Stillschweigen trat ein. Er hatte den Arm um ihren Leib gelegt und drückte sie an seine Brust, damit sie sich nicht erkälte. Obgleich sie sich schon stark genug fühlte, zur Arbeit zurückzukehren, vergaß sie sich doch mit Wonne an seiner Seite.

»Ich wünschte nur, daß du freundlicher wärest«, fuhr sie leiser fort. »Man ist so glücklich, wenn man sich ein wenig liebt.«

Und sie begann still zu weinen.

»Aber ich liebe dich ja, da ich dich zu mir genommen habe«, schrie er.

Sie antwortete nur mit einem Kopfschütteln. Die Männer nahmen oft Besitz von den Weibern, nur um sie zu haben, unbekümmert darum, ob das Weib auch glücklich sei. Ihre Tränen flossen heißer; sie war jetzt unglücklich, wenn sie daran dachte, welches schöne Leben sie führen würde, wenn sie einen anderen Burschen gefunden hätte, dessen Arm sie stets um ihren Leib gefühlt hätte. Einen anderen? Und in ihrer tiefen Bewegung tauchte das Bild dieses anderen vor ihr auf. Doch das war vorüber; sie

hatte nur den Wunsch, mit diesem zu leben, wenn er sie nur weniger grob behandeln wollte.
»Sieh zu, wenigstens von Zeit zu Zeit so zu sein wie jetzt«, sagte sie.
Ein Schluchzen unterbrach ihre Worte; und er küßte sie von neuem.
»Sei nicht so dumm«, sagte er. »Ich schwöre dir, daß ich vernünftig sein will. Ich bin nicht schlimmer als ein anderer, glaube mir!«
Sie schaute ihn an und lächelte wieder unter Tränen. Vielleicht hatte er recht, und es gab keine glücklichen Frauen. Dann, obgleich sie seinem Schwur nicht traute, überließ sie sich der Freude, ihn liebenswürdig zu sehen. Mein Gott, wenn dies von Dauer sein könnte! Sie hatten sich wieder umarmt, und als sie sich lange aneinanderdrückten, wurden sie durch Schritte aufgeschreckt. Drei Kameraden, an denen sie vorbeigekommen waren, erschienen, um zu erfahren, was es gäbe.
Alle machten sich sogleich auf den Weg. Es war bald zehn Uhr, und man nahm sein Frühstück in einem kühlen Winkel, ehe man in den Schlag zurückkehrte, um dort zu schwitzen. Aber sie hatten eben ihren ›Ziegel‹ verzehrt und einen Schluck Kaffee dazu aus der Feldflasche getrunken, als ein Lärm, der von den entfernten Schlägen her kam, sie in Unruhe versetzte. Was gab es denn? Vielleicht wieder einen Unglücksfall? Sie erhoben sich und eilten hinzu. Jeden Augenblick kreuzten Häuer, Schlepperinnen, Karrenjungen ihren Weg; niemand wußte etwas; alle schrien; es mußte ein großes Unglück sein. Allmählich geriet die ganze Zeche in Aufruhr; entsetzte Schatten kamen aus den Stollen hervor, die Laternen zogen hüpfend durch die Finsternis. Wo war es? Warum sagte man es nicht?
Plötzlich kam ein Aufseher vorüber und schrie:
»Man durchschneidet die Kabel! Man durchschneidet die Kabel!«
Da brach Panik aus. Es gab ein rasendes Laufen durch die

dunklen Stollen. Alle hatten den Kopf verloren. Weshalb durchschnitt man die Kabel? Wer durchschnitt sie, während noch Leute in der Grube waren? Das schien ihnen ungeheuerlich.

Doch jetzt gellte die Stimme eines anderen Aufsehers und verhallte wieder.

»Die Arbeiter von Montsou durchschneiden die Kabel! Alle Leute hinaus!«

Als Chaval begriffen hatte, hielt er Catherine jäh zurück. Der Gedanke, daß er oben den Arbeitern begegnen würde, wenn er aufstiege, lähmte ihm die Beine. So war sie denn doch eingetroffen, diese Bande, die er in den Händen der Gendarmen glaubte! Einen Augenblick dachte er daran, umzukehren und durch den Gaston-Marie-Schacht aufzusteigen; doch das Werk war dort nicht mehr in Betrieb. Er fluchte, zögerte, versuchte seine Furcht zu verbergen und wiederholte, es sei albern, so zu laufen. Man würde sie doch nicht in der Grube lassen.

Abermals ertönte die Stimme des Aufsehers, jetzt wieder näher:

»Alle hinaus! Zu den Leitern! Zu den Leitern!«

Und Chaval wurde von den Kameraden mitgerissen. Er drängte Catherine vor sich her, beschuldigte sie, nicht schnell genug zu laufen. Wollte sie denn, daß sie allein in der Grube bleibe, um da zu verhungern? Denn die Räuber von Montsou seien imstande, die Leitern zu zerstören, noch ehe alle Arbeiter draußen wären. Diese abscheuliche Vermutung brachte alle völlig aus der Fassung; da war nur noch ein wütendes Rennen die Stollen entlang, jeder suchte den anderen zuvorzukommen. Einige Männer schrien, die Leitern seien zerbrochen, niemand würde ins Freie gelangen. Und als sie in entsetzten Gruppen in der Aufzugshalle ankamen, gab es eine Stockung; alle stürzten nach dem Schacht, und es entstand ein starkes Gedränge vor der schmalen Pforte, die zu den Leitern führte; während ein alter Stallknecht, der vorsichtigerweise die Pferde in den Stall zurückgeführt hatte, mit verächtlicher Sorglosigkeit dieses Treiben mit ansah. Er war gewohnt, Nächte in der Grube zuzubringen, und war sicher, daß man ihn schließlich hinaufbefördern würde.

»Beeile dich, steige vor mir hinauf«, rief Chaval Catherine zu; »so kann ich dich wenigstens festhalten, wenn du fällst.«

Atemlos und völlig erschöpft durch diesen drei Kilometer weiten Lauf, der sie wieder mit Schweiß bedeckt hatte, ließ sie sich von der Menge fortschieben, ohne zu begreifen. Er faßte sie am Arme mit solcher Gewalt, als wollte er ihn zerquetschen. Sie stieß einen Klageruf aus, und Tränen stürzten ihr aus den Augen. Schon hatte er seinen Schwur vergessen; sie konnte niemals glücklich sein.

»Vorwärts!« brüllte er.

Doch sie hatte zu große Furcht vor ihm. Wenn sie vor ihm hinaufstiege, würde er sie die ganze Zeit mißhandeln. Darum widersetzte sie sich, während die tolle Menge der Kameraden beide zur Seite stieß. Das Sickerwasser des Schachtes fiel in schweren Tropfen herab, und der Fußboden des Saales, durch das Getrappel der Menge erschüttert, zitterte über der schlammigen Senkgrube, die eine Tiefe von zehn Metern hatte. Gerade in Jean-Bart war vor zwei Jahren das Unglück geschehen, daß ein Kabel riß und der Aufzugskasten in die Senkgrube stürzte, wo zwei Arbeiter ertranken. Dieses Unglücksfalles erinnerten sich jetzt alle. Wenn man sich auf dem Bretterboden in allzugroßer Menge ansammelte, konnten alle in der Senkgrube ihren Tod finden.

»Verwünschter Dickschädel!« schrie Chaval. »Krepiere also, ich werde dich dann los sein.«

Er stieg voraus, und sie folgte ihm.

Von der Tiefe der Grube bis zur Erdoberfläche gab es hundertundzwei Leitern von je sieben Meter Länge. Jede Leiter stand auf einem schmalen Absatz, der die Breite des Schachtes hatte, in dem ein viereckiges Loch knapp soviel Raum ließ, daß man die Schultern durchschieben konnte. Es war wie ein glatter Kamin von siebenhundert Meter Höhe zwischen der Schachtwand und der Verschalung des Aufzugs; ein feuchter, finsterer, endloser Schlauch, wo Leiter auf Leiter stand, fast gerade, in regelmäßigen Stockwerken. Ein kräftiger Mann brauchte fünfundzwanzig Minuten, um diese Riesensäule zu ersteigen. Dieser Schacht diente übrigens nur noch für Katastrophenfälle.

Anfänglich stieg Catherine munter hinauf. Ihre nackten Füße waren daran gewöhnt, über die kleinen Kohlenstücke zu schreiten, die auf den Wegen umhergestreut lagen; sie litten auch nicht durch die viereckigen Leitersprossen, die mit Eisen belegt waren, um nicht abgenützt zu werden. Ihre durch das Rollen der Karren abgehärteten Hände faßten mutig die für sie zu dicken Pfosten der Leitern. Sie fand sogar Zerstreuung und vergaß ihren Kummer bei diesem unvorhergesehenen Aufstieg, dieser langen Schlange von Menschen, die sich hinaufwand, drei auf jeder Leiter, so daß die ersten wohl schon ans Tageslicht kletterten, wenn die letzten noch über der Senkgrube herumstanden. Man war aber noch nicht so weit. Die ersten mochten kaum ein Drittel des Schachtes zurückgelegt haben. Niemand sprach mehr; die Füße bewegten sich mit einem dumpfen Geräusch, während die Lampen, gleich irrenden Sternen, in einer immer wachsenden Linie aufstiegen.

Catherine hörte hinter sich einen Karrenjungen die Leitern zählen. Dies brachte sie auf den Gedanken, sie ebenfalls zu zählen. Man hatte fünfzehn erstiegen und gelangte jetzt zu einem Absatz. In diesem Augenblicke stieß sie an die Füße Chavals. Er fluchte und schrie ihr zu, besser aufzupassen. Allmählich blieb die ganze Säule stehen und wurde unbeweglich. Was gab es? Was ging vor? Und jeder fand seine Stimme wieder, um zu fragen und zu erschrecken. Die Angst stieg immer drückender aus der Tiefe herauf; das unbekannte Hindernis dort oben schnürte allen immer mehr die Kehle zu, je weiter sie nach oben kamen. Jemand verkündete, man müsse wieder hinabsteigen, die Leitern seien gebrochen. Dies war die Sorge aller, die Furcht, sich vor der gähnenden Leere zu befinden. Dann wieder ging eine andere Erklärung von Mund zu Mund; ein Häuer sei von einer Leitersprosse abgerutscht. Man wußte nichts Genaues; in dem Geschrei war nichts zu hören. Sollte man denn auf den Leitern übernachten? fragte man. Endlich, ohne daß man Aufklärung bekommen hatte, wurde der Aufstieg fortgesetzt, mit derselben langsamen und mühseligen Bewegung, dem rollenden Geräusch der Tritte und dem Tanze der Lampen. Die zerbrochenen Leitern mußten weiter oben sein.

Bei der zweiunddreißigsten Leiter – eben war man bei einem dritten Aufstiegabsatz vorbeigekommen – fühlte Catherine ihre Beine und Arme steif werden. Zuerst hatte sie ein leichtes Prickeln in der Haut gefühlt. Sie verlor jetzt das Gefühl für Eisen und Holz unter den Füßen und in den Händen. Ein immer mehr anwachsender, brennender Schmerz erhitzte ihre Muskeln. Und in der Betäubung, die sich ihrer bemächtigte, erinnerte sie sich der Geschichten des Großvaters Bonnemort aus der Zeit, als es noch keinen Nebenschacht gab und kleine Mädchen von zehn Jahren die Kohle auf ihren Schultern hinaufschafften, längs der Leitern, die an der kahlen Wand aufgestellt waren. Wenn eine ausglitt oder ein Stück Kohle aus einem Korbe fiel, stürzten gleich drei, vier Kinder ab. Die Krämpfe in ihren Gliedern wurden unerträglich; niemals würde sie hinaufgelangen.

Es gab neue Stockungen, und diese gestatteten ihr, ein wenig zu verschnaufen. Allein das Entsetzen, das jedesmal von oben herabwehte, vollendete ihre Betäubung. Der Atem der Menschen über ihr und unter ihr floß zusammen, ein Schwindel ging von diesem endlosen Aufstieg aus, bei dem sie mit Übelkeit kämpfte wie die anderen auch. Sie erstickte fast, betäubt von der Finsternis, verzweifelt über das fortwährende Anstoßen an die Mauern des engen Schlundes. Sie fröstelte infolge der Feuchtigkeit; ihr Körper war in Schweiß gebadet, und die Nässe drang in eiskalten Tropfen auf sie ein. Man näherte sich der Zwischenebene; der Regen fiel so dicht, daß er die Lampen auszulöschen drohte.

Chaval befragte Catherine zweimal, ohne eine Antwort zu erhalten. Was trieb sie denn da unter ihm? Hatte sie ihre Zunge verloren? Sie konnte ihm doch sagen, ob sie sich noch halte. Der Aufstieg währte schon eine halbe Stunde, ging aber so schleppend voran, daß sie erst auf der neunundfünfzigsten Leiter angelangt waren. Noch dreiundvierzig. Catherine stammelte endlich, daß sie sich trotz allem noch halte. Er hätte sie wieder eine Blindschleiche genannt, wenn sie ihm ihre Müdigkeit gestanden hätte. Das Eisen der Sprossen mußte ihr jetzt in die Füße einschneiden; ihr war, als würde man sie bis auf die Knochen durchsägen. Jedesmal, wenn sie die Hände nach den Pfosten ausstreckte, war sie darauf gefaßt, sie abgleiten zu sehen; sie waren dermaßen zerschunden und steif, daß sie die Finger nicht schließen konnte; und sie glaubte rücklings abstürzen zu müssen; ihr war, als wären ihre Schultern losgerissen, ihre Schenkel aus den Gelenken infolge der fortgesetzten Anstrengung. Sie litt besonders durch die geringe Neigung der Leitern, die fast senkrecht standen, so daß sie genötigt war, sich durch die Kraft ihrer Handgelenke emporzuziehen, wobei der Bauch an das Holz gepreßt war. Der Atem der Menge übertönte jetzt das Rollen der Tritte. Ein ungeheures Röcheln, zehnfach verstärkt durch die engen Wände des Schlundes, erhob sich aus der Tiefe und erstarb an der Erdoberfläche. Jetzt wurde ein Ächzen hörbar, Worte flogen von Mund zu Mund; ein Karrenjunge hatte sich an der Kante eines Absatzes den Schädel angerannt.

Und Catherine stieg immer höher. Jetzt passierte man die Zwischenebene. Der Regen hatte aufgehört; Nebel verdichtete die Kellerluft, die noch durch den Geruch alten Eisens und feuchten Holzes verdorben wurde. Hartnäckig fuhr sie fort, im stillen zu zählen: einundachtzig, zweiundachtzig, dreiundachtzig; noch neunzehn. Diese immer wiederholten Zahlen allein hielten sie mit ihrem rhythmischen Wiegen aufrecht. Sie war sich ihrer Bewegungen nicht mehr bewußt. Wenn sie den Blick erhob, sah sie die Lampen spiralförmig kreisen. Ihr Blut floß; sie fühlte, daß sie sterbe, daß der leiseste Hauch genügen würde, um sie hinabzuschleudern. Am schlimmsten war, daß die nach ihr kommenden Leute jetzt drängten und die ganze Säule aufwärts stürmte, getrieben von der wachsenden Wut über ihre Ermüdung und von dem rasenden Bedürfnis, die Sonne wiederzusehen. Die ersten Kameraden waren jetzt aus dem Schacht, es gab also keine zerbrochenen Leitern; doch der Gedanke, daß man sie noch zerbrechen könnte, um die letzten am Ausstieg zu hindern, während die andern sich schon oben verschnaufen konnten, machte sie vollends toll. Und da wieder eine Stockung eintrat, wurden wilde Flüche ausgestoßen, alle stiegen weiter, einander stoßend, über Leiber hinwegschreitend, damit man um jeden Preis ins Freie gelange.

Da stürzte Catherine. Sie hatte einen verzweifelten Hilferuf nach Chaval ausgestoßen. Er hörte nicht; er rang mit einem Kameraden, stieß diesen in die Seiten, um vor ihm hinaufzugelangen. Und sie wurde fortgewälzt und getreten. Und in ihrer Ohnmacht hatte sie einen Traum. Ihr schien, sie sei eine der kleinen Schlepperinnen von ehemals, und ein Stück Kohle, das über ihr aus einem Korbe fiel, habe sie in die Tiefe des Schachtes hinabgeschleudert wie einen Sperling, den ein Kieselstein getroffen. Nur fünf Leitern waren noch zu ersteigen. Der Aufstieg hatte fast eine Stunde gedauert. Niemals hat sie erfahren, wie sie ans Tageslicht gelangt war, von Schultern getragen, durch die Enge des Schachtes festgehalten.

Plötzlich befand sie sich in der blendenden Sonnenhelle, inmitten einer heulenden Volksmenge, die sie verhöhnte.

III

Schon mit Tagesanbruch war eine zitternde Bewegung durch die Arbeiterdörfer gegangen, jene Bewegung, die jetzt auf allen Wegen, in der ganzen Landschaft immer mehr anschwoll. Allein, der verabredete Aufbruch konnte nicht stattfinden; es verbreitete sich die Nachricht, daß Dragoner und Gendarmen durch die Ebene zögen. Man erzählte, sie seien während der Nacht aus Douai angekommen; man beschuldigte Rasseneur, die Kameraden verraten zu haben, indem er Herrn Hennebeau über ihre Absichten verständigt hätte; eine Schlepperin schwor sogar, sie habe gesehen, wie ein Diener die Depesche zum Telegraphenamt getragen hätte. Die Arbeiter ballten drohend die Fäuste und lauerten beim fahlen Lichte der Morgendämmerung hinter ihren Fensterläden, ob die Soldaten schon kämen.

Gegen halb acht Uhr – die Sonne ging eben auf – kam ein anderes Gerücht in Umlauf, das die Ungeduldigen beruhigte. Es handle sich nur um einen militärischen Übungsmarsch, wie ihn seit dem Ausbruche des Streiks der kommandierende General auf Wunsch des Präfekten von Lille wiederholt vornehmen ließ. Die Streikenden verabscheuten diesen Beamten, dem sie vorwarfen, sie durch das Versprechen einer versöhnenden Vermittlung getäuscht zu haben, die sich darauf beschränkte, daß er alle acht Tage die Truppen durch Montsou marschieren ließ, um die Arbeiter in Schach zu halten. Wenn die Dragoner und Gendarmen, nachdem sie in hellem Trab über die hartgefrorenen Straßen der Dörfer geritten waren, wieder ruhig den Weg nach Marchiennes einschlugen, lachten die Arbeiter über den einfältigen Präfekten mit seinen Soldaten, die Reißaus nahmen, wenn sich einmal die Dinge hitziger gestalteten. Bis neun Uhr beherrschten sie sich, blieben ruhig vor ihren Häusern auf dem Straßenpflaster stehen und blickten den letzten Gendarmen nach. Die Bürger von Montsou schliefen noch in ihren großen Betten. Frau Hennebeau verließ im Wagen das Direktionsgebäude. Sie ließ Herrn Hennebeau gewiß bei der Arbeit zurück, denn das Haus lag still und geschlossen, wie ausgestorben da. Keine der Gruben war militärisch bewacht; es war der verhängnisvolle Mangel an Vorsicht in der Stunde der Gefahr, die natürliche Dummheit bei Katastrophen; alle Fehler, die eine Regierung begehen konnte, wenn es galt, die Tatsachen mit Klugheit zu erfassen. Und es schlug neun Uhr, als die Bergleute endlich den Weg nach Vandame einschlugen, um sich zu dem Treffpunkt zu begeben, den man am vorhergehenden Tage im Walde beschlossen hatte.

Etienne begriff sogleich, daß er in Jean-Bart die dreitausend Kameraden nicht beisammen haben würde, auf die er zählte. Viele glaubten, die Kundgebung sei verschoben worden, und das schlimmste war, daß zwei oder drei Banden, die schon unterwegs waren, die gute Sache zu gefährden drohten, wenn er sich nicht an ihre Spitze stellte. Fast hundert Mann, die vor der Morgendämmerung aufgebrochen waren, hatten unter die Buchen des Waldes flüchten müssen, um hier die anderen zu erwarten. Souvarine, den der junge Mann zu Rate zog, zuckte nur mit den Achseln; zehn entschlossene Burschen taugten mehr als eine ganze Menge, meinte er. Und er vertiefte sich wieder in das Buch, das aufgeschlagen vor ihm lag; er wollte nicht mittun. Die Sache drohte wieder ins Gefühlvolle zu entarten, während es so einfach gewesen wäre, Montsou in Brand zu stecken. Als Etienne das Haus verließ, bemerkte er Rasseneur, der sehr bleich am eisernen Ofen saß, während sein Weib, das in seinem ewigen schwarzen Kleide noch länger schien, ihn mit scharfen, wenn auch höflichen Worten beschimpfte.

Maheu war der Ansicht, man müsse Wort halten. Eine

solche Zusammenkunft sei heilig. Allein, die Nacht hatte das Fieber aller beruhigt; er fürchtete jetzt ein Unglück, und er erklärte, man habe die Pflicht, sich am Ort der Versammlung einzufinden, um die Kameraden in ihrem guten Rechte zu unterstützen. Frau Maheu nickte zustimmend. Etienne wiederholte selbstgefällig, man müsse revolutionär vorgehen, ohne jemandes Leben anzutasten. Vor dem Aufbruch wies er seinen Brotanteil zurück, den man ihm gestern samt einer Flasche Wacholderbranntwein gegeben hatte; aber er trank drei Gläschen nacheinander; das sei gegen die Kälte, meinte er. Er nahm sogar in der Feldflasche einen Schnapsvorrat mit. Alzire sollte die Kinder hüten. Der alte Bonnemort blieb im Bett; er war am gestrigen Tage zu viel herumgelaufen, und darum schmerzten ihn die Beine.

Aus Vorsicht gingen nicht alle zusammen. Jeanlin war schon längst verschwunden. Maheu und sein Weib gingen auf Seitenwegen in der Richtung nach Montsou, während Etienne einen anderen Weg nach dem Walde einschlug, um dort die Kameraden zu treffen. Unterwegs holte er eine Bande Weiber ein, unter denen er die Brulé und die Levaque erkannte; sie aßen Kastanien, die die Mouquette gebracht hatte, und sie verschlangen auch die Schalen, »damit das Zeug besser im Magen vorhalte«. Im Walde fand Etienne niemanden; die Kameraden waren schon in Jean-Bart. Da begann er zu laufen, und er traf in Jean-Bart gerade in dem Augenblick ein, als Levaque mit etwa hundert Leuten in den Werkhof eindrang. Von allen Seiten kamen Grubenarbeiter; Maheu und sein Weib auf der Landstraße, die Weiber querfeldein, alle in regellosen Haufen, ohne Führer, ohne Waffen, in natürlicher Weise nach diesem Punkt sich ergießend, wie ein angeschwollenes Wasser, das die Hänge hinabläuft. Etienne bemerkte Jeanlin, der einen Brückensteg erklommen hatte und sich dort niederließ, als säße er im Theater. Er lief schneller und betrat mit den ersten den Werkhof. Es waren noch kaum dreihundert Leute da.

Es gab eine Stockung, als Deneulin auf der Höhe der Treppe erschien, die zur Aufnahmehalle führte.
»Was wollt ihr?« fragte er mit lauter Stimme.
Nachdem er gesehen hatte, wie der Wagen verschwand, aus dem seine Töchter ihm noch zugelächelt hatten, war er, von einer unbestimmten Unruhe ergriffen, nach der Grube zurückgekehrt. Er fand jedoch alles in Ordnung; die Leute waren angefahren, die Förderung war im Zuge; und er beruhigte sich wieder und plauderte mit dem Oberaufseher, als man ihm meldete, daß die Streikenden nahten. Er eilte zu einem Fenster des Siebwerks und angesichts dieser wachsenden Menge, die den Werkhof überflutete, hatte er sogleich das Gefühl seiner Ohnmacht. Wie sollte er diese auf allen Seiten offenen Gebäude verteidigen? Er hätte kaum zwanzig seiner Arbeiter um sich scharen können. Er war verloren.
»Was wollt ihr?« wiederholte er, bleich von verhaltener Wut eine Anstrengung machend, um seinem Unglück mutig die Stirne zu bieten.
In der Menge entstand ein Drängen und Brummen. Schließlich trat Etienne hervor und sagte:
»Mein Herr, wir sind nicht gekommen, um Ihnen zu schaden. Allein, die Arbeit muß überall eingestellt werden.«
Deneulin nannte ihn rundheraus einen Schwachkopf.
»Glauben Sie mir Gutes zu tun, wenn Sie die Arbeit bei mir verhindern? Das ist geradeso gut, als wenn Sie dicht hinter mir eine Flinte nach mir abschössen ... Ja, meine Leute sind in der Grube und werden nicht ausfahren – oder ihr müßtet vorher mich selbst umbringen.«
Diese rauhen Worte verursachten ein Geschrei. Maheu mußte Levaque zurückhalten, der in drohender Haltung hervorstürzte, während Etienne noch immer unterhandelte und Deneulin von der Gesetzmäßigkeit ihrer revolutionären Aktion zu überzeugen versuchte. Aber dieser antwortete mit dem Recht auf Arbeit. Er lehnte es übrigens ab, über diese Dummheiten zu diskutieren; er

wollte Herr sein im eigenen Hause. Er machte sich nur Vorwürfe darüber, daß er nicht vier Gendarmen dahatte, um dieses ganze Lumpenpack hinwegzufegen.

»Ja, das ist mein Fehler; ich verdiene, was mir geschieht. Kerlen eures Schlages gegenüber gibt es nur eines: die Gewalt. Die Regierung bildet sich ein, euch durch Zugeständnisse zu gewinnen. Ihr werdet sie aber einfach zu Boden werfen, wenn sie euch Waffen geliefert haben wird.«

Etienne bebte vor Wut, hielt sich aber noch zurück.

»Herr«, sagte er mit gedämpfter Stimme, »ich bitte Sie, den Befehl zu geben, daß Ihre Arbeiter heraufgeholt werden; ich kann sonst für meine Kameraden nicht einstehen. Sie können dadurch einem Unglück vorbeugen.«

»Nein, lassen Sie mich in Frieden! Ich kenne Sie doch nicht! Sie gehören nicht zu meiner Grube, Sie haben mit mir nicht zu unterhandeln ... Nur Räuber durchstreifen so das Land, um Häuser zu plündern.«

Lautes Geschrei übertönte jetzt seine Stimme; besonders die Weiber beschimpften ihn. Er aber fuhr fort, ihnen Trotz zu bieten, und er fühlte eine Erleichterung in dem Freimut, mit dem er seinem herrischen Wesen freien Lauf ließ. Da das Verderben sicher war, fand er es feige, sich auf nutzlose Plattheiten zu verlegen. Doch ihre Zahl nahm immer noch zu; nahezu fünfhundert Leute drängten jetzt zur Tür, und er war in Gefahr, niedergetreten zu werden, als sein Oberaufseher ihn heftig zurückriß.

»Um Himmels willen, Herr! ... Das gibt ein Blutvergießen. Wozu ist es gut, Menschen für nichts und wieder nichts töten zu lassen?«

Er wehrte sich noch; er protestierte mit einem letzten Schrei, den er der Menge zuschleuderte.

»Banditen, ihr werdet sehen, wenn wir erst wieder die Stärkeren sind!«

Man führte ihn hinweg; ein Ansturm hatte die ersten der

Bande auf die Treppe gedrängt, deren Geländer verbogen wurde. Die Weiber drängten am meisten, schrien und trieben die Männer an. Die Tür gab sogleich nach; es war eine Tür ohne Schloß, nur eingeklinkt. Doch die Treppe war zu schmal; die Menge stand eng zusammengedrängt, und es hätte lange gedauert, bis sie eingedrungen wäre, wenn die Nachhut der Belagerer nicht auf den Einfall gekommen wäre, durch die anderen Eingänge einzudringen. Und nun ergossen sie sich von allen Seiten, von der Baracke, vom Siebwerk, vom Heizhause her. In weniger als fünf Minuten gehörte ihnen die ganze Grube; sie überfluteten die drei Stockwerke unter wütenden Gebärden und Schreien, fortgerissen von dem Taumel ihres Sieges über diesen Arbeitgeber, der sich ihnen widersetzt hatte.

Maheu, der als einer der ersten vorgedrungen war, sagte entsetzt zu Etienne:

»Sie sollen ihn nicht töten!«

Dieser rannte schon; dann, als er begriffen hatte, daß sich Deneulin in der Aufseherstube verrammelt hatte, antwortete er:

»Was weiter! Wäre es unsere Schuld? So ein Tollkopf!«

Doch war auch er von Unruhe erfüllt, aber noch zu besonnen, um dieser Zornesaufwallung nachzugeben. Er litt auch in seinem Stolz als Anführer, als er sah, wie die Horde sich seiner Autorität entzog und außer Rand und Band geriet, weit über das Maß der kühlen Vollstreckung des Volkswillens hinaus, so wie er es sich gedacht hatte. Vergebens forderte er Kaltblütigkeit; vergebens schrie er, man dürfe nicht durch Handlungen unnützer Zerstörung den Feinden recht geben.

»Zu den Heizkesseln!« heulte die Brulé. »Laßt uns die Feuer auslöschen!«

Levaque, der eine Feile gefunden hatte, schwang diese wie einen Dolch und beherrschte den Tumult mit einem furchtbaren Schrei:

»Wir durchschneiden die Kabel! Wir durchschneiden die Kabel!«
Bald wiederholten alle diesen Ruf; bloß Etienne und Maheu fuhren fort zu protestieren, bestürzt, in den Tumult hineinredend, ohne sich Gehör zu verschaffen. Endlich konnte der erstere sich vernehmlich machen:
»Aber es sind Leute in der Grube, Kameraden!«
Der Lärm verstärkte sich noch; auf allen Seiten wurde geschrien:
»Um so schlimmer! Sie hätten nicht anfahren sollen! ... Es geschieht ihnen recht, den Verrätern! ... Ja, ja, sie sollen dort bleiben! ... Übrigens sind ja die Leitern da!«
Und als der Gedanke an die Leitern sie noch hartnäckiger gemacht hatte, begriff Etienne, daß er nachgeben müsse. In der Furcht vor einem noch größeren Unglück eilte er zur Maschine; er wollte wenigstens die Aufzugskästen heraufkommen lassen, damit nicht die über dem Schacht durchgesägten Kabel auf sie niederfielen und sie mit ihrem ungeheuren Gewicht zerschmetterten. Der Maschinist war verschwunden, ebenso wie die wenigen oben beschäftigten Arbeiter. Etienne bemächtigte sich des Schalthebels, er manövrierte, während Levaque und zwei andere das gußeiserne Gerüst erklommen, das die Spornräder trug. Kaum waren die Aufzugskästen verankert, als man das Kreischen der Feile hörte, das die stählernen Kabel durchsägte. Tiefe Stille trat ein; das Geräusch der Feile schien das ganze Bergwerk zu erfüllen; alle hoben den Kopf, schauten und hörten, von großer Bewegung ergriffen. Maheu, der in der ersten Reihe stand, wurde von einer grausamen Freude erfüllt, als ob die Zähne der Feile sie alle von dem Unglück befreit hätten, indem sie das Kabel eines dieser Unglückslöcher durchsägten, in das man nicht mehr hinabsteigen würde.
Die Brulé war inzwischen über die Treppe der Baracke verschwunden, unablässig schreiend:

»Man muß die Feuer auslöschen! Zu den Kesseln! Zu den Kesseln!«

Eine Schar von Weibern folgte ihr. Frau Maheu eilte hinzu, um sie zu hindern, alles zu zerstören, wie ihr Mann die Kameraden hatte zur Vernunft bringen wollen. Sie war die Besonnenste von allen; man könne sein Recht fordern, ohne Schaden anzurichten, meinte sie. Als sie das Kesselhaus betrat, hatten die Weiber schon die zwei Heizer verjagt; die Brulé hockte mit einer großen Schaufel vor einem der Öfen und leerte ihn, die weißglühenden Kohlen auf die Ziegel des Vorplatzes schleudernd, wo sie mit schwarzem Rauche weiterbrannten. Es waren zehn Öfen für die fünf Dampfkessel da. Alle Weiber stürzten sich mit wilder Wut auf dieses Zerstörungswerk; die Levaque schwang ihre Schaufel mit beiden Händen, die Mouquette schürzte ihren Rock bis an die Hüften, damit er nicht Feuer fange; sie waren blutrot im Widerschein des Brandes, schweißtriefend, mit wirrem Haar in diesem Hexensabbat. Der Kohlenhaufen wurde höher und höher; die Decke des weiten Raumes barst unter der Einwirkung der furchtbaren Gluthitze.

»Genug!« rief die Maheu. »Die Bude wird in Flammen aufgehen!«

»Um so besser!« antwortete die Brulé. »Es wird wenigstens ganze Arbeit sein ... Donnerwetter! Ich sagte ihnen, daß ich sie den Tod meines Mannes entgelten lassen werde!«

In diesem Augenblick hörte man die schrille Stimme Jeanlins.

»Paßt auf! Ich werde die Feuer auslöschen! Ich lasse alles los!«

Als einer der ersten eingedrungen, war er durch die Menge gehumpelt, entzückt von diesem Tumult und überall suchend, was er Böses treiben könnte; er kam auf den Gedanken, die Ventile zu öffnen, um den Dampf abzulassen. Die Dampfstöße gingen los mit der Gewalt von Schüssen; die fünf Kessel leerten sich mit einem sturm-

artigen Brausen und Zischen, daß einem die Ohren gellten. Alles war in Dampf gehüllt, die Kohle verblaßte, die Weiber erschienen nur mehr als Schatten mit verschwommenen Bewegungen. Der Knabe allein war sichtbar; er hatte die Galerie erstiegen, und man bemerkte ihn hinter den weißen Dampfwolken, wie er – das breite Maul bis zu den Ohren offen – vergnügt grinste, weil es ihm gelungen war, diesen Orkan zu entfesseln.
Es dauerte nahezu eine Viertelstunde. Man hatte einige Kübel Wasser auf die Kohlenhaufen geschüttet, um sie vollends auszulöschen; damit war die Feuergefahr beseitigt. Aber die Wut der Menge war nicht gedämpft, vielmehr neu aufgestachelt. Mit Hämmern bewaffnete Männer stiegen hinunter, die Weiber ergriffen Eisenstangen, und man sprach davon, die Dampfkessel, die Maschinen zu zerschlagen, das Bergwerk vollends zu zerstören.
Etienne, den man benachrichtigt hatte, eilte mit Maheu herbei. Hingerissen von diesem glühenden Rachefieber, war auch er berauscht. Er kämpfte jedoch dagegen an und beschwor sie, ruhig zu sein, da nunmehr die durchschnittenen Kabel, die ausgelöschten Feuer, die leeren Dampfkessel die Fortsetzung der Arbeit unmöglich machten. Man hörte wieder nicht auf ihn, und man war im Begriff, ihn zu überschreien, als draußen, vor einer kleinen Tür, wo der Leiternschacht mündete, ein großer Tumult entstand.
»Nieder mit den Verrätern! ... Oh, die schändlichen Feiglinge! ... Nieder mit ihnen! ...«
Es begann eben der Ausstieg der Arbeiter aus der Grube. Die ersten standen blinzelnd da, geblendet von der Tageshelle. Dann zogen sie ab, suchten die Straße zu erreichen und zu entkommen.
»Nieder mit den Feiglingen! Nieder mit den falschen Brüdern!«
Die ganze Bande der Streikenden war herbeigeeilt. In weniger als fünf Minuten war nicht ein Mann in den Gebäuden geblieben; die Fünfhundert von Montsou stellten

sich in zwei Reihen auf und zwangen so die Arbeiter von Vandame, diese Verräter, die angefahren waren, durch diese Doppelgasse zu ziehen. Und bei jedem neuen Arbeiter, der mit zerfetzten Kleidern und geschwärztem Gesicht an der Pforte des Schachtes erschien, erneuerten sie die Schmährufe, und rohe Scherze empfingen ihn: Oh, der da hatte drei Zoll Beine und darauf saß gleich das Hinterteil; diesem da hatten die Dirnen vom Vulkan die Nase weggefressen; diesem anderen floß Wachs aus den Augen, so viel Wachs, daß man damit zehn Kirchen versorgen könnte; da kam ein Großer ohne Hinterbacken, so lang wie die Fastenzeit. Jetzt kam eine Schlepperin zum Vorschein, riesengroß, der Busen im Bauch, der Bauch im Hintern; sie entfesselte ein wildes Gelächter. Man wollte sie betasten; die Scherze wurden derber, allmählich grausam, und ein Hagel von Faustschlägen drohte niederzugehen, während der Zug der armen Teufel fortdauerte, die zitternd, die Beschimpfungen ruhig ertragend, nach den erwarteten Hieben schielten und froh waren, wenn sie die Grube endlich hinter sich hatten und laufen konnten.

»Ei, zum Teufel! wie viele sind denn noch da drinnen?« fragte Etienne.

Er war erstaunt, noch immer Leute hervorkommen zu sehen, und er wurde zornig bei dem Gedanken, daß es sich nicht um einige Arbeiter handle, die, durch den Hunger genötigt und durch die Aufseher eingeschüchtert, angefahren waren. Man hatte ihn demnach im Walde belogen; die ganze Belegschaft von Jean-Bart war angefahren. Doch als er Chaval auf der Schwelle erblickte, stürzte er mit einem Schrei hinzu.

»Herrgott nochmal! Zu diesem Stelldichein also hast du uns gerufen?«

Verwünschungen wurden laut; man drängte sich heran, um sich auf den Verräter zu werfen. Was? Er hatte gestern mit ihnen geschworen, und nun fand man ihn mit den anderen in der Grube! Wollte er sich über sie lustig machen?

»Faßt ihn! In den Schacht mit ihm!«
Chaval war schreckensbleich geworden und stammelte irgendwelche Erklärungen. Allein Etienne schnitt ihm das Wort ab; er war außer sich, von der Wut der Bande ergriffen.
»Du wolltest mittun, du wirst mittun ... Vorwärts, marsch, Halunke!«
Doch ein anderer Schrei übertönte seine Stimme. Catherine war zum Vorschein gekommen, geblendet von der hellen Sonne, entsetzt darüber, mitten unter diese Wilden geraten zu sein. Ihre Beine waren wie zerschlagen nach den hundertundzwei Leitern, und ihre Handflächen bluteten. Sie wollte einen Augenblick verschnaufen, als die Maheu, sie erblickend, mit erhobener Hand auf sie losstürzte.
»Du auch, Metze? ... Wenn deine Mutter verhungert, verrätst du sie wegen deines Zuhälters?«
Maheu hielt den Arm zurück und verhinderte so die Ohrfeige. Aber er schüttelte seine Tochter und machte ihr, dem Beispiel seines Weibes folgend, wütende Vorwürfe wegen ihres Betragens. Beide hatten den Kopf verloren und schrien stärker als die Kameraden.
Der Anblick Catherines hatte Etienne vollends erbittert. Er wiederholte:
»Vorwärts! Zu den anderen Gruben! Und du kommst mit uns, schmutziges Schwein!«
Chaval hatte knapp Zeit, seine Holzschuhe aus der Baracke zu holen und eine Wolljacke über seine frierenden Schultern zu werfen. Alle zerrten ihn fort und zwangen ihn, in ihrer Mitte zu laufen. Auch Catherine, die völlig die Fassung verloren hatte, zog ihre Holzschuhe an, knöpfte die alte Männerjacke zu, die sie seit dem Eintritt der Kälte trug, und lief hinter ihrem Galan her. Sie wollte ihn nicht verlassen, denn sie war überzeugt, daß man ihn umbringen würde.
In zwei Minuten leerte sich Jean-Bart. Jeanlin, der ein Signalhorn gefunden hatte, blies aus Leibeskräften hinein und entlockte ihm rauhe Töne, als gelte es, eine Ochsen-

herde zu versammeln. Die Weiber, die Brulé, die Levaque, die Mouquette, hoben ihre Röcke auf, um besser laufen zu können, während Levaque eine Hacke schwang wie ein Tambourmajor seinen Stab. Andere Kameraden stießen zur Bande, die jetzt fast tausend Köpfe zählte und sich ohne jede Ordnung, wie ein aus den Ufern getretener Strom über die Straße ergoß. Der Weg, der aus dem Werk hinausführte, war zu schmal; die Zaunpfähle wurden ausgebrochen.

»Zu den Gruben! Nieder mit den Verrätern! Keine Arbeit mehr!«

Jean-Bart versank plötzlich in tiefe Stille. Kein Mensch, kein Laut. Deneulin verließ das Aufseherzimmer und machte sich allein, jede Begleitung abwehrend, an die Untersuchung der Grube. Er war bleich, sehr ruhig. Zuerst blieb er vor dem Aufzugschacht stehen, hob die Augen und betrachtete die durchschnittenen Kabel; die Enden des stählernen Seiles hingen nutzlos herab; der Biß der Feile hatte eine frische Wunde zurückgelassen, die aus dem Schwarz des Schmierfettes hervorschimmerte. Dann ging er zur Maschine hinauf, betrachtete die Kurbelstange, die unbeweglich war wie das Gelenk eines mit Lähmung geschlagenen gewaltigen Gliedes, berührte das schon erkaltete Metall, wobei er zusammenschauerte, als hätte er einen Toten berührt. Dann stieg er zu den Kesseln hinunter, ging langsam an den erloschenen Öfen vorbei, die gähnend und mit Wasser übergossen dastanden, stieß mit dem Fuß an die Dampfkessel, die einen hohlen Klang gaben. Es war zu Ende; sein Ruin war eine ausgemachte Sache. Selbst wenn er die Kabel ausbessern, die Feuer wieder anzünden ließe; wo würde er Arbeiter finden? Noch zwei Wochen Streik, und er war ruiniert. Und in dieser Gewißheit seines Unglücks hatte er keinen Haß mehr gegen die Räuber von Montsou; er fühlte die Mitschuld aller, die allgemeine, hundertjährige Schuld. Es waren rohe Kerle, ohne Zweifel; aber rohe Kerle, die nicht lesen konnten und am Verhungern waren.

IV

Unter dem fahlen Winterhimmel zog die Bande durch die in das weiße Winterkleid gehüllte, flache Ebene und ergoß sich von der Straße über die Rübenfelder.

Bei dem ›Ochsengabel‹ genannten Felde hatte Etienne das Kommando übernommen. Ohne anzuhalten, rief er Befehle aus und organisierte den Marsch. Jeanlin lief voraus und blies auf seinem Horn eine barbarische Musik. In den ersten Reihen marschierten die Weiber, einige mit Stöcken bewaffnet, die Maheu mit wild flammenden Augen, die die verheißene Stadt der Gerechtigkeit zu suchen schienen; die Brulé, die Levaque, die Mouquette schritten tüchtig aus unter ihren Lumpen, wie Soldaten, die in den Krieg ziehen. Wenn es zu einem Zusammenstoße kommen sollte, würde man wohl sehen, ob die Gendarmen es wagten, auf Weiber einzuhauen. Ihnen folgten die Männer in der Regellosigkeit einer Herde, in einem Zuge, der sich immer mehr ausbreitete, von Eisenstangen starrend, von der Hacke Levaques überragt, deren Schneide in der Sonne glänzte. In der Mitte marschierte Etienne, der Chaval nicht aus den Augen ließ und ihn zwang, vor ihm zu gehen, während hinter ihm Maheu, mit düsterer Miene, von Zeit zu Zeit auf seine Tochter Catherine blickte, die einzige Weibsperson unter diesen Männern, die in ihrer Hartnäckigkeit neben ihrem Liebsten einherschritt, damit ihm nichts zuleide geschehe. Viele gingen barhäuptig, und der Wind trieb mit ihren Haaren sein Spiel. Man hörte nur das Geklapper der Holzschuhe, dem Lauf einer losgelassenen Viehherde vergleichbar, die dem wilden Trompeten Jeanlins folgte.

Aber plötzlich erscholl ein neuer Schrei.

»Brot! Brot! Brot!«

Es war Mittag; der Hunger der sechs Streikwochen erwachte in den leeren Bäuchen, noch aufgestachelt durch diesen Lauf über Stock und Stein. Die wenigen Brotrinden vom Morgen und die Kastanien der Mouquette

waren längst verdaut; die Mägen schrien, und dieses Leiden verstärkte noch die Wut gegen die Verräter.
»Zu den Gruben! Keine Arbeit mehr! Brot! Brot!«
Etienne, der am Morgen im Dorfe abgelehnt hatte, seinen Teil zu essen, hatte ein unerträgliches Gefühl des Zerreißens in der Brust. Er beklagte sich nicht, aber er griff von Zeit zu Zeit mechanisch nach seiner Feldflasche und nahm einen Schluck Wacholderbranntwein; er fror so arg, daß er es nötig zu haben glaubte, um sein Vorhaben zu Ende zu führen. Seine Wangen erhitzten sich; eine Flamme entzündete sich in seinen Augen. Jedoch bewahrte er seine Besonnenheit, er wollte unnütze Zerstörungen vermeiden.
Als man die nach Joiselle führende Straße erreichte, geschah es, daß ein Häuer von Vandame, der sich der Bande angeschlossen hatte, aus Rache gegen seinen Arbeitgeber die Kameraden nach rechts zog, indem er heulte:
»Nach Gaston-Marie! Man muß die Pumpe stillstehen lassen! Jean-Bart muß ersäuft werden!«
Schon machte die Menge kehrt, trotz des Protestes von Etienne, der sie bat, das Ausschöpfen des Wassers aus der Grube nicht zu hindern. Wozu sollte man die Stollen zerstören? Dieser Gedanke empörte sein Arbeitergewissen trotz seiner augenblicklichen Verbitterung. Auch Maheu fand es ungerecht, an einer Maschine Vergeltung zu üben. Doch der Häuer fuhr fort, seinen Racheschrei auszustoßen, und Etienne mußte ihn überschreien.
»Nach Mirou!« rief er. »Dort gibt es noch Verräter in den Gruben! Nach Mirou!«
Mit einer Handbewegung hatte er die Bande auf den Weg nach links zurückgetrieben, während Jeanlin sich wieder an die Spitze stellte und stärker in das Horn blies. Es entstand ein großes Durcheinander; Gaston-Marie war für jetzt gerettet.
Die vier Kilometer, die sie von Mirou trennten, wurden in einer halben Stunde zurückgelegt, fast im Laufschritt über die endlose Ebene hin. Der Kanal durchschnitt in

dieser Richtung die Ebene wie mit einem langen Bande von Eis. Nur die kahlen Bäume an den Ufern des Kanals, durch den Frost wie in riesige Kandelaber verwandelt, unterbrachen die glatte Gleichförmigkeit, die sich im fernen Horizont verlor wie in einem Meer. Montsou und Marchiennes lagen hinter einer Bodenwelle verborgen. Es war die kahle Unendlichkeit.

Sie kamen eben an der Grube an, als sie einen Aufseher auf einem Brückensteg des Siebwerkes bemerkten, der dort Aufstellung genommen hatte, um sie zu empfangen. Alle kannten den Vater Quandieu gut, den ältesten der Aufseher von Montsou, einen Greis, ganz weiß an Haut und Haaren, wohl an die siebzig Jahre alt, ein wahres Wunder von Gesundheit unter den Bergleuten.

»Was wollt ihr hier, Faulenzerbande?« schrie er.

Die Bande blieb stehen. Man hatte es nicht mehr mit einem Arbeitgeber, sondern mit einem Kameraden zu tun; vor diesem alten Arbeiter hielt ein gewisser Respekt sie zurück.

»Es sind Arbeiter in der Grube«, sagte Etienne. »Laß sie heraufholen.«

»Jawohl, es sind Arbeiter in der Grube«, entgegnete der Vater Quandieu; »es sind an die sechs Dutzend unten; die übrigen hatten Angst vor euch Bösewichtern. Doch ihr sollt wissen, daß kein einziger ausfahren wird, oder ihr sollt es mit mir zu tun haben!«

Es gab Ausrufe in der Menge; die Männer drängten, die Weiber gingen vor. Der Aufseher verließ jetzt rasch den Brückensteg und verrammelte das Tor.

Maheu suchte zu vermitteln.

»Höre Alter, das ist unser Recht. Wie könnten wir erreichen, daß der Streik allgemein werde, wenn wir die Kameraden nicht zwingen, mit uns zu halten?«

Der Alte blieb einen Augenblick stumm. Seine Unwissenheit in Sachen der Vereinigung war augenscheinlich ebensogroß wie die des Häuers. Endlich antwortete er:

»Es ist euer Recht, ich leugne es nicht. Aber ich kenne

nichts als meinen Auftrag ... Ich bin hier allein. Die Leute haben bis drei Uhr in der Grube zu bleiben, und sie werden bis drei Uhr dort bleiben.«

Die letzten Worte gingen in lauten Beschimpfungen unter. Man bedrohte ihn mit den Fäusten; die Weiber schrien ihm in die Ohren; ihr warmer Hauch streifte sein Gesicht. Aber er blieb standhaft, das Haupt erhoben, mit seinem Bart und seinen Haaren so weiß wie Schnee; und der Mut verlieh seiner Stimme eine solche Kraft, daß sie den Tumult beherrschte und deutlich zu vernehmen war.

»Bei Gott, ihr kommt nicht hinein!... So wahr die Sonne uns bescheint, ich will lieber verrecken als an die Kabel rühren lassen!... Drängt nicht weiter vor, oder ich stürze mich in eurer Gegenwart in den Schacht.«

Ein Zittern ging durch die Menge, und sie wich zurück. Der Alte fuhr fort:

»Wer ist ein solcher Saukerl, um das nicht zu verstehen?... Ich bin nur ein Arbeiter wie ihr. Man hat mir befohlen, die Grube zu bewachen, und ich bewache sie.«

Weiter reichte das Verständnis des wackeren Vaters Quandieu nicht; er verharrte mit soldatischer Starrheit auf seiner Pflicht, mit seinem beschränkten Schädel, die Augen getrübt von einem halben Jahrhundert schwarzer Trostlosigkeit unten im Schacht. Die Kameraden betrachteten ihn bewegt; was er sagte, hallte in ihnen wider: es war der soldatische Gehorsam, die Brüderlichkeit, die Ergebung in der Gefahr. Er glaubte, sie schwankten noch, und wiederholte:

»Ich springe vor euch in den Schacht!«

Es ging wie ein gewaltiger Stoß durch die Schar. Alle hatten den Rücken gewandt, und der Lauf begann wieder auf der geraden Straße, die sich zwischen den Feldern ins Unendliche dehnte.

»Nach Madeleine! Nach Crèvecoeur! Keine Arbeit mehr! Brot! Brot!«

Doch während des Laufens war in der Mitte ein Gedränge entstanden. Chaval hatte die Verwirrung benützen wollen, um zu entkommen. Etienne hatte ihn beim Arm gefaßt und drohte, ihm die Knochen im Leibe zu zerschlagen, wenn er an Verrat denken sollte. Der andere wehrte sich und protestierte wütend:

»Warum denn all das? Ist man nicht mehr frei? ... Ich friere seit einer Stunde; ich muß mich waschen. Laß mich frei!«

Er litt in der Tat durch die Kohle, die der Schweiß an seinen Leib geklebt hatte, und seine Wolljacke schützte ihn wenig gegen die Kälte.

»Vorwärts, oder du wirst von uns gewaschen!« antwortete Etienne. »Warum hast du auch versucht, die Blutrünstigsten zu überbieten?«

Man lief noch immer auf der Straße. Etienne wandte sich schließlich nach Catherine um, die fest aushielt. Er war verzweifelt, sie in seiner Nähe zu wissen, so elend und frierend in ihrer abgetragenen Männerjacke und ihrer dreckigen Hose. Sie mußte todmüde sein, aber sie lief mit.

»Du kannst gehen«, sagte er endlich.

Catherine schien nicht zu hören. Als sich ihre Blicke mit denen Etiennes kreuzten, flammte ein Vorwurf in ihren Augen auf. Und sie blieb nicht zurück. Warum wollte er, daß sie ihren Mann verlassen solle? Chaval war nicht gut zu ihr, das war gewiß; er prügelte sie sogar manchmal. Aber er war ihr Mann, derjenige, der sie zum ersten Male besessen; und es empörte sie, daß mehr als tausend Menschen sich gegen einen kehrten. Sie würde ihn verteidigen, nicht aus Liebe, aber aus Stolz.

»Geh fort!« wiederholte Maheu heftig.

Dieser Befehl ihres Vaters ließ sie einen Augenblick ihren Lauf verlangsamen. Sie zitterte. Tränen schwellten ihre Augenlider. Dann kam sie, trotz ihrer Furcht, doch wieder zurück, nahm ihren früheren Platz wieder ein und lief mit. Fortan kümmerte man sich nicht um sie.

Die Bande überquerte die Straße nach Joiselle, folgte einen Augenblick jener nach Cron und stieg dann gegen

Cougny hinan. In dieser Richtung sah man Fabrikschornsteine den platten Horizont streifen; Holzschuppen, Werkstätten aus Ziegeln erbaut, mit breiten, staubigen Fenstern, reihten sich zu beiden Seiten der Straße aneinander. Man kam an den niedrigen Häusern zweier Arbeiterdörfer vorbei, des Dorfes der Hundertachtzig und des Dorfes der Sechsundsiebzig. Und auf den Ruf des Hornes, auf das Geschrei der Bande kamen Familien heraus, Männer, Weiber, Kinder, und liefen mit, schlossen sich dem Zuge der Kameraden an. Als die Bande vor der Madeleine-Grube ankam, zählte sie an die fünfzehnhundert Köpfe. Die Straße fiel hier sanft ab; die tosende Flut der Streikenden mußte die Runde um die Schutthalde machen, ehe sie den Grubenhof überfluten konnte.
In diesem Augenblick war es erst zwei Uhr. Aber die Aufseher, von dem Herannahen der Streikenden verständigt, hatten die Ausfahrt beschleunigt, und als die Bande eintraf, war der Aufstieg beendet, die letzten zwanzig Männer verließen den Aufzugskasten. Sie liefen davon, man verfolgte sie mit Steinwürfen. Zwei wurden geprügelt, ein anderer ließ einen Rockärmel in den Händen seiner Verfolger. Diese Jagd auf die Menschen rettete das Material; man berührte weder die Kabel noch die Kessel. Die Flut entfernte sich und wälzte sich nach der nächsten Grube.
Die Grube Crèvecoeur war kaum fünfhundert Meter von der Madeleine-Grube entfernt. Auch hier kam die Bande gerade zur Ausfahrt an. Eine Schlepperin wurde abgefangen und von den Weibern gepeitscht, daß ihre Hose zerriß und ihre Hinterbacken sichtbar wurden, worüber die Männer lachten. Die Karrenjungen erhielten Maulschellen; einzelne Häuer bekamen während des Laufes Rippenstöße, Faustschläge auf die Nase. Und in dieser steigenden Grausamkeit, in diesem alten Bedürfnis nach Rache, dessen Tollheit alle Köpfe verdrehte, dauerten die Schreie fort, forderten sie den Tod der Verräter. Es war der Haß der schlecht bezahlten Arbeit, das Geheul des

brotheischenden Bauches. Man begann die Kabel zu durchschneiden, allein die Feile griff nicht an; es dauerte zu lange, man stürmte weiter, immer weiter. Bei den Kesseln wurde ein Ventil zerschlagen; das Wasser, das in vollen Kübeln in die Öfen geschleudert wurde, brachte die gußeisernen Roste zum Bersten.
Als man wieder im Freien war, sprach man davon, nach Saint-Thomas zu marschieren. In dieser Grube herrschte gute Disziplin; sie war vom Streik unberührt; etwa siebenhundert Mann mußten angefahren sein. Darüber war die Bande erbittert, man war entschlossen, die Leute mit Knüttelhieben zu empfangen, in guter Schlachtordnung, um zu sehen, wer obenauf bleiben würde. Allein es ging das Gerücht, daß es in Saint-Thomas Gendarmen gebe, die Gendarmen, über die man sich am Morgen lustig gemacht hatte. Woher wußte man dies? Niemand vermochte es zu sagen. Gleichviel, sie bekamen Angst und entschieden sich für Feutry-Cantel. Und der Taumel riß sie wieder fort: mit dem lauten Geklapper ihrer Holzschuhe stürmten sie in hellen Haufen auf der Landstraße dahin. Nach Feutry-Cantel! nach Feutry-Cantel! Dort gab es an die vierhundert Feiglinge. Das würde einen Spaß geben! Etwa drei Kilometer entfernt lag die Grube in einer Erdfalte verborgen, nahe beim Scarpe-Fluß. Schon stieg man die Anhöhe der Gipsbrüche jenseits der Straße nach Beaugnies hinan, als eine Stimme – man wußte nicht, wer – ausrief, die Dragoner seien vielleicht in Feutry-Cantel. Von einem Ende der Kolonne bis zum anderen wiederholte man sich nun, die Dragoner seien in Feutry-Cantel. Ein Zögern verlangsamte den Marsch; der Schreck ergriff die Leute allmählich in dieser durch die Arbeitsruhe eingeschläferten Gegend, die sie seit Stunden durchstreiften. Warum waren sie nicht auf Militär gestoßen? Die Straflosigkeit ihres Treibens verwirrte sie, denn sie fühlten die Vergeltung kommen.
Eine neue Losung – man wußte nicht, woher sie kam – trieb sie plötzlich nach einer andern Grube.

»Nach La Victoire! nach La Victoire!«

Gab es denn weder Dragoner noch Gendarmen in La Victoire? Man wußte es nicht. Alle schienen beruhigt. Sie machten kehrt, stiegen gegen Beaumont hinab und gingen querfeldein, um die Straße nach Joiselle rascher zu erreichen. Das Geleise der Eisenbahn verlegte ihnen den Weg; sie zogen hinüber, nachdem sie die Zäune umgeworfen hatten. Sie näherten sich jetzt Montsou; das leicht gewellte Terrain senkte sich hinab und breitete das Meer seiner Rübenfelder aus, weithin bis zu den schwarzen Häusern von Marchiennes.

Es galt jetzt einen Marsch von guten fünf Kilometern zurückzulegen. Sie waren von einer solchen Erregung getrieben, daß sie die tödliche Müdigkeit, ihre völlig erschöpften, wundgestoßenen Füße nicht fühlten. Der Zug wurde immer länger, verstärkt durch die Kameraden, die man unterwegs, in allen Arbeiterdörfern an sich zog. Als sie auf der Magache-Brücke den Kanal überschritten hatten und vor La Victoire erschienen, zählten sie zweitausend Köpfe. Aber drei Uhr war vorüber, die Leute waren ausgefahren, kein Mann war mehr unten. Ihre Enttäuschung machte sich in vergeblichen Drohungen Luft; sie mußten sich begnügen, die eben ankommenden Erdarbeiter mit Ziegelsteinen zu bewerfen. In regellose Rotten sich auflösend, ergriff die Bande Besitz von dem Werk. In ihrer Wut darüber, daß es kein Verrätergesicht zu ohrfeigen gab, fielen sie über die Gegenstände her. Eine giftige, langsam gewachsene Blase voller Rachsucht platzte in ihnen. Jahre und Jahre des Hungers peinigten sie mit einer Gier nach Blut und Zerstörung.

Etienne bemerkte hinter einem Schuppen einige Arbeiter, die einen Kohlenkarren beladen wollten.

»Wollt ihr euch von dannen trollen!« rief er ihnen zu. »Nicht ein Stück Kohle wird da hinauskommen!«

Auf seinen Befehl eilten etwa hundert Streikende herbei; die Arbeiter hatten knapp Zeit, sich zu entfernen. Einige Männer spannten die Pferde aus, die – in die Flanken ge-

stochen – scheuten und davonrannten. Andere stürzten den Karren um und zerbrachen die Gabeldeichsel.
Levaque fiel mit seiner Hacke über die Gerüste her, um die Gleisbrücken zu vernichten. Doch sie widerstanden seiner Zerstörungswut, und so kam er auf den Gedanken, die Schienen aufzureißen, das Geleise von dem einen Ende des Werkhofes bis zum andern zu zerstören. Bald warf sich die ganze Bande auf diese Arbeit. Mit seiner Eisenstange bewaffnet, deren er sich wie eines Hebels bediente, riß Maheu die gußeisernen Gleisschwellen los. Inzwischen führte die Brulé die Weiber in die Lampenkammer; mit ihren Stöcken richteten sie eine greuliche Verwüstung an; bald lagen sämtliche Lampen in Scherben am Boden. Auch die Maheu hatte alle Besonnenheit verloren und schlug ebenso wütend drein wie die Levaque. Sie wateten im Öl; die Mouquette wischte ihre Hände in ihren Röcken ab und lachte, weil sie so schmutzig war. Jeanlin hatte sich den Spaß gemacht, den Inhalt einer Lampe in ihren Nacken zu leeren.
Aber alle diese Racheakte verschafften ihnen nichts zu essen. Die Bäuche schrien noch lauter, und wieder ertönte der große Klageruf:
»Brot! Brot! Brot!«
In La Victoire gab es einen ehemaligen Aufseher, der eine Kantine hielt. Er war ohne Zweifel von Angst ergriffen, denn sein Laden war verlassen. Als die Weiber zurückkehrten und die Männer die Schienen vollends zerstört hatten, belagerten sie die Kantine, deren Fensterläden dem ersten Ansturm nachgaben. Man fand kein Brot; es war nichts anderes da, als zwei Stücke rohes Fleisch und ein Sack Kartoffeln. Allein während der Plünderung entdeckte man etwa fünfzig Flaschen Wacholderbranntwein, die verschwanden wie ein Tropfen Wasser im Sande.
Etienne konnte seine leere Feldflasche neu füllen. Ein schlimmer Rausch, der Rausch der Hungernden, hatte allmählich seine Augen entzündet und er fletschte wahre Wolfszähne zwischen den fahlen Lippen. Und plötzlich

bemerkte er, daß Chaval inmitten des Tumultes entflohen war. Er fluchte und entsandte einige Leute nach dem Flüchtigen; man fand ihn mit Catherine hinter den Holzstößen versteckt.

»Ha, Saukerl! Du fürchtest dich zu kompromittieren?« heulte Etienne. »Im Walde warst du es, der den Streik der Maschinisten forderte, damit die Pumpen stillstehen, und jetzt nimmst du Reißaus! ... Nun, wir werden nach der Gaston-Marie zurückkehren; ich will, daß du die Pumpe zerschlägst. Jawohl, Hundsfott, du wirst sie zerschlagen!«

Er war betrunken; er selbst jagte seine Leute gegen diese Pumpe, die er einige Stunden zuvor gerettet hatte.

»Nach Gaston-Marie! Nach Gaston-Marie!«

Alle riefen Beifall und eilten herbei, während Chaval, den man bei den Schultern gefaßt hatte und heftig vorwärts trieb, noch immer verlangte, daß man ihm gestatte, sich zu waschen.

»So geh doch deiner Wege!« rief Maheu Catherine zu, die ebenfalls ihren Lauf wiederaufgenommen hatte.

Doch jetzt wich sie nicht einmal zurück; sie erhob flammende Augen zu ihrem Vater und setzte ihren Lauf fort.

Und wieder durchfurchte die Bande die flache Ebene. Sie kam auf dem gleichen Wege zurück, auf den langen, geraden Straßen, über die weitgestreckten Felder. Es war vier Uhr; die am Horizont niedergehende Sonne warf auf den festgefrorenen Boden die langen Schatten dieser Horde, die unter wütenden Gebärden sich fortbewegte.

Man umging Montsou und erreichte weiter oben wieder die Straße nach Joiselle. Um nicht den Ochsengabel-Anger umgehen zu müssen, zog man unter den Mauern der Piolaine vorbei. Die Grégoire waren eben fortgegangen, weil sie einen Besuch beim Notar zu machen hatten, ehe sie zu den Hennebeau zum Essen gingen, wo sie Cécile finden sollten. Die Besitzung schien zu schlafen mit ihrer verödeten Lindenallee, ihrem winterlich kahlen Gemüsegarten und Obstgarten. Nichts regte sich in dem Hause, dessen geschlossene Fenster von dem Hauch der inneren Wärme getrübt waren; und aus der tiefen Stille gewann man einen Eindruck von Gemütlichkeit und Wohlergehen, das patriarchalische Gefühl von guten Betten und einer guten Tafel, von dem maßvollen Glück, in dem das Leben der Besitzer dahinfloß.

Die Bande warf, ohne stehenzubleiben, finstere Blicke über das Gitter, längs der schützenden Mauern, die von Glasscherben starrten. Und von neuem begann der Ruf:

»Brot! Brot! Brot!«

Nur die Hunde antworteten mit wütendem Gebell, ein Paar großer, falber, dänischer Doggen, die sich aufrichteten und das Maul aufrissen. Und hinter einer herabgelassenen Jalousie waren nur die zwei Mägde, die Köchin Mélanie und das Stubenmädchen Honorine, die auf das Geschrei hin herbeigeeilt waren und schreckensbleich, schwitzend vor Angst, diese Wilden vorüberziehen sahen. Sie sanken in die Knie und hielten sich schon für tot, als sie einen Stein, einen einzelnen, gegen das Haus fliegen hörten, der eine Scheibe des benachbarten Fensters zerschlug. Es war nur ein Spaß von Jeanlin; er hatte sich aus einem Stück Seil eine Schleuder gemacht und den Grégoire damit im Vorübergehen guten Tag gesagt. Jetzt stieß er wieder in sein Horn, und die Bande verlor sich in der Ferne mit dem immer schwächeren Rufe:

»Brot! Brot! Brot!«

Man kam nach Gaston-Marie in einer weiter angewachsenen Masse; es waren jetzt über zweitausendfünfhundert Tobsüchtige, die alles zerbrachen, alles hinwegfegten mit der angeschwollenen Macht eines reißenden Stromes. Gendarmen waren eine Stunde zuvor dagewesen und waren, durch Bauern irregeführt, in der Richtung nach Saint-Thomas weitergezogen, ohne in der Eile auch nur etwas Vorsicht zu üben und zur Bewachung der Grube einen Posten von ein paar Mann zurückzulassen. In weniger als einer Viertelstunde waren die Feuer umgestürzt, die Kessel geleert, die Gebäude verwüstet. Doch besonders auf die Pumpe hatte man es abgesehen. Es genügte nicht mehr, daß sie mit dem letzten Atemzuge des Dampfes stehenblieb; man stürzte sich auf sie wie auf eine lebende Person, die man töten wollte.

»Du hast den ersten Streich zu führen«, wiederholte Etienne, indem er Chaval einen Hammer in die Hand drückte. »Vorwärts! Du hast geschworen wie die anderen.«

Chaval wich zitternd zurück; und in dem Gedränge fiel der Hammer nieder, während die Kameraden, ohne länger zu warten, die Pumpe mit Eisenstangen, mit Ziegeln bearbeiteten, mit allem, was ihnen in die Hände fiel. Einige zerbrachen sogar ihre Stöcke daran. Die Schraubenmuttern sprangen ab, die stählernen und kupfernen Bestandteile gingen aus den Fugen wie ausgerissene Gliedmaßen. Ein mit einer Spitzhacke geführter wuchtiger Hieb zertrümmerte den gußeisernen Körper der Maschine, und das Wasser floß heraus mit einem Gurgeln, das dem letzten Röcheln eines Sterbenden glich.

Dies war das Ende; die Bande war jetzt wieder draußen, toll, hinter Etienne sich drängend, der Chaval noch immer nicht loslassen wollte.

»Tod dem Verräter! In den Schacht mit ihm!«

Der Erbärmliche war leichenfahl und stammelte, mit dem blöden Eigensinn einer fixen Idee, immer wieder sein Verlangen, sich zu waschen.

»Wart, da ist der Zuber, wenn du es nicht anders willst«, sagte die Levaque.

Es war eine Lache da, ein Abfluß des Pumpwassers. Eine dicke, weiße Eiskruste lag darüber. Man drängte ihn dahin, zerbrach die Eisdecke und zwang ihn, seinen Kopf in das eiskalte Wasser zu stecken.

»Tauche doch unter!« wiederholte die Brulé. »Zum Teufel, tauche doch unter, wenn du kein Vollbad nehmen willst! … Und jetzt sauf einmal; ja, ja, sauf wie das Vieh, mit dem Maul in der Tränke!«

Er mußte saufen, auf allen vieren liegend. Darüber gab es ein grausames Lachen in der Menge. Ein Weib zog ihn bei den Ohren, ein anderes warf ihm eine Handvoll Mist ins Gesicht, den sie ganz frisch von der Straße aufgelesen hatte. Seine alte Jacke hing jetzt in Fetzen von seinem Leibe. Stieren Auges stolperte er dahin, von Zeit zu Zeit einen Anlauf nehmend, um zu entfliehen.

Maheu hatte ihn gestoßen, auch Frau Maheu gehörte zu jenen, die wütend über ihn hergefallen waren; sie befriedigten ihren alten Groll; und selbst die Mouquette, die sonst die gute Freundin ihrer ehemaligen Liebhaber blieb, erboste sich über ihn, nannte ihn einen Taugenichts, sprach davon, ihm die Hosen auszuziehen, um zu sehen, ob er noch ein Mann sei.

Etienne hieß sie schweigen.

»Genug! Es ist nicht nötig, daß sich alle da einmengen … Wenn du willst, wollen wir die Sache miteinander abmachen.«

Seine Fäuste schlossen sich; seine Augen leuchteten in einem mörderischen Feuer, der Rausch verwandelte sich bei ihm in Mordlust.

»Bist du bereit? Einer von uns beiden muß auf dem Platze bleiben … Gebt ihm ein Messer; ich habe das meinige.«

Catherine schaute ihn an; sie war erschöpft, entsetzt. Sie erinnerte sich seiner vertraulichen Mitteilung, seiner Mordgier, wenn er getrunken hatte; nach dem dritten Glase war er vergiftet; es war die traurige, unflätige Erbschaft seiner trunksüchtigen Eltern. Plötzlich stürzte sie sich auf ihn und ohrfeigte ihn mit beiden Händen, wobei sie mit vor Entrüstung heiserer Stimme schrie:

»Feigling! Feigling! Feigling! … War es noch nicht genug der Scheußlichkeiten? Willst du ihn, der sich kaum mehr auf den Beinen hält, auch noch töten?«

Sie wandte sich an ihre Eltern und an alle anderen.

»Ihr seid Feiglinge! Feiglinge! ... Tötet doch mich mit ihm zugleich! Ich springe euch ins Gesicht, wenn ihr ihn noch anrührt! Ha, die Feiglinge!«

Und sie hatte sich vor ihren Mann hingepflanzt und verteidigte ihn, der Schläge vergessend, ihres Jammerlebens vergessend, gehoben in dem Gedanken, daß sie ihm gehörte, da er sie in seinen Besitz genommen hatte, und daß es eine Schande für sie sei, wenn er so gedemütigt wurde.

Etienne war unter den Schlägen dieses Mädchens bleich geworden. In der ersten Aufwallung wollte er sie niederstrecken. Dann, nachdem er sich das Gesicht getrocknet hatte, wie einer, der von seinem Rausche ernüchtert wird, sagte er zu Chaval inmitten tiefer Stille:

»Sie hat recht, es ist genug ... Mach, daß du fortkommst!«

Chaval lief sogleich davon und Catherine hinter ihm drein. Die Menge blickte ihnen betroffen nach und sah sie hinter einer Krümmung des Weges verschwinden. Nur Frau Maheu murmelte:

»Sie haben unrecht; man hätte ihn dabehalten müssen; er wird sicherlich irgendeinen Verrat üben.«

Doch die Bande hatte sich wieder in Marsch gesetzt. Es war nahezu fünf Uhr. Die tief am Saume des Horizontes stehende, glutrote Sonne tauchte die ungeheure Ebene in Feuer. Ein Hausierer, der vorüberkam, teilte ihnen mit, daß die Dragoner in der Richtung nach Crèvecoeur weitergeritten seien. Da machten sie kehrt, und eine Weisung lief durch die Reihen.

»Nach Montsou! Zur Direktion! ... Brot! Brot! Brot!«

V

Herr Hennebeau war zum Fenster seines Kabinetts getreten, um den Wagen abfahren zu sehen, der seine Frau zum Essen nach Marchiennes brachte.

Er hatte eine Weile Négrel nachgeblickt, der neben dem Wagenschlage ritt; dann hatte er ruhig wieder an seinem Schreibtisch Platz genommen. Das Haus schien leer, wenn seine Frau und sein Neffe es nicht mit ihrem geräuschvollen Leben erfüllten. Der Kutscher fuhr die Dame des Hauses; Rose, das neue Kammermädchen, hatte Urlaub bis fünf Uhr; so war denn niemand zu Hause als Hippolyte, der Kammerdiener, der sich in Pantoffeln durch die Zimmer schleppte, und die Köchin, die seit Tagesanbruch alle Hände voll zu tun hatte, um das Diner zu bereiten, das ihre Herrschaft am Abend gab. Herr Hennebeau hoffte, inmitten der tiefen Stille des leeren Hauses den ganzen Tag tüchtig zu arbeiten.

Obgleich Hippolyte den Auftrag bekommen hatte, niemanden vorzulassen, erlaubte er sich dennoch, gegen neun Uhr Herrn Dansaert anzumelden, der Neuigkeiten brachte. Da erst erfuhr der Direktor von der gestrigen Versammlung im Walde. Die Einzelheiten waren von solcher Genauigkeit, daß der Direktor, während er ihm zuhörte, an seine Liebschaft mit Frau Pierron dachte, die dermaßen bekannt war, daß wöchentlich zwei, drei anonyme Briefe die Ausschweifungen des Oberaufsehers meldeten. Augenscheinlich hatte Pierron geplaudert; diese Polizei schnüffelte in Ehebetten. Er benützte sogar die Gelegenheit, um merken zu lassen, daß er alles wisse, und begnügte sich, Vorsicht zu empfehlen, damit kein Ärgernis entstünde. Erschreckt durch diese Vorwürfe, die mitten in seinen Bericht fielen, leugnete Dansaert, stammelte Entschuldigungen, während seine große Nase durch ihre plötzliche Röte ihn verriet. Er beharrte übrigens nicht weiter auf dieser Sache und war froh, so leichten Kaufes davongekommen zu sein; denn gewöhnlich zeigte sich der Direktor von der unerbittlichen Strenge eines sittenreinen Mannes, wenn ein Angestellter sich in einer Grube den Genuß einer hübschen Arbeiterin gönnte. Die Unterredung bewegte sich wieder um den Streik; die Versammlung im Walde wurde als eine Großtuerei von Schreihälsen behandelt; es drohte keine ernste Gefahr. In jedem Fall würden die Arbeiterdörfer sich einige Tage still verhalten unter dem Eindruck des heilsamen Respektes, den die Militärstreifen vom Morgen hervorgerufen hatten.

Als Herr Hennebeau wieder allein war, wollte er trotzdem gleich eine Depesche an den Präfekten absenden. Nur das Bedenken, unnötigerweise ein solches Zeichen von Unruhe zu geben, hielt ihn zurück. Er konnte sich schon nicht verzeihen, so wenig Voraussicht gezeigt zu haben, daß er überall sagte und der Verwaltung sogar schrieb, der Streik würde höchstens zwei Wochen dauern. Und nun währte der Arbeitsausstand, zu seiner großen Überraschung, schon fast zwei Monate. Er war darüber verzweifelt, fühlte sich mit jedem Tage kleiner, kompromittiert, und er hielt es für notwendig, irgend etwas zu ersinnen, um sich bei den Verwaltungsräten wieder in Gunst zu setzen. Er hatte eben Weisungen verlangt für den Fall, daß es zu Ausschreitungen kommen sollte. Die Antwort verzögerte sich; er erwartete sie mit der Nachmittagspost. Und er sagte sich, daß dann noch Zeit sein werde, Telegramme abzusenden, um die Gruben militärisch besetzen zu lassen, wenn dies die Ansicht der Herren Verwaltungsräte wäre. Seines Dafürhaltens würde dies den Kampf, das Blutvergießen, Tote und Verwundete bedeuten. Eine solche Verantwortung verwirrte ihn trotz seiner gewohnten Energie.

Bis elf Uhr arbeitete der Direktor ruhig in dem stillen Hause, wo kein anderes Geräusch zu vernehmen war als das des Bohnerbesens von Hippolyte in den Gemächern des ersten Stockwerkes. Dann kamen, knapp nacheinander, zwei Depeschen; die erste teilte ihm den Überfall der Bande von Montsou auf die Jean-Bart-Grube mit; die zweite meldete ihm das Durchschneiden der Kabel, das Auslöschen der Feuer, die ganze Verwüstung. Er begriff die Sache nicht. Was hatten die Streikenden bei Deneulin zu suchen, anstatt sich an eine gesellschaftseigene Grube zu halten? Übrigens konnten sie seinetwegen Vandame verwüsten; das förderte nur seine Erweiterungspläne. Mittags aß er allein in dem großen Speisezimmer, lautlos bedient von Hippolyte, der in seinen Pantoffeln auf und ab ging. Diese Einsamkeit vertiefte nur noch seine bange Sorge; er fühlte eine Kälte im Herzen, als ein Aufseher hereingeführt wurde, der ihm den Marsch der Bande nach Mirou erzählte. Unmittelbar darauf – er trank eben seinen Kaffee aus – erfuhr er aus einer Depesche, daß auch die Gruben Madeleine und Crèvecoeur bedroht waren. Da wurde seine Ratlosigkeit vollständig. Er erwartete die Post für zwei Uhr; sollte er sogleich Truppen verlangen? oder war es besser, sich in Geduld zu fassen, nichts zu tun, bevor er die Absichten der Verwaltung kannte? Er kehrte in sein Kabinett zurück, denn er wollte eine Eingabe lesen, die für den Präfekten bestimmt war und die Négrel gestern abend auf sein Ersuchen verfaßt hatte. Allein er konnte die Eingabe nicht finden, und er dachte, der junge Mann habe sie vielleicht in seinem Zimmer gelassen, wo er des Nachts oft zu schreiben pflegte. Und ohne einen Entschluß zu fassen, von dem Gedanken an diese Eingabe verfolgt, eilte er nach dem Zimmer hinauf, um sie dort zu suchen.

Als Herr Hennebeau eintrat, war er überrascht zu sehen, daß das Zimmer nicht in Ordnung gebracht war; die Schuld lag sicher in der Vergeßlichkeit oder Faulheit Hippolytes. In dem Gemach herrschte fade Wärme, die eingeschlossene Wärme einer ganzen Nacht, vermehrt durch die noch eingeschaltete Heizung; und es erfaßte ihn der durchdringende Geruch der wohlriechenden Essenzen, mit denen das Waschbecken gefüllt war. Große Unordnung herrschte in dem Gemach; Kleider lagen umher, feuchte Handtücher waren über die Sessellehnen geworfen; das Bett lag aufgeschlagen, ein Laken war herausgerissen und hing bis zum Teppich herab. Er sah übrigens anfänglich alles nur mit zerstreutem Blick; er wandte sich zu dem mit Papieren bedeckten Tisch und suchte die unauffindbare Eingabe. Zweimal prüfte er die Papiere einzeln; die Eingabe war nicht dabei. Wohin zum Teufel hatte der Tollkopf Paul sie wohl gesteckt?

Und als Herr Hennebeau in die Mitte des Zimmers zurückkehrte und auf jedes Möbelstück einen Blick warf, bemerkte er in dem offenen Bett einen hellen Punkt, der wie ein Funke schimmerte. Er trat mechanisch näher und streckte die Hand aus. Zwischen zwei Falten des Bettlakens lag ein kleines Goldfläschchen. Er erkannte sogleich das kleine Riechfläschchen, das seine Frau stets bei sich trug. Aber er konnte sich die Gegenwart dieses Fläschchens nicht erklären; wie konnte es in Pauls Bett geraten sein? Und plötzlich erbleichte er furchtbar. Seine Frau hatte da geschlafen.

»Verzeihung«, murmelte Hippolyte, die Tür öffnend, »ich habe den gnädigen Herrn heraufkommen sehen…«

Der Diener war eingetreten und stand angesichts der in dem Gemache herrschenden Unordnung betroffen da.

»Mein Gott! es ist wahr, das Zimmer ist nicht aufgeräumt. Rose ist fort und hat mir das ganze Hauswesen auf den Hals geladen.«

Herr Hennebeau hatte das Fläschchen in seiner Hand verborgen und preßte es mit solcher Gewalt, daß er es fast zerbrach.

»Was wollen Sie?« fragte er den Diener.

»Gnädiger Herr, es ist wieder ein Mann da … Er kommt aus Crèvecoeur und bringt einen Brief.«

»Gut; lassen Sie mich allein. Er soll warten.«

Seine Frau hatte da geschlafen! Als er den Riegel vorgeschoben hatte, öffnete er die Hand wieder und betrachtete das Fläschchen, das sich in seiner Handfläche rot abgezeichnet hatte. Plötzlich sah er und begriff; diese

Schweinerei geschah in seinem Hause seit Monaten. Er erinnerte sich seines ehemaligen Verdachtes, des schlürfenden Geräusches nackter Füße vor der Tür zu nachtschlafender Zeit. Das war seine Frau, die heraufkam, um hier zu schlafen.

Er war auf einen Sessel gesunken, angesichts des Bettes, das er starren Auges betrachtete; dann verharrte er lange Minuten regungslos, wie tot. Ein Geräusch schreckte ihn auf; man pochte an die Türe, man versuchte zu öffnen. Er erkannte die Stimme des Dieners.

»Gnädiger Herr!... Ach, gnädiger Herr haben sich eingeschlossen...«

»Was gibt es denn wieder?«

»Die Sache scheint dringend zu sein; die Arbeiter zerschlagen alles. Es sind wieder zwei Männer unten. Auch Depeschen sind gekommen.«

»Laßt mich in Ruhe! Ich komme sogleich!«

Der Gedanke, daß Hippolyte selbst das Fläschchen hätte finden können, wenn er am Morgen das Zimmer aufgeräumt hätte, ließ sein Blut zu Eis erstarren. Der Diener mußte es übrigens wissen; er hatte zwanzigmal das Bett noch warm vom Ehebruch gefunden, Haare der Herrin auf dem Kissen, abscheuliche Spuren, die das Linnen befleckten. Es geschah sicherlich aus Bosheit, daß er ihn so beharrlich zu stören suchte. Vielleicht hatte er an der Türe gelauscht, erregt durch die Ausschweifungen seiner Herrschaft.

Herr Hennebeau rührte sich nicht. Er betrachtete noch immer das Bett. Die von Leiden erfüllte lange Vergangenheit rollte sich vor ihm auf, seine Ehe mit dieser Frau, das seelische und leibliche Mißverständnis, das zwischen ihnen sich sogleich offenbarte; die Liebhaber, die sie hatte, ohne daß er es ahnte; dann derjenige, den er zehn Jahre lang duldete, wie man bei einem Kranken irgendeinen unflätigen Geschmack duldet. Dann ihre Ankunft in Montsou, seine unsinnige Hoffnung, sie zu heilen, Monate der Erschöpfung, der schläfrigen Verbannung, das

Nahen des Alters, das sie ihm endlich wiedergeben sollte. Dann kam ihr Neffe, dieser Paul, dem sie eine zweite Mutter war, dem sie von ihrem toten Herzen sprach, das für immer unter der Asche vergraben sei. Und er, der schwachsinnige Gatte, sah nichts; er betete diese Frau an, die die seine war, die andere Männer besessen hatten und die nur er allein nicht besitzen konnte. Er betete sie an in einer schmachvollen Leidenschaft; er hätte vor ihr in die Knie sinken mögen, wenn sie eingewilligt hätte, ihm zu geben, was die anderen übriggelassen. Allein sie gab es diesem Knaben.

Ein Glockenzeichen aus der Ferne ließ in diesem Augenblick Herrn Hennebeau erbeben. Er kannte dieses Zeichen; es wurde auf seinen Befehl gegeben, wenn der Postbote ankam. Er erhob sich, und in seinem Schmerz, der sich gegen seinen Willen in rohen Worten Luft machte, rief er laut:

»Ach, ich pfeife auf die Depeschen und die Briefe!«

Die Wut hatte sich jetzt seiner bemächtigt, das gierige Bedürfnis nach einer Kloake, um mit Fußtritten diesen Unflat darin zu versenken. Dieses Weib war eine Hure. Er suchte nach rohen Worten, er ohrfeigte damit ihr Bild. Der so plötzliche Einfall der Ehe zwischen Paul und Cécile, den sie mit so ruhigem Lächeln verfolgte, erbitterte ihn vollends. Auf dem Grunde dieser Sinnlichkeit gab es also keine Leidenschaft, keine Eifersucht mehr? Das war ihr jetzt nur noch ein lasterhaftes Spielzeug, die Gewohnheit des Mannes, eine Erholung, die sie sich gönnte wie einen gewohnten Nachtisch? Und er maß ihr alle Schuld bei; er entschuldigte diesen Jungen, den sie mit ihrem wiedererwachten Appetit angebissen hatte, wie man die erste grüne Frucht anbeißt, die man am Wege gestohlen hat. Wen würde sie verzehren, wohin würde sie sinken, wenn sie keine gefälligen Neffen mehr fände, die praktisch genug wären, in ihrer Familie den Tisch, das Bett und das Weib anzunehmen?

Jetzt wurde schüchtern an der Tür gekratzt, und Hippolyte erlaubte sich, durch das Schlüsselloch zu flüstern:

»Gnädiger Herr, die Post ... Auch Herr Dansaert ist wieder da und meldet, daß gemordet wird ...«
»Gut, ich komme schon. Hol euch der Teufel!«
Was sollte er mit ihnen anfangen, wenn sie von Marchiennes heimkehrten? Er würde sie davonjagen wie stinkende Tiere, die er unter seinem Dache nicht länger dulden wollte. Er würde einen Knüttel gegen sie schwingen und ihnen zurufen, das Gift ihrer Paarung anderswohin zu tragen. Von ihren Seufzern, von ihren ineinandergemengten Atemzügen war die fade Wärme dieses Zimmers so schwer; der durchdringende Geruch, der ihn fast erstickt hatte, es war der Moschusgeruch, den die Haut seines Weibes ausströmte; auch wieder ein verderbter Geschmack, ein sinnliches Bedürfnis nach scharfen Wohlgerüchen; und so fand er die Wärme und den Geruch der Unzucht, gleichsam den lebendigen Ehebruch in den herumstehenden Töpfen, den noch gefüllten Waschbecken wieder, in dem Durcheinander des Linnens, der Möbel, des ganzen, vom Laster verseuchten Zimmers. In seiner ohnmächtigen Wut stürzte er sich auf das Bett und hieb mit den Fäusten darauf ein; er bearbeitete die Stellen, wo er den Eindruck ihrer beiden Körper sah, wütend über die zerdrückten und losgerissenen Betttücher, die weich und träge seine Hiebe empfingen, wie erschöpft nach der Liebesnacht.
Doch plötzlich glaubte er Hippolytes Schritte zu hören, der wieder heraufkam. Ein Gefühl der Scham ließ ihn innehalten. Er stand eine Weile keuchend da, trocknete seine Stirne, suchte sein stürmisch pochendes Herz zu beruhigen. Vor einem Spiegel stehend betrachtete er sein Gesicht, das so entstellt war, daß er es nicht erkannte. Dann, nachdem er in einer äußersten Anstrengung seines Willens sich allmählich beruhigt hatte, ging er hinunter.
Unten standen fünf Boten, außer Dansaert. Sie überbrachten ihm immer ernster lautende Nachrichten über den Zug der Streikenden durch die Gruben; der Ober-

aufseher erzählte ihm lang und breit, was in der Mirou-Grube geschehen und wie diese durch die tapfere Haltung des Vater Quandieu gerettet worden war. Er hörte ihnen zu und nickte mit dem Kopf; aber er verstand sie nicht, seine Gedanken waren oben, in dem Zimmer. Endlich entließ er sie mit der Erklärung, daß er seine Maßnahmen treffen werde. Als er, wieder allein geblieben, vor seinem Schreibtisch saß, schien er mit offenen Augen zu schlafen, den Kopf auf die Hände gestützt. Die Post lag vor ihm; er entschloß sich endlich, den erwarteten Brief herauszusuchen, die Antwort der Verwaltungsräte. Anfangs tanzten die Zeilen vor seinen Augen; aber schließlich begriff er, daß die Herren etwas Tumult wünschten; sie geboten ihm nicht, die Dinge zu verschlimmern, aber sie ließen durchblicken, daß die Unruhen das Ende des Streiks beschleunigen müßten, indem sie das Einschreiten der bewaffneten Macht herausforderten. Nun zögerte er nicht länger; er sandte Depeschen nach allen Seiten, an den Präfekten von Lille, die Truppenabteilung von Douai, die Gendarmerie von Marchiennes. Dies brachte ihm Erleichterung, er konnte sich einschließen; ja er setzte das Gerücht in Umlauf, daß er die Gicht habe. Und er blieb den ganzen Nachmittag in seinem Arbeitskabinett verborgen, empfing niemanden und begnügte sich, die Depeschen und Briefe zu lesen, die immer zahlreicher einliefen. So konnte er aus der Ferne den Zug der Bande verfolgen, von Madeleine nach Crèvecoeur, von Crèvecoeur nach La Victoire, von La Victoire nach Gaston-Marie. Von anderer Seite meldete man ihm die Verlegenheit der Gendarmen und Dragoner, die sich unterwegs verirrt hatten und den angegriffenen Gruben immer den Rücken kehrten. Seinetwegen konnten sie morden und alles zerstören; er hatte den Kopf in seine Hände vergraben, die Finger vor den Augen, und versenkte sich in die tiefe Stille des leeren Hauses, in dem er nichts anderes hörte, als von Zeit zu Zeit das

Geräusch der Kasserollen der Köchin, die mit der Zubereitung des Abendessens vollauf beschäftigt war.

Die Abenddämmerung verdunkelte bereits das Zimmer, es war fünf Uhr, als ein Lärm Herrn Hennebeau, der wie betäubt über seinen Papieren brütete, plötzlich auffahren ließ. Er glaubte, daß die beiden Ehebrecher zurückgekehrt seien. Allein der Tumult wurde immer größer und ein furchtbarer Schrei erscholl in dem Augenblick, als er zum Fenster trat.

»Brot! Brot! Brot!«

Es waren die Streikenden, die in Montsou einfielen, während die Gendarmen nach der Voreux-Grube galoppierten, um sie zu besetzen, weil es hieß, daß diese angegriffen worden sei.

Zwei Kilometer vor den letzten Häusern von Montsou, ein wenig unterhalb der Wegkreuzung, wo die Landstraße und der Weg nach Vandame sich schnitten, hatten Madame Hennebeau und die Fräulein die Bande vorbeiziehen sehen. Sie hatten in Marchiennes den Tag sehr fröhlich zugebracht; es gab ein angenehmes Essen bei dem Direktor des Eisenwerkes, dann einen interessanten Besuch in den Werkstätten und in einer benachbarten Glasfabrik; damit wurde der Nachmittag ausgefüllt; und als man endlich in der Dämmerung des klaren Wintertages den Heimweg antrat, hatte Cécile den Einfall, daß man in einem Pachthofe, der sich am Wege befand, eine Schale Milch trinken solle. Die Damen verließen den Wagen, und Négrel sprang galant aus dem Sattel; während die Bäuerin, ganz verlegen bei dem vornehmen Besuch, hastig herbeieilte, um ein Tischtuch aufzulegen. Aber Lucie und Jeanne wollten die Kuh melken sehen; man ging also mit den Schalen in den Kuhstall; die Landpartie war vollständig, und man lachte so viel, daß man in der Streu versank.

Madame Hennebeau, mit der Miene gefälliger Mütterlichkeit, nippte an der Milchschale, als ein seltsam dumpfer Lärm, der von draußen kam, sie beunruhigte.

»Was gibt es denn?« fragte sie.

Der Stall, am Wegrand erbaut, hatte ein breites Tor, weil er zugleich als Heuboden diente. Die Mädchen streckten schon die Köpfe zum Tor hinaus und waren nicht wenig erstaunt, als sie links eine dunkle, heulende Masse auf der Straße von Vandame heranziehen sahen.

»Teufel!« brummte Négrel, der ebenfalls hinausgegangen war, »sollten unsere Schreihälse schließlich bösartig werden?«

»Es sind vielleicht wieder die Bergleute«, sagte die Bäuerin. »Sie sind schon zweimal vorübergezogen. Die Dinge scheinen schiefzugehen; sie sind die Herren im Lande.«

Sie hatte jedes Wort mit Vorsicht ausgesprochen und beobachtete die Wirkung ihrer Worte in den Gesichtern; und als sie den Schrecken aller sah, die tiefe Angst, in die die Gesellschaft durch diese Begegnung versetzt wurde, beeilte sie sich hinzuzufügen:

»Oh, die erbärmlichen Lumpenkerle!«

Als Négrel sah, daß es zu spät sei, um in den Wagen zu steigen und Montsou wieder zu erreichen, befahl er dem Kutscher, die Kutsche rasch in den Hof des Anwesens zu bringen, wo das Gespann hinter einem Schuppen verborgen blieb. Dann band er sein Reitpferd daran, das bisher ein Junge am Zügel gehalten hatte. Als er zurückkam, fand er seine Tante und die Mädchen außer sich vor Schrecken und bereit, der Bäuerin zu folgen, die ihnen vorschlug, in ihrer Wohnung Zuflucht zu suchen. Allein er war der Ansicht, daß man hier mehr in Sicherheit sei und daß niemand sie auf dem Heuboden suchen würde. Doch schloß das Tor sehr schlecht und hatte solche Risse, daß man durch die wurmstichigen Bretter und Pfosten die Straße sehen konnte.

»Mut! Mut!« sagte er, »wir werden unser Leben teuer verkaufen.«

Dieser Scherz vermehrte noch die Furcht. Der Lärm wurde immer größer; man sah noch nichts; über die leere Straße schien ein Sturmwind zu wehen, jenen plötzlich aufspringenden Winden gleichend, die heftigen Ungewittern vorangehen.

»Nein, nein, ich will nicht schauen«, sagte Cécile, indem sie sich hinter das Heu verkroch.

Frau Hennebeau war sehr bleich; von Wut erfaßt gegen diese Leute, die ihr ein Vergnügen verdarben, hielt sie sich im Hintergrund, mißtrauisch und angewidert um sich blickend, während Lucie und Jeanne, trotz ihrer Furcht, durch die Spalten des Tores nach der Straße lugten, um nichts von dem heraufziehenden Schauspiel zu verlieren.

Das donnerähnliche Rollen näherte sich, die Erde erzitterte; voraus lief Jeanlin, immer in sein Horn blasend.

»Nehmen Sie Ihr Riechfläschchen, meine Damen, der Schweiß des Volkes zieht vorüber«, sagte Négrel, der es trotz seiner republikanischen Überzeugungen liebte, vor den Damen den Pöbel zu verspotten.

Doch sein Witzwort ging in einem Orkan von Schreien und Gesten unter. Die Weiber waren herangekommen, nahezu tausend Weiber mit wirren Haaren, in Lumpen gehüllt, die die nackte Haut sehen ließen, die Nacktheit von Weibern, die es müde geworden waren, Hungerleider in die Welt zu setzen. Einige hielten ihr kleines Kind auf den Armen und schwangen es wie ein Banner der Trauer und der Rache. Andere, die jüngeren, mit den geschwellten Brüsten von Kriegerinnen, schwangen Stöcke; während die älteren, scheußliche Gestalten, so laut brüllten, daß die Sehnen ihrer fleischlosen Hälse zu reißen drohten. Dann kamen die Männer, zweitausend Wütende, Karrenjungen, Häuer, Handlanger, eine zusammengeballte Masse, die so dicht gedrängt heranrückte, daß man die verschossenen Hosen, die zerfetzten Jacken nicht unterscheiden konnte, weil sie in der gleichen erdfarbenen Einförmigkeit untergingen. Die Augen glühten; man sah nur die Löcher der schwarzen Mäuler, die die Marseillaise sangen, deren Strophen sich in einem wirren Geheul verloren, begleitet von dem Geklapper der Holzschuhe auf dem hartgefrorenen Boden. Über den Köpfen, zwischen den hochgestreckten Eisenstangen wurde eine Hacke aufrecht getragen; und diese einzige Hacke, gleichsam die Standarte der Bande, glänzte unter dem hellen Himmel wie das Beil einer Guillotine.

»Was für furchtbare Gesichter!« stammelte Frau Hennebeau.

Négrel brummte zwischen den Zähnen:

»Der Teufel soll mich holen, wenn ich auch nur einen von ihnen erkenne! Woher kommen denn diese Banditen?«

Und wirklich, die Wut, der Hunger, die zwei Leidensmonate, dieser tolle Zug durch die Gruben, hatten die sonst so ruhigen Gesichter der Bergleute von Montsou vergröbert in die wilder Tiere. In diesem Augenblick ging die Sonne unter; die letzten Strahlen von dunkler Purpurfarbe tauchten die Ebene in einen blutroten Schein. Die Straße schien einen Strom von Blut fortzuwälzen; die Weiber, die Männer rannten vorbei und schienen von Blut zu triefen wie die Metzger bei der Arbeit.

»Oh, herrlich!« flüsterten Lucie und Jeanne, in ihrer künstlerischen Empfänglichkeit von der grausigen Schönheit ergriffen.

Sie erschraken aber dennoch und flüchteten zu Madame Hennebeau, die sich an eine Tränke gelehnt hatte. Der Gedanke, daß ein Blick durch diese losen Planken genügte, damit sie massakriert würden, ließ sie erstarren. Auch Négrel, sonst sehr tapfer, fühlte, daß er erbleichte; er wurde von einer Furcht ergriffen, die mächtiger war als sein Wille, von einem Entsetzen, wie es zuweilen über uns kommt, wir wissen nicht woher. Cécile hockte im Heu und wagte sich nicht zu rühren. Die anderen konnten die Augen nicht wegwenden und schauten gegen ihren Willen auf die Straße hinaus.

Es war das blutige rote Gespenst der Revolution, die sie in verhängnisvoller Weise alle hinwegfegen würde, an einem blutigen Abend dieses zur Neige gehenden Jahrhunderts. Ja, eines Abends wird das losgelassene, zügel-

lose Volk so über die Straßen rennen, und es wird vom Blut der Spießbürger triefen, wird abgeschlagene Köpfe herumtragen, wird das Gold der ausgeleerten Schränke verstreuen. Die Weiber werden heulen, die Männer werden wie Wölfe die Kinnladen weit aufreißen, um alles zu zerfleischen. Ja, es werden dieselben Lumpen sein, dasselbe Geklapper von plumpen Holzschuhen, dieselbe grausige Menge, mit schmutziger Haut, verpestetem Atem, die alte Welt hinwegfegend mit ihrem barbarischen, alles überflutenden Drängen und Jagen. Brände werden aufflammen, in den Städten wird kein Stein auf dem andern bleiben, man wird zu dem wilden Leben in den Wäldern zurückkehren nach der großen Brunst, nach der großen Schwelgerei, in der die Armen in einer Nacht die Weiber vergewaltigen und den Wein der Reichen austrinken werden. Und es wird nichts mehr geben, keinen Sou von den Reichtümern, keinen Titel von den errungenen Stellungen, bis zu dem Tage, wo vielleicht eine neue Erde erblühen wird. – Ja, diese Dinge waren es, die über die Straßen dahinfegten wie eine Naturgewalt, deren Wehen ihre Gesichter streifte.
Ein ungeheurer Schrei erhob sich und übertönte die Marseillaise:
»Brot! Brot! Brot!«
Lucie und Jeanne schmiegten sich in ihrem Entsetzen an Frau Hennebeau, während Négrel sich vor sie hinstellte, wie um sie mit seinem Körper zu schützen. Sollte denn noch diesen Abend die alte Welt aus den Fugen gehen? Und was sie nun sahen, vollendete ihre Bestürzung. Die Bande war vorüber, es kamen nur noch einige Nachzügler, unter diesen die Mouquette. Sie blieb immer zurück, um zu spähen, ob Bürgersleute vor den Türen ihrer Gärten oder an den Fenstern ihrer Häuser erscheinen würden; und da sie, wenn sie welche erblickte, ihnen nicht ins Gesicht speien konnte, zeigte sie ihnen, was ihr als der Gipfel der Verachtung galt. Gewiß hatte sie jetzt auch wieder einen Bürger bemerkt, denn plötzlich streif-

te sie die Röcke auf und streckte die Hinterbacken hin, zeigte ihren riesigen Hintern, nackt im letzten Aufflakkern der Sonne. Und dieses Hinterteil hatte nichts Widerliches; die Szene war eher grausam als lächerlich.

Alles verschwand; der Strom wälzte sich gen Montsou, die schmalen Wege entlang, zwischen den niedrigen, bunt getünchten Häusern. Man ließ den Wagen wieder aus dem Hof fahren, aber der Kutscher wollte nicht dafür bürgen, daß er seine Herrin und die Fräulein ohne Hindernis heimbringen würde, wenn die Streikenden die Straße besetzt hielten. Und das Schlimmste war, daß es keinen andern Weg gab.

»Wir müssen aber dennoch heimkehren, das Diner erwartet uns«, sagte Madame Hennebeau, außer sich vor Angst. »Diese schmutzigen Halunken rumoren schon wieder an einem Tag, an dem ich Gäste habe. Solchem Gesindel soll man Gutes tun!«

Lucie und Jeanne zogen Cécile aus dem Heu hervor; sie wehrte sich, in der Meinung, der Zug der Wilden dauere noch immer an, und wiederholte, sie wolle nichts sehen. Schließlich nahmen alle wieder ihre Plätze im Wagen ein. Négrel, der wieder zu Pferd gestiegen war, hatte nun den Einfall, daß man über die Wege von Réquillart zurückkehren solle.

»Fahren Sie langsam«, empfahl er dem Kutscher, »denn der Weg ist sehr schlecht. Wenn Gruppen der Bande Sie hindern sollten, in die Landstraße einzubiegen, werden Sie hinter der alten Grube halten, und wir werden zu Fuß durch die kleine Gartentür zurückkehren, während Sie Wagen und Pferde irgendwo unter dem Schuppen einer Herberge unterbringen.«

Sie fuhren ab. Die Bande war schon fern und ergoß sich nach Montsou. Die Bevölkerung des Ortes war in Schrecken und Aufregung versetzt, seitdem sie die Gendarmen und Dragoner zweimal hatte durchziehen sehen. Furchtbare Geschichten waren in Umlauf; man sprach von geschriebenen Maueranschlägen, die den Bürgern drohten, daß ihnen der Bauch aufgeschlitzt werden sollte. Niemand hatte diese Maueranschläge gelesen, und dennoch wußte man ganze Sätze daraus wörtlich anzuführen. Besonders beim Notar war die Angst bis zum Gipfelpunkt gestiegen; er hatte mit der Post einen anonymen Brief erhalten, in dem man ihm mitteilte, daß in seinem Keller ein Faß Pulver vergraben sei, das ihn in die Luft sprengen würde, wenn er sich nicht für das Volk erklärte.

Die Grégoire, die beim Notar zu Besuch waren, sprachen eben über diesen Brief, in dem sie einen Streich irgendeines Spaßvogels zu erblicken glaubten, als der Einzug der Bande das Haus in höchsten Schrecken versetzte. Die Grégoire lächelten nur. Sie schoben ein wenig den Vorhang weg, schauten hinaus und erklärten, es gebe keine Gefahr und alles werde harmlos enden. Es schlug fünf Uhr; sie hatten gerade noch Zeit zu warten, bis die Straße frei war, um zu den Hennebeau hinüberzugehen, wo sie speisen wollten und wo Cécile sie sicherlich schon erwartete. Allein niemand in Montsou schien ihre Vertrauensseligkeit zu teilen; entsetzte Leute rannten durch die Straßen, Türen und Fenster wurden eilig geschlossen. Sie sahen Maigrat hastig seinen Laden mit Eisenstangen verwahren; er war bleich und zitterte, so daß seine kleine, schwächliche Frau genötigt war, die Schlösser vorzulegen.

Die Bande hatte vor dem Hause des Direktors haltgemacht, und es ertönte der Schrei:

»Brot! Brot! Brot!«

Herr Hennebeau stand am Fenster, als Hippolyte eintrat, um die Fensterläden zu schließen, damit die Scheiben nicht eingeschlagen würden. Er sicherte in gleicher Weise alle Fenster im Erdgeschoß, dann ging er in den ersten Stock hinauf; man hörte das Kreischen der Riegel und das Zuschlagen der Fensterläden. Unglücklicherweise konnte man nicht auch das breite Fenster der unterirdisch gelegenen Küche schließen; man konnte von der Straße die hell lodernden Feuer unter den Kasserollen und unter dem Spieße sehen.

Herr Hennebeau, der die Vorgänge sehen wollte, stieg mechanisch in den zweiten Stock hinauf, in das Zimmer Pauls. Es war am besten gelegen und gestattete einen Ausblick auf die Straße, bis zu den Werkhöfen der Gesellschaft. Herr Hennebeau stand hinter den Vorhängen verborgen und übersah von da die Menge. Allein dieses Zimmer hatte ihn von neuem in Erregung gebracht, obgleich der Toilettetisch jetzt gesäubert und in Ordnung gebracht worden war und das Bett hinter den sorgfältig geschlossenen Vorhängen sein kühles, nüchternes Aussehen hatte. Seine große Wut vom Nachmittag, die wütende Schlacht, die er in der tiefen Stille seiner Einsamkeit dem Bett geliefert, endeten jetzt in einer unermeßlichen Müdigkeit. Sein Wesen war nun wie dieses Zimmer, abgekühlt, reingefegt von dem Unflat des Morgens, zurückgekehrt zur gewohnten korrekten Haltung. Was sollte ein Skandal auch nützen? Hatte sich bei ihm etwas geändert? Seine Frau hatte ganz einfach einen Liebhaber mehr; daß sie ihn in der Familie gewählt hatte, war kaum ein erschwerender Umstand; es war vielleicht besser so; sie wahrte doch wenigstens den Schein. Er bemitleidete sich selbst, wenn er sich seiner unsinnigen Eifersucht erinnerte. Wie lächerlich war es, dieses Bett mit Faustschlägen zu bearbeiten! Da er einen andern Mann geduldet hatte, würde er auch diesen dulden. Man würde ihn ein wenig mehr verachten; das war alles. Eine furchtbare Bitterkeit vergiftete ihm den Mund, das Gefühl der Nutzlosigkeit von allem, der ewige Schmerz des Daseins, die Selbstverachtung, weil er diese Frau noch immer anbetete und nach ihr verlangte, ungeachtet des Schmutzes, in dem er sie versinken ließ.

Unter dem Fenster brach das Geheul mit erneuter Heftigkeit los.

»Brot! Brot! Brot!«

»Idioten!« murmelte Herr Hennebeau zwischen den Zähnen.

Er hörte, wie sie ihn beschimpften wegen seiner fetten Bezüge, wie sie ihn einen dickwanstigen Tagedieb nannten, ein schmutziges Schwein, das sich mit feinen Sachen den Magen verdarb, während der Arbeiter verhungerte. Die Weiber hatten die Küche entdeckt, und nun gab es einen Sturm von Schmähungen über den bratenden Fasan und die Soßen, deren fetter Geruch ihnen den leeren Magen umdrehte. Ha, diese schmutzigen Spießbürger! Man würde sie schon mit Champagner und Trüffeln traktieren, daß ihnen die Därme platzten!

»Brot! Brot! Brot!«

»Idioten!« wiederholte Herr Hennebeau, »bin ich etwa glücklich?«

Ein Zorn erfaßte ihn gegen diese Leute, die nicht begriffen. Gern hätte er ihnen seine fetten Bezüge überlassen für ihr dickes Fell und für die Leichtigkeit, mit der sie sich paarten und dann sorglos wieder auseinandergingen. Warum konnte er sie nicht an seinen Tisch setzen und sie mit seinem Fasan mästen, während er fortgehen würde, um hinter den Hecken zu huren, die Dirnen umzuwerfen, unbekümmert darum, wer sie vor ihm umgeworfen hatte! Er hätte alles hingegeben: seine Erziehung, seinen Wohlstand, seinen Luxus, seine Direktorsgewalt, wenn er nur einen Tag der letzte dieser Elenden, die ihm gehorchten, hätte sein können, frei verfügend über seinen Leib, Halunke genug, um sein Weib zu ohrfeigen und sein Vergnügen bei den Nachbarinnen zu suchen. Er wünschte sich auch, Hunger zu leiden, einen leeren Bauch zu haben, den Magen von Krämpfen zusammengezogen, die das Gehirn verwirren und schwindelig machen. Vielleicht würde es sein ewiges Weh getötet haben. Ach, als roher Kerl leben zu können, nichts zu besitzen, mit der häßlichsten und schmutzigsten Schlepperin durch die Getreidefelder zu streifen und sich Befriedigung zu holen!

»Brot! Brot! Brot!«

Da verlor er die Geduld und schrie in den Lärm hinein:

»Brot? Ihr Idioten! Ist denn das alles?«
Er hatte zu essen und stöhnte dennoch unter einem ewigen Leid. Sein zerstörtes Eheleben, sein ganzes verwüstetes Leben stieg ihm wie ein Todesröcheln in der Kehle empor. Wenn man Brot hatte, so war damit noch nicht alles erreicht. Wer war so ein Tölpel, das irdische Glück in der Teilung des Reichtums zu suchen? Diese Hohlköpfe von Revolutionären konnten die Gesellschaft umstürzen und eine neue aufbauen; sie würden der Menschheit keine neue Freude bieten, ihr kein einziges Weh nehmen können, indem sie jedem seinen Brotanteil beschnitten. Ja, sie würden das Unglück der Erde nur ausbreiten, daß schließlich selbst die Hunde verzweifelt heulen würden, weil man sie aus der ruhigen Zufriedenheit der Instinkte gerissen und zur Schmerzenshöhe der unbefriedigten Leidenschaften gehoben hätte. Nein, das einzige Glück war, nicht zu sein; oder, wenn man schon sein mußte, der Baum zu sein, der Stein zu sein, noch weniger: das Sandkorn, das nicht bluten kann unter dem Tritt der Menschen.
Und in dieser Verbitterung über sein Leid traten Herrn Hennebeau Tränen in die Augen und rannen heiß über seine Wangen. Die Straße lag schon in Dunkel gehüllt, als die Steine gegen die Stirnwand des Hauses zu fliegen begannen. Nunmehr ohne Zorn gegen diese Hungrigen und nur durch die brennende Wunde seines Herzens aufgebracht, fuhr er fort, unter Tränen zu stammeln:
»Diese Idioten! diese Idioten!«
Doch der Schrei der leeren Bäuche beherrschte alles; ein Geheul erhob sich mit Sturmesgewalt, alles hinwegfegend:
»Brot! Brot! Brot!«

VI

Ernüchtert durch die Ohrfeigen Catherines, war Etienne an der Spitze der Kameraden geblieben. Doch während er ihnen mit heiserer Stimme seine Befehle erteilte und sie nach Montsou führte, machte sich in seinem Innern eine andere Stimme vernehmbar, die Stimme der Vernunft, die erstaunt fragte, warum das alles geschehe? Er hatte nichts von alldem gewollt; wie konnte es geschehen, daß er, der zu dem Zweck nach Jean-Bart gezogen war, mit Überlegung zu handeln und ein Unglück zu verhüten, von Gewalttat zu Gewalttat schreitend den Tag mit der Belagerung des Direktionshauses beschloß?

Und doch hatte er soeben »Halt!« gerufen. Aber er hatte anfänglich nur die Absicht gehabt, die Werkhöfe der Gesellschaft zu schützen, wo die Bande alles hatte zerstören wollen. Und nun, da die ersten Steine gegen das Haus flogen, überlegte er, gegen welche berechtigte Beute er die Bande loslassen solle, um größeres Unglück zu verhüten. Doch er konnte nichts ausfindig machen. Und wie er allein und machtlos mitten in der Straße stand, rief ihn jemand an, ein Mann, der auf der Schwelle der Tisonschen Schenke stand, deren Wirtin sich beeilte, die Fensterläden zu schließen, so daß nur die Tür offenblieb.

»Ja, ich bin's, höre!«

Es war Rasseneur. An dreißig Männer und Weiber, fast sämtlich aus dem Dorfe der Zweihundertvierzig, die am Morgen zu Hause geblieben und am Abend nach Montsou gekommen waren, um Nachrichten einzuholen, hatten beim Herannahen der Streikenden diese Schenke besetzt. Zacharie saß mit Philomène an einem Tische, weiterhin Pierron mit seiner Frau, mit dem Rücken zur Tür, ihre Gesichter verbergend. Übrigens trank niemand; man hatte hier nur Zuflucht gesucht.

Etienne erkannte Rasseneur und wandte sich ab, als dieser sagte:

»Mein Anblick ist dir unangenehm, nicht wahr? Ich hatte

dich gewarnt; nun fängt es an lustig zu werden. Ihr könnt jetzt Brot verlangen, man wird euch Blei geben.«
Da wandte Etienne sich wieder um und sagte:
»Unangenehm sind mir die Feiglinge, die mit gekreuzten Armen zusehen, wie wir unsere Haut zu Markte tragen.«
»Willst du denn plündern drüben?« fragte Rasseneur.
»Ich will mit meinen Kameraden bleiben bis zum Ende und will, wenn es sein muß, mit ihnen zugrunde gehen.«
In verzweifelter Stimmung kehrte Etienne zu der Menge zurück, bereit, mit ihr zu sterben. Auf der Straße sah er drei Kinder Steine werfen; er versetzte ihnen Fußtritte und rief, um auch den Kameraden Einhalt zu gebieten, daß es zu nichts führe, Fensterscheiben einzuschlagen. Bébert und Lydie, die sich zu Jeanlin gesellt hatten, lernten von ihm, die Schleuder zu handhaben. Jeder schleuderte einen Kieselstein, und sie wetteten, wer den größten Schaden anrichten würde. Lydie hatte einen ungeschickten Wurf getan und ein Weib in der Menge am Kopf getroffen. Die beiden Jungen hinter ihr hielten sich die Seiten vor Lachen. Bonnemort und Mouque saßen auf einer Bank und schauten ihnen zu. Die angeschwollenen Beine trugen Bonnemort so mühsam, daß er sich nur schwer hatte herschleppen können; man erfuhr übrigens nicht, welche Neugier ihn hergeführt hatte, denn er hatte wieder sein erdfahles, verschlossenes Gesicht wie an den Tagen, da man kein Wort aus ihm herausbringen konnte.
Übrigens gehorchte niemand mehr Etienne. Trotz seiner Weisungen dauerte der Steinhagel fort, und er war erstaunt und entsetzt beim Anblick dieser Tiere, denen er den Maulkorb abgenommen hatte; sie waren so schwer in Bewegung zu bringen und waren nachher in ihrer Wut so furchtbar, von wilder Beharrlichkeit. Es war das alte flämische Blut, dick und ruhig, das Monate brauchte, um sich zu erwärmen, und sich dann in abscheuliche Aus-

schreitungen stürzte und nicht aufhörte, bis das Untier sich an seinen Grausamkeiten gesättigt hatte. In seiner südlichen Heimat flammte die Menge rascher auf, aber sie handelte weniger. Er mußte mit Levaque raufen, um ihm die Hacke zu entreißen; er wußte nicht, wie er die Maheus zurückhalten sollte, die mit beiden Händen Kieselsteine schleuderten. Und besonders die Weiber erschreckten ihn, die Levaque, die Mouquette und die anderen, die von einer mörderischen Wut besessen waren, mit Zähnen und Krallen drohten, und ein wahres Hundegeheul vernehmen ließen, immer aufgestachelt von der Brulé, die mit ihrer langen, hageren Gestalt sie überragte und beherrschte.

Doch es gab einen plötzlichen Stillstand; eine kurze Überraschung brachte jenen Augenblick der Ruhe zustande, den Étienne mit seinen Bitten nicht hatte erreichen können. Es waren ganz einfach die Grégoire, die sich entschlossen hatten, vom Notar Abschied zu nehmen und sich quer über die Straße zum Direktor zu begeben; und sie schienen so ruhig, sie sahen so ganz darnach aus, als glaubten sie nur an einen Spaß ihrer braven Grubenarbeiter, deren Ergebenheit sie seit einem Jahrhundert ernährte, daß die Streikenden in der Tat erstaunt im Steinewerfen innehielten, um die braven alten Leute nicht zu treffen, die so unvermutet auf der Straße auftauchten. Sie ließen ihnen Zeit, in den Garten einzutreten, die Freitreppe hinaufzugehen und an der fest verriegelten Tür zu läuten, die man ihnen nicht sonderlich rasch öffnete. Die Kammerfrau Rose kam eben von ihrem Ausgang heim und lachte den wütenden Arbeitern ins Gesicht, die sie sämtlich kannte, da sie von Montsou war. Sie bearbeitete nun ihrerseits die Tür mit Faustschlägen, bis Hippolyte kam und sie zur Hälfte öffnete. Es war Zeit; die Grégoire verschwanden eben im Hause, als der Steinhagel von neuem anfing. Die Bande hatte sich von ihrem Erstaunen schon wieder erholt und brüllte stärker als früher.

»Tod den Bürgern! Es lebe die ›Internationale‹!«
Rose schien das Abenteuer Spaß zu machen; sie lachte noch im Hause und wiederholte dem entsetzten Kammerdiener:
»Sie sind nicht bösartig; ich kenne sie.«
Herr Grégoire hängte mit gewohnter Bedächtigkeit seinen Hut an den Nagel; und während er seiner Frau den Mantel ablegen half, sagte er:
»Gewiß, sie sind im Grunde nicht schlecht; wenn sie genug geschrien haben, werden sie mit um so besserem Appetit zu Abend essen.«
In diesem Augenblick kam Herr Hennebeau vom zweiten Stock herunter. Er hatte die Szene mit angesehen und kam, um seine Gäste mit der gewohnten kühlen Höflichkeit zu empfangen. Nur die Blässe seines Gesichtes verriet den Schmerz, der ihn erschüttert hatte. Der Mann in ihm war gebändigt; es blieb nichts übrig als der korrekte Beamte, der entschlossen war, seine Pflicht zu erfüllen.
»Die Damen sind noch nicht zurück«, sagte er seinen Gästen.
Zum ersten Male wurden jetzt die Grégoire von Unruhe erfaßt. Cécile noch nicht zurück! Wie konnte sie heimkehren, wenn dieser Spaß der Arbeiter noch länger andauerte?
»Ich habe daran gedacht, das Haus befreien zu lassen«, fügte Herr Hennebeau hinzu. »Unglücklicherweise bin ich nur allein zu Hause und weiß nicht, wohin ich meinen Diener schicken soll, um mir ein paar Soldaten unter Führung eines Korporals zu bringen, die mir dieses Gelichter hinwegfegen würden.«
Rose wagte von neuem die schüchterne Bemerkung:
»Oh, gnädiger Herr, die Leute sind nicht bösartig.«
Der Direktor schüttelte den Kopf, während der Tumult draußen anwuchs und man die dumpfen Schläge der Steine an die Mauer des Hauses hörte.
»Ich grolle diesen Leuten nicht, ich entschuldige sie

sogar; man muß so dumm sein wie sie, um zu glauben, daß wir sie unglücklich machen wollen. Aber ich habe für die Ruhe einzustehen ... Es ist merkwürdig, daß es Gendarmen auf den Straßen gibt, wie man mir sagt, und daß ich seit heute Morgen keinen einzigen bekommen konnte.«

Er unterbrach sich, trat vor Madame Grégoire zur Seite und sagte:

»Ich bitte Sie, Madame, bleiben Sie nicht da; kommen Sie in den Salon.«

Doch die Köchin, die verzweifelt aus der Küche heraufkam, hielt sie noch einige Minuten auf. Sie erklärte, die Verantwortung für das Diner nicht übernehmen zu können, weil sie von dem Pastetenbäcker von Marchiennes Blätterteigpasteten erwarte. Sie hatte die Pasteten für vier Uhr bestellt; augenscheinlich hatte der Bäcker, aus Furcht, von diesen Banditen ergriffen zu werden, sich unterwegs verirrt; vielleicht auch hatte man seine Tragkörbe geplündert. Sie sah im Geist die Pasteten hinter einem Gebüsch belagert, die Mägen der dreitausend Elenden reizend, die Brot verlangten. Auf jeden Fall war der gnädige Herr jetzt benachrichtigt; sie zog es vor, das Diner eher ins Feuer zu werfen, als es wegen der Revolution verderben zu lassen.

»Ein wenig Geduld«, sagte Herr Hennebeau. »Noch ist nichts verloren; der Bäcker kann noch kommen.«

Und als er zu Madame Grégoire zurückkehrte, um ihr selbst die Salontür zu öffnen, war er sehr überrascht, auf einer Bank im Flur einen Mann zu sehen, den er bisher in der Dämmerung gar nicht bemerkt hatte.

»Ach, Sie sind's, Maigrat! Was gibt es denn?«

Maigrat hatte sich erhoben, und man sah sein dickes, bleiches, vom Schrecken verstörtes Gesicht. Er hatte nicht mehr die Strammheit eines ruhigen dicken Mannes; er erklärte in untertäniger Weise, daß er zum Herrn Direktor geschlichen sei, um von ihm Schutz und Hilfe zu erbitten, wenn die Räuber seinen Kramladen angreifen sollten.

»Sie sehen, daß ich selbst bedroht bin und niemanden habe«, sagte Herr Hennebeau. »Sie hätten besser getan, zu Hause zu bleiben und Ihre Waren zu hüten.«
»Oh, ich habe die Eisenstangen vorgelegt und habe meine Frau zu Hause gelassen.«
Der Direktor verlor die Geduld und machte kein Hehl aus seiner Verachtung. Eine schöne Wache, diese schwächliche, unter Prügeln abgemagerte Frau.
»Kurz, ich kann nichts machen; sehen Sie zu, wie Sie sich wehren können. Und ich rate Ihnen, sogleich heimzukehren, denn die Kerle fordern schon wieder Brot. Hören Sie?«
In der Tat hatte der Tumult wieder begonnen, und Maigrat glaubte aus dem Geschrei seinen Namen herauszuhören. Es war jetzt unmöglich heimzukehren; sie würden ihn in Stücke zerrissen haben. Anderseits quälte ihn der Gedanke an seinen Ruin. Er preßte sein Gesicht an die Glasscheiben der Tür, schwitzend, zitternd nach dem Unglück spähend, während die Grégoire sich entschlossen hatten, in den Salon zu gehen.
Herr Hennebeau bemühte sich, ruhig zu scheinen und seine Hausherrnpflichten zu erfüllen. Allein er bat seine Gäste vergebens, Platz zu nehmen. Das fest verschlossene Zimmer, in dem zwei Lampen brannten, obgleich es noch nicht völlig finster war, füllte sich mit Entsetzen bei jedem neuen Lärm, der von der Straße hereintönte. Das Wutgeschrei der Menge wurde von den Teppichen und Vorhängen gedämpft, was nur noch beunruhigender, wie eine unbestimmte und furchtbare Drohung klang. Man versuchte ein Gespräch zu führen, das immer wieder auf diesen unbegreiflichen Aufruhr gelenkt wurde. Herr Hennebeau war erstaunt, nichts vorausgesehen zu haben; seine Polizei war so schlecht, daß er sich besonders gegen Rasseneur erzürnte, dessen abscheulichen Einfluß er zu erkennen glaubte. Übrigens würden die Gendarmen kommen; es war unmöglich, daß man ihn so im Stiche ließe. Was die Grégoire betraf, so dachten sie nur an

ihre Tochter; die liebe Kleine erschrak so leicht; vielleicht war die Kutsche angesichts der Gefahr nach Marchiennes zurückgekehrt. Noch eine Viertelstunde dauerte dieses Warten, nervenaufreibend durch den Radau der Straße, durch das Aufschlagen der Steine an den geschlossenen Fensterläden, das so hohl klang wie ein Trommelschlag. Die Lage war unerträglich geworden; Herr Hennebeau sagte, er wolle hinausgehen, diese Schreihälse verjagen und dem Wagen entgegengehen. Da lief Hippolyte schreiend herein.

»Gnädiger Herr! gnädiger Herr! Man ermordet die gnädige Frau!«

Der Wagen hatte wegen der drohenden Gruppen nicht durch das Gäßchen von Réquillart kommen können. Négrel hatte an seinem Gedanken festgehalten, die hundert Meter, die sie noch vom Hause trennten, zu Fuß zurückzulegen, dann an die kleine Pforte zu klopfen, die auf den Garten ging; der Gärtner würde sie hören, oder es würde sonst jemand dasein, um sie zu hören. Anfänglich ging die Sache ganz gut; Madame Hennebeau und die Fräulein klopften schon an das Pförtchen, als einige Weiber, die von der Sache Wind bekommen hatten, sich in das Gäßchen stürzten. Und nun ging alles schief. Das Pförtchen wurde nicht geöffnet, und Négrel hatte vergebens versucht, es mit der Schulter einzurennen. Die Flut der Weiber wurde immer größer, er fürchtete niedergetreten zu werden und faßte den verzweifelten Entschluß, die Damen vor sich her zu schieben, um mitten durch die Belagerer hindurch die Freitreppe zu erreichen. Allein bei diesem Versuch kam es zu einem Gedränge; man ließ sie nicht mehr los; eine heulende Bande trieb sie vor sich her, während die Menge von rechts und von links zusammenströmte, noch ohne zu begreifen, nur erstaunt über diese Damen in ihren Toiletten, die mitten in das Getümmel geraten waren. In diesem Augenblick stieg die Verwirrung derart, daß sich einer jener Zufälle ergab, die ewig unerklärlich bleiben. Lucie und Jeanne, die bis zur Freitreppe vorgedrungen waren, schlüpften durch die Tür, die die Kammerfrau halb geöffnet hatte, und es gelang auch Madame Hennebeau, ihnen zu folgen; hinter ihnen trat endlich auch Négrel ins Haus und schob die Riegel vor, in der Überzeugung, daß er Cécile zuerst eintreten gesehen habe. Sie war nicht mehr da; sie war unterwegs verschwunden, von einer solchen Furcht fortgerissen, daß sie dem Hause den Rücken gekehrt und sich selbst in die größte Gefahr gestürzt hatte.

Sogleich ertönte das Geschrei:

»Es lebe die ›Internationale‹! Tod den Bürgern!«

Da ihr Antlitz verschleiert war, wurde sie von einigen, die ferner standen, für Madame Hennebeau gehalten. Andere wieder glaubten in ihr eine Freundin der Direktorin zu erkennen, die junge Gattin eines benachbarten Fabriksherrn, den seine Arbeiter verabscheuten. Es war übrigens gleichviel; ihr seidenes Kleid, ihr Pelzmantel, ihr Federhut erbitterten die Menge. Sie duftete nach wohlriechenden Essenzen; sie hatte eine Uhr und die feine Haut einer Müßiggängerin, die von der Kohle nicht berührt war.

»Wart«, schrie die Brulé, »man wird dir Spitzen an den Hals legen!«

»Uns stehlen sie das, diese Dirnen!« sagte die Levaque. »Sie hüllen sich in Pelzwerk, während wir frieren ... Zieht sie mal nackt aus, damit sie das Leben kennenlernt!«

Sogleich lief die Mouquette herbei.

»Ja, ja; gepeitscht muß sie werden!«

Und in ihrem wilden Wetteifer drängten die Weiber sich heran, streckten ihre Lumpen aus, wollten jede für sich ein Stück von diesem Kind reicher Leute haben. Ihr Hinterteil sei gewiß nicht schöner als das anderer Weiber. Es gäbe viele, die unter ihrem Flittertand verfault wären. Die Ungerechtigkeit dauerte nun lange genug; man würde sie alle zwingen, sich so zu kleiden wie die Arbeiterinnen – diese Metzen, die es wagten, fünfzig Sous für das Waschen eines Unterrocks auszugeben!

Von diesen Furien umzingelt, zitterte die arme Cécile; ihre Beine versagten den Dienst, und sie stammelte ein um das andere Mal:
»Meine Damen, ich bitte Sie, tun Sie mir doch nichts zuleide.«
Doch plötzlich stieß sie einen lauten Schrei aus; kalte Hände hatten sie am Hals gefaßt. Es war der alte Bonnemort, in dessen Nähe die Menge sie gedrängt hatte und der sie jetzt mit den Fäusten packte. Er schien berauscht vor Hunger, verdummt durch sein langes Elend, plötzlich herausgeschleudert aus seiner Ergebenheit, die ein halbes Jahrhundert gewährt hatte; ohne daß man hätte sagen können, welcher Drang nach Vergeltung ihn herausgeschleudert hatte. Nachdem er in seinem Leben ein Dutzend Kameraden vom Tode gerettet hatte, wobei er seine eigenen Knochen in den schlagenden Wettern und bei den Einstürzen in Gefahr brachte, gab er jetzt einem unnennbaren Instinkte nach, einem Bedürfnis, dem Zauber, den der weiße Hals dieses Mädchens auf ihn ausübte. Und da er heute wieder einmal seinen stummen Tag hatte, preßte er nur die Finger zusammen, mit der ruhigen Miene eines alten siechen Tieres, das seine Erinnerungen wiederkäute.
»Nein, nein!« heulten die Weiber; »den Hintern heraus! den Hintern heraus!«
Als man im Hause des Direktors des Ereignisses gewahr wurde, öffneten Herr Hennebeau und Négrel mutig die Tür, um Cécile zu Hilfe zu eilen. Allein die Menge drängte jetzt gegen das Gartengitter, und es war schwer hinauszukommen. Es entspann sich ein Kampf, während die Eheleute Grégoire entsetzt auf der Freitreppe erschienen.
»Laßt sie los, Alter! Es ist das Fräulein von der Piolaine«, rief die Maheu dem Großvater zu, indem sie Cécile erkannte, deren Schleier von einem Weibe herabgerissen worden war.

Etienne, erbittert über diese an einem Kinde geübte Vergeltung, bemühte sich, die Bande zu bestimmen, daß sie ihre Beute loslasse. Er hatte einen plötzlichen Einfall. Die Hacke schwingend, die er Levaque aus den Händen gerissen hatte, schrie er:

»Zu Maigrat! Dort gibt es Brot! Laßt uns Maigrats Laden stürmen!«

Und er führte mit voller Kraft den ersten Axthieb gegen die Ladentür. Einige Kameraden folgten ihm, Levaque, Maheu und andere. Doch die Weiber ließen nicht locker; aus den Händen Bonnemorts war Cécile wieder in die Krallen der Brulé geraten. Von Jeanlin geführt, waren Lydie und Bébert auf allen vieren herangekrochen und schlüpften unter die Röcke, um den Hintern der Dame zu sehen. Schon zerrten sie an ihren Kleidern, die zu zerreißen drohten, als ein Reiter erschien, sein Tier antreibend und die, die nicht rasch genug zur Seite sprangen, mit seiner Reitpeitsche bearbeitend.

»Ha, ihr Hundepack! jetzt wollt ihr gar unsere Töchter peitschen!«

Es war Deneulin, der zum Diner kam. Er sprang rasch vom Pferde, faßte Cécile mit der einen Hand um den Leib, während er mit der andern Hand sein Pferd so geschickt führte, daß ihm das Tier als eine lebende Schutzwand diente, so durchschnitt er die Menge, die vor den Pferdehufen scheu zurückwich. Am Gartengitter dauerte das Ringen fort; er drängte sich aber dennoch durch, wobei es manchen unsanften Tritt absetzte. Diese unverhoffte Unterstützung befreite Négrel und Hennebeau, die inmitten der Flüche und Hiebe in großer Gefahr schwebten. Und während Négrel endlich die ohnmächtige Cécile ins Haus trug, empfing Deneulin, der mit seinem großen Körper den Direktor deckte, auf der Höhe der Terrasse einen Steinwurf, der ihm fast die Schulter ausrenkte.

»Recht so«, schrie er; »zerschlagt mir die Knochen im Leibe, nachdem ihr meine Maschinen zerschlagen habt!«

Er warf rasch die Türe zu; ein Hagel von Steinen traf prasselnd das Holz.

»Was für ein tolles Volk!« rief er. »Noch zwei Sekunden und sie spalten mir den Schädel wie einen leeren Kürbis. Dieses Lumpenpack ist taub für jedes vernünftige Wort; es bleibt nichts anderes übrig, als es zu zertreten.«

Im Salon weinten die Grégoire, als sie Cécile das Bewußtsein wiedererlangen sahen. Es war ihr nichts zuleide geschehen, sie hatte nicht die geringste Schramme; nur der Schleier war verloren. Aber ihr Schrecken wuchs, als sie ihre Köchin Melanie vor sich sahen, die ihnen erzählte, wie arg die Piolaine mitgenommen worden war. Die Köchin war in der Verwirrung unbemerkt durch das Pförtchen hereingeschlüpft. Wahnsinnig vor Entsetzen war sie herbeigeeilt. Der einzige Stein Jeanlins, der eine Fensterscheibe zertrümmert hatte, wurde in ihrer Darstellung zu einem Bombardement, das die Mauern in Trümmer legte. Da verwirrten sich die Vorstellungen des Herrn Grégoire; man erwürgte seine Tochter, man schleifte sein Haus; es war also doch wahr, daß diese Grubenarbeiter ihm grollten, weil er als rechtschaffener Mann von ihrer Arbeit lebte?

Die Kammerfrau, die ein Handtuch und Kölnischwasser gebracht hatte, wiederholte immer wieder:

»Es ist immerhin komisch, die Leute sind nicht schlimm.«

Madame Hennebeau saß sehr bleich da und konnte sich von ihrem Schreck, von ihrer Aufregung nicht erholen; ein Lächeln erschien auf ihren Lippen erst, als Négrel beglückwünscht wurde. Die Eltern Céciles dankten dem jungen Manne besonders; die Ehe mit Cécile war jetzt eine abgemachte Sache. Herr Hennebeau beobachtete im stillen; seine Augen wandten sich von seiner Frau zu dem Liebhaber, dessen Tod er am Morgen geschworen hatte, dann zu dem Mädchen, das ihn sicherlich bald von ihm befreien würde. Er hatte keine Eile; eine einzige Besorg-

nis blieb ihm, daß seine Frau noch tiefer, vielleicht bis zu einem Lakaien sinken könnte.
»Und ihr, meine lieben Kinder?« wandte Herr Deneulin sich an seine Töchter; »ist euch nichts passiert?«
Lucie und Jeanne hatten wohl große Angst ausgestanden, waren aber im übrigen froh, Augenzeugen dieses Schauspiels gewesen zu sein, und lachten jetzt vergnügt.
»Himmel!« fuhr der Vater fort; »das ist ein schöner Tag! ... Wenn ihr eine Mitgift wollt, müßt ihr sie nun selbst erwerben, und macht euch darauf gefaßt, auch mich zu ernähren.«
So scherzte er; aber seine Stimme zitterte dabei. Und seine Augen füllten sich mit Tränen, als seine Töchter sich in seine Arme warfen.
Herr Hennebeau hatte das Geständnis seines Ruins gehört, und ein plötzlich aufleuchtender Gedanke erhellte sein Antlitz. Vandame würde nun in der Tat in den Besitz von Montsou übergehen; das war die erhoffte Entschädigung, der Glücksfall, der ihn bei den Verwaltungsräten wieder in Gunst setzen sollte. Bei jedem Unglück in seinem Leben flüchtete er hinter den genauen Vollzug der empfangenen Weisungen; aus der militärischen Disziplin, in der er lebte, bildete er sich seinen stark beschnittenen Anteil am Lebensglück.
Doch die Gesellschaft gewann allmählich ihre Ruhe wieder; es senkte sich ein matter Friede auf den Salon mit dem ruhigen Lichte der beiden Lampen und den Vorhängen, die alle Geräusche dämpften. Was geschah draußen? Die Schreier schwiegen; es knallten keine Steine mehr an die Hausmauer, und man hörte nur mächtige dumpfe Schläge, wie sie zuweilen in den Wäldern weithin tönen. Man wollte wissen, was es sei und kehrte in den Flur zurück, um durch die Glasscheibe der Tür einen Blick auf die Straße zu wagen. Selbst die Damen gingen in den ersten Stock hinauf, um hinter den Fensterläden verborgen einen Ausblick zu haben.
»Sehen Sie den Halunken Rasseneur dort drüben, auf

der Schwelle jenes Wirtshauses?« sagte Herr Hennebeau zu Herrn Deneulin. »Ich ahnte, daß er die Hand im Spiele habe.«

Indes war es nicht Rasseneur, sondern Etienne, der mit Axthieben die Ladentür Maigrats einschlug. Und er fuhr fort, die Kameraden herbeizurufen. Gehörten denn die Waren da drinnen nicht den Bergleuten? Hatten sie nicht das Recht, ihre Habe zurückzunehmen von diesem Dieb, der sie seit so langer Zeit ausbeutete und auf einen Befehl der Gesellschaft sie aushungerte? Allmählich ließen alle von dem Direktionshause ab und liefen herbei, um den benachbarten Laden zu plündern. Der Ruf: »Brot! Brot! Brot!« grollte von neuem. Hinter dieser Tür würde man Brot finden. Eine Hungerwut trieb sie an, als könnten sie nicht länger warten, ohne auf dieser Straße den Geist aufzugeben. Sie drängten mit solcher Gewalt gegen die Tür, daß Etienne jemanden mit der Axt zu verletzen fürchtete.

Mittlerweile hatte Maigrat, nachdem er den Flur des Direktionshauses verlassen, in der Küche Zuflucht gesucht; aber dort hörte er nichts, und er träumte von scheußlichen Anschlägen gegen seinen Laden. Er ging also wieder hinaus und verbarg sich hinter dem Brunnen; da hörte er die Tür seines Ladens krachen und hörte das Geschrei der Plünderer, in das sich sein Name mengte. Es war also kein bloßer Traum, kein Alpdruck; wenn er schon nicht sah, so hörte er jetzt, mit summenden Ohren konnte er den Angriff verfolgen. Jeder Streich traf ihn ins Herz; jetzt mußte eine Angel aufgesprungen sein; noch fünf Minuten, und der Laden würde ihnen preisgegeben sein. Dies malte er sich in seinem Schädel in lebendigen Schreckbildern aus; die Räuber, die hereinstürzten, dann die gesprengten Schubfächer, die aufgerissenen Säcke, alles weggefressen, weggesoffen, das Haus selbst geschleift; nichts bleibt übrig, nicht einmal ein Stab, mit dem er von Dorf zu Dorf betteln gehen könnte. Nein, er würde nicht zugeben, daß sie ihn völlig zugrunde richteten; lieber wollte er sein Leben aufs Spiel setzen. Seit er dastand, bemerkte er an einem Fenster der Seitenwand seines Hauses das bleiche, verstörte, schmale Gesicht seiner Frau; mit ihrer stummen Miene eines armen geprügelten Wesens sah sie ohne Zweifel die Schläge kommen. Unter dem Fenster stand ein Schuppen, und zwar so, daß man vom Garten des Direktionshauses aus hinaufsteigen konnte, wenn man am Gitter der Trennwand hochkletterte. Von da aus war es dann leicht, über die Dachziegel bis zu dem Fenster zu kriechen. Der Gedanke, auf diesem Wege heimzukehren, quälte ihn jetzt, und er machte sich Vorwürfe darüber, sein Haus verlassen zu haben. Vielleicht würde er noch Zeit haben, den Laden mit Möbelstücken zu verrammeln; er ersann sogar andere heroische Verteidigungsmittel, siedendes Öl, brennendes Petroleum, das er von der Höhe auf die Belagerer hinabschütten würde. Allein seine Habgier kämpfte mit seiner Furcht; er röchelte in seiner Feigheit, die er zu bekämpfen suchte. Plötzlich, bei einem heftigeren Schlag der Hacke, entschloß er sich. Der Geiz siegte; er und sein Weib würden die Säcke mit ihren Leibern decken und lieber zugrunde gehen, als auch nur einen Laib Brot hergeben.

Fast augenblicklich erhob sich Geschrei.

»Schaut, schaut ... Der Kater ist dort oben! Los auf den Kater! los auf den Kater!«

Die Bande hatte Maigrat auf dem Dache des Schuppens entdeckt. In seiner fieberhaften Gier hatte er trotz seiner Schwerfälligkeit die Zwischenmauer schnell genug erklommen; und nun lag er platt auf dem Ziegeldach und suchte so das Fenster zu erreichen. Allein das Dach fiel zu steil ab; sein Bauch war ihm hinderlich, und er riß sich die Fingernägel aus. Und dennoch wäre er bis zum Fenster emporgeklettert, hätte ihn nicht ein Zittern überkommen in der Angst, mit Steinen beworfen zu werden. Denn die Menge unten, die er nicht mehr sah, fuhr fort zu schreien:

»Los auf den Kater! los auf den Kater! bringt ihn um!«
Und plötzlich ließen seine beiden Hände zugleich die Ziegel los; er rollte hinab wie eine Kugel, über die Dachrinne hinweg, und fiel quer auf die Zwischenmauer, aber so unglücklich, daß er von da auf die Straße hinausstürzte, wo er sich an einem Prellstein den Schädel spaltete, daß das Gehirn hervorquoll. Er war tot. Sein Weib stand bleich und verstört am Fenster und schaute noch immer.
Das Ereignis hatte zuerst allgemeine Verblüffung hervorgerufen. Etienne hielt inne, und die Axt entglitt seinen Fäusten. Maheu, Levaque und alle anderen vergaßen den Laden und schauten nach der Mauer, an der ein dünner Blutfaden herabfloß. Das Geschrei hatte aufgehört; tiefe Stille herrschte in der wachsenden Dunkelheit.
Doch bald ging das Geheul von neuem los. Die Weiber waren herbeigeeilt, wie berauscht vom Anblick des Blutes.
»Es gibt doch einen guten Gott! Ha, Schwein, jetzt ist's aus mit dir!«
Sie umringten den noch warmen Leichnam; sie beschimpften ihn unter Hohngelächter, nannten seinen zerschmetterten Kopf eine schmutzige Fratze und schrien den lang verhaltenen Groll ihres elenden Daseins dem Toten ins Angesicht.
»Ich schulde dir sechzig Franken; jetzt bist du bezahlt, Dieb!« sagte die Maheu, eine der Wütendsten. »Du wirst mir keinen Kredit mehr verweigern... Wart, wart, ich muß dich noch mehr mästen!«
Mit allen zehn Fingern kratzte sie die Erde auf; sie nahm davon zwei Hände voll und füllte ihm damit gewaltsam den Mund.
»Da, friß!... Friß, nachdem du uns aufgefressen hast!«
Die Beschimpfungen wurden heftiger, während der Tote, auf dem Rücken liegend, unbeweglich mit seinen starren Augen in den Himmel schaute, von dem die Nacht sich herabsenkte. Diese Erde, mit der man ihm den Mund

vollstopfte, war das Brot, das er verweigert hatte. Und künftig würde er nur mehr solches Brot essen. Es hatte ihm kein Glück gebracht, die armen Leute auszuhungern.
Aber die Weiber wollten noch weiter ihr Mütchen an ihm kühlen. Sie suchten einen Schimpf, eine Grausamkeit, die ihnen Genugtuung verschaffen sollte.
Da hörte man die schrille Stimme der Brulé.
»Man muß ihn ausschneiden wie einen Kater!«
»Ja, ja, los auf den Kater!... Er hat zu viel gesündigt, der Saukerl!«
Schon hatte die Mouquette ihm die Hose herabgezogen, während die Levaque ihm die Beine emporhob. Und die Brulé tat mit ihren dürren Greisenhänden die nackten Schenkel auseinander und ergriff die tote Männlichkeit. Sie hielt das Ganze in der Faust und riß daran mit einer Anstrengung, daß ihr schmaler Rücken sich spannte und ihre langen Arme krachten. Die schlaffe Haut widerstand, sie mußte wiederholt anziehen und trug schließlich den Fetzen davon, ein blutiges und behaartes Bündel Fleisch, das sie mit einem triumphierenden Lachen schüttelte.
»Ich hab's! ich hab's!«
Die scheußliche Trophäe wurde von den kreischenden Weibern mit Verwünschungen begrüßt.
»Schuft, du wirst nicht mehr unseren Töchtern die Bäuche füllen!«
»Ja, du wirst dich nicht mehr an den Weibern bezahlt machen; du wirst uns nicht mehr für ein Brot unterkriegen!«
»Ich schulde dir sechs Franken; willst du eine Abschlagszahlung haben? Ich bin bereit, wenn du noch kannst.«
Dieser Scherz rief ungeheure Heiterkeit hervor. Sie zeigten sich den blutigen Fetzen wie ein bösartiges Tier, von dem jede zu leiden hatte und das sie endlich zertraten, das sie tot in ihrer Gewalt hatten. Sie spien darauf und wiederholten in einem wütenden Ausbruch von Verachtung:

»Er kann nicht mehr! er kann nicht mehr! Es ist kein Mann mehr, den man da in die Erde stecken wird... Geh und verfaule darin, Nichtsnutz!«

Die Brulé pflanzte dann das ganze Bündel auf ihren Stock; so trug sie es in der Luft wie eine Fahne und rannte damit auf der Straße voraus, gefolgt von der heulenden Weiberschar. Blutstropfen fielen herab; das Stück Fleisch hing jämmerlich an dem Stab wie ein Stück Abfall im Laden eines Metzgers. Oben, an ihrem Fenster, stand Frau Maigrat noch immer unbeweglich; doch im letzten Schimmer des sinkenden Tages schien sich ihr bleiches Antlitz hinter den trüben Scheiben zu einem Lächeln zu verzerren. Sie, die Geprügelte, zu jeder Stunde Betrogene, vom Morgen bis zum Abend über ein Kontobuch Gebeugte lachte vielleicht, als die Weiberschar mit dem zertretenen, bösartigen Tier auf der Spitze des Stabes dahinjagte.

Diese scheußliche Verstümmelung war inmitten eines eisigen Entsetzens geschehen. Weder Etienne, noch Maheu, noch die anderen hatten Zeit gehabt einzuschreiten. Angesichts dieser Jagd der Furien blieben sie starr und regungslos. An der Tür der Schenke Tisons erschienen einzelne Köpfe, Rasseneur bleich vor Entrüstung, Zacharie und Philomène, noch völlig verblüfft von dem, was sie mit angesehen hatten. Die beiden Alten, Bonnemort und Mouque, blieben ernst und schüttelten nur den Kopf. Nur Jeanlin machte auch darüber seine Späße, stieß Bébert mit dem Ellbogen an, zwang Lydie, in die Höhe zu schauen. Die Damen hinter den Fensterläden reckten die Hälse; sie hatten die Szene, die hinter der Mauer vor sich gegangen war, nicht beobachten können und sahen in dem vollständigen Dunkel überhaupt nur undeutlich.

»Was trugen sie denn dort auf dem Stock?« fragte Cécile, die so kühn geworden war, daß sie hinschaute.

Lucie und Jeanne erklärten, es müsse eine Kaninchenhaut sein.

»Nein, nein«, flüsterte Madame Hennebeau; »sie werden den Wurstladen geplündert haben, es sieht aus wie ein Stück Schweinefleisch.«
In diesem Augenblicke fuhr sie zusammen und schwieg. Madame Grégoire hatte sie mit dem Knie angestoßen. Beide verhielten sich still, in heftiger Bestürzung. Die jungen Damen waren sehr bleich geworden, fragten auch nicht mehr und folgten mit ihren großen Augen dieser blutigen Vision im Dunkel der Nacht.
Etienne schwang von neuem seine Hacke. Aber das Unbehagen wollte nicht weichen. Der Leichnam war jetzt ein Hindernis auf der Straße und ein Schutz für den Laden. Viele waren zurückgewichen, als wäre es eine Genugtuung, die sie alle beschwichtigte. Maheu verharrte in ernstem Schweigen, als er plötzlich eine Stimme vernahm, die ihm ins Ohr flüsterte, er solle flüchten. Als er sich umwandte, erkannte er Catherine, noch immer in ihre alte Männerjacke gehüllt, schwarz und keuchend. Er drängte sie zurück, wollte sie nicht hören und drohte ihr mit Schlägen. Sie machte eine verzweifelte Gebärde, zögerte einen Augenblick und eilte dann zu Etienne.
»Flüchte! Rette dich! die Gendarmen kommen!«
Auch er jagte sie fort und beschimpfte sie; denn er fühlte noch die Schmach ihrer Backenstreiche. Aber sie wich nicht; sie zwang ihn, die Hacke wegzuwerfen; sie faßte ihn mit beiden Armen und zog ihn fort mit unwiderstehlicher Gewalt.
»Ich sage dir, die Gendarmen sind da!... So höre mich doch! Chaval hat sie aufgesucht und führt sie nun hierher, wenn du es wissen willst. Mich hat dies angeekelt, und darum bin ich gekommen... Lauf! Ich will nicht, daß sie dich fassen.«
Und sie führte ihn fort, gerade in dem Augenblicke, als ein schwerer Galopp in der Ferne die Straße erschütterte. Sogleich ertönte ein Schrei: »Die Gendarmen! Die Gendarmen!« Es entstand ein großes Durcheinander, eine so tolle Flucht, daß in zwei Minuten die Straße frei und leer

war, wie von einem Orkan reingefegt. Nur Maigrats Leiche bildete einen dunklen Fleck auf der weißen Erde. Vor der Schenke Tisons war niemand geblieben als Rasseneur, der erleichtert, froh aufatmend dem leichten Sieg der Säbel Beifall zollte; während in dem verlassenen, verödeten Montsou, in der Stille der verschlossenen Häuser, die Bürger sich nicht zu rühren wagten, in Angstschweiß gebadet und mit den Zähnen klappernd. Die Ebene war in dichte Nacht gehüllt, nur die Hochöfen und die Koksöfen flammten unter dem düsteren Nachthimmel. Der schwere Galopp der Gendarmen kam immer näher; sie tauchten in einer dunklen Masse auf, ohne daß man sie unterscheiden konnte. Und hinter ihnen, ihrem Schutze anvertraut, kam endlich der Karren des Pastetenbäckers von Marchiennes; und ein Junge sprang herunter und fing in aller Ruhe an, die Blätterteigpasteten auszupacken.

Sechster Teil

I

Es verging noch die erste Hälfte des Monats Februar; finstere Kälte verlängerte den harten, für die Armen und Elenden erbarmungslosen Winter. Die Behörden waren wieder erschienen; der Präfekt von Lille, ein Staatsanwalt, ein General. Und die Gendarmen hatten nicht genügt; es war Militär gekommen, ein ganzes Regiment, dessen Leute von Beaugnies bis Marchiennes kampierten. Militärposten bewachten die Gruben; vor jeder Maschine standen Soldaten. Das Haus des Direktors, die Werkhöfe der Gesellschaft, selbst die Häuser einiger Bürger starrten von Bajonetten. Man hörte auf dem Straßenpflaster nur mehr den Tritt der Patrouillen. Auf dem Schutthügel von Voreux stand unablässig eine Schildwache; es war gleichsam ein Beobachtungsposten über die platte Ebene, dem eisigen Winde ausgesetzt, der dort oben wehte. Und wie in Feindesland ertönte alle zwei Stunden das Feldgeschrei:

»Wer da? Die Losung!«

Die Arbeit war nirgends wiederaufgenommen worden; im Gegenteil, der Streik hatte sich noch verschärft; Crèvecoeur, Mirou, Madeleine stellten die Förderung ein, wie die Voreux-Grube es getan hatte; in Feutry-Cantel und La Victoire fuhren mit jedem Morgen weniger Leute an; in Saint-Thomas, das bisher vom Streik unberührt geblieben war, begannen die Leute auszubleiben. Es war nun stummer Trotz angesichts dieser Machtentfaltung, die den Stolz der Grubenarbeiter aufreizte. Die Arbeiterdörfer lagen verödet in den Rübenfeldern. Kein Arbeiter regte sich: man begegnete nur selten einem, der allein, mißtrauischen Blickes und gesenkten Hauptes, an den Rothosen vorüberging. Und unter dieser tiefen, dumpfen Stille, in dieser passiven Hartnäckigkeit, die an die Gewehre stieß, lag die erheuchelte Sanftmut, der erzwungene und geduldige Gehorsam der in den Zwinger eingeschlossenen wilden Tiere, die kein Auge von dem Tierbändiger lassen und bereit sind, ihm an den Nacken zu springen, wenn er den Rücken kehrte. Die Gesellschaft, die dieser Arbeitsausstand zugrunde richtete, sprach davon, Arbeiter aus der Borinage-Gegend an der belgischen Grenze anzuwerben. Allein sie wagte es nicht, und so dauerte der Kampf fort zwischen den Bergleuten, die sich in ihren Häusern einschlossen, und den toten Gruben, die von den Soldaten bewacht wurden.

Nach jenem furchtbaren Tage war mit einem Male tiefe Ruhe eingetreten, unter der sich eine solche Panik barg, daß man über die verübten Schäden und Grausamkeiten das größte Stillschweigen beobachtete. Die eingeleitete Untersuchung stellte fest, daß Maigrat durch den Sturz vom Hausdach seinen Tod gefunden hatte; über die abscheuliche Verstümmelung des Leichnams konnte nichts Bestimmtes ermittelt werden. Die Gesellschaft ihrerseits verschwieg die erlittenen Schäden, und auch die Grégoire dachten nicht daran, ihre Tochter in den Skandal eines Prozesses zu verwickeln, in dem sie als Zeugin hätte auftreten müssen. Indes wurden einige Leute verhaftet, wie gewöhnlich die albernsten und harmlosesten, die nichts zu sagen wußten. Irrtümlicherweise hatte man Pierron festgenommen und gefesselt nach Marchiennes gebracht, worüber die Kameraden sehr lachten. Auch Rasseneur wäre fast von zwei Gendarmen weggeführt worden. Die Direktion begnügte sich, Entlassungslisten anzulegen; die Arbeitsbücher wurden in großer Menge zurückgegeben, auch Maheu hatte das seinige erhalten und Levaque und vierunddreißig andere Kameraden allein im Dorfe der Zweihundertvierzig. Die volle Strenge richtete sich gegen Etienne, der seit dem Abend des Tumultes verschwunden war und den man suchte, ohne eine Spur von ihm zu finden. Chaval in seinem Haß hatte ihn denunziert, ohne aber die anderen zu nennen; er gab den Bitten Catherines Gehör, die ihre Eltern retten wollte. Die Tage gingen dahin; man fühlte, daß noch nicht alles vorüber sei und erwartete beklommenen Gemütes das Ende.

Seit jenen Vorfällen fuhren die Bürger von Montsou des Nachts jäh aus ihrem Schlafe empor; ihre Ohren summten von einem eingebildeten Sturmläuten, und ihre Nasen glaubten den Gestank von Schießpulver zu riechen. Was sie vollends verstörte, war eine Predigt ihres neuen Pfarrers, des Abbé Ranvier, dieses mageren Priesters mit den Glutaugen, der dem Abbé Joire im Seelsorgeramt folgte. Wo war die lächelnde Verschwiegenheit seines Vorgängers, der als wohlgenährter und sanfter Mann keine andere Sorge kannte als mit aller Welt in Frieden zu leben! Hatte der Abbé Ranvier nicht die Kühnheit, diese abscheulichen Räuber, die die ganze Gegend schändeten, in Schutz zu nehmen? Er fand Entschuldigungen für die Missetaten der Streikenden; er griff heftig das Bürgertum an und schob diesem die ganze Verantwortung zu. Das Bürgertum, welches der Kirche ihre alten Freiheiten nahm, um sie selbst zu mißbrauchen, hatte aus dieser Welt einen verdammten Ort der Ungerechtigkeit und der Leiden gemacht. Das Bürgertum verlängerte die Mißverständnisse und drängte zu einer furchtbaren Katastrophe durch seine Gottlosigkeit, durch seine Weigerung, zu der Frömmigkeit und zu den brüderlichen Überlieferungen der ersten Christen zurückzukehren. Und er hatte es gewagt, den Reichen zu drohen; er hatte sie gewarnt, daß, wenn sie noch länger taub bleiben sollten für die Stimme Gottes, Gott sich gewiß auf die Seite der Armen stellen würde; den ungläubigen Besitzenden würden ihre Güter genommen und um seines Ruhmes willen unter die Demütigen der Erde verteilt werden. Die Gläubigen erbebten; der Notar erklärte, dies sei Sozialismus von der schlimmsten Sorte; alle glaubten den Pfarrer schon an der Spitze einer Bande zu sehen, sein Kreuz schwingend und mit wuchtigen Schlägen die bürgerliche Gesellschaft vom Jahre 89 niederwerfend.

Als man Herrn Hennebeau diese Dinge erzählte, begnügte er sich achselzuckend zu bemerken:

»Wenn er uns zu arg langweilt, wird uns der Bischof von ihm befreien.«

Und während die Panik die Ebene von einem Ende bis zum andern durchwehte, hauste Etienne im aufgelassenen Schacht von Réquillart, im Schlupfwinkel Jeanlins. Hier verbarg er sich; niemand vermutete ihn so nahe; die Kühnheit dieses Zufluchtsortes in der Grube selbst, in dem verlassenen Gang des alten Schachtes hatte alle Nachforschungen scheitern lassen. Die Hagedorn- und Schlehensträucher, die oben zwischen dem eingestürzten Gebälk des Aufzugsturmes hochgewachsen waren, verlegten den Zugang. Niemand wagte sich mehr dahin; man mußte die Kniffe wissen, sich an den Wurzeln der Eberesche festhalten und kühn abspringen, um die noch festen Leitersprossen zu erreichen; und noch andere Hindernisse schützten den Zugang, die erstickende Hitze des Schachtes, ein hundertzwanzig Meter langer Abstieg, der sehr gefährlich war; dann eine Viertelstunde mühseliges Kriechen auf dem Bauch zwischen den engen Wänden des Stollens, bis man die mit geraubten Sachen angefüllte Diebshöhle entdeckte. Da lebte er im Überflusse; er hatte Wacholderbranntwein, den Rest des geräucherten Fisches, Vorräte aller Art vorgefunden. Das große Heulager war vortrefflich; man verspürte keinen Luftzug in der gleichmäßigen Temperatur, die die Wärme eines Bades hatte. Nur das Licht drohte zu mangeln. Jeanlin, der sein Versorger war und dabei die Vorsicht und Verschwiegenheit eines Wilden entfaltete, glücklich darüber, den Gendarmen eine Nase zu drehen, brachte ihm alles, selbst Pomade, nur ein Bündel Kerzen konnte er nicht verschaffen.

Nach dem fünften Tag machte Etienne nur noch zum Essen Licht. Die Bissen wollten nicht hinunter, wenn er sie im Finstern verschlang. Diese unendliche, vollständige, immer gleich schwarze Nacht war seine große Qual. Es nützte nichts, daß er in Sicherheit schlief, mit Brot versorgt war und es warm hatte. Niemals hatte die Nacht so schwer auf seinem Schädel gelastet; ihm war, als würde sie seine Gedanken selbst zerdrücken. Er lebte jetzt von Diebstählen. Trotz seiner kommunistischen Theorien erwachten in ihm die anerzogenen Skrupel; er begnügte sich mit trockenem Brote und verkürzte seine Ration. Aber was sollte er anfangen? Er mußte doch leben; seine Aufgabe war noch nicht erfüllt. Und noch eine andere Scham bedrückte ihn; die Gewissensbisse über seine wilde Trunkenheit, über den Wacholderbranntwein, den er wegen der großen Kälte in seinen Magen gegossen und der ihn dann, mit dem Messer in der Hand, gegen Chaval getrieben hatte. Dies rüttelte in ihm das Entsetzen vor etwas Unbekanntem auf, das Erbübel, die von Generationen überkommene Belastung des Säuferwahnsinns, dem ein Tropfen Alkohol genügte, um in tolle Mordlust zu verfallen. Sollte er denn als Mörder enden? Als er sich hier, in dieser tiefen Stille der Erde in Sicherheit sah, hatte er, gleichsam von Gewalttätigkeit gesättigt, zwei Tage lang in dumpfem Schlafe dagelegen wie ein Tier, das, nachdem es sich vollgefressen, regungslos daliegt. Und sein Mißbehagen dauerte fort; er lebte wie zerschlagen, mit bitterem Mund und wüstem Kopf, wie nach einer furchtbaren Schwelgerei. So verfloß eine Woche; die Maheu, die von seinem Schlupfwinkel wußten, konnten ihm keine Kerze schicken; er mußte auf das Licht verzichten, selbst bei seinen kärglichen Mahlzeiten.

Etienne blieb jetzt oft stundenlang auf seinem Heulager ausgestreckt. Ihn bearbeiteten unklare Ideen, von denen er sich frei geglaubt hatte. Es war ein Gefühl der Überlegenheit, das ihn von seinen Kameraden trennte; eine Begeisterung für seine Person, die in dem Maße wuchs, als seine Kenntnisse zunahmen. Niemals hatte er so viel nachgedacht; er fragte sich, woher nachträglich sein großer Abscheu vor dem wütenden Zug durch die Gruben kam, und er wagte nicht, sich die Frage zu beantworten, da die Erinnerungen ihm widerwärtig waren, die Niedrigkeit der Begierden, die Roheit der Instinkte, der Geruch all dieses Elends, das ins Freie getragen worden war. Trotz der Qual der Finsternis kam es so weit, daß er die Stunde fürchtete, da er in das Arbeiterdorf zurückkehren sollte. Was für ein ekelhafter Anblick, diese Armen und Elenden, die in dem gemeinsamen Bottich lebten! Kein einziger, mit dem man ernstlich von Politik reden könnte; ein wahres Tierleben, immer dieselbe erstickende, von Zwiebelgestank erfüllte Luft! Er wollte ihren Gesichtskreis erweitern, sie zum Wohlstand und zu den guten Manieren der Bürgerklasse erziehen, indem er sie zu Herren machte. Aber wie lange würde das dauern! Und er fühlte nicht mehr den Mut in sich, den Sieg in diesem Hunger-Bagno abzuwarten. Die Eitelkeit, ihr Oberhaupt zu sein, seine beständige Sorge, an ihrer Statt zu denken, verließen ihn allmählich und hauchten ihm die Seele eines jener Spießbürger ein, die er so sehr verachtete.

Jeanlin brachte eines Abends ein Stück Kerze, das er aus der Laterne eines Kärrners gestohlen hatte. Dies war für Etienne eine große Erleichterung. Wenn die Finsternis ihm schließlich die Gedanken verwirrte, so schwer auf seinem Schädel lastete, daß er schier verrückt wurde, zündete er einen Augenblick sein Stückchen Kerze an; und wenn der Alpdruck verscheucht war, löschte er das Licht aus, mit dem er geizte, weil es zu seinem Leben so notwendig war wie das Brot. In seinen Ohren summte die Stille; er hörte nur den Lauf einer Rattenschar, das Krachen der alten Verzimmerungen, das leise Geräusch einer Spinne, die an ihrem Netze wob. Und mit offenen Augen in die warme Leere starrend, kam er wieder auf seine fixe Idee zurück, was die Kameraden da oben trieben. Ein Abfall von seiner Seite würde ihm als größte Feigheit erschienen sein. Wenn er sich so verborgen hielt, so geschah es nur, um frei zu bleiben, um zu raten und zu handeln. Sein langes Brüten hatte seinem Ehrgeiz eine bestimmte Richtung gegeben. Bis Besseres käme, wollte er wie Pluchart leben, die Arbeit im Stiche lassen, nur für die Politik arbeiten, aber allein, in einem sauberen Zimmer, unter dem Vorwand, daß Kopfarbeit das ganze Leben in Anspruch nähme und viel Ruhe erforderte.

Als zu Beginn der zweiten Woche der Junge ihm erzählt hatte, daß die Gendarmen meinten, er sei nach Belgien geflohen, wagte Etienne bei Einbruch der Nacht aus seinem Loch hervorzukommen. Er wollte sich von der Lage der Dinge überzeugen; er wollte sehen, ob man noch länger im Widerstande verharren solle. Er hielt das Spiel für verloren; schon vor dem Streik zweifelte er an dem Erfolg; er hatte einfach der Macht der Tatsachen nachgegeben; und jetzt, nachdem er am Aufruhr sich berauscht hatte, kam er auf seinen ursprünglichen Zweifel zurück und gab die Hoffnung auf, die Gesellschaft zur Nachgiebigkeit zu zwingen. Aber er gestand es sich noch nicht, ihn quälte eine Angst, wenn er an den Jammer der Niederlage dachte, an die schwere Verantwortung für das heraufbeschworene Leid, die auf ihm lasten würde. Das Ende des Streiks – bedeutete es nicht das Ende seiner Rolle, die Vernichtung seines Ehrgeizes, das Zurücksinken seiner Existenz zu dem tierischen Dasein in der Grube und zu den Widerlichkeiten des Arbeiterdorfes? Und in rechtschaffener Weise, ohne niedrige, heuchlerische Berechnungen bemühte er sich, seinen Glauben wiederzufinden, sich selbst zu überreden, daß der Widerstand noch weiter möglich sei, daß das Kapital angesichts des heldenmütigen Selbstmordes der Arbeit sich selbst zerstören würde.

In der Tat widerhallte die ganze Gegend vom Ruin. Wenn er des Nachts in der finsteren Landschaft herumirrte wie ein Wolf außerhalb seines Waldes, glaubte er von einem Ende der Ebene bis zum andern das Krachen der Einstürze zu hören. Längs der Straßen fand er nur geschlossene, tote Fabriken, deren Gebäude unter dem bleichen Himmel in Trümmer sanken. Besonders die Zuckerfabriken hatten zu leiden; die Zuckerfabrik Hoton und die Zuckerfabrik Fauvelle hatten zuerst die Zahl ihrer Arbeiter vermindert und schließlich den Betrieb ganz eingestellt. In der Mühle Dutilleul war der letzte Mühlstein am zweiten Samstag des Monats zum Stillstand gebracht worden; die Seilerei Bleuze, wo Grubenseile erzeugt wurden, war durch den Streik vollends zugrunde gerichtet worden. In Marchiennes und Umgebung wurde die Lage täglich schwieriger; in der Glasfabrik Gabelois waren die Kesselfeuer ausgelöscht worden; in den Bauwerkstätten von Sonneville gab es fortwährend Arbeiterentlassungen, von den drei Hochöfen des Hüttenwerkes war nur einer angeblasen; die Koksöfen hingegen standen kalt. Der Streik der Bergleute von Montsou, hervorgegangen aus der industriellen Krise, die seit zwei Jahren immer schlimmer wurde, hatte diese Krise noch verschärft, den Zusammenbruch beschleunigt. Zu den Ursachen des Notstandes, dem Ausbleiben der Bestellungen aus Amerika und dem Festrennen der Kapitalien in einer Überproduktion, gesellte sich jetzt noch der unvorhergesehene Kohlenmangel in den wenigen Fabriken, die noch arbeiteten; diese Nahrung der Dampfmaschinen, die die Schächte nicht mehr lieferten; sie bedeutete das letzte Todesröcheln. Erschreckt durch die allgemeine Not hatte die Gesellschaft, nachdem sie die Förderung vermindert und ihre Bergleute ausgehungert hatte, zu Ende des Monats Dezember den letzten Rest ihrer Vorräte schwinden sehen. Die Geißel fuhr durch das Land, ein Sturz zog den andern nach sich, die Industrien brachen tot zusammen in einer so raschen Folge von Katastrophen, daß man die Nachwirkungen selbst in den Nachbarstädten verspürte, in Lille, Douai, Valenciennes, wo flüchtige Bankiers ganze Familien zugrunde richteten.

Zuweilen blieb Etienne bei einer Wegbiegung in der eiskalten Nacht stehen, um zu horchen, wie die Trümmer niederstürzten. Er sog mit kräftigen Zügen die Finsternis ein; eine Freude an dem Nichts erfaßte ihn, eine Hoffnung, daß der anbrechende Tag die Ausrottung der alten Welt beleuchten würde, in der kein Vermögen mehr übriggeblieben war, weil das alles gleichmachende Richtscheit wie eine Sense über den Erdboden dahingefahren war. Doch in diesem Gemetzel interessierten ihn hauptsächlich die gesellschaftseigenen Gruben. Er nahm seinen Marsch wieder auf. Wie geblendet von der Finsternis besichtigte er sie eine nach der andern, glücklich, wenn er von irgendeinem neuen Schaden Kenntnis erhielt. Es gab neue, immer ernstere Einstürze in dem Maße, als die Vernachlässigung der Minengänge sich in die Länge zog. Über dem Nordstollen von Mirou senkte sich das Erdreich in einem solchen Umfange, daß die Straße nach Joiselle in einer Länge von hundert Metern versunken war; als hätte ein Erdbeben sie verschlungen, und die Gesellschaft bezahlte, ohne zu feilschen, den Eigentümern ihren verschwundenen Bodenbesitz, aus Angst wegen des Lärms, den diese Unfälle verursachten. Crèvecoeur und Madeleine mit ihrem sehr losen Gestein wurden immer mehr verschüttet; man sprach von zwei Aufsehern, die im La-Victoire-Schachte unter einem Einsturz begraben lagen; Feutry-Cantel war von einem Wassereinbruch ersäuft worden; in der Grube Saint-Thomas mußte ein Stollen in der Länge von einem Kilometer untermauert werden, weil die schlecht unterhaltenen Verzimmerungen auf allen Seiten brachen. So ergaben sich von Stunde zu Stunde riesige Kosten, immer größere Breschen in den Dividenden der Aktionäre, ein rapider Verfall der Gruben, der, wenn er noch länger andauerte, die in einem Jahrhundert verhundertfachten, berühmten Denare von Montsou schließlich verschlingen mußte.

Angesichts dieser wiederholten Schläge erwachte in

Etienne wieder die Hoffnung; er glaubte schließlich, daß ein dritter Monat des Widerstandes das Ungeheuer töten würde, das müde, vollgefressene Tier, das wie ein Götzenbild in seinem unsichtbaren Tabernakel hockte. Er wußte, daß infolge der Unruhen in Montsou eine lebhafte Aufregung sich der Pariser Zeitungen bemächtigt hatte; es gab eine heftige Polemik zwischen den offiziösen und den oppositionellen Blättern, furchtbare Schilderungen, die man besonders gegen die ›Internationale‹ ausbeutete, von der das Kaiserreich allmählich Furcht bekam, nachdem es sie anfänglich ermutigt hatte. Und da die Verwaltung sich nicht länger taub zu stellen wagte, hatten zwei Verwaltungsräte geruht, nach dem Schauplatz des Streiks zu reisen, um dort eine Untersuchung einzuleiten; aber sie taten es mißmutig, ohne sich um die Lösung des Konflikts zu kümmern, dermaßen teilnahmslos, daß sie nach drei Tagen wieder abreisten, mit der Erklärung, daß die Dinge ganz gut stünden. Indes versicherte man ihm andererseits, daß die Herren während ihrer Anwesenheit permanente Sitzungen gehalten, eine fieberhafte Tätigkeit entwickelt und sich in Geschäfte versenkt hatten, von denen niemand in ihrer Umgebung ein Wort verraten wollte. Und er beschuldigte sie, daß sie ihre Zuversichtlichkeit nur heuchelten; er nannte ihre Abreise eine tolle Flucht und war nun des Sieges sicher, da diese furchtbaren Menschen alles im Stiche ließen.

Doch in der folgenden Nacht verzweifelte Etienne von neuem. Die Gesellschaft hatte zu starke Machtmittel, als daß man sie ihr so leicht hätte zerschlagen können; sie konnte Millionen verlieren und sie später bei den Arbeitern wieder einbringen, indem sie ihnen den Lohn kürzte. Als er diese Nacht bis nach Jean-Bart gegangen war, hatte er die Wahrheit erkannt, nachdem ein Aufseher ihm erzählt hatte, daß man davon spräche, Vandame solle an Montsou abgetreten werden. Im Hause Deneulins war, so erzählte man, eine mitleiderregende Not eingezogen, die Not der Reichen; der Vater war krank infolge seiner Ohnmacht und gealtert durch die Geldsorgen; die Töchter schlugen sich mit den Leuten herum, die den Bedarf des Hauses lieferten, und suchten ihre Hemden aus den Krallen der Gläubiger zu retten. Man litt weniger in den ausgehungerten Arbeiterdörfern als in diesem Bürgerhause, wo man sich versteckte, weil man Wasser trank. In Jean-Bart war die Arbeit nicht wieder aufgenommen worden, in Gaston-Marie hatte das Pumpwerk ersetzt werden müssen; überdies war trotz aller Eile, mit der dies geschehen war, Wasser in den Schacht eingedrungen, wodurch große Kosten entstanden. Deneulin hatte endlich gewagt, die Grégoire um ein Darlehen von hunderttausend Franken anzugehen; ihre Weigerung, auf die er übrigens gefaßt war, hatte ihm den Rest gegeben. Sie wiesen sein Verlangen, wie sie versicherten, nur aus Freundschaft zurück, um ihm einen aussichtslosen Kampf zu ersparen. Sie erteilten ihm den Rat, seine Grube zu verkaufen. Aber er weigerte sich noch immer sehr heftig. Es machte ihn wütend, daß er die Kosten des Streiks bezahlen sollte. Er fühlte, daß ihm alles Blut zu Kopfe gestiegen war, daß es ihm den Atem verlegte, und er hoffte auf seinen Tod. Was sonst konnte er anfangen? Er mußte den Kaufangeboten Gehör schenken. Man schikanierte ihn, man setzte den Wert dieser herrlichen Beute herab, dieses instandgesetzten, neu eingerichteten Schachtes, dessen Ausbeutung nur durch den Mangel an Kapital verhindert wurde. Er konnte froh sein, wenn er genug dabei herausschlug, um seine Gläubiger befriedigen zu können. Zwei Tage lang hatte er sich gegen die in Montsou weilenden Verwaltungsräte gewehrt, wütend über die Ruhe, mit der sie seine Notlage mißbrauchten, so wütend, daß er ihnen ein donnerndes »Niemals!« zuschrie. Und dabei blieb er; sie waren nach Paris zurückgekehrt, um dort geduldig sein letztes Röcheln abzuwarten. Etienne witterte die Art und Weise, wie die Gesellschaft für das Mißgeschick, das sie getroffen hatte, sich Ersatz holen wollte; und er wurde wieder von Mutlosigkeit ergriffen angesichts der unbezwinglichen Gewalt des Großkapitals, das im Kampf so mächtig war, daß es von der Niederlage sich mästete, indem es die Leichen der an seiner Seite gefallenen kleinen Unternehmer fraß.

Glücklicherweise brachte Jeanlin am nächsten Tage ihm eine gute Nachricht. In Voreux drohte die Verzimmerung des Aufzugsschachtes zu bersten, das Wasser sickerte durch alle Ritzen; man hatte in aller Eile eine Schar von Zimmerleuten aufbieten müssen, um den Schaden auszubessern.

Bisher war Etienne der Voreux-Grube ausgewichen, aus Angst vor der ewigen schwarzen Silhouette der Schildwache, die auf dem Schutthügel über der Ebene aufgepflanzt war; man konnte dieser Schildwache nicht ausweichen, sie herrschte aus der Luft wie die Fahne des Regiments. Gegen drei Uhr morgens verdunkelte sich der Himmel; er begab sich zur Grube, wo Kameraden ihm den schlechten Zustand der Verzimmerung erklärten; sie meinten sogar, es wäre dringend notwendig, die ganze Verzimmerung zu erneuern, was die Kohlenförderung mindestens für drei Monate aufhalten mußte. Lange strich er da herum und lauschte den Hammerschlägen der Zimmerleute im Schacht. Diese Wunde, die verbunden werden mußte, erfreute sein Herz.

Als er bei Tagesanbruch heimkehrte, fand er wieder die Schildwache auf der Schutthalde vor. Jetzt würde sie ihn sicher sehen. Seinen Weg fortsetzend, dachte er an diese Soldaten, die man aus der Mitte des Volkes nahm, um sie gegen das Volk zu bewaffnen. Wie leicht wäre der Sieg der Revolution gewesen, wenn die Armee sich plötzlich für sie erklärt hätte! Es genügte, daß der Arbeiter und der Bauer in der Kaserne sich ihrer Herkunft erinnerten. Es war die äußerste Gefahr, das höchste Entsetzen, das den Spießbürgern Zähneklappern verursachte, wenn sie an die Möglichkeit eines Abfalls der Truppen dachten. In zwei Stunden wären sie hinweggefegt, ausgerottet mit allen Genüssen und Abscheulichkeiten ihres ungerechten Lebens. Schon wurde behauptet, daß ganze Regimenter vom Sozialismus angesteckt wären. War dies wahr? Sollte die Gerechtigkeit kommen dank den durch das Bürgertum verteilten Patronen? Und zu einer andern Hoffnung überspringend träumte der junge Mann davon, daß das Regiment, dessen Posten die Gruben bewachten, zum Streik überginge, die Gesellschaft samt und sonders niederschoß und endlich das Bergwerk den Bergleuten gab.

Jetzt bemerkte er erst, daß er den Schutthügel hinanstieg, mit summendem Kopf bei dieser Betrachtung. Warum sollte er mit diesem Soldaten nicht ein Gespräch beginnen? Dies wäre ein Mittel, seine Ansichten kennenzulernen. Mit gleichgültiger Miene näherte er sich und tat, als suchte er Holzspäne unter dem alten Geröll. Die Schildwache blieb unbeweglich.

»He, Kamerad, ist das ein Hundewetter!« sagte Etienne endlich. »Ich denke, wir bekommen Schnee.«

Es war ein kleiner, sehr blonder Soldat, mit einem sanften, blassen Gesicht, das mit Sommersprossen bedeckt war. In seinem Soldatenmantel zeigte er die Verlegenheit eines Rekruten.

»Ja, ich glaube«, murmelte er.

Und er schaute mit seinen blauen Augen lange nach dem fahlen Himmel, nach dieser rauchigen, nebeligen Morgendämmerung, die in der Ferne dunkel und bleischwer auf der Ebene lastete.

»Wie dumm ist es doch, euch hierherzustellen, wo euch das Mark in den Knochen gefriert!« fuhr Etienne fort. »Möchte man nicht glauben, daß die Kosaken kommen! ... Überdies gibt es hier oben immer einen scharfen Wind.«

Der kleine Soldat zitterte vor Kälte, ohne sich zu beklagen. Es war wohl eine Hütte aus Backsteinen da, in der der alte Bonnemort in stürmischen Nächten Zuflucht suchte; allein der Soldat hatte Befehl, den Gipfel des Hügels nicht zu verlassen, und so rührte er sich nicht, obgleich seine Hände so steif vom Froste waren, daß er seine Waffe nicht mehr fühlte. Er gehörte zu dem Posten von sechzig Mann, der die Voreux-Grube bewachte; und da dieser grausame Wachdienst sich häufig wiederholte, waren ihm die Füße fast abgefroren. Das Soldatenhandwerk erforderte es so; der passive Gehorsam schläferte ihn schließlich ein; er antwortete auf die Fragen mit gestammelten Worten, wie ein schlummerndes Kind.

Vergebens bemühte sich Etienne eine Viertelstunde lang, ein Gespräch über Politik anzuknüpfen. Er sagte ja, er sagte nein und schien nicht zu begreifen. Die Kameraden erzählten, der Kapitän sei Republikaner; er selbst habe darüber keine Gedanken, es sei ihm alles gleich. Wenn man ihm zu schießen befehle, schieße er, um nicht bestraft zu werden. Der Arbeiter hörte ihm zu, von dem Hasse des Volkes gegen die bewaffnete Macht ergriffen, gegen diese Brüder, denen man das Herz auswechselte, indem man ihnen eine rote Hose über den Hintern zog.

»Wie heißen Sie?«

»Jules.«

»Und woher stammen Sie?«

»Aus Plogof, weither.«

Aufs Geratewohl hatte er dabei den Arm ausgestreckt. Es war in der Bretagne, mehr wußte er nicht zu sagen. Sein kleines, blasses Gesicht belebte sich, und er begann zu lachen.

»Ich habe dort meine Mutter und meine Schwester. Sie erwarten mich sicherlich. Ach! Es wird nicht so bald sein ... Als ich zum Dienst einrückte, gaben sie mir bis Pont-l'Abbé das Geleit. Wir hatten vom Nachbarn Lepalmec den Gaul ausgeliehen; bei der Talfahrt von Audierne hat das Tier fast die Beine gebrochen. Der Vetter Charles erwartete uns mit Würsten; aber sie blieben uns im Halse stecken, die Weibsleute flennten zuviel. Ach, mein Gott! mein Gott! es ist gar weit bis zu uns!«

Seine Augen wurden feucht, und dennoch lächelte er dabei. Der kahle Landstrich von Plogof, diese wild zerklüftete, von Stürmen umtoste Spitze von Le Raz erschien ihm in Sonnenlicht gebadet, in der rosafarbenen Jahreszeit der blühenden Heide.

»Sagen Sie«, fragte er, »wenn ich keine Strafe habe, glauben Sie, man wird mir nach zwei Jahren einen Monat Urlaub geben?«

Etienne sprach dann von der Provence, die er noch als Knabe verlassen hatte. Der Tag wurde heller, Schneeflokken begannen unter dem erdfahlen Himmel zu wirbeln. Und er wurde schließlich von Unruhe ergriffen, als er Jeanlin bemerkte, der im Gestrüpp herumkroch, ganz erstaunt darüber, ihn dort oben zu sehen. Der Junge winkte ihm herunterzukommen. Was nützte auch der Traum, mit den Soldaten zu fraternisieren? Jahre und Jahre wären dazu notwendig; sein vergeblicher Versuch machte ihn trostlos, als ob er auf einen Erfolg gerechnet hätte. Doch plötzlich verstand er die Handbewegung Jeanlins; man kam die Schildwache ablösen. Er ging denn eilends seiner Wege, um sich wieder in der Réquillart-Grube zu vergraben, wieder einmal tief bekümmert durch die Gewißheit der Niederlage; während der Bengel, neben ihm herlaufend, diesen schmutzigen »Gamaschenknopf« von einem Offizier beschuldigte, dem Wachtposten zugerufen zu haben, daß er auf sie schießen solle.

Jules stand unbeweglich auf dem Gipfel des Hügels, die Blicke in dem dicht fallenden Schnee verloren. Der Sergeant näherte sich mit seinen Leuten; die vorschriftsmäßigen Rufe wurden ausgetauscht.

»Wer da? ... Die Losung!«

Und man hörte die schweren Tritte sich entfernen, hallend wie in Feindesland. Obgleich es immer heller wurde, regte sich nichts in den Dörfern; die Bergleute verzehrten sich in stiller Wut angesichts der Soldaten, die ihnen im Nacken saßen.

II

Der Schnee fiel seit zwei Tagen; am Morgen hatte er aufgehört, und nun erstarrte ein eisiger Frost das ungeheure Winterfeld; dieses schwarze Land mit den schwarzen Straßen und den mit Kohlenstaub bestreuten Mauern und Bäumen war ganz weiß, von einer einzigen, endlosen Weiße. Das Dorf der Zweihundertvierzig war unter dem Schnee vergraben, gleichsam verschwunden. Kein Rauch stieg von den Dächern auf. In den Häusern gab es kein Feuer mehr; sie waren so kalt wie die Steine auf der Straße, und so schmolz denn auch nicht die dicke Schneeschicht, die auf den Dächern lag. Das Dorf glich einem Viereck von weißen Fliesen in der weißen Ebene; es war gleichsam das Gespenst eines toten Dorfes, in sein Laken eingehüllt. Die Militärpatrouillen allein ließen in den Straßen die schmierigen Spuren ihrer Tritte zurück.

Im Hause der Maheu hatte man gestern die letzte Schaufel Kohlenstaub verbrannt; an eine Nachlese auf dem Hügel war nicht zu denken in diesem furchtbaren Wetter, wo selbst die Spatzen keinen Strohhalm mehr fanden. Alzire in ihrem Eigensinn hatte mit ihren armen Händchen im Schnee herumgewühlt und war nun todkrank. Ihre Mutter hüllte sie in eine alte Decke, bis der Doktor Vanderhaghen kommen würde, bei dem sie schon zweimal gewesen war, ohne ihn anzutreffen. Die Magd hatte versprochen, der Arzt würde noch vor Abend nach dem Dorf kommen, und nun stand die Mutter am Fenster und spähte auf die Straße hinaus, während die Kleine, die nicht oben hatte bleiben wollen, auf einem Sessel neben dem kalten Ofen fror und sich einbildete, es sei hier besser. Der alte Bonnemort, den es wieder in den Beinen gepackt hatte, saß ihr gegenüber und schien zu schlafen. Weder Lénore noch Henri waren heimgekehrt; sie trieben sich mit Jeanlin bettelnd auf den Straßen herum. Maheu allein ging mit schweren Tritten in der Stube auf und ab, jedesmal an die Mauer stoßend, mit der Blödigkeit eines Tieres, das seinen Käfig nicht mehr sieht. Auch das Petroleum war zu Ende gegangen; aber der Widerschein des Schnees erhellte trotz der Nacht die Stube mit einem fahlen Licht.

Jetzt gab es draußen ein Geklapper von Holzschuhen; die Levaque stieß ungestüm die Tür auf und schrie von der Schwelle der Maheu zu:

»Also du hast gesagt, daß ich meinen Mieter zwinge, mir zwanzig Sous zu geben, sooft er mit mir schläft?«

Die andere zuckte die Achseln.

»Laß mich in Frieden; ich habe nichts gesagt ... Und vor allem, wer hat dir das erzählt?«

»Man hat mir erzählt, daß du es selber gesagt hättest. Du brauchst nicht zu wissen, wer ... Du sollst außerdem noch gesagt haben, daß du es hörst, wenn wir hinter der Wand unsere Schweinereien treiben und daß sich bei uns der Dreck anhäuft, weil ich immer auf dem Rücken liege ... Wagst du noch zu leugnen, daß du all das gesagt hast? ...«

Der unaufhörliche Klatsch der Weiber führte jeden Tag solches Gezänk herbei. Besonders zwischen den Familien, die Tür an Tür wohnten, waren die Entzweiungen und Versöhnungen alltäglich. Aber noch niemals hatte eine so arge Bosheit sie gegeneinander losgehen lassen. Seit dem Streik trieb der Hunger den Groll zum Äußersten, man hatte das Bedürfnis, sich zu prügeln; eine Auseinandersetzung zwischen zwei Klatschbasen endete mit einer blutigen Rauferei zwischen ihren Männern.

Eben kam auch Levaque an, den Bouteloup mit Gewalt herbeischleppend.

»Da ist der Kamerad; er soll einmal sagen, ob er meiner Frau zwanzig Sous gegeben hat, damit sie mit ihm schläft.«

Der Mieter verbarg seine Verlegenheit hinter seinem großen Barte und stammelte:

»O nein ... Nichts ... Niemals! ...«

Nun erhob Levaque drohend die Faust gegen Maheu.
»Hör mal, mir paßt das nicht! Wenn man ein solches Weib hat, schlägt man ihr die Knochen kaputt ... Glaubst du etwa, was sie gesagt hat?«
»Himmelherrgott!« schrie Maheu, wütend darüber, in seinen trübseligen Gedanken gestört worden zu sein, »was soll wieder diese Klatscherei? Hat man noch nicht genug an seinem Elend? Laß mich in Frieden, oder ich schlage zu. Und vor allem, wer hat dir gesagt, daß mein Weib dies gesagt hat?«
»Wer es gesagt hat? ... Die Pierron hat es gesagt ...«
Frau Maheu brach in ein schrilles Lachen aus, und indem sie an die Levaque herantrat, sagte sie:
»Die Pierron ist es? ... Nun also, ich kann dir sagen, was sie mir gesagt hat. Jawohl; sie hat mir gesagt, du schliefest mit deinen beiden Männern zugleich, der eine oben, der andere unten.«
Und nun war eine Verständigung nicht mehr möglich. Alle waren in Zorn geraten; die Levaque schleuderten den Maheu als Antwort hin, daß die Pierron von ihnen noch ganz andere Dinge gesagt habe; daß sie Catherine verkauft hätten und daß sie sich untereinander angesteckt hätten, selbst die kleinen Kinder, mit einer Krankheit, die Etienne sich im ›Vulkan‹ geholt hätte.
»Das hat sie gesagt! Das hat sie gesagt!« heulte Maheu. »Gut, ich selbst gehe hin, und wenn sie zugibt, dies gesagt zu haben, soll ihr Schandmaul meine Hand kennenlernen.«
Er stürzte hinaus; die Levaque folgten ihm, um Zeugnis abzulegen, während Bouteloup, ein Feind der Streitigkeiten, sich heimwärts drückte. Durch die Auseinandersetzung in Aufregung versetzt, wollte auch die Maheu hinausgehen, als eine Klage Alzires sie zurückhielt. Sie kreuzte die Zipfel der Decke auf dem fröstelnden Körper der Kleinen und trat wieder ans Fenster, um mit trüben Augen hinauszuschauen. Der Arzt wollte noch immer nicht kommen!

Vor der Tür der Eheleute Pierron fanden Maheu und die Eheleute Levaque Lydie im Schnee herumstampfen. Das Haus war verschlossen; ein dünner Lichtschein fiel durch die Ritze eines Fensterladens. Auf die an sie gerichteten Fragen antwortete die Kleine anfänglich verlegen; nein, ihr Vater sei nicht zu Hause; er sei ins Waschhaus gegangen, um der Mutter Brulé zu helfen, die Wäsche nach Hause bringen. Dann geriet sie völlig in Verwirrung und weigerte sich zu sagen, was ihre Mutter machte. Und endlich platzte mit einem tückisch-grollenden Lachen alles heraus, was sie wußte. Mama habe sie hinausgeworfen, weil Herr Dansaert da sei und sie im Gespräch ungestört sein wollten. Herr Dansaert streifte schon seit dem Morgen mit zwei Gendarmen im Dorfe herum, trachtete Arbeiter zu sammeln, redete im besonderen den Schwachen zu, verkündete überall, daß, wenn man am Montag im Voreux-Schacht nicht anführe, die Gesellschaft entschlossen sei, Arbeiter aus dem Borinage anzuwerben. Bei Anbruch der Nacht hatte er die Gendarmen weggeschickt, weil er die Pierron allein zu Hause gefunden hatte, und er war bei ihr geblieben, um vor dem guten Kaminfeuer ein Gläschen Wacholderbranntwein zu trinken.

»Still, wir wollen sie sehen!« murmelte Levaque mit einem lüsternen Kichern. »Man wird sich später auseinandersetzen ... Weg da, Nichtsnutz!«

Lydie wich einige Schritte zurück, während er ein Auge an die Ritze des Fensterladens legte. Er stieß leise Schreie aus; sein Rücken krümmte sich und schauerte. Jetzt schaute auch die Levaque hinein; doch erklärte sie, wie von einem Kolikanfall ergriffen, es ekle sie. Maheu hatte sie weggeschoben, um auch seinerseits zu sehen; das Schauspiel zahle sich aus, meinte er. Und sie begannen von neuem, einer nach dem andern, wie in der Komödie. Die Wohnstube schimmerte von Reinlichkeit und wurde durch ein tüchtiges Kaminfeuer hell und traulich gemacht; auf dem Tische gab es Kuchen, eine Flasche und

Gläser. Mit einem Worte, eine wahre Hochzeitsnacht, so daß das, was sie sahen, schließlich die beiden Männer erbitterte, die unter anderen Umständen sich sechs Monate lang darüber belustigt hätten. Daß die sich stopfen ließ bis an den Hals, mit den Röcken hoch, war nur drollig. Aber war es nicht eine Schweinerei, sich dieses Vergnügen bei einem so großen Feuer zu gönnen und sich mit Biskuits zu stärken, während die Kameraden kein Krümchen Brot und kein Stückchen Kohle hatten?

»Da ist der Vater!« rief Lydie, davonlaufend.

Pierron kam ruhig aus dem Waschhause zurück, mit einem Bündel Wäsche auf der Schulter. Maheu stellte ihn sogleich zur Rede.

»Man hat mir erzählt, deine Frau hätte gesagt, daß ich Catherine verkauft habe und daß wir uns in meinem Hause alle gegenseitig angesteckt haben ... Und wie geht es bei dir selbst im Hause zu? Was zahlt dir der Herr, der soeben wieder deiner Frau die Haut abnützt?«

Von diesem plötzlichen Angriff wie betäubt, begriff Pierron nicht sogleich, als seine Frau, erschreckt durch den Tumult auf der Straße und darüber den Kopf verlierend, die Tür halb öffnete, um zu schauen, was es gäbe. Man sah sie ganz rot, mit offenem Leibchen, den Rock hoch, am Gürtel befestigt, während im Hintergrunde Herr Dansaert in toller Hast seine Hose anzog. Der Oberaufseher flüchtete zitternd vor Angst, daß das Abenteuer dem Direktor zu Ohren kommen könnte. Und nun gab es einen greulichen Skandal, Gelächter, Gejohle, Verwünschungen.

»Du schimpfst immer über die anderen, daß sie schmutzig seien«, rief die Levaque der Pierron zu; »nun, es ist kein Wunder, daß du selbst sauber bist, da du dich von den Vorgesetzten blankscheuern läßt.«

»Ach ja, der steht es gut an, über andere zu reden«, fügte Levaque hinzu. »Eine Dirne, die gesagt hat, meine Frau schliefe mit mir und meinem Mieter zugleich, der eine oben, der andere unten! ... Ja, ja, man hat mir erzählt, du hättest das gesagt!«

Doch die Pierron bewahrte ihre Ruhe und hielt diesen Schimpfreden stand. In dem Bewußtsein, die Schönste und Reichste unter allen zu sein, verachtete sie diese Leute.

»Was ich gesagt habe, habe ich gesagt, laßt mich in Frieden! ... Was kümmern euch meine Angelegenheiten? Ihr seid Neidhammel, die uns grollen, weil wir Geld in der Sparkasse haben. Ihr könnt reden, was ihr wollt; mein Mann weiß ganz gut, weshalb Herr Dansaert bei uns war.«

In der Tat ereiferte sich Herr Pierron und verteidigte seine Frau. Der Streit kehrte sich jetzt gegen ihn; man nannte ihn einen Verräter, einen Spion, einen Spürhund der Gesellschaft; man beschuldigte ihn, daß er sich einsperre, um sich mit den guten Bissen zu mästen, mit denen die Gesellschaft ihm seine Verrätereien vergelte. Er blieb ihnen die Antwort nicht schuldig und behauptete, Maheu habe ihm einen Zettel mit Drohungen unter der Tür ins Haus geschoben: zwei gekreuzte Knochen mit einem Dolch darüber. Und die Geschichte endete notwendigerweise mit einem Gemetzel der Männer untereinander, wie alle Weiberzänkereien, seitdem der Hunger die Sanftesten wütend machte. Maheu und Levaque hatten sich mit Faustschlägen auf Pierron geworfen, und man mußte sie trennen.

Als die Brulé aus dem Waschhaus ankam, floß das Blut in Strömen aus der Nase ihres Schwiegersohnes. Als man sie von den Vorgängen unterrichtete, sagte sie bloß:

»Dieses Schwein macht mir Schande.«

Die Straße wurde wieder menschenleer; kein Schatten befleckte die kahle Weiße des Schnees; das Arbeiterdorf versank wieder in seine Kirchhofstille und hungerte bei der bis ans innerste Mark gehenden Kälte.

»Ist der Arzt gekommen?« fragte Maheu, die Türe schließend.

»Er ist nicht gekommen«, erwiderte sein Weib, noch immer am Fenster stehend.

»Und sind die Kinder heimgekehrt?«
»Sie sind nicht heimgekehrt.«
Maheu nahm seinen schweren Gang von einer Wand zur andern wieder auf, wütend wie ein zu Tode getroffener Ochse. Vater Bonnemort saß steif und starr auf seinem Stuhl, ohne auch nur den Kopf zu heben. Auch Alzire sagte nichts und beherrschte sich, um nicht zu zittern und ihre Eltern dadurch nicht zu betrüben. Aber trotz ihres Mutes zum Leiden zitterte sie von Zeit zu Zeit so stark, daß man das Beben ihres mageren, gebrechlichen Körpers unter der Decke wahrnehmen konnte, während sie mit ihren großen, offenen Augen an der Zimmerdecke den fahlen Widerschein der weißen Gärten betrachtete, der die Stube wie Mondschein beleuchtete.
Es war der letzte Todeskampf; das Haus war vollständig kahl, der äußersten Not anheimgefallen. Nachdem sie die Wolle der Matratzen zur Trödlerin getragen hatten, ließen sie die Leintücher denselben Weg gehen; dann folgte die Wäsche und alles, was nur verkäuflich war. Eines Abends hatte man ein Schnupftuch des Großvaters um zwei Sous verkauft. Tränen wurden vergossen, sooft man sich von einem Stück Hausrat trennen mußte; die Mutter jammerte noch immer, weil sie eines Tages genötigt war, in ihrer Schürze die Schachtel aus rosa Karton das einstige Geschenk ihres Mannes, wegzutragen, wie man ein Kind wegtragen würde, um sich dessen unter einem Haustor zu entledigen. Sie waren nackt; sie hatten nichts mehr zu verkaufen als ihre Haut, und auch diese war schon so erbärmlich elend, daß kein Mensch einen Heller dafür gegeben haben würde. Sie gaben sich nun auch keine Mühe mehr, etwas zu suchen; sie wußten, daß es nichts mehr gäbe, daß alles zu Ende sei, daß sie weder eine Kerze erhoffen konnten noch ein Stück Kohle, noch eine Kartoffel; und sie erwarteten den Tod, und es bekümmerte sie nur wegen der Kinder; sie waren empört wegen der unnützen Grausamkeit, eine Krankheit über die Kleine gebracht zu haben, ehe sie sie erdrosselten.

»Endlich ist er da!« sagte Frau Maheu.

Ein schwarzer Schatten huschte am Fenster vorüber. Die Tür wurde geöffnet. Aber es war nicht der Doktor Vanderhaghen; sie erkannten den neuen Pfarrer Abbé Ranvier, der nicht überrascht schien, das Haus so tot zu finden, ohne Licht, ohne Feuer, ohne Brot. Er kam schon aus drei Nachbarhäusern, ging von Familie zu Familie, um bereitwillige Arbeiter anzuwerben, wie Dansaert mit seinen Gendarmen es tat; er ereiferte sich sogleich mit seiner fieberhaft erregten Sektiererstimme.

»Warum seid ihr am Sonntag nicht zur Messe gekommen, meine Kinder? Ihr habt unrecht; die Kirche allein kann euch retten... Versprecht mir, am nächsten Sonntag zu kommen.«

Maheu schaute ihn an und setzte dann schwerfällig seinen Gang wieder fort, ohne ein Wort zu sagen. Sein Weib antwortete dem Priester.

»Zur Messe, Herr Pfarrer? Wozu denn? Macht sich der liebe Gott nicht über uns lustig? ... Was hat meine Kleine ihm getan, daß sie von Fieberschauern geschüttelt wird? Wir hatten wohl noch nicht genug Elend; er mußte mir sie krank machen zu einer Zeit, da ich ihr nicht einmal eine warme Brühe geben kann.«

Der Priester blieb vor ihnen stehen und hielt ihnen eine lange Rede. Er beutete den Streik aus, dieses furchtbare Elend, diese erbitterte Rache des Hungers; er tat dies mit dem Eifer eines Missionars, der um des Ruhmes der Religion willen den Wilden predigt. Er sagte, die Kirche sei mit den Armen, sie werde eines Tages die Gerechtigkeit zum Siege führen, den Zorn Gottes über die Ungerechtigkeiten der Reichen bringen. Und in Bälde werde dieser Tag leuchten; denn die Reichen hätten sich an die Stelle Gottes gesetzt, regierten ohne Gott, nachdem sie in gottloser Weise die Macht an sich gerissen. Aber wenn die Arbeiter eine gerechte Teilung der irdischen Güter wollten, müßten sie sich sogleich den Priestern anheimgeben, gleichwie bei dem Tode Jesu die Kleinen und Demütigen sich um die Apostel scharten. Welche Macht würde der Papst haben, über welches Heer würde die Geistlichkeit verfügen, wenn sie die zahllose Menge der Arbeiter befehligte! In einer Woche würde man die Welt von den Bösewichtern säubern, die unwürdigen Herren verjagen; es wäre endlich das wahre Reich Gottes; jeder würde nach seinen Verdiensten belohnt werden; das Gesetz der Arbeit würde die allgemeine Wohlfahrt regeln.

Frau Maheu, die ihm zuhörte, glaubte Etienne zu hören, wenn er ihnen an den Herbstabenden das Ende ihres Elends ankündigte. Allein sie hatte gegen die Kutten der Geistlichen stets ein gewisses Mißtrauen gehabt.

»Was Sie uns da erzählen, ist sehr schön, Herr Pfarrer«, sagte sie. »Aber sind Sie denn nicht mehr in Übereinstimmung mit den Spießbürgern? ... Alle unsere früheren Pfarrer speisten auf der Direktion und drohten uns mit dem Teufel, wenn wir Brot verlangten.«

Er begann von neuem und sprach von dem beklagenswerten Mißverständnisse zwischen der Kirche und dem Volk. Jetzt zog er in verhüllten Sätzen gegen die städtischen Pfarrer, gegen die Bischöfe los, die nur den Genüssen und der Herrschsucht lebten, in ihrer Verblendung und in ihrem Schwachsinn mit dem liberalen Bürgertum paktierten und nicht sähen, daß ebendieses Bürgertum es sei, das die Geistlichkeit ihrer Herrschaft über die Welt beraube. Die Erlösung werde von den Landgeistlichen kommen; sie alle würden sich erheben, um mit Hilfe der Armen und Elenden das Reich Christi wiederherzustellen; und er schien schon an ihrer Spitze zu stehen; er richtete seine knochige Gestalt auf, als Anführer, als Revolutionär des Evangeliums, die Augen von einem solchen Lichte erfüllt, daß sie die dunkle Stube erhellten; diese feuereifrige Predigt riß ihn fort, daß er sich in mystischen Worten erging. Diese armen Leute verstanden ihn längst nicht mehr.

»Es ist unnötig, so viele Worte zu machen«, brummte

Maheu plötzlich; »Sie hätten besser damit angefangen, uns ein Brot zu bringen.«

»Kommt Sonntag zur Messe!« rief der Priester. »Gott wird für alles sorgen.«

Und er ging. Er trat bei den Levaques ein, um sie zu belehren, so erhoben in seinem Traum von dem schließlichen Triumph der Kirche, mit einer solchen Mißachtung der Tatsachen, daß er in dieser Weise die Arbeiterdörfer durcheilte, ohne Almosen, mit leeren Händen durch die Reihen dieser Armee des Hungers ziehend, selbst ein armer Teufel, der die Leiden als einen Ansporn zum Heil betrachtete.

Maheu ging noch immer in der Stube auf und ab; man hörte nichts als seine schweren Tritte, unter denen die Fliesen erzitterten. Jetzt vernahm man ein Geräusch wie von einem rostigen Brunnenschwengel; der alte Bonnemort spie in den kalten Kamin. Dann begannen wieder die taktmäßigen Schritte. Alzire war infolge des Fiebers eingeschlafen und delirierte still; sie lachte in dem Glauben, daß es warm sei und daß sie im Sonnenschein spiele.

»Nun glüht sie in Fieberhitze«, murmelte die Maheu, indem sie dem Kinde die Wangen befühlte. »Ich erwarte dieses Schwein nicht mehr; die Räuber werden ihm verboten haben zu kommen.«

Sie sprach von dem Arzt und von der Gesellschaft. Dennoch stieß sie einen Freudenruf aus, als sie wieder die Tür aufgehen sah. Aber ihre Arme sanken herab; sie blieb mit düsterem Antlitz aufrecht stehen.

»Guten Abend«, sagte Etienne halblaut, nachdem er die Türe sorgfältig geschlossen hatte.

Oft kam er so, unter dem Schutz des nächtlichen Dunkels. Die Maheu hatten schon am zweiten Tage Kenntnis von seinem Schlupfwinkel erlangt. Aber sie bewahrten das Geheimnis; niemand im Dorfe wußte, was aus dem jungen Mann geworden war. Dieses Geheimnis umgab ihn wie eine Legende. Man fuhr fort an ihn zu glauben;

geheimnisvolle Gerüchte waren in Umlauf. Er werde mit einer Armee und mit goldgefüllten Kassen erscheinen. Es war noch immer die inbrünstige Erwartung eines Wunders, das zur Wirklichkeit gewordene Ideal, der plötzliche Einzug in die Stadt der Gerechtigkeit, die er ihnen verheißen hatte. Die einen behaupteten, sie hätten ihn in einer Kalesche, in Gesellschaft von drei Herren, auf der Straße von Marchiennes fahren sehen; andere versicherten, er habe nur noch zwei Tage in England zu bleiben. Aber mit der Zeit kam das Mißtrauen; einzelne Spaßvögel beschuldigten ihn, daß er sich in einem Keller verborgen hielte, wo die Mouquette ihm warm machte; denn dieses Verhältnis war bekannt geworden und hatte ihm geschadet. Seine Popularität wich langsam der Ernüchterung, es war das dumpfe Vorwärtsdrängen der Überzeugten, die von Verzweiflung ergriffen waren und deren Zahl allmählich zunehmen mußte.

»Welch ein Hundewetter!« fügte er hinzu. »Und bei euch nichts Neues? Geht's immer schlecht und schlechter? Man hat mir gesagt, daß der kleine Négrel nach Belgien gegangen sei, um Leute aus dem Borinage anzuwerben. Wenn das wahr ist, sind wir verloren.«

Ein Frösteln hatte ihn ergriffen, als er in diese eiskalte, dunkle Stube trat, an die seine Augen sich erst gewöhnen mußten, bis er die Unglücklichen sah, deren Anwesenheit er bisher nur nach den tieferen Schatten vermutet hatte. Er fühlte das Widerstreben, das Mißbehagen des Arbeiters, der über seiner Klasse steht, durch das Studium verfeinert, durch den Ehrgeiz angespornt. Welches Elend! Und dieser Geruch und diese Leiber auf einem Haufen und das furchtbare Mitleid, das ihm die Kehle zuschnürte! Der Anblick dieses Todeskampfes verstörte ihn so, daß er nach Worten suchte, um ihnen zur Unterwerfung zu raten.

Doch Maheu hatte sich heftig vor ihn hingestellt und schrie:

»Leute aus dem Borinage! Das werden die Kerle nicht wagen! Wenn sie ihre Gruben verwüstet sehen

wollen, müssen sie nur belgische Arbeiter anfahren lassen!«
Etienne erklärte mit verlegener Miene, man könne sich nicht rühren; die Soldaten, die die Gruben bewachten, würden auch die Anfahrt der belgischen Arbeiter sichern. Und Maheu ballte die Fäuste, besonders darüber aufgebracht, wie er sagte, daß man diese Bajonette im Rücken hatte. Waren denn die Bergleute nicht mehr Herren im eigenen Hause? Behandelte man sie als Galeerensträflinge, indem man sie mit geladenen Gewehren zum Arbeiten zwang? Er liebte seine Grube, und es verursachte ihm schweren Kummer, daß er seit zwei Monaten nicht mehr angefahren war. Darum wurde es ihm rot vor den Augen bei dem Gedanken an diesen Schimpf, an diese Fremden, mit deren Anfahrt man drohte. Und wenn er sich erinnerte, daß man ihm sein Arbeitsbuch zurückgegeben hatte, brach ihm das Herz.
»Ich weiß übrigens nicht, weshalb ich mich erzürne«, murmelte er. »Ich gehöre doch nicht mehr zu ihrem miesen Laden ... Wenn sie mich von hier vertrieben haben, dann werde ich wohl auf der Landstraße verrecken können.«
»Laß gut sein«, sagte Etienne. »Wenn du willst, nehmen sie morgen dein Arbeitsbuch wieder. Man entläßt die guten Arbeiter nicht.«
Er unterbrach sich erstaunt, weil er Alzire in ihrem Fieberdelirium leise kichern hörte. Er hatte bisher nur den steifen Schatten des Vaters Bonnemort bemerkt, und die Heiterkeit dieses kranken Kindes entsetzte ihn. Es war zuviel des Elends, wenn schon die Kleinen zugrunde gingen. Mit zitternder Stimme entschloß er sich endlich zu sagen:
»Hör mal, das kann nicht länger dauern, wir sind kaputt ... wir müssen uns ergeben.«
Frau Maheu, bisher unbeweglich und still, brach mit einem Male los, schrie ihm ins Gesicht, duzte ihn und fluchte wie ein Mann.

»Was sagst du? ... Du sagst das? Himmelherrgott!«
Er wollte ihr Gründe anführen, aber sie ließ ihn nicht zu Worte kommen.
»Sag es nicht noch einmal, oder ich fahre dir mit den fünf Fingern ins Gesicht, obgleich ich nur ein Weib bin ... Wie, wir sollen zwei Monate gedarbt, ich soll meinen Hausrat verkauft haben, meine Kinder sollen krank geworden sein; und all das für nichts? und die Ungerechtigkeit soll von vorne beginnen? ... Ha, wenn ich daran denke, erstickt mich das Blut. Nein, nein, eher würde ich jetzt alles verbrennen, alles niedermetzeln, als mich ergeben.«
Sie zeigte mit einer drohenden Handbewegung auf den im Dunkeln stehenden Maheu und sagte:
»Höre, wenn mein Mann zur Grube zurückkehrt, werde ich ihn am Wege erwarten, um ihm ins Gesicht zu speien und ihn Feigling zu nennen!«
Etienne sah sie nicht, aber er verspürte eine Hitze, etwas wie den heißen Atem eines brüllenden Tieres; und er wich betroffen zurück vor dieser Raserei, die sein Werk war. Er fand sie dermaßen verändert, daß er sie nicht wiedererkannte; sie war ehemals so bedächtig, warf ihm seine Heftigkeit vor, sagte, daß man niemandem den Tod wünschen solle. Jetzt aber wollte sie der Vernunft kein Gehör schenken und sprach davon, alles niederzumetzeln. Nicht er sprach jetzt von Politik, sondern sie; sie wollte mit einem Schlage die Bürger hinwegfegen, forderte die Republik und die Guillotine, um die Erde von diesen diebischen Reichen zu befreien, die von der Arbeit der Hungerleider fett geworden waren.
»Ja, mit meinen zehn Fingern würde ich sie schinden ... Es ist genug, denke ich. Unsere Zeit ist gekommen, du selbst hast es gesagt ... Wenn ich bedenke, daß der Vater, der Großvater, der Urgroßvater, alle Vorfahren gelitten haben, was wir leiden, und daß unsere Söhne, die Söhne unserer Söhne es gleichfalls leiden werden, so werde ich toll und könnte ein Messer ergreifen ... Wir

haben neulich noch nicht genug getan; wir hätten Montsou der Erde gleichmachen sollen bis auf den letzten Ziegel, und ich bedaure nur verhindert zu haben, daß der Alte die Tochter der Leute von der Piolaine erdrosselte ... Läßt man nicht meine Kleinen durch den Hunger erwürgen?«

Ihre Worte klangen wie Axthiebe im Dunkel der Nacht. Der geschlossene Horizont hatte sich nicht öffnen wollen. In diesem vom Schmerz zerrissenen Schädel verwandelte sich das unmöglich gewordene Ideal in Gift und Galle.

»Sie haben mich falsch verstanden«, konnte Etienne endlich sagen, indem er den Rückzug antrat. »Man müßte zu einer Vereinbarung mit der Gesellschaft kommen; ich weiß, daß die Gruben infolge des Streiks großen Schaden leiden; die Gesellschaft würde einem Ausgleich sicherlich zustimmen.«

»Nein, nichts!« brüllte sie.

Eben kamen Lénore und Henri mit leeren Händen heim. Ein Herr hatte ihnen zwei Sous geschenkt; aber weil die Schwester dem Brüderchen immer Fußtritte versetzte, waren die zwei Sous in den Schnee gefallen, und da Jeanlin ihnen suchen geholfen hatte, konnten sie nicht mehr gefunden werden.

»Wo ist Jeanlin?«

»Mutter, er ist fortgelaufen; er hat gesagt, er hat noch zu tun.«

Tiefbekümmerten Herzens hörte Etienne zu. Ehemals hatte die Maheu ihren Kindern gedroht, ihnen die Hälse umzudrehen, wenn sie es wagen sollten, die Hand auszustrecken. Heute schickte sie selbst die Kleinen auf die Straßen hinaus und sprach davon, daß sie alle, die zehntausend Bergleute von Montsou, mit Quersack und Bettelstab das entsetzte Land durchziehen wollten.

Nun wurde der Jammer noch größer in dieser finsteren Stube. Die Kleinen waren hungrig heimgekehrt und wollten essen. Warum aß man nicht? Und sie murrten, krochen am Boden herum und traten ihrer sterbenden Schwester auf die Füße, daß sie schmerzlich stöhnte. Außer sich schlug die Mutter im Finstern auf sie los. Dann, als sie lauter schrien und Brot verlangten, brach sie in Tränen aus, sank auf die Fliesen hin, umschloß sie alle, auch die kleine Kranke, in einer Umarmung; und lange, lange flossen ihre Tränen, in einer Entspannung der Nerven, in der sie, kraftlos und zerschlagen, wohl zwanzigmal dieselben Worte stammelte, den Tod herbeiwünschend: »Gott, warum nimmst du uns nicht zu dir? Gott, aus Erbarmen nimm uns zu dir, um ein Ende zu machen!« Der Großvater verharrte in der Unbeweglichkeit eines alten Baumes, den Sturm und Regen gebeugt und gekrümmt haben, während der Vater unablässig zwischen Kamin und Eßschrank hin und her ging, ohne den Kopf zu wenden.

Doch jetzt wurde die Türe geöffnet; diesmal war es der Doktor Vanderhaghen.

»Teufel!« schalt er; »euch wird das Kerzenlicht auch nicht die Augen verderben! ... Rasch, rasch, ich habe Eile.«

Erschöpft von seiner Berufsarbeit brummte er wie immer. Er hatte glücklicherweise Zündhölzer bei sich; der Vater mußte sechs nacheinander anzünden und ihm leuchten, damit er die Kranke betrachten konnte. Von der Decke befreit, zitterte sie unter dem flackernden Schein des Zündhölzchens, mager wie ein Vöglein, das im Schnee stirbt, und so gebrechlich, daß man nichts als den Höcker sah. Und sie lächelte noch; es war das verwirrte Lächeln einer Sterbenden; die Augen standen weit offen, die dürren Händchen krümmten sich auf der hohlen Brust. Und als die Mutter, vom Schluchzen erstickt, fragte, ob es einen Sinn habe, daß – vor ihr selbst – das einzige Kind fortgenommen würde, das ihr in der Hauswirtschaft eine Stütze sei, ein so sanftes und verständiges Kind, da erzürnte sich der Arzt.

»Schau, eben geht es mit ihr zu Ende ... Sie ist vor Hunger gestorben, deine Unglückstochter! ... Und sie ist nicht die einzige; nebenan habe ich noch eine gesehen. Ihr ruft mich alle, aber ich kann nichts tun. Ihr braucht Fleisch, um gesund zu werden!«

Maheu hatte das Zündhölzchen fallen lassen, weil es ihm die Finger verbrannte, und die Finsternis senkte sich wieder auf die kleine, noch warme Leiche. Der Arzt war eilig wieder davongegangen. Etienne hörte in der finstern Stube nichts mehr als das Schluchzen der Maheu, die immerfort den Tod herbeirief, endlos ihre Trauerklage wiederholend:

»Gott, nimm mich zu dir! Jetzt ist an mir die Reihe! ... Gott, nimm meinen Mann zu dir und die anderen, aus Erbarmen, um ein Ende zu machen!«

III

Es war an einem Sonntag, als Souvarine schon um acht Uhr allein in der Gaststube des Wirtshauses ›Zum wohlfeilen Schoppen‹ an seinem gewohnten Platz saß, den Kopf an die Wand gelehnt. Kein einziger Bergmann hatte mehr die zwei Sous für einen Schoppen Bier; niemals hatten die Kneipen so wenig Gäste gehabt. Frau Rasseneur saß verdrossen an ihrem Schanktisch, während Rasseneur, vor dem gußeisernen Kamin stehend, mit nachdenklicher Miene dem rötlichen Rauch der Kohle zu folgen schien.

In der tiefen Stille der überheizten Stube hörte man plötzlich drei leise Schläge an eine Fensterscheibe, die Souvarine veranlaßten, den Kopf zu wenden. Er erhob sich, denn er hatte das Zeichen erkannt, dessen Etienne sich schon wiederholt bedient hatte, um ihn zu rufen, wenn er ihn von draußen sah, wie er, an einem leeren Tisch sitzend, seine Zigarette rauchte. Doch ehe noch der Maschinist die Tür erreichte, hatte Rasseneur sie geöffnet; und

als er den Mann erkannte, der in der Helle des Fensters dastand, sagte er ihm:
»Hast du Angst, daß ich dich verrate? ... Ihr werdet hier bequemer plaudern können als auf der Straße.«
Etienne trat ein. Frau Rasseneur bot ihm höflich einen Schoppen an, doch er lehnte mit einer Handbewegung ab. Der Schankwirt fügte hinzu:
»Ich habe längst erraten, wo du dich verbirgst. Wenn ich ein Spion wäre, wie deine Freunde behaupten, hätte ich dir schon seit acht Tagen die Gendarmen schicken können.«
»Du hast es nicht nötig, dich zu verteidigen«, antwortete der junge Mann; »ich weiß, daß du nie auf diese Weise dein Brot verdient hast ... Man kann verschiedene Ansichten haben und sich dennoch gegenseitig schätzen.«
Und es trat wieder Stille ein. Souvarine hatte sich wieder auf seinem Stuhl niedergelassen, mit dem Rücken an die Wand gelehnt, die Blicke im Rauch seiner Zigarette verloren; aber seine Finger zitterten in einem Fieber der Ungeduld; er fuhr damit über seine Knie, das warme Fell des Kaninchens Pologne suchend, das an diesem Abend nicht da war. Es war ein unbewußtes Unbehagen; ihm fehlte etwas, und er wußte nicht was.
Etienne saß an der andern Seite des Tisches und sagte endlich:
»Morgen wird in der Voreux-Grube die Arbeit aufgenommen. Der kleine Négrel ist mit den Belgiern eingetroffen.«
»Ja, sie sind nach Anbruch der Nacht ausgeladen worden«, murmelte Rasseneur, der neben ihm stand. »Wenn nur nicht wieder ein Blutbad daraus entsteht.«
Dann fuhr er mit lauterer Stimme fort:
»Ich will mit dir nicht wieder Streit beginnen, aber es wird ein schlimmes Ende nehmen, wenn ihr in eurer Hartnäckigkeit fortfahrt ... Schau, eure Geschichte ist genau dieselbe, wie die deiner ›Internationale‹. Ich habe vorgestern Pluchart in Lille getroffen, wo ich zu tun

hatte. Seine Maschine geht aus den Fugen, wie es scheint.«

Und er führte Einzelheiten an. Der Bund hatte in einem Aufschwung seiner Propaganda, die die Bourgeoisie noch zittern ließ, die Arbeiter der ganzen Welt erobert und ging jetzt in die Brüche, wurde mit jedem Tage mehr zerstört durch den innern Kampf der Eitelkeiten und ehrgeizigen Bestrebungen. Seitdem die Anarchisten in dem Bunde triumphierten und die Evolutionisten, die ursprünglich die Führung hatten, verdrängten, wackelte der ganze Bau; das ursprüngliche Ziel, die Reform des Lohnwesens, ging in dem Zwist der Sekten unter; die gutgedrillten Kader lösten sich im Haß gegen die Disziplin auf. Und man konnte schon jetzt das klägliche Ende dieser Massenerhebung voraussehen, die einen Augenblick gedroht hatte, mit einem Hauch die alte, verrottete Gesellschaft hinwegzublasen.

»Pluchart ist ganz krank davon«, fuhr Rasseneur fort. »Zudem hat er keine Stimme mehr, und dennoch spricht er; ja, er will sogar in Paris sprechen. Er hat mir dreimal wiederholt, daß unser Streik gescheitert sei.«

Etienne schaute zu Boden und ließ ihn ausreden, ohne ihn zu unterbrechen. Er hatte am vorhergehenden Abend mit Kameraden gesprochen und hatte den Hauch des Grolls und des Verdachtes verspürt, die ersten Anzeichen der Volksungunst, die die Niederlage ankündigten. Und er verharrte in düsterem Schweigen; er wollte seine Niedergeschlagenheit nicht eingestehen angesichts eines Mannes, der ihm vorausgesagt hatte, daß auch ihn die Menge an dem Tage verhöhnen werde, an dem sie für eine Enttäuschung Rache nehmen würde.

»Gewiß, der Streik ist gescheitert«, sagte er. »Ich weiß dies so gut wie Pluchart. Aber das war ja vorauszusehen. Wir haben mit Widerwillen diesen Streik angenommen; wir haben nicht damit gerechnet, mit der Gesellschaft fertigzuwerden … Allein, man betäubt sich, man hofft auf allerlei Dinge, und wenn dann die Geschichte schlecht ausgeht, vergißt man, daß man darauf gefaßt sein mußte; man jammert und hadert wie vor einer urplötzlichen Katastrophe.«

»Nun, wenn du die Partie für verloren hältst, warum bringst du die Kameraden nicht zur Vernunft?« fragte Rasseneur.

Der junge Mann schaute ihn scharf an.

»Lassen wir das; es ist genug ... Du hast deine Ideen, ich habe die meinigen. Ich bin bei dir eingetreten, um dir zu zeigen, daß ich dich dennoch achte. Aber ich glaube immerhin, daß wenn wir in unserem Elend untergehen, unsere verhungerten Gerippe der Sache des Volkes mehr nützen werden, als alle weise Politik ... Ach, wenn einer dieser Saukerle von Soldaten mir eine Kugel mitten ins Herz schösse, wie schön wäre es, so zu enden!«

Seine Augen feuchteten sich in diesem Aufschrei, in dem der geheime Wunsch des Überwundenen sich Luft machte, die Zuflucht, wo er für immer sein Leid hätte begraben wollen.

»Gut gesprochen!« erklärte Madame Rasseneur mit einem Blick auf ihren Mann, in dem sich alle Verachtung ihrer radikalen Ansichten entlud.

Souvarine blickte noch immer traumverloren in die Ferne, tastete mit seinen nervösen Händen herum und schien nichts gehört zu haben. Sein blondes, mädchenhaftes Gesicht mit der dünnen Nase und den spitzigen Zähnen nahm einen wilden Ausdruck an in einer mystischen Träumerei, in der blutige Visionen vorüberzogen. Und er hatte laut zu träumen begonnen und antwortete auf ein Wort Rasseneurs über die ›Internationale‹, das er inmitten der Unterredung aufgefangen hatte.

»Alle sind Feiglinge; nur einen Mann hat es gegeben, der aus ihrer Maschine das furchtbare Werkzeug der Zerstörung hätte machen können. Aber man müßte wollen; niemand will, und darum wird die Revolution wieder einmal scheitern.«

Er fuhr fort, mit angewiderter Stimme über den Schwachsinn der Menschen zu klagen, während die anderen verwirrt dasaßen bei diesen im Dunkel gemachten Geständnissen eines Mondsüchtigen. In Rußland wollten die Dinge nicht vorwärtsgehen; er war verzweifelt über die empfangenen Nachrichten. Seine ehemaligen Kameraden wurden sämtlich zu Politikern; die berüchtigten Nihilisten, vor denen ganz Europa zitterte, Popensöhne, Kleinbürger, Kaufleute erhoben sich nicht über den Gedanken der nationalen Befreiung, sondern schienen an die Erlösung der Welt zu glauben, wenn sie den Despoten getötet haben würden; und sobald er ihnen davon sprach, die alte Menschheit hinwegmähen zu wollen wie eine reife Frucht; sobald er nur das kindische Wort ›Republik‹ aussprach, fühlte er sich unverstanden, beunruhigt, deklassiert, unter die schiffbrüchigen Führer des revolutionären Kosmopolitismus eingereiht. Indes wehrte sich sein Patriotenherz, und mit schmerzlicher Bitterkeit wiederholte er sein Lieblingswort:

»Lauter Dummheiten! ... Niemals werden sie mit ihren Dummheiten vom Fleck kommen!«

Dann dämpfte er noch mehr die Stimme und erzählte in bitteren Worten seinen ehemaligen Brüderlichkeitstraum. Er hatte auf seinen Rang und sein Vermögen nur deshalb verzichtet und war unter die Arbeiter nur deshalb gegangen, weil er gehofft hatte, endlich die neue Gesellschaft der gemeinsamen Arbeit begründet zu sehen. Lange Zeit hatte er seine Taschen geleert, um die Münzen unter die Kinder der Arbeiterdörfer zu verteilen; er hatte den Bergleuten gegenüber eine brüderliche Zuneigung bekundet, ihr Mißtrauen belächelt und sie durch seine ruhige Haltung eines pünktlichen, schweigsamen Arbeiters gewonnen. Allein die Verschmelzung wollte sich nicht entschieden vollziehen; er blieb ihnen ein Fremder, mit seiner Verachtung aller Bande, mit seiner Entschlossenheit, seinen Mut zu bewahren, abseits von allem Ruhm und allen Genüssen. Und er war seit dem Morgen besonders erbittert durch eine Nachricht, die in allen Blättern zu lesen war.

Seine Stimme änderte sich; seine Augen wurden heller und waren jetzt auf Etienne gerichtet, an den er sich wandte.
»Begreifst du diese Hutmacher von Marseille, die das Große Los von hunderttausend Franken gewonnen und sogleich Rente gekauft haben, mit der Erklärung, daß sie künftig müßig leben wollten?... Ja, das ist so eure Idee, ihr französischen Arbeiter; einen Schatz ausgraben und ihn nachher allein verzehren in einem Winkel des Egoismus und des Müßigganges. Ihr schreit lang genug gegen die Reichen: euch fehlt der Mut, den Armen das Geld wiederzugeben, das das Glück euch zukommen läßt... Niemals werdet ihr des Glückes würdig sein, solange ihr etwas besitzen werdet und solange euer Haß gegen die Bürger einzig und allein von eurem wütenden Bedürfnis kommt, euch an die Stelle dieser Bürger zu setzen.«
Rasseneur brach in ein Gelächter aus; der Gedanke, daß die zwei Hutmacher in Marseille auf das Große Los hätten verzichten sollen, schien ihm blöd. Doch Souvarine erbleichte; sein verstörtes Antlitz war furchtbar; in einem jener inbrünstigen Wutausbrüche, die Völker ausrotten können, schrie er:
»Ihr alle werdet weggemäht, niedergeworfen, der Verwesung anheimgegeben werden. Es wird derjenige erstehen, der euer Geschlecht von Feiglingen und Genußmenschen vernichten wird. Seht ihr meine Hände? Wenn meine Hände es vermöchten, würden sie die Erde packen und sie schütteln, bis sie in Staub zerfiele, damit ihr unter den Trümmern liegen bliebet.«
»Gut gesagt!« wiederholte Frau Rasseneur mit ihrer höflichen und überzeugten Miene.
Abermals trat Stillschweigen ein. Dann sprach Etienne wieder von den belgischen Arbeitern und befragte Souvarine über die Verfügungen, die man im Voreux-Schacht getroffen habe. Doch der Maschinist war wieder in Nachdenken versunken und antwortete kaum. Er wußte nur, daß Patronen an die Soldaten verteilt wurden,

die die Grube bewachten, und das nervöse Spiel seiner Finger auf seinen Knien steigerte sich in einem Maße, daß er sich endlich dessen bewußt ward, was ihm fehlte: das seidenweiche, beruhigende Fell des Hauskaninchens.
»Wo ist Pologne?« fragte er.
Der Schankwirt blickte auf seine Frau und lachte wieder. Nach einem kurzen Zögern entschloß er sich zu antworten.
»Pologne liegt warm«, sagte er.
Als Jeanlin das Kaninchen halb zu Tode gehetzt hatte, warf es tote Junge. Um es nicht nutzlos zu füttern, hatte man sich am gleichen Tage entschlossen, es zu schlachten und mit Kartoffeln zu braten.
»Ja, du hast heut abend einen Schenkel davon gegessen und dir die Finger darnach abgeleckt.«
Souvarine hatte nicht sogleich begriffen; dann war er sehr bleich geworden, und ein Ekel zog ihm das Kinn zusammen, während – trotz seines stoischen Willens – zwei schwere Tränen ihm die Augen trübten.
Doch man hatte nicht Zeit, seine Erregung zu bemerken; die Tür wurde heftig aufgestoßen, und Chaval erschien, Catherine vor sich her schiebend. Nachdem er sich in allen Schenken von Montsou an Bier und Prahlereien berauscht hatte, war er auf den Einfall gekommen, in den ›Wohlfeilen Schoppen‹ zu gehen, um den Kameraden zu zeigen, daß er keine Furcht hatte. Er trat ein und schrie seiner Geliebten zu:
»Du wirst da einen Schoppen Bier trinken«, sage ich dir! »Und dem ersten, der mich schief ansieht, schlage ich den Schädel ein.«
Catherine erbleichte, als sie Etienne erblickte. Als auch Chaval seiner ansichtig wurde, verzog sich sein Gesicht zu einem boshaften Grinsen.
»Frau Rasseneur, zwei Schoppen! Wir trinken eins, weil die Arbeit wieder aufgenommen wird.«
Die Wirtin schenkte wortlos ein; ihr Bier war für jedermann da. Stille war eingetreten; weder der Schankwirt

noch die beiden anderen hatten sich von ihrem Platz gerührt.

»Ich kenne Leute, die gesagt haben, daß ich ein Spion wäre«, hub Chaval in anmaßendem Ton wieder an; »und ich erwarte, daß sie es mir ins Gesicht sagen, damit man sich endlich auseinandersetzt.«

Niemand antwortete; die Männer wandten den Kopf weg und schauten die Wände an.

»Es gibt Tagediebe, und es gibt Leute, die es nicht sind«, fuhr er mit lauter Stimme fort. »Ich habe nichts zu verheimlichen; ich habe Deneulins schmutzige Baracke verlassen und fahre morgen im Voreux-Schacht mit zwölf Belgiern an, deren Führung man mir anvertraut hat, weil man mich achtet. Wenn dies jemandem nicht recht ist, soll er es sagen; wir werden darüber reden.«

Dann, als seine Herausforderungen mit demselben verächtlichen Schweigen aufgenommen wurden, erzürnte er sich gegen Catherine.

»Wirst du trinken, Himmelsakrament! Stoßen wir an auf das Krepieren aller Saukerle, die nicht arbeiten wollen!«

Sie stieß an, aber ihre Hand zitterte dabei, daß man das leise Klirren der beiden Gläser hörte. Chaval hatte jetzt eine Handvoll Silbermünzen aus der Tasche geholt, die er mit der Aufdringlichkeit eines Betrunkenen auf dem Tische ausbreitete, wobei er sagte, man erwerbe das Geld im Schweiße seines Angesichtes und die Müßiggänger könnten nicht zehn Sous aufweisen. Die Haltung der Kameraden erbitterte ihn, und er ging schließlich zu direkten Beleidigungen über.

»Des Nachts also kriechen die Maulwürfe hervor? Die Gendarmen scheinen zu schlafen, da man den Räubern begegnet!«

Etienne hatte sich entschlossen, aber sehr ruhig erhoben.

»Hör mal, du langweilst mich...«, sagte er. »Ja, du bist ein Spion; dein Geld stinkt wieder nach irgendeinem Verrat, und es ekelt mich, deine Verräterhaut zu berühren.

Gleichviel, ich bin bereit; schon längst hätte einer von uns beiden den anderen umlegen sollen.«

Chaval ballte die Fäuste.

»Man muß dir allerhand sagen, um dir einzuheizen, verdammter Feigling«, brummte er. »Mit dir allein will ich es aufnehmen; du sollst mir alle die Schweinereien entgelten, die man mir zugefügt hat.«

Catherine trat mit bittenden Händen zwischen sie; aber sie mußten sie nicht erst zurückdrängen, sie wich selbst langsam zurück, weil sie die Notwendigkeit des Kampfes fühlte. In stummem Entsetzen stand sie regungslos an der Mauer, dermaßen gelähmt, daß sie nicht einmal zitterte; die weit offenen Augen auf die beiden Männer gerichtet, die im Begriffe waren, sich ihretwegen zu töten.

Frau Rasseneur begnügte sich, die Biergläser vom Schanktische wegzunehmen, aus Furcht, daß sie zerbrochen werden könnten. Dann setzte sie sich wieder auf ihr Bänkchen, ohne ungeziemende Neugierde zu zeigen. Rasseneur meinte, man könne nicht zugeben, daß zwei alte Kameraden sich gegenseitig umbrachten, und er wollte sich durchaus ins Mittel legen; Souvarine mußte ihn bei einer Schulter fassen und zum Tische zurückführen, wobei er sagte:

»Das geht dich nichts an... Einer ist zu viel; der Stärkere muß am Leben bleiben.«

Ohne den Angriff abzuwarten, hatte Chaval seine geballten Fäuste in die Luft gestreckt. Er war der Größere, schlotterig, nach dem Gesicht zielend mit beiden Armen, die er wütend auf und nieder fahren ließ, als handhabte er zwei Säbel. Dabei redete er immerfort, posierte für die Zuschauer, ließ ganze Breitseiten von Beschimpfungen los, die ihn noch mehr aufregten.

»Ha, verdammter Zuhälter, ich will deine Nase haben! Deine Nase will ich mir irgendwohin stecken!... Gib deine Fratze her, du Hurenspiegel, daß ich einen Brei für die Schweine daraus mache! Wir werden dann sehen, ob die Dirnen dir noch nachrennen!«

Stumm, mit zusammengepreßten Zähnen stemmte Etienne seine kleine Gestalt fest auf, kämpfte korrekt gemäß den Regeln, Brust und Gesicht mit beiden Fäusten deckend; so spähte er, die Arme mit der Spannung von Sprungfedern ausstreckend und dem Gegner furchtbare Stöße versetzend.

Anfänglich fügten sie einander wenig Schaden zu. Die geräuschvollen, kreisenden Hiebe des einen, die kühle, zuwartende Haltung des andern verlängerten den Kampf. Ein Stuhl wurde umgeworfen; ihre plumpen Schuhe zerstampften den weißen Sand, mit dem der Fußboden bestreut war. Aber allmählich kamen sie außer Atem; man hörte sie schnaufen, während ihre roten Gesichter anschwollen wie von einem inneren Feuerherd, dessen Flammen man durch die klaren Höhlen ihrer Augen sah.

»Getroffen!« heulte Chaval. »Das sitzt auf deinem Gerippe!«

In der Tat hatte seine Faust, gleich einem schief niederfahrenden Dreschflegel, die Schulter seines Gegners getroffen. Dieser unterdrückte ein schmerzliches Stöhnen; man hörte nur ein weiches Geräusch, den dumpfen Schlag auf die Muskeln. Etienne erwiderte ihn mit einem geradeaus, mitten in die Brust geführten Stoß, der den andern niedergestreckt hätte, wenn er mit seinen fortwährenden Bocksprüngen sich nicht gerettet hätte. Indes traf ihn der Streich in der linken Seite noch mit solcher Wucht, daß er wankte und ihm der Atem ausblieb. Er wurde von seiner Wut übermannt, weil er vor Schmerzen seine Arme schlaff werden fühlte, und er schlug aus wie ein Tier und zielte mit dem Stiefelabsatz nach dem Bauch seines Gegners.

»Nimm das für deine Eingeweide!« röchelte er; »sie sollen mal raus ins Freie!«

Etienne wich dem Stoß aus, so entrüstet über diese Verletzung der Regeln, daß er sein Schweigen brach.

»Schweig, du Vieh!« sagte er; »und die Füße weg, verdammt noch mal, sonst nehme ich einen Stuhl, um dich totzuschlagen!«

Und nun nahm der Kampf eine ernstere Wendung. Rasseneur war empört und hätte sich abermals ins Mittel gelegt, hätte der strenge Blick seiner Frau ihn nicht zurückgehalten. Hatten denn zwei Trinkgäste nicht das Recht, ihre Sache im Wirtshause auszutragen? Er begnügte sich also, sich vor den Kamin hinzustellen, weil er fürchtete, daß sie ins Feuer stürzen könnten. Souvarine hatte sich mit seiner ruhigen Miene eine Zigarette gedreht, die er indes anzubrennen vergaß. Catherine stand noch immer unbeweglich an die Mauer gelehnt; nur ihre Hände hatte sie unbewußt an ihrem Körper emporgehoben; und hier krümmten sie sich und rissen in regelmäßigen Zuckungen an dem Stoff ihres Kleides. Ihre Anstrengung war nur darauf gerichtet, nicht zu schreien, nicht einen der beiden dadurch zu töten, daß sie sich zu einem Ruf der Bevorzugung hinreißen ließe, im übrigen so außer sich, daß sie nicht mehr wußte, wen sie vorzog.
Chaval war bald erschöpft; in Schweiß gebadet schlug er auf gut Glück drein. Trotz seines Zorns fuhr Etienne fort sich zu decken, parierte fast alle Hiebe, deren einige ihn streiften. So wurde ihm ein Ohr gespalten, ein Stück Haut vom Halse weggerissen; letzteres verursachte ihm einen so brennenden Schmerz, daß er einen Fluch ausstieß und einen seiner furchtbaren geraden Stöße führte. Chaval sprang wieder beiseite und schützte so seine Brust; aber er hatte sich gebückt, und die Faust traf ihn im Gesicht, zerschlug ihm die Nase und ein Auge. Ein Blutstrahl schoß aus der Nase hervor, das Auge schwoll an und wurde blau. Geblendet durch den roten Strom, betäubt durch die Erschütterung seines Schädels, fuchtelte der Erbärmliche mit den Armen blindlings in der Luft herum, als ein zweiter Schlag ihn mitten auf die Brust traf und ihm den Rest gab. Es gab ein Krachen, und er fiel auf den Rücken, schwer wie ein Sack Gips, der niedergeworfen wird.
Etienne wartete.
»Steh auf«, sagte er; »wenn du noch willst, können wir von neuem anfangen.«

Chaval antwortete nicht, er war eine Weile ganz betäubt, dann begann er sich am Boden zu regen und die Glieder zu recken. Mühselig raffte er sich auf, blieb einen Augenblick auf den Knien, wie eine Kugel, und kramte nach etwas, das man nicht sehen konnte, in seiner Tasche herum. Dann, als er sich erhoben hatte, stürzte er sich mit wildem Geheul abermals auf seinen Gegner.
Doch Catherine hatte aufgepaßt, und unwillkürlich entfuhr ihrem Herzen ein lauter Schrei; und sie selbst war darüber erstaunt, wie über das Geständnis einer Bevorzugung, die ihr selbst unbekannt gewesen.
»Gib acht! Er hat sein Messer!«
Etienne hatte knapp Zeit, den ersten Stoß mit seinem Arm aufzufangen. Der Wollstoff seiner Jacke wurde von der dicken Klinge durchschnitten, von einer jener Klingen, die durch einen kupfernen Ring in einem Heft von Buchsbaum befestigt sind. Schon hatte er Chaval am Handgelenk gepackt, und es entspann sich ein furchtbarer Kampf, denn er wußte, daß er verloren war, wenn er locker ließ; der andere suchte mit unablässigem Ruck seine Hand freizumachen, um zuzustoßen. Die Waffe senkte sich nach und nach; ihre steifen Glieder ermatteten; zweimal schon hatte Etienne den kalten Stahl an seiner Haut gefühlt, und er mußte eine äußerste Anstrengung machen; er preßte den Handknöchel mit solcher Gewalt, daß das Messer der offenen Hand entfiel. Beide hatten sich zu Boden geworfen. Nun ergriff er das Messer und zückte es gegen den andern. Er kniete auf Chaval und drohte ihm das Messer in den Hals zu stoßen.
»Verdammter Verräter!« rief er. »Ich bring dich um!«
Eine scheußliche Stimme erhob sich in ihm und betäubte ihn. Das kam aus seinen Eingeweiden und pochte in seinem Schädel mit Hammerschlägen; es war eine plötzliche Mordgier, das Bedürfnis, Blut zu trinken. Noch niemals hatte der Anfall ihn dermaßen gepackt. Und doch war er nicht berauscht. Und er kämpfte gegen das Erbübel mit dem verzweifelten Beben eines Liebeswütigen, der am

Rande der Notzucht mit sich selbst kämpft. Und er überwand sich schließlich und warf das Messer hinter sich, wobei er mit rauher Stimme stammelte:

»Steh auf und geh!«

Jetzt eilte Rasseneur herbei, ohne sich zwischen sie zu wagen, aus Furcht, einen Hieb abzubekommen. Er wollte nicht, daß man sich in seinem Hause abschlachte, und er geriet in einen solchen Zorn, daß seine Frau, die jetzt vor dem Schanktisch stand, ihm zurief, daß er immer zu früh schreie. Souvarine, dem das Messer fast in die Beine gefahren war, entschloß sich endlich, seine Zigarette anzubrennen. War's denn aus? Catherine schaute noch immer, ganz verwirrt angesichts der zwei Männer, die beide lebten.

»Geh!« wiederholte Etienne; »geh, oder ich mache dir den Garaus!«

Chaval erhob sich und wischte mit dem Handrücken das Blut weg, das noch immer reichlich aus seiner Nase floß; und mit seiner blutbeschmierten Kinnlade und dem blaugeschlagenen Auge wankte er hinaus, rasend über seine Niederlage. Catherine folgte ihm mechanisch. Doch da richtete er sich auf, und sein Haß brach in einer Flut unflätiger Schimpfreden los.

»Nein, nein!« rief er; »da du ihn haben willst, schlafe mit ihm, schmutziges Vieh! Du sollst keinen Fuß mehr in meine Stube setzen, wenn dir dein Leben lieb ist!«

Er schlug heftig die Tür zu. Tiefe Stille herrschte in der warmen Stube, wo man nur das leise Prasseln der Kohle hörte. Auf dem Boden war nichts mehr zu sehen als der umgestürzte Stuhl und etwas Blut, das der Sand auf den Fliesen aufsog.

IV

Nachdem sie Rasseneurs Wirtshaus verlassen hatten, schritten Etienne und Catherine schweigend nebeneinander. Es begann das Tauwetter, ein kaltes, langsames Auftauen, das den Schnee schmutzig werden ließ, ohne ihn zu schmelzen. An dem fahlen Himmel barg sich der Vollmond kaum sichtbar hinter dichten Wolken, schwarzen Fetzen, die ein Sturm in unermeßlicher Höhe wütend dahinjagte. Auf der Erde wehte kein Hauch; man hörte nur den schmelzenden Schnee von den Dächern tropfen und zuweilen in größeren, weißen Massen mit weichem Fall herniederstürzen.

Verlegen angesichts dieses Weibes, das ihm aufgehalst worden war, wußte Etienne in seinem Unbehagen nichts zu sagen. Der Gedanke, sie mitzunehmen und bei sich im Réquillart-Schacht zu verbergen, schien ihm unsinnig. Er hatte sie nach dem Arbeiterdorf, zu ihren Eltern führen wollen, aber sie hatte sich mit einer Miene des Entsetzens geweigert; nein, nein; alles eher, als ihnen zur Last fallen, nachdem sie sie so schmählich verlassen hatte. Und keiner von beiden sprach mehr; sie gingen aufs Geratewohl die Wege dahin, die das Tauwetter in Schlammflüsse verwandelt hatte. Zuerst waren sie in der Richtung nach dem Voreux gegangen; dann wandten sie sich rechts und schritten zwischen dem Schutthügel und dem Kanal dahin.

»Du mußt doch irgendwo schlafen«, sagte er endlich. »Wenn ich nur ein Zimmer hätte, würde ich dich gern mitnehmen...«

Doch eine Regung seltsamer Scheu unterbrach ihn. Er erinnerte sich seiner und ihrer Vergangenheit, ihrer heftigen Begierden von ehemals und der Scham und der Scheu, die sie hinderten, sich zu verbinden. Trug er denn noch immer Verlangen nach ihr, daß er sich so verlegen, sein Herz von einem neuen Verlangen erwärmt fühlte? Die Erinnerung an die Maulschellen, die sie ihm in Gaston-

Marie gegeben hatte, erregte ihn jetzt, anstatt ihn zu erzürnen. Er war überrascht; die Idee, sie nach seinem Versteck in der Réquillart-Grube mitzunehmen, schien ihm jetzt ganz natürlich und leicht durchführbar.

»Nun, entschließe dich, wohin soll ich dich führen?... Verabscheust du mich denn, weil du dich weigerst, dich mit mir zu verbinden?«

Sie folgte ihm langsam und mühselig, weil sie mit ihren Holzschuhen in den Fahrgeleisen immer ausrutschte. Ohne den Kopf zu heben, flüsterte sie:

»Ich habe Kummer genug, kränke mich nicht noch mehr. Wohin würde dein Verlangen nunmehr führen, da ich einen Liebhaber habe und du eine Geliebte hast?«

Sie sprach von der Mouquette. Sie glaubte, er lebe mit diesem Mädchen, wie dies seit zwei Wochen erzählt wurde; und als er schwor, daß es nicht wahr sei, schüttelte sie den Kopf und erinnerte ihn an den Abend, da sie gesehen hatte, wie sie sich küßten.

»Wie schade, all die Dummheiten!« fing er wieder an, indem er stehenblieb. »Wir hätten uns so gut vertragen.«

Sie schauerte zusammen und antwortete dann:

»Bedaure es nicht, du hast nicht viel verloren. Wenn du wüßtest, wie hinfällig ich bin, nicht dicker als ein Stückchen Butter für zwei Sous und dabei so schlecht gebaut, daß ich niemals ein Weib werde, gewiß nicht!«

Und sie fuhr in freimütigem Ton fort; sie beschuldigte sich wegen der langen Verzögerung der Pubertät, als ob es ihr Vergehen wäre. Trotzdem sie schon mit einem Mann lebte, wurde sie nur kleiner, wie in die Reihe der Kinder zurückversetzt. Wenn man wenigstens ein Kind bekommen kann, hat man doch eine Entschuldigung.

»Arme Kleine!« sagte Etienne leise, von tiefem Mitleid ergriffen.

Sie befanden sich am Fuße der Schutthalde, in dem tiefen Schatten des mächtigen Hügels geborgen. Ein tiefschwarzes Gewölk zog eben am Mond vorüber; sie sahen ihre Gesichter nicht mehr; ihre Atemzüge flossen ineinander und ihre Lippen suchten sich zu dem Kusse, nach dem sie sich ehemals monatelang quälend gesehnt hatten. Doch plötzlich erschien der Mond wieder, und sie sahen über ihren Köpfen, hoch auf dem lichtübergossenen Gipfel die Schildwache vom Voreux kerzengerade stehen. Und noch ehe sie sich geküßt hatten, trennte sie ein Gefühl der Scham, jene frühere Scham, in die sich der Zorn mengte, ein unbestimmter Widerwille und sehr viel Freundschaft. Sie machten sich wieder auf den Weg, mühsam bis zu den Knöcheln im Schlamm watend.

»Also ausgemacht, du willst nicht?« fragte Etienne.

»Nein«, sagte sie. »Du nach Chaval, wie? und nach dir ein anderer... Nein, das ekelt mich; ich finde kein Vergnügen dabei, warum soll ich es tun?«

Sie schwiegen und gingen wieder etwa hundert Schritte, ohne ein Wort zu sagen.

»Weißt du wenigstens, wohin du gehst?« fragte er dann. »Ich kann dich in einer solchen Nacht nicht auf der Straße lassen.«

Sie antwortete einfach:

»Ich gehe nach Hause. Chaval ist mein Mann; ich habe nicht anderswo zu schlafen als bei ihm.«

»Aber er wird dich totschlagen!«

Sie schwieg und zuckte nur resigniert die Achseln. Er würde sie prügeln, und wenn er müde wäre, dann würde er aufhören. War das nicht immer noch besser, als sich auf den Straßen herumzutreiben wie eine Metze? Übrigens war sie an die Schläge gewöhnt und sagte sich zu ihrem Trost, daß unter zehn Mädchen acht es nicht besser träfen als sie. Wenn ihr Liebhaber sie eines Tages heiratete, so wäre dies von ihm dennoch ganz schön.

Etienne und Catherine hatten ihre Schritte mechanisch nach Montsou gelenkt, und in dem Maße, als sie sich dem Ort näherten, wurden sie immer schweigsamer. Es war, als wären sie gar nicht mehr beisammen. Er fand nichts mehr zu sagen, um sie zu überzeugen, trotzdem es ihn tief bekümmerte, sie zu Chaval zurückkehren zu sehen.

Ihm brach das Herz, aber er hatte ihr nichts Besseres anzubieten; sein Leben war das erbärmliche Dasein eines Flüchtigen, eine Nacht ohne Morgen, wenn die Kugel eines Soldaten ihm den Kopf zerschmetterte. Vielleicht war es in der Tat klüger, zu leiden, was man litt, ohne es mit einem anderen Leid zu versuchen. Und er geleitete sie gesenkten Hauptes zu ihrem Liebhaber zurück und fand kein Wort des Widerspruches, als sie bei dem Werkhof in der Hauptstraße, etwa zwanzig Meter von Piquettes Wirtshause, stehenblieb und ihm sagte:

»Komm nicht weiter. Wenn er dich sieht, gibt es wieder eine häßliche Geschichte.«

Vom Kirchturm schlug es elf Uhr; das Wirtshaus war geschlossen, aber durch die Ritzen der Türe sah man noch Licht.

»Adieu«, flüsterte sie.

Sie hatte ihm die Hand gereicht, und er behielt sie, so daß sie ihm sie mit sanfter Gewalt entziehen mußte, um sich von ihm zu trennen. Ohne den Kopf zu wenden, trat sie bei der kleinen Haustür ein. Aber er ging noch nicht fort, blieb auf demselben Platz stehen, die Augen auf das Haus gerichtet, voll Angst darüber, was da drinnen geschehen mochte. Er spitzte die Ohren und zitterte, daß er das Geheul eines geprügelten Weibes hören könnte. Das Haus blieb dunkel und still; er sah nur ein Fenster des ersten Stockwerkes sich erhellen; und da dieses Fenster sich öffnete und er einen schmalen Schatten erkannte, der sich hinausbeugte, trat er näher.

Catherine flüsterte ganz leise:

»Er ist noch nicht heimgekehrt. Ich lege mich schlafen … Ich bitte dich, geh.«

Etienne ging. Es taute stärker; ein Sturzregen ergoß sich von den Dächern; Feuchtigkeit schwitzten die Mauern, die Zaunpfähle, all die undeutlich sichtbaren, im Dunkel der Nacht verlorenen Massen dieser Fabriksvorstadt. Zunächst lenkte er seine Schritte nach Réquillart, krank von Ermüdung und Trauer, nur mehr von dem Bedürfnis erfüllt, unter der Erde zu verschwinden, dort zunichte zu werden. Dann erfaßte ihn wieder die Erinnerung an die Voreux-Grube; er dachte an die belgischen Arbeiter, die anfahren sollten, an die Kameraden aus dem Arbeiterdorfe, die gegen die Soldaten erbittert und entschlossen waren, keine Fremden in ihrer Grube zu dulden. Und er ging von neuem längs des Kanals hin, inmitten der Pfützen von geschmolzenem Schnee.

Als er bei dem Schutthügel ankam, schien der Mond sehr hell. Er erhob die Augen, blickte zum Himmel empor, an dem die Wolken dahinjagten, getrieben von dem Sturm, der dort oben wütete und sie in weiße Fetzen zerriß, ganz dünn, von der unklaren Durchsichtigkeit trüben Wassers auf der Oberfläche des Mondes; und sie folgten einander so schnell, daß das Gestirn bald verhüllt war, bald wieder in seiner vollen Klarheit hervortrat.

Den Blick von diesem reinen Licht erfüllt, senkte Etienne den Kopf, als ein Schauspiel auf dem Gipfel des Hügels seine Aufmerksamkeit auf sich zog. Starr vor Kälte ging jetzt die Schildwache auf und ab, fünfundzwanzig Schritte in der Richtung von Marchiennes und dann fünfundzwanzig in der Richtung von Montsou. Man sah das Bajonett blitzen über dieser Schattengestalt, die sich vom fahlen Nachthimmel scharf abzeichnete. Was den jungen Mann hauptsächlich interessierte, war, daß er hinter der Steinhütte, in der der alte Bonnemort in stürmischen Nächten Schutz zu suchen pflegte, einen beweglichen Schatten sah, etwas wie ein kriechendes Tier auf der Lauer; Etienne erkannte in dem Schatten sofort Jeanlin an seinem langen, biegsamen Marderrücken. Die Schildwache konnte ihn nicht bemerken. Der Teufelsbengel hatte gewiß irgendeinen schlimmen Streich vor; denn er kam aus dem Zorn gegen die Soldaten nicht heraus und fragte immer, wann man diese Mörder los sein würde, die man mit Flinten ausschickte, um die Menschen zu töten.

Etienne schwankte einen Augenblick, ob er ihn anrufen solle, um ihn zu hindern, eine Dummheit zu begehen.

Der Mond hatte sich verborgen; er sah den Jungen niederhocken, wie zum Sprung bereit; doch der Mond kam wieder zum Vorschein, und der Junge verblieb in seiner hockenden Stellung. Bei jeder Wendung kam die Schildwache bis zu der steinernen Hütte, machte dann kehrt und ging wieder zurück. Plötzlich, als wieder ein Gewölk den Mond verdunkelte, sprang Jeanlin mit dem ungeheuren Satz einer Wildkatze dem Soldaten auf die Schultern, hakte sich dort fest und stieß ihm sein aufgeklapptes Messer in den Hals. Die Halsbinde leistete Widerstand, der Junge mußte mit beiden Händen auf das Heft drücken und mit dem ganzen Gewicht seines Körpers sich daran hängen. Oft hatte er Hühner geschlachtet, die er hinter den Pachthöfen abgefangen hatte. Das Ganze spielte sich so schnell ab, daß es nur einen unterdrückten Schrei in der Stille der Nacht gab, während das Gewehr klirrend zu Boden fiel. Schon leuchtete der Mond wieder ganz hell.

Starr vor Entsetzen schaute Etienne noch immer. Der Anruf blieb in der Tiefe seiner Brust stecken. Der Hügel oben war leer; kein Schatten hob sich mehr vor der scheuen Flucht der Wolken ab. Er eilte hinauf und fand Jeanlin auf allen vieren neben der Leiche, die mit ausgebreiteten Armen auf dem Rücken lag. In dem hellen Mondschein stachen die rote Hose und die graue Kapuze von dem weißen Schnee scharf ab. Kein Tropfen Blut war geflossen; das Messer stak noch bis zum Heft im Halse.

Mit einem wütenden Faustschlag streckte er den Jungen zu Boden, daß er neben die Leiche hinfiel.

»Warum hast du das getan?« stammelte er außer sich.

Jeanlin raffte sich auf, kroch auf den Händen fort, mit einem katzenartigen Anschwellen seines mageren Rükkens; und seine breiten Ohren, seine grünen Augen, seine vorspringenden Kinnladen zitterten und flammten noch in der Erschütterung seiner Missetat.

»Verdammt, warum hast du das getan?«

»Ich weiß nicht; ich mußte.«

Er beharrte bei dieser Antwort. Seit drei Tagen hatte er dieses Verlangen. Es quälte ihn; der Kopf tat ihm weh davon, da, hinter den Ohren, so beharrlich dachte er daran. Hatte man diese Saukerle von Soldaten zu schonen, die die Bergleute in ihrem eigenen Heim belästigten? Von den heftigen Reden im Walde, von den Rufen nach Verwüstung und Tod, die durch die Gruben hallten, waren ihm fünf oder sechs Worte im Schädel geblieben, die er immerfort wiederholte wie ein Straßenjunge, der Revolution spielt. Und mehr wußte er nicht; niemand hatte ihn gedrängt; es war ihm ganz von selbst gekommen, etwa so, wie ihm die Lust kam, von einem Felde Zwiebeln zu stehlen.

Entsetzt über dieses dumpfe Gedeihen des Verbrechens in diesem Kinderhirn, versetzte er ihm noch einen Fußtritt wie einem unbewußt handelnden Tier. Er zitterte, daß der in der Voreux-Grube aufgestellte Militärposten den unterdrückten Schrei der Schildwache gehört haben könnte; jedesmal, wenn der Mond hervortrat, warf er einen ängstlichen Blick nach der Grube. Aber es hatte sich nichts gerührt; und er neigte sich vor, betastete die allmählich erstarrenden Hände, horchte das Herz ab, das nicht mehr schlug unter dem Soldatenmantel. Man sah von dem Messer nichts als den beinernen Griff, in den das einfache Wort ›Liebe‹ in schwarzen Lettern eingraviert war.

Vom Hals wandten sich seine Blicke zum Gesicht, und er erkannte den kleinen Soldaten Jules, den Rekruten, mit dem er eines Morgens geplaudert hatte. Und tiefes Mitleid erfaßte ihn beim Anblick dieses blonden, mit rötlichen Sommersprossen übersäten Gesichtes. Die blauen Augen standen weit offen und schauten zum Himmel empor, mit jenem starren Blick, mit dem er neulich am Horizont seine Heimat gesucht hatte. Wo war jenes Plogof, das gleichsam in blendendem Sonnenschein vor ihm aufgetaucht war? Weit, weit. Das Meer heulte fern in dieser sturmbewegten Nacht. Der Wind, der so hoch dahinfuhr, war vielleicht auch über das kahle Küstenland hinweggestrichen, wo der kleine Soldat zu Hause war. Dort standen zwei Frauen, die Mutter und die Schwester, hielten ihre Hauben fest, damit der Wind sie nicht entführte, und schauten gleichfalls in die Ferne, als hätten sie sehen können, was der kleine Soldat zu dieser Stunde machte, jenseits all der Meilen, die sie trennten. Für immer würden sie nun auf ihn warten. Wie abscheulich, wenn die Armen untereinander sich wegen der Reichen töteten!

Doch die Leiche mußte fortgeschafft werden. Etienne dachte zuerst daran, sie in den Kanal zu werfen. Die Gewißheit, daß man sie dort finden würde, brachte ihn davon wieder ab. Und nun geriet er in höchste Angst; die Minuten drängten; welchen Entschluß sollte er fassen? Er hatte eine plötzliche Eingebung. Wenn er die Leiche bis zur Réquillart-Grube schaffte, so könnte er sie dort für immer vergraben.

»Komm her!« sagte er zu Jeanlin.

Der Junge traute ihm nicht.

»Nein, du willst mich prügeln. Außerdem habe ich zu tun. Gute Nacht!«

In der Tat hatte er mit Bébert und Lydie ein Stelldichein verabredet in einem Versteck, einem Loche, das sie unter den Holzvorräten der Voreux-Grube sich zurechtgemacht hatten. Es war ein ganz großer Plan: sie wollten die Nacht über von daheim wegbleiben, um dabeizusein, wenn die belgischen Arbeiter bei der Anfahrt mit Steinen beworfen würden.

»Komm her«, wiederholte Etienne, »oder ich rufe die Soldaten, die dir den Kopf abschneiden werden.«

Und als Jeanlin sich entschloß, rollte er sein Taschentuch zusammen und band es fest um den Hals des Soldaten, ohne das Messer herauszuziehen, das den Blutfluß hinderte. Der Schnee schmolz, und es gab auf dem Boden weder eine rote Pfütze noch Trampelspuren eines Kampfes.

»Fasse ihn an den Beinen.«

Jeanlin faßte den toten Soldaten bei den Beinen, Etienne bei den Schultern, nachdem er das Gewehr auf seinem Rücken befestigt hatte. Und langsam stiegen sie den Hügel hinab, sorgfältig darauf achtend, daß die Steine nicht ins Rollen gebracht wurden. Glücklicherweise hatte der Mond sich wieder verhüllt, aber als sie längs des Kanals weitergingen, erschien er wieder in seiner vollen Klarheit. Es war ein Wunder, wenn der Militärposten sie nicht sah. Stillschweigend beschleunigten sie ihre Schritte, behindert durch das Schaukeln der Leiche und genötigt, alle hundert Meter die Last auf den Boden zu legen, um ein wenig zu verschnaufen. An der Ecke des Réquillart-Gäßchens hörten sie ein Geräusch, das ihnen das Blut in den Adern erstarren ließ; sie hatten knapp Zeit, sich hinter einer Mauer zu verbergen, um nicht einer Patrouille in die Hände zu fallen. Weiterhin wurden sie von einem Mann überrascht; doch dieser war betrunken und entfernte sich unter Verwünschungen. Endlich kamen sie bei der alten Grube an, schweißbedeckt und so verstört, daß ihnen die Zähne klapperten.

Etienne hatte richtig vermutet, daß es nicht leicht sein würde, die Leiche durch den Schacht der Steigleitern hinunterzuschaffen. Es war eine furchtbare Arbeit. Vor allem mußte Jeanlin, der oben blieb, den Körper hinabgleiten lassen, während Etienne, an dem Gestrüpp hängend, ihn begleitete, um ihm über die ersten zwei Absätze hinwegzuhelfen, wo einzelne Sprossen gebrochen waren. Dann mußte er bei jeder Leiter dasselbe Manöver von vorne beginnen, voraus hinabsteigen und den Körper in seinen Armen auffangen; und das ging so über dreißig Leitern, zweihundertundzehn Meter tief, und auf jeder Leiter fühlte er immer wieder den Körper auf sich niederfallen, wobei das Gewehr seinen Rücken bearbeitete. Er hatte nicht zugegeben, daß der Knabe das Stückchen Kerze hole, mit dem er geizte. Wozu auch? Das Licht wäre ihnen nur hinderlich in diesem engen

Schlund. Doch als sie atemlos in der Aufzugshalle angekommen waren, schickte er den Kleinen die Kerze holen. Er setzte sich nieder und erwartete ihn im Finstern, neben der Leiche, mit heftig pochendem Herzen.

Als Jeanlin mit dem Licht erschien, beriet sich Etienne mit ihm; denn der Knabe hatte diese alten Gänge durchforscht bis zu den geheimsten Spalten, wohin kein erwachsener Mann vordringen konnte. Sie setzten ihren Weg fort und schleppten den Toten durch eine Unzahl verfallener Stollen noch fast einen Kilometer weit. Endlich senkte sich die Wölbung so tief herab, daß sie sich auf den Knien fortbewegten unter einem einbrechenden Felsen, den halb geborstene Hölzer stützten. Es war eine Art langer Kiste, in der sie den kleinen Soldaten wie in einem Sarge betteten. Sie legten das Gewehr ihm zur Seite, dann stießen sie mit den Stiefelabsätzen heftig gegen die Hölzer, daß sie vollends zerbrachen, auf die Gefahr hin, selbst dabei umzukommen. Sogleich barst der Felsen; sie hatten kaum noch Zeit, auf allen vieren hinwegzukriechen. Als Etienne sich umwandte, weil er sehen wollte, was geschah, dauerte der Einbruch des Gewölbes fort; die ungeheure Last zermalmte allmählich den Leichnam; nichts blieb mehr übrig, nichts als die dichte Erdmasse.

Als Jeanlin in seine Verbrecherhöhle zurückgekehrt war, streckte er sich auf seinem Heulager aus, indem er zerschlagen vor Müdigkeit murmelte:

»Ach was, die Knirpse sollen warten; ich will ein Stündchen schlafen.«

Etienne hatte die Kerze ausgelöscht, von der nur mehr ein kleines Stückchen übriggeblieben war. Auch er war wie gebrochen, war aber nicht schläfrig; schmerzliche Gedanken bearbeiteten seinen Schädel wie mit Hammerschlägen. Und von allen den Gedanken blieb bald nur ein einziger übrig und quälte und ermüdete ihn mit einer Frage, auf die er keine Antwort wußte: warum hatte er Chaval nicht niedergemacht, als er ihn unter seinem

Messer hatte? Und warum hatte dieser Knabe einen Soldaten umgebracht, der ihm völlig unbekannt war, dessen Namen er nicht einmal wußte? Dies warf alle seine revolutionären Glaubenssätze um: den Mut zu töten, das Recht zu töten. War er feige? Der Knabe auf seinem Heulager hatte zu schnarchen begonnen; es war das Schnarchen eines Betrunkenen, als hätte er seinen Mordrausch ausgeschlafen. Etienne fühlte sich gereizt und angewidert, weil er ihn da wußte, da hörte. Plötzlich schauerte er zusammen; der Hauch der Furcht war ihm über das Gesicht gefahren. Ein leichtes Streifen, ein Schluchzen schien ihm aus den Tiefen der Erde hervorzukommen. Das Bild des kleinen Soldaten, der mit seinem Gewehr da unter den Felsen lag, ließ sein Rückgrat zu Eis erstarren und seine Haare sich sträuben. Es war unsinnig; die ganze Grube füllte sich mit Stimmen; er mußte die Kerze wieder anzünden und beruhigte sich erst, als er bei dem fahlen Schein die leeren Stollen wieder sah.
Noch eine Viertelstunde saß er nachdenklich da, immer von dem gleichen Kampf erschüttert, die Augen starr auf die brennende Kerze gerichtet. Doch endlich gab es ein leises Knistern, der Docht erlosch, und alles versank wieder in Finsternis. Er fröstelte wieder und hätte Jeanlin ohrfeigen mögen, um ihn zu hindern, daß er so stark schnarchte. Die Nähe des Knaben wurde ihm so unerträglich, daß er flüchtete, von einem Bedürfnis nach frischer Luft gequält, durch die Stollen und durch den Schacht eilend, als hörte er einen Schatten hinter sich keuchen.
Oben angelangt, inmitten der Trümmer der Réquillart-Grube, konnte Etienne endlich frei aufatmen. Da er nicht zu töten wagte, war es an ihm zu sterben; und dieser Todesgedanke, der ihn schon einmal gestreift, tauchte jetzt wieder auf, setzte sich wie eine letzte Hoffnung in seinem Schädel fest. Wenn er einen tapfern Tod fände, für die Revolution fiele, dann wäre alles aus, seine Rechnung abgeschlossen, gleichviel ob im Guten oder Schlimmen, und

er würde nicht weiter zu denken haben. Wenn seine Kameraden die belgischen Arbeiter angreifen sollten, würde er in der ersten Reihe stehen und wohl das Glück haben, einen tödlichen Streich abzubekommen. Festen Schrittes kehrte er zur Voreux-Grube zurück, um dort Umschau zu halten. Es schlug zwei Uhr, und ein großer Lärm kam aus dem Aufseherzimmer, wo der Militärposten kampierte. Das Verschwinden der Schildwache hatte den Posten in die größte Bestürzung versetzt; man hatte den Kapitän geweckt, und nach einer sorgfältigen örtlichen Untersuchung glaubte man an Fahnenflucht. Etienne stand im Dunkel auf der Lauer und erinnerte sich, von dem kleinen Soldaten gehört zu haben, daß der Kapitän ein Republikaner sei. Wer weiß, ob man ihn nicht bestimmen könnte, zum Volke überzugehen? Die Truppe könnte die Gewehre umkehren, und dies wäre das Signal zur Niedermetzelung der Spießbürger. Und ein neuer Traum riß ihn fort; er dachte nicht mehr ans Sterben; er blieb stundenlang da, mit den Füßen im Dreck, den Schauer des Tauwetters in den Schultern fühlend, fieberhaft erregt durch die Hoffnung auf einen noch möglichen Sieg.

Bis fünf Uhr spähte er nach den belgischen Arbeitern. Dann merkte er, daß die Gesellschaft die List gebraucht hatte, sie in der Voreux-Grube übernachten zu lassen. Jetzt begann die Anfahrt. Die wenigen Streikenden aus dem Dorf der Zweihundertvierzig, die man als Kundschafter aufgestellt hatte, zögerten, die Kameraden zu benachrichtigen. Er selbst benachrichtigte sie von dem Streich und sie eilten herbei, während er hinter dem Schutthügel, auf dem Schleppwege wartete. Es schlug sechs Uhr; der fahle Morgenhimmel rötete sich, als der Abbé Ranvier, die Soutane über seine mageren Beine emporhebend, auf einem Seitenwege erschien. Jeden Montag las er die Frühmesse in einer Klosterkapelle, die jenseits der Kohlengrube lag.

»Guten Morgen, mein Freund!« rief er mit kräftiger

Stimme, nachdem er mit seinen Flammenaugen den jungen Mann betrachtet hatte.
Aber Etienne antwortete nicht. In der Ferne, zwischen den Gerüsten der Voreux-Grube, hatte er eine Frau vorüberkommen sehen, und er eilte, von Unruhe ergriffen, dorthin, weil er Catherine erkannt zu haben glaubte.
Seit Mitternacht trieb sich Catherine auf den vom Tauwetter schlammigen Straßen herum. Als Chaval bei seiner Heimkehr sie im Bett fand, hatte er sie mit einer Ohrfeige auf die Beine gebracht. Er rief ihr zu, sie solle sogleich durch die Tür flüchten, wenn sie nicht zum Fenster hinausfliegen wolle; und sie hatte weinend, nur halb bekleidet, mit Fußtritten verfolgt, sich entfernen müssen. Völlig betäubt von dieser brutalen Trennung hatte sie sich auf einen Eckstein gesetzt und das Haus betrachtet, in der Erwartung, daß er sie zurückrufen werde; denn das war doch nicht möglich, er würde sie beobachten, er würde ihr zurufen, sie möge wieder heraufkommen, wenn er sie sähe, vom Nachtfrost geschüttelt, einsam, von aller Welt verlassen.
Dann, nach Verlauf von zwei Stunden, faßte sie einen Entschluß, weil sie schier erfror in dieser Unbeweglichkeit eines auf die Straße gejagten Hundes. Sie verließ Montsou, kehrte wieder um und wagte weder von der Straße aus zu rufen noch an die Tür zu klopfen. Endlich ging sie fort, auf der geraden Landstraße, mit dem Gedanken, zu ihren Eltern zurückzukehren. Doch als sie im Dorf ankam, wurde sie von einer solchen Scham ergriffen, daß sie längs der Vorgärten dahinlief, in der Furcht, von jemandem erkannt zu werden, trotzdem das ganze Dorf hinter den geschlossenen Fensterläden im Schlaf lag. Und seither irrte sie herum, vom geringsten Geräusch erschreckt, zitternd vor Angst, daß man sie ergreifen und als Landstreicherin nach Marchiennes, in jenes öffentliche Haus bringen könnte, dessen Gespenst ihr seit Monaten drohte. Zweimal war sie auf die Voreux-Grube gestoßen und, erschreckt durch die lauten Stim-

men des Militärpostens, wieder atemlos davongelaufen, nach rückwärts schauend, ob man sie nicht verfolge. Das Réquillart-Gäßchen war immer voll mit Betrunkenen; sie kehrte dennoch dahin zurück, in der unbestimmten Hoffnung, dort denjenigen zu treffen, den sie einige Stunden früher abgewiesen hatte.

Chaval sollte diesen Morgen anfahren, und dieser Gedanke führte Catherine wieder zur Grube zurück, wenngleich sie fühlte, daß es nutzlos sei, mit ihm zu reden. Zwischen ihnen war alles aus. In Jean-Bart wurde nicht mehr gearbeitet, und er hatte geschworen, sie zu erwürgen, wenn sie wieder im Voreux Arbeit nehmen würde, wo er durch sie bloßgestellt zu werden fürchtete. Was sollte sie nun anfangen? Anderswohin gehen, Hunger leiden, den Roheiten aller Männer unterliegen, denen sie begegnen würde? Mit todmüden Beinen schleppte sie sich in den Pfützen der Straße fort, mit Dreck beschmutzt bis an den halben Rücken. Das Tauwetter hatte die Straßen in Ströme von Morast verwandelt; sie drohte zu versinken, wankte aber dennoch immer weiter und wagte es nicht, einen Stein zu suchen, um auszuruhen.

Der Tag brach an. Catherine hatte eben den Rücken Chavals erkannt, der vorsichtig den Umweg um den Hügel machte, als sie Lydie und Bébert wahrnahm, die ihre Nasen aus ihrem Versteck unter dem Holzvorrat hervorsteckten. Sie hatten die ganze Nacht auf der Lauer gelegen und nicht gewagt heimzukehren, weil Jeanlin ihnen befohlen hatte, ihn zu erwarten; und während dieser in der Réquillart-Grube seinen Mordrausch ausschlief, hatten die beiden Kinder sich mit den Armen umschlungen, um weniger zu frieren. Der Wind pfiff zwischen den Brettern von Kastanien- und Eichenholz; sie verkrochen sich wie in einer verlassenen Köhlerhütte. Lydie wagte nicht, laut ihre Leiden einer geprügelten kleinen Frau zu erzählen, und auch Bébert fand nicht den Mut, sich über die Maulschellen des Anführers zu beklagen, von denen seine Backen schwollen; aber schließlich mißbrauchte Jeanlin zu sehr seine Macht, indem er sie zwang, in tollkühnen Raubzügen ihre Knochen zu riskieren, und nachher sich weigerte, mit ihnen zu teilen. Und ihr Herz empörte sich, und sie küßten sich schließlich trotz des Verbotes, auf die Gefahr hin, von dem Unsichtbaren Maulschellen zu erhalten, so wie er ihnen gedroht hatte. Und als die Maulschelle nicht kam, fuhren sie fort, sich zu küssen, ohne an irgend etwas anderes zu denken, in diese Liebkosung ihre ganze, so lange Zeit unterdrückte Leidenschaft, ihr ganzes Martyrium und ihre ganze Zärtlichkeit legend. So hatten sie die ganze Nacht hindurch sich erwärmt, so glücklich in diesem weltverlorenen Loch, daß sie sich nicht erinnerten, selbst am Sankt-Barbara-Fest glücklicher gewesen zu sein, an dem man Krapfen aß und Wein trank.

Plötzlich ertönende Hornstöße ließen Catherine erschreckt zusammenfahren. Sie richtete sich auf und sah den Militärposten vom Voreux Gewehr im Arm antreten. Etienne eilte herbei; Bébert und Lydie sprangen mit einem Satz aus ihrem Versteck hervor. Und dort hinten im wachsenden Tageslicht stieg unter zornigen Gebärden eine Schar von Männern und Weibern vom Dorfe herab.

V

Alle Zugänge zum Voreux waren geschlossen worden; die sechzig Soldaten, Gewehr bei Fuß, besetzten die einzige freigebliebene Türe, jene, die zur Aufnahmehalle führte, über eine schmale Treppe, auf die das Aufseherzimmer sich öffnete. Der Kapitän hatte sie in zwei Reihen an der Ziegelwand des Gebäudes aufgestellt, damit man sie nicht von hinten angreifen konnte.

Die aus dem Dorf herabgestiegene Schar der Bergleute hielt sich anfänglich fern. Es waren höchstens dreißig, und sie sprachen in heftigen und verworrenen Worten.

Die Maheu, die zuerst angekommen war, ungekämmt, mit einem in aller Hast über den Kopf gebundenen Taschentuch, die schlafende Estelle im Arm, wiederholte mit fieberhafter Stimme:

»Niemand hinein und niemand heraus! Wir müssen sie da drinnen fassen!«

Ihr Mann stimmte zu. Da kam Mouque von Réquillart her. Man wollte ihn hindern, hineinzugehen; allein er wehrte sich und sagte, daß seine Pferde ihr Futter haben wollten und sich wenig um die Revolution kümmerten. Überdies gäbe es unten ein totes Pferd, und man warte nur auf ihn, um es heraufzuschaffen. Etienne befreite den alten Stallwärter aus den Händen der Bergleute, und die Soldaten ließen Mouque hinein. Und eine Viertelstunde später – die Schar der Streikenden war inzwischen immer größer geworden und hatte eine drohende Haltung angenommen – öffnete sich ein breites Tor im Erdgeschoß, und es erschienen Männer, die das tote Tier herauskarrten, eine trübselige Last, noch in dem Stricknetz, in dem sie heraufbefördert worden war. Sie luden den Kadaver ab und ließen ihn mitten in den Pfützen von geschmolzenem Schnee liegen. Die Szene rief eine solche Bewegung hervor, daß man sie nicht hinderte zurückzukehren und das Tor wieder zu verrammeln. Alle hatten das Tier an seinem Kopf erkannt, der jetzt steif nach der Seite hing.

»Es ist Trompette! es ist Trompette!« ging es flüsternd durch die Menge.

Es war in der Tat Trompette. Das Pferd hatte sich an das Leben in der Grube nicht gewöhnen können. Es war stets verdrossen, unlustig bei der Arbeit, gleichsam von der Sehnsucht nach Licht gequält. Es war vergebens, daß Bataille, der Grubenälteste, sich freundschaftlich an Trompette rieb und ihm den Hals beleckte, um etwas von der Ergebung seiner zehn Jahre Grubenleben dem Kameraden einzuflößen. Diese Liebkosungen vermehrten nur seine Trauer; seine Haare zitterten bei den Vertraulich-

keiten des Schicksalsgenossen, der in der Finsternis alt geworden war; und so oft die beiden Tiere einander begegneten und sich anschnaubten, schienen sie sich ihr Leid zu klagen, der Alte, weil er so weit gekommen, sich gar nicht mehr zu erinnern, der Junge, weil er nicht vergessen konnte. Im Stall waren sie Raufennachbarn und lebten mit gesenkten Köpfen dahin, einander in die Nüstern blasend, in einem fortwährenden Austausch ihres Traumes vom Licht, von grünen Matten, von weißen Straßen, von Sonnenhelle am unendlichen Horizont. Dann, als Trompette, mit Schweiß bedeckt, auf seiner Streu im Todeskampfe lag, beroch ihn der Kamerad verzweifelt, mit kurzem Schnuppern, das einem Schluchzen glich. Er fühlte ihn erkalten; die Grube nahm ihm seine letzte Freude, diesen aus der Höhe gekommenen Freund, der, frisch und wohlriechend, ihn an die schönen Tage seiner im Freien verbrachten Jugend erinnerte. Und als er merkte, daß der andere sich nicht mehr rührte, wieherte er entsetzt auf und zerriß die Halfterleine.
Mouque hatte übrigens schon seit acht Tagen den Oberaufseher von der Sache benachrichtigt. Doch in diesem Augenblick kümmerte man sich wenig um ein krankes Pferd! Die Herren sahen ungern einen Pferdewechsel; jetzt mußte man sich aber dennoch entschließen, das tote Pferd hinaufzuschaffen. Am vorhergehenden Tage hatte der Stallwärter, von zwei Männern unterstützt, eine Stunde damit zugebracht, Trompette mit dem Stricknetz festzubinden. Dann wurde Bataille vorgespannt, um das Tier bis zum Aufzugsschacht zu schaffen. Langsam zog das alte Pferd an und schleppte den toten Kameraden durch einen Stollen, der so eng war, daß er zuweilen gewaltsam zerren mußte, auf die Gefahr hin, den toten Gefährten zu schinden. Erschöpft bewegte er den Kopf, als er das andauernde schleifende Geräusch dieser Masse hörte, die vom Abdecker erwartet wurde. Als Bataille in der Aufnahmehalle losgespannt wurde, folgte er mit seinen trüben Augen den Vorbereitungen zur Hinaufbeför-

derung, wie der Körper oberhalb der Senkgrube auf Rollen geschoben und dann das Netz unter dem Aufzugskasten befestigt wurde. Endlich gaben die Verlader das Zeichen; Bataille hob den Kopf, um mit anzusehen, wie der Kamerad auffuhr, zuerst langsam, dann plötzlich in der Finsternis verschwindend, für immer dem schwarzen Loch entrinnend. Und er blieb eine Weile mit ausgestrecktem Halse da stehen; sein wackeliges Tiergedächtnis erinnerte sich vielleicht der irdischen Dinge. Doch es war aus; der Kamerad würde nichts mehr sehen. Er selbst würde zu einem solchen jämmerlichen Paket zusammengeschnürt werden an dem Tage, da man ihn durch diesen Schlund hinaufschaffen würde. Seine Beine begannen zu zittern; die frische Luft, die von den fernen Gefilden kam, erstickte ihn, und er war wie berauscht, als er schwerfällig in den Stall zurückkehrte.

Im Hof standen die Bergleute in ernster Stimmung vor Trompettes Leiche. Ein Weib sagte halblaut:

»Wieder einer hineingegangen! Niemand hindert die Leute anzufahren!«

Doch vom Dorfe her kam eine neue Schar, und Levaque, der, gefolgt von seinem Weibe und von Bouteloup, an der Spitze marschierte, schrie:

»Tod den Belgiern! Keine Fremden bei uns! Tod! Tod!«

Alle stürzten hinzu; Etienne mußte ihnen Einhalt gebieten. Er hatte sich dem Kapitän genähert, einem hochgewachsenen, schmächtigen jungen Mann von kaum achtundzwanzig Jahren mit verzweifeltem, aber entschlossenem Gesicht; und er erklärte ihm die Dinge, er trachtete ihn zu gewinnen und beobachtete die Wirkung seiner Worte. Wozu ein unnützes Gemetzel riskieren? Waren denn die Bergleute nicht in ihrem Recht? Alle Menschen seien Brüder, und man müsse sich vertragen. Bei dem Wort ›Republik‹ machte der Kapitän eine nervöse Handbewegung. Er bewahrte seine militärische Schroffheit und sagte plötzlich:

»Platz da! Zwingen Sie mich nicht, meine Pflicht zu tun!«
Dreimal wiederholte Etienne seinen Versuch. Hinter ihm murrten die Kameraden. Es ging das Gerücht, daß Herr Hennebeau in der Grube sei, und man sprach davon, ihn mit dem Kopf voraus hinabzuschicken, um zu sehen, ob er selbst seine Kohle brechen würde. Aber das Gerücht war falsch; es waren nur Négrel und Dansaert da, die sich einen Augenblick an einem Fenster des Aufnahmesaales zeigten. Der Oberaufseher stand hinten, außer Fassung seit seinem Abenteuer mit der Frau Pierron, während der Ingenieur mutig seine kleinen, lebhaften Augen über die Menge schweifen ließ, lächelnd in seiner spöttischen Geringschätzung, die er für die Menschen und für die Dinge hatte. Als in der Menge sich ein Gejohle gegen sie erhob, verschwanden sie vom Fenster, und man sah an ihrer Stelle nur mehr das weiße Gesicht Souvarines. Er hatte eben Dienst; er hatte seit Beginn des Streiks seine Maschine keinen Tag verlassen, sprach sehr wenig, versank immer mehr in einer fixen Idee, deren stählerner Kern am Grunde seiner blassen Augen zu funkeln schien.
»Platz da!« wiederholte der Kapitän laut. »Ich will nichts hören; ich habe den Befehl, die Grube zu bewachen, und ich werde sie bewachen ... Und drängt nicht auf meine Leute ein, sonst werde ich euch zurückzujagen wissen.«
Trotz der Festigkeit seiner Stimme war er bleich und immer unruhiger angesichts der fortwährend anwachsenden Menge der Bergleute. Zu Mittag sollte er abgelöst werden; doch weil er fürchtete, sich bis dahin nicht halten zu können, hatte er soeben einen Karrenjungen nach Montsou geschickt, um Verstärkung zu verlangen.
Lautes Geschrei antwortete ihm.
»Tod den Fremden! Tod den Belgiern! Wir wollen die Herren im eigenen Hause sein!«
Etienne wich trostlos zurück. Es war aus; es blieb nichts anderes übrig, als sich zu schlagen und zu sterben. Und er

hielt die Kameraden nicht länger zurück; die Bande wälzte sich bis zu der kleinen Truppe heran. Es waren fast vierhundert; die Nachbardörfer leerten sich; die Leute kamen im Eilschritt herbei. Alle stießen den gleichen Schrei aus. Maheu und Levaque sagten wütend zu den Soldaten:

»Geht weg! Wir haben nichts gegen euch! Geht weg!«

»Es geht euch nichts an!« fügte die Maheu hinzu. »Laßt uns unsere Angelegenheiten selber austragen.«

Die Levaque, hinter ihr, schrie noch heftiger:

»Müssen wir euch erst niederschlagen, um hineinzukommen? Räumt den Platz!«

Man hörte sogar die dünne Stimme Lydies, die sich mit Bébert in das dichteste Gewühl gedrängt hatte, in schrillem Ton sagen:

»Diese Wurstsoldaten!«

Catherine stand einige Schritte abseits und schaute und hörte, völlig betroffen von diesen neuen Tumulten, in die ihr Mißgeschick sie hineingeschleudert hatte. Litt sie nicht ohnehin schon zuviel? Was hatte sie denn verbrochen, daß das Unglück sie nicht zur Ruhe kommen ließ? Noch gestern hatte sie nichts von den Wutausbrüchen des Streiks begriffen; sie dachte, wenn man seinen Anteil Maulschellen habe, sei es unnötig, sich noch mehr zu suchen; jetzt aber schwoll ihr Herz von einem Bedürfnis zu hassen; sie erinnerte sich, was Etienne ehemals bei den Abendzusammenkünften erzählte; sie versuchte zu verstehen, was er jetzt den Soldaten sagte. Er nannte sie seine Kameraden; er erinnerte sie, daß auch sie aus dem Volke seien und daher zum Volke halten müßten, um es gegen die Ausbeuter des Elends zu schützen.

Doch in der Menge entstand jetzt ein heftiges Drängen und Stoßen, und ein altes Weib stürzte hervor. Es war die Brulé, furchtbar abgemagert, Hals und Arme entblößt, in so toller Hast herbeigelaufen, daß die grauen Haarbüschel ihr in die Augen fielen und ihr die Sicht nahmen.

»Verdammt, ich bin auch dabei!« stammelte sie atemlos. »Dieser Verräter Pierron hielt mich im Keller eingeschlossen.«

Und unverzüglich fiel sie über die bewaffnete Macht her, Verwünschungen aus dem schwarzen Rachen speiend.

»Ihr Canaillen! Ihr Halunken! Das leckt den Vorgesetzten die Stiefel und hat nur Mut gegen die armen Leute!«

Da schlossen die anderen sich ihr an, und es gab einen Hagel von Beschimpfungen. Einige riefen noch: »Hoch die Soldaten! In den Schacht mit dem Offizier!« Aber bald hörte man nur einen Ruf: »Nieder mit den roten Hosen!« Die Soldaten, die ungerührt, mit unbeweglichem, stummem Antlitz die Aufforderungen zur Brüderlichkeit, die freundschaftlichen Anwerbungsversuche anhörten, bewahrten denselben starren Gleichmut unter diesem Hagel von Schimpfworten. Der Kapitän, der hinter ihnen stand, hatte seinen Degen gezogen, und da die Menge immer näher herandrängte und seine Leute an die Wand zu drücken drohte, kommandierte er: »Fällt das Bajonett!« Die Soldaten gehorchten, und eine Doppelreihe von Stahlspitzen starrte den Leibern der Streikenden entgegen.

»Ha, die Halunken!« heulte die Brulé zurückweichend.

Doch sogleich kehrten alle zurück, in einer begeisterten Verachtung des Todes. Weiber stürzten herbei; die Maheu und die Levaque riefen:

»Tötet uns! Tötet uns doch! Wir wollen unser Recht!«

Auf die Gefahr hin, sich die Hände zu zerschneiden, hatte Levaque ein Bündel Bajonette ergriffen, drei Bajonette, die er schüttelte, die er an sich zog, um sie loszureißen; und er verbog sie mit der verzehnfachten Kraft seiner Wut, während Bouteloup, den es verdroß, dem Kameraden gefolgt zu sein, abseits stand und ruhig zusah, was der andere trieb.

»Na los!« rief Maheu. »Los doch, wenn ihr richtige Kerle seid!«

Und er öffnete seine Jacke, tat sein Hemd auseinander, zeigte seine nackte Brust, sein behaartes, von der Kohle tätowiertes Fleisch. Er drängte sich gegen die Stahlspitzen und zwang sie so zurückzuweichen, furchtbar in seiner Tollkühnheit. Eine der Spitzen war ihm in die Brust gedrungen; er war davon wie toll und machte Anstrengungen, daß sie noch tiefer eindringe, damit er seine Rippen krachen höre.

»Feiglinge, ihr wagt es nicht ... Hinter uns gibt es noch zehntausend! ... Ihr könnt uns töten, es kommen zehntausend andere.«

Die Lage der Soldaten wurde kritisch, denn sie hatten den strengen Befehl, sich ihrer Waffen nur im äußersten Falle zu bedienen. Aber wie wollte man diese Wütenden hindern, sich selber aufzuspießen? Der Zwischenraum wurde zudem immer kleiner; die Soldaten waren jetzt an die Mauer gedrängt und konnten nicht weiter zurückweichen. Die kleine Truppe, eine Handvoll Menschen, hielt sich standhaft angesichts der immer mehr anwachsenden Menge der Grubenarbeiter und vollstreckte kaltblütig die knappen Befehle des Kapitäns. Dieser stand mit hellen Augen und eingekniffenen Lippen da und hatte nur die eine Angst, daß die Soldaten, durch die Beschimpfungen gereizt, die Geduld verlieren könnten. Ein junger Sergeant, ein langer Magerer, dessen dünner Schnurrbart in drohenden Spitzen auslief, begann in beunruhigender Weise zu blinzeln. Neben ihm stand ein alter Knasterbart, dessen Haut in zwanzig Feldzügen gegerbt worden war; dieser erbleichte, als er sein Bajonett wie einen Strohhalm krümmen sah. Ein anderer, ohne Zweifel ein Rekrut, der noch nach der Feldarbeit roch, wurde jedesmal sehr rot, wenn er sich einen Halunken und Hundsfott nennen hörte. Und die Auseinandersetzungen nahmen kein Ende, die emporgestreckten Fäuste, die abscheulichen Worte, die hingeschleuderten Beschuldigungen und Drohungen, die sie wie Ohrfeigen trafen. Die ganze Macht des Befehls war notwendig, um sie so, mit stummen Antlitz, in dem stolzen und traurigen Stillschweigen der militärischen Disziplin zu erhalten.

Ein Zusammenstoß schien unvermeidlich, als man hinter der Truppe den Aufseher Richomme mit seinem weißen Kopfe eines gutmütigen Gendarmen auftauchen sah. Er war in großer Aufregung und schrie:

»Verdammt! Das ist schließlich zu dumm! Solche Dummheiten darf man nicht zulassen!«

Und er warf sich zwischen die Bajonette und die Bergleute.

»Kameraden, hört mich! Ihr wißt, daß ich ein alter Arbeiter bin und nie aufgehört habe, einer der eurigen zu sein. Nun denn, beim Himmel, ich verspreche euch, wenn man ungerecht gegen euch ist, werde ich derjenige sein, der den Herren die Wahrheit sagt ... Aber jetzt ist's zuviel! Es führt zu nichts, diesen braven Soldaten Beschimpfungen zuzuschreien und sich den Bauch durchlöchern zu lassen!«

Die Menge hörte ihn an und geriet ins Schwanken. Zum Unglück erschien oben wieder das scharfe Profil des kleinen Négrel. Er fürchtete ohne Zweifel, man könnte ihn beschuldigen, einen Aufseher zu schicken, anstatt sich selber unter die Leute zu wagen, und er versuchte zu reden. Doch seine Stimme verlor sich in einem so furchtbaren Tumult, daß er abermals das Fenster verlassen mußte, was er mit einem Achselzucken tat. Nunmehr bat sie Richomme vergebens in seinem Namen und wiederholte vergebens, daß Kameraden sich verständigen müßten. Man wies ihn zurück, man verdächtigte ihn. Doch er war eigensinnig und blieb unter ihnen.

»Verdammt!« rief er; »soll man mir wie euch den Schädel einschlagen; aber ich verlasse euch nicht, solange ihr so dumm seid!«

Etienne, den er bat, er möge ihm helfen, sie zur Vernunft zu bringen, machte eine Gebärde, die besagen sollte, daß er machtlos sei. Es war zu spät; ihre Anzahl stieg jetzt auf mehr als fünfhundert. Und es waren nicht bloß Wütende, die herbeigeeilt waren, um die Belgier zu vertreiben; es waren auch Neugierige da, Spaßvögel, die sich an dem Rummel ergötzten. In geringer Entfernung standen mitten in einer Gruppe Zacharie und Philomène und schauten zu wie im Theater, so ruhig, daß sie ihre beiden Kinder, Achille und Desirée, mitgebracht hatten. Eine neue Schar kam aus Réquillart, darunter Mouquet und die Mouquette; Mouquet ging sogleich zu seinem Freunde Zacharie und schlug ihm lustig auf die Schulter, während Mouquette sehr aufgeräumt, in der vordersten Reihe der ärgsten Schreier herumtollte.

Der Kapitän wandte sich indes jeden Augenblick nach der Straße von Montsou. Die verlangte Verstärkung kam nicht; seine sechzig Mann konnten nicht länger standhalten. Endlich kam er auf den Einfall, auf die Einbildungskraft der Menge zu wirken und befahl, daß vor ihren Augen die Gewehre geladen wurden. Die Soldaten vollzogen den Befehl; allein, die Bewegung nahm noch zu; die Prahlereien und Spöttereien wurden immer ärger.

»Schau, die Tagediebe! sie ziehen zum Scheibenschießen aus!« spotteten die Weiber, die Brulé, die Levaque und die anderen.

Die Maheu, die Brust bedeckt mit dem kleinen Körper Estelles, die erwacht war und weinte, kam so nahe heran, daß der Sergeant sie fragte, was sie mit dem armen Wurm da wolle.

»Was hat's dich zu kümmern?« antwortete sie. »Schieße auf das Kind, wenn du es wagst!«

Die Männer schüttelten verächtlich den Kopf; kein einziger glaubte, daß man auf sie schießen könnte.

»Sie haben keine Kugeln in ihren Patronen«, sagte Levaque.

»Seid ihr Kosaken?« schrie Maheu. »Man schießt doch nicht auf Franzosen, den Fluch Gottes über euch!«

Andere wiederholten, daß man das Blei nicht fürchte, wenn man den Krimkrieg mitgemacht habe. Und alle fuhren fort, sich den Gewehren entgegenzuwerfen. Eine

Salve würde in diesem Augenblick die ganze Menge weggefegt haben. In der ersten Reihe gebärdete die Mouquette sich wie toll, weil sie glaubte, daß die Soldaten den Weibern die Haut durchlöchern wollten. Sie hatte ihnen alle ihre Unflätigkeiten zugeschrien, keine Beschimpfung war ihr niedrig genug; und plötzlich, weil sie der Truppe nur mehr diesen tödlichen Schimpf zufügen konnte, zeigte sie den Hintern. Mit beiden Händen hob sie ihre Röcke empor und streckte die Lenden hin, breitete die ungeheure Rundung aus.

»Hier, das ist für euch! Er ist noch zu sauber, ihr Schweinetroß!«

Sie duckte sich, bückte sich, drehte sich, daß jeder seinen Teil bekomme.

»Das ist für den Offizier! das für den Sergeanten! das für die Soldaten.«

Ein wahrer Sturm von Gelächter brach los. Bébert und Lydie wälzten sich vor Lachen und Etienne selbst, trotz seiner düsteren Haltung, stimmte ein beim Anblick dieser beleidigenden Nacktheit. Alle, die Spaßvögel und die Wütenden johlten jetzt gegen die Soldaten, als ob sie diese von Unflat befleckt sähen; und nur Catherine, die abseits auf einem Haufen alter Hölzer stand, blieb stumm, schier erstickend, fortgerissen von dem Haß, dessen Flut sie immer höher steigen sah.

Doch jetzt entstand ein Stoßen und Drängen. Um die Aufregung seiner Leute zu beschwichtigen, entschloß der Kapitän sich endlich, Verhaftungen vorzunehmen. Die Mouquette entkam mit einem Satz, indem sie sich den Kameraden zwischen die Beine warf. Drei Bergleute, Levaque und zwei andere, wurden aus der Gruppe der Wildesten herausgegriffen und im Aufseherzimmer einer Wache übergeben. Négrel und Dansaert schrien von oben dem Kapitän zu, er solle sich in das Gebäude zurückziehen und sich mit ihnen einschließen. Doch er lehnte ab, denn er fühlte, daß dieses Gebäude, das Türen ohne Schlösser hatte, von der Menge im Sturm genommen würde und daß er mit seinen Leuten den Schimpf erleben würde, entwaffnet zu werden. Seine kleine Truppe begann ungeduldig zu murren; man konnte doch nicht vor diesem jämmerlichen Volk in Holzschuhen die Flucht ergreifen. Die sechzig Mann mit ihren geladenen Gewehren nahmen wieder an der Wand Aufstellung und fällten das Bajonett.

Zuerst wich die Menge zurück und Stillschweigen trat ein. Die Streikenden waren eine Weile verblüfft über diesen Akt der Gewalt. Dann erhob sich ein Geschrei, man forderte die augenblickliche Freilassung der Gefangenen. Einzelne Stimmen riefen, die Gefangenen würden da drinnen erwürgt. Und ohne Verabredung, von der gleichen Aufwallung, von dem gleichen Rachebedürfnis fortgerissen, rannten sie zu den benachbarten Ziegelhaufen, zu den Ziegeln, die aus der lehmigen Erde geformt und an Ort und Stelle gebrannt wurden. Die Kinder schleppten sie einzeln herbei; die Weiber füllten ihre Röcke damit. Bald hatte jeder zu seinen Füßen einen Vorrat aufgehäuft und der Kampf mit Steinwürfen begann.

Die Brulé eröffnete den Kampf. Sie zerbrach die Ziegel auf ihrem magern, knochigen Knie und schleuderte mit beiden Händen die Stücke. Die Levaque verrenkte sich die Schultern; sie war so dick und so weich, daß sie ganz nahe herankommen mußte, um zu treffen; vergebens zerrte Bouteloup hinten an ihrem Rock, um sie wegzuführen, nunmehr, da ihr Mann festgenommen war. Alle Weiber gerieten in höchste Erregung; die Mouquette hatte nicht mehr die Geduld, die Ziegel an ihren dicken Schenkeln zu zerbrechen und zog es vor, sie in einem Stück zu werfen. Auch die Kinder traten in die Kampflinie ein; Bébert zeigte Lydie, wie man die Ziegel unter dem Ellbogen weg feuern müsse. Es war ein Hagel von riesigen Wurfgeschossen, deren Krachen man hörte. Und plötzlich bemerkte man mitten unter den Furien Catherine, die Fäuste in der Luft, halbe Ziegel schwingend und sie mit der ganzen Kraft ihrer kleinen Arme schleu-

dernd. Sie hätte nicht sagen können, warum; sie erstickte schier von der Begierde, die Leute zu morden. Sollte denn dieses verwünschte Unglücksdasein nicht bald ein Ende nehmen? Sie hatte es satt, von ihrem Manne geohrfeigt und davongejagt zu werden, wie ein verlaufener Hund im Dreck der Straßen zu waten, ohne von ihrem Vater einen Löffel Suppe verlangen zu können, da ja auch er selbst mit den Seinen darbte. Es wollte niemals besser werden; es wurde im Gegenteil immer schlechter; und sie zerbrach Ziegel und schleuderte sie vor sich hin, mit dem einzigen Gedanken, alles hinwegzufegen, die Augen so blutunterlaufen, daß sie nicht sah, wem sie mit ihren Steinwürfen die Kinnladen zerschmetterte.
Etienne war vor den Soldaten stehengeblieben, und es wäre ihm fast der Schädel zerschmettert worden. Sein Ohr schwoll an; er wandte sich um und erbebte, als er sah, daß der Wurf von den fiebernden Händen Catherines gekommen war; und auf die Gefahr hin, getötet zu werden, blieb er auf seinem Platz und schaute ihr zu. Auch viele andere vergaßen sich und verfolgten den Kampf, leidenschaftlich angeregt, mit hängenden Armen. Mouquet beurteilte die Würfe, als wäre er bei einem Kugelspiel; dieser war gut, dieser andere hingegen war verfehlt. Er spaßte; er stieß mit dem Ellbogen Zacharie, mit dem Philomène zankte, weil er Achille und Desirée geohrfeigt und sich geweigert hatte, die Kinder auf seinen Rücken zu nehmen, damit sie besser sehen konnten. Weiterhin, die Straße entlang, standen Zuschauer in einer dichten Masse beisammen. Auf der Höhe des Abhanges, am Eingange des Dorfes erschien jetzt der alte Bonnemort, auf einen Stock gestützt, unbeweglich, aufrecht unter dem rostfarbenen Himmel.

Als die ersten Ziegel flogen, stellte sich der Aufseher Richomme zwischen die Soldaten und die Grubenarbeiter. Er bat die einen, er ermahnte die anderen, unbekümmert um die Gefahr, dermaßen verzweifelt, daß schwere Tränen ihm aus den Augen flossen. In dem Lärm wurden

seine Worte nicht gehört; man sah bloß seinen dicken, grauen Schnurrbart zittern.
Doch der Ziegelhagel wurde immer dichter; dem Beispiel der Weiber folgend, beteiligten sich jetzt auch die Männer daran.
Da bemerkte die Maheu, daß ihr Mann zurückblieb, der mit leeren Händen und düsterer Miene hinten stand.
»Was ist dir denn?« schrie sie. »Bist du feige? Wirst du deine Kameraden ins Gefängnis abführen lassen? ... Ha, du solltest sehen, wenn ich das Kind nicht auf dem Arm hätte!«
Estelle, die sich heulend an ihren Hals geklammert hatte, hinderte sie, sich der Brulé und den anderen anzuschließen; und da ihr Mann sie nicht zu hören schien, schleuderte sie ihm mit dem Fuße Ziegelstücke zwischen die Beine.
»Himmelherrgott! Wirst du sogleich diese Steine nehmen? Muß ich dir vor den Leuten ins Gesicht speien, um dir Mut zu machen?«
Sehr rot geworden, zerbrach er die Ziegel und schleuderte die Stücke. Sie geißelte und betäubte ihn mit den tödlichen Worten, die sie hinter ihm bellte, wobei sie ihre Tochter, die in ihren gekrümmten Armen an ihrer Brust lag, fast erdrückte. Und er rückte immer weiter vor und befand sich jetzt den Gewehrläufen gegenüber.
Die kleine Truppe verschwand schier unter diesem Sturm von Ziegelsteinen. Glücklicherweise warfen sie zu hoch, so daß die Mauer arg zugerichtet wurde. Was war da anzufangen? Die Idee, sich ins Haus zurückzuziehen, den Rücken zu wenden, färbte für einen Augenblick das bleiche Gesicht des Kapitäns purpurrot; aber auch dies war nicht mehr möglich; man würde sie bei der geringsten Bewegung zerstückelt haben. Ein Ziegelstein hatte soeben den Schirm seines Käppis zerbrochen; Blutstropfen flossen über seine Stirn. Mehrere seiner Leute waren verwundet, und er hatte das Gefühl, daß sie schon außer sich waren in jenem ausgelösten Instinkt der Selbstver-

teidigung, wo man aufhört, den Vorgesetzten zu gehorchen. Der Sergeant hatte einen Fluch ausgestoßen; die linke Schulter war ihm halb ausgerenkt worden durch einen Steinwurf, der dumpf auf das Fleisch schlug wie ein Schlegel auf die Wäsche. Der Rekrut war zweimal getroffen worden; der eine Wurf hatte ihm einen Daumen zerschmettert, der andere hatte ihn am rechten Knie verletzt. Würde man sich das noch lange gefallen lassen? Als ein von der Mauer abprallender Stein den alten Haudegen unter dem Bauch traf, wurden seine Wangen grün und sein Gewehr zitterte in den mageren Armen. Dreimal war der Kapitän nahe daran, »Feuer« zu kommandieren. Eine tiefe Angst benahm ihm den Atem; ein endlos scheinender Kampf von wenigen Sekunden jagte in ihm alle Gedanken und Pflichten, alle Überzeugungen des Menschen und des Soldaten durcheinander. Jetzt verdoppelte sich der Steinhagel; er öffnete den Mund, um »Feuer!« zu schreien – da gingen die Flinten von selber los, zuerst drei Schüsse, dann fünf, dann eine ganze Salve und zuletzt ein einzelner Schuß, lange nachher, mitten in tiefer Stille.

Stummes Entsetzen herrschte in der Menge. Die Leute waren starr und wollten es noch nicht glauben, daß die Soldaten geschossen hatten. Doch bald ertönten gellende Schreie, während der Trompeter »Feuer einstellen!« blies. Es entstand eine tolle Panik, alles rannte davon wie eine Viehherde unter Beschuß, eine wilde Flucht durch den Dreck.

Bei den ersten drei Schüssen sanken Bébert und Lydie aufeinander; die Kleine war im Gesicht getroffen, der Knabe hatte eine Wunde unterhalb der linken Schulter empfangen. Lydie war augenblicklich tot; der Knabe bewegte sich noch; er ergriff sie in den Zuckungen des Todeskampfes mit seinen mageren Ärmchen, als wollte er sie wieder umfangen wie in dem finsteren Loche, wo sie die letzte Nacht verbracht hatten. Jeanlin hinkte eben schlaftrunken vom Réquillart herbei und sah, wie jener sein Weibchen umarmte und starb.

Die fünf anderen Schüsse hatten die Brulé und den Aufseher Richomme niedergestreckt. In dem Augenblick, da er die Kameraden beschwor, war er, im Rücken getroffen, auf die Knie gesunken, dann auf die Seite gefallen; jetzt röchelte er am Boden, die Augen noch voll mit den Tränen, die er geweint. Die Alte war, in den Hals getroffen, steif und krachend niedergefallen wie ein trockenes Reisigbündel, einen letzten Fluch in einem Blutstrom stammelnd.

Dann war die Salve gekommen und hatte den Platz reingefegt, auf hundert Schritte Entfernung die Gruppe von Neugierigen niedergemäht, die sich an dem Kampf ergötzt hatten. Eine Kugel fuhr Mouquet in den Mund; er stürzte zu den Füßen Zacharies und Philomènes nieder, ihre Kinder mit seinem Blut bespritzend. In demselben Augenblick wurde die Mouquette von zwei Kugeln im Bauch getroffen. Sie hatte die Soldaten anlegen sehen und hatte sich in ihrer Gutmütigkeit mit einer instinktiven Bewegung vor Catherine geworfen und ihr zugerufen, achtzugeben. Sie hatte einen lauten Schrei ausgestoßen und war rücklings niedergefallen. Etienne war herbeigeeilt, wollte sie aufheben und hinwegtragen; doch sie gab ihm mit einer Gebärde zu verstehen, daß alles aus sei. Und während ihres Todesröchelns hörte sie nicht auf, ihm und Catherine zuzulächeln, als wäre sie froh, die beiden beisammen zu sehen, nunmehr, da es mit ihr zu Ende ging.

Alles schien vorüber; der Kugelsturm hatte sich weithin verloren, bis zu den Häuserreihen des Arbeiterdorfes, als ein letzter, einzelner, verspäteter Schuß krachte. Mitten ins Herz getroffen, drehte sich Maheu um sich selbst und fiel mit dem Gesicht in eine schwarze Pfütze.

Frau Maheu beugte sich starr vor Schreck hinunter.

»He, mein Alter, steh auf! Es ist doch nichts, wie?«

Da sie wegen Estelle die Hände nicht frei hatte, mußte sie das Kind unter einen Arm schieben, um den Kopf ihres Mannes umwenden zu können.

»Sprich, wo tut es dir weh?«

Seine Augen blickten hohl, der Mund war mit blutigem Schaum gefüllt. Sie begriff, er war tot. Da blieb sie im Dreck sitzen, das Kind unter dem Arme wie ein Paket, mit blöder Miene ihren toten Mann anstarrend.

Die Grube war jetzt frei. Mit einer nervösen Handbewegung hatte der Kapitän sein von einem Steinwurfe zerrissenes Käppi abgenommen und wieder aufgesetzt; und er wahrte seine bleiche Strenge vor dieser Katastrophe seines Lebens, während seine Leute stumm ihre Gewehre luden. Man konnte die erschrockenen Gesichter von Négrel und Dansaert am Fenster der Aufnahmehalle sehen. Hinter ihnen stand Souvarine, die Stirne von einer tiefen Falte durchfurcht, die gleichsam ein drohender Stempel seiner finsteren Gedanken war. Auf der andern Seite des Horizonts, am Rande der Hochebene, stand Bonnemort noch immer unbeweglich, mit einer Hand auf seinen Stock gestützt, während er die andere an die Augenbrauen legte, um besser zu sehen, wie man da unten die Seinen umbrachte. Die Verwundeten heulten; die Toten erstarrten in gebrochenen Stellungen, auf dem vom Tauwetter aufgeweichten Boden, beschmutzt von dem kohlenschwarzen Dreck der Pfützen, die unter dem schmelzenden Schnee zum Vorschein kamen. Und mitten unter diesen kleinen, durch das Elend abgemagerten Menschenleichen lag riesengroß und jämmerlich das Aas des toten Pferdes Trompette.

Etienne war nicht getötet worden. Er wartete noch immer neben Catherine, die vor Müdigkeit und Verängstigung umgesunken war, als plötzlich eine tönende Stimme ihn erbeben ließ. Es war der Abbé Ranvier, der von seiner Messe zurückkehrte und mit der Wut des Propheten, beide Arme erhebend, den Zorn Gottes auf die Mörder herabrief. Er kündigte die Zeit der Gerechtigkeit an, die baldige Ausrottung der Bourgeoisie durch das Feuer des Himmels, da sie das Maß ihrer Verbrechen vollmachte, indem sie die Arbeiter und die Ausgestoßenen dieser Welt niedermetzeln ließ.

Siebter Teil

I

Die in Montsou gefallenen Schüsse wurden in einem furchtbaren Widerhall bis Paris gehört. Seit vier Tagen waren alle oppositionellen Zeitungen entrüstet und brachten auf der ersten Seite haarsträubende Schilderungen: fünfundzwanzig Verwundete, vierzehn Tote, darunter zwei Kinder und drei Frauen; außerdem gab es Gefangene. Levaque war eine Art Held geworden; man erzählte sich, daß er dem Untersuchungsrichter eine Antwort von wahrhaft antiker Größe gegeben habe. Das Kaiserreich, von diesen wenigen Kugeln schwer getroffen, hüllte sich in die Gelassenheit der Allmacht, ohne sich über den Ernst der Wunde Rechenschaft zu geben. Es war einfach ein bedauerlicher Zusammenstoß; eine Sache, die sich weit unten, im schwarzen Lande verlor, fern von dem Pariser Pflaster, wo die öffentliche Meinung gemacht wurde. Man würde das bald wieder vergessen; die Gesellschaft erhielt auf halbamtlichem Wege die Weisung, die Geschichte zu vertuschen und ein Ende zu machen mit diesem Streik, dessen ärgerlich lange Dauer eine soziale Gefahr zu werden drohte.

Man sah auch schon am Mittwochmorgen drei Verwaltungsräte in Montsou eintreffen. Das Städtchen, das, im Innersten bedrückt, bis jetzt nicht gewagt hatte, seine Genugtuung über das Gemetzel zu zeigen, atmete auf und genoß die Freude, endlich gerettet zu sein. Das Wetter war schön geworden; es gab hellen Sonnenschein, dessen Wärme, obgleich man erst im Februar war, die Spitzen des Flieders grün färbte. Im Verwaltungsgebäude waren alle Fensterläden geöffnet; neues Leben schien in den weitläufigen Bau einzuziehen. Und es kamen von dort gute Nachrichten; es hieß, die Herren wären sehr betrübt über die Katastrophe und seien gekommen, um für die verirrten Arbeiter ihre väterlichen Arme zu öffnen. Jetzt, nachdem der Streich geführt war, und zwar stärker, als sie es gewollt hatten, widmeten sie sich mit voller Hingebung dem Rettungswerke und trafen, allerdings etwas spät, ganz vortreffliche Maßnahmen. Vor allem entließen sie die Belgier und machten großen Lärm über dieses außerordentliche Zugeständnis an ihre Arbeiter. Dann ließen sie die militärische Besatzung der Gruben aufheben, der Gruben, die von den zu Boden geschmetterten Bergleuten nicht mehr bedroht waren. Sie setzten es auch durch, daß wegen der vom Hügel der Voreux-Grube verschwundenen Schildwache Schweigen bewahrt wurde. Man hatte die ganze Gegend durchsucht, ohne die Leiche oder das Gewehr zu finden; man entschloß sich, den Soldaten als fahnenflüchtig zu betrachten, wenngleich man ein Verbrechen vermutete. Sie bemühten sich, die Ereignisse in jeder Hinsicht milder darzustellen; denn sie hatten Angst vor dem kommenden Tag und hielten es für gefährlich einzugestehen, mit welcher unwiderstehlichen Wildheit die Menge hausen würde, wenn sie einmal gegen das morsche Gebälk der alten Welt losgelassen wäre. Dieses Versöhnungswerk hinderte sie übrigens nicht, die rein administrativen Geschäfte gut zu führen. Herr Deneulin war wieder in der Verwaltung erschienen, wo er eine Begegnung mit Herrn Hennebeau hatte. Die Verhandlungen wegen Ankaufes der Vandame-Grube wurden wiederaufgenommen, und man versicherte, daß Deneulin das Angebot der Verwaltungsräte annehmen würde.

Was aber die Gegend ganz besonders in Bewegung brachte, waren große, gelbe Anschlagzettel, die die Verwaltung in großer Menge an die Mauern heften ließ. Man las darauf in sehr großer Schrift die folgenden wenigen Zeilen:

»Arbeiter von Montsou! Wir wollen nicht, daß die Verirrungen, deren traurige Folgen ihr in den jüngsten Tagen gesehen habt, die gutgesinnten und vernünftigen Arbeiter ihrer Existenzmittel berauben. Wir werden am Montagmorgen alle Gruben wiedereröffnen, und wenn die Arbeit wiederaufgenommen ist, werden wir mit Sorgfalt und Wohlwollen prüfen, inwiefern die Lage verbessert werden kann. Wir werden alles tun, was recht und möglich ist.«

An einem einzigen Vormittag zogen die zehntausend Bergleute an diesen Anschlagzetteln vorbei. Kein einziger sprach ein Wort; viele schüttelten die Köpfe; andere gingen mit schleppenden Schritten weiter, ohne daß eine Falte in ihrem unbeweglichen Gesicht gezuckt hätte.

Bisher hatte das Dorf der Zweihundertvierzig hartnäckig in seinem trotzigen Widerstand ausgeharrt. Es schien, als wenn das Blut der Kameraden, das den Dreck vor der Grube gerötet, den übrigen den Weg versperrt hätte. Kaum zehn Mann waren angefahren, Pierron und einige Kriecher seines Schlages, deren Ein- und Ausfahrt man mit trotziger Miene, aber ohne jede Bewegung und ohne Drohung ansah. Der Anschlagzettel an der Kirchenmauer wurde mit dumpfem Mißtrauen aufgenommen. In dem Aufruf war nichts von den zurückgegebenen Arbeitsbüchern erwähnt; weigerte sich die Gesellschaft etwa, sie wiederanzunehmen? Und die Furcht vor der Vergeltung, die brüderliche Auflehnung gegen Entlassung der am meisten kompromittierten Kameraden bestärkte sie alle noch in ihrer Hartnäckigkeit. Die Sache war verdächtig; man mußte sehen. Man würde anfahren, wenn die Herren sich offen erklärten. Eine drückende Stille lag auf den niedrigen Häusern; selbst der Hunger war nichts mehr; alle konnten sterben, seitdem der gewaltsame Tod über die Dächer hinweggefahren war.

Das Haus der Maheu besonders lag finster und stumm, in düstere Trauer gehüllt. Seitdem die Maheu ihren Mann zu Grabe getragen, hatte sie den Mund nicht mehr geöffnet. Nach dem Kampf hatte sie es geschehen lassen, daß Etienne die halbtote, über und über verschmutzte Catherine in das Elternhaus zurückführte; und als sie sie vor dem jungen Mann auskleidete, um sie zu Bett zu bringen, glaubte sie einen Augenblick, daß auch ihre Tochter mit einer Kugel im Bauch zurückgekehrt sei, denn am Hemd zeigten sich große Blutflecke. Aber sie begriff alsbald; es war der Strom der Reife, der unter den Erschütterungen dieses furchtbaren Tages endlich losbrach. Ach, wieder ein Glücksfall, diese Wunde! Ein schönes Geschenk, Kinder gebären zu können, die später von den Gendarmen umgebracht werden sollten. Und sie sprach kein Wort zu Catherine, noch auch zu Etienne. Dieser schlief mit Jeanlin zusammen, auf die Gefahr hin, verhaftet zu werden, von einem solchen Widerstreben gegen den Gedanken einer Rückkehr nach der Réquillart-Grube erfaßt, daß er das Gefängnis vorzog; ein Schauder schüttelte ihn, das Entsetzen vor der Nacht nach so vielen Tötungen, die uneingestandene Furcht vor dem kleinen Soldaten, der dort unter den Felsen schlief. In der Qual seiner Niederlage erschien ihm übrigens das Gefängnis wie ein Zufluchtsort; doch man behelligte ihn nicht, und er brachte seine Stunden jämmerlich hin, nicht wissend, wie er seinen Körper ermüden sollte. Zuweilen betrachtete die Maheu beide, ihn und ihre Tochter, mit einer grollenden Miene, die zu fragen schien, was sie in ihrem Hause suchten.

Jetzt schnarchten wieder alle in einem Haufen; der Vater Bonnemort lag in dem früheren Bett der zwei Kleinen, die jetzt mit Catherine schliefen, weil die arme Alzire nicht mehr ihren Höcker der großen Schwester in die Seiten stieß. Erst wenn sie schlafen ging, fühlte die Mutter so recht die Leere des Hauses an der Kälte des Bettes, das ihr zu breit geworden war. Vergebens nahm sie Estelle zu sich, um die Lücke auszufüllen; es war kein Ersatz für ihren Mann. Stundenlang weinte sie still für sich hin. Und dann nahmen die Tage wieder ihren Lauf wie ehedem; man hatte noch immer kein Brot, und man hatte auch nicht die Aussicht, auf einmal zu krepieren; rechts und links ward allerlei Zeug aufgelesen, das den Bejammernswerten den Dienst erwies, ihr Leben zu verlängern. Nichts hatte sich in ihrem Leben geändert; nur ihr Mann war nicht mehr da.

Am Nachmittag des fünften Tages verließ Etienne, trostlos über den Anblick dieses stillen Weibes, die Wohnstube und ging mit langsamen Schritten die gepflasterte Straße des Arbeiterdorfes hinab. Die Untätigkeit, die ihn bedrückte, drängte ihn zu unaufhörlichen Spaziergängen, bei denen er, immer von demselben Gedanken gepeinigt, mit hängenden Armen und gesenktem Kopf dahinschritt. Er mochte so seit einer halben Stunde auf der Straße fortgegangen sein, als ein erhöhtes Unbehagen ihn merken ließ, daß die Kameraden vor die Haustüren traten, um ihn zu sehen. Das wenige, was ihm von seiner Volkstümlichkeit noch geblieben, war mit den Schüssen verflogen; er konnte nicht mehr durch die Straße gehen, ohne haßerfüllten Blicken zu begegnen. Wenn er den Kopf hob, sah er Männer in drohender Haltung auf der Schwelle der Haustüren; die Weiber schoben die kleinen Vorhänge vor den Fenstern weg, um hinauszuschauen; und bei dieser stummen Anklage, bei dem unterdrückten Zorn, der aus diesen großen, durch Hunger und Tränen erweiterten Augen funkelte, verlor er seine Fassung und die Sicherheit seines Ganges. Die stummen Vorwürfe wuchsen hinter ihm immer mehr an. Und angesichts dieses ganzen Dorfes, das womöglich losging, um ihm sein Elend ins Gesicht zu schreien, wurde er von einer solchen Furcht erfaßt, daß er zusammenfuhr und den Rückweg antrat.

Doch die Szene, die ihn erwartete, verstörte ihn vollends. Der alte Bonnemort saß neben dem kalten Kamin, auf seinem Stuhl festgenagelt, seitdem zwei Nachbarn am Tage des Gemetzels ihn neben seinem zersplitterten Stock, wie einen vom Blitz gefällten alten Baum, auf der Erde liegend gefunden hatten. Und während Lénore und Henri, um ihren Hunger zu täuschen, mit ohrenbetäubendem Geräusch eine alte Kasserolle auskratzten, in der am vorhergehenden Tage Kohl gekocht worden war, drohte die Maheu, aufrecht vor dem Tisch, auf den sie Estelle gelegt hatte, ihrer Tochter Catherine mit der Faust.

»Sag das noch einmal, zum Donnerwetter! Wiederhole, was du eben gesagt hast!«

Catherine hatte ihre Absicht ausgedrückt, nach der Voreux-Grube zurückzukehren. Der Gedanke, ihr Brot nicht zu erwerben, bei ihrer Mutter nur geduldet zu werden wie ein lästiges, unnützes Tier, wurde ihr mit jedem Tage unerträglicher. Hätte sie nicht irgendeinen bösen Streich von seiten Chavals gefürchtet, sie wäre schon am Dienstag angefahren.

»Was willst du? Man kann nicht müßig leben«, stammelte sie. »Wir werden wenigstens Brot haben.«

Die Maheu unterbrach sie.

»Höre, ich erwürge den ersten von euch, der zur Arbeit zurückkehrt... Es wäre zu stark, den Vater zu töten und dann die Kinder weiter auszubeuten! Es ist genug; lieber will ich euch alle zwischen vier Brettern hinaustragen sehen, wie denjenigen, der schon von hinnen ist.«

Nach ihrem langen Schweigen machte sich jetzt ihr Zorn in einer Flut von Worten Luft. Was Catherine bringen könnte, würde ihr wenig nützen: kaum dreißig Sous, zu denen noch zwanzig Sous hinzukämen, wenn die Vorgesetzten für den Banditen Jeanlin irgendeine Arbeit fänden. Fünfzig Sous und sieben Mäuler zu stopfen! Die kleinen Kinder waren nur dazu gut, Suppe zu fressen. Was den Großvater betraf, so mußte ihm bei seinem Fall irgend etwas im Gehirn gerissen sein, denn er schien schwachsinnig zu sein, oder es hatte ihn der Schlag gerührt, als er die Soldaten auf die Kameraden schießen sah.

»Nicht wahr, Alter, sie haben Euch vollends heruntergebracht? Es nützt Euch nichts, daß Ihr noch starke Fäuste habt; Ihr seid erledigt.«

Bonnemort schaute sie mit seinen erloschenen Augen an,

ohne zu verstehen. Er verharrte so stundenlang mit starren Blicken; er hatte nur noch so viel Vernunft, in eine mit Asche gefüllte Schüssel zu speien, die man aus Reinlichkeitsgründen an seine Seite gestellt hatte.

»Und sie haben auch seine Pension nicht geregelt«, fuhr sie fort; »ich bin überzeugt, sie werden wegen unseres Verhaltens ihm seine Altersversorgung vorenthalten wollen. Nein, es ist zuviel mit diesen Unglücksmenschen!...«

»Aber«, fiel Catherine ein, »sie versprechen doch auf dem Anschlagzettel...«

»Laß mich in Frieden mit dem Anschlagzettel... Das ist wieder nur ein Köder, um uns zu fangen und aufzufressen. Sie mögen jetzt die guten Leute spielen, nachdem sie uns die Haut durchlöchert haben.«

»Aber wo gehen wir dann hin, Mutter? Man wird uns sicher nicht im Dorfe behalten...«

Die Maheu machte eine undeutliche und furchtbare Gebärde. Wohin sie gehen werden? Sie wußte es nicht und wollte auch nicht daran denken, denn es raubte ihr den Verstand. Sie würden anderswohin, irgendwohin gehen. Und da der Lärm mit der Kasserolle zu arg wurde, fiel sie über die Kleinen her und prügelte sie. Estelle, die schon auf allen vieren kroch, fiel jetzt hin, und ihr Geschrei vermehrte noch den Lärm. Die Mutter schrie sie an, um sie zum Schweigen zu bringen. Welch ein Glück wäre es, wenn die Kleine zu Tode gefallen wäre! Sie sprach von Alzire und wünschte den anderen Kindern dasselbe Schicksal. Dann plötzlich brach sie in Schluchzen aus und weinte, den Kopf an die Wand gelehnt, lange für sich hin.

Etienne stand da und hatte nicht den Mut, sich einzumischen. Er galt im Hause nichts mehr; selbst die Kinder wichen mißtrauisch vor ihm zurück. Aber die Tränen dieses unglücklichen Weibes bedrückten ihm das Herz.

»Mut, Mut!« murmelte er. »Wir werden versuchen, wieder in Ordnung zu kommen.«

Sie schien ihn nicht zu hören und fuhr in ihrer leisen Klage fort.

»Ach, Jammer, ist's denn möglich? Vor diesen Schrekkensgeschichten ging es noch an. Man aß sein trockenes Brot, aber man war doch beisammen... Und was ist denn geschehen, guter Himmel?... Was haben wir denn getan, daß so schweres Leid über uns gekommen ist, daß die einen unter der Erde liegen und die anderen nichts sehnlicher wünschen, als ebenfalls dahin zu kommen?... Man spannte uns wie Pferde vor die Arbeit, und es war keine gerechte Teilung, daß wir die Stockhiebe bekamen, das Vermögen der Reichen vermehren halfen, ohne Hoffnung, jemals etwas Gutes zu genießen. Man hat keine Lust zu leben, wenn man keine Hoffnung mehr hat. Ja, es konnte so nicht länger dauern; man mußte ein wenig Luft schöpfen... Und doch, wenn man gewußt hätte! Ist es möglich, so unglücklich zu werden, weil man die Gerechtigkeit gewollt hat!«

Seufzer schwellten ihr die Kehle, ihre Stimme erstarb in einer unendlichen Trauer.

»Dann sind immer Schlauköpfe da, die einem versprechen, daß noch alles in Ordnung kommen kann, wenn man sich nur Mühe gibt... Man setzt sich allerlei Dinge in den Kopf, und man leidet so viel durch das, was existiert, daß man nach dem verlangt, was nicht existiert. Ich träumte schon wie ein Narr; ich sah ein Leben der Freundschaft mit aller Welt; ich schwebte in der Luft, zu den Wolken empor. Und man stürzt in den Dreck und zerbricht sich die Knochen ... Es stimmte gar nicht, nichts von all dem, was man zu sehen glaubte, gab es da unten. Was es gab, war wieder Elend, ach, Elend, soviel man wollte, und Flintenschüsse als Dreingabe!«

Etienne hörte dieses Wehklagen mit an, und jede Träne ging ihm an das Gewissen. Er wußte nicht, was er sagen sollte, um Frau Maheu zu beruhigen, die ganz gebrochen war durch ihren furchtbaren Sturz von der Höhe der Idealvorstellung. Sie war in die Mitte der Stube gekommen, schaute ihm jetzt ins Gesicht und rief, wobei sie ihn duzte, in einem letzten Wutausbruch:

»Und was ist's mit dir? Redest du auch davon, zur Grube zurückzukehren, nachdem du uns alle ins Unglück gebracht hast?... Ich will dir keinen Vorwurf machen, aber an deiner Stelle wäre ich schon tot vor Kummer darüber, soviel Elend über die Kameraden gebracht zu haben.«
Er wollte antworten; doch begnügte er sich, mit verzweifelter Miene die Achseln zu zucken. Wozu sollte er ihr Erklärungen geben, die sie in ihrem Schmerz nicht verstehen würde? Und weil ihn das Leid zu sehr bedrückte, ging er wieder fort, nahm draußen seine ziellose Wanderung wieder auf.
Das Dorf schien ihn noch immer zu erwarten, die Männer auf den Türschwellen, die Weiber an den Fenstern. Sobald er erschien, ging ein Gemurmel durch die Menge, die immer mehr anwuchs. Das Gerede der Klatschbasen schwoll seit vier Tagen an und brach jetzt in einer allgemeinen Verwünschung los. Fäuste wurden nach ihm ausgestreckt; Mütter zeigten ihn ihren Söhnen mit wütender Gebärde; die Alten spien aus, als sie ihn erblickten. Es war der Umschwung nach der Niederlage, die verhängnisvolle Kehrseite der Popularität; ein Abscheu, verschärft durch alle die Leiden, die man nutzlos ertragen hatte. Er sollte den Hunger und den Tod entgelten.
Zacharie, der eben mit Philomène ankam, stieß Etienne an, als dieser aus dem Hause trat. Er grinste höhnisch und rief in boshaftem Ton:
»Schau, wie fett er wird! Die Haut der anderen scheint ihn zu mästen!«
Schon erschien die Levaque, von Bouteloup begleitet, auf der Schwelle ihrer Haustüre. Sie sprach von Bébert, ihrem Knaben, den eine Kugel niedergestreckt hatte.
»Ja, es gibt Feiglinge, die die Kinder niedermetzeln lassen!« schrie sie. »Er soll das meinige aus der Erde holen, wenn er es mir wiedergeben will!«
Sie hatte ihren Mann vergessen, der im Gefängnis saß; im Haushalt gab es keine Stockung, denn Bouteloup war da.

Doch jetzt erinnerte sie sich, und sie fuhr mit schriller Stimme fort:

»Geh doch! die Schurken spazieren herum, während die rechtschaffenen Leute eingesperrt sind.«

Als Etienne ihr ausweichen wollte, begegnete er Frau Pierron, die durch die Gärten herbeieilte. Frau Pierron hatte den Tod ihrer Mutter wie eine Erlösung begrüßt, denn die Heftigkeit der Alten hatte dem Ehepaar viel Verdruß verursacht. Sie weinte auch nicht um die Tochter ihres Mannes, diese Gassendirne Lydie; sie war vielmehr ordentlich froh, sie los zu sein. All dies hinderte sie aber nicht, es jetzt mit den Nachbarinnen zu halten; es war eine Gelegenheit, sich auszusöhnen.

»Und meine Mutter? Sprich! Und das Kind! Man hat dich gesehen, wie du dich hinter ihnen verstecktest, als sie statt deiner Blei schluckten!«

Was sollte er tun? Die Pierron und die anderen erdrosseln, es mit dem ganzen Dorf aufnehmen? Einen Augenblick hatte er Lust dazu. Das Blut stieg ihm jetzt zu Kopf; jetzt nannte er seine Kameraden Tiere; es verdroß ihn, sie so dumm und barbarisch zu sehen, daß sie wegen der Logik der Tatsachen sich an ihn hielten. War das blöd! Ein Abscheu ergriff ihn, als er sich außerstande sah, sie von neuem zu bändigen, und er begnügte sich, die Schritte zu beschleunigen, als wäre er taub gegen alle Beleidigungen. Doch sein Gang wurde bald zur Flucht; aus jedem Hause flogen ihm Beschimpfungen zu, man war wütend hinter ihm her; ein ganzes Volk verfluchte ihn mit immer mächtiger anschwellender Stimme, in seinem überströmenden Haß. Er war der Ausbeuter, der Mörder, die einzige Ursache allen Unglücks. Bleich und seiner Sinne nicht mehr mächtig rannte er aus dem Dorf, die heulende Bande im Rücken. Auf der Straße ließen viele von ihm ab. Einige jedoch waren hartnäckig und hielten aus, als er vor der Schenke ›Zum wohlfeilen Schoppen‹ auf eine andere Gruppe stieß, die aus dem Voreux-Schacht kam.

Der alte Mouque und Chaval waren da. Seit dem Tode seiner Tochter Mouquette und seines Sohnes Mouquet hatte der Alte seinen Stallwärterdienst fortgesetzt, ohne ein Wort des Bedauerns oder der Klage hören zu lassen. Doch plötzlich, als er Etienne bemerkte, wurde er von einem Wutanfall geschüttelt, Tränen stürzten aus seinen Augen, und eine Flut von groben Schimpfreden sprudelte aus seinem schwarzen, vom vielen Priemen blutigen Mund.

»Schwein! Saukerl! Halunke!... Wart! Du sollst mir meine armen Kinder entgelten! Du mußt ihnen nach!«

Er hob einen Ziegel auf, zerbrach ihn und schleuderte die beiden Stücke nach Etienne.

»Ja, ja, wir wollen ihn fertigmachen!« rief Chaval höhnisch, sehr aufgeregt, entzückt von dieser Rache. »Jeder kommt an die Reihe... Nun klebst du an der Mauer, schmutziger Lumpenkerl!«

Und auch er stürzte sich mit Steinwürfen auf Etienne. Ein wildes Geschrei erhob sich; alle ergriffen Ziegel, zerbrachen sie und schleuderten sie nach ihm, um ihn zu massakrieren, wie sie es mit den Soldaten vorgehabt hatten. Er war bestürzt und floh nicht mehr; er hielt ihnen stand und suchte sie mit Phrasen zu beschwichtigen. Seine früheren Reden, ehemals mit so warmem Beifall aufgenommen, drängten sich ihm wieder auf die Lippen. Er wiederholte die Worte, mit denen er sie betäubt hatte zu jener Zeit, als er sie in seiner Gewalt hatte wie eine getreue Herde; allein seine Macht war tot, nur Steine waren die Antwort. Da traf ihn ein Wurf am linken Arm; er wich zurück, die Gefahr war groß, er war an die Mauer des Wirtshauses gedrängt worden.

Seit einer Weile stand Rasseneur auf der Schwelle.

»Komm herein!« sagte er einfach.

Etienne zögerte; es bedrückte ihn, hier Zuflucht zu suchen.

»Komm herein; ich will mit den Leuten reden.«

Er entschloß sich dazu und verbarg sich im Hintergrunde

der Gaststube, während der Schankwirt mit seinen breiten Schultern den Eingang verstellte.
»Hört, meine Freunde, nehmt doch Vernunft an!... Ihr wißt wohl, daß ich euch niemals getäuscht habe. Ich war stets für die Ruhe; hättet ihr mir Gehör geschenkt, ihr wäret heute gewiß nicht dort, wo ihr seid.«
Die Schultern und den Bauch wiegend sprach er lange in diesem Tone; seine leichte Beredsamkeit sprudelte wohltuend und besänftigend hervor wie warmes Wasser. Sein ehemaliger Erfolg stellte sich voll und ganz wieder ein; er gewann seine Popularität wieder, ohne Anstrengung, in ganz natürlicher Weise, als hätten die Kameraden nicht einen Monat früher ihn verhöhnt und einen Feigling geschimpft. Einzelne Stimmen gaben ihm recht. Sehr gut! man halte zu ihm, hieß es. So müsse man reden. Und donnernder Beifall brach los.
Etienne im Saale fühlte seine Kräfte schwinden und sein Herz mit Bitternis sich füllen. Er erinnerte sich, was Rasseneur im Walde ihm vorausgesagt, wie er ihm mit dem Undank der Menge gedroht hatte. Welch blöde Roheit, welch schmähliches Vergessen der geleisteten Dienste! Es war eine blinde Macht, die fortwährend sich selbst verzehrte. Und unter seinem Zorn über diese Tiere, die so ihre Sache verdarben, barg sich die Verzweiflung über den eigenen Sturz, über das traurige Ende seiner ehrgeizigen Strebungen. Wie? War es schon aus? Er erinnerte sich, daß unter den Buchen des Waldes von Vandame dreitausend Herzen unter der Macht seiner Worte höher geschlagen hatten. An jenem Tage hatte er seine Popularität in beiden Händen; dieses Volk gehörte ihm; er fühlte sich als ihr Herr. Wahnsinnige Träume hatten ihn damals betäubt; Montsou lag zu seinen Füßen; er sah sich als Abgeordneten in Paris, die Spießbürger mit einer Rede zu Boden schmetternd, der erste Arbeiter auf der Parlamentstribüne. Und nun war's aus! Er erwachte als Erbärmlicher und Verachteter; sein Volk schickte ihn mit Steinwürfen heim.
Rasseneurs Stimme erhob sich von neuem.

»Die Gewalt hat niemals zu einem Erfolg geführt; man kann die Welt nicht in einem Tage ändern. Diejenigen, die euch versprochen haben, alles mit einem Schlage zu ändern, sind Spaßvögel oder Schurken.«
»Bravo! Bravo!« schrie die Menge.
Wer war also der Schuldige? Diese Frage, die Etienne sich vorlegte, drückte ihn vollends nieder. Dieses Unglück, unter dem er selbst blutete; das Elend der einen, die Ermordung der anderen, das Darben dieser Weiber und Kinder: war all dies wirklich seine Schuld? Er hatte eines Abends, vor den Katastrophen, diese trostlose Vision gehabt. Doch schon richtete eine Kraft ihn auf; er fühlte sich mit den Kameraden fortgerissen. Übrigens hatte er sie niemals geleitet; vielmehr waren sie es, die ihn führten, die ihn nötigten, Dinge zu tun, die er ohne das ungestüme Drängen dieser Menge nicht getan haben würde. Bei jeder neuen Gewalttat hatte er unter dem verblüffenden Eindruck der Ereignisse gestanden, denn er hatte keines davon vorausgesehen noch auch gewollt. Konnte er beispielsweise darauf gefaßt sein, daß seine Getreuen vom Arbeiterdorf ihn eines Tages steinigen würden? Diese Tollhäusler logen, wenn sie behaupteten, daß er ihnen ein Schlaraffenleben versprochen hätte. Und in dieser Rechtfertigung, in den Vernunftgründen, mit denen er seine Gewissensbisse zu bekämpfen versuchte, rührte sich die dumpfe Besorgnis, sich nicht auf der Höhe seiner Aufgabe gezeigt zu haben, jener Zweifel des Halbwissenden, der ihn stets peinigte. Er fühlte, daß er mit seinem Mut zu Ende war; er war nicht mehr einig mit seinen Kameraden; er hatte Furcht vor ihnen, vor dieser ungeheuren, blinden, unwiderstehlichen Volksmasse, die wie eine Naturgewalt daherzog, alles hinwegfegend, alle Regeln und Theorien zuschanden machend. Ein Widerwille hatte ihn nach und nach davon losgelöst, das Unbehagen seines verfeinerten Geschmacks, das langsame Emporstreben seines ganzen Wesens zu einer höheren Gesellschaftsklasse.

In diesem Augenblick verlor sich Rasseneurs Stimme in dem begeisterten Geschrei der Menge.

»Hoch Rasseneur! Es gibt nur ihn! Bravo! Bravo!«

Der Schankwirt schloß die Tür, während die Menge draußen sich zerstreute. Die beiden Männer betrachteten einander stillschweigend und zuckten die Achseln. Schließlich tranken sie zusammen einen Schoppen.

An diesem Tage gab es ein großes Festmahl in der Piolaine. Man feierte die Verlobung von Négrel und Cécile. Die Grégoire hatten am vorhergehenden Tage den Fußboden des Speisezimmers frisch wachsen und die Möbel des Salons abstauben lassen. Mélanie herrschte in der Küche, überwachte die Braten, rührte die Saucen, deren Geruch bis zum Dachboden emporstieg. Man hatte entschieden, daß der Kutscher Francis bei der Bedienung der Tafel Honorine helfen sollte; die Gärtnerin sollte das Tafelgeschirr reinigen, der Gärtner den ankommenden Gästen das Gittertor öffnen. Niemals hatte ein solcher Aufwand von Prunk dieses patriarchalische und ernste Haus aus dem Alltagsgeleise gebracht.

Alles ging trefflich. Frau Hennebeau zeigte sich überaus liebenswürdig gegen Cécile und lächelte Négrel zu, als der Notar von Montsou die Gesellschaft galant einlud, auf das Wohl des Brautpaares zu trinken. Auch Herr Hennebeau war sehr liebenswürdig. Seine lachende Miene fiel den Gästen auf; man erzählte sich, daß er bei der Bergwerksverwaltung wieder in Gunst stehe und demnächst Offizier der Ehrenlegion werden sollte zum Lohn für die energische Art, wie er den Streik überwunden hatte. Man vermied es, von den letzten Ereignissen zu sprechen; aber es lag ein siegreicher Ton in der allgemeinen Freude, das Festmahl gestaltete sich zu einer offiziellen Siegesfeier. Endlich war man befreit; man konnte wieder in Ruhe essen. Hier erfolgte eine versteckte Anspielung auf die Toten, deren Blut der Straßendreck von Voreux noch kaum aufgesogen hatte. Das sollte eine notwendige Lektion sein; und alle wurden von Rührung ergriffen, als die Grégoire hinzufügten, daß jetzt jedermann die Pflicht habe, die Arbeiterdörfer aufzusuchen und die Wunden zu verbinden. Sie selbst hatten ihre wohlwollende Ruhe wiedergewonnen, entschuldigten ihre wackeren Bergleute, die sie bereits wieder einfahren sahen, um das gute Beispiel einer hundertjährigen Ergebung zu liefern. Die Notabeln von Montsou, die nicht mehr um Leben und Vermögen zitterten, gaben zu, daß die Lohnfrage eingehend studiert werden müsse. Beim Braten war der Sieg vollständig, als Herr Hennebeau einen Brief des Bischofs vorlas, in dem dieser die Versetzung des Abbé Ranvier ankündigte. Die ganze Spießbürgerschaft der Provinz besprach mit Leidenschaft die Geschichte dieses Priesters, der die Soldaten Mörder nannte. Und als der Nachtisch kam, versicherte der Notar ganz entschieden, daß er Freidenker sei.

Deneulin war mit seinen beiden Töchtern da. Er bemühte sich, in dieser allgemeinen Fröhlichkeit den Kummer über seinen Ruin zu verbergen. Am Morgen hatte er den Vertrag über den Verkauf seiner Konzession auf Vandame an die Gesellschaft von Montsou unterschrieben. An die Wand gedrückt, zugrunde gerichtet, hatte er sich den Bedingungen des Verwaltungsrates gefügt, ihnen endlich die Beute, nach der sie so lange Zeit gelauert hatten, für einen Betrag überlassen, der kaum hinreichte, um seine Gläubiger zu befriedigen. Er hatte sogar im letzten Augenblick wie einen Glücksfall ihr Anerbieten angenommen, als Abteilungsingenieur in ihre Dienste zu treten; er entschloß sich, als einfacher Angestellter jenes Bergwerk zu überwachen, in dem er sein Vermögen vergraben hatte. Es war das Totengeläute für die kleinen Unternehmen, das baldige Verschwinden der Patrone, die, nacheinander von dem stets hungrigen Ungeheuer Kapital aufgefressen, in der steigenden Flut der großen Gesellschaften versanken. Er allein zahlte die Kosten des Streiks; er fühlte wohl, daß man auf sein Unglück trank, als man auf die Rosette der Ehrenlegion des Herrn Hen-

nebeau trank, und er schöpfte nur ein wenig Trost aus dem frohen Mut seiner Töchter, die reizend waren in ihren aufgefrischten Toiletten und über ihren Ruin nur lachten, als hübsche Mädchen mit burschikosen Manieren, die sich aus dem Gelde nichts machten.
Als man in den Salon hinüberging, um dort den Kaffee zu nehmen, führte Herr Grégoire seinen Vetter beiseite und beglückwünschte ihn zu seinem mutigen Entschlusse.
»Was willst du? Dein einziger Fehler war, daß du deinen Anteil an Montsou, eine Million, in Vandame riskiertest. Du hast dich furchtbar geplagt, und das Geld ist in dieser Hundearbeit draufgegangen, während das meinige ruhig in der Schublade geblieben ist und mich schön ernährt, ohne daß ich eine Hand zu rühren brauche, wie es noch die Kinder meiner Enkelkinder ernähren wird.«

II

Am Sonntag, als die Nacht hereinbrach, schlich Etienne zum Dorf hinaus. Ein sehr klarer, gestirnter Himmel verbreitete blaues Dämmerlicht über die Erde. Er ging zum Kanal hinab und folgte langsam der Böschung, in der Richtung nach Marchiennes. Es war sein Lieblingsspaziergang, ein grasbewachsener Weg von zwei Meilen Länge, geradeaus neben der mit geometrischer Genauigkeit gezogenen Linie des Kanals sich hinziehend, der gleich einem endlosen Stück flüssigen Silbers verlief.
Er begegnete hier niemals einem Menschen. Aber an diesem Abend wurde er unangenehm überrascht, da er einen Mann auf sich zukommen sah. Im fahlen Lichte der Sterne erkannten die beiden einsamen Spaziergänger sich erst, als sie sich ganz nahe gegenüberstanden.
»Ach, du bist's!« flüsterte Etienne.
Souvarine nickte, ohne zu antworten. Einen Augenblick

standen sie unbeweglich da; dann setzten sie Seite an Seite den Weg nach Marchiennes fort. Jeder schien seine Gedanken fortzuspinnen, als wären sie sehr weit voneinander.

»Hast du von den Pariser Erfolgen Plucharts in der Zeitung gelesen?« fragte endlich Etienne. »Man erwartete ihn auf der Straße und brachte ihm Ovationen, als er die Versammlung von Belleville verließ... Der Mann ist nun im Zuge, trotz seines ewigen Schnupfens; er wird seinen Weg machen.«

Der Maschinist zuckte die Achseln. Er verachtete die Schönredner, diese Kerle, die in die Politik eintraten, wie man in die Advokatenschaft eintrat, um mit Phrasen Renten zu erwerben.

Etienne war jetzt bei Darwin angelangt. Er hatte Bruchstücke seiner Werke in einer gekürzten Volksausgabe zu fünf Sous gelesen; und nach diesem halb verstandenen Buche machte er sich eine revolutionäre Idee von dem Kampf ums Dasein zurecht, in dem die Mageren die Fetten verzehren, das starke Volk die bleiche Bourgeoisie verschlingt. Doch Souvarine geriet in Zorn, ließ sich über die Dummheit der Sozialisten aus, die Darwin zustimmten, diesem Apostel der wissenschaftlichen Ungleichheit, dessen berühmte »Zuchtwahl« nur für aristokratische Philosophen gut sei. Allein der Kamerad war eigensinnig, wollte dem anderen mit Vernunftgründen beikommen; und er drückte seine Zweifel durch folgende Hypothese aus: Die alte Gesellschaft existierte nicht mehr, man hatte sie bis auf die letzten Reste weggefegt; soweit gut! War nicht zu befürchten, daß die neu erstehende Welt von denselben Ungerechtigkeiten allmählich verdorben würde, eine Welt, in der die einen krank, die anderen gesund, die einen geschickter und klüger, alles zu ihrem Vorteil benützend, die anderen blöd und dumm, wieder zu Sklaven werdend? Angesichts dieser Vision des ewigen Elends schrie der Maschinist mit wütender Stimme, wenn die Gerechtigkeit beim Menschen unmöglich

sei, müsse der Mensch verschwinden. So viele verfaulte Gesellschaften, ebenso viele Gemetzel, bis das letzte Wesen ausgerottet sei. Und es trat wieder Stillschweigen zwischen ihnen ein.
Lange ging Souvarine mit gesenktem Kopf auf dem zarten Gras dahin, so in seine Gedanken versunken, daß er am äußersten Rande des Wassers wandelte mit der ruhigen Sicherheit eines Menschen, der auf dem Dach eingeschlafen ist und neben der Dachrinne sich seinen Träumen überläßt. Dann fuhr er plötzlich zusammen, scheinbar ohne Ursache, als wäre er auf einen Schatten gestoßen. Er blickte auf, zeigte sein bleiches Gesicht und sagte seinem Genossen in sanftem Ton:
»Habe ich dir erzählt, wie sie gestorben ist?«
»Wer denn?«
»Mein Weib, dort, in Rußland.«
Etienne machte eine unbestimmte Gebärde, erstaunt über das Zittern der Stimme, über das Bedürfnis nach Vertraulichkeit bei diesem sonst so unempfindlichen Burschen, der in stoischer Abgeschiedenheit von den anderen und von sich selbst lebte. Er wußte nur, daß das Weib seine Geliebte war und daß man sie in Moskau gehängt hatte.
»Die Sache war nicht gelungen«, erzählte Souvarine, mit dem Blick auf den weißen Lauf des Kanals, zwischen den Reihen der großen, dunklen Bäume. »Wir hatten zwei Wochen in einem Loch zugebracht, um die Eisenbahn zu untergraben. Aber nicht der kaiserliche Zug flog in die Luft, sondern ein mit Reisenden gefüllter Zug... Dann wurde Annuschka verhaftet. Sie hatte uns, als Bäuerin verkleidet, jeden Abend Brot gebracht. Sie hatte auch die Lunte angezündet, weil man einen Mann leichter hätte bemerken können. Unter der Menge verborgen folgte ich den Prozeßverhandlungen sechs lange Tage hindurch...«
Seine Stimme verwirrte sich; er wurde von einem Hustenanfall ergriffen und drohte zu ersticken.
»Zweimal drängte es mich, aufzuschreien; ich wollte

über die Köpfe hinwegspringen, um zu ihr zu gelangen. Aber was hätte es genützt? Ein Mann weniger bedeutet einen Streiter weniger; und ich merkte wohl, daß sie mir »Nein!« gebot mit ihren starren Blicken, die den meinigen begegneten.«

Er hustete wieder.

»Am letzten Tag fand ich mich auf der Richtstätte ein. Es regnete, und die Ungeschickten verloren darüber den Kopf. Sie brauchten zwanzig Minuten, um vier andere zu hängen; der Strick riß, und sie konnten mit dem Vierten nicht fertig werden... Annuschka stand dabei und wartete. Sie sah mich nicht; sie suchte mich in der Menge. Ich war auf einen Eckstein gestiegen, und da sah sie mich; unsere Blicke verließen einander nicht mehr. Als sie tot war, schaute sie mich noch immer an... Ich zog den Hut und ging.«

Wieder trat Stille ein. Die weiße Allee des Kanals zog sich ins Endlose hin; beide gingen mit gedämpften Schritten, jeder in seine Gedanken verloren. Das bleiche Wasser schien am Horizont in einem kleinen, hellen Loch zu enden.

»Es war unsere Strafe«, fuhr Souvarine in hartem Tone fort. »Unsere Liebe war unser Vergehen... Es ist gut, daß sie tot ist; aus ihrem Blute werden Helden erstehen; ich aber werde keine Schwäche mehr im Herzen haben; keinen Verwandten, kein Weib, keinen Freund; nichts, was die Hand beben läßt an dem Tage, an dem es gilt, anderen das Leben zu nehmen oder das seinige hinzugeben.«

Étienne war in der kalten Nacht fröstelnd stehengeblieben. Er ließ sich mit dem anderen in keine Erörterung ein; er sagte bloß:

»Wir sind weit gegangen; wollen wir umkehren?«

Sie kehrten langsam nach dem Voreux zurück. Nach einigen Schritten fügte er hinzu:

»Hast du die neuen Anschlagzettel gelesen?«

Es waren große, gelbe Plakate, die die Gesellschaft am

Morgen hatte anschlagen lassen. Sie führte darin eine deutlichere und versöhnlichere Sprache; sie erklärte sich bereit, die Arbeitsbücher derjenigen Bergleute zurückzunehmen, die am nächsten Morgen anfahren würden. Alles sollte vergessen sein; selbst den am meisten Bloßgestellten sollte verziehen werden.

»Ja, ich habe sie gesehen«, antwortete der Maschinist.

»Und wie denkst du darüber?«

»Ich denke, daß alles aus ist... Die Herde wird wieder anfahren. Ihr seid alle zu feige.«

Etienne verteidigte fieberhaft erregt die Kameraden. Ein Mann kann tapfer sein; eine Menge, die Hungers stirbt, ist machtlos. Langsamen Schrittes waren sie bei dem Voreux angekommen; und angesichts der dunklen Masse der Grube fuhr er fort und schwor, seinerseits nicht mehr anzufahren; aber er verzeihe jenen, die anfahren würden. Dann, weil das Gerücht ging, daß die Zimmerleute nicht Zeit genug gehabt hätten, die Verzimmerung auszubessern, wollte er darüber Näheres wissen. War dies wahr? Der Druck der Erdmasse gegen die Holzverkleidung des Schachtes sollte diese im Innern dermaßen herausgebogen haben, daß einer der Förderkörbe in einer Länge von fünf Metern die Wände streifte. Souvarine war wieder still geworden und gab ihm nur knappe Antworten. Er hatte gestern noch gearbeitet, die Schale streifte in der Tat die Wände. Die Maschinisten mußten die Geschwindigkeit verdoppeln, um an dieser Stelle vorüberzukommen. Aber alle Vorgesetzten hatten für diese Bemerkungen nur eine und dieselbe gereizte Antwort: Man wolle Kohle haben; die Ausbesserungen kommen später.

»Du siehst, die Geschichte kracht zusammen«, murmelte Etienne. »Es kann lustig werden.«

Die Augen auf die Grube gerichtet, die im Dunkel der Nacht nur undeutlich zu sehen war, schloß Souvarine in ruhigem Ton:

»Wenn die Geschichte zusammenkracht, so werden die Kameraden es schon merken, da du ihnen rätst anzufahren.«

Vom Kirchturm in Montsou schlug es neun Uhr; und als sein Gefährte sagte, daß er heimkehre, um zu Bett zu gehen, fügte Souvarine hinzu, ohne ihm auch nur die Hand zu reichen:

»Nun, lebe wohl! Ich reise ab.«

»Wie, du reist ab?«

»Ja, ich habe mein Arbeitsbuch zurückgefordert und gehe fort.«

Etienne sah ihn erstaunt und erregt an. Nach einem gemeinsamen Spaziergang von zweistündiger Dauer sagte er ihm das mit ganz ruhiger Stimme, während ihm – Etienne – die bloße Ankündigung dieser plötzlichen Trennung das Herz zusammenschnürte. Man hatte Bekanntschaft gemacht, man hatte zusammen gearbeitet; es war traurig zu denken, daß sie einander nicht mehr sehen sollten.

»Du reist ab; und wohin gehst du?«

»Fort; ich weiß es nicht.«

»Aber wir werden uns doch wiedersehen?«

»Nein; ich glaube nicht.«

Sie schwiegen und standen sich einen Augenblick gegenüber, ohne noch etwas anderes zu finden, das sie sich sagen konnten.

»So lebe wohl!«

»Lebe wohl!«

Während Etienne zum Dorf hinanstieg, machte Souvarine kehrt und ging zum Kanalufer zurück. Er war jetzt allein und wandelte ziellos dahin, gesenkten Hauptes, im nächtlichen Dunkel verloren, daß er nur mehr ein beweglicher Schatten der Nacht schien. Von Zeit zu Zeit blieb er stehen und zählte die Schläge der Uhr vom fernen Kirchturm. Als es Mitternacht schlug, verließ er das Ufer und lenkte seine Schritte nach dem Voreux.

Zu dieser Stunde war die Grube menschenleer; er fand nur einen schlaftrunkenen Aufseher. Erst um zwei Uhr mußte geheizt werden für die Wiederaufnahme der Arbeit. Zunächst ging er hinauf und nahm aus einem

Schrank eine Jacke, die er dort vergessen zu haben vorgab. Verschiedene Werkzeuge, ein Schraubenzieher, eine kleine, sehr starke Säge, ein Hammer und ein Meißel waren in diese Jacke eingewickelt. Dann ging er wieder fort; aber anstatt durch die Baracke hinauszugehen, schlüpfte er in den engen Gang, der zum Leiternschacht führte. Die Jacke unter dem Arm, stieg er hinab, sehr vorsichtig, ohne Lampe, durch Zählen der Leitern die Tiefe messend. Er wußte, daß der Aufzugskasten in einer Tiefe von dreihundertvierundsiebzig Metern den fünften Durchlaß der unteren Verzimmerung streifte. Als er vierundfünfzig Leitern hinabgestiegen war, tastete er mit der Hand und fühlte die Ausbuchtung der Hölzer. Da war es.

Mit der Geschicklichkeit und Kaltblütigkeit eines guten Arbeiters, der über sein Werk lange nachgedacht, machte er sich nun an die Arbeit. Er begann damit, ein Feld in der Holzwand des Schachtes durchzusägen, um eine Verbindung mit der Aufzugsabteilung herzustellen. Bei dem schnell verflackernden Lichte von Zündhölzchen konnte er sich von dem Zustande der Verzimmerung und den in der jüngsten Zeit vorgenommenen Ausbesserungen Kenntnis verschaffen.

Zwischen Calais und Valenciennes hatte seinerzeit die Abteufung der Schächte unerhörte Schwierigkeiten zu überwinden, denn es galt, durch die Wassermassen hindurchzukommen, die auf dem Niveau der tiefsten Täler unterirdisch lagerten und sich gleich endlosen Seen ausbreiteten. Nur die Konstruktion der Verzimmerungen, die Balken, die wie die Dauben eines Fasses aneinandergefügt wurden, vermochte den Zufluß aufzuhalten und die Schächte zu isolieren inmitten der Seen, deren tiefe, dunkle Fluten an die Wände schlugen. Bei der Abteufung des Voreux-Schachtes hatte man zwei Verzimmerungen anlegen müssen, die eine bei der oberen Zwischenebene, wo Sand und Lehm, mit Wasser getränkt wie ein Schwamm, das kreidige, nach allen Richtungen zerrissene Erdreich umgaben; die andere bei der unteren Ebene, direkt oberhalb des kohlehaltigen Bodens, durch feinen, gelben Sand, der dahinrann, als ob er flüssig wäre. Hier befand sich der »Torrent«, das unterirdische Meer, der Schrecken aller Kohlengruben im Norden, ein Meer mit seinen Stürmen und Schiffbrüchen, ein unbekanntes, unergründliches Meer, das in einer Tiefe von mehr als dreihundert Metern unter der Erdoberfläche seine schwarzen Fluten wälzte. Gewöhnlich waren die Verzimmerungen stark genug, um den ungeheuren Druck auszuhalten; sie hatten nichts zu fürchten, als eine Senkung des benachbarten Erdreiches, das fortwährend durch den Einbruch der aufgelassenen Stollen erschüttert wurde. Durch das Sinken der Felsen entstanden zuweilen Risse, die sich allmählich bis zu dem Gebälk ausdehnten, das sie aus der Form brachten, indem sie es nach dem Innern des Schachtes hin drückten. Und darin lag die Gefahr; es drohte ein Einsturz, es drohte ein Wassereinbruch; die Grube konnte verschüttet oder ersäuft werden.

Souvarine, der rittlings in der von ihm gemachten Öffnung saß, konstatierte eine sehr ernste Verschiebung des fünften Durchlasses der Verholzung. Die Hölzer legten sich in ihren Rahmen bauchig vor; mehrere traten sogar aus dem Gefüge. Durch die Risse, die man mit geteertem Werg zu verstopfen suchte, brach reichlich Sickerwasser durch. Von der Zeit gedrängt, hatten die Zimmerleute sich begnügt, in den Winkeln Haken anzubringen; doch war diese Arbeit so oberflächlich gemacht worden, daß nicht einmal überall Schrauben eingesetzt waren. Im Flugsande hinter der Verholzung war augenscheinlich eine lebhafte Bewegung eingetreten.

Souvarine machte sich daran, mittels des Schraubenziehers die Schrauben der Winkelhaken zu lockern, so daß ein letzter Druck sie alle losreißen mußte. Es war ein tollkühnes Beginnen, bei dem er zwanzigmal Gefahr lief, kopfüber die hundertachtzig Meter hinabzustürzen, die ihn vom Boden des Schachtes trennten. Er hatte sich an den Leitpfosten der Aufzugskästen festhalten müssen;

über dem Abgrund schwebend kroch er auf den Querbalken, die diese Leitpfosten in bestimmten Zwischenräumen verbanden; bald lag er auf dem Bauche, bald saß er, bald bog er sich zurück, auf einen Ellbogen oder auf ein Knie gestützt, in völliger Mißachtung des Todes. Ein Hauch würde genügt haben, ihn hinabzustürzen; dreimal glitt er ab und hielt sich wieder fest, ohne auch nur zu zucken. Zuerst tastete er mit der Hand, dann arbeitete er, ein Zündholz nur dann anzündend, wenn er sich zwischen den glitschigen Balken verirrte. Nachdem er die Schrauben gelockert hatte, machte er sich an die Hölzer selbst, und nun wurde die Gefahr für ihn noch größer. Er hatte den »Schlüssel« gesucht, das Stück, das die übrigen stützte; dieses bearbeitete er mit wahrer Wut; er durchbohrte es, durchsägte es, verkleinerte es, damit es seine Widerstandskraft einbüße, wobei das durch die Löcher und Risse in dünnen Strahlen hervorschießende Wasser ihn blendete und mit einem eiskalten Regen durchnäßte. Zwei Zündhölzer erloschen, die übrigen wurden durchnäßt; es war die Nacht, ein bodenloser Abgrund von Finsternis.

Von diesem Augenblicke an bemächtigte sich seiner eine wahre Wut. Der Atem des Unsichtbaren berauschte ihn; das dumpfe Entsetzen vor diesem Loch, in welches ein Platzregen sich ergoß, versetzte ihn in Zerstörungswut. Er stürzte sich blindlings auf die Verzimmerung, hieb aufs Geratewohl los, wohin er traf, mit dem Schraubenzieher, mit der Säge, von der Gier ergriffen, das Gebälk über seinem Kopfe zu zerstören. Er überließ sich dabei einer Grausamkeit, als wühlte er mit seinem Messer in der Haut eines lebenden Wesens, das er verabscheute. Er wollte es endlich töten, dieses bösartige Tier Voreux mit dem allezeit aufgesperrten Rachen, der so viel Menschenfleisch verschlungen hatte. Wo seine Werkzeuge ansetzten, knirschte es laut; er streckte den Rücken, er kroch hin und her, stieg hinab und stieg hinauf, wie durch ein Wunder sich festhaltend in dieser fortwährenden Erschütterung, wie ein Nachtvogel in dem Gebälk eines Glockenturmes.

Doch unzufrieden mit sich, beruhigte er sich wieder. Konnte man denn die Dinge nicht kaltblütig verrichten? Er verschnaufte und kehrte dann nach dem Leiternschacht zurück, dessen Öffnung er wieder verschloß, indem er das ausgesägte Feld wieder an seine Stelle setzte. Es war genug; er wollte nicht durch eine zu große Beschädigung Aufmerksamkeit wecken, sonst hätte man unverzüglich versucht, zu reparieren. Das Tier hatte seine Wunde im Bauch; man würde ja sehen, ob es am Abend noch lebte. Und er hatte seine Unterschrift zurückgelassen; die entsetzte Welt würde erfahren, daß das Tier nicht auf natürliche Weise gestorben war. Er nahm sich Zeit, die Geräte regelrecht in seine Jacke einzuwickeln, und stieg langsam die Leitern empor. Als er unbemerkt die Grube verlassen hatte, kam ihm nicht einmal der Gedanke, seine Kleider zu wechseln. Es schlug drei Uhr. Er blieb auf der Straße stehen und wartete.

Zur selben Stunde war Etienne, der wach auf seiner Matratze lag, durch ein leises Geräusch beunruhigt, das in der stockfinsteren Stube zu vernehmen war. Er unterschied den leisen Atemzug der Kinder, das Schnarchen des alten Bonnemort und der Frau Maheu, während Jeanlin neben ihm ein anhaltendes, flötenartiges Pfeifen vernehmen ließ. Ohne Zweifel hatte er nur geträumt; und er wollte sich eben zur Wand umkehren, als das Geräusch wieder anfing. Es war ein Knistern des Strohsackes, die vorsichtige Anstrengung eines Menschen, der sich von seinem Lager erhebt. Da dachte er, Catherine sei vielleicht krank.

»Sag, bist du es? Was ist dir?« fragte er mit leiser Stimme.

Niemand antwortete; nur das Schnarchen der anderen dauerte fort. Fünf Minuten rührte sich nichts, dann begann das Knistern von neuem. Und weil er dieses Mal sicher war, sich nicht getäuscht zu haben, ging er durch das Zimmer und streckte in der Finsternis die Hände nach dem gegenüberstehenden Bett aus. Seine Überraschung war groß, als er das Mädchen sitzend fand. Sie war wach und lauschte mit zurückgehaltenem Atem.

»Nun, warum antwortest du nicht? Was machst du denn?«

»Ich stehe auf«, sagte sie schließlich.

»Zu dieser Stunde stehst du auf?«

»Ja, ich gehe zur Arbeit in die Grube zurück.«

Etienne war ergriffen und mußte sich auf den Rand des Strohsackes setzen, während Catherine ihm ihre Gründe erklärte. Sie leide zuviel bei diesem müßigen Leben und empfinde zu schwer die vorwurfsvollen Blicke, die fortwährend auf ihr ruhen; sie wollte sich lieber der Gefahr aussetzen, in der Grube von Chaval geschlagen zu werden. Und wenn die Mutter das Geld zurückweisen sollte, das sie ihr bringen würde, so war sie groß genug, um für sich zu leben und ihre Suppe zu kochen.

»Geh, ich will mich ankleiden. Und wenn du gut zu mir sein willst, so sprich nicht darüber.«

Doch er blieb neben ihr; er hatte den Arm um ihren Leib gelegt mit einer Liebkosung, in der sich Kummer und Mitleid ausdrückten. Im Hemde, eng aneinandergeschmiegt, fühlten sie die Wärme ihrer nackten Haut auf dem noch von der Nachtruhe warmen Lager. Sie wollte sich mit der ersten Bewegung von ihm losmachen; dann fing sie an, leise zu weinen, und legte ihren Arm um seinen Hals in einer verzweifelten Umschlingung, um ihn nahe bei sich zu behalten. Und so blieben sie, ohne ein anderes Verlangen, mit der Vergangenheit ihrer unglücklichen Liebe, die sie nicht hatten befriedigen können. War es aus für immer? Würden sie es nicht wagen, sich eines Tages zu lieben, nun, da sie frei waren? Nur ein wenig Glück wäre notwendig gewesen, um ihre Scham zu verscheuchen, dieses Unbehagen, das sie hinderte sich zusammenzutun, die Gedanken zu verjagen, die sie selbst nicht ganz klar erkannten.

»Leg dich wieder hin«, flüsterte sie. »Ich will kein Licht machen, um die Mutter nicht zu wecken... Es ist Zeit, laß mich!«
Er hörte nicht, preßte sie nur sinnlos an sich, das Herz von unendlicher Trauer erfüllt. Ein Bedürfnis nach Frieden, ein unüberwindliches Bedürfnis, glücklich zu sein, bemächtigte sich seiner; und er sah sich schon verheiratet, in einem sauberen Häuschen, ohne einen andern Ehrgeiz, als mit ihr da zu leben und zu sterben. Mit trockenem Brot würde er sich begnügen; und wenn nur für einen Brot da wäre, so wäre es für sie. Wozu noch etwas anderes? War denn das Leben mehr wert?
Doch sie machte jetzt ihre nackten Arme los.
»Laß mich, ich bitte dich!«
In einer Aufwallung seines Herzens sagte er ihr ins Ohr:
»Warte, ich gehe mit dir.«
Er selbst war erstaunt, dies gesagt zu haben. Er hatte geschworen, nicht wieder anzufahren; woher kam dieser plötzliche Entschluß, der seinen Lippen entschlüpft war, ohne daß er daran gedacht oder die Sache einen Augenblick erwogen hätte? Jetzt erfüllte ihn solcher Friede, eine so vollständige Genesung von seinen Zweifeln, daß er hartnäckig auf seinem Entschluß beharrte, als ein durch den Zufall Geretteter, der endlich den einzigen Ausweg aus seinem Leid gefunden. Er wollte sie also auch nicht anhören, als sie alles aufbot, ihn von seinem Entschlusse abzubringen, weil sie begriff, daß er sich für sie opfere und weil sie die bösen Reden fürchtete, mit denen man sie in der Grube empfangen würde. Doch er erklärte, sich um niemanden zu kümmern; auf den Anschlagzetteln hatte man Verzeihung versprochen, und das genügte.
»Ich will arbeiten; das ist mein Gedanke... Ziehen wir uns an und machen wir kein Geräusch!...«
Mit großer Behutsamkeit kleideten sie sich in der finstern Schlafstube an. Sie hatte am vorhergehenden Abend heimlich ihre Grubenkleidung vorbereitet; er holte aus

dem Schrank eine Jacke und eine Hose; sie wuschen sich nicht, um kein Geräusch zu machen. Alle schliefen; aber sie mußten durch den engen Gang gehen, wo die Mutter ihr Lager hatte. Sie hatten das Unglück, an einen Stuhl zu stoßen; die Mutter erwachte und fragte schlaftrunken:
»Wer ist da?«
Catherine war zitternd stehengeblieben und drückte heftig Etiennes Hand.
»Ich bin's, beunruhigen Sie sich nicht«, sagte er. »Mir ist heiß, ich muß ein wenig frische Luft schöpfen.«
»Gut, gut.«
Und Frau Maheu schlief wieder ein. Catherine wagte sich nicht zu rühren. Endlich ging sie in die Wohnstube hinunter und teilte mit ihm eine Brotscheibe, die sie von einem Brot, das eine Dame aus Montsou geschenkt, zurückbehalten hatte. Dann schlossen sie leise die Tür und gingen fort.
Souvarine war bei einer Wegkrümmung in der Nähe des Wirtshauses ›Zum wohlfeilen Schoppen‹ stehengeblieben. Seit einer halben Stunde beobachtete er, wie die Bergleute zur Arbeit zurückkehrten, undeutlich in dem nächtlichen Dunkel, mit dem dumpfen Getrappel einer Herde ihres Weges ziehend. Er zählte sie, wie die Metzger am Eingang des Schlachthauses ihre Tiere zählen; und er war überrascht von ihrer Anzahl; er hatte selbst in seinem Pessimismus nicht vorausgesehen, daß die Zahl dieser Feiglinge so groß sein könnte. Und der Zug dauerte noch immer fort. Steif und kühl stand der Maschinist da, mit klaren Augen und aufeinandergepreßten Zähnen.
Doch jetzt fuhr er zusammen. Unter den vorüberziehenden Männern, deren Gesichter er nicht unterscheiden konnte, hatte er einen an seinem Gang erkannt. Er trat näher und hielt ihn an.
»Wohin gehst du?«
Etienne war betroffen. Anstatt die Frage zu beantworten, stammelte er:
»Was! Du bist noch nicht fort?«

Dann gestand er, daß er zur Arbeit zurückkehre. Gewiß, er habe geschworen; allein, es sei kein Leben, mit verschränkten Armen auf Dinge zu warten, die vielleicht in hundert Jahren kommen würden; er habe überdies seine besonderen Gründe, die ihn veranlaßten, die Arbeit wiederaufzunehmen.

Bebend hatte Souvarine ihm zugehört; dann packte er ihn an einer Schulter und stieß ihn zurück, in der Richtung auf das Arbeiterdorf.

»Geh nach Hause; ich will es, hörst du?«

Als Catherine näherkam, erkannte er auch sie. Etienne wehrte sich und erklärte, er gestatte niemandem, über sein Verhalten zu urteilen. Und die Augen des Maschinisten wanderten von dem Mädchen zu dem Kameraden, während er mit einer Gebärde plötzlicher Entmutigung einen Schritt zurücktrat. Wenn ein Mann ein Weib im Herzen hatte, dann war dieser Mann verloren, er konnte sterben. Vielleicht sah er in einer plötzlich auftauchenden Vision seine Geliebte wieder, die in Moskau gehängt wurde, dieses letzte Band, das ihn an die Menschen knüpfte; nachdem dieses zerschnitten war, hatte er die Unabhängigkeit von dem Leben anderer und von seinem eigenen Leben gewonnen.

»Geh!« sagte er einfach.

Etienne stand einen Augenblick verlegen da und suchte nach einem freundschaftlichen Wort, um nicht so von dem andern zu scheiden.

»Du willst also immer noch fort?«

»Ja.«

»So gib mir die Hand, Alter. Glückliche Reise und keinen Groll!«

Der andere reichte ihm die eiskalte Hand. Weder Freund noch Weib.

»Also, diesmal im Ernst: Adieu!«

»Adieu!«

Und Souvarine, der unbeweglich im Dunkel stand, folgte mit den Blicken Etienne und Catherine, die den Voreux-Schacht betraten.

III

Um vier Uhr begann die Anfahrt. Dansaert hatte sich persönlich am Schreibtisch des Kontrollbeamten in der Lampenkammer eingefunden, schrieb jeden Arbeiter ein, der sich meldete, und ließ ihm die Grubenlampe aushändigen. Er nahm alle an, ohne Bemerkung, und hielt so das in den Anschlagzetteln gegebene Versprechen. Nur als er Etienne und Catherine am Schalter bemerkte, fuhr er auf, wurde sehr rot und öffnete schon den Mund, um die Eintragung zu verweigern. Doch er begnügte sich, mit höhnischer Miene zu triumphieren: Aha, selbst der Starke unter den Starken lag am Boden! Die Gesellschaft hatte also doch auch ihr Gutes, da der furchtbare Bezwinger von Montsou wieder zu ihr kam, um Brot von ihr zu verlangen. Etienne nahm stillschweigend seine Lampe und ging mit der Schlepperin zum Schacht.

Aber hier, in der Aufnahmehalle, fürchtete Catherine die bösen Reden der Kameraden. Kaum eingetreten, erkannte sie Chaval mitten in einer Gruppe von etwa zwanzig Bergleuten, die warteten, bis ein Aufzugskasten frei würde. Er kam wütend auf sie zu, doch hielt der Anblick Etiennes ihn zurück. Er tat, als verhöhnte er sie, wobei er geringschätzig die Achseln zuckte. Nun gut, er machte sich nichts aus der Sache, da der andere den noch warmen Platz eingenommen hatte. Eine Last weniger! Wenn der Herr die Überreste mochte, war das seine Sache. Und während er diese Verachtung zur Schau trug, zitterte er vor Eifersucht, und seine Augen flammten. Die Kameraden rührten sich nicht, standen stumm, mit gesenkten Augen da; sie begnügten sich, die Neuangekommenen von der Seite anzublicken; dann schauten sie traurig, aber ohne Groll wieder nach der Schachtmündung, mit der Lampe in der Hand, zitternd in ihren dünnen Leinenjacken, in dem fortwährenden Luftzug der großen Halle.

Endlich setzte sich der Aufzugskasten in seinen Ankern

fest, und man rief sie zum Einsteigen. Etienne und Catherine drängten sich in einen Karren, wo schon Pierron mit zwei Häuern Platz genommen hatte. Nebenan im anderen Karren sagte Chaval laut zu Mouque, es sei nicht recht, daß die Direktion nicht die Gelegenheit benütze, um die Gruben von den Schnapphähnen zu befreien, die sie beschmutzten. Doch der Pferdewärter, der sich wieder in sein Hundeleben gefügt hatte, grollte nicht mehr wegen des Todes seiner Kinder und antwortete mit einer Gebärde der Versöhnung.

Der Aufzugskasten hakte sich los, man versank in der Dunkelheit. Niemand sprach. Plötzlich – man hatte etwa zwei Drittel der Fahrt gemacht – gab es eine furchtbare Reibung. Die Eisenbestandteile krachten, die Männer wurden aufeinandergeschleudert.

»Himmeldonnerwetter!« brummte Etienne, »wollen sie uns plattdrücken lassen? Bei dieser verdammten Verzimmerung werden wir noch alle ums Leben kommen. Und sie sagen noch, daß sie sie hätten ausbessern lassen.«

Doch war der Kasten an dem Hindernis vorbeigekommen. Er fuhr jetzt unter einem so heftigen Sturzregen hinab, daß die Arbeiter dieses Rauschen beunruhigt vernahmen. Es mußten wieder neue Risse in der Verkästung entstanden sein.

Pierron, der schon seit einigen Tagen arbeitete, wurde befragt; aber er wollte seine Furcht nicht zeigen, weil man sie als einen Angriff auf die Direktion hätte auslegen können, und er antwortete:

»Oh, da ist keine Gefahr! Das ist immer so. Sicherlich hat man nicht Zeit gehabt, die Risse zu verstopfen.«

Über ihren Köpfen brauste die Flut; sie kamen in einer richtigen Wasserhose auf dem Grund des Schachtes an. Kein Aufseher war auf den Gedanken gekommen, durch den Leiternschacht aufzusteigen und sich von der Sachlage zu überzeugen. Die Pumpe würde genügen, sagten sie; die nächste Nacht würden die Zimmerleute kommen, um die Risse zu untersuchen. Die Neueinrichtung der

Arbeit in den Stollen gab genug zu tun. Der Ingenieur hatte entschieden, daß, ehe die Häuer zu den Schlägen zurückkehrten, in den ersten fünf Tagen gewisse unaufschiebbare Befestigungsarbeiten durchgeführt werden müßten. Überall drohten Einstürze; die Gänge hatten so schwer gelitten, daß die Verzimmerung in einer Länge von mehreren hundert Metern ausgebessert werden mußte. Man bildete daher Gruppen von je zehn Männern, jede Gruppe unter Führung eines Aufsehers, und dirigierte sie an jene Stellen, die am meisten Schaden gelitten hatten. Als der Abstieg beendigt war, zählte man, daß dreihundertzweiundzwanzig Arbeiter angefahren waren, ungefähr die Hälfte der Anzahl, die arbeitete, wenn die Grube in voller Beschäftigung war.
Chaval gehörte ausgerechnet zu der Gruppe, in die Etienne und Catherine eingeteilt waren. Das war keineswegs Zufall. Er hatte sich anfänglich hinter den Kameraden verborgen und dann den Aufseher genötigt, ihn in diese Gruppe einzuteilen. Diese begab sich an das Ende des Nordstollens, etwa drei Kilometer weit, um dort einen Einsturz wegzuräumen, der den Eingang eines Stollens verlegte. Man machte sich mit Spitzhacke und Schaufel über die eingestürzten Felsen her. Etienne, Chaval und fünf andere waren am Räumen, während Catherine mit zwei Karrenjungen den Schutt zur schiefen Ebene abführte. Es wurde wenig gesprochen; der Aufseher verließ die Arbeiter keinen Augenblick. Indessen waren die beiden Verehrer der Schlepperin fast so weit, sich zu ohrfeigen. Der frühere Liebhaber brummte zwar, er wolle von dieser Gassendirne nichts wissen; nichtsdestoweniger beschäftigte er sich mit ihr und stieß sie heimlich, so daß der neue Beschützer ihm mit Schlägen gedroht hatte, wenn er sie nicht in Ruhe ließe. Sie verschlangen sich mit den Augen; man mußte sie trennen.
Gegen acht Uhr kam Dansaert, um die Arbeit zu besichtigen. Er schien sehr übler Laune zu sein und zankte mit dem Aufseher. Nichts wäre in Ordnung, die Hölzer

müßten im rechten Verhältnis ausgewechselt werden, und das sei keine Arbeit. Dann ging er und kündigte an, daß er mit dem Ingenieur wiederkommen würde. Er erwartete Négrel schon seit dem Morgen und begriff nicht, wo der Ingenieur bleiben mochte.

Wieder verging eine Stunde. Der Aufseher hatte die Wegräumung des Schuttes einstellen lassen und verwendete alle seine Leute dazu, die Decke zu stützen. Auch die Schlepperin und die zwei Karrenjungen rollten keine Karren mehr, sondern halfen Balken herbeischleppen. In dieser Tiefe des Stollens war die Arbeitergruppe wie auf einem Vorposten, verloren an einem äußersten Ende der Grube, ohne Verbindung mit den übrigen Arbeitsplätzen. Drei- oder viermal wandten die Arbeiter die Köpfe, weil sie aus der Ferne Geräusche wie ein tolles Rennen hörten. Was war das nur? Es schien, als leerten sich die Gänge, als beeilten sich die Kameraden bereits im Laufschritt, hinaufzukommen. Doch der Lärm verlor sich wieder in tiefer Stille; sie fuhren fort, Hölzer aufzurichten, betäubt durch die schallenden Hammerschläge. Endlich ging man wieder an die Forträumung des Schuttes, und die Abfuhr begann von neuem.

Catherine kam gleich von der ersten Fahrt ganz erschreckt zurück und erzählte, daß niemand mehr an der schiefen Ebene sei.

»Ich habe gerufen, niemand hat geantwortet. Alle sind fortgelaufen.«

Die Bestürzung war derart, daß die zehn Männer ihre Werkzeuge wegwarfen, um zu laufen. Der Gedanke, daß sie so tief in der Grube, so fern von der Auffahrt allein und verlassen seien, raubte ihnen den Verstand. Sie hatten nur ihre Lampe behalten; sie liefen hintereinander, die Männer, die Kinder, die Schlepperinnen; und selbst der Aufseher verlor den Kopf und stieß Rufe aus, immer mehr erschreckt durch diese Stille und Verlassenheit der endlosen Stollen. Was war denn los, daß man keiner Seele begegnete? Welcher Unfall mochte die Kameraden so hinweggefegt haben? Ihr Entsetzen wurde noch gesteigert durch die Ungewißheit der Gefahr, durch diese Drohung, die sie fühlten, ohne sie zu kennen.

Als sie sich endlich der Auffahrt näherten, verlegte eine Flut ihnen den Weg. Das Wasser reichte ihnen sofort bis zu den Knien; sie konnten nicht mehr rennen und durchschritten mühsam das Wasser, mit der Gewißheit, daß eine Minute Verzögerung den Tod bedeute.

»Verflucht! die Verzimmerung muß geborsten sein!« schrie Etienne. »Ich sagte es ja, daß wir hier alle umkommen werden!«

Pierron hatte seit der Einfahrt mit Unruhe gesehen, wie die aus dem Schacht niederprasselnde Flut immer höher stieg. Während er mit noch zwei anderen die Karren zur Beförderung einhängte, blickte er empor, und schwere Tropfen fielen ihm ins Gesicht, die Ohren sausten von dem Getöse dort oben. Was ihn noch mehr erzittern ließ, war die Wahrnehmung, daß die Senkgrube unter ihm, das zehn Meter tiefe Loch, sich füllte; schon quoll das Wasser zwischen den Eisenplatten des Fußbodens hervor. Das war ein Beweis, daß die Pumpe nicht mehr ausreichte, um das Grubenwasser auszuschöpfen; er glaubte zu hören, wie sie müde wurde, wie ihr der Atem ausging. Da benachrichtigte er Dansaert, der wütend fluchte und erklärte, man müsse auf den Ingenieur warten. Zweimal wiederholte Pierron seine Warnungen, ohne bei Dansaert etwas anderes als ein verzweifeltes Achselzucken zu erreichen. Nun ja, das Wasser stieg, was konnte er dagegen tun?

Jetzt erschien Mouque mit dem Pferd Bataille, um es zur Arbeit zu führen. Er mußte das Tier mit beiden Händen festhalten, denn der alte, schläfrige Gaul bäumte sich plötzlich, streckte den Kopf nach dem Schacht und wieherte in Todesangst.

»Was gibt es denn, mein Philosoph? Was ängstigt dich? ... Ach, weil es regnet? Komm, das geht dich nichts an.«

Das Tier zitterte am ganzen Körper; er mußte es mit Gewalt zur Abfuhr zerren.

Fast in demselben Augenblick, eben als Mouque und Bataille in der Tiefe eines Stollens verschwanden, gab es ein Krachen in der Luft, gefolgt von dem andauernden Geräusch eines Falles. Ein Balken der Verkästung hatte sich losgemacht und fiel hundertachtzig Meter tief herab, während des Falles wiederholt an die Wände schlagend. Pierron und die anderen Verlader konnten noch rechtzeitig zur Seite springen, der schwere Eichenpfosten zertrümmerte nur einen leeren Karren. Zu gleicher Zeit gab es einen Wassersturz; das Wasser schoß hervor wie bei einem durchbrochenen Damm. Dansaert wollte hinauf, um nachzusehen; aber noch während er sprach, stürzte ein zweiter Balken hinunter. Und in seinem Schrecken, angesichts der drohenden Katastrophe, zögerte er nicht länger und gab das Signal zur Auffahrt; gleichzeitig schickte er die Aufseher nach allen Richtungen, um die Leute auf den Arbeitsplätzen zu benachrichtigen.

Und nun gab es ein furchtbares Hasten und Drängen. Aus allen Stollen kamen Gruppen von Arbeitern im Eilschritt an und stürzten sich auf die Aufzugskästen. Man rang auf Tod und Leben, um früher hinaufgeschafft zu werden. Einige, die auf den Einfall gekommen waren, durch den Leiterschacht aufzusteigen, kamen mit dem Rufe zurück, der Weg sei dort versperrt. Nach jeder Auffahrt eines Förderkorbes gab es neues Entsetzen: dieser konnte noch hinauf, aber wer wußte, ob der nächste auch noch hinaufkommen würde durch alle Hindernisse, die den Schacht verlegten? Der Zusammenbruch oben schien fortzudauern; man hörte eine ganze Reihe von dumpfen Schlägen; es waren die zerbrochenen Hölzer, die unter dem andauernden und wachsenden Rauschen des Wassers zersprangen. Ein Aufzugskasten wurde bald außer Betrieb gesetzt; er glitt nicht mehr durch die Leitpfosten, ohne Zweifel waren sie gebrochen. Der andere Kasten streifte dermaßen an den Wänden, daß ein Reißen der Kabel zu befürchten war. Und es waren noch etwa hundert Leute hinaufzuschaffen. Alle röchelten in Todesangst und klammerten sich aneinander, vom Wasser durchnäßt, mit Blut befleckt. Zwei wurden von herabstürzenden Balken erschlagen; ein dritter, der sich an den Aufzugskasten geklammert hatte, fiel aus einer Höhe von fünfzig Metern hinunter und verschwand in der Senkgrube.

Dansaert bemühte sich indessen, Ordnung zu schaffen. Mit einer Spitzhacke bewaffnet, drohte er, dem ersten, der nicht gehorchen würde, den Schädel einzuschlagen. Er wollte sie der Reihe nach aufstellen und rief, die Verlader würden zuletzt ausfahren, nachdem sie die Kameraden verladen hätten. Aber man hörte ihn nicht. Er hatte Pierron, der bleich und feige dastand, gewaltsam hindern müssen, mit den ersten auszufahren. Bei jedem Aufstieg mußte er ihn mit Hieben zurückjagen. Allein, er selbst klapperte mit den Zähnen; noch eine Minute, und er war verschlungen. Oben war alles geplatzt und geborsten, ein wilder Strom ergoß sich herab, dazwischen ein mörderischer Sturz von Balken. Einige Arbeiter liefen noch herbei, als er wahnsinnig vor Angst in einen Karren sprang und Pierron folgen ließ. Der Förderkorb stieg auf.

In diesem Augenblick erschien die Gruppe Etiennes und Chavals beim Aufzug. Sie sahen den Kasten verschwinden und rannten hin; doch sie mußten zurückweichen, denn die Verzimmerung brach endgültig herab und verrammelte den Schacht. Der Förderkorb konnte nicht mehr zurück. Catherine schluchzte, Chaval stieß fürchterliche Flüche aus. Es waren noch etwa zwanzig Arbeiter da; sollten diese Schweine von Vorgesetzten sie hier im Stich lassen wollen? Vater Mouque, der das Pferd Bataille ohne Hast wieder zurückgeführt hatte, hielt das Tier am Halfter; beide, der Alte und der Gaul, waren verblüfft angesichts des rasch steigenden Wassers. Es reichte den Leuten jetzt bis zu den Schenkeln. Etienne stand mit zusammengepreßten Zähnen da und hob Catherine in seinen Armen hoch. Und die zwanzig heulten und schauten hartnäckig und blöd nach dem Schacht, diesem einstürzenden Loch, das einen Strom ausspie und aus dem ihnen keine Hilfe kommen konnte.

Als Dansaert an das Tageslicht gelangte, sah er Négrel herbeieilen. Unglücklicherweise hatte ihn heute, als er das Bett verließ, Frau Hennebeau aufgehalten und mit ihm Preiskataloge durchgeblättert, um ihre Auswahl für die Hochzeitsgeschenke zu treffen. Es war schon zehn Uhr.

»Nun, was gibt's?« rief er von weitem.

»Die Grube ist verloren«, antwortete der Oberaufseher.

Und er erzählte stammelnd die Katastrophe, während der Ingenieur ungläubig die Achseln zuckte. War es möglich, daß eine Verzimmerung so zusammenstürzte? Man übertrieb sicherlich; er wollte sich überzeugen.

»Es ist doch niemand in der Grube geblieben?«

Dansaert geriet in Verwirrung. Nein, niemand. Er hoffte es wenigstens. Es sei immerhin möglich, daß einzelne Arbeiter sich verspätet hätten.

»Herrgott! warum sind Sie dann heraufgekommen? Verläßt man so die Leute?«

Sogleich erteilte er den Befehl, daß man die Lampen zähle. Man hatte am Morgen dreihundertzweiundzwanzig verteilt, und man zählte jetzt nur zweihundertundfünfundfünfzig; doch erklärten mehrere Arbeiter, daß die ihrige unten geblieben, in dem Schrecken, in dem Gedränge ihnen aus der Hand gefallen sei. Man versuchte, die Namen aufzurufen, aber es war unmöglich, eine genaue Zahl festzustellen; einzelne Bergleute waren davongelaufen, andere hörten ihren Namen nicht mehr. Man konnte sich über die Zahl der fehlenden Kameraden nicht einigen; es waren vielleicht zwanzig, vielleicht vierzig. Eines war für den Ingenieur gewiß: es gab noch Leute in der Grube; man hörte ihr Geheul durch das Geräusch des Wassersturzes und das eingestürzte Gebälk hindurch, wenn man sich über den Eingang des Schachtes hinabbeugte.

Die erste Sorge Négrels war, Herrn Hennebeau zu holen und die Grube schließen zu lassen. Aber es war schon zu spät; die Bergleute, die, von dem Krachen der Verzimmerung verfolgt, nach dem Dorfe der Zweihundertvierzig gerannt waren, hatten schon die Familien in Schrekken gejagt; ganze Scharen von Weibern, Greisen und Kindern liefen schreiend und jammernd herbei. Man mußte sie zurückdrängen; eine Reihe von Aufsehern wurde beauftragt, sie zurückzuhalten, damit sie die Rettungsarbeiten nicht störten. Viele Arbeiter, die heraufgeschafft worden waren, standen da, ganz verstört, ohne daran zu denken, ihre Kleider zu wechseln, durch den Bann des Entsetzens festgehalten vor dem furchtbaren Loch, in dem sie fast geblieben wären. Die Weiber umringten sie flehend und fragten nach den Namen. War der unten? und der? und jener? Aber sie wußten nichts; sie stammelten nur und machten sinnlose Gebärden, als wollten sie damit eine immer wiederkehrende, furchtbare Vision verscheuchen. Die Menge wuchs schnell an; auf den Straßen erhob sich Jammergeschrei. Und oben, auf dem Abbauhügel, in der Hütte des alten Bonnemort, saß Souvarine auf der Erde. Er hatte sich nicht entfernt; er wartete und schaute.

»Die Namen! die Namen!« riefen die Weiber mit von Tränen erstickter Stimme.

Négrel erschien einen Augenblick und rief:

»Sobald wir die Namen wissen, werden wir sie bekanntgeben! Noch ist nichts verloren; alle werden gerettet werden … Ich fahre ein.«

Die Menge wartete nun in stummer Angst. In der Tat schickte sich der Ingenieur mit ruhigem Mut zur Einfahrt an. Er hatte den Aufzugskasten loshaken lassen und den Befehl gegeben, statt dessen eine Tonne an das Seil zu hängen; und da er vermutete, daß das Wasser seine Lampe auslöschen würde, befahl er, daß unter der Tonne eine zweite angebracht werde, die dadurch geschützt wäre.

Bleich und zitternd halfen mehrere Aufseher bei diesen Vorbereitungen.

»Dansaert, Sie werden mit mir einfahren«, gebot Négrel kurz.

Dann, als er alle so mutlos sah, als er sah, wie der Oberaufseher entsetzt wankte, schob er ihn mit einer verächtlichen Gebärde zur Seite.

»Nein, Sie wären mir nur im Wege... ich will lieber allein sein.«

Schon stand er in dem engen Kübel, der am Ende des Seiles schwankte. Mit der einen Hand die Lampe haltend, mit der andern die Signalleine ergreifend, rief er dem Maschinisten zu:

»Langsam!«

Die Fördermaschine setzte sich in Bewegung: Négrel verschwand in dem Abgrund, aus dem noch immer das Geheul der Unglücklichen herauftönte.

In der Höhe war alles in Ordnung; er konstatierte, daß die obere Verzimmerung sich in gutem Zustande befinde. Im Schachte hin und her geschaukelt, drehte er sich nach allen Seiten und beleuchtete die Wände; das Sickerwasser zwischen den Rissen war so spärlich, daß seine Lampe nicht darunter litt. Aber als er in einer Tiefe von dreihundert Metern bei der unteren Verzimmerung ankam, erlosch sie, wie er es vorausgesehen hatte; ein Wasserstrahl hatte den Kübel gefüllt. Und nun sah er nur noch bei dem Scheine der an dem Kübel hängenden Lampe, die ihm in der Finsternis vorausging. Angesichts des furchtbaren Unglücks erbleichte und erschauerte der sonst so kühne Mann. Nur einige Stücke Holz waren geblieben, die übrigen waren mit ihren Rahmen hinabgestürzt; dahinter gab es riesige Höhlen, der gelbe Sand ergoß sich in großer Menge, fein wie Mehl, während das Wasser des »Torrent«, dieses Meeres mit seinen der Oberwelt unbekannten Stürmen und Schiffbrüchen, in breiten Strömen wie aus einer Schleuse hinabstürzte. Er fuhr noch tiefer hinab, verloren inmitten dieser sich noch immer ver-

mehrenden Höhlen, gepeitscht und im Kreise gedreht durch den Wassersturz, bei so schlechter Beleuchtung durch den roten Stern der Lampe, die unter ihm hinabglitt, daß er in der Ferne, im Spiel der großen, beweglichen Schatten Straßen und Wegkreuzungen einer zerstörten Stadt wahrzunehmen glaubte. Hier war keine menschliche Arbeit mehr möglich. Er bewahrte nur noch eine Hoffnung; die gefährdeten Menschen da unten retten zu können. Je tiefer er hinunterkam, um so lauter hörte er das Geheul. Und er mußte anhalten, ein unüberwindliches Hindernis versperrte den Schacht, ein Haufen von zerbrochenen Balken und Brettern, die geborstenen Holzwände des Schachtes, im wirren Durcheinander mit den Resten der Pumpenleitung. Als er beklommenen Herzens dieses grauenhafte Chaos lange betrachtete, verstummte mit einem Male das Geheul da unten. Ohne Zweifel waren die Unglücklichen vor dem schnell steigenden Wasser in die Stollen geflohen, wenn das Wasser ihnen nicht schon in den Mund gedrungen war.
Er mußte sich entschließen, das Signal zur Auffahrt zu geben. Dann ließ er wieder haltmachen. Er befand sich unter dem betäubenden Eindruck dieses plötzlichen Unglücks, dessen Ursache er nicht begreifen konnte. Er wollte sich Aufklärung verschaffen und untersuchte die wenigen Stücke der Verzimmerung, die noch hielten. Zu seiner Überraschung fand er Risse und Einschnitte, die sich in bestimmten Zwischenräumen wiederholten. Da seine Lampe in der Nässe zu erlöschen drohte, tastete er mit den Fingern und erkannte genau die Spuren der Säge und des Bohrers, ein niederträchtiges Zerstörungswerk. Augenscheinlich war diese Katastrophe mit Absicht herbeigeführt worden. Er war wie versteinert; da krachten die Hölzer, der letzte Rest stürzte samt den Rahmen hinab und drohte ihn selbst mitzureißen. Da war sein Mut zu Ende. Seine Haare sträubten sich, als er an den Menschen dachte, der dies verübt hatte; er erschauerte in der religiösen Furcht vor dem Bösen, als ob der Mensch noch

da wäre in dem finstern Schlund, riesengroß, um seine ungeheuerliche Missetat zu vollenden. Er schrie auf, riß mit wütender Hand an der Signalleine. Es war übrigens hohe Zeit, denn er sah hundert Meter höher, daß auch die obere Verzimmerung in Bewegung geraten war; die Fugen öffneten sich, das geteerte Werg fiel heraus, das Wasser brach hervor. Es war nur mehr die Frage von Stunden, daß die ganze Verzimmerung des Schachtes in Trümmer zusammenbrechen würde.

Oben wurde Négrel von dem geängstigten Herrn Hennebeau erwartet.

»Nun, wie steht's?« fragte er.

Doch der Ingenieur blieb stumm, seine Kräfte drohten ihn zu verlassen.

»Das ist nicht möglich!... Man hat so etwas noch nie erlebt! Hast du das untersucht?...«

Er nickte ja und warf dabei mißtrauische Blicke nach allen Seiten. Er wollte in Gegenwart der Aufseher, die zuhörten, keine Erklärungen geben und führte den Onkel zehn Meter beiseite. Dies schien ihm noch nicht genug, und er ging noch weiter zurück. Dann erzählte er ihm sehr leise ins Ohr von dem Anschlag, wie die Planken durchbohrt und durchsägt, die Grube mörderisch beschädigt worden war, so daß sie in den letzten Zügen lag. Der Direktor war bleich geworden und dämpfte gleichfalls die Stimme, in dem instinktiven Bedürfnis, demzufolge von großen Lastern und großen Verbrechen nur in aller Stille gesprochen wird. Es war nicht nötig, vor den zehntausend Arbeitern von Montsou Furcht zu zeigen; man würde später sehen, was zu tun sei. Und sie fuhren fort zu flüstern, niedergeschmettert bei dem Gedanken, daß ein Mensch den Mut gefunden hatte hinabzusteigen, wobei er sozusagen in der Luft hing und zwanzigmal sein Leben wagen mußte, um dieses furchtbare Werk zu verrichten. Sie begriffen nicht die Tollkühnheit bei diesem Werk der Zerstörung; sie wollten an das Offenkundige nicht glauben, wie man an den Schilderungen zweifelt, die von berühmten Ausfällen aus belagerten Städten erzählen oder von der Flucht von Gefangenen aus dreißig Meter hoch gelegenen Fenstern.

Als Herr Hennebeau sich den Aufsehern näherte, lief über sein Gesicht ein nervöses Zucken. Er machte eine verzweifelte Gebärde und gab den Befehl, die Grube sofort zu räumen. Es war ein trauriger Leichenzug, ein stummes Aufgeben, mit rückwärts gerichteten Blicken nach den großen, leeren Ziegelbauten, die noch standen, aber unrettbar verloren waren.

Und als der Direktor und der Ingenieur als die letzten von der Aufnahmehalle herunterkamen, empfing sie die Menge mit dem hartnäckig wiederholten Ruf:

»Die Namen! Die Namen! Sagt die Namen!«

Jetzt war auch Frau Maheu unter den Weibern. Sie erinnerte sich an das Geräusch, das sie in der Nacht gehört hatte. Ihre Tochter und ihr Mieter mußten zusammen weggegangen sein; sie befanden sich gewiß in der Grube. Doch nachdem sie ausgerufen hatte, es geschähe ihnen recht, wenn sie unten blieben, die Herzlosen, die Feiglinge, war sie herbeigeeilt; zitternd vor Angst stand sie in der ersten Reihe. Sie wagte nicht mehr zu zweifeln; der Streit um die Namen, den es ringsumher gab, machte es ihr klar. Ja, ja, Catherine war unten und Étienne gleichfalls. Ein Kamerad hatte sie gesehen. Aber bei den übrigen war man sich nicht einig. Dieser nicht, jener ja; Chaval wäre unten, meinte der eine, während ein Schlepperjunge schwor, mit ihm ausgefahren zu sein. Die Levaque und die Pierron hatten sich, obgleich keiner der ihrigen in Gefahr war, unter die übrigen gemengt und schrien am lautesten. Zacharie, der als einer der ersten ausgefahren war, küßte weinend sein Weib und seine Mutter, wenngleich er sonst gern den sich über alles mokierenden Menschen spielte. Er blieb neben seiner Mutter, teilte ihre Angst, bekundete eine ganz ungewohnte Liebe für die Schwester und wollte nicht glauben, daß diese noch unten sei, solange die Vorgesetzten dies nicht in amtlicher Form bestätigt hätten.

»Die Namen! Die Namen! Um Gottes willen die Namen!«
Négrel wurde nervös und sagte sehr laut zu den Aufsehern: »Nun bringt sie doch zum Schweigen! Das ist zum Verrücktwerden. Wir wissen sie nicht, die Namen.«
So vergingen zwei Stunden. Im ersten Schrecken hatte niemand an den andern Schacht gedacht, an den alten Schacht von Réquillart. Herr Hennebeau verkündete, daß man das Rettungswerk von dieser Seite versuchen werde, da ein Gerücht umlief, wonach fünf Arbeiter sich aus der ersäuften Grube gerettet hatten, indem sie die morschen Leitern des alten Schachtes erstiegen. Man nannte den Vater Mouque; dies überraschte jedermann; man hatte nicht geglaubt, daß er unten sei. Doch die Mitteilungen der Geretteten vermehrten noch den Jammer. Fünfzehn Kameraden hatten ihnen nicht folgen können; sie hatten sich verirrt, waren durch Verschüttungen abgeschnitten; und es war nicht möglich, ihnen zu Hilfe zu kommen, denn das Wasser stand schon zehn Meter hoch im Réquillart-Schacht. Man erfuhr jetzt alle Namen, und die Luft war erfüllt von dem Jammer.
»Heißt sie doch schweigen!« wiederholte Négrel wütend. »Und sie sollen zurückgehen! Jawohl, auf eine Entfernung von hundert Metern! Hier ist Gefahr. Drängt sie zurück!«
Man mußte sich dieser armen Leute erwehren; sie bildeten sich noch andere Unglücksfälle ein. Man jage sie davon, um die Toten vor ihnen zu verbergen. Die Aufseher mußten ihnen erklären, daß der Schacht die ganze Grube verschlingen werde. Dieser Gedanke ergriff sie derart, daß sie stumm blieben; sie ließen sich schließlich Schritt für Schritt zurückdrängen, aber man mußte die Wachen verdoppeln, die sie zurückhielten; denn sie kamen unwillkürlich immer wieder, gleichsam angezogen durch die Grube. Etwa tausend Personen drängten sich auf der Straße; man lief aus allen Arbeiterdörfern herbei, selbst

aus Montsou. Der Mann auf dem Hügel aber, der blonde Mann mit dem Mädchengesicht, rauchte Zigaretten, um sich die Zeit zu vertreiben und wandte die hellen Augen nicht von der Grube.

Nun begann das Warten. Es war Mittag; niemand hatte gegessen, und dennoch entfernte sich niemand. Am nebligen, schmutziggrauen Himmel zogen langsam rostfarbene Wolken dahin. Hinter der Hecke der Rasseneurschen Schenke ließ ein großer Hund, den der lebendige Hauch der Menge reizte, ein unaufhörliches, wütendes Gebell vernehmen. Und diese Menge hatte sich allmählich über die anstoßenden Felder verbreitet und hatte in einer Entfernung von etwa hundert Metern einen Kreis um die Grube gebildet. Mitten in dem eingeschlossenen großen Raum erhoben sich die Gebäude der Voreux-Grube. Keine Seele und kein Geräusch mehr; eine Einöde. Fenster und Türen waren offen geblieben und ließen die verlassenen inneren Räume sehen. Eine rote Katze, die man vergessen hatte, witterte die Gefahr dieser Einsamkeit, sprang von einer Treppe herab und verschwand. Die Kesselfeuer waren wohl eben erst ausgegangen, denn der aus roten Ziegeln erbaute hohe Schlot sandte leichte Rauchwolken nach dem düsteren Himmel empor, während der Wetterhahn des Schachtturmes im Winde krächzte, ein schrilles Kreischen vernehmen ließ, die einzige melancholische Stimme in diesen dem Tode geweihten, weitläufigen Bauten.

Um zwei Uhr hatte sich noch nichts gerührt. Herr Hennebeau, Négrel und andere Ingenieure, die herbeigeeilt waren, bildeten vor der Menge eine besondere Gruppe von schwarzen Röcken und Hüten. Auch sie wollten sich nicht entfernen; ihre Beine waren vor Müdigkeit wie gebrochen. Sie fieberten und waren krank, weil sie machtlos einer solchen Katastrophe gegenüberstanden; sie tauschten nur wenige geflüsterte Worte aus, als stünden sie am Bette eines Sterbenden. Die obere Verzimmerung mußte völlig zusammengebrochen sein; man hörte plötzliche, laute, abgerissene Geräusche, wie wenn Gegenstände in die Tiefe stürzen; dann trat wieder tiefe Stille ein. Die Wunde wurde immer größer; der Einsturz, der unten begonnen hatte, rückte höher, näherte sich der Oberfläche. Eine nervöse Ungeduld hatte sich Negrels bemächtigt; er wollte sehen und wagte sich vor in der erschreckenden Leere, als ihn mehrere an den Schultern faßten. Wozu denn? Er konnte nichts verhindern. Ein alter Bergmann täuschte indessen die Wachsamkeit der Aufseher und lief zur Baracke; doch kehrte er sogleich ruhig zurück, er hatte nur seine Holzschuhe geholt.

Es schlug drei Uhr. Nichts regte sich. Ein Platzregen hatte die Menge durchnäßt, ohne daß sie zurückwich. Rasseneurs Hund bellte jetzt wieder. Um drei Uhr zwanzig erschütterte ein erster Stoß die Erde. Der Voreux erzitterte, stand aber noch fest und aufrecht. Dann folgte ein zweiter Stoß, und ein langgedehnter Schrei entrang sich der Menge. Das Siebwerk hatte zweimal geschwankt und war dann mit furchtbarem Krachen eingestürzt. Unter dem ungeheuren Druck zersplitterten die Balken und rieben sich so gewaltig aneinander, daß ganze Funkengarben aufstoben. Von diesem Augenblicke an hörte die Erde nicht mehr auf zu zittern; Stöße folgten aufeinander, unterirdische Einstürze, begleitet von dem dumpfen Grollen eines feuerspeienden Vulkans. Der Hund in der Ferne bellte nicht mehr, sondern stieß ein klagendes Geheul aus, als würde er die Schwankungen der Erde ankündigen, die er kommen fühlte; und die Weiber und Kinder, die Menge, die hier zuschaute, konnte einen Jammerschrei nicht zurückhalten bei jedem Ruck, der sie hob. In weniger als zehn Minuten war das Schieferdach des Schachtturmes eingestürzt; die Aufnahmehalle und der Maschinenraum zeigten Risse, die sich zu großen Breschen erweiterten. Dann verstummten die Geräusche, der Einsturz machte Halt, und es trat wieder tiefe Stille ein.

Etwa in einer Stunde wurde der Voreux in dieser Weise

vernichtet, als würde er von einem Barbarenheer in Grund und Boden geschossen. Man schrie nicht mehr; der weite Kreis der Zuschauer betrachtete die Geschehnisse. In dem Trümmerhaufen des Siebwerkes sah man zerschlagene Karren und verbogene Trichter. Besonders in der Aufnahmehalle häuften sich die Trümmer, in einem Regen von Ziegeln und Mauerteilen, die in ganzen Stücken niedersanken und in Schutt zerfielen. Das eiserne Gebälk, das die Spornräder trug, hatte sich geneigt, war halb eingesunken; ein Förderkorb blieb daran hängen; oben baumelte das Ende einer abgerissenen Kette; in wirrem Durcheinander lagen Karren, gußeiserne Platten und Leitern. Durch einen seltsamen Zufall war die Lampenkammer verschont geblieben und zeigte links die hellen Reihen ihrer kleinen Lampen. Im Hintergrunde des jetzt offenliegenden Maschinenraumes sah man die Maschine fest auf ihrem gemauerten Unterbau sitzen; die kupfernen Bestandteile schimmerten; die großen, stählernen Glieder hatten das Aussehen von unverwüstlichen Muskeln; die ungeheure Treibstange, in der Luft eingebogen, glich dem mächtigen Knie eines Riesen, der in seiner gewaltigen Stärke ruhig daliegt.

Nachdem eine Stunde lang keine weitere Erschütterung erfolgt war, schöpfte Herr Hennebeau wieder Hoffnung. Die Bewegung des Erdreiches mußte jetzt zu Ende sein, man würde wenigstens die Maschine und den Rest der Gebäude retten können. Aber er verbot noch immer jede Annäherung; er wollte noch eine halbe Stunde warten. Das Warten aber wurde unerträglich; die Hoffnung verdoppelte die Angst; alle Herzen schlugen stürmischer. Rasch anwachsende Wolken am Horizont beschleunigten die Dämmerung; ein düsterer Abend breitete sich über die Trümmer, die der Aufruhr der Erde ausgestreut hatte. Seit sieben Stunden standen die Leute da, ohne sich zu rühren und ohne zu essen.

Und plötzlich, als die Ingenieure sich vorsichtig näher wagten, wurden sie durch eine letzte Erschütterung der

Erde in die Flucht gejagt. Unterirdische Schläge folgten; eine ungeheure Artillerie beschoß den Abgrund. Auf der Oberfläche stürzten die letzten noch stehenden Gebäude zusammen. Zuerst wurden die Trümmer des Siebwerkes und der Aufnahmehalle wie von einem Wirbelwind davongetragen. Dann barst das Kesselhaus und verschwand. Jetzt kam die Reihe an den viereckigen Turm, in dem die Schöpfpumpe ächzte; er fiel nach vorn zu Boden wie ein Mensch, den eine Kanonenkugel niedergeworfen hat. Und nun sah man etwas Fürchterliches. Man sah die Maschine, die zerrissen, mit ausgereckten Gliedern auf ihrem Unterbau saß, gegen den Tod ankämpfen; sie setzte sich in Bewegung, streckte ihre Treibstange – ihr Riesenknie – wie um sich zu erheben; doch sie mußte sterben, sie wurde zermalmt und verschlungen. Nur der dreißig Meter hohe Schlot stand noch aufrecht, wenngleich geschüttelt wie ein Mast im Sturm. Man glaubte schon, er werde einstürzen und als Staubwolke auffliegen, als er plötzlich mit einem Ruck gänzlich versank, von der Erde eingesogen, geschmolzen wie eine Riesenkerze; und nichts ragte aus der Erde hervor, nicht einmal die Spitze des Blitzableiters. Es war aus; das böse Ungetüm, das in der Grube hockte und sich mit Menschenfleisch nährte, ließ nicht mehr seinen lauten, langen Atem hören. Der Voreux-Schacht war vollständig im Abgrund versunken.

Heulend floh die Menge. Weiber flüchteten, die Hände vor den Augen. Der Schrecken jagte Männer wie ein Häuflein welker Blätter. Man wollte nicht schreien und schrie dennoch, mit geschwellter Kehle und fuchtelnden Armen angesichts des ungeheuren Loches, das sich aufgetan hatte. Dieser Krater – dem eines erloschenen Vulkans gleichend – hatte eine Tiefe von fünfzehn Metern und dehnte sich von der Straße bis zum Kanal aus, mindestens vierzig Meter breit. Der ganze Werkhof war den Gebäuden nachgefolgt: die riesigen Gerüste, die Brücken mit ihren Schienen, ein vollständiger Zug, drei Waggons, der riesige Holzvorrat, ein ganzer Wald von geschnittenen Balken und Brettern, verschlungen, als wären es Strohhalme. Auf dem Grunde dieses Loches sah man nur noch einen Wirrwarr von Balken, Ziegeln, Eisen, Mörtel; grausige Reste, aufgehäuft, durcheinandergeworfen, beschmutzt in der Raserei dieser Katastrophe. Und das Loch verbreiterte sich noch mehr; von den Rändern gingen Risse aus, verlängerten sich quer durch die Felder. Ein Spalt reichte bis zur Schenke Rasseneurs, deren Stirnwand geborsten war. Würde etwa das ganze Dorf zugrunde gehen? Wie weit mußte man fliehen, um sicher zu sein an diesem Schreckensabend, unter diesem bleischweren Gewölk, das ebenfalls die Welt erdrücken zu wollen schien?

Doch Négrel stieß jetzt einen Schmerzensschrei aus, und Herr Hennebeau, der zurückgewichen war, weinte. Das Unglück war noch nicht vollständig; einer der Kanaldämme brach, und der Kanal ergoß sich plötzlich als schäumende Masse in einen der Risse. Er verschwand, er stürzte hinein wie ein Wasserfall in ein tiefes Tal. Die Grube soff den Fluß; die Flut ersäufte die Stollen jetzt auf Jahre hinaus. Bald füllte sich der Krater; wo früher der Voreux gewesen, dort gab es jetzt einen See schmutzigen Wassers, jenen Seen gleichend, unter denen die verwunschenen Städte schlafen. Eine Stille des Entsetzens war eingetreten; man hörte nichts mehr als den Sturz des Wassers, das in den Eingeweiden der Erde brauste.

Jetzt erhob sich Souvarine auf dem Schutthügel, der gleichfalls gewankt hatte. Er hatte Frau Maheu und Zacharie erkannt, die schluchzend vor diesem Einsturz standen, der so schwer auf den Köpfen der Unglücklichen lastete, die unten dem Tode geweiht waren. Er warf seine letzte Zigarette weg und entfernte sich, ohne einen Blick zurückzuwenden, bei Einbruch der Nacht. Sein Schatten wurde immer kleiner und verlor sich schließlich in der Finsternis. Er ging fort, weit, weit, ins Unbekannte. Er ging mit ruhiger Miene an das Werk der Vernichtung; überall wo es Dynamit gab, um die Städte und die Menschen in die Luft zu sprengen. Wenn das sterbende Bürgertum bei jedem seiner Schritte den Boden wanken fühlen wird: das wird sein Werk sein!

IV

Noch in derselben Nacht, die dem Einsturz der Voreux-Grube folgte, war Herr Hennebeau nach Paris abgereist, weil er die Verwaltungsräte von dem Unglück benachrichtigen wollte, noch ehe die Zeitungen die Nachricht brachten. Und als er am nächsten Tage zurückkehrte, fand man ihn ruhig, mit seiner stets korrekten Miene. Er wurde augenscheinlich nicht zur Verantwortung gezogen und hatte die Gunst der Herren nicht eingebüßt; im Gegenteil wurde vierundzwanzig Stunden später das Dekret unterzeichnet, das ihn zum Offizier der Ehrenlegion ernannte.

Doch wenn auch der Direktor sich halten konnte, so wankte die Gesellschaft unter dem furchtbaren Schlag. Nicht wegen der Millionen, die sie verlor, sondern wegen der offenen Wunde in ihrer Flanke, der dumpfen, unaufhörlichen Furcht vor dem kommenden Tage, angesichts der Vernichtung einer ihrer Gruben. Sie war so schwer getroffen, daß sie wieder das Bedürfnis fühlte, Stillschweigen zu wahren. Was konnte es auch nützen, diese abscheulichen Geschichten aufzuwühlen? Warum sollte man aus dem Banditen, wenn er entdeckt würde, einen Märtyrer machen, dessen furchtbarer Heldenmut ein ganzes Geschlecht von Brandstiftern und Mördern erzeugen würde? Sie hatte übrigens keine Ahnung von dem wirklichen Schuldigen; sie glaubte schließlich, es habe ein ganzes Heer von Verschworenen gegeben, weil sie nicht annehmen konnte, daß ein einziger Mensch die Kühnheit und Kraft zu einem solchen Zerstörungswerk gefunden hatte, und dieser Gedanke ließ sie nicht zur

Ruhe kommen, der Gedanke, daß ihre Gruben fortan von einer immer größeren Gefahr bedroht waren. Der Direktor hatte die Weisung erhalten, ein weitläufiges Spionagesystem einzurichten, dann einzeln und unauffällig die gefährlichen Männer, die er im Verdacht hatte, daß sie an dem Verbrechen beteiligt wären, zu entlassen. Man begnügte sich mit dieser Säuberung, die man für einen Akt großer politischer Klugheit hielt.
Es gab nur eine sofortige Entlassung: die des Oberaufsehers Dansaert. Seit dem Ärgernis mit Frau Pierron war er unmöglich geworden. Als Vorwand diente sein Verhalten in der Gefahr, die Feigheit des Führers, der seine Leute im Stiche läßt. Es war übrigens ein stillschweigendes Zugeständnis an die Grubenarbeiter, die ihn verabscheuten.
In der Öffentlichkeit hatten indessen gewisse Gerüchte Eingang gefunden, und die Direktion war genötigt, einer Zeitung eine Berichtigung zu senden, um die Behauptung zu widerlegen, daß die Streikenden ein Pulverfaß zur Entzündung gebracht hätten. Nach einer flüchtig durchgeführten Untersuchung kam der Regierungsingenieur in seinem Bericht zu dem Schluß, daß man es mit einem natürlichen Bruch der Verzimmerung zu tun habe, herbeigeführt durch eine Verschiebung des Erdreiches. Und die Gesellschaft hatte es vorgezogen, zu schweigen und den Tadel wegen mangelhafter Aufsicht über sich ergehen zu lassen. Schon nach drei Tagen füllte die Katastrophe alle Pariser Blätter; man sprach nur noch von den Arbeitern, die in den Gruben dem sicheren Untergang verfallen waren; die jeden Morgen veröffentlichten Depeschen wurden gierig verschlungen. In Montsou selbst lebten die Bürger in bleicher Furcht; bei dem bloßen Namen ›Voreux‹ erstarb ihnen das Wort in der Kehle; es bildete sich eine Legende, die selbst die Kühnsten nur zitternd und im Flüstertone weitererzählten. Die ganze Gegend war von Mitleid für die Opfer ergriffen; es gab förmliche Wallfahrten zur verwüsteten Grube; ganze Familien ka-

men, um bei dem schrecklichen Anblick der Trümmer zu erschauern, die auf den glücklichen Begrabenen lasteten.
Deneulin, zum Abteilungsingenieur ernannt, trat inmitten dieser Katastrophe sein Amt an. Seine erste Sorge war, den Kanal wieder in seinem Bett einzudämmen, denn dieser reißende Strom vergrößerte mit jeder Stunde die Beschädigungen. Große Arbeiten waren notwendig; etwa hundert Arbeiter wurden zur Herstellung eines Dammes eingesetzt. Zweimal wurden die ersten Abdämmungen durch die Gewalt der Flut weggerissen. Dann stellte man Pumpen auf; es war ein erbitterter Kampf; Schritt für Schritt wurde der verlorene Boden wieder erobert.
Noch weit größer war der Eifer, der an die Rettung der verschütteten Arbeiter gesetzt wurde. Negrel war beauftragt, eine äußerste Anstrengung zu versuchen, und es fehlte ihm dabei nicht an hilfreichen Armen; in einem Drang der Brüderlichkeit boten alle Bergleute sich ihm an. Sie vergaßen den Streik, dachten nicht an die Bezahlung; da es sich darum handelte, Kameraden zu befreien, die in Lebensgefahr schwebten, wollten sie ihre Haut wagen und kümmerten sich nicht darum, ob man ihnen etwas gab oder nicht. Alle waren da, mit ihren Werkzeugen, in zitternder Erwartung, wo man das Rettungswerk in Angriff nehmen würde. Viele waren noch krank vom Schrecken nach dem Unglück, von einem nervösen Zittern geschüttelt, mit kaltem Schweiß bedeckt, eine Beute fortwährender Schreckensgesichte. Aber dennoch erhoben sie sich von ihrem Lager und zeigten sich als die Eifrigsten im Kampf mit der Erde, als hätten sie an ihr Vergeltung zu üben. Unglücklicherweise begann die Verlegenheit gleich bei der ersten Frage: Was war zu tun? Wie sollte man hinabgelangen? Auf welcher Seite sollte der Angriff auf das Gestein beginnen?
Negrel war der Meinung, daß kein einziger der Unglücklichen mehr am Leben wäre. Die fünfzehn Leute waren sicherlich umgekommen, ertrunken oder erstickt. Allein

bei einer Grubenkatastrophe war es die Regel anzunehmen, daß die verschütteten Leute noch am Leben seien. Er traf in diesem Sinne seine Maßnahmen. Das erste Problem, das er sich vorlegte, war die Ermittelung des Punktes, wohin sie hatten flüchten können. Die Aufseher und die alten Bergleute, die er zu Rate zog, waren sich in ihrer Ansicht einig. Vor dem steigenden Wasser hatten sich die Kameraden von Stollen zu Stollen in die Höhe geflüchtet bis zu den höchsten Schlägen, so daß sie ohne Zweifel in einem der höchstgelegenen Gänge eingeschlossen waren. Dies stimmte übrigens mit den Berichten des Vaters Mouque überein, dessen verworrene Erzählung sogar die Annahme gestattete, daß auf der Flucht die Schar sich in kleine Gruppen aufgelöst habe, die sich nach allen Stockwerken verteilten. Doch über die Frage, wo und welche Rettungsversuche möglich wären, gingen die Ansichten der Aufseher auseinander. Da die der Erdoberfläche am nächsten gelegenen Gänge in einer Tiefe von hundertundfünfzig Meter lagen, konnte man nicht daran denken, einen Schacht abzuteufen. Es blieb daher nur Requillart als einziger Zugang, als einziger Punkt, von dem aus man sich nähern konnte. Das Schlimmste war, daß die alte Grube, gleichfalls überflutet, mit dem Voreux nicht mehr in Verbindung war. Über dem Niveau der unterirdischen Gewässer waren nur mehr Bruchstücke von Stollen frei, die mit dem ersten Absatz zusammenhingen. Das Ausschöpfen mußte Jahre in Anspruch nehmen; der vernünftigste Entschluß war daher, die Stollen zu untersuchen, um zu sehen, ob diese nicht an die überschwemmten Gänge stießen, an deren Ende man die in Not geratenen Grubenarbeiter vermutete. Bevor man zu diesem Schluß gelangte, hatte man lange hin und her gestritten, um eine Menge von undurchführbaren Vorschlägen zu verwerfen.

Nun durchsuchte Negrel die staubigen Archive, und als er die alten Pläne der beiden Gruben entdeckt hatte, studierte er sie und stellte die Punkte fest, wo das Rettungswerk versucht werden mußte. Diese Jagd erhitzte ihn allmählich; trotz seiner ironischen Gleichgültigkeit für Menschen und Dinge war er jetzt von einem fieberhaften Eifer der Hingebung ergriffen. Als man in Réquillart einzudringen versuchte, ergaben sich die ersten Schwierigkeiten; man mußte die Hindernisse hinwegräumen, die die Mündung des Schachtes verlegten, die Eberesche fällen, die Schlehen- und Hagedornsträucher entfernen, die schadhaften Leitern ausbessern. Dann begann mit vorsichtigem Tasten die Einfahrt. Der Ingenieur, der mit zehn Arbeitern hinabstieg, ließ diese mit ihren eisernen Geräten an gewisse Stellen der Ader klopfen, die er ihnen bezeichnete; und in der tiefen Stille drückte jeder das Ohr an die Kohle und horchte, ob auf das Klopfen keine Erwiderung käme; doch vergebens durcheilte man alle gangbaren Stollen, kein Echo antwortete. Die Verlegenheit wuchs. An welcher Stelle sollte man sich der eingeschlossenen Schicht nähern, nachdem niemand da zu sein schien? Sie suchten jedoch hartnäckig weiter in ständig wachsender Angst.

Vom ersten Tage an erschien Frau Maheu schon am Morgen in Réquillart. Sie setzte sich am Eingang des Schachtes auf einen Balken und rührte sich nicht bis zum Abend. Wenn ein Mann heraufstieg, erhob sie sich und befragte ihn mit den Augen: Nichts? Nein, nichts. Und sie setzte sich wieder hin und wartete weiter, ohne ein Wort, mit hartem, verschlossenem Gesicht. Auch Jeanlin begann herumzuschleichen, als er sah, daß man in sein Versteck eindrang; mit der Verstörtheit eines Raubtieres, dessen Beute durch einen Spürhund verraten worden war. Er dachte an den kleinen Soldaten, der unter den Felsen lag; er fürchtete, man könnte den Schläfer dort in seiner Ruhe stören. Allein jener Teil der Grube war überschwemmt und die Nachforschungen richteten sich mehr nach links, der Westgalerie. Anfänglich war auch Philomène gekommen, um Zacharie zu begleiten, der zur Rettungsmannschaft gehörte; dann fand sie es langweilig, ohne Notwendigkeit und ohne Nutzen zu frieren; sie blieb zu Hause und verbrachte ihre Tage lässig und gleichgültig, hustend vom Morgen bis zum Abend. Zacharie hingegen hatte kein Leben mehr; er würde die Erde vertilgt haben, um seine Schwester wieder zu finden. Er schrie nachts auf, er sah und hörte sie, vor Hunger ganz abgemagert, die Kehle zerrissen von den unausgesetzten Hilferufen. Zweimal hatte er ohne Wahl und Regel nachgraben wollen, indem er behauptete, da müsse es sein, er fühle es. Der Ingenieur ließ ihn nicht mehr hinabsteigen; er entfernte sich nicht mehr von dem Schacht, von dem er verjagt worden war; er hatte auch nicht die Ruhe, neben seiner Mutter sitzend zu warten; ein Bedürfnis zu handeln trieb ihn unablässig umher.

So war der dritte Tag herangekommen. Negrel war verzweifelt und beschloß, am Abend die Rettungsarbeit einzustellen. Als er mittags nach dem Imbiß mit seinen Leuten zurückkehrte, um einen letzten Versuch zu machen, sah er zu seiner großen Überraschung Zacharie sehr rot, gestikulierend und schreiend aus der Grube kommen.

»Sie ist unten, sie hat mir geantwortet!« schrie er. »Kommt! Kommt doch!«

Er war trotz der Abwehr des Wächters die Leitern hinuntergestiegen, und er schwor, daß man unten, im ersten Gang der Guillaume-Ader geklopft habe.

»Aber wir sind ja dort zweimal vorübergekommen«, bemerkte Negrel ungläubig. »Nun, wir wollen sehen.«

Frau Maheu hatte sich erhoben, und man mußte sie gewaltsam hindern, hinabzusteigen. Sie wartete aufrecht am Rande des Schachtes, die Blicke in die Finsternis dieses Loches versenkend.

Unten führte Negrel selbst drei Schläge in größeren Abständen, dann drückte er sein Ohr an die Kohlenwand und gebot den Arbeitern Schweigen. Er vernahm keinerlei Geräusch und schüttelte den Kopf; augenscheinlich hatte der arme Junge geträumt. Zacharie wurde wütend

und pochte seinerseits an die Wand; dann horchte er von neuem, seine Augen glänzten, ein freudiges Beben schüttelte seine Glieder. Nun machten die anderen Arbeiter den Versuch, einer nach dem andern; und alle lebten auf, als sie deutlich die von fernher kommende Antwort vernahmen. Der Ingenieur war erstaunt; er drückte noch einmal das Ohr an die Wand und vernahm schließlich ein Geräusch von der Leichtigkeit der Luft, ein kaum hörbares rhythmisches Rollen, die wohlbekannte Kadenz des Aufrufes der Bergleute, den sie an die Kohlenwand klopfen, wenn sie in Gefahr sind. Die Kohle vermittelt den Ton sehr weit und mit der Klarheit des Kristalls. Ein anwesender Aufseher schätzte die Dicke des Blocks, die sie von den verunglückten Kameraden trennte, auf nicht weniger als fünfzig Meter. Und doch gab es sogleich helle Freude unter den Arbeitern, als könnten sie ihnen schon die Hände reichen. Négrel mußte augenblicklich die Annäherungsarbeiten in Angriff nehmen.
Als Zacharie, oben angekommen, seine Mutter erblickte, fielen sich beide in die Arme.
»Freut euch nicht zu früh«, sagte grausam Frau Pierron, die an diesem Tage aus Neugier einen Spaziergang nach der Grube gemacht hatte. »Wenn Catherine doch nicht da unten wäre, müßtet ihr euch nachher zu sehr grämen.«
Das war richtig, Catherine war vielleicht woanders.
»Laß mich in Frieden!« schrie Zacharie rasend. »Sie ist da, ich weiß es.«
Frau Maheu hatte sich wieder gesetzt und wartete stumm, mit unbeweglichem Gesicht.
Als die Nachricht Montsou erreichte, traf eine weitere Menge von Zuschauern ein. Man sah nichts, aber man blieb dennoch da; man mußte die Neugierigen in angemessener Entfernung halten. Unten wurde Tag und Nacht gearbeitet. Aus Besorgnis, daß man auf ein Hindernis stoßen könnte, hatte der Ingenieur drei Stollen in absteigender Richtung durch die Ader schlagen lassen, die nach dem Punkte zusammenliefen, wo man die einge-

schlossenen Arbeiter vermutete. Ein einziger Häuer konnte in dem engen Schlauch die Kohle schlagen; alle zwei Stunden wurde er abgelöst; die Kohle wurde in Körben hinausbefördert, die von Hand zu Hand gingen, durch eine Kette von Menschen, die sich in dem Maße verlängerte, als man in dem Loch vordrang. Anfänglich ging die Arbeit sehr rasch; man kam in einem Tage sechs Meter weit.

Zacharie hatte die Erlaubnis erhalten, der auserlesenen Mannschaft anzugehören, die die Gänge anlegte. Es war ein Ehrenposten, um den man sich stritt. Und er wurde zornig, als man ihn nach den vorschriftsmäßigen zwei Stunden schwerer Arbeit ablösen wollte. Er prellte die Kameraden um ihren Anteil an der Arbeit und weigerte sich, die Spitzhacke aus der Hand zu legen. Sein Stollen war den anderen bald voraus; er bearbeitete die Kohle mit einem solchen Feuereifer, daß man aus dem Schlauche seinen fauchenden Atem hörte, der aus einer unterirdischen Schmiede zu kommen schien. Wenn er schwarz und beschmutzt, von Müdigkeit betäubt, hervorgekrochen war, sank er zu Boden; man mußte ihn in eine Decke hüllen. Dann stieg er – noch wankend – wieder hinab, und der Kampf begann von neuem, die schweren, dumpfen Schläge, die unterdrückten Klagen, die Siegesraserei einer Schlacht. Das schlimmste war, daß die Kohle jetzt hart wurde; zweimal zerbrach er sein Gerät in der Verzweiflung, nicht rasch genug vorwärts zu kommen. Er litt auch unter der Hitze, die mit jedem Meter, um den er vorrückte, zunahm und unerträglich wurde in der Tiefe dieses engen Schlundes, wohin keine Luft eindringen konnte. Wohl wurde ein Handventilator in Tätigkeit gesetzt; allein die Lüftung wollte nicht recht gelingen; dreimal wurden ohnmächtige Häuer herausgeholt, die zu ersticken drohten.

Négrel lebte mit seinen Arbeitern in der Grube. Man brachte ihm seine Mahlzeiten; zuweilen schlief er zwei Stunden auf einem Bund Stroh, in seinen Mantel gehüllt.

Der Mut aller wurde aufrechterhalten durch das Flehen der Unglücklichen da unten, durch den immer deutlicher vernehmbaren Anruf, den sie an die Kohlenwand schlugen, damit man sich beeile. Der Anruf kam jetzt in hellen, fast musikalischen Tönen, wie einzelne Töne einer Harmonika. Der Anruf gab den Arbeitern die Richtung. Unter den kristallhellen Klopfzeichen drangen sie vor, wie man in den Schlachten beim Donner der Kanonen vorrückt. Jedesmal, wenn ein Häuer abgelöst wurde, stieg Négrel hinab, klopfte an die Wand und preßte sein Ohr daran; und jedesmal kam rasch und dringlich die Antwort. Er hatte keinen Zweifel mehr; man bewegte sich in der rechten Richtung; aber mit welcher verhängnisvollen Langsamkeit! Wie sollte man rechtzeitig ankommen! Wohl hatte man in zwei Tagen dreizehn Meter geschlagen; allein am dritten Tage brachte man es nur auf fünf Meter, am vierten Tage nur auf drei Meter. Die Kohle wurde immer dichter und härter, in dem Maße, daß man jetzt kaum zwei Meter in einem Tage abteufte. Am neunten Tage war man nach übermenschlichen Anstrengungen zweiunddreißig Meter tief eingedrungen und man berechnete, daß man noch zwanzig Meter zu durchschlagen habe. Für die Gefangenen begann der zwölfte Tag, zwölfmal vierundzwanzig Stunden ohne Brot, ohne Feuer, in eisiger Finsternis! Dieser entsetzliche Gedanke trieb allen die Tränen in die Augen und verlieh den ermattenden Armen neue Kraft zur Arbeit. Es schien unmöglich, daß Christenmenschen länger aushalten könnten; die fernen Schläge wurden seit gestern schwächer; man zitterte jeden Augenblick, daß sie ganz aufhören könnten.

Frau Maheu erschien jeden Tag regelmäßig, um sich an der Mündung des Schachtes niederzusetzen. Sie brachte auf ihrem Arm Estelle mit, die von morgens bis abends nicht allein bleiben konnte. Stunde um Stunde verfolgte sie so die Arbeit, teilte die Hoffnungen und die Entmutigung der Arbeiter. In den harrenden Gruppen und weit umher, bis nach Montsou, stieg die Erwartung fieberhaft; endlos wurden Meinungen und Bemerkungen ausgetauscht. Alle Herzen des Landes schlugen dort unten, unter der Erde.

Als man am neunten Tage zur Frühstücksstunde Zacharie rief, um ihn ablösen zu lassen, antwortete er nicht. Er war wie wahnsinnig und hieb unter fortwährenden Flüchen auf die Wand ein. Negrel, der einen Augenblick den Gang verlassen hatte, konnte ihn nicht zum Gehorsam bringen. Es war nur noch ein Aufseher mit drei Bergleuten anwesend. Ohne Zweifel hatte Zacharie, weil er schlechtes Licht hatte und wütend war über den flackernden Schein, der ihn bei der Arbeit hinderte, die Unklugheit begangen, seine Lampe zu öffnen. Man hatte dies streng verboten, um schlagende Wetter zu verhüten; das Gas lagerte in diesen engen, luftlosen Schläuchen in großer Menge. Plötzlich erfolgte ein Donnerschlag, und eine Feuergarbe schoß aus dem Schlauch hervor, wie aus dem Rohr einer Kanone. Alles flammte; die Luft entzündete sich wie Schießpulver von einem Ende der Stollen bis zum anderen. Dieser Flammenstrom riß den Aufseher und die drei Arbeiter mit sich fort, fuhr durch den Schlund und brach mit großer Gewalt hervor, Steine und Balkentrümmer weit umherstreuend. Die neugierig harrenden Leute ergriffen die Flucht; Frau Maheu erhob sich, das entsetzt aufschreiende Kind an ihre Brust drückend.

Als Négrel und die Arbeiter zurückkehrten, wurden sie von furchtbarem Zorn ergriffen. Sie stampften mit ihren Stiefelabsätzen die Erde, wie eine Stiefmutter, die in einer Laune der Grausamkeit ihre Kinder tötet. Man opferte sich auf, um Kameraden zu Hilfe zu eilen, und nun mußte man noch mehr Leute verlieren! Nach drei Stunden mühseliger und gefahrvoller Arbeit konnte man endlich in die Stollen eindringen und die Opfer herausschaffen. Weder der Aufseher noch die Arbeiter waren tot; doch waren sie mit furchtbaren Wunden bedeckt, die einen abscheulichen Geruch von verbranntem Fleisch verbreiteten. Sie hatten Feuer getrunken, das ihnen selbst die Kehlen verbrannte; und sie stießen ein unablässiges Geheul aus und flehten, man möge ihnen den Rest geben. Einer der drei Grubenarbeiter war jener Mann, der während des Streiks die Pumpe von Gaston-Marie mit einem letzten Streich seiner Hacke in Trümmer geschlagen hatte; die anderen hatten noch zerschundene Hände von den Ziegelstücken, die sie nach den Soldaten geschleudert hatten. Die bleiche, bebende Menge entblößte das Haupt, als die Verunglückten vorübergetragen wurden.

Frau Maheu wartete, aufrecht stehend. Endlich kam Zacharies Leiche zum Vorschein; die Kleider waren verbrannt, der Körper unkenntlich, zu einem einzigen Stück verkalkter Kohle geworden. Der Kopf war nicht mehr da; er war von der Explosion fortgerissen. Als man diese schaudererregenden Reste auf eine Tragbahre gelegt hatte, folgte die Maheu mechanisch, mit glühenden, tränenleeren Augen. Sie hielt die schlafende Estelle in den Armen und ging – eine tragische Gestalt mit fliegendem Haar – davon. Als der traurige Zug im Dorfe ankam, war Philomène wie vom Donner gerührt; unaufhörlich entströmten ihren Augen die Tränen, und dies brachte ihr Erleichterung. Doch schon war die Mutter nach Réquillart zurückgekehrt; sie hatte dem Sohne das Geleit gegeben und kam jetzt zurück, um die Tochter zu erwarten.

Dann vergingen noch drei Tage. Unter unerhörten Schwierigkeiten hatte man das Rettungswerk wieder aufgenommen; die Rettungsstollen waren glücklicherweise bei den schlagenden Wettern nicht eingestürzt; aber es herrschte eine so schlechte, heiße Luft, daß man noch weitere Ventilatoren hatte aufstellen müssen. Alle zwanzig Minuten wurden die Häuer abgelöst. Die Arbeit machte Fortschritte, man war kaum noch zwei Meter von den Kameraden entfernt. Allein sie arbeiteten jetzt mit schwerem Herzen und hieben auf die Kohle los, um an ihr Rache zu nehmen; denn das Klopfen hatte aufgehört, der Anruf ließ nicht mehr seinen hellen, gemessenen Schall vernehmen. Es war am zwölften Arbeitstage und am fünfzehnten Tage nach der Katastrophe; und seit dem Morgen war es totenstill geworden.

Der neuerliche Unglücksfall verdoppelte die Neugier der Bevölkerung von Montsou; die Spießbürger veranstalteten Ausflüge mit einem Eifer, daß die Grégoire sich entschlossen, den übrigen zu folgen. Man vereinbarte einen Ausflug, und es wurde bestimmt, daß man im Wagen nach dem Voreux fahren würde. Madame Hennebeau sollte in ihrem Wagen die Damen Lucie und Jeanne Deneulin dahin bringen. Herr Deneulin sollte ihnen seinen Werkplatz zeigen, dann wollte man über Réquillart zurückkehren, wo sie von Négrel erfahren würden, wie weit der Stollen vorgetrieben sei und ob er noch immer Hoffnung habe. Am Abend würde man zusammen speisen.

Als gegen drei Uhr die Grégoire und ihre Tochter bei der eingestürzten Grube den Wagen verließen, fanden sie Madame Hennebeau vor, die zuerst gekommen war. Sie trug Marineblau und schützte sich mit einem Schirm gegen die bleiche Februarsonne. Der Himmel war sehr klar, das Wetter mild wie im Frühling. Herr Hennebeau befand sich in Gesellschaft des Herrn Deneulin; er hörte zerstreut die Erklärungen, die dieser ihm über die großen Anstrengungen gab, die man hatte machen müssen, um den Kanal einzudämmen. Jeanne, die stets ein Skizzenbuch mit sich führte, entwarf eine Zeichnung, entzückt von dem furchtbarschönen Motiv; während Lucie, die auf einem zertrümmerten Karren neben ihr saß, gleichfalls Rufe wohlgefälligen Erstaunens ausstieß und das »fabelhaft« fand. Der Damm war noch unfertig und ließ durch zahlreiche Risse das Wasser durchsickern, das sich als schäumender Wasserfall in die ungeheure Grube ergoß. Indes leerte sich der Krater allmählich; das Wasser wurde von der Erde eingesogen; es sank immer mehr, so daß das furchtbare Durcheinander in der Tiefe der Grube sichtbar wurde. Im zarten blauen Lichte des schönen Tages bildete es eine grausige Kloake, gleichsam die Ruinen einer versunkenen, in Schlamm aufgelösten Stadt.

»Da bemüht man sich nun hierher, um sich das anzusehen!« rief Grégoire enttäuscht.

Cécile, rosig in ihrer blühenden Gesundheit, war glücklich, die reine Luft einzuatmen; sie scherzte und war fröhlich, während Frau Hennebeau sich angewidert abwandte.

»Wirklich, es ist nicht hübsch«, sagte sie.

Die beiden Ingenieure lachten. Sie bemühten sich, die Besucher für die Sache zu interessieren, führten sie überall herum, erklärten ihnen die Arbeit der Pumpen und des Stößers, der die Pfähle einrammte. Doch die Damen wurden unruhig; sie schauerten zusammen, als sie erfuhren, daß die Pumpen vielleicht sechs, sieben Jahre zu arbeiten haben würden, ehe die Grube leergepumpt sei und wieder in betriebsfähigen Zustand gebracht werden könnte. Nein, sie wollten lieber an andere Dinge denken; diese Verwüstung verursachte nur schlechte Träume.

»Brechen wir auf«, sagte Madame Hennebeau, ihre Schritte zu dem Wagen lenkend.

Jeanne und Lucie widersprachen. Wie, so schnell? Die Zeichnung war noch nicht fertig. Sie wollten noch bleiben; der Vater würde sie am Abend zum Diner begleiten. Herr Hennebeau allein nahm mit seiner Frau im Wagen Platz; denn auch er wollte Négrel befragen.

»Nun also, fahren Sie voraus«, sagte Herr Grégoire. »Wir folgen Ihnen bald; wir haben nur einen kurzen Besuch im Arbeiterdorf zu machen, hoffen aber gleichzeitig mit Ihnen in Réquillart einzutreffen.«

Er stieg hinter Frau und Tochter ein, und während der andere Wagen längs des Kanals dahinfuhr, erklomm der ihrige langsam die Anhöhe.

Eine Wohltätigkeitsunternehmung sollte den Ausflug beschließen. Der Tod Zacharies hatte sie mit tiefem Mitleid für die unglückliche Familie Maheu erfüllt, von der in der ganzen Gegend gesprochen wurde. Sie beklagten nicht den Vater, diesen Räuber, diesen Soldatentöter, den man hatte niederschlagen müssen wie einen Wolf. Nur das Schicksal der Mutter rührte sie, dieser armen Frau, die ihren Sohn verlor, nachdem sie den Gatten verloren, und deren Tochter in der Grube verschüttet, vielleicht auch schon eine Leiche war. Ganz zu schweigen von dem Gerede über einen siechen Großvater, einen Sohn, dem ein Einsturz die Beine zerschlagen habe, und über eine Tochter, die während des Streiks verhungert sei. Obgleich diese Familie ihr Unglück zum Teil verdient hatte, beschlossen sie dennoch, ihre Mildtätigkeit und Versöhnlichkeit zu bekunden, indem sie ihr persönlich ein Almosen brachten. Unter einer Sitzbank ihres Wagens lagen zwei sorgfältig eingehüllte Pakete.

Ein altes Weib zeigte dem Kutscher das Haus der Maheu, Nummer 16 im zweiten Block. Doch als die Grégoire mit ihren Paketen den Wagen verlassen hatten, klopften sie vergebens; schließlich bearbeiteten sie die Tür mit ihren Fäusten, jedoch ohne eine Antwort zu bekommen; das Haus hallte trübselig wie eine vom Leid ausgehöhlte, eisigdüstere, längst verlassene Wohnstätte.

»Es ist niemand da«, sagte Cécile enttäuscht. »Das ist ärgerlich! Was sollen wir mit all dem Zeug anfangen?«

Plötzlich öffnete sich die Tür des Nachbarhauses, und die Levaque erschien.

»Ach, tausendmal um Vergebung, gnädiger Herr und gnädige Frau!... Entschuldigen Sie, gnädiges Fräulein!... Sie suchen die Nachbarin? Sie ist nicht zu Hause; sie ist in Réquillart...«

Und in einem reichlichen Wortschwall erzählte sie ihnen die Geschichte, wiederholte ihnen, daß man sich gegenseitig unterstützen müsse, daß sie Lénore und Henri bei sich behielt, um der Mutter zu ermöglichen, in Réquillart das Ergebnis der Rettungsarbeiten abzuwarten. Ihre

Blicke waren auf die Pakete gefallen, und sie begann von ihrer armen, verwitweten Tochter zu sprechen, ihr eigenes Elend zu schildern, wobei ihre Augen habgierig funkelten. Dann murmelte sie mit zögernder Miene:
»Ich habe den Schlüssel. Wenn die Herrschaften durchaus hineingehen wollen ... Der Großvater ist da.«
Die Grégoire sahen sie erstaunt an. Wie? der Großvater wäre da? Es hatte doch niemand geantwortet! Schlief er denn? Und als die Levaque sich entschlossen hatte, die Türe zu öffnen, hielt das, was sie sahen, sie auf der Schwelle fest.
Bonnemort war da, allein, mit weit offenen, starren Augen, wie angenagelt auf seinem Stuhl vor dem kalten Kamin. Die Stube ringsumher schien jetzt größer, weil die Möbel und die Kuckucksuhr, die den Wohnraum einst belebt hatten, nicht mehr da waren; und an den Wänden mit dem grünlichen, rohen Anwurf war nichts geblieben als die Bildnisse des Kaisers und der Kaiserin, deren rote Lippen mit offiziellem Wohlwollen lächelten. Der Alte rührte sich nicht und zuckte nicht einmal mit den Wimpern, als durch die offene Tür das helle Tageslicht hereinfiel; er verharrte auf seinem Platze, mit seiner blöden Miene, als hätte er die Leute nicht gesehen. Zu seinen Füßen stand eine mit Asche gefüllte Schüssel, wie man sie den Katzen hinstellt, damit sie ihren Unrat darin ablegen.
»Achten Sie nicht darauf, wenn er nicht höflich ist«, bemerkte die Levaque in verbindlichem Tone. »Es scheint, daß in seinem Oberstübchen nicht alles richtig ist. Seit vierzehn Tagen redet er nicht mehr.«
Doch jetzt war Bonnemort von einer Erschütterung ergriffen; es war ein tiefes Röcheln, das aus dem Bauche zu kommen schien; und er spie in die Schüssel, einen dicken, schwarzen Speichel. Die Asche war davon durchtränkt; es war der Schmutz aller Kohle, die er aus der Kehle heraufholte. Er war wieder in seine Unbeweglichkeit verfallen und rührte sich nur von Zeit zu Zeit, um zu speien.

Verwirrt und angeekelt rangen die Grégoires dennoch nach einigen freundlichen und ermutigenden Worten.
»Nun, guter Mann, Ihr seid wohl erkältet?« sagte der Vater.
Der Alte blickte starr auf die Mauer und wandte nicht den Kopf. Es trat wieder tiefe Stille ein.
»Man sollte Euch Brusttee kochen«, fügte die Mutter hinzu.
Er bewahrte seine lautlose Starre.
»Papa«, flüsterte Cécile, »man hat uns ja erzählt, daß er krank sei; aber wir haben nicht mehr daran gedacht...«
Sie unterbrach sich sehr verlegen. Nachdem sie einen Topf mit Rindfleisch und zwei Flaschen Wein auf den Tisch gestellt hatte, öffnete sie das zweite Paket und zog aus diesem ein Paar riesiger Schuhe hervor. Es war das für den Großvater bestimmte Geschenk, und sie hielt ganz betroffen einen Schuh in jeder Hand, während sie die geschwollenen Füße des armen Mannes betrachtete, der wohl nie wieder gehen konnte.
»Die Schuhe kommen etwas spät, nicht wahr, Alter?« bemerkte Herr Grégoire, um die Unterhaltung ein wenig zu beleben; »aber das schadet nichts; besser spät als nie.«
Bonnemort hörte nicht und antwortete nicht; sein furchtbares Gesicht behielt die Kälte und Härte eines Steines.
Da stellte Cécile verstohlen die Schuhe neben die Wand hin. Doch ihre Vorsicht war vergebens, die Nägel klangen hell auf den Fliesen. Das plumpe Schuhwerk in der Stube blieb ein Gegenstand der Verlegenheit.
»Ach, er wird nicht danke sagen!« rief die Levaque mit einem Blick voll tiefer Begehrlichkeit nach den Schuhen. »Es ist geradesogut, als wenn Sie einer Ente Brillen schenkten, mit Respekt gesagt.«
In diesem Tone fortfahrend bearbeitete sie die Grégoire, um sie in ihre Behausung zu locken, wo sie ihr Mitleid zu erregen hoffte. Endlich ersann sie einen Vorwand; sie rühmte Lénore und Henri als artige, niedliche, kluge Kinder, die auf alle Fragen gescheit wie die Engel zu ant-

worten wüßten. Sie würden alles sagen, was der gnädige Herr und die gnädige Frau zu wissen wünschten.

»Kommst du einen Augenblick hinüber, mein Kind?« fragte der Vater, ordentlich froh, hinauszukommen.

»Ja, ich komme gleich«, antwortete Cécile.

Sie blieb mit Bonnemort allein. Was sie zitternd und gebannt hier verharren ließ, war der Umstand, daß sie diesen Alten wiederzuerkennen glaubte. Wo hatte sie dieses viereckige, fahle, von der Kohle gesprenkelte Gesicht schon gesehen? Und plötzlich erinnerte sie sich; sie sah die heulende Volksmenge wieder, die sie umgab; sie fühlte kalte Hände, die ihr den Hals preßten. Er war es; sie fand den Mann wieder, sie betrachtete die auf den Knien ruhenden Hände, diese Hände eines hockenden Arbeiters, dessen ganze Kraft in den – trotz des Alters noch festen – Handgelenken lag. Bonnemort schien allmählich zu erwachen; er bemerkte sie und betrachtete sie blöde. Eine Flamme stieg in seine Wangen empor; ein nervöser Ruck verzerrte sein Maul, aus dem ein dünner Faden schwarzen Speichels floß. Festgebannt blieben sie einander gegenüber, sie blühend, frisch und wohlgenährt in der Trägheit und dem gesättigten Wohlleben ihrer Gesellschaftsschicht; er vom Wasser aufgedunsen, von der jämmerlichen Scheußlichkeit eines verschlagenen Tieres, zugrunde gerichtet vom Vater auf den Sohn durch hundert Jahre Arbeit und Hunger.

Als die Grégoire, überrascht darüber, Cécile nicht kommen zu sehen, nach zehn Minuten zu den Maheu zurückkehrten, stießen sie einen furchtbaren Schrei aus. Cécile lag auf der Erde, erwürgt, mit blauem Gesicht; an ihrem Hals waren die roten Spuren einer Riesenfaust zu sehen. Bonnemort war, auf seinen lahmen Beinen schwankend, neben ihr zu Boden gesunken und konnte sich nicht erheben. Noch waren seine Hände gekrümmt; er betrachtete die Menschen mit seiner blöden Miene, mit weit offenen Augen. Bei seinem Sturz hatte er seine Schüssel zerschlagen; die Asche war verschüttet, und der Schmutz

des schwarzen Speichels hatte die Stube bespritzt. Das mitgebrachte Paar plumper Schuhe stand heil und unberührt an der Wand.
Es ist niemals gelungen, den Sachverhalt dieses schrecklichen Ereignisses genau festzustellen. Warum hatte Cecile sich ihm genähert? Wie hatte der an seinen Stuhl gefesselte Bonnemort sie am Halse fassen können? Augenscheinlich mußte er, als er sie einmal gepackt hatte, in blinder Wut sie immer stärker gewürgt, ihr Schreien erstickt haben und mit ihr zu Boden gestürzt sein, bis sie mit dem letzten Röcheln den Geist aufgab. Kein Geräusch, keine Klage war durch die dünne Scheidewand des Nachbarhauses gedrungen. Man mußte an einen plötzlichen Anfall von Wahnsinn glauben, an eine unerklärliche Mordgier beim Anblick des weißen Halses dieses Mädchens. Eine solche Wildheit war überraschend bei dem siechen Greis, der bisher als rechtschaffener Mensch gelebt, als fügsames Tier, allen neuen Ideen fremd. Welches Rachegelüst – ihm selbst unbekannt und ihn allmählich vergiftend – war aus seinen Eingeweiden in seinen Schädel emporgestiegen? Die Scheußlichkeit ließ auf eine unbewußte Handlung schließen, es war das Verbrechen eines Idioten.
Die Grégoire lagen schluchzend, von Schmerz erstickt, auf den Knien vor ihrer angebeteten Tochter, dieser so langersehnten Tochter, die sie mit allem Guten überhäuft hatten, zu deren Bett sie auf den Fußspitzen geschlichen waren, um sie schlafen zu sehen, die sie nie gut genug genährt, nie rundlich genug gefunden hatten. Mit ihr sank auch ihr eigenes Dasein in Trümmer; wozu fortan noch leben, da sie ohne Cécile leben sollten?
Die Levaque schrie außer sich:
»Der alte Lumpenkerl! Was hat er da angerichtet? Wer hätte das vermuten können?... Und die Maheu kommt erst heute abend heim. Soll ich sie holen?«
Die Eltern der Ermordeten antworteten nicht; sie waren vernichtet.

»Ja, es wird besser sein ... Ich gehe sie holen.«
Doch bevor sie hinausging, warf die Levaque einen Blick auf die Schuhe. Das ganze Dorf war in Aufregung geraten, die Menge drängte sich schon vor dem Haus; wie leicht könnten die Schuhe gestohlen werden. Auch war bei den Maheu kein Mann mehr da, um sie zu tragen. Vorsichtig trug sie die Schuhe weg; sie mußten dem Bouteloup genau passen.
Das Ehepaar Hennebeau wartete in Réquillart mit Négrel lange auf die Grégoire. Der Ingenieur war aus der Grube heraufgekommen und erzählte Einzelheiten. Man hoffte noch am Abend die Verbindung mit den Eingeschlossenen herzustellen, aber man würde sicherlich nur Leichen finden, denn die Totenstille dauerte fort. Hinter dem Ingenieur saß die Maheu auf einem Balken und hörte mit bleichem Gesicht seine Mitteilungen an, als die Levaque ankam und ihr die Missetat des Alten erzählte. Sie machte nur eine gereizte und ungeduldige Bewegung, doch folgte sie der Levaque.
Frau Hennebeau fiel in Ohnmacht. Welche Scheußlichkeit! Diese arme Cécile, eine Stunde vorher noch so lebendig und gerade heute so fröhlich! Herr Hennebeau mußte seine Frau einen Augenblick in die Hütte des alten Mouque eintreten lassen. Mit seinen ungeschickten Händen öffnete er ihr Mieder, betäubt von dem Moschusduft, das diesem entströmte. Und während sie, in Tränen gebadet, Négrel umarmte, der völlig bestürzt war über den Todesfall, der dem Heiratsplan ein plötzliches Ende machte, betrachtete der Gatte – von einer Unruhe befreit – die beiden in ihren gemeinsamen Klagen. Dieser Unglücksfall brachte alles wieder in Ordnung; in seinen Befürchtungen wegen seines Kutschers zog er es vor, den Neffen beizubehalten.

V

In der Grube unten heulten die unglücklichen Verlassenen in ihrem Entsetzen. Das Wasser reichte ihnen jetzt bis zum Bauch. Das Rauschen des unterirdischen Stromes betäubte sie; bei dem Absturz der letzten Reste der Verzimmerung glaubten sie, die Welt sei aus den Fugen gegangen. Was ihnen vollends den Verstand raubte, war das Wiehern der im Stall eingeschlossenen Pferde; der furchtbare, unvergeßliche Todesschrei von Tieren, die umgebracht werden.

Mouque hatte Bataille freigelassen; das alte Pferd war da und sah zitternd, mit weit offenen, starren Augen das Wasser immer höher steigen. Die Aufzugshalle füllte sich sehr rasch; in dem rötlichen Lichte der drei Lampen, die noch an der Decke hingen, sah man die grünliche Flut wachsen. Und als das Tier fühlte, wie das eiskalte Wasser ihm das Fell näßte, rannte es plötzlich davon und verlor sich in einem der Abfuhrstollen.

Die Flucht wurde nun allgemein; die Männer folgten dem Tiere.

»Hier ist nichts mehr zu machen!« rief Mouque. »Man muß es beim Réquillart-Schacht versuchen.«

Der Gedanke, daß sie sich durch die benachbarte, alte Grube retten könnten, wenn sie dort ankämen, bevor ihnen der Weg abgeschnitten würde, riß alle fort. Die zwanzig Arbeiter drängten sich, in eine Kette aufgelöst, die Lampen hoch, damit das Wasser sie nicht auslösche. Glücklicherweise stieg der Stollen sanft an; sie konnten zweihundert Meter zurücklegen, immer mit dem Wasser kämpfend, ohne daß die Flut weitere Fortschritte machte. Und ein alter Aberglaube erwachte in diesen verstörten Seelen; sie beschworen die Erde, denn die Erde rächte sich und ließ das Blut ihrer Adern ausströmen, weil man ihr eine Schlagader durchschnitten hatte. Ein Alter stammelte längstvergessene Gebete und bog dabei die Daumen nach außen, um die bösen Geister der Grube zu besänftigen.

Doch bei der ersten Wegkreuzung kam es zu einem Zwist. Der Stallwärter wollte links gehen, andere schworen, daß man den Weg abkürzen würde, wenn man rechts ginge. So verlor man eine Minute.
»Was geht's mich an, wenn ihr die Knochen hier laßt?« rief Chaval. »Ich gehe in dieser Richtung.«
Er wandte sich rechts, und zwei Kameraden folgten ihm. Die anderen liefen weiter hinter Mouque, der in der Réquillart-Grube aufgewachsen war. Allein auch er schwankte und wußte nicht, wohin er sich wenden sollte. Die Köpfe wurden irre; die Alten erkannten nicht mehr die Gänge, deren Netz sich in ihrem Gedächtnis verwirrt hatte. Bei jeder Abzweigung blieben sie stehen, nicht sicher, nach welcher Richtung sie sich wenden sollten. Und dennoch mußten sie sich entscheiden.
Etienne lief als letzter, durch Catherine zurückgehalten, der die Ermüdung und die Angst alle Kräfte genommen hatten. Er wäre mit Chaval nach rechts geflohen, weil er glaubte, dies wäre der richtige Weg; aber er hatte ihn laufen lassen, auf die Gefahr hin, in der Grube zu bleiben. Die Schar löste sich weiter auf; wieder waren einige abgefallen, und es blieben nur noch sieben Leute mit dem alten Mouque.
»Hänge dich an meinen Hals, ich werde dich tragen«, sagte Etienne dem Mädchen, als er sah, daß es nicht weiter konnte.
»Nein, laß mich«, flüsterte sie. »Ich kann nicht weiter und will lieber gleich sterben.«
Sie waren stehengeblieben und etwa fünfzig Meter hinter den anderen zurück. Er hob sie trotz ihres Widerstandes empor, als der Stollen plötzlich verrammelt wurde; ein ungeheurer Block war niedergestürzt und trennte sie von den anderen. Die Überschwemmung lockerte bereits die Felsen; auf allen Seiten gab es Einstürze. Sie mußten umkehren. Dann wußten sie nicht mehr, nach welcher Richtung sie sich wenden sollten. Es war aus; sie mußten den Gedanken aufgeben, durch den Réquillart-Schacht auf-

zusteigen. Ihre einzige Hoffnung war, die höhergelegenen Schläge zu erreichen, wo man sie vielleicht nach dem Sinken des Wassers befreien würde.

Etienne erkannte endlich die Guillaume-Ader.

»Gut! Nun weiß ich, wo wir sind«, sagte er. »Wir waren auf dem richtigen Weg, aber jetzt ist's vorbei!... Laß uns geradeaus gehen; wir werden durch den Kamin hinaufklettern.«

Das Wasser reichte ihnen bis an die Brust; sie kamen sehr langsam vorwärts. Solange sie Licht hatten, wollten sie nicht verzagen; sie löschten eine Lampe aus, um das Öl zu sparen und im Bedarfsfalle die andere nachfüllen. Sie hatten eben den Kamin erreicht, als ein Geräusch hinter ihnen sie veranlaßte, sich umzudrehen. Kamen etwa die Kameraden zurück, weil ihnen gleichfalls der Weg versperrt war? Ein Fauchen wurde immer lauter; sie konnten sich den Sturm nicht erklären, der das schäumende Wasser peitschend immer näher trieb. Und sie schrien entsetzt auf, als sie eine weißgraue, riesige Masse aus dem Dunkel auftauchen sahen, die zwischen den zu engen Verzimmerungen mühsam vordrang, um sie zu erreichen.

Es war Bataille. Die Aufzugshalle verlassend, war er wie rasend durch die finsteren Stollen gerannt. Er schien seinen Weg zu kennen in dieser unterirdischen Stadt, die er seit elf Jahren bewohnte; und seine Augen sahen klar in der ewigen Nacht, in der er lebte. Er rannte und rannte mit gesenktem Kopfe, eingezogenen Füßen durch die engen Gänge, die sein großer Körper ausfüllte. Es folgte Weg auf Weg, Kreuzung auf Kreuzung; für ihn gab es keinen Aufenthalt. Wohin stürmte er? Weit fort vielleicht, nach jener Vision seiner Jugend, nach der Mühle, wo er zur Welt gekommen, am Ufer der Scarpe; nach der unklaren Erinnerung an die Sonne, die wie eine ungeheure Lampe in der Luft brannte. Er wollte leben; sein tierisches Erinnerungsvermögen erwachte; das Verlangen, wieder die frische Luft der Ebenen einzuatmen, trieb ihn immer geradeaus fort, bis er das Loch entdeckt haben würde, den Ausgang unter dem warmen Himmel, nach dem Licht. Und eine Empörung riß die lange Ergebung hinweg; diese Grube ermordete ihn nun, nachdem sie ihn geblendet hatte. Das Wasser, das ihn verfolgte, reichte ihm bis zu den Schenkeln, bis zum Hinterteil. Doch in dem Maße, als er tiefer in die Stollen eindrang, wurden diese enger; die Wölbung senkte sich, die Mauern legten sich vor. Er aber rannte weiter, zerschund sich an den Wänden, ließ Fetzen von seinen Gliedern an der Verzimmerung. Es war, als würde die Grube sich von allen Seiten verengen, um ihn zu fangen und zu ersticken.

Etienne und Catherine sahen ihn auf sich zukommen und zwischen den Felswänden sich verfangen. Er war gestrauchelt und hatte im Sturze die beiden Vorderbeine gebrochen. Mit einer letzten Anstrengung schleppte er sich noch einige Meter weit; doch seine Flanken konnten nicht mehr durch; er war von der Erde umfangen, erwürgt. Er streckte den blutenden Kopf und suchte mit den großen, brechenden Augen noch einen Spalt. Das Wasser bedeckte ihn rasch; er begann zu wiehern, mit demselben anhaltenden, furchtbaren Röcheln, mit dem die anderen Pferde schon im Stall verendet waren. Es war ein schrecklicher Todeskampf, in dem das alte, zerschlagene, eingepferchte Tier in dieser Tiefe, fern vom Tageslicht sich wand. Sein Notschrei wollte kein Ende nehmen; die Flut benetzte schon seine Mähne, als das Todesröcheln noch rauher aus seinem hochgereckten, weit offenen Maule kam. Ein letztes Glucksen erfolgte, wie wenn eine Tonne sich füllt; dann war alles still.

»Oh, mein Gott! führe mich weg«, schluchzte Catherine. »Oh, mein Gott! ich habe Angst, ich will nicht sterben... Führe mich weg! Führe mich weg!«

Sie hatte den Tod gesehen. Weder der Einsturz des Schachtes noch die Überschwemmung der Grube hatte ein solches Entsetzen in ihr hervorgerufen wie der Todeskampf des Pferdes Bataille. Und sie hörte noch immer seinen Schrei; er gellte ihr in den Ohren, ihr ganzer Leib zitterte.

»Führe mich weg! Führe mich weg!«

Etienne packte sie und trug sie fort. Es war höchste Zeit; das Wasser reichte ihnen bis zu den Schultern, als sie in dem Kamin emporkletterten. Er mußte ihr dabei helfen, denn sie hatte nicht mehr die Kraft, sich an den Hölzern festzuhalten. Dreimal war sie nahe daran, ihm zu entgleiten und in die tiefe Flut zurückzufallen, die hinter ihnen grollte. Immerhin konnten sie einige Augenblicke ausruhen, als sie den ersten Gang erreichten, der noch frei von Wasser war. Doch das Wasser kam schnell und sie mußten höher klettern. Der Aufstieg währte Stunden; das steigende Wasser jagte sie von Gang zu Gang, zwang sie, immer höher hinaufzuklettern. Im sechsten gab es wieder einen Aufenthalt, der sie mit neuer Hoffnung erfüllte; es schien ihnen, als bliebe die Wasserhöhe unverändert. Doch alsbald begann sie wieder schneller zu steigen; sie mußten in den siebenten, dann in den achten Stollen emporklettern. Es blieb ihnen nur noch ein einziger, und als sie diesen erreicht hatten, sahen sie mit Schrecken jeden Zentimeter, um den das Wasser zunahm. Wenn es nicht stillstand, mußten sie da sterben wie das alte Pferd, an die Decke gedrückt, die Kehle vom Wasser erfüllt.

Jeden Augenblick gab es hallende Einstürze. Die ganze Grube war erschüttert; ihre Eingeweide waren zu schwach und sanken in Trümmer unter dem Druck des Meeres, das sie ersäufte. Am Ende der Stollen sammelte sich die zurückgedrängte Luft, verdichtete sich und entlud sich in furchtbaren Explosionen zwischen den geborstenen Felsen und dem eingestürzten Erdreich. Es war das entsetzliche Getöse der inneren Zusammenbrüche, im Kleinen eine Wiederholung des Kampfes, der in vorgeschichtlicher Zeit sich abspielte, als die Meere das Festland überfluteten und ganze Gebirge begruben.

Erschüttert und betäubt von dem Getöse faltete Catherine die Hände und stammelte unaufhörlich dieselben Worte:

»Ich will nicht sterben... Ich will nicht sterben...«
Um sie zu beruhigen, schwor Etienne, daß das Wasser nicht mehr steige. Ihre Flucht währte nun schon sechs Stunden; man würde ihnen sicherlich bald zu Hilfe kommen. Er sagte sechs Stunden, ohne es genau zu wissen, denn sie verloren den Begriff für die Zeit. In Wirklichkeit hatte ihr Aufstieg in der Guillaume-Ader bereits einen ganzen Tag gedauert.

Durchnäßt und fröstelnd richteten sie sich ein. Sie entkleidete sich ohne Scham, um ihre Kleider auszuwinden; dann legte sie die Hose und die Jacke wieder an, um sie an ihrem Leibe trocknen zu lassen. Da sie barfuß war, zwang er sie, seine Holzschuhe zu nehmen. Sie konnten jetzt geduldiger warten; sie hatten den Docht ihrer Lampe niedriger gestellt, daß sie nur schwaches Licht gab. Doch beide wurden von Magenkrämpfen gequält, und jetzt erst wurden sie ihres großen Hungers gewahr; bis jetzt waren sie sich kaum ihres Lebens bewußt gewesen. Bei Ausbruch der Katastrophe hatten sie noch nicht gefrühstückt, und sie fanden jetzt ihre Brotschnitten vom Wasser durchweicht, in Suppe verwandelt. Sie mußte sich erzürnen, bis er einwilligte, einen Teil davon zu nehmen. Als sie gegessen hatte, schlief sie vor Ermüdung sofort auf der kalten Erde ein. In seiner fieberhaften Erregung fand er keinen Schlaf und wachte bei ihr, den Kopf auf die Hände gestützt, mit stieren Augen.

Wie viele Stunden verflossen so? Er hätte es nicht zu sagen vermocht. Was er wußte war, daß vor ihm, durch den Kamin aufsteigend, die schwarze, bewegliche Flut wieder erschien, das Tier, dessen Rücken unaufhörlich anschwoll, um sie zu erreichen. Anfänglich nur in einer dünnen Linie wie eine geschmeidige Schlange, die sich ausdehnte; dann breitete es sich aus zu einem unruhigen, kriechenden Rücken, und bald waren sie eingeholt, schon waren die Füße des schlafenden Mädchens naß. Von Angst ergriffen, zögerte er, sie zu wecken. War es nicht grausam, sie in ihrer Ruhe zu stören, in ihrem tiefen

Schlaf, der sie vielleicht in einem Traum von Sonne und frischer Luft wiegte? Im übrigen, wohin fliehen? Er sann nach und erinnerte sich, daß die in diesem Teile der Guillaume-Ader angelegte schiefe Ebene am äußersten Ende eine Verbindung habe mit der schiefen Ebene, die für den oberen Aufzugsraum angelegt war. Dies war ein Ausweg. Er ließ sie noch schlafen, so lange, bis die Flut, deren Steigen er unablässig beobachtete, sie auch von da verjagte. Endlich hob er sie sanft auf, und sie fuhr mit heftigem Frösteln zusammen.

»Ach, mein Gott, es ist wahr!... Es beginnt wieder...«

Sie erinnerte sich und schrie auf, als sie sich wieder so nahe vor dem Tode sah.

»Nein, beruhige dich«, murmelte er. »Man kann durchkommen, ich schwöre dir.«

Um zu der schiefen Ebene zu gelangen, mußten sie gebeugt, bis zu den Schultern im Wasser, gehen. Und der Aufstieg begann von neuem und war jetzt gefährlicher durch den ganz verzimmerten Schlund von hundert Meter Länge. Anfänglich wollten sie das Seil herunterziehen, um unten den einen der Karren festzubinden; denn wenn der andere während ihres Emporklimmens niedergefahren wäre, hätte er sie zermalmt. Aber es rührte sich nichts; irgendein Hindernis lähmte den Mechanismus. Sie wagten sich hinauf, ohne sich des Seiles zu bedienen, das ihnen hinderlich war, und zerrissen sich die Nägel an den glatten Balken. Er kletterte hinter ihr und stützte sie mit dem Schädel, wenn ihre blutenden, zerschundenen Hände abglitten. Plötzlich stießen sie an Balkensplitter, die die schiefe Ebene versperrten. Erde war abgerutscht; ein Einsturz hinderte sie, höher hinaufzudringen. Glücklicherweise gab es eine Tür, die in einen Gang führte.

Zu ihrem Staunen erblickten sie vor sich ein Lampenlicht. Ein Mann rief ihnen wütend zu:

»Noch mehr solche Dummköpfe wie ich!«

Sie erkannten Chaval. Er war eingeschlossen durch den Einsturz, der die schiefe Ebene verrammelte. Die zwei

Kameraden, die mit ihm aufgebrochen waren, waren mit gespaltenem Schädel unterwegs liegengeblieben. Er selbst war am Ellbogen verletzt und hatte den Mut gehabt, auf allen vieren kriechend zurückzukehren, um ihre Lampen und ihre Brotschnitten zu nehmen. Und als er dann flüchtete, verlegte ein letzter Einsturz hinter ihm den Stollen.
Er schwor sogleich, er werde seine Vorräte nicht mit den Leuten teilen, die aus der Erde hervorkamen. Er hätte sie umbringen mögen. Dann erkannte auch er sie, sein Zorn schwand, und er brach in ein boshaftes Gelächter aus.
»Ach, bist du's, Catherine? Du bist reingefallen und wolltest zu deinem Mann zurück, wie? Gut, gut, wir wollen zusammen tanzen.«
Er tat, als sähe er Etienne nicht. Etienne war bestürzt über dieses Zusammentreffen und hatte eine Bewegung gemacht, wie um Catherine zu schützen, die sich an ihn schmiegte. Indes mußte er sich in die Lage finden. Er fragte einfach den Kameraden, als ob sie vor einer Stunde in bester Freundschaft geschieden wären:
»Hast du dich unten umgesehen? Kann man nicht durch die Schläge hindurchkommen?«
Chaval antwortete noch immer in höhnischem Ton:
»Ach was! die Schläge! die sind sämtlich eingestürzt; wir befinden uns zwischen zwei Mauern, in einer Mausefalle... Aber du kannst über die schiefe Ebene zurückkehren, wenn du ein guter Taucher bist.«
In der Tat stieg das Wasser, man hörte das Geplätscher. Der Rückweg war abgeschnitten. Und er hatte recht, es war eine Mausefalle, ein Stück des Stollens, vorn und hinten durch beträchtliche Einstürze verrammelt. Kein Ausgang, die drei waren eingemauert.
»Du bleibst also?« fuhr Chaval höhnisch fort. »Es ist das Beste, was du tun kannst, und wenn du mich in Ruhe läßt, will ich nicht ein Wort zu dir reden. Es ist noch Platz für zwei Menschen da... Wir werden bald sehen, wer zuerst hin wird. Es wäre denn, daß man käme, um uns zu retten, was mir schwer möglich scheint.«

»Wenn wir an die Wand klopften, würde man uns vielleicht hören«, fing Etienne wieder an.

»Ich habe das Klopfen schon satt... Da, versuche es selbst mit diesem Stein.«

Etienne hob das Stück Sandstein auf, das der andere schon zum Teil zerbröckelt hatte, und schlug damit gegen die Kohleader im Hintergrunde den Anruf der Bergleute, das anhaltende Trommeln, mit dem die in Not geratenen Bergleute ihre Anwesenheit bekannt geben. Dann drückte er ein Ohr an die Wand, um zu horchen. Diesen Vorgang wiederholte er zwanzigmal. Keinerlei Geräusch antwortete.

Inzwischen richtete sich Chaval mit erheuchelter Ruhe häuslich ein. Zunächst stellte er seine drei Lampen an die Wand hin; nur eine brannte, die anderen sollten später an die Reihe kommen. Dann legte er auf einen Balken der Verzimmerung die zwei Brotschnitten, die er noch besaß. Das war sein Speiseschrank; bei kluger Wirtschaft würde er mit diesem Vorrat zwei Tage auskommen. Zu Catherine gewandt sagte er:

»Die Hälfte ist für dich, wenn du gar zu hungrig wirst.«

Das Mädchen schwieg. Um das Maß ihres Unglücks vollzumachen, mußte sie sich wieder zwischen diesen beiden Männern befinden.

Und nun begann das furchtbare Leben. Chaval und Etienne saßen einige Schritte voneinander entfernt auf dem Boden; keiner von beiden öffnete den Mund. Auf eine Bemerkung Chavals löschte Etienne seine Lampe aus, damit kein Licht verschwendet werde. Dann trat wieder Stille ein. Beunruhigt durch die Blicke, die ihr ehemaliger Geliebter ihr zuwarf, hatte Catherine sich in der Nähe des jungen Mannes ausgestreckt. Die Stunden gingen dahin; man hörte das leise Plätschern des unaufhörlich steigenden Wassers, während von Zeit zu Zeit dumpfe Stöße, von fernher kommendes Getöse die letzten Einstürze der Grube kündeten. Als die Lampe ausgebrannt war und man eine andere öffnen mußte, um sie anzuzünden, wurden sie von der Angst vor schlagenden Wettern erfaßt; allein sie wollten lieber gleich in die Luft fliegen, als in der Finsternis bleiben. Es gab indes keine Explosion, sie flogen nicht in die Luft. Sie hatten sich wieder auf der Erde ausgestreckt, und wieder verrann Stunde um Stunde.

Etienne und Catherine hoben den Kopf, als sie zu ihrer Überraschung ein Geräusch vernahmen. Chaval hatte sich entschlossen zu essen; er hatte die Hälfte einer Brotschnitte genommen und kaute seine Bissen lange, um der Versuchung zu entgehen, alles auf einmal zu verschlingen. Die zwei anderen waren vom Hunger gefoltert und sahen ihm zu, wie er aß.

»Ist's wirklich wahr, du schlägst deinen Anteil aus?« sagte er zu der Schlepperin mit herausfordernder Stimme. »Du hast unrecht.«

Sie hatte die Augen gesenkt, weil sie fürchtete, sonst nachzugeben. Ihr Magen wurde von Krämpfen durchwühlt, daß ihr die hellen Tränen aus den Augen rannen. Aber sie begriff, was er wollte. Schon am Morgen hatte er sie auf den Hals geblasen; als er sie an der Seite des andern sah, wurde er von seiner ehemaligen Gier wieder ergriffen. In den Blicken, mit denen er sie rief, loderte eine Flamme, die ihr wohlbekannt war, die Flamme seiner Eifersuchtsanfälle, in denen er sie mit Faustschlägen bearbeitete und beschuldigte, daß sie mit dem Mieter ihrer Mutter Schändlichkeiten treibe. Und sie wollte nicht; sie zitterte, durch ihre Rückkehr zu ihm die beiden Männer in tödlichem Haß gegeneinander zu jagen, in diesem engen Kellerloch, wo sie ja ohnehin dem Tode geweiht waren. Mein Gott! konnte man denn nicht in Freundschaft aus dem Leben scheiden?

Etienne wäre lieber Hungers gestorben, ehe er Chaval um einen Bissen Brot angegangen wäre. Eine dumpfe Stille war wieder eingetreten; die Zeit wurde zu einer Ewigkeit; Minute reihte sich an Minute, eintönig und hoff-

nungslos. Ein Tag war vergangen, seitdem sie zusammen eingeschlossen waren. Die zweite Lampe verlöschte, sie zündeten die dritte an.
Chaval griff seine zweite Brotschnitte an und brummte:
»So komm doch, Dummkopf!«
Catherine fuhr zusammen. Etienne wandte sich ab, um ihr ihre Freiheit zu lassen. Und als sie sich noch immer nicht rührte, sagte er leise:
»Geh, mein Kind!«
Da stürzten die Tränen hervor, die sie schier erstickten. Sie weinte lange und fand nicht die Kraft sich zu erheben; sie wußte nicht mehr, ob sie Hunger habe, und litt unter einem Schmerz, der sie am ganzen Körper ergriffen hatte. Etienne hatte sich erhoben, ging hin und her und klopfte den Anruf der Bergleute, wütend darüber, daß er diesen Rest des Lebens hier, Seite an Seite mit dem verhaßten Nebenbuhler zubringen mußte. Nicht einmal so viel Platz, um fern voneinander zu verrecken. Wenn er zehn Schritte gemacht hatte, mußte er umkehren, um wieder mit diesem Menschen zusammenzukommen. Und das traurige Mädchen, um das sie noch unter der Erde stritten, würde dem letzten Lebenden gehören; dieser Mensch würde sie ihm wieder stehlen, wenn er zuerst sterben sollte. Und es wollte kein Ende nehmen; Stunden folgten auf Stunden; das Zusammenleben wurde immer unerträglicher in dem engen Raum, der vergiftet wurde durch den zusammenströmenden Atem und durch die in Gemeinschaft befriedigte Notdurft. Zweimal rannte Etienne gegen die Felsen, als wollte er sich mit Faustschlägen einen Weg bahnen.
Wieder ging ein Tag zu Ende. Chaval hatte sich zu Catherine gesetzt und mit ihr die letzte halbe Brotschnitte geteilt. Sie kaute mühselig die Bissen, und er machte sich für jeden mit einer Liebkosung bezahlt, in dem Eigensinn eines Eifersüchtigen, der nicht sterben wollte, ohne sie in Gegenwart des andern noch einmal besessen zu haben. Erschöpft ließ sie ihn gewähren; doch als er sie ergreifen wollte, klagte sie:

»Ach, laß mich, du zerbrichst mir die Knochen.«

Etienne zitterte am ganzen Leibe; er hatte die Stirn an die Hölzer gedrückt, um nichts zu sehen. Doch jetzt kam er mit einem Satz zurück, außer sich.

»Laß sie los, Herrgott noch mal!« schrie er.

»Was geht das dich an?« entgegnete Chaval. »Sie ist mein Weib; sie gehört mir!«

Und er ergriff sie wieder und drückte sie an sich, aus reiner Prahlerei; und während er seinen roten Schnurrbart auf ihren Mund preßte, fuhr er fort:

»Laß uns in Frieden und tu uns den Gefallen wegzuschauen, wenn wir dabei sind.«

Doch Etienne rief mit wutbleichen Lippen:

»Laß sie los, oder ich erwürge dich!«

Hastig erhob sich der andere, denn er hatte an dem Zischen der Stimme des Kameraden erkannt, daß er ein Ende machen wollte. Der Tod schien ihnen zu langsam; einer mußte sofort dem andern Platz machen. Die alte Fehde brach wieder aus, hier, unter der Erde, wo sie bald Seite an Seite schlafen sollten; und sie hatten so wenig Raum, daß sie die Fäuste nicht ausstrecken konnten, ohne die Haut abzuschürfen.

»Nimm dich in acht!« brummte Chaval. »Diesmal zerschmettre ich dich!«

Etienne wurde in diesem Augenblick toll. Roter Nebel trübte seine Augen; ein Blutstrom stieg ihm in die Kehle und drohte ihn zu ersticken. Das Bedürfnis zu töten erfaßte ihn unwiderstehlich, ein physisches Bedürfnis, gleich dem Reiz der Schleimhaut, der einen Hustenanfall hervorruft. Es brach gegen seinen Willen hervor, unter dem mächtigen Drang des Erbübels. Er ergriff einen aus der Wand hervorragenden Schieferblock, lockerte ihn und riß ihn heraus; es war ein breites, schweres Stück. Er packte es mit verzehnfachter Kraft und schlug es auf Chavals Schädel nieder.

Dieser hatte nicht mehr Zeit zurückzuspringen; mit gespaltenem Schädel und zermalmtem Gesicht sank er zu

Boden. Das Gehirn spritzte zur Decke der Galerie empor; ein roter Strahl schoß aus der entsetzlichen Wunde, gleich dem unaufhörlichen Strahl einer Quelle. Sogleich entstand eine Blutlache, in der das rauchige Licht der Lampe sich widerspiegelte. Schatten lagerte auf dieser vermauerten Höhle; die Leiche am Boden glich dem schwarzen Höcker eines Haufens von Kohlenasche.

Etienne beugte sich nieder und betrachtete mit weit geöffneten Augen den Erschlagenen. Es war also geschehen; er hatte getötet. Die verworrene Erinnerung an alle seine Kämpfe stieg in ihm auf; der unnütze Widerstand gegen das in seinen Muskeln schlummernde Gift, gegen den von seinem ganzen Geschlecht langsam angesammelten Alkohol. Und doch war er nur vom Hunger berauscht; die einstige Trunksucht der Eltern hatte genügt. Seine Haare sträubten sich vor der Abscheulichkeit dieses Mordes; und trotzdem seine bessere Einsicht sich dagegen auflehnte, schlug sein Herz stürmischer in der tierischen Freude, endlich seine Gier befriedigt zu haben. Dann stieg der Stolz des Stärkeren in ihm auf. Der kleine Soldat tauchte vor ihm auf, den Hals mit einem Messer durchbohrt, getötet von einem Kinde. Nun hatte auch er getötet.

Catherine, die neben ihm stand, stieß einen Schrei aus.

»Mein Gott, er ist tot!«

»Bedauerst du ihn?« fragte Etienne wild.

Sie erstickte fast und brachte kein Wort hervor; dann wankte sie und warf sich ihm in die Arme.

»Ach, töte auch mich! Ach, laß uns beide sterben!«

Sie umschlang ihn, hängte sich an seine Schultern und auch er preßte sie an sich, und sie hofften so zu sterben. Doch der Tod hatte keine Eile; ihre Arme lösten sich wieder. Und während sie die Hände vor die Augen legte, schleppte er den Erbärmlichen fort und warf ihn die schiefe Ebene hinab, um ihn aus dem engen Raum zu beseitigen, wo sie noch leben mußten. Mit dieser Leiche unter den Füßen wäre das Leben unmöglich gewesen. Und sie entsetzten sich von neuem, als sie ihn ins Wasser fallen hörten, das hoch aufspritzte. Das Wasser hatte also auch dieses Loch schon angefüllt; sie sahen es; es erreichte schon den Stollen.

Nun gab es einen neuen Kampf. Sie hatten die letzte Lampe angezündet, und diese verzehrte sich, das Wasser beleuchtend, das unaufhaltsam höher stieg. Zuerst reichte es ihnen bis zu den Knöcheln, dann bespülte es ihre Knie. Der Gang war abschüssig; sie flüchteten in den Hintergrund und dies gewährte ihnen eine Ruhe von einigen Stunden. Allein die Flut erreichte sie wieder; sie standen bis zum Gürtel im Wasser. Mit dem Rücken an die Wand gelehnt, betrachteten sie das unablässige Steigen des Wassers. Wenn es ihren Mund erreichte, würde es aus sein. Die Lampe, die sie aufgehängt hatten, warf ein fahles, gelbes Licht auf die sich kräuselnde Wasserfläche; das Licht wurde immer schwächer; bald sahen sie nur noch einen Halbkreis, der immer kleiner wurde, gleichsam verzehrt von dem Schatten, der mit der Flut zu wachsen schien. Und plötzlich waren sie in Dunkel gehüllt, die Lampe war erloschen, nachdem sie den letzten Tropfen Öl hergegeben hatte. Es war vollständige Nacht; die Nacht der Erde, wo sie schlafen würden, ohne jemals die Augen dem Sonnenlichte wieder zu öffnen.

»Verdammt!« fluchte Etienne.

Catherine suchte Schutz an seinem Körper, als hätte sie gespürt, wie die Finsternis nach ihr griff. Und sie flüsterte mit leiser Stimme das Wort der Bergleute:

»Der Tod löscht die Lampe aus.«

Doch angesichts dieser Drohung kämpften sie instinktiv, ein fieberhafter Lebenstrieb spornte sie an. Etienne begann mit dem Haken der Lampe heftig die Schieferwand zu bearbeiten, um sie auszuhöhlen, und sie half ihm bei dieser Arbeit mit ihren Fingernägeln. Auf diese Weise stellten sie eine Art erhöhter Bank her, und als die beiden sie erklettert hatten, saßen sie da mit hängenden Beinen und gebeugtem Rücken, denn die Wölbung zwang sie, den Kopf zu neigen. Das Wasser benetzte jetzt nur ihre Sohlen; aber bald fühlten sie seine eisige Kälte an den Knöcheln, an den Waden, an den Knien, in unbesieglicher und unablässiger Bewegung. Die unebene Bank bedeckte sich mit glitschiger Nässe, daß sie sich fest anklammern mußten, um nicht hinabzugleiten. Es war das Ende; wie lange würden sie aushalten können in dieser Nische, die ihr letzter Zufluchtsort war und wo sie nicht eine Bewegung zu machen wagten, erschöpft, ausgehungert, ohne Brot und ohne Licht? Und sie litten hauptsächlich durch die Finsternis, die sie hinderte, den Tod kommen zu sehen. Es herrschte tiefe Stille; in der ersäuften Grube regte sich nichts mehr. Sie fühlten jetzt unter sich nichts mehr als dieses Meer, dessen stumme Flut aus den Tiefen der Stollen heraufquoll.

Es folgten Stunden auf Stunden in gleichmäßiger Düsterheit, ohne daß sie imstande gewesen wären, die Dauer zu ermessen, weil sie sich in der Berechnung der Zeit immer mehr irrten. Ihre Qualen ließen ihnen die Minuten rasch dahinschwinden, anstatt sie ihnen zu verlängern. Sie glaubten erst seit zwei Tagen und einer Nacht eingeschlossen zu sein, während in Wirklichkeit schon der dritte Tag zu Ende ging. Alle Hoffnung auf Hilfe war geschwunden; niemand wußte, daß sie da seien; niemand hatte die Macht, hierher zu gelangen; wenn die Überschwemmung sie nicht verschlingen würde, müßten sie vor Hunger umkommen. Ein letztes Mal waren sie auf den Einfall gekommen, den Anruf zu klopfen; allein das Stück Sandstein war unten geblieben. Wer würde sie übrigens hören?

Catherine hatte ihren schmerzenden Kopf mutlos an die Wand gelehnt, als sie plötzlich erbebte und sich aufrichtete.

»Horch!« sagte sie.

Zuerst glaubte Etienne, sie spreche von dem leisen Geräusch der steigenden Flut. Er log, um sie zu beruhigen.

»Du hörst mich, ich bewege die Beine.«

»Nein, nein, nicht das ... Da unten, horch!«

Und sie drückte das Ohr an die Kohlewand. Er begriff und tat wie sie. Beklommenen Herzens harrten sie einige Sekunden. Dann hörten sie aus weiter Ferne drei Schläge, sehr leise und in großen Zwischenräumen. Aber sie zweifelten noch; ihre Ohren klangen; es war vielleicht ein Krachen in der Schicht. Und sie wußten nicht, womit sie klopfen sollten, um zu antworten.

Etienne hatte einen Einfall.

»Du hast die Holzschuhe; zieh sie aus und klopfe mit den Absätzen.«

Sie klopfte, schlug den Anruf der Bergleute; und sie horchten und unterschieden wieder die drei Schläge aus der Ferne. Zwanzigmal begannen sie von neuem, und zwanzigmal kam die Antwort. Sie weinten, sie umarmten sich, auf die Gefahr hin, das Gleichgewicht zu verlieren. Endlich waren die Kameraden da; endlich kamen sie. In der überströmenden Freude und Liebe schwanden die Qualen des Harrens, die Wut über die lange vergebens wiederholten Anrufe, als hätten die Retter den Felsen nur mit dem Finger zu spalten brauchen, um sie zu befreien.

»Ist es nicht ein Glück, daß ich den Kopf an die Wand gelehnt habe?« rief sie fröhlich aus.

»Oh, du hast ein feines Ohr!« antwortete er. »Ich habe nichts gehört.«

Von diesem Augenblicke an lösten sie einander ab; immer horchte einer, bereit, auf das leiseste Signal zu antworten. Bald hörten sie die mit der Spitzhacke geführten Hiebe; man begann die Rettungsarbeiten, ein Stollen wurde angelegt. Nicht das geringste Geräusch entging ihnen. Doch bald sank ihre Freude. Wohl lachten sie, um sich gegenseitig über ihre Stimmung zu täuschen; die Verzweiflung bemächtigte sich bald ihrer wieder. Anfänglich ergingen sie sich in weitläufigen Erklärungen. Man näherte sich ihnen augenscheinlich durch die Réquillart-Grube; der Stollen senkte sich durch die

Schicht herab; vielleicht legte man mehrere Stollen an, denn es waren drei Männer bei der Durchschlagsarbeit. Dann redeten sie weniger und schließlich schwiegen sie ganz, wenn sie die ungeheure Masse berechneten, die sie von den Kameraden trennte. In der Stille spannen sie ihre Gedanken fort; sie berechneten, wie viele Tage und Nächte ein Arbeiter brauchte, um einen solchen Block durchzuschlagen. Man würde sie nicht früh genug erreichen; sie würden bis dahin zwanzigmal gestorben sein. In düsterer Stimmung, ohne in ihrer erhöhten Angst ein Wort auszutauschen, antworteten sie auf die Anrufe mit einem anhaltenden Klopfen der Holzschuhe, ohne Hoffnung, nur in dem mechanischen Bedürfnis, jenen kundzugeben, daß sie noch lebten.

Ein, zwei Tage vergingen. Sie waren seit sechs Tagen in der Grube. Das Wasser, das ihnen bis zu den Knien reichte, stieg nicht mehr und sank auch nicht; ihre Beine schienen in dem eisigen Bade zu zerfließen. Für eine Stunde konnten sie sie wohl herausziehen, aber ihre Lage wurde dann so unbequem, daß sie von schrecklichen Krämpfen erfaßt wurden und die Beine wieder hängen lassen mußten. Alle zehn Minuten rückten sie auf dem glitschigen Felsen hinauf. Die Kanten der Kohlenwand zerrissen ihnen den Rücken; sie fühlten im Nacken einen ständigen heftigen Schmerz, weil sie immer gebeugt sitzen mußten, um sich den Schädel nicht einzurennen. Und das Atmen wurde immer schwieriger; die von dem Wasser zurückgedrängte Luft verdichtete sich in dieser Art von Glocke, in der sie eingeschlossen waren. Ihre gedämpften Stimmen schienen von sehr weit her zu kommen. Ihre Ohren summten; es war, als hörten sie ein schrilles Sturmläuten, den Galopp einer Herde unter einem endlosen Hagelschauer.

Anfänglich litt Catherine furchtbar unter dem Hunger. Sie fuhr mit den mageren, gekrümmten Händen nach der Kehle, aus der der hohle, keuchende Atem hervorbrach, eine fortwährende, herzzerreißende Klage. Es war, als ob man ihr mit einer Zange den Magen aus dem Leibe reißen wollte. Etienne, der die gleichen Qualen litt, tastete fieberhaft in der Finsternis, und als seine Finger auf ein morsches Stück der Verzimmerung stießen, zerbröckelte er dieses mit seinen Fingernägeln und gab davon eine Handvoll dem Mädchen, das den Holzstaub gierig verschlang. Zwei Tage lebten sie von diesem morschen Holz; sie verzehrten das ganze Stück und waren verzweifelt, als es zu Ende war; sie zerschunden sich die Hände, um ein anderes Stück Holz in Angriff zu nehmen; es gelang aber nicht, die anderen Hölzer waren noch fest, ihre Fasern gaben nicht nach. Und ihre Marter wurde immer größer; sie waren wütend, weil sie die Leinwand ihrer Kleidung nicht zerkauen konnten. Ein Ledergürtel, der seine Jacke zusammenhielt, brachte ihnen kurze Hilfe. Er zerlegte ihn mit den Zähnen in kleine Stückchen und sie zermalmten und verschlangen sie. Dies beschäftigte ihre Kinnladen; sie konnten wähnen, daß sie äßen. Dann als der Ledergürtel aufgezehrt war, machten sie sich wieder an die Leinwand, an der sie stundenlang sogen.

Doch die heftigen Anfälle legten sich bald; der Hunger war nur noch ein tiefer, dumpfer Schmerz, das langsame, fortschreitende Ermatten ihrer Kräfte. Sie wären sicherlich ihren Leiden erlegen, wenn sie nicht Wasser gehabt hätten, soviel sie wollten. Sie brauchten sich nur zu bükken und konnten aus der hohlen Hand trinken. Dies taten sie auch unzählige Male, von einem solchen Durst gequält, als würde all das Wasser nicht hinreichen, ihn zu löschen.

Als Catherine am siebenten Tage sich bückte, um zu trinken, stieß ihre Hand an einen schwimmenden Körper.

»Sag mal ... was ist das?« sagte sie.

Etienne tastete in der Finsternis.

»Ich begreife nicht; es ist wie die Decke einer Lüftungstür.«

Sie trank; doch als sie ein zweites Mal schöpfen wollte,

traf ihre Hand wieder den Körper, und sie stieß einen furchtbaren Schrei aus.

»Mein Gott, er ist's!«

»Wer denn?«

»Er, du weißt? ... Ich habe seinen Schnurrbart gefühlt.«

Es war die Leiche Chavals, die aus der schiefen Ebene, durch die Flut wieder herausgeschwemmt, bis zu ihnen getrieben war. Etienne streckte den Arm aus und fühlte auch seinerseits den Schnurrbart und die zerschlagene Nase. Ein Schauer des Ekels und der Furcht schüttelte ihn. Von einem fürchterlichen Abscheu ergriffen spie Catherine das Wasser aus, das ihr im Munde geblieben war. Es war ihr, als hätte sie Blut getrunken, als wäre jetzt all das tiefe Wasser vor ihr das Blut dieses Menschen.

»Warte«, stammelte Etienne; »ich will ihn wieder fortschicken.«

Mit einem Fußtritte stieß er die Leiche hinweg; doch bald fühlten sie diese wieder an ihren Beinen.

»So geh doch zum Teufel!« rief Etienne.

Und ein drittes Mal mußte er ihn herankommen lassen. Eine Strömung schwemmte den Leichnam immer wieder heran. Chaval wollte sich nicht entfernen; er wollte mit ihnen, ganz nahe bei ihnen sein. Es war ein furchtbarer Genosse, der die Luft vollends verpestete. An diesem Tage tranken sie nicht; sie kämpften gegen den Durst und wollten lieber sterben; erst am folgenden Tage zwang sie die Qual; sie stießen bei jedem Schluck die Leiche weg und tranken. Es war nicht der Mühe wert, ihm den Schädel zu zerschlagen, wenn er in seiner hartnäckigen Eifersucht jetzt wiederkam. Bis ans Ende würde er dasein, selbst als Leiche, um sie zu hindern, beisammen zu sein.

Noch ein Tag; und noch ein Tag. Bei jedem Kräuseln des Wassers empfing Etienne einen leichten Stoß des Mannes, den er getötet hatte; es war gleichsam die Berührung eines Nachbarn mit dem Ellbogen, zur Erinnerung, daß er da sei. Und jedesmal erbebte er. Unaufhörlich sah er ihn; aufgedunsen, grün, mit dem roten Schnurrbart in dem zerschmetterten Gesicht. Dann verwirrten sich seine Erinnerungen; er hatte ihn nicht getötet; der andere schwamm herum und wollte ihn beißen. Catherine war jetzt von endlosen Weinkrämpfen geschüttelt, nach denen sie in vollständige Erschöpfung versank. Sie verfiel schließlich in einen Zustand unbezwinglicher Schlafsucht. Er weckte sie; sie stammelte unverständliche Worte und schlief sogleich wieder ein, ohne auch nur die Augenlider zu heben. Und aus Furcht, daß sie in das Wasser stürzen könnte, hatte er seinen Arm um ihren Leib gelegt. Nun antwortete er allein auf den Anruf der Kameraden. Die Schläge der Spitzhacken kamen näher; er hörte sie jetzt hinter seinem Rücken. Aber auch seine Kräfte schwanden; er hatte den Mut verloren, noch länger zu klopfen. Man wußte ja, daß sie da seien; wozu sollte er sich ermüden? Es beschäftigte ihn nicht mehr, ob sie kämen oder nicht. In dem bewußtlosen Hinbrüten dieses Harrens gab es Stunden, in denen er sich nicht mehr erinnerte, auf was er wartete.

Ein tröstlicher Umstand trat ein, der sie wieder ein wenig aufrichtete. Das Wasser sank, und Chavals Leiche entfernte sich. Seit neun Tagen arbeitete man an ihrer Befreiung, und sie machten zum ersten Male einige Schritte im Stollen, als eine furchtbare Erschütterung sie zu Boden schleuderte. Sie suchten sich und hielten sich umfangen, schier den Verstand verlierend, ohne zu begreifen, was geschehen war, an eine Wiederholung der Katastrophe glaubend. Und nichts rührte sich; das Geräusch der Spitzhacken hatte aufgehört.

Sie saßen in einem Winkel, Seite an Seite, als Catherine plötzlich ein leises Lachen vernehmen ließ.

»Draußen muß es gut sein… Komm, laß uns hinausgehen«, sprach sie.

Etienne kämpfte zuerst gegen diesen Wahnsinn an; aber eine Ansteckung verwirrte auch seinen härteren Kopf, er verlor das genaue Bewußtsein von der Wirklichkeit. Alle ihre Sinne verwirrten sich, besonders die Catherines, die vom Fieber geschüttelt, von einem Bedürfnis nach Worten und Gebärden gequält war. Das Sausen in ihren Ohren war zum Plätschern eines Baches, zu einem Vogelgezwitscher geworden; sie roch den starken Geruch zertretenen Grases; und sie sah ganz klar; große gelbe Flecke schwebten vor ihren Augen, so breit, daß sie sich draußen wähnte, am Kanal, in den Feldern, an einem schönen, sonnenhellen Tag.

»Wie warm es ist!... Nimm mich doch, und laß uns beisammenbleiben; immer, ach immer!«

Er preßte sie an sich; sie schmiegte sich in einer langen Liebkosung an ihn und fuhr mit dem Geplauder eines glücklichen Mädchens fort:

»Wie dumm waren wir, so lange zu warten! Ich hätte dich sogleich mögen, aber du hast nicht begriffen, du hast geschmollt... Und erinnerst du dich der Nacht, bei uns, da wir nicht schlafen konnten, da wir gegenseitig unser Atemholen belauschten, in der übermächtigen Sehnsucht, uns zu umschlingen!«

Er war von ihrer Heiterkeit angesteckt und scherzte über die Erinnerungen an ihre stumme Leidenschaft.

»Du hast mich einmal geschlagen«, sagte er; »jawohl, auf beide Wangen geschlagen.«

»Weil ich dich liebte«, flüsterte sie. »Ich wehrte mich dagegen, an dich zu denken; ich sagte mir, es sei aus. Und im Grunde wußte ich dennoch, daß wir eines Tages uns zusammenfinden würden. Es fehlte nur eine Gelegenheit, eine glückliche Fügung, nicht wahr?«

Ein Schauder erfaßte ihn; er wollte diesen Traum abschütteln; dann wiederholte er langsam:

»Man soll niemals sagen, daß alles aus ist; es genügt ein klein wenig Glück, damit alles wieder beginne.«

»Du behältst mich also? Diesmal ist's wirklich wahr?«

Und sie entglitt seinen Armen, ohnmächtig. Sie war so schwach, daß ihre dumpfe Stimme erlosch. Erschreckt hielt er sie an seinem Herzen fest.

»Du leidest?« fragte er.
Sie richtete sich erstaunt auf.
»Nein ... keineswegs ... Warum denn?«
Doch diese Frage hatte sie aus ihrem Traum erweckt. Sie starrte sinnlos in die Finsternis und rang die Hände in einem erneuten Weinkrampf.
»Mein Gott! mein Gott! wie schwarz ist es!«
Fort waren die Felder, das wohlriechende Gras, der Vogelsang, das helle Sonnenlicht, und geblieben waren die eingestürzte, ersäufte Grube, die stinkende Nacht, diese trübselig feuchte Gruft, in der sie seit so vielen Tagen mit dem Tode rangen. Die Verwirrung ihrer Sinne erhöhte jetzt die Schrecknisse des Aufenthaltes; sie wurde von allem Aberglauben ihrer Kindheit wieder erfaßt; sie sah den Schwarzen Mann, den alten, toten Bergmann, der in die Grube zurückkehrte, um den schlimmen Mädchen den Hals umzudrehen.
»Horch! Hast du gehört?«
»Nein, nichts; ich höre nichts.«
»Es ist der Mann, du weißt ja ... Schau, da ist er ... Die Erde hat alles Blut der Ader ausströmen lassen, um sich dafür zu rächen, daß man ihr eine Schlagader durchschnitten hat. Er ist da, schau; er ist schwärzer als die Nacht! ... Ach, ich habe Furcht! ich habe Furcht! ...«
Sie schwieg, am ganzen Leibe zitternd. Dann fuhr sie in sehr leisem Tone fort:
»Nein; es ist noch immer der andere.«
»Welcher andere?«
»Der, der mit uns ... der, der nicht mehr ist.«
Das Gespenst Chavals ließ sie nicht zur Ruhe kommen; und sie sprach in verworrenen Worten von ihm; erzählte von ihrem Hundeleben, von dem einzigen Tage, an dem er sich in der Jean-Bart-Grube freundlich gezeigt hatte; und erzählte von den anderen Tagen, an denen es Roheiten und Schläge hagelte, und wie er ihr mit seinen Liebkosungen den Rest gab, nachdem er sie halb totgeschlagen hatte.

»Ich sage dir, daß er kommt, daß er uns hindern wird beisammenzubleiben... Die Eifersucht packt ihn wieder... Ach, schicke ihn hinweg! Ach, behalte mich bei dir! behalte mich ganz!...«

Mit Heftigkeit hatte sie sich an ihn gehängt; sie suchte seine Lippen und drückte leidenschaftlich ihren Mund auf seinen Mund. Die Finsternis hellte sich auf; sie sah die Sonne wieder, sie fand das ruhige Lachen der Verliebten wieder. Er fuhr zusammen, als er sie so an seinem Leibe fühlte, halbnackt in den Fetzen ihrer zerlumpten Kleidung; und in einem Wiedererwachen seiner Männlichkeit zog er sie an sich. Und dies war endlich ihre Hochzeitsnacht, in dieser Gruft, auf diesem Lager von Dreck; es war das Bedürfnis, nicht zu sterben, ehe sie ihr Glück hatten; das hartnäckige Bedürfnis zu leben und ein letztes Mal das Leben zu bestätigen. Sie liebten sich in der äußersten Verzweiflung, sie liebten sich im Tode.

Und dann gab es nichts mehr. Etienne saß auf der Erde, immer in demselben Winkel, und Catherine lag unbeweglich auf seinen Knien. So gingen viele Stunden dahin. Er glaubte lange, daß sie schliefe; dann, als er sie berührte, fand er, daß sie kalt und starr sei. Sie war tot. Dennoch rührte er sich nicht, aus Furcht, sie zu wecken. Der Gedanke, daß er sie, seitdem sie Weib geworden, zum ersten Male besessen und daß sie vielleicht schwanger sein konnte, versetzte ihn in tiefe Rührung. Und noch andere Gedanken kamen ihm; der Wunsch, mit ihr fortzuziehen, die Freude des Zusammenlebens, aber alles nur vorübergehend, so unklar, daß die Gedanken kaum seine Stirn streiften, wie der Hauch des Schlafes. Er wurde immer schwächer; es blieb ihm kaum soviel Kraft, um eine langsame Bewegung mit der Hand zu machen, und sich zu überzeugen, daß sie da sei, wie ein schlafendes Kind in ihrer eisigen Starre. Alles versank in nichts; die Nacht selbst war versunken; er war nirgends mehr, außerhalb des Raumes, außerhalb der Zeit. Etwas pochte neben seinem Kopf; es waren Schläge, die immer stärker, immer näher klangen; doch in seiner unermeßlichen Ermattung war er zu müde, um zu antworten; und jetzt wußte er gar nichts mehr; er träumte nur, daß sie vor ihm herging und daß er das leise Klappern ihrer Holzschuhe hörte. Zwei Tage vergingen so; sie hatte sich nicht mehr bewegt; er berührte sie mit einer mechanischen Bewegung, beruhigt, weil sie sich so still verhielt.

Jetzt fühlte Etienne eine Erschütterung. Er hörte ein Gemurmel von Stimmen; Steine rollten bis zu seinen Füßen. Als er eine Lampe erblickte, begann er zu weinen. Seine blinzelnden Augen folgten dem Lichtschein; er ward nicht müde ihn zu sehen, entzückt von dem roten Punkt, der kaum die Finsternis durchdrang. Doch schon trugen ihn Kameraden davon, und er ließ es geschehen, daß sie ihm zwischen den zusammengepreßten Zähnen einige Löffel Fleischbrühe einflößten. Erst im Stollen von Réquillart erkannte er einen von ihnen, den Ingenieur Négrel, der vor ihm stand. Und diese beiden Männer, die einander verachteten, der aufständische Arbeiter und der skeptische Vorgesetzte: sie sanken einander laut schluchzend in die Arme, in der mächtigen Erschütterung alles Menschlichen, das sich in ihnen barg. Es war eine unendliche Traurigkeit, das Elend ganzer Geschlechter, das Übermaß des Jammers, in dem das Leben versinken kann.

Als man die tote Catherine hinaufgeschafft hatte, sank die Maheu mit lautem Wehgeschrei an der Leiche ihrer Tochter nieder, und ein Schrei folgte dem andern, lange, unaufhörlich. Mehrere Leichen waren zutage gefördert und auf der Erde niedergelegt worden: Chaval, den man von einem Einsturz erschlagen glaubte, ein Schlepperjunge und zwei Häuer, gleichfalls erschlagen, mit leerem Schädel und aufgedunsenem Bauch. Mehrere Weiber in der Menge verloren den Verstand, rissen sich die Kleider vom Leibe und zerkratzten sich das Gesicht. Nachdem man ihn an das Lampenlicht gewöhnt und ein wenig mit Nahrung gestärkt hatte, erschien Etienne endlich, bis auf die Knochen abgemagert, die Haare gebleicht. Und alle traten zitternd beiseite, als dieser Greis vorüberkam. Die Maheu unterbrach ihr Jammergeschrei, um ihn blöde, mit stieren Augen anzuschauen.

VI

Es war vier Uhr morgens; die Kühle der Aprilnacht milderte sich beim Herannahen des Tages. Die Sterne flimmerten am klaren Himmel, während eine helle Morgenröte den östlichen Horizont purpurn färbte. Ein Frösteln durchzog die schlafende schwarze Landschaft; es war jenes unbestimmte, verschwommene Geräusch, das dem Erwachen vorausgeht.

Etienne folgte, wacker ausschreitend, der nach Vandame führenden Straße. Er hatte sechs Wochen im Spital von Montsou zugebracht. Obgleich noch gelb und sehr mager, hatte er sich doch stark genug gefühlt, aufzubrechen, und er brach auf. Die Gesellschaft, die noch immer für ihre Gruben zitterte und nach und nach gewisse Leute entließ, hatte ihn verständigt, daß sie ihn nicht länger in ihren Diensten behalten könnte. Sie bot ihm übrigens eine Unterstützung von hundert Franken an, mit dem väterlichen Rate, die Grubenarbeit aufzugeben, weil sie künftig für ihn zu schwer wäre. Doch er hatte die hundert Franken zurückgewiesen. Pluchart rief ihn bereits nach Paris in einem Brief, dem auch das nötige Reisegeld beigelegt war. Er sah endlich seinen alten Traum sich verwirklichen. Am vorhergehenden Tage hatte er das Spital verlassen und in der ›Gemütlichkeit‹, in der Schenke der Witwe Désir, übernachtet. Er war früh aufgestanden; er hatte nur noch den einen Wunsch, seinen Kameraden Lebewohl zu sagen, ehe er in Marchiennes den Acht-Uhr-Zug besteigen würde.

Auf der Straße, über die die Morgenröte ihre Helle ausbreitete, war Etienne einen Augenblick stehengeblieben. Es tat so wohl, die frische Luft des zeitigen Frühlings einzuatmen. Ein herrlicher Morgen kündigte sich an, es wurde allmählich heller, und mit der Sonne erhob sich auch das Leben der Erde. Er nahm seinen Weg wieder auf, setzte seinen Stock fest auf den Boden und schaute in die Ferne, wo die Ebene allmählich aus den nächtlichen Dünsten zum Vorschein kam. Er hatte niemanden wiedergesehen. Frau Maheu hatte ihn ein einziges Mal im Krankenhaus besucht; sie hatte gewiß nicht wiederkommen können. Aber er wußte, daß jetzt das ganze Dorf der Zweihundertvierzig in der Jean-Bart-Grube anfuhr und daß sie selbst dort Arbeit angenommen hatte.

Allmählich bevölkerten sich die einsamen Wege. Unablässig zogen Gruppen von Bergleuten bleich und still an Etienne vorüber. Man sagte, die Gesellschaft treibe Mißbrauch mit ihrem Sieg. Nach einem zweieinhalb Monate währenden Arbeitsausstand waren die Bergleute, durch den Hunger überwunden, wieder in die Gruben zurückgekehrt und hatten sich dem Verzimmerungstarif fügen müssen, dieser versteckten Lohnverminderung, die jetzt, weil vom Blute der Kameraden befleckt, noch verhaßter war als früher. Man stahl ihnen eine Stunde Arbeit. Man zwang sie, ihren Eid, sich nicht zu unterwerfen, zu brechen, und dieser ihnen aufgezwungene Meineid saß ihnen in der Kehle wie eine Gallenblase. Die Arbeit wurde überall wiederaufgenommen, in Mirou, in Madeleine, in Crèvecoeur, in La Victoire. Überall im Morgennebel zog die Herde der Arbeiter auf den noch halb dunklen Wegen dahin; lange Züge von Männern mit gesenkten Köpfen, gleich dem Vieh, das zur Schlachtbank geführt wird. Sie fröstelten in ihren Leinenkitteln; sie kreuzten die Arme und krümmten den Rücken, auf dem der zwischen Hemd und Jacke untergebrachte ›Ziegel‹ einen Höcker bildete. Und diesen Massen, die stumm und düster, ohne ein Lachen, ohne einen Seitenblick zur Arbeit zurückkehrten, merkte man es an, daß sie im verhaltenen Zorn die Zähne aufeinanderpreßten, daß ihr Herz von Haß geschwellt war und sie nur dem Gebot des Hungers sich unterworfen hatten.

Je mehr er sich der Grube näherte, desto mehr sah Etienne ihre Zahl anwachsen. Fast alle gingen einzeln; diejenigen, die in Gruppen ankamen, lösten sich in eine Kette auf, erschöpft, überdrüssig der anderen und überdrüssig ihrer selbst. Er sah einen sehr alten, dessen Augen wie glühende Kohle unter der bleichen Stirne leuchteten. Ein anderer, noch junger Arbeiter ließ ein ununterbrochenes heftiges Schnaufen hören. Viele trugen ihre Holzschuhe in der Hand, und man hörte kaum den weichen Schritt ihrer mit dicken wollenen Strümpfen bekleideten Füße. Es war ein endloser Menschenstrom; eine Niederlage, der gezwungene Marsch einer geschlagenen Armee, die gesenkten Hauptes dahinzieht, von dem geheimen Verlangen getrieben, den Kampf wieder aufzunehmen und sich zu rächen.

Als Etienne in Jean-Bart ankam, tauchte das Werk im Dämmerlicht des Morgens auf; die an den Gerüsten hängenden Laternen brannten noch. Über den dunklen Gebäuden stieg ein leichter Rauch empor, einem weißen, zartrot gefärbten Federbusch gleichend. Er nahm seinen Weg über die Treppe des Siebwerkes, um sich nach der Aufnahmehalle zu begeben.

Die Anfahrt begann eben, die Arbeiter kamen von der Baracke. In diesem Getümmel und in dem Lärm blieb er einen Augenblick unbeweglich stehen. Rollende Hunde erschütterten die Eisenplatten des Fußbodens, die Räder drehten sich und rollten die Kabel ab, mitten im Getöse des Sprachrohrs, der Signalglocken und der auf den Signalblock niederfallenden Hämmer. Er fand das Ungeheuer wieder, das seine Ration Menschenfleisch verschlang, die auf- und niedersteigenden Aufzugskästen, die unablässig ihre Last hinabführten, mit dem leichten Schlucken eines gefräßigen Riesen. Seit seinem Unglücksfall empfand er einen nervösen Abscheu vor der Grube.

Beim Anblick der versinkenden Kästen drehte sich ihm das Innere um; er mußte den Kopf wegwenden, der Schacht erbitterte ihn.
In der noch dunklen Aufnahmehalle, in der die heruntergebrannten Laternen nur ein fahles Zwielicht verbreiteten, bemerkte er kein befreundetes Gesicht. Die Bergleute, die hier mit nackten Füßen, mit den Lampen in der Hand warteten, betrachteten ihn mit großen, unruhigen Augen, dann neigten sie den Kopf und wichen beschämt vor ihm zurück. Ohne Zweifel kannten sie ihn und hatten keinen Groll mehr gegen ihn. Sie schienen im Gegenteil ihn zu fürchten und erröteten bei dem Gedanken, daß er ihnen Feigheit vorwerfen könnte. Diese ihre Haltung schwellte sein Herz; er vergaß, daß diese Elenden ihn gesteinigt hatten; er gab sich wieder seinem Traum hin, diese Leute in Helden zu verwandeln und das Volk zu leiten, diese Naturkraft, die sich selbst verzehrte.
Wieder versank ein Aufzugskasten mit seiner Last, und als eben eine neue Gruppe heranrückte, erblickte er einen Arbeiter, der sein Gehilfe im Streik gewesen war, einen Wackeren, der geschworen hatte, lieber zu sterben, als sich zu ergeben.
»Du auch«, murmelte er betrübt.
Der andere erbleichte; seine Lippen zitterten; dann sagte er mit einer Gebärde der Entschuldigung:
»Was willst du? Ich habe ein Weib.«
In der neuen Schar, die aus der Baracke herankam, erkannte er jetzt alle.
»Du auch! Du auch! Du auch!...«
Und alle zitterten und stammelten mit erstickter Stimme:
»Ich habe eine Mutter, ich habe Kinder, ich muß Brot schaffen.«
Der Kasten kam nicht wieder. Sie warteten in düsterer Stimmung, in einem so tiefen Leid über ihre Niederlage, daß ihre Blicke es vermieden, den seinigen zu begegnen, und starr auf den Schacht gerichtet waren.
»Und was ist mit Frau Maheu?« fragte Etienne.

Sie antworteten nicht. Einer machte ein Zeichen, daß sie bald kommen würde; andere erhoben mitleidig die Arme: ach, die arme Frau, welch ein Elend! Das Schweigen dauerte an, und als der Kamerad ihnen die Hand reichte, um ihnen Lebewohl zu sagen, drückten alle kräftig diese Hand und legten in den stummen Händedruck ihre Wut darüber, nachgegeben zu haben, und die fieberhafte Hoffnung auf Rache. Der Kasten war wieder da, sie stiegen ein und versanken, von dem Abgrunde verschlungen.

Jetzt erschien Pierron mit der frei brennenden Lampe der Aufseher, die an seiner Ledermütze befestigt war. Seit acht Tagen war er Gruppenvorsteher, und die Arbeiter traten beiseite, denn die Beförderung machte ihn stolz. Der Anblick Etiennes war ihm unangenehm; er trat jedoch näher und beruhigte sich schließlich, als der junge Mann ihm seine Abreise ankündigte. Sie plauderten. Pierron erzählte, seine Frau führe jetzt die Schankwirtschaft ›Zum Fortschritt‹; sie habe dies den Herren zu danken, die sich alle gütig gegen sie zeigten. Doch er unterbrach sich, um den Vater Mouque auszuschelten, den er beschuldigte, daß er den Pferdemist nicht zur rechten Zeit heraufgeschafft hätte. Der Alte hörte zu, mit krummen Schultern; dann, ehe er hinabfuhr, an dem Verweis würgend, drückte auch er Etienne lange und warm die Hand, und auch in seinem Händedruck lag der verhaltene Zorn und die Verheißung künftigen Aufruhrs. Und diese Greisenhand, die in der seinigen zitterte, dieser alte Mann, der ihm den Tod seiner Kinder verzieh, riefen in Etienne eine so tiefe Bewegung hervor, daß er den Alten verschwinden sah, ohne ein Wort hervorbringen zu können.

»Kommt denn Frau Maheu heute nicht?« fragte er nach einer Weile den Aufseher.

Anfänglich tat Pierron, als hätte er nicht verstanden, denn er meinte, es genüge vom Unglück zu reden, um davon angesteckt zu werden. Dann sagte er, sich entfernend, als wollte er seinen Leuten einen Auftrag geben:

»Was? die Maheu? da ist sie ja.«
In der Tat kam eben die Maheu aus der Baracke herunter, mit der Lampe ausgerüstet, bekleidet mit der Jacke und der Hose, die Kappe auf dem Kopf. Gerührt von dem Schicksal dieser unglücklichen, schwergeprüften Frau hatte die Gesellschaft in außerordentlicher Gnade gestattet, daß sie, obgleich schon vierzig Jahre alt, die Arbeit aufnehmen dürfe. Und da es schwierig gewesen wäre, sie bei der Abfuhr zu beschäftigen, verwendete man sie an einem kleinen Ventilator, den man im Nordstollen, unter dem Tartaret, in den sogenannten Höllenregionen, aufgestellt hatte, wo eine andere Lüftungsvorrichtung nicht möglich war. In der Tiefe dieses glühenden Schlundes, bei einer Hitze von vierzig Grad, die ihr die Haut verbrannte, trieb sie zehn Stunden hindurch das Rad dieses Ventilators, daß ihr schließlich die Glieder im Leibe wie gebrochen waren. Sie verdiente dreißig Sous.
Als Etienne sie bemerkte, bejammernswert in ihrer Männerkleidung, Brust und Bauch gleichsam von der Feuchtigkeit der Kohlenschläge aufgedunsen, wurde er tief ergriffen und stammelte einige unverständliche Worte, um ihr zu erklären, daß er fortziehen und ihr Lebewohl sagen wollte.
Sie schaute ihn an, ohne ihn zu hören, und sagte endlich, das Du beibehaltend:
»Du bist erstaunt, mich zu sehen. Allerdings hatte ich gedroht, den ersten der Meinigen, der anfahren sollte, zu erwürgen – und nun fahre ich selber an; ich müßte mich selber erdrosseln, nicht wahr? Ach, es wäre ja schon geschehen, wenn der Alte nicht da wäre und die Kleinen ...«
Mit leiser, müder Stimme fuhr sie fort; sie entschuldigte sich nicht, sie erzählte bloß die Dinge; daß sie fast vor Hunger umgekommen seien und daß sie sich endlich entschlossen habe, die Arbeit aufzunehmen, damit man sie nicht aus dem Dorfe vertreibe.
»Und wie geht es dem Alten?« fragte Etienne.

»Er verhält sich immer still und anständig, aber mit seinem Verstand ist es aus... Wegen seines Verbrechens hat man ihn nicht verurteilt. Es war davon die Rede, ihn in ein Irrenhaus zu stecken, aber ich wollte es nicht; man hätte ihn dort vergiftet. Seine Geschichte hat uns immerhin viel Verdruß verursacht, denn er wird niemals seine Pension bekommen; einer der Herren sagte mir, es wäre unmoralisch, wenn man ihm eine Pension gäbe.«
»Und arbeitet Jeanlin?«
»Ja; die Herren haben für ihn eine Arbeit gefunden, über Tage; er verdient dabei zwanzig Sous. Ach, ich beklage mich nicht; die Herren haben sich gütig gezeigt, wie sie selbst mir erklärten. Die zwanzig Sous meines Jungen und meine dreißig dazu geben fünfzig Sous. Wären wir nicht sechs im Hause, würde man sich sattessen können. Estelle ißt jetzt auch schon, und das schlimmste ist, daß man noch vier bis fünf Jahre warten muß, ehe Lénore und Henri stark genug sind, um in die Grube zu gehen.«
Etienne konnte eine schmerzliche Gebärde nicht unterdrücken.
»Auch sie!« rief er.
Eine helle Röte war in die fahlen Wangen der Frau Maheu gestiegen, während ihre Augen sich belebten. Doch sie senkte die Schultern wieder, gleichsam erdrückt von der Last des Geschickes.
»Was willst du, sie nach den übrigen... Alle sind dabei umgekommen. Nun sind sie an der Reihe.«
Sie schwieg. Es kamen Arbeiter mit vollen Karren vorüber und störten sie im Gespräch. Durch die großen, staubigen Fenster drang das Tageslicht, die Laternen in einen grauen Schein hüllend. Und alle drei Minuten kam die Maschine wieder in Bewegung, die Kabel rollten sich ab, die Aufzugskästen fuhren fort, Menschen zu verschlingen.
»Vorwärts, ihr Müßiggänger, beeilt euch!« rief Pierron. »Einsteigen, einsteigen! Wir werden heute nicht fertig.«
Die Maheu, die er besonders anschaute, rührte sich nicht.

Sie hatte schon drei Kästen abfahren lassen und sagte, gleichsam aus einem Traum erwachend und der ersten Worte Etiennes sich erinnernd:
»Also, du gehst?«
»Ja, heute früh.«
»Du hast recht, besser anderswo sein, wenn man kann... es freut mich, dich noch einmal gesehen zu haben; du wirst wenigstens wissen, daß ich keinen Groll gegen dich hege. Nach all dem Gemetzel war ich einen Augenblick in der Stimmung, dich zu erwürgen; doch man überlegt die Dinge, nicht wahr? und man findet schließlich, daß niemand schuld daran sei. Nein, nein, es ist nicht deine Schuld, es war die Schuld aller Welt.«
Sie sprach jetzt ganz ruhig von ihren Toten, von ihrem Manne, von Zacharie, von Catherine; die Tränen erschienen in ihren Augen erst, als sie den Namen Alzire aussprach. Sie hatte die Ruhe einer vernünftigen Frau wiedergewonnen und beurteilte die Dinge sehr umsichtig. Es würde den Spießbürgern kein Glück bringen, so viele arme Leute getötet zu haben; auch sie würden eines Tages bestraft werden; denn alles werde schließlich vergolten. Man würde es nicht nötig haben, sich einzumengen, die Bude würde von selbst in die Luft fliegen; die Soldaten würden auf die Herren schießen, wie sie auf die Arbeiter geschossen hatten. In ihrer hundertjährigen Ergebung, in der ererbten Disziplin, die sie von neuem in das Joch beugte, war also ein Umbruch geschehen, die Gewißheit, daß die Ungerechtigkeit nicht länger andauern könne und daß, wenn es keinen gerechten Gott gäbe, ein anderer erstehen würde, um die Armen und Elenden zu rächen.
Sie sprach leise, mit mißtrauischen Blicken. Dann, als Pierron sich näherte, fügte sie laut hinzu:
»Nun, wenn du fährst, mußt du bei uns deine Sachen holen... Es sind noch zwei Hemden da, drei Taschentücher, eine alte Hose.«
Etienne lehnte es mit einer Handbewegung ab, diese ge-

ringen Habseligkeiten zurückzunehmen, die dem Trödler entgangen waren.
»Nein, es lohnt nicht der Mühe; es soll für die Kinder zurückbleiben... Ich werde mich in Paris mit dem Nötigen versorgen.«
Wieder waren zwei Aufzugskästen hinabgefahren, und Pierron entschloß sich, die Maheu direkt aufzufordern.
»Man erwartet Euch; habt Ihr bald genug geschwätzt?«
Doch sie wandte ihm den Rücken. Was hatte dieser Verräter den Eifrigen zu spielen? Die Anfahrt hatte ihn nicht zu kümmern. Seine Leute verabscheuten ihn schon genug. Und sie blieb noch weiter, mit der Lampe in der Hand, frierend in dem ewigen Luftzug, wenngleich das Wetter schon milde war.
Weder Etienne noch sie fanden mehr ein Wort zu sagen. Sie standen einander gegenüber, mit so schwerem Herzen, daß sie sich gern noch etwas unterhalten hätten. Endlich sagte sie, um überhaupt zu reden:
»Die Levaque ist schwanger. Levaque sitzt noch im Gefängnis. Bouteloup ist inzwischen sein Stellvertreter.«
»Ach ja, Bouteloup.«
»Und hör mal, habe ich dir schon erzählt?... Philomène ist fort.«
»Wie, fort?«
»Ja, mit einem Grubenarbeiter aus Pas-de-Calais. Ich hatte Angst, daß sie mir die zwei Rangen vielleicht auf dem Halse lassen könnte. Doch sie hat sie mitgenommen... Na? Ein Weib, das Blut speit und aussieht, als müßte es jeden Augenblick abfahren!«
Sie stand einen Augenblick nachdenklich da; dann fuhr sie langsam fort:
»Auch über mich wurde genug geredet!... Erinnerst du dich? Man sagte, daß ich mit dir schliefe. Mein Gott! Nach dem Tode meines Mannes hätte dies wohl geschehen können, wenn ich jünger gewesen wäre, nicht wahr? Aber heute ist mir lieber, daß es nicht geschehen ist; denn wir würden gewiß Reue darüber empfinden.«

»Ja, wir würden Reue darüber empfinden«, wiederholte Etienne.

Das war alles; sie sprachen nichts mehr. Ein Aufzugskasten erwartete sie; man rief sie zornig und drohte ihr mit einer Strafe. Da entschloß sie sich und reichte ihm die Hand. Sehr ergriffen schaute er sie noch immer an, wie sie so arg mitgenommen, so abgelebt war, mit ihrem fahlen Antlitz, ihrem unter der blauen Kappe hervorquellenden, farblosen Haar, dem Körper eines guten, fruchtbaren Weibes, unförmig in der Hose und dem Leinwandkittel. Und in diesem letzten Händedruck fand er jenen der Kameraden wieder, einen langen, stummen Händedruck, der ihn zur Zusammenkunft bestellte für den Tag, an dem man wieder anfangen würde. Er begriff vollkommen; in der Tiefe ihrer Augen lag ihre ruhige Zuversicht. Auf baldiges Wiedersehen! diesmal würde der Hauptstreich geführt werden.

»Ist das eine verdammte Müßiggängerin!« schimpfte Pierron.

Die Maheu wurde zum Kasten gedrängt und quetschte sich mit vier anderen in einen Karren. Man zog die Signalschnur, der Aufzugskasten hakte sich los und versank in der Tiefe; und man sah nur noch den schnellen Lauf des Kabels.

Etienne verließ nun die Grube. Unten, unter dem Schuppen des Siebwerks, sah er ein Wesen mit ausgestreckten Beinen mitten auf einem großen Kohlenlager sitzen. Es war Jeanlin, der als ›Reiniger‹ angestellt war. Er hielt einen Kohlenblock zwischen den Beinen und säuberte ihn mit Hammerschlägen von Schieferstücken; der feine Kohlenstaub legte sich so dicht auf sein Gesicht, daß der junge Mann ihn niemals erkannt haben würde, hätte der Junge nicht seine Affenfratze mit den abstehenden Ohren und den grünlichen Augen erhoben. Er lachte frech und zerschlug den Block mit einem letzten Streich, völlig eingehüllt von dem auffliegenden Kohlenstaub.

Als Etienne draußen war, folgte er einen Augenblick

nachdenklich der Straße. Viele Gedanken aller Art bedrängten ihn. Aber er hatte das Gefühl der frischen Luft, des freien Himmels, und er schöpfte tief Atem. Die Sonne stieg siegreich am Horizont empor; frohes Leben erwachte in der ganzen Landschaft. Eine Goldflut ergoß sich von Osten nach Westen, über die unermeßliche Ebene. Die Lebenswärme breitete sich immer weiter aus, in einem Schauer von Jugend, in dem die Seufzer der Erde, der Sang der Vögel, das Rauschen der Bäche und Wälder vibrierten. Das Leben war schön; die alte Welt wollte noch einen Frühling durchleben.
Und von dieser Hoffnung durchdrungen, verlangsamte Etienne seinen Gang, und seine Augen schweiften rechts und links, inmitten dieser Heiterkeit des Frühlings. Er dachte an sich selbst; er fühlte sich stark, gereift durch die harten Erfahrungen in der Grube. Seine Erziehung war beendigt; er zog gerüstet weiter, als denkender Soldat der Revolution, der der Gesellschaft den Krieg erklärt hat – der Gesellschaft, wie er sie sah und wie er sie verdammte. In seiner Freude darüber, daß er sich an die Seite Plucharts begab und – gleich Pluchart – ein angesehener Führer werden sollte, überlegte er sich die Phrasen seiner künftigen Reden. Er gedachte sein Programm zu erweitern; die bürgerliche Verfeinerung, die ihn über seine Klasse erhoben hatte, trieb ihn zu noch größerem Haß gegen die Bourgeoisie. Er fühlte das Bedürfnis, die Arbeiter, deren Elendsgeruch er jetzt nicht mehr ertragen konnte, auf eine Ruhmeshöhe zu stellen, sie als die einzig Großen, als die einzig Fehlerlosen zu zeigen, als den einzigen Adel und die einzige Kraft, in der die Menschheit sich verjüngen konnte. Schon sah er sich auf der Rednertribüne, mit dem Volke triumphierend, wenn das Volk ihn nicht verschlang.
Der Sang einer Lerche in großer Höhe ließ ihn emporblicken. Kleine rote Wölkchen, der letzte Dunst der Nacht, zerflossen in dem durchsichtigen Blau; und es tauchten die Gestalten Souvarines und Rasseneurs un-

deutlich vor ihm auf. Wenn jeder die Macht an sich zog, mußte alles mißlingen. Selbst diese berühmte ›Internationale‹, die die Welt hätte erneuern müssen, ging kläglich unter, nachdem sie ihre furchtbare Armee in inneren Kämpfen sich hatte zersplittern sehen. Sollte Darwin recht damit haben, daß die Welt nichts sei als ein Kampf, in dem die Starken die Schwachen verschlingen – nur um der Schönheit und Fortpflanzung der Gattung willen? Diese Frage verwirrte ihn, obgleich er als ein mit seinem Wissen zufriedener Mann darüber hinwegging. Ein Gedanke verscheuchte all seine Zweifel und entzückte ihn: der Gedanke, das erste Mal, wenn er reden würde, seine ehemalige Erklärung der Theorie wieder aufzunehmen. Wenn eine Klasse aufgezehrt werden mußte, so war es doch sicherlich das lebenskräftige, noch junge Volk, das das von dem Genuß erschöpfte Bürgertum aufzehren würde. Neues Blut würde die neue Gesellschaft bilden. Und in dieser Erwartung einer Überflutung der Welt durch Barbaren, die die alten, hinfälligen Nationen neu schaffen sollten, tauchte sein absoluter Glaube an eine nahe, an die wahre Revolution wieder auf, an die Revolution der Arbeiter, deren Brand die Neige des Jahrhunderts in den Purpur der Sonne tauchen würde, die er blutrot am Himmel heraufziehen sah.

Träumerisch ging er weiter, mit seinem Stock auf die Kiesel des Weges schlagend; und als er den Blick umherschweifen ließ, erkannte er die verschiedenen Teile der Gegend. Bei der ›Ochsengabel‹ erinnerte er sich, daß er da das Kommando über die Bande übernommen hatte an jenem Tag, als die Gruben verwüstet wurden. Heute begann wieder die tierische, tödliche, schlecht bezahlte Arbeit. Er glaubte da, unter der Erde, in einer Tiefe von siebenhundert Metern dumpfe, regelmäßige, fortdauernde Schläge zu hören. Es waren die Kameraden, die er vorhin anfahren gesehen, die schwarzen Kameraden, die in ihrer stummen Wut auf die Kohle losschlugen. Ohne Zweifel waren sie besiegt; sie hatten Geld und Tote auf der Walstatt gelassen; aber Paris würde die im Voreux gefallenen Schüsse nicht vergessen; durch diese unheilbare Wunde wird auch das Blut des Kaiserreiches entströmen. Und wenn die Industriekrise zu Ende gehen wird und Fabriken, eine nach der andern, wiedereröffnet werden, wird nichtsdestoweniger der Krieg erklärt und künftig kein Friede möglich sein. Die Bergleute hatten sich gezählt, hatten ihre Kraft erprobt, hatten mit ihrem Schrei nach Gerechtigkeit alle Arbeiter von ganz Frankreich aufgerüttelt. Ihre Niederlage beruhigte daher auch niemanden. In ihrem Siege von dem dumpfen Unbehagen erfaßt, das der Streik zurückgelassen, schauten die Bürger von Montsou hinter sich, ob nicht dennoch inmitten dieser tiefen Stille das Ende unvermeidlich gekommen sei. Sie begriffen, daß die Revolution sich unaufhörlich erneuern würde, vielleicht morgen schon; mit dem Generalstreik, dem Zusammenschluß aller Arbeiter, die, mit Hilfskassen ausgerüstet, monatelang Brot hätten und Widerstand leisten könnten. Wieder einmal war der zerfallenden Gesellschaft ein Stoß versetzt worden; und sie hatten unter ihren Tritten das Krachen gehört, und sie fühlten neue und immer neue Stöße kommen, bis der alte, erschütterte Bau zusammenstürzen und verschlungen werden würde wie der Voreux, der im Abgrund versunken war.

Etienne wandte sich nach links und schlug den Weg nach Joiselle ein. Er erinnerte sich; dort hatte er die Bande verhindert, sich auf Gaston-Marie zu stürzen. In der Ferne sah er im hellen Sonnenlicht die Schachttürme mehrerer Gruben, den von Mirou rechts, die von Madeleine und Crèvecoeur, nahe beieinander. Überall summte und dröhnte die Arbeit; die Schläge der Spitzhacken, die er unter der Erde zu hören glaubte, fielen jetzt unter der ganzen Ebene von einem Ende bis zum anderen. Ein Schlag und noch ein Schlag und immerfort Schläge unter den Feldern, unter den Straßen, unter den Dörfern, die im Sonnenlicht lachten; die ganze finstere Arbeit dieses unterirdischen Bagno, erdrückt unter der ungeheuren Masse der Felsen, daß man um die Unterwelt wissen mußte, um ihren tiefen, schmerzlichen Seufzer zu vernehmen. Und er dachte jetzt, daß die Anwendung von Gewalt die Dinge vielleicht nicht beschleunigen würde. Durchschnittene Kabel, losgerissene Schienen, zerschlagene Lampen; welch unnütze Arbeit! Wahrhaftig, es lohnte der Mühe, daß eine Bande von dreitausend Menschen verheerend durch das Land zog! Er ahnte, daß die eines Tages erreichte Gesetzlichkeit viel furchtbarer werden konnte. Sein Verstand reifte; er hatte sich der unreifen Rachegelüste entledigt. Jawohl, die Maheu mit ihrem gesunden Verstand hatte das Richtige getroffen, das würde der Hauptstreich sein: sich ruhig zu einem Heere zu vereinigen, einander zu kennen, sich in Syndikaten zusammenzuschließen, wenn die Gesetze es gestatteten; dann, an dem Tage, an dem man sich einig wäre und als Millionen von Arbeitern einigen Tausenden von Nichtstuern gegenüberstünde, die Macht zu ergreifen und zu regieren. Ach, welches Erwachen der Wahrheit und Gerechtigkeit! In dieser Stunde würde es aussein mit dem gemästeten, ungeheuerlichen Götzen, der in der Tiefe seines Tabernakels verborgen hockte, in jener unbekannten Ferne, wo die Armen und Elenden ihn mit ihrem Fleisch nährten, ohne ihn je gesehen zu haben.

Doch Etienne verließ jetzt den nach Vandame führenden Weg und erreichte die Landstraße. Rechts, in weiter Ferne, lag Montsou, kaum mehr sichtbar. Vor sich hatte er die Ruinen des Voreux, das verdammte Loch, an dem drei Pumpen unablässig arbeiteten. Dann folgten am Horizont die anderen Gruben: La Victoire, Saint-Thomas, Feutry-Cantel; während im Norden die Türme der Hochöfen und die Batterien der Koksöfen ihren Rauch in die klare Morgenluft sandten. Wenn er den Acht-Uhr-Zug nicht versäumen wollte, mußte er sich beeilen, denn er hatte noch sechs Kilometer zurückzulegen.

Unter seinen Füßen ertönten die dumpfen Schläge der

Spitzhacken unaufhörlich weiter. Die Kameraden waren sämtlich da; er fühlte, wie sie ihm auf Schritt und Tritt folgten. War das nicht die Maheu unter diesem Rübenfeld, mit gekrümmtem Rücken, mit dem heiseren Schnaufen, begleitet von dem Schnarren des Ventilators? Rechts und links und weiterhin glaubte er noch andere zu erkennen, unter den Getreidefeldern, unter den Hekken, unter den mit jungem Laub bedeckten Bäumen. Die Aprilsonne stand schon hoch am Himmel, strahlte in ihrem vollen Glanze und erwärmte die fruchtbare Erde. Aus ihren nährenden Lenden schoß das Leben hervor; die aufplatzenden Knospen entfalteten sich zu grünen Blättern; die Felder erzitterten unter dem üppigen Gedeihen der Gräser. Überall quollen Samenkörner auf, dehnten sich aus und sprengten die Erde, in dem mächtigen Bedürfnis nach Licht und Wärme. Die überströmenden Säfte flossen in flüsternden Stimmen dahin; die springenden Keime erklangen in einem unermeßlichen Kuß. Noch immer, immerfort klopften die Kameraden, immer deutlicher, als hätten sie sich der Erdoberfläche genähert. In der flammenden Sonne dieses Frühlingsmorgens war die Landschaft von solchem Gären erfüllt. Es drängten Menschen herauf, eine schwarze Rächerarmee, die langsam in den Furchen keimte, die für die Ernten des künftigen Jahrhunderts emporwuchs und deren Keimen bald die Erde zum Bersten bringen sollte.

Nachwort

Emile Zola wurde am 2. April 1840 in Paris geboren, in eine der ersten, wegweisenden und hoffnungsvollsten Epochen naturwissenschaftlicher Forschungen und Erkenntnisse, die das Ende der romantischen und idealistischen, der sentimentalen und verlogenen, einer peinlich demütigen und lächerlich eingebildeten Weltbetrachtung bedeuteten und die Menschen hätten vernünftiger, die Erde bewohnbarer, das Leben humaner machen können, die meisten aber im Gegenteil zunächst mehr verwirrten als aufklärten, ihnen neue Ängste brachten, ihren Egoismus, ihren Geburts- und Clandünkel, ihre Gegensätzlichkeiten und Feindschaften hochtrieben, statt sie das allgemeine Miteinander rechtzeitig vor den Katastrophen, die kommen sollten, zu lehren.
Es lebten zur Geburtsstunde Zolas, der seine Zeit schildern, bewegen, aufzeichnen sollte für alle Zeit, Balzac, Stendhal, Hugo, Baudelaire, Flaubert, Dickens, Poe, Mark Twain, Dostojewski, Tolstoi, Manet, Cézanne, Richard Wagner, Jacques Offenbach, Charles Darwin, Karl Marx, Michael Bakunin, Lassalle, Bismarck, der Prinz Louis Napoléon, kleiner Neffe des großen Napoleon, ab 1852 Napoleon III., Kaiser der Franzosen, Schirmherr von Weltausstellungen. Sie alle hatten oder gewannen Einfluß auf Zola, seine Bildung, seine Schmerzen, seine Wünsche, sein Werk.
Napoleon Imperator, dem korsischen Abenteurer, dem Liquidator der großen Revolution, dem illegitimen Intermezzo auf dem heiligen Thron war nach Wiederherstellung des Königtums in Frankreich Ludwig XVIII. gefolgt mit antiquierter Majestät und einem scheindemokratischen, an Rang und Besitz gebundenen Wahlrecht. Ihn beerbte der noch viel rückschrittlichere, aristokratisch romantische, von neuer Sonnenkönigherrlichkeit träumende Karl X. 1830 wich er dem Zorn seiner Untertanen, und achtzehn Jahre lang, bis zu den Aufständen, den Barrikaden von 1848 residierte dann in Paris Louis Philippe I. von Orléans, ein den Geschäften und den Geschäftemachern geneigter Herr, der Bürgerkönig, liberal im Sinn des

Frühkapitalismus, des »Laisser faire, laisser passer« der kleinen und lieber noch großen Gaunereien, verehrt von allen, die Glück hatten und der Parole folgen konnten, sich zu bereichern. Der Arbeiter lebte in noch größerer Armut als zur Feudalzeit. H. Taine schreibt in seiner *Entstehung des modernen Frankreich:* »Wer in Frankreich Reisen gemacht oder auf dem Lande gelebt hat, weiß, wie die Dorfbewohner beschaffen sind. Eine Betrachtung der Gesichter und Haltungen genügt zur Belehrung darüber, daß diese unausgebildeten, durch die mechanische Gewohnheit mechanischer Arbeit eingeschrumpften und infolge unablässiger, ausschließlicher Beschäftigung mit physischen Bedürfnissen abgestumpften Gehirne für geistige Dinge außerordentlich schwer zugänglich sind, daß diese Leute äußerst wenige Kenntnisse besitzen, neue Gedanken nur sehr langsam auffassen und von ererbtem Mißtrauen gegen die Gebildeten erfüllt sind, daß die Unterschiede im Grade der Bildung, der Sitten und der Umgangsformen zwischen den oberen und den unteren Schichten eine fast unübersteigliche Mauer aufrichten.« Das französische Volk war ausgeblutet, erschöpft von der großen Revolution, den gewaltigen Illusionen von 1789, dezimiert in den Napoleonischen Kriegen; es hatte in den Erhebungen von 1830 und 1848 Pyrrhussiege errungen und war nach immer neuen tödlichen Kämpfen immer wieder um den Preis der Freiheit und Gleichheit, vielleicht auch nur des ein wenig besseren Lebens betrogen worden. Das Bürgertum, die verschlossene Provinz, verfolgte habgierig und besorgt den Kurs der Renten, bestellte beschränkt, verängstigt, geizig das Haus, während von ihm unbeachtet die Armee in Afrika ein großes Reich eroberte.

Stendhal, der aus dem achtzehnten Jahrhundert kam und begeistert gewesen und betrogen worden war von einem Kondottiere und seiner Diktatur, starb 1842. Zola nannte ihn später unter Freunden, die Stendhal für nichts als einen dürren Stilisten hielten, den sie in eine fünfzig Jahre dauernde Vergessenheit drängten, zwar einmal »unser aller Vater«, sonst aber einen noblen Schriftsteller, der ihn beinahe auf den Irrweg des Elitären geführt habe. Balzac, 1850 begraben, galt unter den aufsteigenden Literaten von 1860 als überaus geschätzter Meister und doch als Scharlatan, der so vieles falsch gesehen und sich hatte entgehen lassen und nun im Lauf der Entwicklung, des natürlichen Fortschritts der Gesellschaft und der geistigen Bestrebungen zu berichtigen und zu übertreffen war. Nicht mehr die »Menschliche Komödie«, die »Soziale Tragödie« sollte bloßgelegt und seziert werden. Victor Hugo und Zola waren Sterne, die einander abstießen, wenn ihre Bahnen sich auch zuweilen berührten. Hugo nannte Napoleon III., ›le petit Napoléon‹, »ein schmutzbedecktes Schwein, das sich auf der Löwenhaut wälzt«. Die Franzosen wiederum hießen Zola, den fleißigen Verfasser des in zwanzig Jahren geschriebenen zwanzigbändigen Romanwerks »Les Rougon-Macquart«, die »psychologisch-soziale Geschichte einer Familie unter dem zweiten Kaiserreich«, ein Schwein ohne Attribut und verschlangen jedes seiner Bücher in einer Auflage von hunderttausend Stück. Charles Baudelaire, der verrufene Dichter der *Blumen des Bösen*, liebte es, andere Genies zu entdecken, doch nicht den Kollegen Emile Zola, den er wahrscheinlich für einen Kolporteur hielt, sondern den überseeischen ›poète maudit‹ Edgar Allan Poe, den er sehr rühmte und von dem er im Nachruf sagte: »Betet für ihn.« Mit Poes phantastischen, schönen, grausamen, verfolgungswahnsinnigen Geschichten hatte Baudelaire die amerikanische Literatur und den Kriminalroman in Europa eingeführt. Ein zweites Genie, dem Baudelaire Paris erobern wollte, war Richard Wagner, der Komponist des *Tannhäuser*, einer Musik, die Zola ein nordisch nebliges, religiös kriegerisches Unbehagen und dunkle Ahnungen bereitete. Die Bedeutung der russischen Dichter war in Frankreich kaum bekannt. Turgenjew, ein Weltbürger, weilte oft in Paris, verkehrte, speiste mit Zola, Flaubert, Daudet, vielen anderen berühmten Autoren und lobte die französische Küche. Erzählte Turgenjew bei Tafelfreuden von Dostojewski oder Tolstoi? Die getreuen Buchführer der literarischen Gespräche jener Zeit, die Brüder Jules und Edmond de Goncourt erwähnen in ihrem *Journal*, in dem jeder vorkommt, die Namen der großen Russen nicht. Turgenjew berichtete den Freunden nur, der populäre Schriftsteller in Rußland sei Dickens. Tolstoi, Dickens, Zola wurden später, als das an Begabungen so reiche, verkannte und wieder zu entdeckende neunzehnte Jahrhundert vergangen war, zusammen als die literarischen Koryphäen der Epoche gefeiert.

Der Kritiker und Geschichtsphilosoph Hippolyte Taine aus dem Kreis der Goncourts verkündete schon 1863 sorgenvoll, die französische Literatur verliere an Einfluß und Ansehen in der Welt, »alles wende sich nach England und Amerika«. Siebzig Jahre später schrieb in Amerika ein junger Schriftsteller, James F. Farrell, Urheber einer schönen, harten *Knabengeschichte aus Chikagos Straßen,* über den naturalistischen Stil, über Zola und die naturalistische Schule, die »lieber klares Verstehen als Glauben, lieber Wahrheit als angenehmes Behagen« lehrt: »Sie bringt den Leser zu tieferem Bewußtsein von den Problemen des Lebens, den Nöten des Volks, den Möglichkeiten und Beschränkungen des Lebensunterhalts, den Verschiedenheiten der menschlichen Erfahrungswelt. Sie verhilft zu Urteilen über Verhältnisse, Handlungen, Gedanken, Lagen, Umgebungen, Hoffnungen, Verzweiflungen, Ideale, Träume, Phantasien. Sie richtet des Lesers Gemütsbewegungen, seine Antriebe, seine Wünsche und Gedanken auf bestimmte Ziele aus oder bringt sie davon ab. Sie schafft das Gewissen eines Zeitabschnittes.«

Flaubert, Zolas verehrter Freund, Gesprächspartner, Rivale, Widerpart war mit dem meisten, das Zola in seiner Schrift *Le roman expérimental* entwickelt hatte – der Milieutheorie, dem Darwinschen Deszendenzgesetz, der Lehre von der Überproduktion der Lebewesen und der Negation des Einzelnen, den wörtlichen Übernahmen aus den Tagesschriften der Medizin – nicht oder nur sehr bedingt einverstanden, eher war er noch angetan von des politisch konservativen Hippolyte Taine literarisch provozierenden Formulierungen »Tugend und Laster sind nur Produkte wie Vitriol und Zucker«, und wenn Zola die Natur beschwor, den Fortschritt, die Entwicklung zum Vernünftigen und damit zum Guten, die Notwendigkeit der schrecklichen Kausalität, glaubte Flaubert dies alles nicht und zauberte an seinem Schreibtisch, wenn auch mit schlechtem Gewissen.

So neu war diese Verschiedenheit der Auffassung und des Gefühls nun auch wieder nicht. Es hat immer im französischen Schrifttum wie in der Dichtung überhaupt zwei Richtungen gegeben, zwei uralte Wege zu gleichem Ziel, Zola und Flaubert. Flaubert führt zu Proust und weiter zu Beckett und gilt heute vielfach als eine feinere Art von Literatur, aber wieviel Zola ist in Joyce, Döblin, Faulkner, Dos Passos, Böll, Grass, wie viele Namen der Moderne wären ohne Zola gar nicht denkbar, und selbst die Musterschüler des ›nouveau roman‹ haben sich alle ihr Stück Zola genommen, sich seines Verfahrens bemächtigt, der geduldigen Beobachtung und des genauen Notierens der Dinge, die sie dann registriert und kalt in den Raum ihrer Bücher stellen. Zola tat dies noch emotional und sozial engagiert, und welch röntgenäugiger Reporter war er doch, welch mitfühlender Kämpfer und schließlich, welch großer und leider immer noch weithin verkannter Stilist und Meister seiner Erzählung! Er schrieb oft gegen seine Theorie, an die er sich klammerte. Die Bemerkung »Un oeuvre d'art est un coin de la création vu à travers un tempérament« machte Zola zweimal. Beim zweiten Mal hieß es »un coin de la nature«. Er ging bei allem Selbstbewußtsein so weit, sich für einen Kopisten der Wirklichkeit zu halten. Er sagte auch: »Ich bin nur ein Gelehrter.« Für jede Person der zwanzig Romane hatte er ein genaues Personale angelegt, wann geboren, verheiratet oder nicht, Kinder ja oder nein, Vermögensstand, die Stunde des Todes. Aber Hermann Kesten hatte, glaube ich, nicht unrecht, Zola einen Romantiker zu nennen. Schon Charles Dickens, fern von Paris, seinen Kaffeehäusern und literarischen Gesprächen, sagte im Vorwort zu einem Roman: » In ›Bleak House‹ habe ich mit Absicht die romantische Seite der vertrauten Dinge hervorgehoben.« Dickens hatte die richtige Einsicht. Sein naturalistisches London, seine Slums, seine dunklen Häuser wirken auf den unbefangenen Leser wie romantische Landschaften, und Zolas ungerechtes, qualvolles Paris, selbst sein Bauernelend in *La Terre*, die Bergleute, die Bergarbeitersiedlung, das Bergwerk, der Hunger in *Germinal* sind romantisch dargestellt, der Wirklichkeit entnommen, durch ein Gefühl gefärbt, und so wird das beschriebene Elend den Leser ganz und gar erfassen, ihn rühren, ihn nicht loslassen, ihn vielleicht für eine Weile zu einem besseren Menschen machen, auch auf eine seltsame Weise ihn erfreuen. André Gide bekannte vor seiner Reise in die Sowjetunion, nicht Karl Marx, dessen *Kapital* ihn bei der Lektüre ermüdete, Zola habe ihn mit seinen Romanen zum Marxisten gemacht. Doch die Russen heute, wenn sie mit einem Reisenden über den sozialistischen Realismus in der Literatur diskutieren wollen, versuchen immer entschiedener, sich vom Naturalismus zu distanzieren, der ja bei Zola, was die Sowjets so entrüstet ablehnen, auch den Sexualroman hervorgebracht, ihm als Sozial- und Klassengeschichte, Menschenschicksal und Gericht seine Bedeutung über die Pornographie hinaus gegeben hat, was katholische Autoren wie Mauriac und Bernanos in der Nachfolge von Augustinus bereits gewußt und im Gegensatz zu doktrinär sozialistischen Schriftstellern begriffen hatten.

Emile Zola, obwohl in Paris geboren, war wie Napoléon Bonaparte der Abstammung nach Italiener. Sein Vater, ein Dalmatiner, ein Mann aus dem mediterranen italienischen Sprachraum, war, wie der Korse, ein Abenteurer, angezogen von den unbegrenzten Möglichkeiten Frankreichs, Offizier in der Fremdenlegion, bald ein Ingenieur von Spekulation, Können und Ehrgeiz, der gern den Suezkanal gebaut hätte, das wagemutige, die Welt verkleinernde, Europa vergrößernde, die Phantasie und die Börse beflügelnde Werk des Jahrhunderts, doch nur den »Kanal Zola« bei Aix in der Provence graben durfte. In Aix erinnert noch heute der Boulevard François Zola an den begabten Techniker, der nach der Geburt seines Sohnes in die Stadt der Sonne, der vom Mistral geschüttelten Alleen und schönen Brunnen gezogen war. Nach dem frühen Tod des Vaters wurde Emile von der Mutter, der Tochter eines Anstreichers, und den Großeltern in Aix erzogen. Eine, wie man so sagt, glückliche Jugend, beendet durch frühe Lektüre. Befreundet war Zola mit einem gleichaltrigen Knaben, Paul Cézanne, und beide gingen, als sie Jünglinge geworden waren, nach Paris, die Hauptstadt zu erobern, ihr eine neue, noch nicht dagewesene Literatur, eine neue, alles übertreffende Kunst, Frankreich und der Welt die neue Zeit, den neuen Menschen zu verkünden, wie

so viele junge Leute vor diesen beiden und später es versucht und getan haben.
Paris war immer und nicht nur für König Heinrich eine Messe wert, eine reiche, eine mächtige, eine verführende, eine schöne, in ihrem Untergrund aber auch arme und häßliche, eine vor Kraft berstende und in Müdigkeit erschöpfte, eine ständig fordernde, gebende und nehmende Stadt, ein Ort der steilen Karrieren, der Ausbeutung und des Scheiterns, eine Arena härtester Kämpfe um das Dasein und das Dabeisein, ohne Mitleid für seine Armen und Gefallenen, lockend und abweisend für all die Jungen, die Jahr für Jahr, Generation auf Generation, hochmütig und demütig aus der Enge der Provinz kamen und nichts als Träume hatten, nichts mitbrachten als ihren Glauben an sich.
Zola war mittellos. Überdies mußte er seine Mutter ernähren. Mit seinem Vorsatz, ein berühmter Schriftsteller zu werden, wurde er hineingestoßen in die züchtigende Welt der hauptstädtischen Boheme, die Unbeteiligten, wenn sie von ihr hören oder lesen, sie nach dem Roman von Murger als Oper von Puccini sehen, oft so bunt, so anregend, so reizvoll, das Leben genießend, lustvoll ungebunden, beneidenswert, freizügig erscheint, in Wahrheit meist nur Elend, Not, Unfreiheit, Hunger im wörtlichen Sinn, frühen Verbrauch der Kräfte und kein Bett in der Nacht bedeutet. Zola wollte dies alles nicht, auch nicht die kleinen Paradiese der illegitimen Verhältnisse, der Studentenlokale, der Grisettenbälle, Zola war ein junger Bürger mit bürgerlichen Ansprüchen und Wünschen nach dem bürgerlichen Heim, dem gedeckten Tisch, dem warmen Ofen, nach Geld, nach Erfolg. Das war Zukunftsmusik. Zola arbeitete im Hafen der Seine, deklarierte fremde Güter, versuchte sich wenig erfolgreich als Mitarbeiter der Presse, und seine erste Bekanntschaft mit der Literatur als Geschäft machte er als Packer im Großverlag von Hachette. Er übte seine Hand. Er verfaßte nach Kriminalberichten *Die Geheimnisse von Marseille,* eine Nachahmung der vielgelesenen *Geheimnisse von Paris* des Volksschriftstellers Sue. Zola hat sich später, als bekanntester zeitgenössischer Autor Frankreichs, einer der berühmtesten der

Welt, als er sein bürgerliches Heim hatte, in dem er, der sein Leben lang sich vor dem Blitz gefürchtet hatte und bei Gewitter in den Keller ging, sterben sollte (an giftigem Kohlengas, ausgeströmt aus dem behaglichen Ofen), dieser Zeit des Anfangs, des Strebens, des Talentverschleißes, der ständigen Erniedrigung nur mit Haß und Bitterkeit erinnert. Die Jahre der Entbehrung waren die Jahre der Jugend gewesen, und er war um ihre Freuden betrogen worden. Er sagte: »Ich habe immer nur im Traum geliebt, und geliebt worden bin ich nicht einmal im Traum.« Er führte das traurige, anstrengende Leben vieler seiner Helden, die keine Helden sein durften, wenn ihres Schöpfers Forderung nach der »réalité des figures«, nach dem »rapétissement des héros« erfüllt werden sollte. In Zolas Romanen gibt es weder Helden noch Heldinnen im überlieferten Sinn. Es gibt Arme, Erniedrigte, Beleidigte, Glücklose, Ausgestoßene, Enttäuschte, Betrogene. Zolas Protagonist ist jedermann, es sind die Menschen, die in labyrinthischen Städten, dumpfen Mietskasernen, überfüllten Stuben, zivilisationslosen Landkaten, verschüchterten Industriedörfern geboren werden, leiden, kämpfen, sich lieben, andere Elende zeugen, zugrunde gehen, sterben. Sie begreifen nicht, daß der Mensch böse, das Leben nicht gerecht ist, daß schon ihre Geburt sie verdammt hat zu einem Dasein voller Not und Qualen. Nur wenige finden zur Revolte, ringen sich durch zum Aufstand gegen den Zwang der Einrichtungen, die selbstsüchtigen Sitten der gerade herrschenden Gesellschaft, die Grausamkeit der Überlieferung. Sie verwandeln sich dann in Romanen, die Gleichheit und Brüderlichkeit und keine Helden wollten, am Ende doch zu heroischen Figuren aus dem Volk. Camus sagt: »Der Roman entsteht gleichzeitig mit dem Geist der Revolte und kündet auf ästhetischer Ebene vom gleichen Ehrgeiz.« Zola versuchte, die Wahrheit über die Welt, in der er lebte, in die er gekommen war, auszusprechen, sie so zu schildern, wie sie wirklich war, Reiche wie Arme zu entblößen, sie wieder nackt zu machen, sie abzutasten, abzuhorchen, sie zu öffnen, ihnen Gerechtigkeit werden zu lassen, ohne Furcht, ohne Scham, ohne die abscheulichen Tatsachen zu verschweigen. Zola glaubte an die Masse, an ihre Vervollkommnungsfähigkeit, schlug sich früh auf die soziale Seite und versicherte: »Ich bin der Eure!« Er reihte sich in die Front der Unterdrückten, der Betrogenen, der Zukurzgekommenen, der Nichtherangelassenen. Er stellte sich vor sie, ihr Verteidiger, ihr Lehrer. Er erklärte, der Roman solle nicht nur schildern, er solle bessern.

Als sein Werk erschien, erregte es Ärgernis. Indigniert warf man ihm vor, in Schmutz und Abschaum zu wühlen. Zola gebrauchte Worte, die man nie zuvor in der Literatur gekannt hatte, beschrieb Natürlichkeiten, Dinge und Handlungen, die noch nie beschrieben worden waren. Viele vermißten Anmut des Stils, nannten seine Sprache einförmig, schwer und unpersönlich; sie suchten vergeblich ihre Illusionen. Besessen vom Elend der Massen, dem Schuldkonto der modernen Welt, häufte Zola Tatsachen auf Tatsachen, recherchierte Enthüllungen und offenbarte Gemeinheiten, über die man nicht redete, und es gelang ihm, den »ersten Roman über das Volk zu schreiben, der den Geruch des Volkes an sich trägt«. Jahrelang lehnten die etablierten Kritiker und Ästheten die Bücher Zolas ab. In dem Unbehagen und falschen Glück, das ein Zeitalter der industriellen Revolution, des scheinbaren Fortschritts und des krassen Kommerzialismus brachte, schreckte man vor einer Literatur zurück, die sich das Leben selbst zum Vorwurf nahm, die nichts verbarg, die sich nicht scheute, auch mit den Mitteln der Trivialität Furcht und Schrecken zu erregen, Mitleid und Zorn zu wecken. In den beginnenden Auseinandersetzungen der bürgerlichen Welt mit dem Sozialismus warfen die Gegner Zola vor, die Kunst in den Dienst der Propaganda zu stellen. Doch in Zola wirkte ein Geist, der, über alle Absicht und Parteinahme, mit seinen Romanen Kunstwerke von Rang schuf, und die Entrüstung über ihn war nichts anderes als die Wut des entlarvten Spießers.

Zola hat zu den Schwüren seiner Jugend, dem Engagement für die Menschenrechte gestanden, auch als er älter geworden und zu Geld und Ansehen gekommen war. In der skandalösen Affäre, die Frankreich erschütterte und in zwei Lager spaltete, die Familien entzweite, Freunde zu Feinden machte, als die

Mächte der Reaktion im Kleid der Revanche für 1870 als eine frühe Art von Faschismus ihr Haupt erhoben und sich des Staates bemächtigen wollten, trat Zola auf der Höhe seines Ruhms für den der Spionage und des Hochverrats bezichtigten, auf die Teufelsinsel verbannten jüdischen Hauptmann Dreyfus ein, nannte das Gericht, das den Angeklagten verurteilt hatte, eine Hure und schleuderte seinen Brief an den Präsidenten der Republik, sein gewaltiges *J'accuse* in den Streit. »Nimm dich in acht, Frankreich, du gehst auf die Diktatur zu!« Das war die Stimme eines Menschen im nationalistischen Geschrei. Zola setzte ein Fanal gegen die Vergewaltigung des Rechts durch hohe Amtspersonen und die Offiziere des Generalstabs, gegen die in ihrem Haß grotesken, schwachsinnigen Verleumdungen der Antisemiten. Für alle Zeit gebührt Zola der Ruhm, mit Werk und Tat Verfechter wahrer Menschlichkeit zu sein.

In der Reihe des Gesamtwerkes hat *Germinal* seine besondere Bedeutung. Der Roman ist einer der Pfeiler, die das Gebäude tragen. Mit epischer Kraft und Breite schildert *Germinal* das bedrückte Leben der Bergarbeiter in der Mitte des neunzehnten Jahrhunderts. Zola hat die Handlung, die Fakten seines Romans gewissenhaft nach seinem Glaubenssatz von der Wahrheitssuche des Schreibenden recherchiert. Er ist in das Revier gereist, in die unfreundlichste Gegend Frankreichs, hat sich bei Bergarbeitern einquartiert, mit ihnen die Enge der Wohn- und Schlafkammer geteilt, an ihrem Tisch gesessen, ihre Kartoffel- oder Kohlsuppe gegessen, den scharfen Wacholderschnaps des Landes getrunken, mit den Alten und den Jungen, mit Männern und Frauen diskutiert, ihre Rede sich gemerkt, wie auf einem Tonband aufgezeichnet, er hat die ihrer Kindheit beraubten Kinder betrachtet, die schon hinunter mußten in die schwarze Grube zu Schwerarbeit und Gefahr, er hat die armen Pferde gesehen, die nie wieder hinaufgeholt wurden ans Licht, es hat sich vor ihm ein Leben ausgebreitet, das ihn jammerte und empörte. Zolas neue Feinde nach dem Erscheinen von *Germinal* konnten ihn keines Irrtums, keiner Übertreibung und keiner Lüge überführen. Was in *Germinal* beschrieben wurde und erschreckte, war nachweisbar, wie es das Gesetz der Naturwissenschaft verlangte. Die Hüttenbesitzer, denen soziale Verantwortung, Fürsorge für die Belegschaft Fremdwörter waren, schickten die Kumpel für einen Hungerlohn in unsicheren Förderkörben in die Tiefe, in unabgestützte Stollen, setzten sie ungerührt den Einbrüchen, den Wasserfällen, dem schlagenden Wetter aus, die Kohle, das Gold, den Reichtum für die Reichen aus der Erde zu holen. Ständige Lebensgefahr, andauernde Not, Angst, Unwissenheit, Herzensträgheit und eine erste Ahnung vom Zusammenschluß der Ausgebeuteten, von proletarischer Solidarität, der Versuch und der Zusammenbruch eines Streiks, die einfache Güte und der Tod formen das traurige und doch nicht ganz hoffnungslose Geschehen. Germinal, der Keimmonat, war der erste Frühlingsmonat im Kalender der Großen Französischen Revolution. Die Maschinenzeit hat auch das Bergwerk verändert. Die Hüttenbesitzer sind anonyme Gesellschaften, die, zusammengeschlossen im Arbeitgeberverband, mit der Gewerkschaft den Tarif aushandeln. Aber gestreikt wird noch immer, noch immer ist die Landschaft der Kohle düster, haben die Häuser und Straßen der Arbeiter im Revier von Marchiennes, Lens, Béthune eine den Fremden ergreifende Trostlosigkeit, und er fragt sich vor dem blendenden Supermarkt in so viel alter Nacht, ob der durchorganisierte, technisch vollkommene Verkäufer den Frauen und Kindern der Streikenden den Kredit gewähren wird, den ihnen die alten Krämersleute in *Germinal* immerhin, wenn auch murrend, gestundet hatten. Aber der Geist Zolas hat dazu beigetragen, aus Sklaven Menschen zu machen.

Anatole France am 5. Oktober 1902 am Grabe Zolas: »Das literarische Werk Zolas ist gewaltig; als man es sich Stein für Stein erheben sah, nahm man überrascht sein Ausmaß wahr. Man bewunderte, man lobte, man tadelte. Lob und Tadel wurden mit gleicher Leidenschaftlichkeit erteilt. Man machte zuweilen dem wuchtigen Schriftsteller aufrichtig gemeinte Vorwürfe (das weiß ich aus eigener Erfahrung), und sie waren doch ungerecht. Die Beschimpfungen und die Rechtfertigungen begleiteten das Werk, während es wuchs. Heute, da man das kolossale Gebilde in seiner Ganzheit zu sehen vermag, erkennt man auch den Geist, von dem es erfüllt ist. Es ist ein guter Geist. Zola war gut. Er hatte die Größe und die Einfachheit der großen Seelen. Er war tief moralisch.«

Wolfgang Koeppen